ヒトラーの最期

ソ連軍女性通訳の回想

著◆エレーナ・ルジェフスカヤ
訳◆松本幸重

ZAPISKI VOENNOGO PEREVODCHIKA

白水社

毛皮帽に外套姿の独ソ戦従軍中の著者

ソヴィエト軍の
女子交通整理兵と
(ベルリン、1945年)

ドイツ国会議事堂の前で
(ベルリン、1945年)

連合国指導者
トルーマン、スターリン、
チャーチルの
肖像を掲げた
戦勝モニュメントを
背景にして
（ベルリン、1945年）

ビスマルク記念碑の
台上で
（ベルリン、1945年）

ソ連側によるドイツ陸軍参謀総長ハンス・クレープスの死体の法医学解剖（ベルリン、1945年）

ヒトラーの歯型のメモ。
1945年5月11日、歯科助手ケーテ・ホイザーマンの尋問時に記録されたもの。
「右側の図はホイザーマンによって描かれた」という注記が入っている。

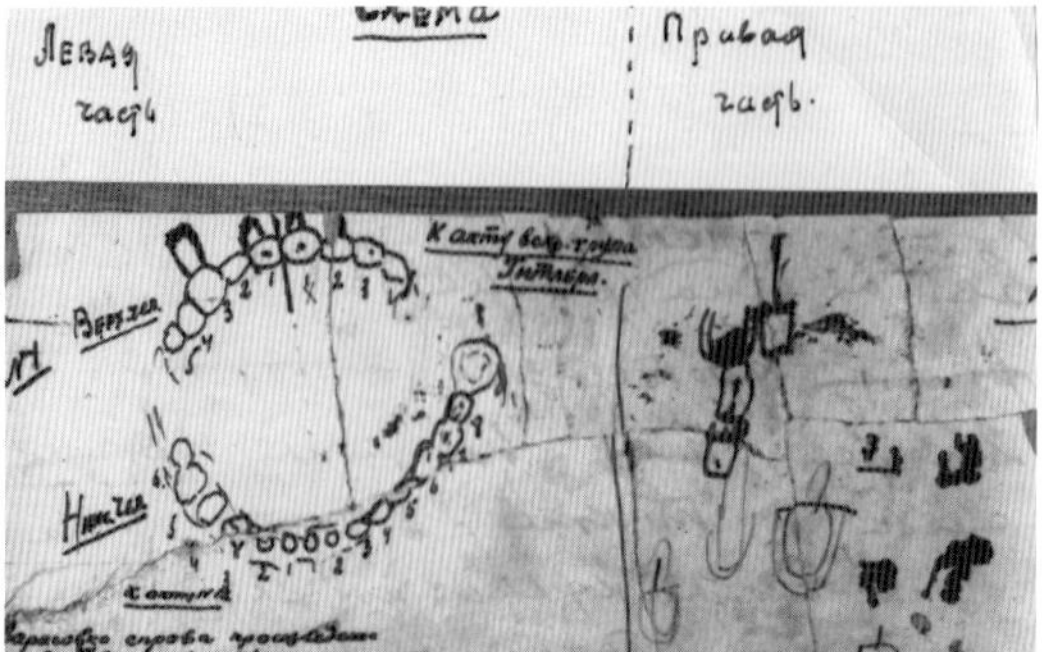

ヒトラーの最期◆ソ連軍女性通訳の回想

MEMOIRS OF A WARTIME INTERPRETER
ZAPISKI VOENNOGO PEREVODCHIKA

カバー写真◆毛皮帽に外套着の著者

本書の完成を手伝い、支えてくれた私の友で話し相手、孫娘のリューバに捧げる

ヒトラーの最期◆ソ連軍女性通訳の回想◆目次

凡例

一、本書はロシアの作家Elena Rzhevskaya, *ZAPISKI VOENNOGO PEREVODCHIKA*（原文ロシア語）のタイプ原稿からの翻訳です。

二、原注は［1］［2］などの番号で、訳者補注は＊1＊2で各章末にまとめてあります。

三、本文中の（　）で囲んだ部分は原著者の補足説明、〔　〕で囲んだ部分は訳者が付けた補足説明です。

四、オリジナルがドイツ語など、ロシア語以外の言語の部分は、原則として著者によるロシア語訳からの重訳であることをお断りしておきます。

五、人名、地名などの固有名詞の表記はおおむね慣用に従いました。なお、本書が扱っている時期のソ連の軍隊の正式名称（一九四六年まで）は「労農赤軍」（赤軍）ですが、場合によってはソヴィエト軍などと表記しました。

はしがき
記録文書の声

本書は、自分自身が経験したことを書いたものである。

私はソヴィエト軍の通訳として、軍とともにモスクワ近郊からベルリンまで前線の道を踏破し、一九四五年五月には第二次世界大戦を終結させた歴史的出来事の震央に身を置くことになった。私は第三突撃軍司令部通訳としてヒトラー捜索担当グループに入り、焼け焦げたヒトラーの死体発見、その最期についての真相究明、遺骸の識別に参加した。私はまた、総統官邸地下壕と、ヒトラーが生涯最後の日々を過ごした総統地下壕にあった資料を現場で調査する機会を持った。

私は総統官邸でボルマン[1]の書類が入った紙挟みを見つけた。これは彼がオーバーザルツベルクの副官フンメルから受け取った無線電報と、フンメルに送った無線電報の写しだった。これらの書類が裏付けていたのは、四月下旬の初めに大本営のベルヒテスガーデン[2]への移転が計画されたことと、そしてヒトラーが、自らの命令で企てられた攻勢が失敗し、ベルヒテスガーデンと指呼の間にあるミュンヘンに連合国軍が入ったためにこの移転を断念し、総統地下壕に留まったことだった。ここにはまた、ボルマン宛てに届いた危機的状況を伝える党管区指導者たちの報告の紙挟みもあった。

私は総統地下壕に残っていたヒトラーの書類を調べた。その中には傍受された外国放送のニュースの紙挟みもあった。そのニュースの一つには、パルチザンたちに銃殺されたムッソリーニが、さらに愛人のクラ・ペタッチともども逆さ吊りにして曝《さら》されたことが報じられていた。この報道にヒトラーは青鉛筆でアンダーラインを引いていた。私には、ヒトラーが死後の自分の焼却について指示したのはこのせいだと思われた（まったくの見当違いではあるまい）。

紙挟みには姉妹、ヒンデンブルク大統領[3]、フランツ・フォン・パーペン[4]に宛てたヒトラーの手紙の下書きもあった。

ゲッベルスの執務室には書類の入ったスーツケースが二個残っていた。そしてこの中には歴史の観点から最も重要な発見物が私たちを待っていた。ゲッベルスの手書きの日記である数十冊のノートである。それはナチスが政権に就く前から始まり、一九四一年七月八日で途切れていた。ここにはまた、宣伝相の職務上の往復書簡、マグダ・ゲッベルスの紙挟み——ゲッベルス家の個人的資産の詳細な目録、家族の写真（マグダと子供たち、家族全員とゲッベルス、そしてマグダのポートレート）——があった。私はマグダのポートレートを記念に保存している。

生死はともかく、私たちはヒトラーの捜索に熱に浮かされたように取り組んだ。その中で私ができたのは、自分が手にした文書の内容をつかみ、方面軍参謀部へ送付するために添付メモを付けることだけだった。この自分の短いメモは、後に公文書館で調査したときに役立つことになった。私はすぐに文書の出所、その文脈を突き止めることができた。

五月六日の未明、総統官邸の庭園からヒトラーとエヴァ・ブラウンの遺骸が運び出された。法医学鑑定が実施された。五月八日、私は暗赤色の小箱を預けられた。中にはヒトラーの顎骨——識別のための決定的論拠が入っていた。

かくも奇妙な形で私の運命はドイツ史と接触した。

この時期、私はヒトラーの死体の決定的識別者となるはずの何人かの歯科関係者たちの探索に参加した。彼らの尋問調書とヒトラー識別調書には通訳の私の署名〔本名のカガン〕もある。

復員前の最後の三ヵ月間、私たちの軍の司令部は小都市シュテンダールにあった。ここで私は総統官邸やその他の施設、各省、ナチス指導者たちの住居から運び出された文書をさらに調べる機会を持った。この頃までにはすでにこれらの文書に対する関心は低下していた。戦争は過去へ遠ざかりつつあった。私たち自身が歴史になりつつあった。文書には私以外誰も関心を持たなかった。


私は専門の歴史家、研究者ではない。私は作家である。運命的な結び付きがなかったら、歴史的な出来事についての作品を構想し、社会現象を研究することなどありえなかっただろう。これは文書資料に基づく個人的な本である。ここで語られているのは真の事実と出来事についてであり、この本には一貫した本物の筋がある——それは戦争の結果であり、著者が軍事通訳として直接加わった、死んだヒトラーの捜索と発見、識別とその自殺の状況究明である。この種のものの中で肝心なのは真実性だと思う。真実性こそが最大のセンセーションだ。

ヒトラーの死体発見と識別の事実はソヴィエト側によって隠された。私はヒトラーの死について雑誌『ズナーミャ』(一九五五年第二号)に書いたが、発見、調査、識別についての部分は掲載が許されなかった。初めて私がこれを明らかにすることに成功したのは一九六一年、単行本『外套にくるまった春』[5]でのことだった。その時になってようやく、スターリンの死後、私が執拗に企ててきた、ヒトラー最期の真相を語ろうとする試みが実現したのである。

当時の出来事について読者により完全な知識を与え、目撃者としての自分の話を補強するために、私は長いあいだ公文書館資料の閲覧許可を得ようと努めた。すべての申し入れに対して答えはいつも同じで、「われわれは誰にも例外措置をとらない」[6]だった。私は共産党中央委員会にさえ電話したが、まったく支持を受けられなかった。V・イリインの助言で、私は再び手紙を書いた。今度はM・A・スースロフ[7]宛てだった。最近、私はたまたま自分の保存文書の中でこの手紙の写しにぶつかった。それには一九六四年八月六日の日付があった。どうやら、この手紙が一定の功を奏したようだ。そして一九六四年九月末に秘密の公文書館の扉が私に開かれた。

私に付けられたのは、戦車隊の肩章を着けた大尉だった。彼は「大祖国戦争の経験研究グループ」の者だと自己紹介した。ウラジーミル・イワノヴィチという名だった。彼は、本を書くために私に必要な文書を用意するという自分の任務に熱中した。長年の後、ウラジーミル・イワノヴィチは私に電話してきて、私の新著（戦争中のルジェフについての本）を「これは抒情的なドキュメンタリーだ」と褒めた。私は彼に、その時もまだ私には秘密のままだったあの公文書館の名前を訊いた。「ソ連閣僚会議の公文書館」だと彼は答え、ジューコフ元帥が私との会話で述べた推測を裏付けた。ウラジーミル・イワノヴィチからはまた、私が公文書館の利用を許されたのは党中央委員会の指示によるものだったことも知った。

近づいた戦勝二〇周年は、偉大な戦争についての国民的記憶を目覚めさせた。それは戦闘に参加したウラジーミル・イワノヴィチにも及んでいた。はっきりと目に付いたが、彼はお目付け役としてはいわば素人だった。壁にフルシチョフ〔直後の十月十四日に失脚する〕の肖像写真が掲げてあるがらんとした部屋で、私は一人で作業をした。これはまったく「特別のケース」だった。ウラジーミル・イワノヴィチは私があらかじめ申し込んだ文書だけにこだわらなかった。それに紙挟みの山の中を調べて、それらをきちんと探し出すことなどまず無理だったろう。出てきたものすべてを私に渡してくれた。一日の作業が終わると、その日に私が書き写した資料のテキストや、途中で浮かんだ考えが記されたノートは、提出することになっていた。補助になるような機械の類を私はまったく持っていなかった。翌朝、ノートは私に返された。目が通されていたことは間違いない。終わりまで書き込んだノートは私のところに残り、私はそれを家に持ち帰った。全部で、分厚いノート五冊になった。

ここで私は一九四五年五月の文書に再会した。この二〇年間、これらの文書に手を触れた者は一人もいなかった。この再会は私にとって衝撃となった。

これらの貴重な文書を利用したドキュメンタリー『ベルリン、一九四五年五月』は一九六五年にわが国で初版が出た。[8]（これに先立って、雑誌にも掲載された［『ズナーミャ』、一九六五年五月、第五号］）。しかもこの本は『神話でも探偵小説でもないヒトラーの最期』というタイトルでイタリア語、ドイツ語、ハンガリー語、フィンランド語、日本語、[*1]その他多くの言語で出版された。

以来わが国では、『ベルリン、一九四五年五月』は一二版を重ね、総発行部数一五〇万部を上回っている。そしてどの版も大幅に増補された。本書の第四章には、その後のすべての増補を加えた新しいバージョンを収めた。

年月を隔てても、経験したことは記憶から消えず、反対に、よりはっきりと見えてくる特徴や側面がある。疼く記憶はあの日々に戻り続けている。そして、戦争末期の重要な歴史的出来事についての話は、ただそれ単独では私にとって不完全なものとして残るだろう。戦争初期の日々、軍事通訳養成所での勉強、野戦軍でのほぼ四年間、その日々に出会ったもろもろのことについてのページがないとしたら。読者にとっても、著者がどのような荷物を背負ってベルリンに到着したかということは、関心があるだろうと思う。

軍事通訳、それは戦争の雪崩の中の特殊な立ち位置である。戦う双方の接触点にいつもいる。さまざまなレベルのドイツ軍文書が私の手を通った。重要な意味を持つものからどのように厳寒から身を守るべきかという兵士たちへの指示まで、命令やビラから個人の手紙まで。私はそれらの文書を訳し、忘れないために抜粋を自分のノートに記した。

前線から持ち帰ったこれらの、くしゃくしゃになり、ページがむしりとられ、しおりが沢山挟み込まれた、一トン半トラック（「パルトールカ」）の揺れる荷台で書いた判読困難な筆跡のノートは、戦争についての私の中編小説を育んでくれた。今も私はそれらのノートをひもときながら、モスクワ近郊からベルリンまでの自分の道を思い起こしている。


出版された本というものは、思いがけない発見によってみずからを充実させはじめる。『ベルリン、一九四五年五月』の初版が生んだ最も重要な出会いの一つが、ゲオルギー・ジューコフ元帥との面談だった。

ヒトラーの捜索、発見、識別に参加したほかの人たちも私と文通するようになった。その中にはヒトラーの遺骸の法医学鑑定の中心だったF・I・シカラフスキーもいた。彼らは立場上知っていた当時の詳細を私に補足してくれた。彼らの手紙やその他多くのものが私の個人的保存資料になっており、本書ではそれらが最大限に利用された。

そして、文書資料について一言。『ベルリン、一九四五年五月』の初版で私は次のような注を付けた――「この回想に引用された文書（供述書、調書、日記、交信記録その他）の公表は、本書の著者によって初めて行なわれた」。この原則を守るために、あるいは私は時として読者の関心を犠牲にしたかもしれない。たとえば、すでに知られていたヒトラーの個人的、政治的遺書を引用せず、それについてはただ簡単に触れただけだった。私が紹介したのは、もっぱら一九四五年五月初めに自分が総統官邸と後に軍司令部で調べた文書、さらに一九六四年九月の集中した作業の二十日間に秘密の公文書館で自分が発見した文書に限られていた。

初版のための作業は、公文書館資料調査の大量の成果と多くのきわめて貴重な発見をもたらした。私は次のものの断片を初めて紹介することになった——ヒトラー護衛隊長ハンス・ラッテンフーバーの供述、ソヴィエト軍参謀本部諜報総局における、ヒトラーの副官オットー・ギュンシェと、ヒトラーの侍従ハインツ・リンゲの最初の尋問調書、ゲッベルスの子供たちの薬殺に加わった医師たちの尋問調書、ヒトラーとエヴァ・ブラウン、ゲッベルス夫妻の遺体発見に関する調書、法医学鑑定調書などである。

公文書館にはタイプライターで打った公用ロシア語訳で、ボルマンの日記（原本は四五年五月初めにベルリンの路上で発見された）とハンス・ラッテンフーバーのより詳細な回想のような重要な証言が残っていた。

私の最も重要な発見の一つになったのは、ゲッベルスの日記である。その断片の公表はドイツの歴史家たちに探索のきっかけを与え、やがてわが国の公文書館から提供されたマイクロフィルムを基にして彼のノートが四冊本として出版されることになった[9]。

当時、大変な苦労の末、国家機密と検閲の障害を乗り越え、初めて私がたどり着いた記録文書は、今日では誰でも利用できるようになり、多くの言語に翻訳されている。したがって今では、初版の時の自分の原則を守って、叙述を簡略にする必要があるとは思わない。これまでに、あるいは私以外の人から発表された資料も時には利用することがまったく可能だし、必要だと考える。

記録文書は、とりわけ年月を隔てると、高い芸術的作用を帯びている。記録文書の有無を言わせぬ力それ自体は人を圧倒し、資料を全面的に信用させようと強いるかもしれない。しかし、この誘惑に身を任せ、記録文書を絶対化し、文書と歴史の間にイコール記号を置こうとする者は間違っている。

すべての記録文書が事実であるわけではまったくない。そして事実ですら、まだ完全なる真実ではない。重要なのは文脈だ。資料たちは衝突し、相互に矛盾し、角を突き合わせる。記録文書たちのこれらの生き生きした、喧嘩好きな関係の間に立って、私は時には審判になった。それらの文書に入らなかった多くのことを知っているからである。

章末注

[1]マルティン・ボルマン（一九〇〇～四五年）。国家社会主義ドイツ労働者党（NSDPA、ナチス）官房長、ヒトラーの側近。

[2]ベルヒテスガーデン（バイエルン州）にはヒトラーお気に入りの「山荘」があった。

[3]パウル・フォン・ヒンデンブルク（一八四七～一九三四年）。ワイマール共和国大統領（一九二五～三四年）。一九三三年にヒトラーを首相に任命した。

[4]フランツ・フォン・パーペン（一八七九～一九六九年）。一九三二年七～十一月、ワイマール共和国首相。ヒトラーの首相任命を積極的に支援し、ヒトラー政府に副首相として参加。その後、オーストリア、トルコ駐在の大使を務めた。ニュルンベルク裁判で無罪。

[5]エレーナ・ルジェフスカヤ『外套にくるまった春』（モスクワ、「ソヴィエト作家」出版所、一九六一年）、「最後の日々。軍事通訳の手記」（一一一～一六八ページ）。著者のこの公表により「世紀の秘密」（ソヴィエト諜報関係者によるヒトラーの焼け焦げた死体の発見と識別）が明かされた。これによって、このテーマは国内外の歴史家とジャーナリストたちに改めて取り上げられるようになった。著者が敷いた道を最初に進んだ一人、L・ベズィメンスキーは『ベルリン、一九四五年五月』（章末注[8]参照）の三年後にドイツで *"Tod des Adolf Hitlers"* (Hamburg, 1968) を出版し、五年後にロシアで同じテーマの『ある伝説の終焉』（モスクワ、一九七〇年）を出版した。

［6］V・イリインはロシア作家同盟の組織担当書記だった。

［7］ソ連共産党中央委員会幹部会員。

［8］エレーナ・ルジェフスカヤ『ベルリン、一九四五年五月』（モスクワ、「ソヴィエト作家」出版所、一九六五年）。

［9］*Die Tagebücher von Joseph Goebbels. Sämtliche Fragmente.* Hersg. von Elke Fröhlich im Auftrag des Instituts für Zeitgeschichte und in Verbundung mit dem Bundesarchiv. K. G. Saur Verlag. München. はしがきで発行者の Elke Fröhlich はこの日記の探索のきっかけになった私の本に言及している。本書で引用した日記からの抜粋は、この版の原文と改めて照合した。（著者）

訳者補注

＊1　日本では、ワレンチン・ベレジコフ、エレーナ・ルジェフスカヤ著『ヒトラーの最期――独ソ戦の裏面』（小林一郎、園部四郎訳、合同出版、一九六五年）として刊行された。一九四〇～四一年に駐ドイツ大使館に一等書記官として勤務し、モロトフとリッベントロップ、ヒトラーとの交渉に参加したベレジコフの回想『ベルリンからの脱出』に続いて、本書の後半にルジェフスカヤの『ヒトラーを探せ』が収録されているが、これは原著のダイジェスト版である。

第1章 未知への旅立ち
一九四一年、モスクワ

自分が体験したことを書こうとすると、私たちはしばしば記憶に無理強いして順序立たせようとする。

だが、記憶自身にはもともとそういう習性はない。

記憶が生きているのは、点々や連想、匂いや飛び跳ね、痛み……によってである。

前線ノートから

それは秋の寒い未明だった。冷たい風、黒い空。そこには翌朝の青い薄明かりが不安げに少しのぞいていた。

薄ぼんやり見える、役立たずの道。長く伸びた兵士たちの縦隊が、押し黙ったまま、最前線に向かってのろのろと歩いていた。叱咤の声もなければ、命令も聞こえない。声が一つもしない。ドイツ軍最先端の上空に上がった照明弾の明かりが届いて、一瞬間、兵士たちの顔を照らし出した。もう若くない、ぼやけた顔。これはきっと補充中隊だったに違いない。衛生大隊や野戦病院で少し治療を受けた兵士たちが予備連隊で編成された中隊である。

私は道の端を歩いて、司令部へ戻るところだった。

静寂の中、押し殺したどよめきのような音が聞こえた。それはまるで、一日のあいだ収まっていた砲声の遠いこだまのようだった。そして、ぬかるみをてんでんばらばらに進んでいく靴たちがぴちゃぴちゃ立てる音も聞こえた。

「姉さん！」と、列から抜け出た中年の兵士が私に声をかけた。「タバコ、ないか？」

「ないわ」

そして、その忘れられない兵士はむなしく先へ進んだ。

黒い空に隠され、時たま敵の照明弾に照らし出されながら、兵士たちはじめじめした荒涼たる夜の中を朝の戦闘に向かって歩いていった。

私は自分でも説明できない。なぜあの声が長い年月のあいだ、そして今も私の心を騒がせるのだろう。震えるほどに、涙が出るほどに。

「姉さん！　タバコ、ないか？」


情報を得ようと敵軍前哨点の塹壕から捕まえてきた捕虜が連れてこられた。この捕虜はとんでもなく凍えていた。女物のウールのスカーフをすっぽりかぶり、スカーフの上から軍帽をひっかぶっていた。履いているものはひどかった。藁で編んだ何かオーバーシューズ状のものに革長靴を突っ込んでいた。ドイツ兵を連行してきた斥候は人目もはばからず、さっさと歩くようにその背中を自動小銃の銃口で突っついた。藁のオーバーシューズを履いた捕虜は、踏み固めてつるつるになった雪道をかろうじて動いていた。外にいた二、三人の兵士とやはり二、三人のここの村人たちが、どうなるのか見物しようとその後について歩き出した。司令部のところで立ち止まった。斥候は居合わせた兵士たちに捕虜を預けて、報告のため百姓家の中へ入っていった。

ドイツ兵は取り囲まれた。みな無言だった。緊張が漂った。村人たちは秋から十二月までこの村でドイツ兵たちをじかに見ていた。もっとも、それはまったく別の外見のドイツ兵だったし、村人たちも尻込みして、物陰から見ていたのだった。

「フリッツ〔ドイツ人の蔑称〕、お前の戦争はもう終わったんだ」と、古参兵が口を開いた。「生き残れるぜ、悪党」

ドイツ兵の目は、まつ毛の白い霜でかがり縫いされた割れ目の中で生気なく、まるで水の精の目のように動かなかった。

彼は具合が悪かった。そして皆も何だか落ち着かなかった。だが、初めてドイツ人を目にした若い兵士がこらえきれずに突然、噴き出した。ドイツ兵の鼻からつららがぶら下がっていたのだ。口からも霜に覆われたスカーフの上にやはりつららが、あごひげのようにぶら下がっていた。こういう相手には、いくらそうしたいと思っても、本気で無慈悲にはなれない。まったく滑稽な人間だった。それに、敵がこんな状態にまでおちぶれるのは悪い気がしない。

「不格好な案山子だぜ」と、古参兵はそう言うと、かばうかのようにドイツ兵の肩をポンと叩いた。若い兵士もその後から身を乗り出して、面白半分につららに手を伸ばしたが、つららは取れなかった。そこでやはり袖口で捕虜の肩に触れた。

ドイツ兵は自分が滑稽な姿であることに気がつき、そのおかげで助かるかもしれない、生き残れるかもしれないと悟ったらしく、外套の長い袖から両手を出して、前に伸ばした。手には厚手のソックスを変なふうに窮屈にはめていた。それを見て周りで好意的な笑い声が起きた。

斥候が戻ってきて、彼を連行した。玄関の中に入るとドイツ兵は急いで両手からソックスを脱ぎ、外套のポケットに仕舞い、革長靴から藁のオーバーシューズを外した。部屋の敷居をまたぐと、ぱちんと革長靴を打ち合わせて両足を揃え、直立不動の姿勢をとった。そして暖気にあえいだ。百姓家の中はそれほど暖房がきいていて暑かった。

ドイツ兵が感じ取ったように、指揮官は彼をじろじろ見まわしながら、あざけりの表情を辛うじて隠していた。姓名、部隊名、階級は？

凍えきっていたドイツ兵はしびれた口からスカーフを取り、答えたが、上の空だった。夢中で、激しく暖気を吸い込んでいたのである。そして突然、驚愕して顔をつかみ始めた。

はっと気づいて、再び直立不動の姿勢をとった。顔、スカーフ、外套の上をつららが滑り落ち、折れながらぽたんぽたんと床の上に落ちた。

古参兵が昨年の思い出話をした――

俺が受けた命令は、模造戦車をベールィ市〔当時のカリーニン州、現トヴェーリ州〕、ホルム地区へ引っ張っていけという命令だった。工兵がベニヤ板と材木で戦車のハリボテを作った。そういう戦車を六台、ロープで俺の戦車につないだ。そして俺はハリボテを三〇〜四〇キロずつ、主要道路を通って引っ張っていったが、着弾観測機の「窓枠」〔フォッケ・ヴルフFW189機のこと。双胴式で、地上から見るとそう見えたので、ソ連側では「窓枠」（ラーマ）のニックネームで呼んだ〕の攻撃に遭った。「窓枠」は写真をやたらに撮りやがった。翌日、道路沿いにビラが沢山まかれたよ。「ロシア、ベニヤを引っ張る。グデーリアンの戦車、モスクワ近傍にあり」とね。

道。エンジンが必死になってうめく。車輪が深い轍にはまり込む。戦車、トラックが動いていく。

馬力で牽引される砲。

歩兵縦隊。背嚢を背負った誰かの背中。背嚢にくくりつけられたすすけた飯盒がぶらぶら揺れている。若いのか、中年なのか、帽子の耳垂れを下ろした顔からは分からない。あごの下で耳垂れをきつく縛っている。力が入って身震いする馬。突然、住居のようなものが雪煙の中から現れる。目深にかぶったスカーフの下から農婦が一人、私たちをじっと、思いのこもった目で見送っている。この時、私はすべての人に、すべてのものに、胸が痛くなるほどの強い関わりを感じた。そのことを言葉にするのは当時の私にはきまり悪かったし、変だったし、不可能だったろう。

分岐点。エリニャ〔スモレンスク州〕出身の娘が大きな半外套を着込んで、ライフル銃を背に立っている。小旗を振り上げて、もう一方の手には携帯用石油ランプを持って、車両を停め、書類や荷物を細かく点検する。医療大隊めざしてとぼとぼ歩いてくる負傷兵は、通りがかりの車に便乗させる。通過する兵士たちは彼女と冗談を言い合い、時には口汚くののしって先へ向かう。

雪が降る。霧が野原と道を覆う。どこか近くで銃声がする。前線の道は延びきっている。連続的な防御線は存在しない。ドイツ軍の気配がする。娘は検問所に立ち続ける。戦争の持つあらゆる荒々しさ、向こう見ず、希望、高揚と憂愁が彼女のそばを通過していく。

「兵士諸君！　モスクワが目前にある」

ドイツ軍第八七師団第一八五歩兵連隊少尉クルト・グルーマンの日記から——


六月二十二日の朝を連隊は最前線で迎えた。三時〇五分、最初の榴弾が国境を越えて飛んだ。

ベロストクまでの初戦の後、私は二級鉄十字章を受けた。当時、われわれは後方にあって、切歯扼腕した。今、懐かしく思い出されるのが旧ポーランド領での気楽な日々、ポーランドの炊事車の多彩な料理である。この時期に私はわが兄弟ハンスの英雄的戦死について知らせを受け、衝撃を受けた。

戦争中の自分の保存文書を整理していて、私はこの日記にぶつかった。[1] 最も大事なものだけを残すことにして、資料の多くを処分していたので、なぜ、これが残っていたのかすぐには理解できなかった。しかし、日記をぱらぱらめくりながら、そこにルジェフのことが書かれているのを見て、なぜそれを残しておいたのか納得した。

ドイツ国防軍少尉の日記は、ドイツ軍がモスクワに肉薄したときに書き始められていた。包囲されたモスクワの命運は、その最短接近路の一つ、ルジェフ陣地〔モスクワの西約二〇〇キロ付近〕における防衛者たちの長い緊迫した自己犠牲的な戦闘と深くかかわっていた。ルジェフは私個人の運命にもなった。

血みどろの五ヵ月のあとで、ゲオルギー・ジューコフ元帥〔この当時の階級は上級大将〕は四一年十一月をモスクワにとって最も危機的な、最も厳しい月と呼んだ。この時の戦闘でモスクワの運命が決した。日記が書き残しているのは、無力化したかに見えた赤軍が十二月にモスクワ付近で反攻に転じた後の事態の展開である。ドイツ軍は初めて壊滅的敗北をこうむる。大混乱、遺棄された軍事機材、パニックを日記の筆者は記録している。彼が同じような光景を目にしたのは、フランス軍の退却時だけだった。率直に書かれたこれらのページは、勝利まであと一歩とドイツ軍が思っていたときに雪崩を打って敗走することになる日々の状況を、敵の目で見られる貴重な機会である。

一九四一年十一月十七日。私が頭の中で飛び移りたいのは、もっとよい思い出がある時代、充実した学校時代や、ヴェルサイユの美しい景色の思い出がある時代である。好んで思い出すのは、体が深々と沈む安楽椅子のあるクラブの部屋で、泡立つアブサン、あるいは有名なマーテル、ヘネシー、モンムソーを注いだグラスを手にして過ごした快適な夕べ。士官任官によりわが青春の宿願は実現した。その次の特筆すべき出来事は、新たな生活へと覚醒させられたパリの訪問だった。その目くるめく華麗さを私は目にすることができた。それから列車の轟音が始まった。そして私自身、気がついたら列車の中にいた。それはわれわれ、編成中のオートバイ中隊の士官を乗せて東へ疾走する列車だった。

われわれは再び戦闘に入らねばならなかった。長い鉄道の旅の後、スモレンスクに到着。私は双方に重大な損害をもたらした激烈な戦闘を永久に忘れないだろう。

十月十八日。指揮官から一級鉄十字章を授与された。その後、ひどいぬかるみの季節を経験しなければならなかった。この期間、私は馬に乗ることを覚えた。泥の中に沈んだフロシチェフカの競技場はとりわけ思い出深い。われわれはナポレオンが戦闘をしたボロジノ原を通過した。今も多数の兵士のオベリスクがそのことを思い出させてくれる。われわれはモスクワ川を徒歩で渡り、それからヴィーシェンキへ行軍した。敵襲への反撃、シベリア師団との最初の遭遇。モスクワ強攻が始まった。

十月の初め、私はまだモスクワにいた。わが家のそばのレニングラード街道（現在はレニングラード大通り）を義勇兵の縦隊がモスクワ近郊の前線に向かって続々と向かった。これは学生、労働者、学者たちだった。音楽院からもわが国の著名な音楽家たちがその中に加わっていた。すべてはモスクワ防衛のためだった。道路の反対側では一二番線トロリーバス（今も同じ路線を走っている）が負傷者たちを運んでいた。彼らは最前線からヴォロコラームスク街道にあるトロリー終点まで運ばれた。それほど前線が近づいていたのである。モスクワの鉄道始発駅のうち、国内奥地へ列車を送り出しているのは三つの駅だけだった。ほかの駅からは、列車は近郊の駅までしか行かなかった。私の家から近いベロルシア駅のそばには対戦車阻止柵と有刺鉄条網があった。サドーヴォエ・コリツォー〔市内環状道路〕にはバリケードが築かれていた。ショーウィンドウは煉瓦でふさがれ、銃眼だけが残された。モスクワは市街戦に備えていた。

戦が来たら、わが家を守れ。私には近所の高い建物の屋上で当直する仕事が割り当てられた。焼夷弾を消すためである。

砂が置いてあった。しかし、何をどのようにするのか、まだ訓練を受けていなかった。その代わり私はここで一人、市街の上に立って、戦争の世界にいた。轟音——近くに爆弾が投下された。隣の屋上から高射砲を撃っている。これでは私たちの居場所は筒抜けだ。照明を消した都市。すべてが闇の中に沈んでいる。見えるのは弾が飛ぶ蛇のような飛跡だけ。すべてが異常に、とてつもなく、度外れに美しい。息が止まるほどに。

大動員が行なわれていて、軍事委員部が大忙しだった最初の時期、兵役義務がなく、しかもしかるべき専門技能を持たない娘が、軍事委員部の人混みをかき分けて受付までたどり着くのは不可能でもあったし、無益でもあった。

私と女友達のヴィーカ・マリトは、動員計画により直ちに弾丸の薬莢製造に切り替えた第二モスクワ時計工場の分工場へ派遣された。しかし、私とヴィーカは工場に落ち着くつもりはなく、「生産から離れることなしに」夜間の看護師速成講習会へ入った。この夜間講習会は定住所がなかったので、人けのないマーラヤ・ブロンナヤ通りをあちこち渡り歩いた。そして私たちと一緒にかさばった視覚教材――肋骨がカタカタと音を立てる大きな骸骨も移動するのだった。骸骨は固定された両足の上にしっかりと立っていたが、恥骨には4417という備品番号が貼り付けてあった。骸骨は私たちとともに、ある時はガランとした食料品店の売り場に、ある時は学校の体育室に、ある時はマーラヤ・ブロンナヤのユダヤ劇場の舞台の上にまで出現した。劇場の表示板には「静かに！　リハーサル中」と出ていた。劇場はシーズンの幕開けに向けて準備していた。

私たちは看護師速成講習会の修了証をもらったが、誰にも私たちを前線に派遣するつもりがないことを知った。軍病院は東部で編成中だった。しかし、私たちの頭には前線のことしかなかった。

そんな中、私が聞きつけたのは、軍の通訳養成所が緊急に生徒を募集しているという話だった。通訳は極度に不足していた。何しろこれは最初の祖国戦争〔対ナポレオン軍防衛戦〕ではない。この時は士官たち自身が敵の言葉を自由に話せた。第二の祖国戦争では事情が違った。

当時は外国語教育を強化した特別学校〔特別課程のある普通教育学校〕はなかった。ほとんどすべての学校でドイツ語が教えられていた。だが、これがどういう科目だったか、私たちがそれにどういう態度をとっていたかは、当時私の学んだ学校ではやったこんな四行詩によく出ていた――

私はドイツ語習わない、
なぜって、習いたくないからさ。
それにどうしてソヴィエトで、
ドイツ語勉強せにゃならぬ？

しかし、前線では通訳不足が切実だった。通訳なしでは、多少ともまともに戦うことなど不可能だったのである。そして、急きょ、探し始めた。参謀本部の命令により、西欧語軍人学部〔モスクワ外国語教育大学の〕に付属して急いで軍事通訳養成所が開設された。

試験は笑止千万なものだった。私たちの知識の程度にふさわしく。しかし、私たちの中には子供時代からドイツ語を学んでいた者も少しいた。私も部分的にはそうだった。貼り出された試験合格者の名簿に私も入っていた。けれども差し当たりは仮合格だった。授業には男子だけしか出席を許されなかった。落下傘部隊のための通訳を養成しているのだという噂があった。

日が過ぎていった。カリーニン市〔現トヴェーリ市〕への接近路で戦闘が行われていた。オリョール市が敵の手に落ちた。十月九日、とうとう私は、一体いつになったら授業に出られるのかと尋ねに出かけた。

「君はまだ軍人宣誓前だしね」と、少佐が言った。「だから、よく考えて決めたまえ。どういう状況か、自分で目にしているだろう。それでももし、気が変わらなかったら……」

そして少佐は、明日、どこへ何時に出頭すべきかを告げた。

私の旅支度は時間がかからなかった。前夜、私は洗濯を思いついた。シーツ、枕掛けは寒い家の中でまだ乾いていなかったので、そのまま台所のひもに吊るして残した。私はトランクに古い毛布を入れた。これは以前からアイロン掛けの下敷きになっていたもので、ところどころ茶色の焦げ跡があった。この毛布は私とともに戦争の全期間を過ごした。綿入れ毛布は持参できなかった。ほかに何を入れたのか、記憶がない。何しろタオルまで考えた末に持っていかないことに決めたのだから。私は確信していた。義勇兵のわれわれも、モスクワ防衛のための近くの前線に送られるのだし、軍隊ではすべてが支給されるのだと。だが、予想はすべて外れた。

われわれを待っていたのは、係留された汽船だった。われわれはモスクワ＝ヴォルガ運河を出航し、モスクワから遠ざかった。だが、戦闘が行なわれているのはモスクワ近傍の接近路である。十月十日のことだった。ゆっくりと、長い時間をかけて航行した。うんざりしたし、落ち着かなかった。もっとも、好奇心はあった。一体どうなるのだろう？　けれども空腹で、心もとなかった。しかし、どこへ向かっているのか？　軍事機密である。ようやく、船は係留された。それはスターヴロポリ・ナ・ヴォルゲ市[*1]だった。

後に、ルジェフ近傍の前線でのことだが、私は戦利品として届けられた一九四一年十月の日付のある文書を翻訳した――

ドイツ軍兵士たちへ。檄文。
兵士諸君！　君たちの目前にモスクワがある。戦争の二年間、大陸のすべての首都は君たちの前に屈服した。君たちは名だたる諸都市の通りを闊歩した。残っているのはモスクワである。モスクワを屈服させよ、君たちの大砲の力をモスクワに見せてやれ、モスクワの広場を行進せよ。モスクワ、これは戦争の終わりである！

国防軍最高司令部

クルト・グルーマン少尉の日記から――

一九四一年十一月十八日。その日がやってきた。われわれはモスクワ包囲に参加しなければならない。第三大隊は森の外れの敵抵抗をすぐに粉砕。一路ペトローヴォへ向かう。捕虜の供述によると、ここには野塁があるはずだ。隣の部隊は雪に覆われた森の道で方向を間違えた。地図がきわめて不正確。ほとんど使い物にならない。

十一月二十日。斉射砲の活動が増大している。これは兵士用語では「スターリンのオルガン」と呼ばれている。[2]

われわれはまだこの砲火を浴びていない。炸裂するロケット弾の心理的効果はその破壊力よりもさらに大きいという。

十一月二十一日。砲弾が村の真ん中で炸裂。全員、床に伏せる。外は重傷者の悲鳴とうめき声。

……対戦車砲は重戦車には無力。われわれは高射砲隊の配属を要求している。

十一月二十二日。敵は第一七三連隊を攻撃。急襲し、敵を粉砕。戦場にロシア軍戦死者六〇名残る。一〇〇名を捕虜にする。

進撃は心を奮い立たせる光景だった。全連隊が森から村へ突撃。突然、家屋の背後からT－34が現れ、方向を変え、砲を放つ。これに向けてあらゆる口径の対戦車砲と高射砲が砲火を集中。戦車の砲塔はどうやら動かなくなったらしい。いずれにせよ、機関銃からしか撃ってこない。砲弾が排気筒に命中。火が外へ噴き出す。エンジンから煙が出ている。だが、戦車は高速で先へ疾走する。とうとう、走行装置から履帯が一本外れた。戦車は同じ場所でぐるぐる回っている。次の砲弾が二本目の履帯を駄目にした。T－34はついに擱座した。

前線で私は通訳として、捕虜が士官の場合には、ドイツ軍側から見たわが軍の長所を訊ねることが義務になっていた。長所として挙げられたのは、T－34戦車、兵士の頑強さ、ジューコフだった。後にジューコフ元帥に会ったとき、私はそのことを話した。

一九四一年十一月二十五〜二十九日。 われわれは敵抵抗の打破に成功していない。SS編合部隊と戦車がイストラを占領し、東へ前進している。彼らはわれわれからモスクワへ一番乗りする名誉を奪っているが、これは一時的なものだ。わが連隊の戦死者たちをスルミノ付近で葬る。われわれの希望は、南西部からモスクワへ向かって進出したグデーリアンの戦車にかかっている。

十二月五日。 われわれはいつ交替になるのか分からない。われわれはもう少しずつ計算し始めている。最後の者たちがいつ戦列を離れ、武器を手にする者がいなくなるかを。重機関銃もしくは重迫撃砲を操作できる者が少なすぎて、これ以上欠員が増えたら、これらの種類の兵器は使用できなくなる。それらの一部は輸送手段ともども、要員不足のため、ルーザ進出の際に後に残された。

十二月七日。 防御線の維持が不可能なことを認識。指揮官とともに新たな陣地構築用の場所を視察。幼稚園に包帯所を設置。八〇名を連れてきたが、そのうち四〇名は二度および三度症状の凍傷を負っている。

これからどうなるのか？　何のためにわれわれはこんな目に遭うのか？

十二月十一日。 後方部隊が命令によって後退し、村々に火を放っている。火事の火が夜空を照らしだしている。

一五時、国会での総統の演説を傾聴。アメリカへの宣戦布告を満足の意をもって知る。わが海軍はローズヴェルトの生意気な挑戦に応えることができる。

十二月十六日。 放棄されたルーザを車で通過。ほぼ完全に無人になっている。あちこちで木造の家が燃えている。これらのたいまつが市内を照らしている。昼のように明るい。夜、防御に備えよとの命令が届いた。ついに、総統の厳命。これ以上の後退を禁ず。ルーザの防御線を最後の一兵まで死守せよ。ルーザの都市そのものを橋頭堡にすべし。

「電撃戦」に負けた陸軍総司令官ブラウヒッチェ陸軍元帥は、モスクワ近郊の後退は破局であり、戦争は負け戦だと考えて、他の将軍たちとともに軍を帝国国境まで撤退させることを主張した。彼はヒトラーによって解任され、最高総司令官のヒトラー自身が自らを陸軍総司令官兼任に任命した。戦争は続いていた。ドイツ軍前線司令部は兵士たちのために暖かい衣類を軍経理部に要請した。その経理部は夏の間の「電撃戦」ではそれは必要ないだろうと考えていたのだった。

「バルバロッサ」計画では、対ソ攻撃は一九四一年五月十五日に計画されていた。計画どおりに実施していたら、ドイツ軍は冬の到来まであと一月余裕ができて、本質的に有利な立場に立っていただろう。しかし、ギリシャが計画を狂わせた。公文書館でゲッベルスの日記を調べていて、私はその中にあった大戦争直前のヒトラーとの大量の会話についての記録を読んだ。「電撃戦」、ロシアを瞬時にして壊滅させる計画を立てながら、総統はあらかじめ断っている。「ギリシャ遠征は物資面でわれわれをひどく弱体化させた。したがってこの件は少し遅れている。天候が相当に不順で、ウクライナの収穫がまだ熟していないのは、結構なことだ」(一九四一年六月十六日[3])。

一九四一年春、ヒトラーはその同盟国イタリアの最後通牒を拒絶したギリシャに宣戦布告した。小国ギリシャと、すでにほぼ大陸欧州全域を従属させたナチス・ドイツの膨張した軍事力との多勢に無勢の戦いが始まった。この英雄的で頑強な、しかしその救いようのなさで悲劇的な戦いは、ドイツ軍をここバルカン半島で長引いた戦争によって足止めにした。

前世紀のすでに八〇年代になってから私がギリシャを訪れた日は、たまたま国民的祝日の「オーヒの日」に当たった。これは敵の最後通牒にギリシャ国民が「オーヒ」、つまり「ノー」と答えた一九四〇年十月二十八日を記念する日だった。お祝いの行列にはほんの小さな市民たちも、白いブラウスを着て、手に手に小さな国旗を持って加わっていて感動的だった。

戦争の進行に影響を及ぼしたこの「オーヒの日」によって、私たちがギリシャとどれほど結ばれているかを考えて、胸が熱くなった。


一九四一年十二月二十一日。当初、われわれは占領した諸州で多くのものを調達でき、自給していた。今、われわれは同じ場所にいる。われわれにはほとんど何もなく、調達する場所がどこにもないと言っていい。

十二月二十八日。虫が皆を異常に苦しめている。残念ながら、パンの規定分量を減らさねばならない。

皆はすでに数ヵ月間、下着を替えることができなかった。汚れた夏の下着は夏から背嚢に入れたままだ。そのために足りないのは水と石鹸だけだ。乾燥に十分な時間があるという確信も必要だ。そして現下の状況ではすべての病人が隊列に残っている。

十二月二十九日。ああ、冬用衣類の欠如！ 秋ならもっと容易に冬の準備ができたのに。さらなる前進に必要な軍装品が、輸送の遅れのために不足することは分かっていたのだから。

赤軍司令部は偽りの希望を抱くべきではないし、輝かしい勝利を収められると考えないほうがいい。その束の間の成功はわれわれの手違いのせいだ。夏になればボルシェヴィキたちが再びわれわれの力を感じることになるのは疑問の余地がない。

北アフリカではイギリス軍が勢力集結に成功したようだ。彼らは攻撃に転じている。リビアでは部隊が不足している。戦線のこの部分に予定されていた部隊が東部での戦闘に投入されたためだ。われわれのすべての期待はロンメルにかかっている。

十二月三十日。村々から出ていった住民たちが、何か食べ物を手に入れようと戻ってきている。しかし、われわれは無慈悲でなければならない。少ない手持ちを使ってはならない。弾丸ができなかったことは、飢餓に果たさせよ！

最後の一文は、ヒトラーの指令のほぼ丸写しだが、ヒトラーのいう人種戦争であるこの戦争において、スラヴ人を根絶すべきだという彼の命題をさらに発展させていた。クルト・グルーマン少尉は飢餓もその手段だと言っているのだ。初めて日記に現地住民のことが出てきたが、日記を書いた少尉が彼らに目を向けたのは、ただ彼らに死を運命づけるためだけだった。

一九四一年十二月三十一日。暖かい部屋でクリスマスツリーのろうそくがともっているのは、これが最後である。空は再び晴れて、星空だが、非常に寒い。

一九四二年一月十一日。ルジェフとカルーガは大激戦の地と化した……われわれは防御線を構築している。わが第一八五歩兵連隊には退却はない。耐え抜くか、さもなくば死あるのみ。

一月二十日。マイナス四〇度。対戦車壕、鉄条網。これはみな何のためだ？　この場所を汚いぼろをまとった連中に残していくのは残念だ。わが師団の大多数の連隊は後退している。またしても凍傷者数名。多くの村ではすでに井戸を爆破。

夕刻、空は多くの場所で血のような赤に染まった。火を放たれた村々が燃え上がった。炎の舌が汚い家々をがつがつと飲み込んでいく。戦争は残酷だ。これが意味するのは、われわれが生きるか、それとも彼らが生きるかということ……。

ここでクルト・グルーマン少尉の日記は途切れている。

ドイツ軍が放棄したモスクワ近郊の住民地点で私はこんなドイツ語のポスターに出会った――「ロシア人は死なねばならぬ、われわれが生きるために」("Der Russe muss sterben, damit wir leben")。

「君たちの武器はドイツ語」

ドイツ軍少尉が日記に書いていたその一月、私たち軍事通訳養成所の最初の修了生は中尉の襟章をつけてスターヴロポリを出発した。村に似た静かな郡中心都市スターヴロポリ・ナ・ヴォルゲ[*2]は、南部の大都市と同じ名前だった。養成所はこの地で、モスクワからクイビシェフに一部が移った参謀本部の側面に落ち着いた。スターヴロポリからクイビシェフまでヴォルガ伝いに一〇〇キロ以上あった。鉄道も、街道もなかった。そしてヴォルガが結氷すると、川の上に橇道ができるまで、私たちは外界から遮断された。

秘密めいた丘に囲まれたこの辺地の小都市は、ヴォルガを渡った対岸〔左岸〕にあった。家々の氷に覆われた低い窓からぼんやりと明かりが漏れ、橇の滑り木が立てる低いきしみ音もふかふかした雪の中に消えていった。この最後の静寂の中では、戦争の轟音は聞こえなかった。しかし、戦争はここにもそのしるしを送ってきた。避難民、「疎開者」、困窮と金儲けが出会う「がらくた市」での切ない光景。食堂の新しいウェイトレスには、疎開してきた妊婦たちしか採用されなかった。これは市当局の決定により彼女たちに与えられた「人道援助」だった。そうすれば市内唯一の公共外食施設のかまどのそばにいられるからである。

私たちはモスクワから切り離されていた。モスクワはどうなっているのか？　不安にしつこくさいなまれた。

冬のある日、町を師団が通過した。正確を期せば、それは師団というより、師団の残りだった。私たちが授業を受けていた地区土地管理部の窓のそばの主要通りを、赤軍兵士たちが遠方から、戦争から歩いてきた。少し足を引きずり、ゲートルを巻いて履いた靴を引きずりながら。みな凍え、疲労困憊していた。

その日、私たちは授業で、あらかじめ棒暗記してきたドイツ国防軍歩兵操典の数節を復習していた「ドイツ歩兵の攻撃精神は……」。だが、通り過ぎていく兵士たちを目にすると、口をつぐんで、窓のところに鈴なりになった。締めつけられるような痛みを感じながら、その場を離れることができなかった。傷ついた師団を前線からロシアの奥地へ、これほどの奥地へと連れてきたのである。新たに編成を行なうために。隊列には白いものがちらほら見えた。途中で凍傷になった手を吊っている者、耳を包帯でぐるぐる巻きにして夏用の軍帽をかぶっている者。橇で運ばれていく者もいる。疲れ切り、凍えた兵士たちがいつまでも続く。縦隊の終わりが見えない。夕闇が迫ってきた。きっと、一晩中、行進するのだろう。

おぞましい敗北感が忍び込んできた。

この頃、私たちは宣誓した。

私たちの養成所が配属されている軍人学部の長官、ハンサムなビヤジ将軍（最近までイタリア駐在武官だった）は、馬乳酒療法サナトリウムから百姓橇に乗って到着した。あまり履き古されていない黒の半長靴で慎重に歩きながら、地区土地管理部の部屋に入ってきた。そこには私たちの最初の小隊が宣誓をするために整列していた。部屋の真ん中にあるだるまストーブに両手を近づけて、暖をとると、将軍は簡潔に言った。「祖国は危機にひんしている」

私たちは一人ずつ前に出て、テキストを読み上げた。「もしも私がこの厳粛な誓いを破ったならば、ソヴィエト法の厳罰、勤労者全員の憎しみと軽蔑を私に与えてください」。そして署名した。

授業は続いていた。科目「ドイツ軍の組織」。これを教えるのは栗色のふさふさした髪をきっちり分けた大尉だった。年は三十歳ほどで、かなり恰幅がよかった。

私たちの注意力は集中せず、心ここにあらずという状態だった。すでに心は飛び立って道半ばにあり、身体だけがここ、主要通りに面した地区土地管理部の部屋に残っていた。白い通りはヴォルガ川に通じていて、その先は前線へ延びていた。ドイツ軍砲兵連隊には曲射砲が何門あるか、それらのための弾薬基準数量は何発か。大砲の口径。飛行機の型式──「ヘンシェル126」機、「ユンカース88」機、「メッサーシュミット109」機。これを消化するのは少し難しかったが、現場へ行けば、すべてを理解できるだろう。だが、ここではまだ当分のあいだ私たちはそれほど勤勉ではなかった。

軍属の教員アウエルバッハの授業は活気があった。「君は捕虜、私は通訳」、「私は捕虜、君は通訳。尋問の実務に即して話そう」という調子で訓練を受けた。

軍属のアウエルバッハはほかのすべての教員たち、つまり髪をきっちり分けた大尉たちと異なっていた。背が低く、青いボストンウールの都会風の服を着ていて、詰襟軍服とグレーの外套ばかりの中で異色だった。スイスの出身だったが、生涯の大半をロシアで過ごしていて、何か特別のひたむきさで仕事に対していた。もしかしたら、彼にとって仕事は耕作している故郷の土地なのかもしれなかった。私たちの養成所はできたばかりで、教育システムはまだ整っていなかった。ここにはそのための広い裁量の余地があり、彼の教授法はまったく自主的だった。そして私たちは有益な知識を吸収していった。

敵の軍隊用語に慣れるために、私たちは参謀本部からヴォルガ経由で送られてきたばかりの、十二月の日付のある鹵獲文書を翻訳した――

厳寒についての心得。

1　防寒の補助手段。

鉄かぶとにはフェルト、ハンカチ、くしゃくしゃにした新聞紙、あるいは耳覆い・顎覆い付き軍帽を入れること。耳覆い・顎覆い、袖当ては一時的にゲートルで作ること。袖当ては古いソックスで作ってもよい。

シャツは厚手のもの一枚よりも（薄くとも）二枚着たほうがいい（重ね着をした薄手シャツ二枚の間の空気層は最良の防寒対策である）。

下腹部はとりわけ寒気から護ること。肌着と綿入れ上着の間に新聞紙を挟む。ぼろきれ製の腹巻で包む。

足と膝にはズボン下とズボンの間に新聞紙を挟む。ズボン下の割れ目は縫い合わせること。トレーニング・パンツを下に履くこと……[4]。

これは私たちを笑わせた。敵の面子は台無しになった。あの悪党どもが寒がって、太腿に新聞を巻きつけていると知って、小躍りして喜んでもよいほどだった。しかし、一般的に言って、敵が私たちと同じように寒さを感じていることには、何かしっくりしないものがあった。これには当惑した。

曲射砲やヘンシェル126、ユンカース88、歩兵操典のパラグラフについて習っている分には、すべてはそれなりに明瞭で、整然としており、異質で、神秘的で、怖い感じがした。しかし、このような「心得」をつうじて彼らの体験が生々しく想像できた。彼らは寒気に苦しんでいる、彼らは呪わしい敵であるにせよ、人間の姿をとったのである。

氷に閉ざされたヴォルガは私たちを外界から遮断していた。しかし、ある日の夜遅く、この辺地の、雪の降り積もった通りへニュースが飛び込んできた。ドイツ軍をモスクワから撃退中！　私たちはじっとしていることができず、男子寮へ飛んでいって、抱き合い、歌った。その後で、モスクワの義勇兵連隊で斥候騎兵をしている兄から手紙が届いた。「ここではドイツ軍が敗走した……」。それだけを待っていたのだ！

クルト・グルーマン少尉の日記から――

一九四一年十二月十四日。敵がわれわれの後方へ進出。その撃滅に失敗……分断される危険。直ちに後退する必要あり。後退中の他の諸連隊との遭遇が最初の渋滞を引き起こす。しかし、次のリホヴォ村で完全な大混乱がわれわれを待っていた。多数の後退する師団の部隊が殺到していたのだ。

十二月十五日。道の至るところに弾薬、銃弾の箱が打ち捨ててある。さらに先へ行くと、それがもう山積みになっている。立ち往生。にっちもさっちも行かない。

十二月十六日。このような光景を私が目にしたのは、西への遠征中に見たフランス軍退却のときだけだったと思う。

覚えている……昨年の夏、すでに戦争が始まっていた。ソヴィエト国民は祖国、名誉、自由を断固守る、と当時すでに明言されていた。外国国旗の小旗をつけた自動車が通りを疾走し、外交官の家族をこの災厄の中から避難させていた。私はニキーツキー門の拡声器のそばの無言の群衆の中にいた。アナウンサーの声が、事態は切迫していると伝えた。反対側の名画座には『死者が目覚めるとき』という映画の看板が出ていた。

さらに戦争初日の記憶は、窓のブラインドである。全戸に配られた。何かの厚い丈夫な紙で出来ていて、それまで日常生活で見たことがないものだった。窓にそれを釘で打ち付けたり、はめたり、カーテン状に吊るしたり、照明器具を覆ったりした。今度はもう戦争が終わるまでの措置だった。今やありとあらゆるもの、何事にも、共通の尺度が一つあった。戦争が終わるまで、という尺度である。例えば、ズボンにアイロンをかけると、言ったものだった──「ほら、今度は戦争が終わるまで履いてよね」。

時間の新しい観念。現在でもなく、将来でもない。将来に延びている現在。いや将来でさえなくて、将来への、戦争終結への切なる願いに延びている現在。そして切なる願いもまだ不十分だった。私たちは新しい事態に不安に陥り、茫然自失し、当惑していた。それが私たちの生活を支配した戦争の実際だった。しかし、皆はまだ無事で、生きており、戦争を十分に体験していなかった。

すでにチャーチルは、「われわれはベルリンを昼も夜も爆撃するだろう」と言っていた。

すでに最初の爆弾がモスクワに落ちていた。

すでに食料切符制が導入されていた。

市内からはいろいろなものが姿を消していた。しかし、モスクワは私たちの前にそれまで知らなかった奥行きと面を開いて見せた。

私たちが登って焼夷弾を警戒して当直しているその屋根の連なり。防毒マスクを背中に掛けて部署についた勇敢な男女が、空襲警報で急ぐ人たちに避難を指示している地下室の数々。そこでは外から爆弾の炸裂音が聞こえ、子供たちが泣き、女たちがすすり泣いていた。六歳ほどの男の子が、幼児を毛布にくるんで寝かしつけながら床に座っている母親のそばに立って、その肩をつかんで口を尖がらせて吹き込んでいる――「空襲はないよ」。

だが、モスクワを一度で撃破することはできないし、戦争で押しつぶすことはできない。モスクワは多層的だった。そして最近までの過去とまだ縁切りしていなかった。つまり、戦争一色ではなかった。しかし、都市生活の通常の特徴も、今では異常だった。私たちのアパートの中庭のタバコの花の香り。灯火管制のおかげで今では深くなったように見える夜空からモスクワに降りそそぐ星。八月には本当に星が落ちた。(その八月当時、私はノートに書き込んだ。「これらのすべてが本当にその通りだったことを忘れないこと。タバコも、ソヴィエト政権も、星が落ちたことも」)。入口のドアの郵便箱には、通常どおり九月一日から大学の授業が始まることを知らせる葉書が入っていた。普通学校時代と同じ電車とトロリーのルート。トヴェルスカヤ並木道の小さなレストラン。雨に降られてたまたま飛び込んだが、そこではまだみんなが歌っていた。しゃがれた声で、張り裂けんばかりに歌うジプシーの芸人たちだった。戦争でも止まらなかったプーシキン広場の街頭時計は、私たちのデートすべての灯台だった。

私たちは九月一日に大学へ戻らないだろう。私たちはモスクワと別れる。永久にお別れだ。なぜなら、戻った時には、これはもう別の都市になっているから。

さらに一週間ほど授業が続き、試験のようなものがあった。いつものように食堂に向かいながら、私たちは最後の、別れの小唄をうたった——

若い男の子が一人行く、
あの子は軍事通訳だ。
ところがこの通訳は、
ぜんぜん教育を受けてない。
その後を娘が一人ついていく……

それでも私たちは何やかや仕込まれた。だが、急に気づいたことがあった。そのきっかけになったのはアウエルバッハ先生だった。ドイツ語の罵詈雑言を教わっていなかったのである。指揮官に捕虜を罵倒する必要が生じたときに、通訳がどう訳すか知らなかったら、どうなるか？　困ったことになる。司令部はアウエルバッハに至急、ドイツ語罵詈辞典の作成を委嘱した。私たちは「宣伝活動本部」で石油ランプ（しょっちゅう給油しなければならなかった）を煌々とつけて試験勉強をしていたが、アウエルバッハは夜毎そこへ訪ねてくるようになった。「『ディルダ』〔ロシア語で「のっぽ」〕というのは、強い悪罵かね？」と、私たちに相談した。彼はロシア語よりもドイツ語の知識のほうがずっと深かった。憂鬱そうな顔をして、哲学・文学・歴史大学の女子学生をちらちら見ながら、彼女に魅了された。「君が前線に現れたら、補充完全なバイエルン師団も士気阻喪するよ」と、いんぎんに言った。

養成所の終わり頃の授業で彼は私たちに急いで教えた。「君たちは落下傘で敵の背後に降下する。着地。突然、茂みの後ろからファシストが現れる！　……その場面を少し想像してみたまえ」

私は個人的にはそんな場面を想像できなかった。しかし、しっかりとうなずいた。

「君たちは『止まれ！』と叫ぶ。だが、それでは足りない。敵の戦意を圧倒するには、猛烈に罵倒しなければならない。（そしてアウエルバッハは爪先立って、威迫の言葉を発した）。いいか、おとなしくしないと、すぐにお前の頭を壁にぶち込んで、脳みそをスプーンですくわせてやる」

「ゲノッセ（同志〔ドイツ語〕）アウエルバッハ、ドイツ人にはもっと簡便な罵り言葉はないのですか？」

罵詈辞典は後から前線に送られたが、私のいた司令部には来なかった。この辞書が実際に私に必要になったことはなかったが、このようなユニークな本が手に入らなかったのは残念だった。しかし、そのことを知って、私のある女性読者が（もう九〇年代になってからだったが）自分の所蔵していたものを譲ってくれた。これは気前の良いプレゼントだった。献辞から察するに、著者と彼女の間には教師と学生の関係以上のものがあったようだ。

　黒ずんだページをめくりながら、私はすぐに「ディルダ」を見つけた。そしてアウエルバッハお気に入りのこの罵り言葉（そうでなければ「カランチャー」〔ロシア語で「火の見やぐら、のっぽ」〕）がさらに何回となくいろいろな言葉と結びついた形で出てくるのにも出会った。あるいはこれには背の低い男性のコンプレックスが無きにしも非ずだったのかもしれない。「いかさま師」、「こそ泥」、「食人種」、「青二才」、「コーヒー挽き」（無駄口たたき）、「私生児」、「ギャング」、「やせ馬」、「反啓蒙主義者」、「ヒトラーの犬」、「ケツ野郎」……親衛隊員は、この辞書によれば、「てかてかのくそったれ」と呼ばねばならない。というわけでアウエルバッハは、当時の検閲では認められなかった「きつい単語」のいくつかも、軍の検閲を通過させたのである。そして例の献辞には自分のことを、「世界唯一の罵詈辞典作者テオ・アウエルバッハ」と記していた。

　今になって考えると、スターヴロポリ時代、「辞典」の時代はアウエルバッハにとって最高の時期だったような気がする。何か物悲しくなる。

一九四二年の訪れ

馬乳酒療法サナトリウムで司令部が養成所のために開いてくれた新年会、そして同時に送別会で、ビヤジ将軍は私たちにはなむけの言葉を述べた。「君たちの戦闘兵器はドイツ語である。銃の撃ち方は前線で教えてくれる」

それを最後に私たちは、どうにかこうにか二ヵ月半で手っ取り早くドイツ語を仕込まれて出発した。前線での軍事通訳の不足は、遅滞を許さなかった。

「ゲノッセン〔同志諸君（ドイツ語）〕」と、アウエルバッハは言った。彼の声には改まったところがあった。

「これがわれわれの最後の授業である」

彼は言葉を止めた。私たちは身じろぎせず、呼吸を静めて忍耐強く待った。不意に彼は宣言し始めた――

Kein Wesen kann zu Nichts zerfallen!
Das Ew'ge regt sich fort in allen.
Am sein erhalte dich beglüeckt!

何ものも無に帰することはない
すべての中に永遠なるものが脈打ち続ける
幸福の思いをもって存在に身を任せよ！[5]〔人文書院版『ゲーテ全集』第一巻（詩集）三一三ページの高安国世氏訳『遺訓』による〕

最初のうち、私たちは当惑して、何が起きたのか理解できなかった。「すべての中に永遠なるものが脈打ち続ける」。これはゲーテの至言である。アウエルバッハは言葉を止め、彼には似つかわしくない厳しい口調で語った。

「ゲノッセン、私は君たちに、この詩の作者がドイツ人だったことを忘れないようにお願いする。われわれが勝利し、ドイツでファシズムが片をつけられたそのときに、われわれは自分に言い聞かせる権利を持つだろう。戦争と残酷の歳月にあってさえも、決してこの素晴らしい言語を愛するのを止めなかったと」

私たちについて言えば、ドイツ語との関係はすでに普通学校時代から壊れていた。しかし、今そのことは意味がなかった。私たちに向けられた言葉の崇高さに胸を打たれた。

全員に耳覆い付き防寒帽（ウシャンカ）が支給された。そして女子にもやっとズックの長靴に代わって牛革の長靴が配られた。こうして私たちは本当に出発した。さらば、スターヴロポリ。私たちは最初の修了生だった。

修了証書には「四ヵ月講習」を終了したように書いてあるが、私たちがここで過ごしたのは四ヵ月ではなく、実際にいた二ヵ月半でもなく、一つの時期だった。目前に迫りくる距離のことをどうしても考えてしまう時期……。

道

「えーい、ヴォルガよ、ヴォルガの奥様よ！」

私たちの行き先は、ヴォルガ川の昔からの橇道を一〇〇キロ下ったクイビシェフだった。風にそよぐ軽そうなあごひげの、羊皮長外套を着た寡黙な爺さんが、私たちの輸送の責任者だった。その下に若い御者たちとコルホーズの馬がいた。

橇に分乗し、足を藁の中に突っ込んだ。出発。私たちの御者の十五歳ほどの若者は、手綱を引っ張ったまま、脇を駆け出した。先行する橇たちを追って橇はきしみ、傾きながら曲がり、誰もいない市場の広場を勢いよく進んだ。藁の塊が舞い上がり、凍った馬糞が雪の上を跳ね飛ばされた。そして坂道を下ってヴォルガへ出た。広い、踏みならされた道で、ほかの橇たちと並んだ。私たちの御者は橇に飛び乗り、馬に一鞭あて、力いっぱい叫び始めた。「えーい、ヴォルガよ、ヴォルガの奥様よ!」

戦争への私たちの感傷的な旅が始まった。

馬がのろのろ進み、橇がしばらくのあいだ揺れる。灰青色の雪原。私たちの下の白いヴォルガ、雪の下からのぞいた灌木の枝が目印になっている白い両岸。なだらかな岸の背後には大地と空がつながっている白い平原が見える。岸が低まるところがある。するとそこから真っ白の遠景が開け、遠ざかってゆく。橇からおびき出されそうだ。突然、雪の中に小さな家が一軒現れる。あそこに何があるのだろう? どんな生活が? しかし私たちはすべてを通過する。毎日のお決まりだったドイツ語の授業から自由になって、未知に向かって進んでいく。

これまでを振り返って言っておこう。この旅ほど呑気で、楽しく、楽だったことはないし、今後もないだろう。夕闇が迫ると、馬たちは岸を登り、集落に向かう。私たちは橇から這い出て、雪に埋まりながら、その後をよじ登った。

かすれた犬の吠え声。家々の屋根の上に煙がまっすぐ立ち昇っている。ひどく寒くて、静かだ。そしてもう、足の下は雪ではなくて、床板だ。百姓家のむんむんする、少し酢の匂いがする暖気。幼児の泣き声。板壁の向こうの騒ぎとぴちゃぴちゃ物を食べる音。黙ったまま、スカーフの下から灰色の目が私たちの一団を一人一人辛抱強くとらえていく。赤茶色に照らし出された手が火掻き棒で赤い炭を掻き集める。

温め戻した凍ったパン。湯気を立てる粥の鍋。この家の主人とへこんだ銅製のサモワールを囲んで夜話をする。そして床に藁を敷いて、外套をかぶって寝る。

「起きてください、伯爵！　偉大な仕事があなたを待っています！」。これは学生たちが寄宿舎で仲間を起こすときに使った文句だ。召し使いがサン＝シモン〔フランスの社会主義思想家〕をそう言って起こしたという。

再び旅が始まる。地吹雪が吹きつける。前方にぼんやりと人影が見える。その人たちに追いついた。これはスカーフで顔をくるんだ女たちで、橇道のわきの雪の中にできた歩行者用の道を一列になって歩いている。女たちが向かっているのはクイビシェフ。戦争に取られた夫と最後の面会をするために。

私たちは先に進んだ。またまた女たちの黒い列。ヴォルガ中を女たちが動いていた。中には、自分の飲んだくれの亭主をののしった女性も（でくの棒呼ばわりこそしなかったが）いただろう。それが今、凍え、背を丸め、つまずき、防寒長靴を雪に埋めながら歩いていく。女たちには出張命令書もなければ、到着期限もない。手土産の封蠟してない小包は懐で温めている。これは家からの最後のあいさつ、最後の心遣いなのだ。

私たちは官費旅行者で、食料と馬を保証されている。私たちは偉大な仕事のために必要なのだ。しかし、なぜか押し黙った。自信なさそうな声が一つ、軍歌を歌い始めた——

えーい、ロストフの*3機関銃馬車《タチャンカ》〔機関銃を後ろ向きに装備した軽四輪馬車〕、
我らの誇り、我らの華。

吹雪いてきた。体を温めるために、橇の後ろから走る。突然、吹雪の中で犬に出会う。雪の上に今にも弾みそうに座っている。口は白い霜に覆われている。シャベルを持った人が、私たちを見て、除雪作業を止めた。奇妙な、どこからか現れたこの人物は長い黒の外套を着ている。顔は比較的若く、知識人のそれだった。視線は粘っこく、静かで、人の心の中を見透かすようだった。「行きなさい！止まる必要はない！」と、誰かの叫び声がした。それは私たちに対してだった。半外套の肩に掛けたライフル銃の銃口。近くに監視塔があるのだろう。

合点が行った。ここにはどこかに収容所があるのだ。憂愁が胸を締め付けた。あたりを見回す。舞い上がる雪が視界を隠した。黒い人も、犬も、ライフル銃の銃口も見えない。そして再び新徴者の陽気な呑気さが私たちに戻ってきた。

機関銃乗せたタチャンカ、
車輪四つで突進だ。

「希望する者、しない者」

クイビシェフはいわばモスクワだった。参謀本部はゴーゴリ並木道にあった。私たちの全員、三〇名ほどが参謀本部に集合した。金髪のひたい髪のある魅力的な少佐が、だぶついた紐のついた紙挟みを大腿部に押し付けながら、私たちの前に進み出た。そして、同志スターリンの命令で空挺部隊（VDV）局が設置されると述べた。VDVは一時的に占領された地域で敵に後方から打撃を加えるための部隊である。

「通訳が必要だ。われわれは君たちをVDVに引き渡すことに決めた。質問はあるかな？」

質問は出なかった。しかし、少佐はしばらく様子を見て、自分から付け加えた。「君たちを引き渡す、と言っても、もちろん、希望者だけだ。希望しない者は、申し出なさい」

この熱情的な瞬間はこんな具合に単純だった。

二名が辞退した。一人は女子で、高所に耐えられなかった。もう一人は男子で、自分を地上に残してほしいと希望した。二人のために少し気まずかったが、これで万事済んだ。

残りのわれわれは？　紐付きの紙挟みを持った少佐は一階上のＶＤＶ局へ上がって行った。私たちの個人ファイルを持っていったのだ。要するに、全員問題なく、全員然るべくちゃんとしているということになる。

二階では新しい局が形を整えているところだった。中佐が椅子を引っ張り、誰かが書類用の籠を運んでいた。

翌日、私たちはここの廊下で待っていた。あの二人の脱落者を除いた全員である。直立し、緊張していた。一人ずつ呼ばれた。ようやく自分の名前を耳にした。まるで遠くからの呼び声のようだった。部屋の中に入り、スターヴロポリでどういう教育を受けたか申告した。

部屋の奥では二人の中佐がテーブルに向かい合って場所をとり、横向きに座ってドアのほうを、つまり私のほうを見ていた。

「同志二等技術官[6]、君はスポーツウーマンかね？」

「バレーボールをしていました」（普通学校の私たちの女子チームはクラスノプレスネンスキー区の八年生のチャンピオンだった。その後、バレーボールを離れたが、今その理由を思い出せない。）

「なるほど。ところでスキーは上手かな？」

「それほど上手ではありません。でも、努力します」

「大いによろしい！」

「でも、君のスキーはどんな具合かね？　何キロ走れる？」

ドキッとして、考える。一体何キロ走れるだろう？　五キロ？　少ないと言われるだろう。三〇キロ？　信じてもらえないだろう。

「大丈夫だとも！」と、最初の中佐が激励するように言って、私に微笑した。「いざ必要となったら、何キロでも大丈夫だよ！」

まるでもう落下傘で飛び降りて、空中を飛んででもいるような、信じられないほど軽快な感覚が私を捉えた。私は突然理解した。今ここでやっているのは何かほんの儀式のようなもので、すべては見かけほど深刻ではない、この人たちの質問と私の答えはそれほど本質的ではないのだと。

「それで君は歩きのほうは、自分の二本の足で歩くのは、大丈夫かね？　耐久力はあるかね？」

これを訊いたのは二人目の中佐だった。

「昨年、スヴァネチア〔グルジア〕を徒歩旅行したとき……ほかの人たちに負けませんでした……」

中佐たちはうなずいた。「そうか、そうか」。まるで私とぐるになっているみたいに。二人は顔を見合わせ、目を細めた。こんどはもう少し意地悪な質問をしてやるぞ。覚悟しろ。

「それで、君は落下傘降下が怖くないのかね？」

でも、私はもう準備を調えていた。

「私に言わせれば、これは単に移動の方法にすぎません」

二人は大声で笑い出した。励ますように。それから立ち上がって、私に握手した。

「希望するか、しないか」、「残るか、残らないか」――これについては考える余地はまったくない。

怖いのは、これから、この部屋を出た後に待っていることではない。恐ろしいのは、この決定的な瞬間にへまをすることだった。あの辞退した二人のように落伍することだった。残りの仲間全部を裏切るのは恥辱だった。これはもう連帯責任なのだ。

　しかし、スヴァネチア地方の徒歩旅行でみんなと同じように、仲間たちに負けずに歩いたというのだけは、本当だった。もっとも、峠越えでは私たちの背嚢はロバが運んでくれたのだったが。その他のことは全部、まったくのたわごとだった。どんなスキーができるというのか？　どうにかこうにかの腕前なのだ。どんなバレーボールができるというのか？　普通学校の八年生で止めてしまったのだ。ありのままを話すべきだったか。それは違う。問題になっているのは身体的能力のことではなくて、精神の状態なのだ。この場合、鉄面皮にならずにいられただろうか。「いざとなったら、何キロでも大丈夫！」なのだ。それから、落下傘で飛び降りるのが怖くないかという点については……これは、ゴーリキー公園〔モスクワ〕の落下傘塔からでも飛び降りたことのある者なら、よく知っている。もう空にいれば、最後の瞬間に怖じ気づいたところで、力ずくで大空へ突き落されるのである。

　私にはもう分かっていた。質問は形式的に出され、お前の肯定的回答がいわば自分の口から出るのを待っているのだ。昨日のあの少佐は私たちの精神の堅固さを試した――「希望する者、しない者」と。だが、ここでは単に空挺旅団に通訳を補充しているだけなのである。だから私はあらかじめ準備をして待機していた。「これは単に移動の方法にすぎません」。中佐たちの元気づけるような笑い声の中で私は、二人が私を補充旅団名簿のチェック済みの印に変えるのに協力していた。しかし、なぜ？

　まだ選択の余地があるときに、戦争の口にこれほど確実に引きずり込まれていったのは、一体なぜなのか？

　親友のユーラ・ジコフは私にこう言った。「自分の中のそれをはっきりさせようという願望、試みはずっと残るだろう。しかし君は、この口に君を引きずりこんだものを正確に表現することはできない。その答えよりも当惑のほうが永久に大きいだろう」
自分自身についての真実には一生、到達できないということになる。

野戦軍へ

列車はトゥーラへ向かっていた。闇夜にヘッドライトもつけず、前方の信号もなく、運任せに疾走し、修理されたばかりの線路の上で身震いしていた。神秘的な、黒い、通り過ぎる駅の数々、突然、白い一月の野原に人けのない一時停車場が現れる……。

私が占めていたのは一番上の荷物棚だった。板の至福の硬さも、姿勢を変えようとするどうしようもない試みのたびに頭が天井にぶつかることも、私にはとくにどうということはなかった。マホールカ〔葉丸〕煙草の煙も、私の下のぼんやり照らし出された人のうごめきも、すすり泣き、いびき、笑い声、卑猥な悪罵、薬缶のガチャガチャいう音も、同様だった。

実を言うと、三号荷物棚を占めていたのは、本当の私ではなかった。これは筋肉と関節からなる私の旧来の外殻をまとい、肉体のない私の魂が空挺旅団への派遣命令により移動していたのである。恐らくこれは気障な言い方だろう。しかし、そうとでも言わなければ、あの時の不思議な無重力状態、身体の不確かさを表現できないだろう。私を待ち構えているのは、その技能もないのに落下傘で降下することであり、それも敵の後方に降下して、射撃ができないのに敵と銃火を交えることだったのだ。

トゥーラから先へ列車は行かなかった。私たちは五名——仲間の男子三名に、私とリュドミーラ——で駅付属の建物の列車乗務員休憩室に宿泊した。早朝、鉄製ベッドが置いてあるこの部屋で、吊り下げ洗面器がガチャガチャ音を立て始めた。男子鉄道員と仲間の男の子たちが上半身裸になり、タオルを肩に掛けて、顔を洗うために列をつくっていた。

部屋の薄闇の中で、彼らの頑強な胴とまるで鋳物のような手の筋肉が幻想的に目に映った。突然、私は茫然となった。前途に控えている身体的試練の中での、自分たちの体の不釣り合いさを実感したのである。

しかし、それも一瞬のことだった。

私たちは先に進んだ。そして再び万事は我慢でき、耐えられるものになった。

私たち通訳グループは、レヴァショフ少将の第八空挺旅団に出頭しなければならなかった。旅団はスターリンの命令により、数日前に解放されたカルーガで急きょ編成された。そしてスターリンの命令によって、この旅団宛ての一切の貨物は遅滞なく、「特急」で真っ先に鉄道輸送されねばならなかった。

しかし、鉄道線路が復旧されたのは一部の区間だけだった。破壊された駅、臨時停車所、待避線では、軍人と民間人たちに取り囲まれて声をからした輸送司令たちが、私たちの派遣命令書を目にすると、態度を一変して、最初に通る列車に私たちを押し込んでくれた。私たちは特別待遇で、偉大な仕事のために緊急に必要にされているのだ。列車は軍人たちの激しい罵声と、包みや金属缶、袋をかついで取り残された気の毒な女たちの悲鳴の中を動き出した。

プレハーノヴォ駅を過ぎたところで停車した。その先は枕木の上を徒歩で進まねばならなかった。白い、白い、凍てついた遠景。時には吹雪の闇に隠されるが、それが静まると再び遠景が広がる。雪をかぶった焼けた百姓家の残骸――そういう集落をいくつも通り過ぎる。むき出しになったペチカ〔暖炉〕のまっすぐの煙突が、雪のかさぶたをくっつけて、黒いオベリスクのように林立する。

前方には何が待っているのか？　奇妙なほど恐怖心はない。未曾有のことが私を強く引っ張り、みずおちのところをきりりと痛ませ、心を引きつける。もう踏み出したからには、戻れない。お前にはもう何かが起きている。遠景も雪も、焼け跡の黒焦げの木も、その一部なのだ。そしてこれらの遠景にすっかりのめり込んで、まるでその果てしなさの中に沈没して、溶けてしまったようだ。そのためか少し物悲しいような、心地よいような気がする。

ただ、問題はこの酷寒だ。今それをドイツ軍少尉グルーマンの日記で確かめることができる——

一九四一年十二月十四日。二一度。

一九四二年一月二十日。気温は四〇度まで下がった。顔が寒気でどのように凍えるか、人に伝えるのは不可能だ。寒気が外套を通して入ってくる。

私たちも楽ではなかった。確かに、私は防寒長靴を履いていた。スターヴロポリで制式外套を支給されたので、私は普通の外套を売って、その代金で底皮の付いた中古の防寒長靴を市場で買った。制式外套の下には綿ネルの袖なしを着込んでいた。一番弱いのは、ドイツ軍少尉の場合と同様、顔である。それに手を凍傷する危険があった。

私たちがスターヴロポリで橇に乗って岸からヴォルガ川に下りたときから、まだほんの数日しか経っていなかった。「えーい、ヴォルガよ、ヴォルガの奥様よ！」の歌声。とても信じられない。

爆破された橋を迂回して、モスクワ＝カルーガ街道へ出た。ここの交通はほとんどなかった。時たまトラックが私たちを追い抜きながら、警笛を鳴らす。街道の両側には敵の戦車とさまざまな機材が放棄され、雪に覆われている。

このモスクワ＝カルーガ街道では数日前に死闘があった。戦車部隊の父、電撃戦の発案者で、これまで一度も負けを知らなかったグデーリアン将軍の常勝第二装甲軍がモスクワへ突進した。そして阻止され、撃破された。

参謀本部からスターヴロポリの私たちのところへ、特殊な軍事用語と敵戦車の技術諸元をマスターするようにグデーリアンの本（鹵獲物）を送ってきたことがあった。しかし、この本は『戦車に気を付け！』[7]――この戦車はグデーリアンの戦車である！――という有頂天の書名で、その文章と精神は宣言していた。わが戦車隊のキャタピラが踏み敷くのは、征服された土地……。

「われわれの希望は、南西部からモスクワへ向けて進出したグデーリアンの戦車にかかっている」と、クルト・グルーマン少尉は十一月末に記している。

しかし、自己の戦車隊のキャタピラでヨーロッパを押しつぶしたグデーリアン大将は、初めて敗北を喫した。それはここ、彼が突撃したモスクワの近傍だった。そして、後退を自分で決定した。前例のないことである！　激怒したヒトラーに処罰され、ポストから外され、長いこと失脚していた。ようやく四三年になって復帰し、装甲兵総監に任命された。四四年には陸軍参謀総長になった。そして再び四五年春、オーデルで、今度は私たちの第三突撃軍に敗れたために、ヒトラーにすべての職を免じられ、「休暇」に送られた。そのことが戦後、連合国がヒトラーの将軍たちを裁判にかけたとき、グデーリアンの運命を救った。

しかし、これはみな後のことである。だが、この時のモスクワ＝カルーガ街道では、道端を歩きながら思ったものだった。横倒しになった戦車から雪を払って、凍えないようにちょっとの間だけ、ミトンの手を戦車の装甲に置いてうれしさを味わいたいと。何しろあの遠いスターヴロポリでモスクワのことをあれほど心配したのは、グデーリアンのこれらの戦車がモスクワへの接近路を進んでいると知っていたからだった。

寒気が私たちを追い立てた。街道はもう背後にあった。私たちは橇道に曲がっていた。向こうから荷橇に負傷者を乗せて運んできた。負傷者には寒くないように藁をかぶせている。荷橇の後ろには包帯をした片手を胸に押し付けながら、ひょろ長い兵士が寸足らずの外套を着て走っている。広い裾が太腿をパタパタ叩く。灰色のヘルメットの中から疲れ切った、子供のように青い目が私たちをちらっと見た。すれ違って少し行くと、兵士はもうほとんど見分けがつかない。ただ、ゲートルを着けた黒い、コンパスのような真っ直ぐの足が跳んでいるのが分かるだけである。

話もせず、黙々と歩く。体がかじかんだ。道中のこの時についての私のノートの書き込みは、クルト・グルーマン少尉にも起きたように、ほとんど中断している。

ノートから修正なしで引用する――


一九四二年一月。リュリコヴォからアレクシノまで一二キロほど。道はめちゃめちゃ。野原を行く。戦争の足跡をたどって進む。死んだ煙突が雪の中から突き出ている。それ以上何もない。家屋がない。マフラーの目が詰まって、氷の粒が顔をひりひりさせる。本当にもう、ロシアはどれだけ広いのだろう。手がかじかむ、痛いほどに、叫び出したいほどに。どこかあのあたりでアレクシノが始まる。あと、もう少し……。

夕方。私たちは着いた。どこにも煙が立っていない。煙突だけが残っている。家がない。これはどうしたのか？　どこかに駅があるはずだ。駅があるにしろ、ないにしろ、輸送司令はいるはずだ。闇の中を右往左往し、這い回る。駅のそばに小さな小屋がある。私はドアを探り当て、押した。ドアが外から中へ開いた。一人の女性がテーブルの上に覆いかぶさって、見えないようにした。テーブルの上には子供たちがいた。

「薪を持ってこなければ、だれも入れないよ！」と、彼女は叫んだ。

「女の人だよ」と、誰かが言う。

彼女はこちらを向いた。

「こんにちは」。私は辛うじて唇を動かしたが、指がかじかんで顔からちくちくするマフラーをとることができなかった。

「薪なしでは誰も入れないよ！　子供たちが病気なの！」

窓枠はドイツ軍の包装材——真ん中に大きな鉤十字のある袋用布でふさがれていた……私は初めて鉤十字を目にした。

その後で、輸送司令とようやく会って申告した。「私たちはレヴァショフ少将の司令部に来たのです」

「なるほど。まあ、座りなさい。少将はほんの昨日、通過したばかりだよ」

輸送司令は私たちを暖房貨車へ乗せてくれた。それは司令部——大隊指揮所になっている車両だということが分かった。

これは前線に到着したシベリアからの師団だった。クルト・グルーマン少尉は「シベリア師団との最初の遭遇」を十一月の日付にしていた。私たちにはすべてが物珍しかった。白い半外套、自動小銃、短いスキー。私たちは暖房貨車中央の鋳物ストーブのそばに座り、サーロ〔豚の脂身の塩漬け〕入りのソバの薄粥を食べ、シベリアとシベリア娘の話に耳を傾けた。これらの中尉たちにとって、戦争は恋人との別れを意味していた。それはクルト・グルーマン少尉も同じで、そのことを日記に記していた。

私たちと同い年の若い大隊長は、電話で命令を伝えた。すると彼の声は回線で全列車にとどろき渡るのだった。書記は鉛筆をなめながら、「大隊史」という表題の付いたノートに戦闘準備状況について黙々と走り書きしていた。そして私も、ストーブのそばで暖まったおかげで、自分のノートを取り出して書いておこうという気になった。この貨車の司令部のこと、サーロ入りの粥のこと、負傷した腕を胸に押し付けながら、橇の後ろを走っていた編み上げ靴と黒いゲートルの兵士のこと。そして黒い大きな鉤十字のこと。

この暖房貨車では万事、準備が整っていた。と同時に、とても純朴で、静かで、親切だった。まるで列車は戦闘に向かってではなく、平時のダイヤで運行しているみたいだった。もしかしたら、明日にもこれらの若い中尉たちはドイツ軍と激戦を始めるのである。

私たちは分岐点で別れを告げ、列車を降りた。夜中で、暗く、見当がつかない。しばらく、枕木づたいに歩いた。そのあとカルーガまでの最後の鉄道区間を、赤軍兵士が詰め込まれた列車に乗った。その夜は朝までひっきりなしに、暖房貨車のかんぬきがガチャガチャ鳴り、左右に開く扉が大きな音を立て、寒気が吹き込んだ。用を足す兵士の黒い背中の上の戸口に、近づく朝の光がうっすらと差した。

「風に逆らうな!」と、誰かが陽気に怒鳴った。またしても、軍隊生活の困苦に耐えるにはもともと女性は不完全なのだという思いにとらわれる。しかし、一瞬のことである。魂を鎮まらせ、肉体のない私は先へ向かって疾走した。

カルーガはオカ川の岸にある。地区中心地である。二ヵ月半、占領されていた。前線になった都市の宿命。この都市をめぐる最後の戦闘はとりわけ劇的だった。十二月十三日、わが軍はカルーガ郊外に突入した。しかし、分断され、包囲されて絶望的な市街戦を展開した。十二月三十日、カルーガは奪還された。

私のノートの書き込み——

一九四二年一月、カルーガ。道路にはドイツ式の手の形の矢印がある。黒い炭でフランス語の"Latrine"〔ラトリン、便所〕という単語が書いてある。破壊された"Latrine"。この以前からの便所には、こちこちに凍りついて入り混じった排泄物——ドイツとロシアのそれが山のようになっている。寒い。線路には列車が止まっている。貨車にはチョークで"nach Plechanovo"〔プレハーノヴォ行き〕と書いてある。誰も消すことなど思いつかない。ロシア語以外の文字は、書かれていないのと同じことのようだ。

駅のそばには鹵獲品の自動車が大量にある。駅舎の壁には穴が貫通し、天井が落ち、電線が引きちぎれ、すっかり破壊されている。とてつもなく寒い。体を温めるところがどこにもない。二階は床がない。階と階の間の桁が残っているだけだ。ドア。一本の釘だけでまだ「宣伝工作室」の表札がぶら下がっている。ドアを少し開けてみた。これは何だ、救護所か？　でも、なぜ白一色なのか？　彼らは出撃準備中だった。これは空挺隊員で、白い迷彩マントを着ていたのだ。

ここには床がある。しかし、足を踏み入れる場所がない。暖房しているのに！　鉄の樽、煙突の破片と数個の缶詰の空き缶。それが窓につながって煙を出している。窓にはガラスがない。私とリュドミーラは机の下に潜り込むのを許された。男の子たちは部屋へ入れてもらえずに、旅団司令部を探しにいった。

大きな文机だ。引き出しはない。燃やされたのだ。私たちは机の下にいた。ほかの人たちは弾薬箱や床の上にいる。みな眠っている。壁に寄りかかって眠っている者は、ずるずるずり落ちて互いにぶつかり合っている。目を覚まし、お互いを押し合い、肩を抜き、隣の者を押しのけ、その下から自分の足を引っ張りだす。寝ぼけ眼で憎々しげに悪態をつき、再び眠り込む。壁に残っていた漆喰が融け、降りかかり、汚い帯になって彼らの白い迷彩マントの上を流れ落ちる。彼らは疲れていた。七日間の道中をしてきたのだ。そしてこれは遠足ではない。戦闘命令を受けているのだ。彼らは今夜、任務を帯びて出撃する。迷彩マントの塵を払い、行軍用に支給されたアルコールを全量飲み乾して。

その先のことを、私は少し後になって書き足した——

机の下で体をかがめて、温まりながら、窮屈さのために歪められ、圧迫された空挺隊員たちの姿を眺める。ベルトの鞘入りナイフ、支給アルコールが入った脇腹の水筒。夢の中で口汚くののしっている。だが、この人たちにとって私はまったくお呼びじゃないのだ。よそ者で、お荷物のこの私を、この人たちの誰も勘定に入れてくれないだろう。見捨てられるに決まっている。

若い中尉が部下たちの足と頭をかき分けて私たちのところにやってきた。中尉には実際に経験があるのか、それとももったいぶっているのか分からないが、兵士たちには経験がまったくないのだという。「方位角」という用語を挙げた。落下傘で降下した後、全員、方位角に基づいて集結しなければならないのだと。これはどのようにしてやるのか？　ドイツ軍に気づかれないようにどのようにして自分の落下傘をたたみ、埋めるのか？　帰路は前線までスキーで三〇〇キロほど踏破することが予定されている、と中尉は話す。そして、敵の防御線の透き間を通って自軍に合流するのだという。

すべては実に単純で、分かりやすいが、とても本当とは思えない。つまりは、完全なたわごとだ。どんな方位角があるというのだ。どんな三〇〇キロがあるのか？　馬鹿げている。そして私たちの別離は避けられない。通訳は各大隊に一名ずつ配備されるのだ。各大隊はほかの大隊と別々に行動する。つまり、通訳同士の助け合いということは全然ない。そのことが眼目であり、支えになっていたのに。

頭は一切を明快に受け入れており、恐怖心はわかない。何の感情もない。リュドミーラはまどろんでいる。私には何か万事に対する無関心のようなものがある。けれどもモスクワの女友達に手紙を書く。最も大事な最後の頼みごとをするために。


ドアが少し開いた。戻ってきた男の子たちが私とリュドミーラを呼び出す。彼らは無事に残った木造家屋の中に第八空挺旅団司令部を探し当てた。旅団長のレヴァショフ将軍は不在だった。暑いほどに暖房がきいた広間で温まりながら、旅団長を待った。男の子たちの誰かが水を飲ませてほしいと頼んだ。あちこちに置いてある水差しと薬缶が指し示された。コップに注いだ。それはウォッカだった。

旅団長が入ってきた。男の子たちは立ち上がって、名乗り、私たちの共同の派遣命令書を手渡した。「降下練習を何回やった？」と、将軍は訊ねた。降下練習はなかったと聞くと、将軍は私たちの命令書をテーブルの上に広げると、憎々しげにそれに線を引いて消し、上書きした。「今後、未訓練の者を私のところに派遣するな。私は前線にいる。私には訓練する場所も時間もない」。そして「われわれは今夜飛び立つ」と言った。私たちの班長は異議を申し立てようとした。兵士たちも降下練習をしていません。われわれは彼らと話しました、と。これに対して将軍は答えた。「あれは一般兵士たちなのだ。だが、君たちには金がかかっている」。そういって指で班長の襟章を示した。そうなのだった。私たちの襟には中尉の階級章が二つずつ付いていた。

私たちは参謀本部に戻った。空挺部隊局では何かが変化したようだった。空挺部隊用通訳の計画がすでに遂行されたからなのか、レヴァショフ将軍の妨害行為にそれなりの考慮が払われたのか分からない。しかし、男の子たちはモスクワ近郊の降下練習旅団へ派遣された。私とリュドミーラは歩兵隊に戻された。一時的に私は諜報局に残された。間もなく新聞にレヴァショフ少将戦死の報道が載った[8]……私たちの命を救ってくれながら将軍自身は、未訓練でありながらこの任務を勇敢に遂行した空挺隊員たちの先頭に立って、死ぬことを運命づけられていたのだ。

カルーガの机の下に座っていたときのことを思い出しながら、戦争では無意味なことが沢山あることを理解した。しかし、参謀本部では私がいなくても通訳は足りていたし、鹵獲文書も多くなかったので、そこに勤務しているということが私を苦しめ始めた。そして、生活が毎日こんな調子で戦争が終わるまで憂鬱なまま続いてしまうという考えが、私に抗議の気持ちを呼び起こした。人事部へ行って自分を前線の陸軍に派遣してくれるように頼んだが、相手にされなかった。だが、ここでの私の臨時の身分が正規の身分に代わる恐れが出てきた。というのは、数日前にスターリンの命令で参謀本部のすべての局は総局と改称されることになったからだ。諜報局についてもその命令が、現行定員表と一緒に掲示された。通訳の私の名前もその命令に載っていた。載っている場所は最後だった。その下には、スターリンの署名しかなかった。しかし、前線から一人の少佐が、通訳を絶対に連れて来いというレリュシェンコ将軍の厳命を受けて参謀本部にたどり着いた。参謀本部は十二月の反攻で名を挙げた司令官の要請を断ることができず、私を派遣することにした。しかし、参謀本部では、レリュシェンコが軍隊内に女性がいることに我慢ができず、なぜか分からないが、女性を魚の「ボラ」と呼んでいることを知らなかった。

章末注

［1］この日記は前線で作成されたタイプ打ちの公用翻訳の写しとして私の手元に残った。（著者）

［2］前線に出現したソ連軍の多連装ロケット弾発射装置。味方の兵士たちの間では「カチューシャ」の愛称で呼ばれた。（著者）

［3］著者が公文書館で行なったゲッベルス最後の自筆ノート（日記）からの詳細な抜き書きは、『ベルリン、一九四五年五月』の初版（モスクワ、「ソヴィエト作家」出版所、一九六五年）にロシア語訳で初めて発表された。これはわが国の公文書館に保管されていたゲッベルス日記の大量の自筆ノートからの最初の発表になった。後にこの日記はマイクロフィルム・コピーでドイツ側に引き渡され、一九八七年にドイツ語で自筆日記の全集（四巻）が出版された（*Die Tagebücher von Josef Goebbels. Säemtliche Fragmente.* Hrsg. von Elke Fröhlich im Auftrag des Instituts für Zeitgeschichte. K.G. Saur Verlag 1987）.

［4］私は前線に出た直後にこれと同じ指示を渡されて翻訳するように命じられ、ノートにそのロシア語訳を写した。（著者）

［5］Iohann Wolfgang von Goethe. Vermächtnis.

［6］最初はそういう不格好な称号が私たちに与えられた。これは中尉の階級に相当した。前線で私は中尉の、後に親衛中尉の階級を受け、この階級で戦争を終えた。（著者）

［7］Heinz Guderian. *Achtung! Panzer!* 1937

［8］ヴャジマ航空作戦は一九四二年一月二十七日に始まった。一ヵ月間に敵後方に一万名以上の空挺隊員が投入された。戦闘行動に積極的に加わったA・F・レヴァショフ少将は一九四二年二月二十三日未明、ドイツ軍戦闘

機に撃墜された。

訳者補注

＊1　スターヴロポリ・ナ・ヴォルゲは当時のクイビシェフ州、現在のサマーラ州にあったヴォルガ左岸の都市。一九五〇年代にヴォルガ水力発電所ダムの建設に伴い、五キロ離れた場所に移転したので、著者が滞在した当時の市域は今ではダム湖（クイビシェフ貯水池）の底に沈んでいる。移転した都市は一九六四年にトリヤッチ市と改称されて、現在は自動車工業の大都市（人口約七〇万）。スターヴロポリの名は同市の中心区の名称として残っている。

＊2　現サマーラ市。ヴォルガ左岸にある。ドイツ軍がモスクワに迫った一九四一年十月から四三年八月までソ連の第二首都となり、主要な国家・政府機関、日本を含む外国大使館などがここへ疎開した。スターリン用の本格的な秘密地下壕も建設されたが、スターリンと大本営はモスクワに留まった。なお、赤軍参謀本部の本体はアルザマス市（現ニジェゴロド州）に疎開した。

＊3　一九一七年ロシア革命後の国内戦時代に生まれた赤軍側の軍歌『タチャンカ』。日本語ネット上の篤志家のサイト、たとえば「ロシア・ソヴィエト軍歌集積所」で曲を聴くことができる（歌詞の日本語訳も掲載されている）。

第2章　私の戦争の道
一九四二〜四三年、ロシア

最初のドイツ兵

幸い、雪が激しく降り、私たちを飛行機から隠してくれた。しかし、これから越えなければならぬ野は、果てしなかった。遠くから灰色の斑点のように見えた百姓家は、私たちがそこに向かっている間に闇に隠れた。でも、もうどこか近くにあるはずだった。これらの家は焼かれることなく、雪の丘に光の弱い灯台のように残っていた。

ようやく私たちはヴォスクレセンスコエ村の通りに入った。そしてすぐに何かの動きの中に巻き込まれた。声がする。

「通訳を呼んでこい！」

ほかの叫び声もあったようだが、しかし私の耳にはこの「通訳を呼んでこい！」しか届かなかった。

一七名のドイツ兵！　一七名の捕虜！　中尉を含む一七名のフリッツが投降した。この知らせは雪と一緒に通りを伝わった。

誰かが懐中電灯で光をまき散らし、斜めに降る雪を迷彩マントのひらひらする裾で切り裂きながら、こちらへ歩いてきた。重々しい、偉そうな人物だ。もう、すぐそばまで来た。

「通訳を呼んでこい！」

私の付添い人が彼に向かって進み出た。

「同志連隊コミッサール〔政治委員〕！」と、挙手の礼をして、私のことを報告した。まるでタイミングよく運んできた自分個人の鹵獲物のように。

連隊コミッサールは懐中電灯の光を私に当て、「行こう！」と言った。

雪が降りやんだ。風がもろい雪の山にローラーをかけている。

納屋のそばに着いた。歩哨が脇へ下がった。連隊コミッサールの懐中電灯が雪の上を這う。突然、彼は、納屋の開け放たれた扉の中の、腐った藁の上に一塊になった捕虜たちを照らし出した。外套を着て、ヘルメットと軍帽をかぶり、寒そうなブーツを履いている。見慣れない、異質の兵士たちで、凍えている。

「ここの先任者は誰か、訊いてもらいたい」

これは私にできる。勉強したことだ。

懸命に発音する。「ここの先任者は誰ですか？」

かすかな動き、ごそごそする音、動揺がある。

「私です！」

開いた扉のところへ、外套に藁くずをつけた男が出てきた。

「どういう者か？　階級？　姓名は？」

「兵長……」

彼は先任者として残され、中隊長の陸軍中尉はもうこの場所から連行されていた。

「尋問のため連行されました。参謀長のところです」と、歩哨は言った。

「行こう！」と、連隊コミッサールは体を左右に振り、勢いよく目標に向かって歩き出した。私と、手を鞭で縛られ背をかがめたドイツ兵が彼の後に従った。雪がきゅっきゅっ鳴った。私たちは二人とも寒かった。しかしドイツ兵のほうは今、絶望的に寒かった。

自動車の家。そのボディーはベニヤ板で覆われている。切り倒されたトウヒの若木が迷彩のために自動車に立てかけてある。ベニヤ板の内側は家の中のようにストーブが赤熱している。暖気の恵み。私は首から縞柄のウールのマフラーをとり、外套のポケットに入れた。ドイツ兵は身をかがめて、連隊コミッサールが指示した板張り寝台の端に座った。若くない、四十歳ほどの、あるいはそれ以上の兵士である。細い蒼白の顔。彼を熟視しながら私は落ち着かなかった。いや、熟視どころではない。面接試験を前にしたような身震いを感じた。

私には紙も鉛筆もなかった。あるのは将校カバンに入れたドイツ語・ロシア語辞典だけ。それ以外の物は手元になかった。背嚢は野原の向こう側の、別の村に置いたままだった。

コミッサールのバチューリンは小卓の上に鉛筆を置き、ノートから紙を二枚破り取った。

「始めよう！　彼の姓名、年齢、出身地等々を訊いてくれたまえ」

これらの質問は、私はドイツ語で暗記していた。気を取り直して、ドイツ兵のほうを向く。小卓の上から石油ランプが詳細に彼を照らし出す。ラシャの軍帽を耳まで引き下げた蒼白の顔にはしわが刻みこまれている。年配の勤労者の老け込んだ顔。しかし、そんなことはそれほど重要ではない。私が通訳する巡り合わせになったこのドイツ兵捕虜に何か取り柄のようなものがあるとしたら、それはちゃんとした発音と、バイエルン方言の訛りが全然ないことである。

「ゆっくり、はっきりと話してください《ビッテ・シュプレッヒエン・ジー・ラングザーム・ウント・ドイトリヒ》」と、私が言う。

「メモを取りたまえ！」と、連隊コミッサールが命令する。

しだいに明らかになる。姓名。一八九六年生まれ。私の父よりも七歳若い。彼は数字を何だかへんてこに発音するが、それでも分かることは分かる。

彼の言うことを理解もできず、質問もできないのではないかという心配の重圧は少しずつ消えていった。残ったのは、彼と接触している重圧、彼のありふれた小さな目、どうしようもなく異質な、虫の好かない外套と接触している重圧だった。痩せた、年配の捕虜が敵の外套を着て座っている。カール・シュタイガー（そういう名前だった思う）が身をもって示しているのは、捕虜という何か恐ろしいもの、とらえどころのないものだった。

私たちはぴったりと、穏やかに、接近して座っていた。だが、お互いを静止したままの遠方から、すなわち自分の敵意から見ていた。

「ドゥイニャ」。シュタイガーが絞り出すように言った。

これは一体どういう単語なのだ？　どういう意味なのだ？

「ドゥイニャ」。捕虜は黒い歯を見せて微笑し、繰り返した。「ロシアのドゥイニャ〔メロン〕」

第一次世界大戦中、彼は家族と一緒に――一家は当時、リトアニアに住んでいた――ロシアの奥地、中央アジアに抑留された。「ドゥイニャ」はその時から彼の頭に残ったロシア語の単語だったのである。

「ドゥイニャだと」。バチューリンは不機嫌そうに応じた。「ドゥイニャは素晴らしい」

「ヤヴォル！」〔そうですとも〕。捕虜は唱和した。「ドゥイニャ・イスト・グート、ゼーア・グート！」〔ドゥイニャは素晴らしい、とても素晴らしい〕。

「それなら、戦争はどうだ？」と、コミッサールが辛辣に訊ねた。

「ドゥイニャ」。捕虜は知っているロシア語の単語を執拗に繰り返した。まるでそれが自分を私たちと接近させるかのように。「ドゥイニャ・イスト・グート」。彼は足を上げ、胴が短い皺だらけの長靴を見せた。「戦争は……」。そして信頼するように再び微笑して、「どうぞ、私に毛布を下さい。あの納屋はひどく寒いのです。ぶるるっ！」と、表現力たっぷりに付け加えた。通訳抜きで、連隊コミッサールにすぐに分かるように。コミッサールはしばし黙っていた。

「訊きたまえ、それじゃあ、ロシア人も捕虜になったときに毛布を頼むのか？」

私は通訳した。それで会話は終わった。バチューリンは立ち上がった。私とドイツ兵も起立し、コミッサールが半外套を着るあいだ待っていた。

彼は自動車に作り付けてある階段を降りた。その後から私も降りた。歩哨が挙手の礼をする。運転席から護送兵が這い出してきて、ドイツ兵のそばに立った。

「あそこの家に行きたまえ」と、バチューリンが私に言った。「暗号手のコンドラチエフに訊きなさい。彼のところにドイツ軍の文書がある。直ちに翻訳に取りかかってくれたまえ」

コミッサールが私に行くように指示した家の中では、全員が死んだように雑魚寝していた。これは私には不思議だった。これが前線なの？　もちろん私はこう思っていた。前線では皆が何晩もぶっ続けに起きているのでは？　今も、やって来たばかりの自分は横になりたいぐらいなのに、コミッサールは、たまっていて誰も解読していない鹵獲文書の翻訳をすぐに開始するように私に命令したではないか。家の中で起きていた唯一の人物、電話のそばの当直が不燃箱を開けて、その文書類を取り出した。どきどきしながら、ランプに向かって座った。今、何か非常に重要なことが明らかになるのだ。しかし、これは低温時における潤滑油についての指示書で、私が参謀本部で訳したものとほぼ同じだった。ほかもほとんど価値のない書類である。当直の暗号手、コンドラチエフ少尉は頭がよく、皮肉屋で、他人を当てにしない人間だったが、私にそれが分かったのは後のことだった。その少尉が文書を掻き集めて、私に顎で長持を示した。長持は小ぶりだったが、それでもありがたい。防寒長靴を脱ぎながら、納屋のドイツ兵たちのことを思った。「どうぞ、私に毛布を下さい。あの納屋はひどく寒いのです」……ああ、気が滅入る。

「寝る前に靴を脱ぐのは禁止だよ」と、当直が軽蔑して新米に注意した。

私は足を長靴に入れた。足をどう曲げても、長持の上に納まるのは難しい。長靴を履いたままではなおさらだ。足は垂れ下がり、外套はずり落ち、枕にした辞書を入れた鞄と帽子は頭の下から落っこちた。

大体、前線ほど私が熟睡した場所と時はない。どんな状況でも、どんな姿勢でも。むき出しの板張り寝台やベンチ、床の上で、机に拳や肘を突っ張ったまま、あるいは立って壁にもたれながら……眠れさえすれば、どんなに嬉しかったろう。だが、最初の夜、私はすぐに眠れなかった。

電話が鳴った。当直が敏捷に答えるのを聞いた。「はいっ、待機します」。そして受話器を下ろし、私が眠っていないのを目にして、嘲笑するように言った。「君はさっき靴を脱ごうとした。ドイツ軍戦車がノシキノ・ココーシキノ付近で突破したんだ。ここから四キロだ」

スターヴロポリで少しは勉強していたので、ドイツの戦車は今にもここに現れるかもしれないと、私は不安に駆られながら見当をつけた。だが、全員が眠り続けていたので、私も寝入った。

朝から村への容赦ない空襲が始まった。ドイツ軍は村に軍司令部があると感づいたのだ。もっとも、司令部の指揮所は森の中へ移動していた。わずかな間隔を置いて敵軍機は一日中、村の上空を旋回した。

旋回しながら降下する敵機の不気味な爆音。雪の上を飛んでいくそれらの影。投下された爆弾の堪えがたい唸りが背骨に食い込む。爆発の轟音。生者、死者を問わず、われわれの上を雪の旋風が通過する。突然、すぐ脇を機銃弾の鋭い連続音が走る。小さな雪柱が舞い上がる。私たちは雪の上に動かない斑点となって、身じろぎせず、震えながら待つ。今、ここでは、死ぬのがどれほど簡単なことか。

そして敵機は早くも、黒い鉤十字のある尾翼を振りながら去っていく。

しかし、私たちは助かった！　再び突進する。雪の中を転びながら、果てしなく開け放たれた空に顔を上げながら。空と雪。前方の雪原の向こうに森の黒い端が見える。救いの道。それは森までたどり着き、隠れ、暗くなるまで待つことだ。だが、森まではまだかなり雪をかき分けて行かねばならない。もしかしたら、一キロほどあるかもしれない。そして遠くから私たちの上空にまだ弱いが、しかし爆音が聞こえる。敵機だ！

体力がもっとあり、前にいる人たちは、森に近づいているから、恐らく間に合うだろう。だが私たちは駄目だ。とてもたどり着けない。

踏んで固くなった雪道づたいに、近くに見える納屋へと方向を変える。私たちがそこに着いたとき、氷の張りついた敷居の上に納屋の中から高射砲隊長が出てきた。丸顔の、落ち着いていて、小ざっぱりした感じの隊長が私たちに言った。われわれのコミッサールが戦死した、兵士たちに小包を配り終えたばかりだったんだ。

「腹部を全部やられた。哀悼！」と言うと、彼は部署の砲へと向かった。

その日の終わりまで、私たちは爆弾を避けて動き回った。そのために実にさまざまな場所へ隠れた。菜園にあった、雪に覆われた誰かの防空壕にも、ジャガイモ貯蔵用の地下室にも、家を焼かれた一家が代わりに住み着いている半地下小屋にも。

ドイツ軍の戦況報告書の言葉では多分、このような一日についてこんな風に書かれたのだろう。「局地的意義の戦闘を実施。航空隊が諸目標を爆撃、敵兵力をさんざんに叩く」

雪が降り出し、夕闇が下り、元の家に戻れるようになるまでには、私の体力は実際、完全に消耗していた。

村の中を捕虜たちが護送されてきた。寒さに身をかがめ、だらしなく、ばらばらに歩いている。私は立ち止まって、昨日のカール・シュタイガーがいるかと目を凝らした。「ドゥイニャ」という単語を知っていて、毛布を頼んだあの男だ。

闇の中でドイツ兵たちは誰も彼もみな似ていた。私は何とか人数を数えた。一七人だ。ということは、彼もここにいるはずだ。彼らはどこかへ連行される。まあ、いいだろう。彼らが私にとって何だというのだ?

赤毛のカローン

暗くなり、私の前線初日を爆撃下で共に過ごした人たち全員が村から森の中へ運ばれた。そこのほうがより安全だった……だが、私は残された。

外套を汚さないように、すすけた飯盒を体から離して持ちながら、渡された鹵獲文書の束を持って、私は指示された家の中に入った。最初に目にしたのは、母の厚地のカーテンを撚り合わせたひもで縛った私の背嚢だった。ということは、あの村から届けられたわけだ。昨日、私たちの一トン半トラックはそこで動けなくなり、そのあと私は付添い人と一緒にここまで歩いてきたのである。私はまず名乗った。

「大いに結構!」と、大柄の赤毛の中年男が言った。これはカスコという姓の大尉で、木の長椅子に座ってテーブルに向かっていた。そして厚い本を定規代わりに使って表に罫線を入れていた。「一体君は丸一日、どこに消えていたのかね？」

「それがいろいろとありまして」と、私は薄っぺらな鹵獲文書の束を振りながら答えた。

「通訳が足りなくて、われわれは実に困っている」

これは快いほどだった。偉大な仕事が首を長くして私を待っていたということになる。

「君の証明書類を準備したまえ」

なぜか、こうなのだ。ほっとして、気を緩めていると、突然、「証明書を見せて！」とくる。そして、何かが喉に詰まる。飯盒を床に置き、急いで横腹の将校カバンの中をごそごそかき回す。書類はこれで全部だ——派遣命令書、食糧支給証明書、軍事通訳養成所修了証書。

「何という連中だ！　君は食糧支給証明書の提示を求められなかったのか。それで給食を受けたのか？」

「受けました」

「連中は好き勝手に誰にでも食べさせている。出し惜しみせんのだ」

彼は私の証明書類をテーブルの端に置き、私に外套を脱いで座るように言った。

「君の件は少し待ってくれ」

ここは少なくとも暖かったから、待っているのは苦にならないように見えた。

カスコは熱心に罫線引きを続けた。定規にしている本の端は真っ直ぐではなかった。彼は座ったり、ちょっと腰を浮かしたりしながら、テーブルの上の石油ランプを動かして、自分の作品を点検し、曲がっている線を見つけると消しゴムで消して、再び罫線を引いた。

外はもう夜が更けていた。だが見たところ、彼はまだ定時連絡兵と会う用意ができていなかった。

連絡兵たちはもう来ていた。雪まみれになり、凍えきって、最前線各地区から一人ずつやって来た。テーブルの近くに座り、ぷかぷか煙草を吸い、どのように戦ったか、誰が誰を撃破したかについて荒々しく話していた。そして戦闘のカオスの中から、戦争の曖昧さの中から戦死者たちの名前が浮かび上がってきた。胸壁を跳び越え、特火点を制圧するために匍匐して雪上に残った者、偵察隊の後退を援護した者、敵の砲火になぎ倒された者。その砲火も疾風射、至近距離直撃、十字砲火とさまざまだった……。

カスコ大尉は愛想よく聴取し、テーブルから立ち上がった。大男だ。赤毛で、後頭部を高く角刈りにしている。大尉は体の凝りをほぐし、フェルト長靴を履いた足に片足ずつ体重をかけた。そして深夜の声ではなくて、新鮮な朝の声で、手のひらと手のひらを打ち合わせながら宣告した。「場所の状況（ぴしゃり）、時間的状況（もう一つ、ぴしゃり）、戦死確定者数」

だが、報告に来た兵士は、慣れた戦死告知者ではなく、提示された三つの項目に納まらなかった。彼が酷寒、雪、暗闇を突っ切ってきたのは、戦死者たちの最後の言葉を送り届け、その功績を子孫たちのために刻み込むためなのだ。いやが上にも彼の興奮は高まった。彼の聴衆は私だけだった。しかし、その聴衆もあまり当てにならなかった。私は睡魔に襲われていた。眠気の中ですべてがごっちゃになった。「証明書類を用意したまえ。戦死確定者数！」。そして突然、「哀悼！」。

「夜、寝るときはここを使いたまえ！」と、大尉は自分が座っている木の長椅子を指した。ということは、まだ一日は終わっていないのだ、戦争の一日は。遠くの軍事通訳養成所にいた頃、前線でのこんな初日を思い描いただろうか？「敵機来襲！」「丸見え注意！」「伏せろ！」――これらの命令の連続と恐怖だけで、熱情を掻き立てられるようなことは何もない。恐らく、連絡兵たちがやって来た最前線では状況は違う。そこは酷寒と死だけではないだろう。死も、「戦闘部署において」、「戦闘任務遂行中に」といったあいまいな欄に納まらない。しかし、連絡兵は死者たちを大尉の管轄下に残して戻っていった。この赤毛のカローン〔ギリシャ神話の冥府の川の渡し守〕はその気になれば長椅子から立ち上がって、床几に座りなおすこともできたのだ。ところが、約束した寝場所を私に引き渡すことなど念頭にないようだった。依然として表にした紙をいじくり回し、戦闘報告——戦争の一日の総括を作成していた。

「さあて」と、カスコ大尉が言った。「今度は君についての若干のデータだ」。白紙を一枚取り出して、ペンをインク壺に浸した。「出生地はつまり、ベロルシアで、民族籍はユダヤ人、住んでいたのはモスクワ、大学生……」。そして私に宣告した。「朝、ボリーソフ大尉の諜報班のところへ出発したまえ」

大尉は散らばっている床几を大きな音を立てて動かし、書類を片付け、ランプを暖炉の上に移した。それからテーブルを抱え、腹の上に載せて持ち上げ、壁のそばに下ろした。

防水布の包みをほどいて、大尉は自分の寝具を取り出し、テーブルの上にかいがいしく、きちんと敷いた。ドイツ軍の戦車や爆弾のことなどまったく気にかけていないようだった。そしてランプの芯をひねって光を落とし、横たわり、寝入った。心にやましいところのない人間として。

ザイミシチェ村

夜が過ぎた。私はもう夜明け前に、あのベニヤ囲いのトラックの中にいた。コミッサールと捕虜と一緒に行ったことがあるあの自動車である。私たちは移動した。どこを走っているのか、この車輪付きのベニヤ小屋からは何も見えなかった。私はある村の入口のところで降ろされた。「井戸に向き合っている百姓家を探しなさい。そこに諜報部の分所がある。そこで仕事を始めたまえ」

私は教えられた側の家に沿って歩いていった。この家々は無事だった。反対側には破壊された数軒が続いている。開いた穴から暖炉が見える。爆弾か砲弾で破壊されたらしく、雪をかぶったままか、そうでなければ薪にされているのだろう。どこからか猫がひょいと現れて、身動きせず待ち構える。飢えた、険しい眼を光らせたあと、雪の上をおぼつかない足取りで歩いて、壁の穴の中に隠れた。

踏み固められた通りを赤軍兵士が空の荷橇を走らせていく。遠くの百姓家のそばで自動小銃を持った兵士がぶらぶらしている。それ以外、誰も見かけない。住民の影はない。村は死に絶えたようだ。

私の目印にした井戸は、とても目立った。長い撥《は》ね釣瓶が持ち上がっていた。すぐ向かい合った家には窓が三つある。かんぬきを回すと、戸が開いた。敷居を越えながら、私はまだ知らなかった――私の記憶も、心も、この家にずっと愛着を持つことになるのである。階段を踏んで板張りの床に上がった。ここにはドアが二つある。一つは屋根のある中庭に通じ、もう一方の右のドアは防寒対策がしてあり、百姓家の中に通じている。しかし、それは私には後で分かったことである。その時は当てずっぽうにドアを押し、煤だらけの台所に入り込むことになった。ここには子供たちが一杯いた。これはまったく思いがけないことだったので、私は呆然とし、ニュールカが私のところに飛びついてきたときにはまごついた。これは五歳のお転婆の女の子で、ドイツ軍の銃の手入れ棒を手にしていた。

モスクワ攻防戦の道の交差点にあるこの死んだ村は、生きていたのだ。

ドイツ兵は隅のテーブルのそばに座っていた。子供たちは全員、別の隅に避けていて、彼のほうをじっと見ていた。

彼にはどうしても、納屋で酷寒に凍えていたあの一七人のうちの誰かを認めることができなかった。ハンサムで、若く、全体が新鮮だった。

「あなたの名前は？」と、私はぎこちなく長椅子の端に腰かけた。

「ハンス。ハンス・ティール」

籠に入れられた赤ん坊がぐずり始めた。一番年上の男の子（裸足で、大きすぎて耳まで入る帽子をかぶっていた）が、この揺り籠を憤然と押し始めた。揺り籠の吊るされた竿が子供たちの上で揺れながら、ぎいぎい軋んだ。

一体、何を訊くべきか？　彼のアーリア人系の目の青い光がとてもまぶしかったので、私は支点を探し、テーブルの上のほうにある掛け時計に目を止めた。文字盤には緑の子猫たちが描かれていた。針は九時三六分を指している。振り子の代わりに錆びた錠前が鎖にぶら下がっていた。

「ハンス・ティール、あなたは職業軍人、それとも何か専門を持っているの？」

「私はナチュラリストになる準備をしていました」

「つまり、何をするつもりだったのですか？」。私はこんな馬鹿なおしゃべりをしている。まるで以前からこの若者を知っているみたいな、不思議な感情からどうしても逃れられない。

赤ん坊はまだ泣きやまなかった。そこで少年はその上にかがみこんで、籠の端をつかんだ。「どうしたんだい、シュールカ、黙るんだ！」。そして大きな帽子をかぶった頭を振りながら、細い娘のような声で歌い出した。

「いい子だね、シュルショーチカちゃん、パシュルショーチカちゃん！」

「私のレポートのテーマは」と、陸軍中尉は泣き声と歌に負けない大声で言った。「Papilio です」

「なんですか、それは？」

「もっと正確に言えば、Schmetterlingsrussel——蝶の吻です」

ああ、蝶。シュメッターリング。

この単語は音楽のように響く。シュメッターリング。

どうして……？　私は六歳で、兄はほんの少し年上だった。私たちはベッドの下に隠れて、ドイツ語の女性教師アンナ・イワンヌィを待ち構えていた。彼女のスカートがさらさら床を擦り、甘草の香りがした。「グーテン・ターク」。私たちは黙っている、ここにはいないみたいに。彼女は部屋の中を探し回らないし、私たちをベッドの下からつまみ出したりしない。テーブルに座り、ベルリン版の自分の特別の本を取り出し、声に出して読む。ハーメルンの笛吹き男流に私たちをおびき出そうというのだ。

グレーテ、ハンス、ペーター……ドイツの三人の子供。彼らは一冊の日記をつけている。それぞれが一週間ずつ、交代で。彼らはアンナ・イワンヌィの声で話してくれる。蝶を捕まえたこと、ヤマカガシにびっくりしたこと。三人は小川を愛している。そして夕焼けも、クリスマスの思いがけぬプレゼントも……。

台所の中で子牛がもぞもぞして、立ち上がろうとする。震える、不器用に広げた足で立って踏ん張ったが、すぐに藁の上にどしんと落ちた。裸足でズボンを着けていない二歳ほどの男の子が、床におもらしをした。

電話通話所へ行っていたボリーソフ大尉が戻ってきて、尋問に取りかかった。ティール中尉は質問にはっきりと、すらすら答えた。

黒い毛皮外套を着たこの家の女主人が入ってきて、あっと声を上げた。

「何てことだろう、ドイツ人だわ！」。敷居のところで立ちすくんだ。

ドイツ人は立ち上がった。とても姿勢がよい。黒いラシャの襟のついた外套のボタンを上までぴったりと掛けていた。彼の金髪の頭の後ろから部屋の隅に掛けてあるニコライ聖者の黒い顔が見えた。そしてドイツ人の顔は晴れやかで小ざっぱりしていて、あの昔の本——『五十二週』に載っていた光沢紙の挿絵にとても似ていた。その本に出てくるのは、まだ両大戦前のずっとずっと昔の、分別のある純朴な子供たちで、彼らは自分たちの音楽的なドイツの子供時代を生きていた。シュメッターリング。

女主人は戸口からどいた。ティール陸軍中尉は敷居のところでくるりと振り向くと、操典どおりに直立し、別れの挨拶のために不動の姿勢をとり、無帽の美しい頭を後ろへそらせた。

「気違いじみてる」と、女主人は悪気なく言った。

彼は敷居を越え、玄関の手作りの石臼のそばを通って階段を下りた。そのすぐ後からライフル銃を手にしたサヴェーロフが続いた。

ザイミシチェ村。ここにはすでにフィンランド人部隊〔ドイツ軍の義勇兵〕が駐在していたことがある。私たちの女主人マトリョーナ・ニーロヴナに言わせると、彼らはドイツ人よりもひどかった。ドイツ軍を避けて彼女は乳牛一頭と五人の子供を連れて森の中に隠れ、ひたすら待っていた。どうして生き残れたのか、全滅しなかったのか、神様にしか分からない。今、彼女の家には私たちがいる。ずっと、いてくれるのかしら？「さもないと、どうしてまた逃げたらいいのだろう」と、彼女はがっかりしたように言う。暖炉の煤と心労で黒ずんだ顔。夫については「はっきりしたことは何もわからない」、どこかの戦場で行方不明になった。彼女は長椅子にちょこんと腰かけ、膝の上に両手をだらんと置いている。揺り籠からシュールカを出して胸に抱くでもなく、子牛に餌をやるでもなく、食事の支度をするでもなく。

私たち軍人が家の片付いた半分を占め、家族全員が台所に住んでいる。ここのほうが「テーブルが大きい」から。吊るされた揺り籠には藁の上に着古した衣類を敷き、シュールカが入っている。耳まで入る父親の大きな帽子をかぶった一番年長の少年コースチャが、テーブルに肘をついて私たちの当番兵と話している。そして目を向けずに裸足の片足で揺り籠を動かしている。彼はこの家では一切の責任者だ。少し年下の男の子ゲーニカは、家の外で、一日中どこかを動き回っている。ニューラカはドイツ軍の銃の手入れ棒でガチャガチャ音を立てている。二歳のミーニカは裸足で、前あきのズボンを履いていて、冷えるのか、しょっちゅう床に小便を漏らす。その子がニューラカを追いかけて例の手入れ棒を欲しがり、ついには泣き出す。ニューラカが立ちすくみ、小さく叫ぶ。「黙って、いい子。神様は私らの味方だからね」と、マトリョーナ・ニーロヴナが静かに言いきかせる。

手製の石臼を回す音が朝早くから玄関で聞こえる。コースチャが麦を挽いているのだ。台所の窓をノックする音。コルホーズの女性作業班長がマトリョーナ・ニーロヴナを道の雪かき作業に呼び出しに来たのである。揺り籠に縛り付けられた竿が軋り音を立てる。ミーニカが裸足の足でよろよろ歩いて、無頓着にシューラカの片足をくわえ、しゃぶっている。ニューラカは暖炉のそばの薪の中から一本を選び出して、器用にスカーフにくるみ、それを人形のようにあやしている。彼女は近所の猫をもうここへ連れてきてはいけないと言われている。私がここで最初の日に出会った猫だ。今、この台所へ連れてこられるのは尋問のための捕虜たちだ。そして私は二、三日すると、彼らと独自に話すのを許された。私の質問とドイツ人の答えは、コースチャがシューラカを寝かしつける「さあさあおねんね、シュルショーチカちゃん、パシュルショーチカちゃん！」の静かな子守唄と、弱々しい足で立ち上がろうとする囲いの中の子牛の騒ぎにかき消された。

子牛の存在は、台所を通り過ぎるボリーソフ大尉を閉口させた。おかげで息ができないと言って、顔をしかめた。概して大尉は、こと清浄な空気に関してうるさかった。まるで私たちの定めは生活であって、戦争ではないとでも言うように。

ザイミシチェ村は一度ならず敵味方の間を転々とした。マトリョーナ・ニーロヴナの家は今のところは無事だった。空襲、重砲兵隊の砲撃の中でも頑張っていた。食糧の貯えは、略奪されなくとも、枯渇しつつあった。そしてそれが終われば、手に入れる先はないのである。すべては彼女自身の肩にかかっていた。どうやって子供たちに食べさせ、守るのか。戦争中、前線になった地帯で母親が、それも子沢山の母親が背負う重荷よりも重いものはない。それに彼女自身がさらに戦争に奉仕しなければならないのだ——朝から軍のために道の雪かきに出なければならない。そのうえ、私たち軍人に亜麻の実入りの最後の薄焼きパンを分けてくれるのである。

彼女の傍らで私は戦争のカオスをより痛切に実感した。そして生活そのものの、たまらなくなるような脆さも。非人間的な状況の中でマトリョーナ・ニーロヴナがその生活を守っている持ち前の強靭さ、彼女のお人よし、運命への寛容さに、私はひきつけられた。

自分は志願して前線に来たのだと話しても、これは彼女の印象に残らなかった。彼女には私が軍隊の不自由の中に閉じ込められている人間に見えた。そして私を憐れんだ。しかし、私は少しも自分をそのように感じなかった。もっとも最初のうちは、男たちの中に独りでいるのは簡単ではなかった。そして彼らも、女性の存在からずっと遠ざかっていたので、気詰まりを感じたことだろう。たとえば用件について、それも思いっきり悪態をつけない、つまり奥歯にものの挟まった言い方しかできない、という点で。当時、婦人の前では男たちも卑猥な悪態（マテルシチーナ）をつかないのが習わしになっていた。ある時、夜更け前だったが、私が防水布を吊るした仕切りの向こうで眠っていると思ったらしく、男たちが何かを表現力豊かに論じ合っていた。私は耐えられず、起き上がって出ていった。「あんた、どうしたの？」と、暖炉の上〔ロシアの百姓家では寝床になっている〕からマトリョーナ・ニーロヴナが目ざとく尋ねた。「マテルシチーナを聴かされるのにうんざりしたの？　だって、男たちはあんなふうにしか話せないのよ、何がどうしたかを」。彼女は思慮深く言った。私に我慢するように諭したのだ。

その後、二度とそういうことは繰り返されなかった。あるいは骨が折れたかもしれないが、この点に関しては男たちも気遣いをしてくれた。いや、全体として彼らは私に好意的な態度をとってくれた。私と彼らの間では見解がすべて一致していたわけではなかったが。これらの男たちは国境のすぐそばから退却し、ドイツ軍に散々にひどい目に遭い、固く結束していた。だが、この新米通訳は、なぜだか自分でもはっきり分からないが、ドイツ兵に同情し、ドイツ兵を二つに分けているのだ——戦線の向こう側にいるのは敵、こちら側にいる捕虜は犠牲者と。だが、通訳なしでは諜報は盲目も同然だというのは周知のことで、それで我慢してくれたのである……みんなを当惑させたのは別のことだった。それは私が時々、ノートに何かを書き込むことである。日記をつけること、メモを取ることはわが軍では（ドイツ軍と異なり）厳禁されていた。私は自分のノートが盗み読みされると見当をつけた。そこでノートに大きな字で、「同志ボリーソフ大尉、あなたは他人のメモを読んで恥ずかしくないのですか？」と書いておいた。ある日、ノートを開くと、私の質問の下に大文字で、「どうして？」と書いてあった。これは私の保存してあるノートに今も目障りに残っている。しかし、みんなは私にも、私が将校カバンの中にドイツ語・ロシア語辞典と一緒に分厚いノートを入れていることにも慣れてくれた。

前線ノートから

晴れやかな顔をした、話好きで、スパルタ式訓練を受けたドイツ兵。

「すぐに銃殺されるのですか?」

私は通訳した。

「結局のところ、お前なんかくたばれ」と、大尉が彼に言った。

「殺さないでください、本当にお願いします」

彼の軍人手帳には『ドイツ兵士の心得』が折り込まれていた。「総統は語った――『軍隊がわれわれを人間にした。軍隊が世界を征服する』、『世界は強者のものだ、弱者は滅ぼされねばならない……』」

負傷者たちが最前線から戻ってくる。よろめき、互いに支え合い、ライフル銃を引きずりながら。彼らと出会った老婆が立ちすくむ。枯れ枝の束を背負った背中をかがめ、負傷者を涙目で見送る。そして突然、とても強い声で、悲しそうに言う。

「誰があの人たちを助けにきてくれるのだろう?」

わが軍の冬季攻勢で追い払われたドイツ軍がここにいた時期は、地元住民の意識では、終わった過去である。

それは戦争の中のもう一つの戦争のようなものだった。彼らが体験したあの過ぎた戦争は、長引いている全体の戦争の枯れることのない流れの中にある。

「何でもあった」と、あの過ぎた戦争について住民は話す。「それは火と恐怖だった」

誰かが言った――子ネズミ（ムィションカ）にも金玉（モションカ）がある。激しい戦争の中での人間の悲しげな声――生きとし生けるもののすべてが苦しんでいることについての。

「いまの恋愛は何という恋愛なんでしょ！」と、若い娘が屈託なく言った。「ほんのちょっとだけ、それも時たまね」。これは彼女自身のことだとすぐ分かった。

本当にびっくりする。どんなネッカチーフも、欠けた皿も、素焼きの壺も、スカーフも、携帯用インク壺も、火掻き棒も、いかに古びていようと、それぞれが独自のまたとない顔、独自の性質、独自の魅力を見せて、想像できないほど素晴らしいものになるのだ。しかし、それはすべてここだけの話で、ほかでは再現できない。そして日用品、戦前の品々は私たちを感動させ、興奮させる。

若い世代の最良の部分のすべて、その最も積極的で、最も信頼できる部分のすべてが時代の流れに巻き込まれてしまうような歴史の瞬間がある。そしてこの流れが目指しているのは自己の何かの利益、物質的幸福ではなくて、戦闘、それも死闘なのだ。その中でこの流れは細っていく。だが、この流れから脱落するのは、世代の事業を裏切ることを意味する。哲学・文学・歴史大の学生ミーシャ・モロチコは言っていた。「われわれのロマン、それはファシズムとの将来の戦争であり、それに勝利することだ」と。ここに私たちに共通する精神的高揚があった。

私は戦争を単に戦争だと考えていた。だがこれは、道であり、空であり、子供たちであり、農民たちであり、都会人たちであり、死である。

灯芯を付けた鉄の缶。ほや無しランプ。

「ドイツ軍の高射砲隊が残していったのよ。よく出来ているわ」

「ずっと使うんですか?」

「もちろんよ、ずっと使うわよ」


私は戦争に対して事実上まったく準備していなかった。あったのは情緒的な準備だけだった。しかし、私たちは自分の人生の大事として出征した。そして、間違っていなかったようだ。肝心なのは、情緒は多くのさまざまな現実よりも強固だったこと。いずれにせよ、私の擦り切れた長靴より強い。

撃ち、殺し、葬り、突撃し、偵察に出る――これが戦争だ。だが、当てもなくとぼとぼ歩いていく、袋を背負い、飢えた子供を連れた飢えた女たち、そして老人、難民、焼け出された人たち――これが戦争の恐怖だ。

自分たちは国民の中の戦っている部分だという認識――すべてのものがわれわれのために充てられ、われわれには一般国民に比べてすべてのことが許されている。しかし、一体これはどういう一般国民なのか、戦争のくびきにこれほど無慈悲につながれている一般国民とは。兵士だってこれほどの目に遭うとは限らない。

ドイツ軍では兵士のめいめいが同じ判型（六×九センチ）の、縁を鋸歯状に裁断した写真の束を持っている。Mutti《ムッティ》, Vati《ファーティ》——ママ、パパ。愛する姉妹。誠実な家族の昼食、自転車での散歩、庭での会食、太った叔父さんと骨のとび出したその妻とちっちゃな子供たち、瓦屋根、キヅタが壁に這った上等の家。想像もできないような生活の快適さ。満足、自己満足。しかし、何と言っても快適さだ。いったい彼らはどこへ押し寄せたのか、自分たちの居心地のよさを置いてどこへ押し出してきたのか？

ザイミシチェ村での最後のメモ——

ゲーニカが自動車のステップに跳び乗って、口を開けないで笑っている。私はもう自動車の中にいた。マトリョーナ・ニーロヴナがラシャのスカーフにシュールカをくるんで走ってきた。ニュールカは母親の裾をつかんで、顔を隠している。少し離れた脇にコースチャが立っている。彼らの目にある何かをとらえて、私の鼻の中がつんとなる。もしかしたら、私にそう見えるだけかもしれない。（そしてノートの余白にはこう書いてある——「もしかしたら、これは私の思い込みかもしれない」）。自動車が動き出す。晴れていて、広々した感じ。ザイミシチェ村の項終わり。

「この老婆はどうして泣くのか」

荷台の私たちはザイミシチェ村の外れの斜面で大揺れに揺られた。自動車はほかの車の車輪がかちかちに踏み固めた道を苦しそうによじ登った。ほんの少し遠ざかっただけだったが、私たちがザイミシチェ村の生活で身にまとったもの、村の生活の名残のようなものはもうばらばらにちぎれて、飛び去った。荷台にはティール中尉を入れて六名いた。今のところ、彼は私たちの分所に残されていた。彼にはまだ訊くことがある。

二週間前、各部隊に命令が出された——ドイツ第九軍の包囲を完了せよ。しかし、敵は相当の兵力でイズヴェストコーヴァヤ山方面に進出し、北からわが方の突破口をふさぎ、私たちの隣接軍を分断した。今やドイツ軍は全力で雪辱を期していた。私は、わが軍が手に入れた「直ちに各部隊へ伝達すべし」との指示があるヒトラーの命令を翻訳した。

第九軍兵士諸君!

諸君の前線区域における割れ目はルジェフ北西で閉じられた。これに伴い、この方面に突出した敵は自軍後方の連絡補給路から分断された。諸君が今後数日間、自己の責務を同じように遂行するならば、ロシア師団多数が殲滅されよう……。

隣接軍は分断されて、包囲下に陥った。脱出に成功した兵力はごくわずかだった。分断された軍は包囲下で激闘した。これについて戦後の『大祖国戦争史』には一語の記述も載らないだろう。何しろ公式には、モスクワの包囲は四一年に終わったことになっているからだ。ルジェフの森林の中で倒れ、捕虜になったこの軍は、この方針に反していたので、黙殺されることになるだろう。私たちの区域には苦難に耐えて黒ずんだ兵士たちがばらばらのグループで、あるいは独りっきりでたどり着いた。その数は少なかった。

こちらの区域では戦闘が続いた。

私たちの一トン半トラックはバチューリン・コミッサールの乗った「エムカ」〔ソ連製乗用車GAZ－M－1。一九三六～四三年に製造〕の後を進む。あたりが薄暗くなった。空が雲で覆われ、雪が降り出した。これは幸運だ。このほうが安全だ。

時折、車が動かなくなる。そばを兵士たちが通過し、外套が荷台の外側と擦れる音が聞こえる。「えーっ、こりゃどうだ！」と、兵士が通過しながら荷台を覗き込んで、フリッツを目に留めた。荷台の外側に白い息が凍りついて垂れ下がる。「ふん、かかし野郎。怖がるのは畑の雀だけだぜ」

私たちはルィスコヴォ村に乗り込んだ。命令による行軍初日の目的地である。百姓家に入る。台所にほや無しランプが鈍く灯っている。女主人の老婆が暖炉を焚きつける。「こりゃ、たまげた！」と、女主人はドイツ人に驚いて、大きく息をついた。彼女は年老いて、貧しく、薄汚かった。「どうして、ここへ連れてきたのかい？」

「俺たちは質問に答えないことになっている」と、サヴェーロフは言った。そして通訳抜きでドイツ軍中尉に応対できるようになっていたので、戸口から奥へ入るようにティールの肩を押した。「早くしろ」

台所でサヴェーロフは、胸をテーブルに押し付け、両肘をついて食べた。老婆は粥を入れた自分の深皿を暖炉の陰へ持っていった。それから戻ってきて、ドイツ人が座っている長椅子のそばを通り、彼が本当に食べているのかどうかを見ようと、体をかがめて覗き込んだ。

「もらえたんだから、ちゃんとお食べよ、穀つぶし。生きている限り、飢えは心を引き裂くから」

「奴らに心があるかい？」と、口一杯に頬張ったままサヴェーロフが言った。

「そりゃそうだ」と、老婆はうなずいた。「もしかしたら、ないのかもしれないよ、本当に」

ボリーソフ大尉がバチューリン・コミッサールのところから戻ってきて、台所を通りながらぞんざいに言った。

「やっぱりドイツ人がどの食器で食べたか、覚えといてくれ」

本当に、誰も互いを毛嫌いしているわけではないが、フリッツの後から同じコップで水を飲もうとしない。

私は別の部屋に下がった。防寒長靴を脱ぐ。参謀長の命令で寝る前に履物を脱ぐことは禁じられていたが、私たちは厳守していなかった。防寒長靴をベッドのそばに置いて横になり、ベルトを緩めて、外套にくるまった。眠ろうとしていると、ティールの不安そうな声を耳にした。どうしたのか？私は台所に戻った。

着古したカーディガンを羽織った女主人がドイツ人の真向かいに座り、腕組みしながらその顔をじっと見ている。細い肩をすぼめ、頭を振り、ため息をつき、鼻をすすり上げる。

ティールはいらいらし、彼女に向かって繰り返した。「おばさん、どうしたんだ？《ヴァス・イスト・ロース》 中尉さん、お願いします。この人は何を言っているんですか？」

「ああ、ああ」。老婆は泣き声になった。「至誠生神女《しょうしんじょ》マリア様」

老婆は暖炉の陰へ行き、とっくに固まった小麦の粥が入った自分の深皿を持ってきて、テーブルの上に置き、ドイツ人のほうに押しやった。

「ほら、お食べよ」。そう言うと、口に手を当てて泣き出した。

「お願いします」。ティールは驚いて言った。「どうしてこの老婆は泣くんですか？」

「知らないわ」

彼女をどうできよう。捕虜を見ながら彼女の頭に浮かぶのは、一つや二つのことではあるまい。あるいは身内の誰かが捕虜になっているのかも。

彼は少し食べた。そして、きちんと分けたウェーブした髪をなでてから、きっぱり言った。「できれば、自分は真実を知りたいのです。私は銃殺されるのですか？」

「どうしたの、おばさん。おばさんが泣いて、ドイツ人を憐れむものだから、この人はびっくり仰天したのよ」

老婆はすすり上げ、頭にかぶったスカーフの端で鼻をかんだ。

「この男じゃない。違うんだよ。私はこの男の母親が憐れなんだよ。母親はこの子を生んで、面倒を見て、こんな立派に育て上げ、世の中に送り出したんだよ。他人と自分を苦しませるためにさ」

私たちの行く街道から斜めに入る田舎道を、人の黒い列がこちらに向かって動いてくる。包囲から脱出してきたのだ。

杖のようにライフル銃にすがって、凍傷にかかった足を引きずっている者、衰弱した戦友を助けている者。この人たちは包囲を脱して、わが軍が切り開いた回廊地帯へ出てきた。

人影のまばらな列はすぐに途切れる。これで全部なのか？　どうしてこんなに少ないのか？　銃弾になぎ倒され、森林の中で凍え死んだのか？　それともほかの田舎道を歩いているのか？

「中尉さん、お願いします」。ドイツ人の胸の中で何かが動いて我慢できなくなった。「われわれが一昨日宿泊した村は何という村ですか？　村を覚えておきたいのです。あのロシア人の年取ったおばさんがいた村を……」

砲の連射、機関銃のカタカタ鳴る音。小銃の音も聞こえる。切れ目なく戦闘の音が轟いている。

負傷者が、救急車、藁を敷いたむき出しの荷台、橇で私たちのほうに向かって運ばれてくる。私たちの一トン半トラックは道から下り、轍を彼らに譲る。私たちは黙って彼らを見送る。

酷寒が身を刺す。私たちは風を避けて納屋に避難した。最近の記憶の底のどこかから、笑顔をつくって頼み込む黒い歯が浮かび上がってくる。「どうか、私に毛布を下さい。あそこの納屋はとても寒いのです……」。止めて。私たち自身が耐えられないほど寒いのだ。もっとも、私には毛布がある——家から持ってきたあの毛布だが。

納屋の戸が鳴って、寒気がたちまち吹き込む。知らない兵士たちがここに入り込んできたのだ。懐中電灯をつける。


「おっ、悪党！」。ドイツ人に気づいた。

「こいつに銃床で一発くらわせてやれ」。誰かが物憂げに言う。そしてもう険悪な空気になる。「雪の上に引きずり出せ」

「足を引っ張れ！」

「やめなさい！」と、私は発作的に叫び、立ち上がった。

懐中電灯が突きつけられる。

「ああ、これは中尉さんだ、みんな」

誰かが闇の中でまだ悪態をついた。

「どうしてドイツ人を憐れむんだい。俺たちを憐れんでくれたほうがいいのによ……」

くすくす笑いが聞こえた。そして兵士たちは横になり、静かになった。サヴェーロフはその間ずっと目覚めなかった。

ティールはごそごそしていた。きっと、驚いたのだろう。彼の座る音がした。「畜生《フエアフルーフト》！」と、私は息を吐いた。畜生！　ドイツ人、戦争、暴力、寒気。

ありきたりの戦争

その先にあったのもずっと戦争だった。しかし、これらの最短接近路での戦争のほうがより激烈で、より多くの血が流されたと言っていいかもしれない。これはモスクワ攻防のいつ終わるともしれない戦闘だった。

戦争は長く続いた。私はそのぬかるみの中にいた。ザイミシチェ村は最後の光明、生活の温みだった。痛めつけられ、焼き払われた大地、残酷と憐憫、魂の深淵と飛翔。戦争は矛盾し、敵対するものを一杯呑み込んでいた。そしてそのすべてが始原的なものだった。

どこか、何世紀もの時間の奥深くに失われたこの地方の始まり——その名はルジェフカだったのか、ルジョワだったのか、ルジェフ・ヴォロジーメロフだったのか？　この地についての漠然とした言及らしきものが、一〇一〇年の古代ノヴゴロドの舗装道路に関する規則に出てくる。

これは明白な標識ではないのか？　しかし、その後もまだはっきりしない。そして現在のルジェフ市とルジェフ地区がある地域は、分封された公たちが互いにその領有をめぐって戦い、ノヴゴロドの領土となることが多かったと考えられている。だが、その真偽はともかく、それでもなお始まりはあやふやである。研究者たちの憶測、推量、意見不一致が続いている。この土地の輪郭さえ、まだ確定されていないかのようだ。

しかし、ここに年代記がはっきり記述していることがある——町は一二一六年のスヴャトスラフ・フセヴォロドヴィチ〔ウラジーミル・スズダリの公〕とトローペツ〔トヴェーリ州内〕の公との戦の際に包囲されている。これは当時すでに生まれていた町、現在のルジェフの先祖についての動かせない標識である。

歴史がこの都市を数世紀の時間の奥深くから引き出すのは、どのような状況の下か。包囲である！ すべてを押し流す時の流れの中で、この都市は停止信号になり、せき止め役になるのだ！ 刺激された歴史への好奇心が、この都市の起源を思い出させる！

そして今、ドイツ軍に奪われ、わが軍に包囲されて、この都市ははっきりと姿を見せている。歴史の関心がルジェフを回避することはもうなさそうだ。だが、そのために何という代償を払うのだろう。


（一九四二年四月十六日のメモ）

うまくバランスがとれている。濡れて膨れたヴァーレンキ〔防寒長靴〕、雪解けで水位が上昇した沼地の「大水」、水浸しになる塹壕、壕舎、掩蔽壕。「道が止まった」。パンも乾パンもなくなった。腹を空かせた人たち。とりわけ悲惨なのは、飢えてへとへとになった物言わぬ馬たち。騎兵隊の馬たちだ。馬たちは治療に向かっていた。だが、溝の前で立ち止まり、少し後ずさりした。溝を越す力が残っていない。そして道のぬかるみの中に横たわる――死ぬために。


ドイツ軍は住民を追い払ったが、村に火をつける時間がなかった。急襲を受けたのだ。ドイツ軍はここでドイツ製プレス機を動かしていた。プレス機はなかった。残っているのは藁を圧縮して作った板で、ドイツへ搬出する用意をしていた。

納屋。私たち二人のテーブルと腰掛けになっているのは、この藁の板である。捕虜の背の高い若いドイツ人に通常の質問をする――火点について、各部隊の境界について、補充等々について。しかし、いつものように、何かそれ以上のことを知りたくなる、無駄かもしれないが。例えば、どうしてあなたはここに来たのか？

彼は突然起立し、開け放たれた戸口（納屋の中はほとんど暗くなっていた）を自分の体で遮って、改まったしっかりした口調で誠実に答える。「これは総統のご命令です。われわれの主敵イギリスの撃滅を可能にするために、ロシアを倒さねばならない、と」

不意に私は、現実と空想的なものが今、一つにつながったのを感じる。藁の匂い、きちんと作られた黄色の板（血なまぐさい殺戮と実務的な仕事の勤勉さの野合）、無人の通り、まったくのどかな空、敵の捕虜との辛い面談、納屋の戸口をふさぐ彼の黒いシルエット。その納屋の中の、私たち二人の実に不自然な、悪魔的な巡り合い。忘れようにも忘れられない光景である。

私の頭の中に自然とドイツ軍兵士たちの歌のモチーフが響く。「イギリス征伐急ぐとも、まずは東へ大急ぎ」

一九四二年四月二十日付のドイツの極秘文書「労働力配置総監のプログラム」（わが方面軍参謀部から参考のために送られてきたもの）——

極めて繁忙なドイツ農村婦人の仕事を大幅に軽減するために、総統は私に次のとおり委任された。東部諸州から四〇万～五〇万人の選抜した頑健な娘たちをドイツへ輸送すること。ザウケル。

夜、ラジオをつける。女性アナウンサーの沈着な声。「南部で、激戦中。ピリオド。わが祖国は、危機に、瀕している。ピリオド。繰り返します。わが祖国は、危機に、瀕している。ピリオド」

今、森の中で各パルチザン部隊の通信士たちがこの新聞からの抜粋を受信しているのだ。

機械的な、無味乾燥なラジオの声は否応なしに胸に響く。「わが国の、運命は、南部の、戦闘で、決される。ピリオド。繰り返します。わが国の」

テントの外は静かだ。木の枝を折る音。歩哨たちの掛け声。

壕舎の戸は蝶番《ちょうつがい》からもぎ取られ、枠に収まらない。爆風にやられたのだ。私も軽い振盪《しんとう》衝撃を受けた。耳鳴りがひどく、あたりがどうなっているのか分からない。眠っても、誰かが耳に息を吹き込んでいる感じ。ウォッカを飲む。急に体が暖かくなった。それから先のことは？

戦争は吹き荒れ、苦しませ、一切から解き放つ。依然としてでんと構えているのは村の女たちだけ。


……赤軍部隊が攻勢に出ると、ポドルキ村のドイツ軍兵士たちは三五軒の家に火をつけた……家財道具の持ち出しを許さず、家々に鍵をかけ、家財を持ち出そうとする者を銃撃した……ラヴレンチエヴナばあさんを射殺し……自分の納屋のそばで干し草を片づけていたコルホーズ員ブラウシキンを機関銃で射殺した（調書、ポドルキ村）。

二台の機械、二つのつかみ合う軍隊の間で、ぺしゃんこにつぶされそうな民衆。一般住民、非戦闘員なのに、戦争に付き添っている。

昔から、「神は力にではなく、真実に宿る」と言う。すべての真実は私たちの側にある。侵略し、蹂躙しているのは彼らだ……どうやら真実だけでは彼らを圧倒し、打ち破ることはできないようだ。あるいは神も今は力を持っているのでは？

最初のうち、戦争のすべての災いはヒトラーに人格化された。ギャング、人殺し、人でなしのこの男のせいで戦争のすべての苦しみが起きているのだ、と。

だが、戦争が長引き、広がるにつれ、ドイツ軍兵士、死をもたらす連中の軍隊、戦車、オートバイ、鉤十字をつけた飛行機、わが国領土の強奪、暴力、心に憎悪の火を燃え上がらせるすべてのドイツ的なもの、すべてのドイツ人は、ヒトラーと再統合し、ヒトラーの中で再統一された。ヒトラー、今やこれはファシストの集団的形象である。

エリニャ市〔スモレンスク州〕に関する命令――

すべてのユダヤ人は、男女の別なく、右袖と左袖にダヴィデの六芒の星を付けること。

ドイツ軍兵士のもう一つの心得――

君には心、神経がない。戦争ではそれらは無用である。すべてのロシア人、ソヴィエト人を殺せ。君の前に老人もしくは女性、子供がいても止まるな。殺せ……。

道を徒歩で歩いたり、あるいは自動車の運転手が乗せてくれたり、荷馬車に乗せてもらったりして、自分のここでの日常性から少しでも離れると、すぐに変わったこと、新奇なことに心がひきつけられ、何かを書きとめようとする。そのため、動きながら、揺られながら多くのことをどうにかメモするが、字は跳躍し、単語はほかの単語に重なり、後になると自分でもほとんど読めない。

またしてもドイツ人がラジオで、「総統の難攻不落の線」と繰り返している。これは苦難のさなかにあるわがルジェフのことだ。

彼は背中を丸め、ライフル銃と抱き合って、切り株に座っていた。完全に疲労困憊している。「夜営終わり」と、戦友が立ち上がりながら、ぶっきらぼうに彼に言う。そして二人は最前線へ向かってのろのろ歩き出した。

「私たちは好きこのんで兵隊になったわけじゃないわ」と、女性狙撃手が私に言った。

彼女は綿入れのつなぎを着ている。待ち伏せ攻撃に出るときは、さらに羊皮の白い半外套とフード付きの白い迷彩マントを着る。発見したか、見当をつけたドイツ軍の掩蔽壕に狙いをつけながら、雪の上に横たわり、敵の頭がそこから出るのを待つ。

日がな一日、想像もつかないような女性の忍耐力で、明るい間は雪の上に横になっている。彼女に敬意を抱きながらも、これはむしろ戦争ではなくて、やはり狩猟なのだという思いから離れられない。

彼女は計画・経済中等専門学校で学んでいた。少し堅苦しく、緊張して、しかし誠実に話す。彼女が心配しているのは、雪の上に横たわっていて、何とか体を冷やさないようにすること、そして子供が産めない体にならないようにすること。

戦争はいらだたせる。戦争前にはなかったような何かが気持ちに現れる……。何事についても戦争の視点や立場からの何かが。それは戦争の非情な強要以外の何物でもない。憐憫の情もまた時として戦争に都合の良い何かに変換される。私は戦争より高尚でもないし、賢明でもないし、卑劣でもないし、純粋でもない。私も戦争に所属しているのだ。

嫌な匂いのするヤマナラシの林、秋の霧が漂っている。燃え出した焚火の湿った枝から漂うインクのような鼻につく匂い。長靴の下で沼のぬかるみがすすり泣いている。戦闘の雷鳴がする。

この林の中にはすでに尋問済みのドイツ兵が数名いる。彼らはすでに敵情を知るために拉致してきた捕虜ではなく、戦闘中の捕虜である。誰かが彼らを後方に移送しなければならないが、戦闘能力のある者は全員、戦闘に参加している。そのため、今のところ捕虜たちを司令部所在地に置いておかねばならない。彼らは自分たちで掘立小屋を建て、その中で夜を過ごし、昼は外で自分たちの運命を待ちながら一日を過ごしている。湿ったヤマナラシの林の中ですべてがとても透明に見える朝の薄闇の中を、私が掩蔽壕から姿を現すと、待ちかねて準備していたドイツ人たちがすぐに、ジャズ演奏の真似事に取りかかる。掘立小屋のそばの、寒さに凍えた透明のドイツ人たち、「ジャズ演奏」の挨拶の気取った身ぶり、自分たち自身と私を少しからかうような仕草、自分たちに関心を引き、運命を好転させ、そしてただ単に体を温めようとする試み……これは今もずっと私の脳裏に残っている——消えることはないだろう。

「われわれはルジェフにいる」

この捕虜は訓令どおりに眼隠しして指揮所所在地に連行されてきた。しかし、これは私の初めて目にする光景だった。新しい軍司令官[1]が自分で尋問し、私が通訳した。

尋問は何も明らかにしなかった。捕虜は二日前にこの区域に着いたばかりで、まったく状況に疎かった。尋問の終わり近くになって突然、捕虜は何気なく言った。昨日、全員に余分な毛布は輸送隊に引き渡し、各自一枚ずつ残すように命令された、と。通訳としての自分の経験からこの情報は多くのことを意味していた。兵士たちの余計な荷物が輸送隊に引き渡されるのは、通常、部隊移動の前である。そうなのだ、ドイツ軍はルジェフ周辺の包囲環が閉じられる前に、撤退を準備しているのだ。

師団参謀長ロジオーノフ中佐の掩蔽壕。

連隊長の連絡兵がルジェフからの最初の報告を持ってきた。私は許可を受けてノートに書き写した――「市内の機関銃手を掃討中。連隊司令部をカリーニンスカヤ通り１２８番に設置」。

第二の連絡兵――「鹵獲貨車一〇〇〇両。住民は教会内に追い集められていた。教会は外から釘づけされ、周囲に地雷が仕掛けられていた」。

どれほどその瞬間が感動的で、厳粛で、地味だったことだろう。われわれはルジェフに入った。一九四三年三月三日のことである。

異様な姿ですべての上に突き出ている穴だらけの給水塔、雪をかぶった黒い建物の残骸。それ以上、何もない。これが本当にルジェフだろうか？

夕闇が降りてきた。線路上では装甲列車が蒸気を吐いている。

今回は大きな戦闘、戦車戦はなかった。敵は町を引き渡し、会戦をせず、主力の撤退を後衛部隊に掩護させながら後退した。だが、それが一体どうしたというのだ？　ここ、ルジェフへ戻るために十七ヵ月の道をたどり、その道の一メートル一メートルが、いや足踏みした場所でさえも塗炭の苦しみの連続だったことを思うとき、それが一体どうしたというのだ？

しかし、それでもここに書く——「私はルジェフにいる」と。この文句を書いて、私はひるむ。何年もかけてここまで来る間に、次から次へと仲間たちを失ったから。それはルジェフに再び入るための不安と責任を私と分かち合うべき人たちだったのだ。


十七年の平和な戦後の歳月を経て、私はルジェフに出かけた。四二年二月に派遣命令書を持って、一トン半トラックの荷台で凍えながら前線にたどり着いた時と同じルートを通って。それはその直前に解放されたカリーニン〔現トヴェーリ市〕を経由する遠回りの道だった。ルジェフへの直行路は当時、前線になっていた。

今回はカリーニンに到着後、私は郷土誌博物館へ出かけた。ここでは『一八一二年の祖国戦争』という一時的な展示をしていた。ナポレオンとの戦争である。この年はナポレオンとの戦争から一五〇年たっていた。二度目の祖国戦争については何の展示もなかった。何「周年」かに合わせて『第二次祖国戦争』展、つまり第二次世界大戦についての展示が行なわれるときまでには、その記憶は薄れ、物的資料は土に埋もれて、今ここに陳列されている一五〇周年記念の展示品と同様、精彩を欠き、公式的で、生活の匂いがしないものになるだろう。

弾に撃ち抜かれ、雨で色褪せ、風に叩かれたわれわれの軍旗、すすけた飯盒、兵士の長い長いゲートルは一体どこにあるのか、一八九一年式のわれわれのライフル銃はどこにあるのか、大縮尺のこの地方の地図、モールス電信機、水たまりで柔らかくした乾パンはどこにあるのか、肌に着けた認識票はどこにあるのか……？

この州のほかの町の小さな個人博物館に、大きな藁のオーバーシューズが一足ある。これは敵軍の生活のほんの一端を伝える資料だが、どれだけ多くのことを物語っていることだろう。私にも自前の小さな博物館、あるいは正確に言えば文書庫がある。戦争中に行軍しながらとったメモ、後から記憶に基づいて書いた草稿、住民の体験談を書きとめたもの、手紙、日記、文書類がその所蔵品だ。

この都市の名前を自分の筆名にし、何点か作品を発表した後、私は未知の人たちからルジェフでのはるか昔の少年時代の日々についての、あるいはルジェフ攻防戦への参加についての手紙を受け取るようになった。あるいはルジェフが占領されていたときに起きたことについての手紙も——これについては、未成年で戦争を体験したある人が四〇通を超す手紙で語ってくれた。

市立博物館、新聞編集部、放送局、「ハイキング旅行者本部」〔地元の史跡・戦跡めぐりなども組織する〕が、戦時中のこの都市の声、出来事、運命が忘れ去られないようにとの配慮から、彼らの手に入った資料を私に回送してくれた。

そして私は自分の著述を今も続けている。その主人公は、戦争のぬかるみである。今は自分の文書庫の館員ということになるが、私もこのぬかるみの中にいたのだ。

A・S・アンドリエフスカヤの話——

ドイツ軍が入ってきた。最初に彼らは食事をし、宴会をした。きちんとした身なりだった。ハーモニカを吹き、はしゃいでいた。モスクワへの門を開いた、と。
すぐに警備司令部が置かれ、人口調査をした。銃殺と絞首台が始まった。私たちは屠殺場に行って骨や屑を手に入れた。以前にはこれは豚の餌になっていた。農村へ物々交換にも出かけた。ドイツ人たちは物を取り上げて、本国へ運び出した。住民が何かを隠した穴を見つけて掘り起こした。

夏と春にはアカザ、イラクサを食べ、四一年の秋から残っていた凍ったジャガイモを掘り出した。市内にいた人たちはだんだん少なくなり、飢えとチフスで死んだ。それから災難が始まった。人々を西へ強制的に運びはじめた。輸送列車が始まった。私たちはルジェフ駅に護送された。おがくずの付いたパンの塊が家族に一つずつ渡された。貨物列車に乗せられ、戸を閉められ、行く先も分からぬまま運ばれた。貨車の中は暗く、叫び声、うめき声、泣き声が絶えず聞こえた……。

ファイーナ・クロチャクの話——

ドイツ人はみんながみんな、同じだったわけではないわ。人間的な者もいた。私たちの中にだってもちろん、人でなしがいた。この、娘のレーナが、当時十二歳だったけれど、熱を出して、死にそうだった。私はチャチキノの医者の所へ行った。この医者は、穀物を一プード〔約十六キロ〕持って来い、それでなければ診ない、と言った。市内の学校にドイツ軍の診療所があった。ドイツ人の医者が来てくれ、「即時入院」の診断をした。
（レーナが口を挟んだ）——「私は橇で運ばれたの。その医者が付き添った。ドイツ軍の衛生兵が私を抱いて運んだ。手術の後も来て、包帯を換えてくれたわ」。

再びファイーナの話——

一番恐ろしかったのは、飢え。それよりも恐ろしかったのは、選別。コンミューン通りの警備司令部の前には大勢の人がいた。ドイツ兵が全員を駆り集めたの。選別に行かなければ、銃殺された。選別が何と言っても一番恐ろしかった。お互いにしがみついていた。うめき声、泣き声。母親が病気の子供から引き離される。連行されるのよ。

ドイツ軍は、市内に入ってくるとすぐ、わがもの顔で歩き始めた。ドイツ人が通訳を連れて主婦のマーシャ小母さんのところにも来た。

「言いなさい、ユダヤ人はどこにいるのか？」

「ユダヤ人はここにはいませんでしたよ」（マーシャ小母さんはあわてなかった）。

「それじゃあ、共産党員は？」

「みんな逃げましたよ」

学校の門にドイツ人に絞首された男性教員がぶら下がっていた。共産党員だということだった。ほかの党員たちはそれまでにすでに、見つかると市内を引き回されて、ヴォルガの向こう岸とこちら側の両方で銃殺された。三日間、遺体を片づけることが許されなかった。

毎日、街区長が訪ねてきた。

「ユダヤ人、共産党員はいるかね？」

「どうしたの、彼らがここに現れたの？」

外で二人のユダヤ人が薪を挽いていた。街区長が彼らに言った。

「薪を挽くのはもうやめなさい」

街区長が密告し、二人はその夜に拉致された。彼が再びわが家にやって来た。

「ファイーナ、あんたは昨日どこにいたのか？」

「家よ」

「昨日憲兵と一緒に訪ねたが、あんたは留守だった。私はあんたを登録したよ」

「何だってまた？」

「私はロシア人だが、あんたは何人《なにじん》だい？」

私を市役所へ連れて行った。連中の市長のクジミンが訊く。

「どうしてあんたは腕章をつけていないのか？」

「何の腕章のことですか？」

「あんたのアクセントで、すぐに分かるんだよ、何人《なにじん》か」

銃弾は怖くなかった。怖かったのは、生き埋めにされることだった。しかし、釈放された。

ヴォルガの対岸からこちら側へ絶えず住民が追い立てられてきた。集中的に。ここではもう人の強制輸送が始まっていた。

レーナの両足が膨れた。顔には飢えで苔のようなものが生えた。

足音が聞こえる。憲兵が一緒に来る。憲兵の胸には徽章が光っている。拍車がガチャガチャ鳴る。街区長が言う。

「さあ、あんたたち、用意ができているかね？」

「用意ができたとは思わないわ」（タイーシア・ストルーニナが彼に答えた。彼女は私たちと一緒に住んでいた）。

私は泣き出した。

「あなたも父親でしょう？（これは私がドイツ人に言った。毛布をとって、レーナの足を見せた）。私が行けると思いますか？」

ドイツ人は首を横に振って、帰っていった。

「われわれが彼女を銃殺します。心配いりません（これは街区長がドイツ人に言った）。あんたはわれわれと来るんだ」

その後、私たちはさらに何日か持ちこたえた。

レーナの話――

ドイツ軍が町になだれ込んできた。三月一日の朝十時頃だった。彼らは混乱していた。退却している。町を放棄しようとしていた。隠れていた人たちが外を歩き回った。最後の人たちだった。その人たちが教会へ追い込まれた。窓には幕がかけられ、ガラスは銃床で割られた。病人、死にそうな人たちは自分で何もできなかった。私は足で立てなかった。手橇に乗せられ、袋用麻布で包んで縛りつけられた。

アンナ・グリゴーリエヴナ・クジミナの話――

教会には人が一杯詰め込まれていた。寒かった。教会のガラスはぜんぶ叩き壊されていた。私は一枚しかないスカーフを夫に渡した。「ばあさんにはヒゲがある」と言って、教会で子供たちが笑った。音が聞こえた。教会のドアを外から釘付けにしていた。

ファイーナ・クロチャクの話――

「水を下さい！　水を下さい！」。番兵が窓から雪の塊を放り込む。みんながそれをしゃぶりたがった。

憲兵たちが二度来た。女性を一人探していた。「明日でおしまいだ」と言った。

アンナ・グリゴーリエヴナ・クジミナの話――

爆発音がずっと続いた。教会の中はうめき声があふれた。叫んでいる人もいた。抱き合っている人たちもいた。「この世とお別れね！　この世とお別れよ！」だんだん静かになった。三時――静かだった。窓を見る。白いマントを着た人たちが行く。そして赤い星も見えた。

これは復活だった。私たちは抱き合って、口づけをした。涙と泣き声。本当に厳粛だった。死者からよみがえったのよ。これは復活だった。

もう一人、名前のわからないおばあさんの話――

味方だ！　生きている。歩いていく……。外套はぜんぶ凍って曲がらなくなっている……。長靴もぜんぶ氷だらけ。何から何まで氷だらけで、本当にたまげた……。

ルジェフの最後に残った人たちは教会で強制的な悶死を遂げるはずだった――自分の町を見捨てなかったがゆえに。救いの手は白いマント、赤い星、「凍って曲がらなくなった外套」の姿で現れたのだった。

ミュンヘンからの手紙

私はミュンヘンに住むオットー・シュプランガーという知らない人から、白バラを添えた手紙を受け取った。なぜ私に手紙を出す気になったかということについては、手紙に書いてあった。彼はドイツの映画監督レナータ・シュテックミューラーとライムンド・コルピンの記録映画を見た。この映画はその運命が戦争と結びついている三人の女性を取り上げたものだった。その三人とはノルウェーの社会活動家ワンダ・へーガーとイタリアの著名な作家ルーチェ・デラーモ、そして私である。[2] オットー・シュプランガーは書いている――

スクリーンにルジェフのシーンが現れたとたん、私は興奮しました。映画で紹介されているロシア女性がルジェフ付近の両軍対峙の参加者であり、自分のペンネームを明らかにこの都市から選んだことを知ったからです。そして電光のように、近い肉親の思い出が私を貫いたのでした。この人物もまたある特別の事情の下にやはりルジェフ市にちなむ名前を得ていました。混乱しながら私は、当時エレーナ・ルジェフスカヤが私の母の長兄にあたる伯父ハンス・ベックマン大佐との戦いに参加していたことを知りました。彼は将校仲間では「ルジェフのベックマン」と呼ばれていました。

手紙の主は、七歳の少年の時に家で聞いたことがあった――ハンス伯父さんがルジェフ奪回の任務を帯びたソヴィエト軍部隊の集中攻撃を撃退した功により非常に高い勲章、騎士十字章を授与された、と。

彼はまた記憶していた――一九四五年四月に両親が新聞で、もう大佐ではなく、中将になっていた兄弟のハンスがさらに高い勲章の柏葉付き騎士十字章を授与されたことを知った。そして母親は運命と諦めたようにこう言った。「これで今度はじきに絞首刑になるわ」。恐らく母は兄を非難したのだとオットー・シュプランガーは思っている。戦争に負けたことを誰もが知っている時になって、なぜそのような栄誉を受けるようなことをしたのかと。

ハンス伯父は自分の手柄を長く喜んでいられませんでした。戦争末期にチェコのパルチザンたちに捕まり、戦争が終わったまさにその日に、ソヴィエト軍の捕虜になったのです。

長い間、一家は彼について何も知らなかった。しかし、四七年に捕虜から釈放された彼の部下の兵士が、ハンス・ベックマン中将はソ連の法廷により戦犯として収容所監禁二十五年の判決を下されたという知らせをもたらした。

判決は、ルジェフで住民をドイツへ強制連行するために教会に狩り集めたことに関係していた。

家族一同にとってこれは打撃でした。そういうことがあり得るだろうか？　しっかりした、教養ある家庭、それもナチス的気風の薄い家庭の一員が、そのように人権や国際法、人道的な戦争遂行の道徳律を蹂躙したなどということがあり得るだろうか？　私は母がはっきり言ったのを覚えています――ハンスは強制連行に関係していない、それに責任があるのは占領軍の警備司令部だと。そして私たちはソヴィエトのスターリン的、報復的、テロ的な司法を罵りました。

すでに五十歳を過ぎているハンス伯父と二十五年後に再会する望みはなかった。しかし、当時のアデナウアー首相の外交的イニシアチブが実を結び、ドイツの捕虜たちは解放された。そして一九五五年にベックマン将軍は帰還し、しばらくのあいだ手紙の主の家族と共に過ごした。ベックマンの身内は彼に対して非常に神経を使った。話が急所に触れると、すぐに彼の目は涙に潤んだ。しかし、すでに彼と裁判や判決について話せるようになっていたある日のこと、自分は替え玉の証人たちに中傷されたのだと伯父は語った。

ハンス・ベックマンは妻と一緒に古い大学都市に落ち着き、娘の家族と暮らした。その地で七十歳の誕生日を迎えたが、その一年後に亡くなった。

しかし、その後もシュプランガー家では伯父の軍人としての運命のことがよく話題になった。

ある時、私は母に、「ハンス伯父さんは『水晶の夜』[3]についてどう言っていたの？」と、訊ねました。母によると、伯父は当時こう語ったそうです。「これはとてつもない醜悪な行為だ」。私は言いました。「ハンス伯父さんは高級将校として、また教養層に属する人間として、国の舵を取っているのが完全に犯罪的な政権だということを理解すべきだった。なぜ彼は、この政権のために行進するのが目的の軍隊を辞めなかったのか？　あるいは、彼が収容所監禁二十五年の判決を受けたのはそのためではないのか（虚偽の証言のせいだけではなく）。この問題はそう見ることもできるから」

オットー・シュプラングラーはこのドキュメンタリー映画を見てから、記憶の衝動、良心の衝動に付きまとわれるようになった。そこで彼はポツダムの軍事公文書館へ出かけることにした。ここで彼は第九軍司令官モーデルの署名のある文書を発見した。そこには次の事実が述べられていた――ベックマン大佐は当時自分の連隊を指揮しておらず、ルジェフの警備隊司令官に任命されていた。一九四二年八月十七日のその断固たる行動により、彼はルジェフ市の放棄を未然に防いだ。したがって、住民の強制連行はベックマン大佐の承諾の下に、あるいは彼の命令により実施されたのである。

オットー・シュプランガーは伯父の墓を訪れた。

私はハンス伯父さんに語りかけました――自分がルジェフに行って、この旅を懺悔の旅とし、ルジェフの住民たちとの和解の土台にするつもりだと。私は伯父の墓前で自分の辛い思いのすべてを吐露しました。私はキリスト教徒なので、伯父が死後も生きていることを知っています。伯父が私の意図に反対しないこと、伯父には異議がないことを知っています。そして、尊敬するルジェフスカヤさん、私がロシアの反ナチス闘争の参加者であるあなたに、この手紙と花によって私の伯父の罪の許しを請うことに、今日では彼も反対しないと信じています。伯父は数千の他のドイツ軍高級将校たちと同じく、自己の最高総司令官と政権総統に、この政権の犯罪的兆候がある時期から、とりわけ「教養層」にはすでに周知の事実となったあとも従ったことによってこの罪を自らに招いたのです。わが家族ではこの「教養層」に属していることを好んで強調していたのでしたが。

　私は、手紙とともにあなたに白バラが手渡されるように依頼しました。白バラは「白バラ」と名乗っていた有名なミュンヘンの学生抵抗運動のシンボルでした。


　私がこの手紙と花を受け取ったのは一九六六年のことだった。

そして再び、記憶の衝動

　ルジェフ奪回までに私は軍司令部の唯一の通訳になっていた。もう一人の女性通訳は故郷のシベリアに出産のために帰った。

　だが、翻訳の需要は増えた。ここにはとりわけドイツ的なものがあった。市の事務書類や警備司令部の文書、住民の個人的証明書……その多くは純軍事的任務と無関係の文書だった。

　私たちがすでに隊列を整えて西へ向かった後で、スターリンがルジェフにやって来た。これは前線方面へのスターリンの唯一の出張だった。それがルジェフだったのである。彼が宿泊した家は無傷だった。スターリンはここへエリョーメンコ将軍[4]を呼び寄せ、収めた勝利のために祝砲を撃つ決定を下した。

　ルジェフ攻防の闘いの十七ヵ月、魂と血のすべての喪失、戦争のすべての秩序とカオス、絶え間なく続く戦争には、敵を自分たちの土地から追い出すという偉大な目標があった。私たちにはそれはルジェフを奪回することだった。私たちは敵が放棄した、散々な目に遭った都市に突入した。

戦争はいくらそのことについて書いても、書きつくせない。何か大事なことが語りつくされないまま残っている、あるいはまだまったく明らかにされていないという気が依然とする。ルジェフ、あのルジェフは私の生活から遠ざかることがない。私はこの町とまだ癒えていない痛みの記憶で結ばれている。それは多分、愛に近いものだろう。二十年以上たって私は初めてザイミシチェ村を探しにいった。まったく奇妙なことにザイミシチェ村は地区のどの地図にも載っていないし、地区執行委員会〔地区の役所〕で調べてみたが、戦争で消滅した地区内九十二の村にも、現存する村の中にも含まれていなかった。私は探索に出発した。村々に映画フィルムを配送している若者が車に同乗させてくれた。若者はサーシャという名前で、私にいろいろと気を遣ってくれた。私たちは田舎道を乗り回し、村々に立ち寄っては上映済みの鉄ケース入りのフィルムを回収し、別のフィルムを残した。そのたびに村人たちにザイミシチェ村のことを訊ねた。

ここではまだ誰もがすべてを覚えていた。ハイカーたちや戦跡巡りの若者たちによってまだ何も踏み荒らされていなかった。そして、すべてがごっちゃになっていた――最初の祖国戦争の英雄セスラーヴィン伯爵の苔むした墓石も、街道でトヴェーリの金持ちたちから金品を奪った地元の女ロビン・フッド、ドゥーニカの伝説も、戦争中にドイツ軍との境界線になっていて私たちの日報から消えることのなかったドゥーニカ川も（その昔、ここで領主の兵たちがその女ロビン・フッドを捕えたという）。ここではまだ死者たちが、生者が自分たちを葬ってくれるのをずっと待っている。サーシャが自分の母親から聞いたことを話してくれた。母親はほかの女たちと遠くの森の中の草原に草刈りに行った。彼女たちは突然、目にした――草の生い茂った塹壕の中に外套とヘルメットを着けた兵士が一人座っていた。女たちは呆然となった。それから泣き出し、そのそばに駆け寄った。だが、手を触れたとたん、彼は粉々になってしまった。

至るところにまだ地雷が潜んでいた。焼け跡には森が育ち、生き残っている集落の周辺にまで迫っている。私たちはようやくザイミシチェ村に乗り入れた。通りは目立って短くなっていた。後に知ったところによると七十軒の家があったが、残ったのは二十五軒だった。私が記憶していたのは、冬の日の村である。今は秋で、私には知らない村のように見えた。しかし、村は生きていた。百姓家が一列に並んでいた。タール紙で葺いた新しい黒い屋根のきちんとした家もあれば、傾いた家もあり、新しく手入れした明るい感じの家もあった。私は覚えていた。家の前には井戸の撥ね釣瓶があったはずだ。だが、そういう井戸は見当たらなかった。三年前、村にやっと電気が引かれたとき、撥ね釣瓶が邪魔になったので、井戸を作り替えねばならなかったのである。しかし、そのことも後になって知った。

自動車から降り、通りがかりの鞄を持った小学生の女の子たちに、マトリョーナ・ニーロヴナの家を知らないかと尋ねた。彼女たちは少し考え込んだが、一人の子が思い付いた。「マトリョーナ小母さん？」と、家を指さしてくれた。

ここでは門と呼びならわされている家の外扉を押した。中に入って、立ちすくんだ。小窓からの光に照らされた玄関から階段を数段上がった板敷のところに（あの頃、一番年上の少年コースチャがここで穀物を石臼で挽いていた）鉄製のベッドがあり、女性がその上にかがんでベッドから何かを取っていた。彼女は背を伸ばし、開けたドアをノックした音に振り返った。

私は、ここにマトリョーナ・ニーロヴナが住んでいるかと訊いた。住んでいる、と彼女は答えた。

私は敷いてある靴ぬぐいの上を一段のぼった。

「呼んでいただけます?」

「私ですよ」と、彼女は上から私を覗き込みながら言った。

「戦時中、私たちはお宅に泊めてもらっていたのです」

「あんた、レーナ?」と彼女。

私は胸を叩かれたみたいに、興奮して息が詰まりそうになった。

「どうしてあんた、来てくれなかったのさあ?」と、声を伸ばして、静かに彼女は言った。「だって、あんた約束したんだから」

私は一語も話すことができず、黙ったまま彼女を抱擁した。

「入りなさいよ……お茶の支度をするから」

私は涙で曇ってよく見えない眼のまま、彼女の後を進み、台所で地下室の蓋についているリングにぶつかった。空襲の時にはそこから下の地下室へ、小さな子供たちを彼女に手渡しした(年上のコースチャとゲーニカは戸外へ飛び出した)。軍人たちも外へ向かってそばを走り抜けながら、そこは何の役にも立たぬと怒鳴ったが、ほかに隠れる場所がなかったので、私自身は彼女たちのところへ避難したのだった。そして、まるでタイムスリップしたかのように、私は台所の同じ仕切った場所に、ボリーソフ大尉の顔をしかめさせたのとまったくそっくりの子牛がいるのに気づいた。

マトリョーナ・ニーロヴナは、私を見ながら、頭を横に振った。人を疑うことを知らない表情は、歳月を経ても彼女の顔から消えていなかった。私の出現は彼女を驚かさなかった。それは約束だったのだ。長いあいだ果たされなかったとはいえ。彼女は憮然として言った。

「畑で働いていると、頭に浮かぶんだよ。あんたは生きてるんだろうかって……?　だって約束したんだし……」

まったく私たちは生きている限り、何でも、誰にでも約束してしまう。

背の低い男性が入ってきた。私を見て驚く。

「そうね、あんたはこの人を知らないのよね！」と、マトリョーナ・ニーロヴナが残念そうに言う。どうして知ることができよう。前線で行方不明になり捕虜になっていたのだから。「はっきりしたことは何も分からない」と、マトリョーナ・ニーロヴナは夫のことを話していた。

私の出現にどう対応しなければならないか見当をつけて、彼はひげを剃りはじめた。私を観察している。よそ者なのだ。私は居心地が悪くなってきた。私は彼にはまったく無用の人間なのだ。

自動車のそばで待っていたサーシャは、私が戸惑っていて、どうしたらいいのか困っているのを知ると、きっぱり言った。「俺があんたの立場なら、残るね」。それならとばかり、彼は私に最後のサービスも断らなかった。自動車をUターンさせると、私たちは最寄りの大きな村まででこぼこ道を移動した。ここのクラブでは公開裁判が行なわれている最中で、その間はウォッカの販売が禁止されていた。そして農村消費協同組合の店の前には何人かがその販売が始まるのを待ちくたびれて、足踏みしていた。女性店員は、私がどういう理由でウォッカが必要なのかを知って、特別に計らってくれた。私たちは買い物を一杯持って、首を長くしている呑兵衛たちのそばを通り過ぎた。

ワシーリー・ミハイロヴィチは――マトリョーナ・ニーロヴナの夫はそういう名前だった――私たちの手土産を見て、元気づいた。「一杯、やってけ！」と、帰り道を急ぐサーシャを引き留めて、彼と一緒に飲んだ。それから、亜麻を干し場から片付けるのかどうか、仕事の段取りを訊きに出ていった。サーシャは帰っていった。

台所はぜんぶ昔のままだった。ただ、天井からコードで裸電球がぶら下がっていた。テーブルの上の斜め方向にある棚には、ニコライ聖者の聖像画と小箱〔有線放送のスピーカー〕が並んでいて、ラジオのサッカー試合中継を流していた。

小さなシュールカは、私たちが去った後、亡くなった。秋、戦闘が再びザイミシチェに迫り、村から全員が急いで退去しなければならなくなった。「私たちは叫びはじめたわ、疎開させないでくれって。そしたら軍人が『もっとひどいことになるぞ。今に見ろ。われわれだって、こっちが敵をやっつけるのか、もしかしたら、こっちがやられるのか、よく分からないほどの情勢なんだ』と言った。それで私たちはもう叫ぶのを止めた。叫ぼうが叫ぶまいが、結局、軍人に従わねばならなかった。荷物を載せ、荷馬車で出発した。止まれと言われたところで止まった。家の門[5]はどこかへ持ち去られてしまった。軍人が防空壕にでも持って行ったんだわ。ぜんぶ開けっ放しだった。とても寒い日があった。シュールカが病気になった。子供たちはどこかへ行ってしまった。みんながシュールカを置いていったので、私は罵ったわ。でもシュールカのために何ができるでしょう？　どこへ行けばいいの？　病院はないし」

私は揺り籠の中のシュールカを思い出した――おなかを空かせて泣いていた声、心を奪った、歯無しのおばあさんのような笑み、濡れた藁を元気よく叩いていた小さな足、コースチャの歌う声「いい子だね、シュルショーチカちゃん、パシュルショーチカちゃん！」。

マトリョーナ・ニーロヴナは私の身内のことをいろいろ尋ねた。「あなたは言ってたわね、戦争が終わったら、うちの別荘へ遊びに来てって」。ほんとにそう言ったのだろうか、「別荘へ」などと？　でも、彼女がそう覚えているからには、お馬鹿さんの私はそう言ったのだろう。「覚えている？　あんたが神様に命を救われたのを」。何のことを言っているのか、私には分からなかった。

もう近所の女たちが何が起きたのか様子を見ようと集まってきていた。

「訪ねてきてくれたのよ」。マトリョーナ・ニーロヴナはさりげなく女たちに言ったが、誇らしげな表情が見えていた。

ワシーリー・ミハイロヴィチが戻ってきた。若者が二人やって来た。「こっちの新しいのは」と、マトリョーナ・ニーロヴナが自分の息子たちを紹介した。「ゲーニャとシューラ」。誰かが家にやって来たと聞いて、学校から十三歳ほどの女の子が駆け戻ってきた。これはヴァーリャだった。「ヴァーリャの後、一人死産したの。それでおしまい。私も年を取ったから」

みんながテーブルに座りはじめた。女たちは敷居のところでもじもじしている。マトリョーナ・ニーロヴナは少し間を取ってから、声をかけた。「入りなさいよ、気取り屋のお客さんたち。一杯ずつ飲ませるから。飲みっぷりがよければ、二杯ずつでも」

女たちは急がずに、かしこまって入ってきて、そばに腰を下ろした。そしてウォッカを飲みながら、身内のことを話して顔を曇らせた。「もしも戦争がもっと短かったら、たとえ負傷した息子でもいいから、帰ってきたろうに。それなのに誰一人帰ってこなかった」

「子供たちを両手で抱えて、まりのようにミキートナの菜園の壕に転がりこんだ。本当に怖かった！ 一晩中、そこにいたの。飛行機はずっと飛び回っていた。そしてエゴルキンの家の端のところに爆弾を落とした。本当に怖かった……」と、マトリョーナ・ニーロヴナが話した。「車が沢山進んでいくのが聞こえる。車輪の軋る音がずっとしている。まあ、これはロシアの軍隊じゃないの？ ロシアの軍隊よ。ニュールカ、静かにして、と私は言った。まあ、あそこで何が起きているの？ ドイツ軍が逃げていくのよ。『ペガースカ』[6]に火を点けて。ドイツの高射砲隊が置いてったあれよ」。「ドイツ人？ 決まっているわよ、戦争のために引っ張ってこられたんだから、ドイツ人だって戦うわよ。そんなことは言わなくても分かる」

ワシーリー・ミハイロヴィチは皆のコップにウォッカを注ぎ、時々口を挟んだが、それはすべて仕事の今の関心事ばかりだった。ところが女たちは先を争って戦争中のことを語った。「種を蒔かねばならなかったけど、馬もいなければ、何もなかった。女たちしかいなかった。馬鍬を五人で引っ張ったんだよ」。「今はそれでも暮らしが立つようになったわ。何と言っても、男たちが少しいるから」。「戦争さえ、また起きなければねえ。今度はまっぴらよ、そんなことになったら」。そしてマトリョーナ・ニーロヴナの愛想のよい声が聞こえる。「私はまた、誰が来たのかと思ったわ。学校の先生かしらって？　今度はもう、どこで会っても分かるわよ」。これは私のことを話しているのだった。

私は無言だった。心の高まりをしずめることができなかった。戦争がこの家の敷居を通過していったのだ。誰がこの家に来なかったと言うのか。フィンランド兵も、ドイツ兵も来た。それも一度ならず。ドイツの高射砲隊はマトリョーナ・ニーロヴナが「ペガースカ」と呼ぶほや無しランプを持っていた。そしてわが軍はこの村をある時は放棄し、そしてまた奪回した。壁の大きな額縁に家族の写真が飾ってある。その中の、耳カバー付きの防寒帽や軍帽をかぶったどこかの娘たちは、私の後にここに来たのだろう。私の写真はない。私にもなかった。しかし私は、この長い歳月の間ずっとここのどこかに身を置いていたのだ。彼女が子供たちを葬り、別の子供たちを産んだその間ずっと。以前のあの子供たちは、成人した後で亡くなった。

「この人は兵士に言づけて乾パンを私に送ってくれたのよ」と、彼女は何度も繰り返した。そして私に向かって言った。「覚えている？」

私はまったく不器用なことに、相槌を打つ機転がきかなかった。もちろん、そういう機会がありさえすれば、誰かに託して送った。でも、その時のことは覚えていなかった。

「私はあんたのために牛乳を兵士に言づけようとしたの」。何となく悲しそうな顔になって、彼女は言った。「ところが兵士は相手にしないのよ、『彼女は腹一杯だから』って」

乾パンについてのこの思い出は彼女にはとても大事で、大切に保存していたのだ。なぜすぐに相槌を打ってあげなかったのか、私は今も自分が許せない。

ワシーリー・ミハイロヴィチは席を外し、やがて懐中電灯を持って戻ってきた。夜警もしていて、家々を見回ってきたのだ。みんなが帰った。ワシーリー・ミハイロヴィチと子供たちは寝にいった。明日は朝から全員でジャガイモ掘りをするのである。私とマトリョーナ・ニーロヴナは話を続けながらテーブルを片付け、皿を洗った。「覚えている、あんたたちが明日はここを立つという最後の夜、空襲があったのを？」と、彼女が訊いた。この夜のことは私もはっきり覚えている。ドイツ軍機は当時、夜間はめったに飛ばず、昼間自由に悠々と飛んでいた。マトリョーナ・ニーロヴナはその日は寝る前に、最後だとばかり気前よく暖炉を焚いた。私たちを明日の道中のために十分に温まらせてやろうという心遣いだった。家の中は暑く、南京虫が元気に這い出してきた。南京虫を避けながら、私は暖炉のそばの寝場所から反対の壁際の長椅子の上に移動し、頭を聖像画の置いてある隅に向けて横になった。轟音とガラスの飛び散る音で目を覚ました。

「家を貫通したぞ」と、誰かが言った。マトリョーナ・ニーロヴナが「ペガースカ」の揺れる灯を手のひらで覆いながら、あたりを見回して言った。「神様に当たっている」

私が一瞬早く目を覚まし、体を起こしていたら、私の頭は吹っ飛んでいただろう。マトリョーナ・ニーロヴナは、これは神様が私を守って、救ってくださったのだ、その身代りに神様自身が傷ついたのだと決め込んだ。

「今じゃね、娘のヴァーリカ〔ヴァーリャ〕が学校から帰ってくると言うのよ。『ママ、聖像画は止めなければいけないんだよ』ってね。これは学校の女先生が子供たちに、聖像画を外すようにと言ってるからなの。『私たちが生きている間は、残しておくわよ』と私が言うと、『それなら、ママ、タオルをちょうだい』って」

女教師は村では尊敬されている。彼女が来るまでザイミシチェでは花を植えなかった。彼女が主張し、教えて、今では家々にライラックが植わり、窓の下で花を育てているし、菜園にも花の種を蒔いている。みんながそのことを気に入っている。しかし、この「ママ、聖像画は止めなければいけないんだよ」である。

朝から私は家に一人で取り残された。マトリョーナ・ニーロヴナは家族全員で畑へジャガイモ掘りに荷馬車で出かけていった。私は玄関へ出て、中庭へ通じるドアを開けた。あの頃と同じように、蒸し風呂で使うために白樺の小枝が吊るしてある。壁際にはのこぎりで挽いた薪が積まれている。重しが乗せてある塩漬けキャベツの桶。ニワトリが竿の上でまどろんでいる。そしてあの同じ匂い。匂いほど強く心を動かし、記憶を呼び起こすものはほかになさそうだ。

私は台所へ戻った。そしてここでも匂いが独りぼっちの私を攻め立てた。子牛、マホールカ煙草、羊の毛皮、革の匂いがした。まるで農家と私たち軍隊の宿営所の匂いが混じり合って、どうしても消えないように思えた。

聖像画のことを思い出した。前に掛かっていた台所の片付いた側には、それは見当たらなかった。一体どこに行ったのか？

低い天井から新年のツリー〔ヨールカ〕のくす玉が、二つ折りにして天井に打ちつけてある刺繍したタオルと交互にぶら下がっていた。そして部屋全体にこれが続いていて、隅に近づくに従ってこれら色とりどりのくす玉の数は多くなり、ヴァーリャの晴れ着を入れたトランクから出したらしいタオルは長く伸ばしたまま吊るされて、その隅を見えなくしていた。

私はタオルを押し分け、このヴァーリャの迷彩を突破した。偽装された聖像画は元の場所にあった。私はそれを覗き込み、思わず声を上げた。神が手にしているのは広げた書物で、そこにはこう書いてあった――

あなたがたに
新しい掟を与える。
互いに愛し合いなさい。〔ヨハネによる福音書13・34。このあとに「わたしがあなたがたを愛したように、あなたがたも互いに愛し合いなさい……」と続く〕

古い、黒い木を貫通した裂傷は、「愛し合いなさい」の言葉に及んでいた。自分の目で見なかった者には、銃弾が何に当たったか信じ難い。だから私もこれまでそのことを話さなかった。「互いに愛し合いなさい」の語句はまったく作り物に思われかねなかった。その語句の先には古代スラブ語の単語で「ように」とあって、それで終わっている。書物の開かれたページにそれ以上場所がないからだ。

私はマトリョーナ・ニーロヴナとワシーリー・ミハイロヴィチから何度も手紙をもらった。二人は近況を知らせ、遊びに来るように誘ってくれた。

二年後、私は再びルジェフを訪れ、ルジェフからザイミシチェへ回った。みんなでテーブルを囲んでいたとき、突然私はあの聖像画がなぜか台所の窓敷居に置かれているのに気づいて、訊ねた。どうしてあんなふさわしくない場所に置いてあるの？　ワシーリー・ミハイロヴィチが威勢よく答えた。「あんたが今度来たときには、薪になってるね」。私は食ってかかった。どうしてそんなことが、これは歴史的な聖像画よ。どれだけ大事にしなければならないか、分からないほどよ。「あんたなら、大事にするかね？」とワシーリー・ミハイロヴィチ。

「もちろん、大事にするわ」

「じゃあ、持っていきなさい」

「どうして私が？　元の場所に戻すべきだわ。どうしてあそこから外したの？　あそこに掛かっていて、それで弾が当たったのに」

それまで黙っていたマトリョーナ・ニーロヴナが言った。

「あんた、もらって」

「ただし、いいかね」と、ワシーリー・ミハイロヴィチが言った。「ボクトウガの幼虫がお宅の家具を全部かじっちゃうからね」。彼は聖像画を裏返しにして、木が虫に食われた場所を示した。

前の訪問の時には彼女は聖像画について話していた。「私たちが生きている間は、残しておくわよ」と。しかし、どうやら夫は彼女ではなく、子供たちと同じ見解のようだった。

最後の朝、台所へ入って行くと、マトリョーナ・ニーロヴナが聖像画を洗って、旅支度をしてやりながら、聖像画に話しかけていた。「ねえ、神様、気を悪くしないで下さいよ。神様にだって、あっちの方がいいんだから」。彼女は自分の古い前掛けで聖像画を包み、私のカバンの中へ入れた。そして私のために編んだ毛糸のソックスも同じ場所へ入れた。

私と彼女は抱き合って、別れを惜しんだ。私はまた来ることを請け合い、彼女にも遊びに来てほしいと言った。「妹のカーチャからも呼ばれているし、それにニュールカにも、何をまごまごしているの、早く来なさいって言われているの。あんたがこっちに来て、骨休めしなさいよ。お宅には後で全部まとめて一回行くから」。けれども、結局、来なかった。

私たちは彼女が死ぬ直前まで手紙をやり取りした。その後は、娘のヴァーリャと文通した。あの、戦争後に生まれた娘である。

そしてすでに今、この本の準備にかかっていた二〇〇六年二月になって、私の人生に沢山あった小さな奇跡の一つが起きた。ヴァーリャの娘から手紙が届いたのだ。彼女は三十歳ほどの年齢である。私を何かのテレビ放送で見て、思い出した、と書いていた。身内はみんな元気で、よろしく伝えてくれと言っている、と。彼女は今のところ子供を産むつもりはない。まだ早い、と今風に考えているのだ……。

さらに先へ

スモレンスク州〔ロシア西端の州。ベロルシア（ベラルーシ）へと続く〕は雨が降っていた。森林の中の沼地は雨宿りする場所がどこにもなかった。詰襟の軍服はびしょ濡れになり、下着は湿っていた。長靴の中がチャプチャプ鳴っていた。

スモレンスク州ではひっきりなしに雨が降った。

戦争末期にたまたま私に回ってきた大きな歴史的事件への参加は、記憶から多くのものを追い出してしまうのではないかと思われた。しかし、最も深い印象として私に残ったのは、ルジェフの地でのあの寒い日々だった。この時には、戦うわが軍の努力と前線地帯の地元住民の生活がすべて一つに混ざり合い、国民戦争の独特の形象をつくり出した。

初期には敗戦の苦難の中で、戦争は私たちに人々の親密さの価値と感覚を取り戻してくれた。そしてしばしば、人間の尊厳をも。何しろ三〇年代後期の恐ろしい精神的荒廃の後で、恐るべき敵を打ち破って祖国を守るという明白で正しい目標が現れたのだ。その敵はほぼヨーロッパ全域を牛耳っていた。

今、勝利に向かう戦争の岐路では、何かが——もしかしたら最も大事なものが——取り上げられ、変わりつつあった。

私たちの軍新聞『ボエヴォエ・ズナーミャ』〔戦旗〕の記事——

昨夜未明、わが諸部隊はソヴィエト・ベロルシアの地へ進撃した。

前方に丘がある。太陽が沈む。そして焼けた樹皮のように空が赤く染まった。明日の厳寒を背景にしながら、馬たち、歩兵の列、荷物を積んだ自動車隊が地平線を進んでいく……。

ベレジノ戦でのクトゥーゾフ将軍〔対ナポレオン戦争のロシア軍総司令官。ベレジノは現ベラルーシ共和国首都ミンスク近郊の都市〕の言葉——

神はわれわれとともにある。われわれの前には打ち負かされた敵がいる。われわれの背後に静寂と平安をあらしめよ。

章末注

［1］前司令官のレリュシェンコはスターリングラード戦線へ引き抜かれた。

［2］Luce, Wanda, Yelena - It Wasn't Their War. ライモンド・コプリン、レナーテ・シュテグミューラー監督，BR/Munichm SFB/Berlin, WDR/Cologne 1994.

［3］一九三八年十一月九日夜から十日未明にかけてナチストが繰り広げたユダヤ人襲撃。二六七カ所のシナゴーグが焼き討ちされ、九〇〇の商店が破壊され、二万人が逮捕されて強制収容所へ送られた。「水晶の夜」はホロコーストの始まりになった。

［4］アンドレイ・エリョーメンコ（一八九〇～一九七二年）。ソヴィエトの将軍。一九五五年からソ連邦元帥。スターリングラード方面軍など、いくつかの方面軍を指揮した。

［5］ザイミシチェでは百姓家の入口の扉をそう呼んでいた。

［6］手製の燭台で灯芯を入れたほや無しランプ。普通は砲弾の空薬莢で作られた。（著者）

第3章 遠くのどよめき
一九四五年、ヨーロッパ

「過ぎたことはなお前方にある」(リルケ)[1]

ワルシャワ

謙遜して語られたのだ。「われわれの地上の生活は短い」と。人生の本質に、核心に到達するには、この先まだ遠い道のりを歩まねばならないのだろうか。しかし、確かに存在するのは、これまで歩んできたはるかな道のりだ。その道のりをこれから歩まねばならぬ道にするなら、これはもう完全に無限の中に身を置くことになる。そしてその無限の中であの日々が、漠然とした順序によって、あるいは何か捉えがたい魅力のようなものを帯びて浮かび上がってくる——私のはかない存在を揺さぶるほどの濃密さと大きさで。あの日々の奥底からのどよめきを衰えさせることなく。

ワルシャワの町はずれの地区はプラーガという名前だった。この地区は早くにドイツ軍から奪回されていた。運命は憐れんだ。わが軍はここ、ウィスワ川の東岸では苦しまなかった。当時、対岸では悲劇的な蜂起が燃え上がっていた。[2] 私たちはこの時はまだ、ここにいなかった。クリスマス近くになって私たちは本国から転進させられ、ほとんどそのままポーランド軍とわが軍はワルシャワへ進軍した。

　ワルシャワが解放された。私たちはその郊外の地区プラーガで、打ち振られる赤と白のポーランド国旗の中にいた。どこかで小さな楽団が断続的に演奏を開始し、そしてまた静まった。足の下は砕石とガラスだった。壁は砲弾で穴が開いていた。前線行きの自動車、歩兵隊が移動している。暖かい耳カバーをした家の主人。彼は小さな赤旗を振り、通りから離れずに、通過していくわが軍の部隊を大きな声で歓迎し、ほとんど兵士全員の手を握らんばかりに飛び出していく。

　ここで私たちは休止した。暗く、今にも壊れそうな、ぎしぎし鳴る急傾斜の階段を三階へ上った。住人たちに放棄されて空いている寒い部屋で一夜を過ごすことになっていた。ここには古くから部屋を借りて住んでいる独身の老女が一人だけ残っていた。階段を上る私たちの重い足音を聞きつけて、彼女は緊張して廊下で待っている。

　擦り切れたビロードの黒いコート、昔の流行らしい、見知らぬ小動物二匹の顔が巧みに取り付けられたフェルト帽。不安そうな、まるで私たちが目に入らないかのような茫然とした視線。少し加減したいんぎんな挨拶。軽やかな手がビロードのマフから抜け出て、空き部屋のドアを指した。「プロシエ、パノヴィエ」〔「どうぞ、みなさん」〕。そして手は再びマフに隠れた。それから女性は小股で、紐で締めた編み上げ靴の歩調を速めながら廊下を自分の部屋へ去っていった。

　朝、彼女が廊下で私を待ち構えていた。上っ張りに似た、形の崩れた古い服を着て、よそゆきの長い黒のイヤリングをつけていた。灰青色の髪は入念に小さなカールにまとめられていた。私を自分の部屋に導いた。彼女の内履きになっている履きつぶされた男物の短靴が、すり減った黒い寄木張りの床に当たってパタパタ音を立てた。短靴の後部からは保温のために、と言うよりはむしろ歩行の際の安全のために、短靴が脱げないように突っ込まれた綿の塊が飛び出していた。それでも踵は浮き上がり、さまざまなストッキングを何枚も重ねた厚い層に穴が開いているのが見えた。自分の部屋の敷居のところで彼女は自己紹介した。パニ〔マダム〕・マリア、音楽教師だと。

大きな部屋だった。長椅子、蓋の開いた足踏みオルガン。ひどい寒さ。「ベッカー社。サンクトペテルブルグ」の銘があるグランドピアノは、凍らないように、クッション、毛布、柔らかいぼろきれでくるんであった。まるでここではこのグランドピアノだけが生気を保っているようだった。私がまだラトヴィアにいる時に手に入れたノート（空色の筋が入ったブルーの固い表紙のノート）には、その日、次のように記されている。「どこからか、のしかかるような疲れと痛みが襲ってくる」。これは多分、戦争と占領に撃ち抜かれた他人の生活を垣間見て、彼女の干からびて硬くなった、愚痴ひとつこぼさぬ孤独に私が突然、鋭く貫かれたからに違いない。あるいはそれは絶えず移動する、寄る辺のない前線生活への厳しい褒賞として与えられたのかもしれない。書き込みの日付は「一九四五年一月十九日」である。ワルシャワ解放から二日目だった。

何かで祝いたいと思ったので、長い黒のイヤリングを取り出し、五年半ぶりで着けたのだ、とパニ・マリアは語った。

彼女は私に椅子をすすめた。放心して私のほうを見ながら、グランドピアノからクッションと毛布を片付け始め、長椅子の上に積んだ。

そう、そう、何かでお祝いしなければ。彼女はロシア語とポーランド語の単語をごっちゃにして話した。もし差し支えがなければ、あなたのために演奏したいと言った。彼女はバッハが好きだった。しかし、ドイツがバッハをアーリア人と宣言したので、それ以来弾いていなかった。

グランドピアノの上に積み重ねたものの中から楽譜を引っ張り出し、譜面台に置いた。そして、丸い回転椅子に腰を下ろして、髪を直し、手のひらを口に当て、指に息を吹きかけ、指を摩擦してから、鍵盤をそっと撫でた。

彼女は演奏した。イヤリングが揺れる。踏みつぶされた男物の短靴がペダルを操作した。

私はとくに聞き入ったわけではなかった。しかし、よくあるように、音楽が鳴っていると、自分の中で何となく生へのかかわりが膨らみ、漠然とした喜び、あるいは生への希望が心を乱し、戦争の外へと連れ出されてしまうのである。足が凍えた。

パニ・マリアは協和音の奔流によって演奏を終え、横の私のほうを見た。そして、少し残念そうな様子で、もちろん、本当はもっと真面目なものを弾きたかったのだと言った。しかし、暗譜では自分にはもう難しい。それらの楽譜はずっと以前に防空壕に避難させた。ここにあるのは――彼女はグランドピアノの上に積み重ねた楽譜を示した――自分の生徒たちとレッスンしている、軽い音楽だけだ、と。

生徒たち？　数か月間前線になっていたこの郊外地区で？　ここは戦闘し、破壊されたワルシャワとはウィスワ川一本でしか離れていないではないか？

どうやら彼女は私の沈黙、無理もない当惑を理解したようだ。静かに胸を張って、自分の息子はあちらにいると言った。あちらとは、前線の向こう側、ドイツ軍がいるところである。彼は地下活動をしていた。それから、長椅子の上に投げてあったガウンに手を伸ばした。身軽に立ち上がると、亡くなった夫のその暖かい男物のガウンにくるまった。そうなの、自分には生徒が二人いるの。彼女たちの親は、娘の教育に注ぎ込んだものをぜんぶ無駄にできるほど豊かではない、とマダム・マリアは隠れていた横柄な感じを外に出しながら言った。あるいは、近しい人たちを軽い音楽で楽しませることのできる能力が、彼女たちの唯一の嫁入り道具になるかもしれない、と。しかし、つい最近、パニ・マリアに新しい生徒が出現した。変わり者のパン〔ミスター〕・ヴォイツェクである。彼にはドイツ軍に没収された邸宅が返還された。彼は邸宅の外で何が起きようと、それとは離れて、孤独に暮らす意向である。そこで、ピアノを習おうという考えが頭に浮かんだ。パン・ヴォイツェクは年齢五十四歳。彼の手はピアノに向いていない。「手は鍵盤の上で成長しなければいけません！」と、彼女は緊張して言った。この言葉にそれが意味するよりももっと大きなもの――パン・ヴォイツェクへの反感を込めて。彼には断るべきだったろう。でも、彼女には二人の生徒しか残っていなかった。生き延びるには、あまりにも少なすぎた。

彼女は彼のレッスンに出かける時間だった。下ではもう私たちの自動車が鼻嵐を吹かせていた。私は外套を着ながら階段を駆け下りた。エンジンは暖まり、一トン半トラックはぶるぶる震えていた。パニ・マリアがアパートの正面入り口から出てきたときには、私は荷台に座っていた。彼女は自動車のそばに近づいた。冬の晴天の光のもとで、彼女の貴族的な、小じわに隈なく覆われた顔がまったく血の気がなく、眼の下のくぼみに薄紫色の細い血管が浮き出てぴくぴくしているのが見えた。神経性けいれんだ。フェルト帽の上に付いた動物たちの色あせた顔はかなりの時代ものである。彼女はぼんやりした視線で私を見、それからどこか私の頭の上を見上げた。マフを胸の上部に押し付けながら。彼女は何か言おうとしていたが、手間取った。

「ワルシャワよ」。喉頭が震え、そして止まった。自分を抑えて、こう言っただけだった。「私たちにバッハを返して。バッハなしではピアノ音楽はないわ」

彼女はこうも言えたはずである――私に息子を返して。それは言わなかった。そして、レッスンに急ぎ足で出かけていった。凍結した舗道の上を、紐を締めた長い編み上げ靴を小刻みに動かしながら。

私は当時、ノートに書いた。「人生をほとんどを生き、このさき期待するものは何もない。しかし彼女は、長いあいだ前線になっていた都市で音楽のレッスンをしている。それから、彼女のカールにまとめられた髪。これは老人の気取りではない。これは生活スタイルだ」。そして、その生活スタイルには、どんなに年をとっても、どんなに過酷な喪失のもとでも維持される自尊心、自制、女性の優雅さも含まれているのである。

レッスンに向かうパニ・マリアの姿はどんどん遠ざかっていった。彼女の靴のヒールが立てる繊細な音も聞こえなくなった。その後ろ姿を見ながら、戦争の激動の中、彼女の壊れやすさ、寄る辺なさを、私は胸が締めつけられる思いで感じた。雨露をしのぐ屋根がないのは、私ではなくて、彼女ではないか。しかし、現実にそのとおりだったのだ。私には戦争という屋根があった。私は戦争の帳簿に登録済みで、戦争が私の面倒を見てくれた。民間人のパニ・マリアまで戦争は面倒を見てくれなかった。生き残れたら、生きろ、である。


崩壊した焦げた建物、細かく引きちぎられた壁、砲弾と火の溶岩によって四方から攻め立てられ骨だけになった建物の幻影、廃虚の完全な静寂――ワルシャワは重苦しい姿で私たちを迎えた。

これらの瓦礫は、精神の悲劇的モニュメントである――その苦悩、逃れられぬ滅亡の恐怖、心を奮い立たせたものと戦慄の。これまでの意識と経験のすべてをもってしても計り知れない何かのしるしである。そして瓦礫が心に刻みつけているものも、言葉とか、造形では再現できない。既知の言語で語っているのは、ヴャジマ〔ロシア、スモレンスク州の都市。ルジェフの南〕からワルシャワ到達前までの瓦礫だけである。

道。吹きつける地吹雪。道のそばをキリストの磔像をつけた高く細いカトリックの十字架が通り過ぎる。道の背後は野と林。野は靄のようにかすんでいる。

どうしてこの土地はこれほど心をつかみ、疼かせ、魅惑するのか？　見当もつかない。これは何年もたってから保存されていたニュース映画で見たシーンだが、ポーランドの騎兵隊がサーベルを抜刀してドイツの戦車に突撃していた。この騎士道的戦意の激発にはそれだけの愛と美しさと無力さがある。私は息をのんだ。そしてその時に思った。くびきにつながれていたあのポーランド、それが余さずこの姿勢に現れている、と。命運尽きた肉体の中の熱誠な精神が、とうてい歯の立たない、非情な力に対して不滅の手を上げているのだ、と。

私たちはどこかの荒廃した都市を通過した。住民たちが二人のポーランド兵士を担ぎ上げて通りを盛大に練り歩いていた。私たちには防寒長靴が支給されなかった。主計たちが待ったをかけたのだ。ヨーロッパはロシアの冬と違うと言って。しかし、荷台では寒い長靴の中で足がかじかんだ。そこで余儀なく、温まるために村で休止した。村人たちはわれわれをどうもてなそうかと大わらわだった。私が自分で長靴を下ろすのを許さず、手伝おうとすぐに飛んできた。母親が叫び、男の子が洗面器を引っつかむと、外へ雪を取りに走り出た。そして戻ってくると、私のそばの床に座り、私の凍えた両足を雪でこすり始めた。

目を覚ました小さな男の子たちが羽根布団の下から出てきて、ベッドの上で飛び跳ねた。私たちの周囲の賑やかなてんやわんやから離れているこの家のただ一人の人間――それはワルシャワから来た孤児の少女だった。この家に引き取られたのである。暖炉のそばで膝をついて、間断なく、無愛想に枯れ枝を暖炉にくべている。この仕事を任されて、火を絶やさないようにしていた。ようやくこちらに顔を向けたが、子供らしくなく落ちくぼんだ眼は暗く、寂しげだった。「暖炉のそばの女の子、その狭い背中には灰色のスカーフがしっかりと結んである。彼女は何かを貯め込み、隠している……」。

誰に対して？　その時私は、この今に残る紙切れに書き足さなかった。引き取ってくれた人たちに対して、われわれすべてに、世間に対して、取り返しのつかぬ孤児の運命のせいで、そうしていたのだ。

音のしない、ささやかな遠景。低い空。吹雪がプラカードの柱から吹き付け、道の上で速度を増す。そしてなおもその一端で柱に絡みつき、音を立てる。「スラヴ人の兄弟！」「……兄弟！」

ブィドゴシュチュ

戦争はさらに押し進んだ。そしてその歩みとともに私たちはポーランドの都市ブィドゴシュチュへ入った。ドイツ語でブロンベルグと呼ばれていた都市である。破壊されておらず、荒廃していない。まるで戦争はここを迂回してどっかへ押し込まれたかのような異質な都市だった。未明に敵はここから追い出された。より正確には、抵抗の跡も残さず、後退を余儀なくされた。敵の戦車と歩兵は、陣地を構築せず、さらに先へ急いだ。これは地元ポーランド人住民の熱狂がまさしく彼らの重荷になったからである。

雪嵐は収まった。だが、まだ吹雪いていて、靄がかかっているように見えた。一トン半トラックは先頭司令車の後ろを進み、郊外部の狭い直線の通りへ入った。荷台からは灰色の家々のしっかりした煉瓦壁が見えた。舗道は人影がなかった。ただ、角には何か奇妙な背の低い人たちが固まって、足踏みをしていた。身にまとっているのは、黒い、綿ビロードの兵士用毛布のようなものである。さらに進んで、市の中心部に近づくと、またしても角々に同じような、訳の分からない、縮こまった人たちが群れている。薄れていく靄の中で、毛布の下から顔がのぞいたときに辛うじて見分けられるのは、これは女性の黒い、ごつごつした顔だということだ。その視線はうつろで、何も見ていない。この不可解な、ミツバチの巣別れのような現象、この脈絡のなさ、すべてからの隔絶は、何か不安の念を呼び起こした。

後で分かったことだが、これはハンガリー系のユダヤ人女性たちで、彼女たちは警備員が逃亡して放置された収容所から出てきたのだった。

私たちの一トン半トラックはすでに市の最中心部に乗り入れたが、ここは車が渋滞し、勝利が街頭に醸し出す独特の雰囲気に誘われて人出が多かった。ポーランドの娘たち、兵士たちの粋な軍帽、陽気なおどけ。大喜びの少年の掛け声とドイツ人たちへの脅し。ドイツ人の倉庫や店から奪い取った戦利品を両手で抱えた市民たち。

私たちに「全員乗車！」の命令が下される。そしてわが軍の車は何回かに分けられて、のろのろと予定のルートを動いていく。

ようやく荷台から跳び下りる。かじかんだ足で、アパートの表玄関の音がよく響く吹き抜けを通って、住人が放棄して逃げ出したフラットへと、剝げ落ちたしっくいを長靴で踏みながら階段を上る。

フラットの玄関ホールの薄闇の中で誰かがこちらへ向かって動いた。思わず後ずさりし、動けなくなる。すぐにはそれが自分だと気づかなかった。暗い鏡の中に自分が映っていたのだ。顔半分でもなく、鏡の破片の中でもなく、こんなふうに全身を鏡に映すなんて。この前はいつだったろう？何年も前にあったかもしれないが、忘れた。

鹿の角が壁に飾ってある。床の丸い木の籠から、そこへ挿し込まれた杖と雨傘の頭が突き出ている。鏡台には衣服用のブラシと溶けて太くなったロウソクの燃えさし。これはもう目が慣れて、落ち着いてからのことである。開け放たれた入口に階段室から少し光が入っていた。その先には廊下の暗い奥がある。部屋の敷居のところで抜け落ちた寄せ木につまずいた。

部屋の中にはどっしりした食器棚が残っていた。あわてて逃げ出すには手に負えなかったのだろう。クリスタルガラスの光が揺らめく。窓の外には灰青色のちぎれた夕闇が降りてきた。ひっそりした石造の家々がちらつく雪のせいでまだらに見える。部屋の中は外よりも早く暗くなってきた。床の上を何かが動き回り、どこか隅のところでカサカサ音を立て始める。ネズミなのか、それともドイツの何か神秘的な妖怪なのか。はっと思い出した。袖をまくり、もうすっかり暗くなった玄関ホールへ行き、ロウソクの燃えさしを手探りで探して鏡台からもぎ取った。このロウソクは、運べる包み、とても運べそうにない包み、そして旅行カバンを持って、このフラットから急いで出発した生者たちが、最後の瞬間に吹き消したのだ。彼らの幻影は今、このフラットの隅々、奥のどこかに身を潜めている——同じ場所にもっと前から陣取っていたポーランド人たちの幻影と入り混じって。このポーランド人たちは五年前、自分たち家族のこの住居から合オーバー、下着の替え二組だけを持ち出すことを認められて追い出された。残りのすべての財産はフラットに乗り込んできたドイツ人家族の取得物になった。いまやポーランド人の災難の上にドイツ人の災難が積み重なったのである。

私は部屋へ戻った。窓を思い出した。ほとんど天井そのものからと言っていいほどの場所から組紐が垂れ下がっていた。紐を引っ張ると、重い厚地のカーテンが互いに近づいてぴったりと閉じた。なじみのない遮蔽方法だが、その代わり窓に、防水布も、毛布も張らなくて済む。これでロウソクを点けられる。私はマッチを擦った。そして鋭く——後で思い出したときにはさらに鋭く——ロウソクの燃えさしが手から手へ、彼らの手から私の手へこのように引き渡されることの奇妙さ、突拍子のなさを感じた。

立ったまま、ロウソクを握りしめながら、どっしりした食器棚、房飾りや玉の付いた厚地カーテン、すぐに寝返ってほかの主人たちに仕えようとするそれらの物腰を見回した。
階段で足音が響いた。戦場にはこれはない、一人ぼっちでいるということは。懐中電灯で照らしながら、上司のブィストロフ少佐が廊下を入ってきた。

「ひどい寒さじゃないか、レールヒェン！　寒い《カルト》！　とても寒い《ゼーア・カルト》！　なぜ寒い《ヴァルム・カルト》？　あそこにストーブがあるだろう」

しかし、それをどう扱えばいいのか、私にはかいもく見当がつかなかった。まったく見たことのない、背の低い小型で、キャビネットのように四角くて、煙突がなく、外側がすべすべのストーブだった。一体どこへどのように煙道がつながっているのか理解できなかった。そしてストーブのそばの床には正確な形の褐炭ブリケットを入れた籠が置いてあった。

女性のほどほどの無力さはブィストロフの気分を害さなかった。むしろ、彼の長所を際立たせたほどかもしれない。彼はあっさりと、抜かりなく目星をつけた。ストーブの扉の凝ったかんぬきを外した（私は灯りを近づけて照らした）。ストーブが開き、その中からまるで私たちが来るまでの生活の痕跡のように冷えた灰のいがらっぽい匂いがし、残っていた最後の暖気が漂った。

すべてがぐしゃぐしゃで、司令部の仕事でまだ身を擦り減らしている中での、見捨てられた他人の家、ロウソク、それに戦場では珍しい無我の奇妙なひととき。はっきりしているのはただ一つ、敵が撃退され、私たちはこの都市で宿泊を命令されたということだけである。この時に何が起こったのだろうか？　何も起きなかったように思えた。だが今、ノートを見ると、起きていたことが分かる。ブィストロフ少佐について言うならば。

彼の私に対する気軽なドイツ風の優しい呼びかけ（レールヒェン）と、中学時代に覚えたドイツ語のいくつかの単語でフレーズを組み立てようとするしつこい練習——これには私も慣れていた。そのうえ、彼のひそかな、急に燃え上がった決心により（クラーヴァ、クラーヴォチカ！　である）、私たちは団結していた。彼はそれまでも私と好んで話をしたが、今は何しろクラーヴォチカは私の女友達で、私は彼女の信頼を受けていた。そして今回もこういうことがあったのである。

ヴィストロフはストーブの火を燃え立たせると、私に火の保ち方を教えた。ここに人々が宿泊のために集まってくる深夜までには、温まるだろう。彼は師団から届く資料で諜報報告を作成するために司令部へ戻るのを急いでいたが、さらに少しとどまって、突然私に自明のことのように告げた。「レールヒェン、私は自分ではこう決めているんだ……もっと正確に言えば、自分にこういう課題を課している。ドイツに入ったら、ゲッベルスを捕まえてみせる、と」

もしかしたら、彼はそのことを話すために私を探していたのかもしれない。

彼は以前にも私に話したことがあった。その時どきでいつも課題を掲げなければ、自分は生きていくうえで気がすまなかった、と。だが、それは戦争までだった。前線では彼はお膳立てされた計画と目的の遂行者だった。要するに、戦争は要所要所で彼を拘束していた。これからは自分の個人的な、明確な課題を獲得したということだ。

誰が一体こんな課題を真剣に掲げることができただろう？　彼はほら吹きでもないし、子供じみてもいないし、問題を引き起こす人間でもない。そういうことにまったく関係のない人物だ。しかし、彼は今、急速に変わりつつあった。彼を理解しようとすること、その内心に分け入ることは、切れ目のないあの一つにつながった日々にやることではなかったし、それをしたいという欲求もなかった。それどころではない。私たちの心を占めていたのは、勝利するというただ一つの、全員に共通の課題だった。

これは今、私がはるか遠い過去から、勝利が近づいた当時の彼の中で生じていた変化の意味を捉えようとする努力である。

壁紙の上で揺れるロウソクの小さくなっていく炎のもやもやした影、その炎からどっしりと構えた食器棚のガラスに映る光、変に凝ったフラシ天の玉〔カーテンの〕、煙突なしのストーブ、家つきの妖怪たちが住み着いている怪しげな隅々、カサカサという音……。

そしてこの珍妙な舞台装置の中に、泰然自若としたヴィストロフがいる。一瞬、彼の静かな、少し黄色みを帯びた顔が浮かんだが、すぐにさっとロウソクの下で溶け、消えていった。

ヴィストロフは円熟した三十八歳の年齢で、その肩に確固とした人生を背負っていた。そして生活にしっかりと向き合ってきた。彼は生物学修士で、ルイセンコ[3]に傾倒し、注文の性別の子牛——牡の子牛でも雌の子牛でも——を選択的に牝牛に産ませるという科学的アイデアに熱中していた。そして自分では、この研究は順調に実用的成果に近づいていると考えていた。それが今のところ戦争で中断されたのである。戦争はまた、彼の二つ目の学位請求論文——哲学の論文の準備も中断させた。これは私にはなぜか本当のこととは思えなかった。前線の日常は思弁性とは無縁で、あらゆる哲学的なふさぎの虫を単純化し、無意味にしていたけれども、それでも私は、どこか別の種類の、知的な人たちが哲学の研究に没頭しているように思っていた。

しかし、私はヴィストロフを知っていただろうか？　知っていると思えたのは、ある時期までのことに過ぎなかったのだ。

彼はバランスがとれ、おとなしい人物のように見えたが、それは彼がはっきりと特徴を現すまでのことだった。

彼の少し黄色っぽい顔には、変わりやすいところは何もなかった。前かがみで、走り出すときは激しく、まっしぐらで、意外とバネがあった。彼は戦争の流れの中で私たちと溶け合っていなかったように見える。
オムスク〔西シベリア〕では、戦争のために暖房が使えなくなって、彼の化学者の奥さんが、住み慣れた寒いフラットで、仕事の後、夜遅くなってから暖かいオーバーシューズを履き、暖かく着込んでピアノに向かった。これは彼が彼女にそうしてくれと頼んだのだった。そして奥さんからの手紙を私たちに読んで聞かせた。

彼女はそこで何を弾いたのだろうか？　スクリャービンのようだ。

安全な奥地の後方での彼の日常生活は、今でもどんなに安定していたことだろう！　ただ一つ、心にかかるのは子供がいないことだった。

しかし、同じアパートのほかの住人たちには、家族に痛ましい戦死者がいたし、占領地域で苦しむ身内、行方不明者、辛うじて生きている人がいた。そのオムスク付近にも避難民たちがいた。

彼にはかまどの守護神――妻がいて、妻の母の快適なフラットがあった。義母は戦争前に亡くなったとはいえ、今も彼の胸に「旧時代」出身の老婦人の思い出は、生活の知恵と娘婿に対する温かい態度とともにほのぼのと残っていた。そしてブィストロフの前線生活の心の張りになっていたのは、戦争後の再会、帰郷を妻と一緒に待ち望んでいる、そのひたむきさであった。

ところが突然、クラーヴォチカである。誰が一体、そのようなことを予想できただろう？　それはこんな経緯だった。

赤軍は沿バルト地方の沿岸部まで進出した。そしてこの前線での戦争は終了した。差し当たって私たちの軍だけが現地から撤収され、ポーランドへ転進させられることになった。隣の親衛軍から、つまり元の「私の」軍から（私は半年ほど前にそこから今の軍へ異動された）私たちの「送別宴」に、指揮官たちと、司令部書記の私の友達クラーヴォチカが拝み倒されて一緒にやって来た。初めて見た制服姿でない彼女は、袋用麻布のようなもので作った衣装を身に着けていた。それは野戦酒保の仕立て所で、上手に、器用に縫ってもらったものだった。本当に驚いた。豊満なクラーヴォチカの着た制服、あの不恰好で丈の短い軍服は、何年も何年もその女らしい仕草、今よみがえった軽やかな肩を覆い隠していたのだ。無造作に自分で髪をカールにまとめた小さな頭も、今は少しも小さく見えず、彼女をワルツで回転させているブィストロフの肩の上でとても素敵に見えた。彼はいつか、オムスクの舞踏会で賞をもらったことがあると私にもらしたことがあった。それから、自動車競走で優勝したことがあるとも。

この三〇年代のスーパーマン的自慢話の一切は、私たちがその当時いたベロルシアの焦土から見ると明らかに真実味に乏しいように見えた。それはルイセンコの注文に応じて、牡または雌の子牛を産むことになるという牝牛たちも同様だった。

しかし、すでに一部のことは実現していた。そしてその時が来ると、ブィストロフは修繕した鹵獲品の「オペル」を見事に運転してみせた。それは彼がまだ送別会で絶妙の踊り手であることが分かる前のことだった。

クラーヴォチカは疲れを知らず、夢中で踊っていた。何しろ舞踏会は戦争になってから初めてのことだったし、それもこれほどのパートナーと踊るのである。そして彼女は歌もうたった。彼女は美しい、よく響く声を持っていた。ホールの真ん中に進み出た大柄でふっくらした彼女は、背の低い軍のアマチュア芸能団を圧倒した。拍手を受け、何回も何回も何回もアンコールされた。彼女は喜んで歌った。そして歌声には歓喜が燃えさかった。そう、それはクラーヴォチカの勝利だった。

私たちの大佐は彼女をつくづく眺めて、声に出して言った。

「大したもんだ、クラーヴァは！　これはカーチャ二世[4]だな！」

ブィストロフは片時も彼女から離れようとしなかった。彼女が歌っている間は、そばに控えていた。繰り返し繰り返し彼女と踊った。そして彼女を椅子に座らせると、そのぽちゃっとした手に情熱的に、優しく口づけをした。

このダンスで、しかも満座の中で、我を失ったこのような彼は私には想像もできなかった。彼女がホール中央で堂々たるポーズで歌っている時、彼を虜にしたのはもちろん、大佐の陽気な目にそう見えたクラーヴォチカと女帝（「カーチャ二世」）の相似ではなかった。そうではない。彼女をダンスで抱擁し、ささやき交わし、手にキスしながら彼がのぼせあがったのは、彼女の軽やかさ、親しみやすさ、天真爛漫さのせいだったのである。

翌朝、兵士を呼んで命令した。「君、今すぐ行ってくれないか……」。彼は急使に託して隣接軍司令部の彼女に情熱的な愛の告白を送り、クラーヴォチカに妻になってくれと頼んだ。

私たちがまだ行軍に出発する前の数日間、毎朝、「君、今すぐ行ってくれないか」が続き、次から次へと手紙が送られた……。

その数日間、彼はすっかりまいってしまっていたが、素敵だった。だが、どうしてそういうことが起こりえたのか？　これは一体どういう疾風だったのか？　それは彼を安定した場所からひっくり返した。そして彼がオムスクに目を向けることなく、このように恋に陥ることを可能にしたのだ。それはクラーヴォチカのせいなのか？　そう、部分的には彼女である。しかし、これは何かが彼自身の中で徐々に熟していて、一押しを待っていたのだ。

疾風となったのは、勝利で膨らんだ時代そのものだった。新たな年、一九四五年まで、二週間ほどしか残っていなかった。

ブィストロフは変わりつつあった。今、私が書いている遠くから見るよりも、近くから見ていたときのほうが分かりにくかった。

すでに彼は以前の生活に顔を向けることがぐんと少なくなり、ますます別の方向へ関心を向けるようになった。それは不安な漠然とした輪郭として、勝利とともに控えている処女地として確実に近づいているものだった。疾風に彼は折れそうになっていた。そこにクラーヴォチカが現れた。もしかしたらこれは大きな転機だったのかもしれない。

おとなしく、落ち着いて、無理にでしゃばらずに軍隊で勤めていた彼が、急ぎ始め、自分に課題を課してリスクを追い求め、彼の職務に入っていないのにドイツ軍の背後に偵察に出かけたりした。そうしたのは人に自分を認めてもらうためでなく、自分自身のためだった。自分に有り余る力があるのを知りながら、それを十分に使わずにいた、そのためにこれまで得ていなかったものを手に入れようと焦っていたのである。

いまや彼にはすべてが必要だった——クラーヴォチカ、個人的な武勲、そして今度はゲッベルスである。

私は彼を信じていた。何しろ彼の場合、これまで何もかも順調だったのだから。それでもゲッベルスを捕まえるという彼の固い意図は、気紛れだと考えた。それに私には思いもつかないことだったので、彼の虚栄心の強い心づもりに賛成できなかった。さらにそのうえ、私たちの軍の経路も、勝利したときに私たちがどこにいるかも、そしてそれまでにゲッベルスがどこへ隠れるかも、分かっていないのである。

しかし、ブィストロフがいったん手に入れると決めたら、それを実際に手に入れることができたというのは、並み大抵なことではなかった。彼が目標に向かっていくだけでなく、目標のほうから彼に近づいてくることもあったのである。もしかしたら、あのようにユニークな牝牛の開発で彼を動かしていたのは、研究者の賭けだったのかもしれない。それは分からない。そしてこれは偶然なのか、それとも宿命だったのか分からないが、彼がストーブのそばのロウソクの下で口に出したこと――でたらめ、たわごと、思いつきに見えたことは実現したのである。そして私も、ブィストロフ少佐が自らに掲げた目標と、まだブロンベルグにいた頃の私の想像のすべてを凌駕する事件の真っただ中に、巻き込まれることになったのである。

一晩中、ライトを消した「スチュードベイカー」[5]の列が市を通過した。朝までにはそれらの苦しそうな轟きは収まった。そして前線は遠ざかったように見えた。私は司令部から守備隊長の助手に派遣された。守備隊にはほかに通訳がいなかった。私は市内を通って郊外へ歩いていった。通りは活気が消え、静かで、寂しいほどだった。空気にはゆるんだ厳寒が残っていたが、突然、太陽が顔を出し、ほとんど春のように輝いた。

ふと私は気づいた。私の傍らを少し後ろから、自分のぺしゃんこの影が塊になって転がってくる。前線ではまるで影がないかのようだった。あるいは目に留まらなかった。私は何か分からない不安を感じた。子犬のようにまとわりついてくる自分の影と一緒に、この知らない都市で、前線でのこの数年間ずっと一体になっていたすべてのものから切り離されたようだった。まるで自分ひとりになったようだ。何か落伍の瞬間のように。奇妙な、こわいほどの感じである。

それは歩いているうちに消えた。しかし、もしかしたら、何か新しい質の生活の予兆だったかもしれない。それは分からない。

私とマリアンナ・K――スカがどうして話をするようになったのか、正確な記憶がない。しかし、いずれにせよ、それは監獄のそばでのことだった。私は監獄の前を歩いていた。褐色のどっしりした五階建ての監獄は空だった。囚人たちは釈放されたのだ。門が開け放たれた監獄の中庭の、通りから見えるところにはポーランド人の元看守たちが歩き回っていた。ドイツ人時代をじっと耐えぬき、今、以前の仕事を引き受けようと用意している人たちである。全員が制帽をかぶり、古い太めの青い外套を着ていた。これはそれだけで愛国心を証明しているはずだった。ポーランドのどんな制服も、それを保存することはドイツ人に厳しく罰せられたのである。

監獄の入口で冬の太陽を浴びた青い外套たちのこの混雑は、よみがえりつつある国家制度のしるしだった。

灰色のオーバーの前裾をぴったり重ね合わせた小柄な女が、監獄の塀に沿って行ったり来たりしていた。少女にも、老婆にも見えた。それがマリアンナで、娼婦だった。肩をすぼめ、襟もぴったり閉じ、軽いスカーフを顎の下で結んでいた。顔は寒さで灰青色になっていた。膨らんだ緑色がかった目は、信頼を込めて私を見つめている。彼女は赤軍の兵士たちに監獄から解放された。しかし、彼女はここを離れようとしない。ここへ彼女を迎えに来るはずの誰かを待っているのだ。その人の名はアルフレッドだと彼女は言った。彼女の中の何かが私の胸を打った。あるいはそれは、寄る辺のなさのようなものだったかもしれない。

依然として私には思い出せない。二人のうちのだれが最初に、何から話し始めたのだったか。しかし、話をした。そして彼女は私を守備隊まで案内し、監獄へ戻っていった。そう、これはそうだった──案内してくれたのだ。そうでなければ、翌日、どうして私を見つけられただろう。彼女は朝、守備隊に現れた。彼女だと分からなかった。気のいい知り合いの女性が泊めてくれたばかりか、自分の衣装ダンスから衣類を恵んでくれたのだった。彼女は縁が顔の上に半ば下りた薄紫の帽子をかぶり、ふかふかした毛皮襟巻の付いたオーバーを着ていた。オーバーは体にぴったり合っていて、裾に向かってフレアーになっていた。すでに三年以上も制服の外套、半外套、綿入れのキルティング上着の間で暮らし、自分でもそれ以外のものを何も身に着けたことのなかった私には、彼女はまったくエレガントで、その顔は可愛らしく見えた。しかし実際には顔は生気を失い、むしろ醜いほどだったのだ。

　私の古いノートには別れるときに彼女がくれた写真が二枚はさんである。一枚はマリアンナ一人だけのもの、もう一枚はベルギー人のアルフレッド・R―ドと二人で写っている。彼はプフリュンダーシュトラーセにあった外国人労働者用の二級慰安所へ通うようになった。これらの労働者たちはブロンベルグに防御用土塁を建設するために強制連行されてきた人たちだった。ここで彼はマリアンナを見つけた。この生気のない娘の何が彼をそれほど引きつけたのだろうか――こけた頬、追い詰められた獣のように、じっと額ごしに見つめている膨らんだ眼、リボンを付けたズック地の帽子、真一文字に固く結んだ口。アルフレッドと出会う前に撮った写真からは、そんな彼女がこちらを見ている。不可解だ。だが、彼は惚れ込み、すぐに慰安所をやめて自分の妻になれと要求した。けれども、ドイツの総動員法では、戦争が終わるまで誰も自分の職をやめることができなかった。そしてベルギー人は、食うや食わずでいながら、貯金局から引き出した金を使って、毎日彼女を買った。しかし、前線はブロンベルグに接近してきた。未完成の土塁はドイツ軍に確実な防衛を保証しなかった。市内から外国人労働者たちが追い出され始めた。彼らはいつ火がつくか分かったものでない危険物だった。ブロンベルグからベルギー人たちの縦隊が連行されたとき、マリアンナは彼らを追いかけた。ドイツ人の護送兵は彼女を追い払い、石を投げ、口汚くののしり、自動小銃で脅かした。結局、彼女は捕まえられ、手錠をはめられて追い返され、監獄へ放り込まれた――彼女の職業の枠を大きく踏み外した、ポーランド女性と外国人との「個人的」関係のかどによって。

今彼女は、アルフレッドがブロンベルグへ自分を迎えに来るのを待っていた。護送兵に見張られている彼に、それができるかどうかなどということを考えもせずに。彼女は彼を完全に当てにしていた。けれども、この戦争の世界で何かを当てにすることなど不可能に見えた。しかし、彼女は素朴に、静かに信じていた。彼を監獄のそばで待っていさえすればいいのだと。自分に手錠がかけられるのを彼は目にしたのだから、監獄に来るだろう。それに一体、ほかのどこで自分を探せるだろう。戻ることなど考えなかった彼女たちの慰安所でさえ、閉鎖された。プフリュンダーシュトラーセ中の売春宿は、ドイツ人用のランクが上のものも、もっと簡便で見劣りがするものも、すべて閉鎖され、逃げ出せなかった女性たちはみな閉じ込められていた。彼女たちは一体どこへやられるのだろう、もしかしたらシベリアなのだろうか？

都市の上空は晴れ上がり、真っ青で、寒かった。ひょっとすると、「ユンカース」の飛行日和かも。片付けられていない雪が、わが軍の巡察隊の重い足取りに踏まれて、車道部分で軋んだ。

これまで私たちが入ったのは、スモレンスク、ミンスク、リガ、と大都市ばかりだったが、そこで休止することはなかった。ところがここで、一つにつながった戦争の流れに透き間ができたのである。ブロンベルグがそこから外れた。ブロンベルグは私たちの経路で最初の、長い占領を経験しながら無傷で残った大都市だった。私たちはここで休止した。これは何かまったく別の、不可解な、未経験の戦争だった。そして実にいろいろなことを私に投げかけてくれた。

アルフレッドは戻ってきた。彼はベルギー人縦隊からわざと遅れ、護送兵に背中から射殺されるリスクを冒して、逃げたのだった。両軍が交戦している前線の障害をいくつも乗り越えてこの町へようやく戻りついた彼が、監獄のそばでマリアンナと再会したときにどういう格好をしていたか、私は知らない。私に紹介されたとき、彼は無言だった。髭を剃り上げていたが、黒い口髭を細長く残していて、背筋をぴんと伸ばした、肩幅の広い、がっしりした男で、メガネをかけていた。額は高く、無帽で、髪は黒く、メガネ越しの視線は陰気だが毅然としていた。彼のことで辛いほどにはっきり記憶しているのは、何といってもその後に続いた劇的な日々でのことである。今、その当時の写真を見ながら、このリエージュ市出身の三十歳の教師がまだどんなに若々しかったかということが分かる。当時の私には円熟した人間に見えたのだった。

その最初の時、私たちは三人で何か茫然自失の状態で立っていた。マリアンナは唇を開かなかった。彼女の唇は興奮で膨れ上がり、陶酔していた。そして二人一緒の写真と同じように――写真の縁はドイツ人たちがやっているように鋸歯状にカットされていた――痩せこけた彼女はアルフレッドに肩を寄せ、一心に、信頼を込めて私たちの間のどこか遠くを見ていた。頬のくぼみは隠れていた。顔の楕円形は柔らかい線になっていた。リボンの付いたズック地の帽子をかぶった、あの醜女と共通するものは何もない。彼のほうは写真からやはり同じようにしっかりと、打ち解けることなく、毅然としてまっすぐ見ている――あの時と同じように。彼らは二人だった。そしてこの二人は、周囲のすべてが逆上している中で無傷でいて、戦争の力も二人には及んでいないかのようである。だが、何ということだ。いま浮かんできたこの感覚がどれほどの思い違いであることか。

何年も後のことだが、私はアルフレッドの故国で、ベルギー人は腹に煉瓦を入れて生まれてくる、ということわざを耳にした。これは自嘲なのか、それとも自分の家を建てることへの民族的執念の承認なのか。

ナチスに囚われの身となりながら、このベルギー人は最も虐げられた、みじめな、踏みにじられた女性に出会い、どん底から引き上げ、保護し、挑戦的に自分の煉瓦を戦争のカオスの中に投げ込んだのだ。

実際のところ市内は何となくひっそりして、息をひそめていた。勝利の顔はたちまち、そのための闘いでこうむった損失には見合わない形ながら、変化しつつあった。最も本質的なことが起きた。ポーランドは再び天に昇り、ドイツ人に横取りされていたブロンベルグは再び自分を取り戻し、ブィドゴシュチェになった。

だが、これからは何がどうなるのか？　今のところまだ何もはっきりと宣言されず、声明もされなかった。壁や電柱に何も貼り出されなかった。手早くポーランドの市役所が設置され、会議をしている。市をどのように統治するか？　市内にドイツ人の誰がどこに残っているかを直ちに明らかにする仕事もある。彼らをどうするか？　ポーランド侵略、ワルシャワの礫、隷属状態、想像を絶する侮辱、略奪に対してどのような厳罰、復讐によって報いるのか？　要するに、市内のありとあらゆるものが目先と遠い先の心配事でふさぎこみ始めていた。

ポーランド人の元看守と監獄官吏たちは、依然として監獄のそばでぶらぶらしていた。

これらすべてのことについて私のノートにあるメモは、たったの一フレーズである。そのことは覚えていなかった。今、ページをめくりながら、ぶつかった。「市役所はドイツ人に食料を与えない決定をした」。何年もたっているのに、震えてしまう。そばに鉤十字が描いてある。当時なぜ自分がこのマークをここに書いたのか、すぐには理解できなかった。だが、これについては後述する。

私は足音を耳にした。その人は元気よく、きちんとした歩調で守備隊の広々とした玄関ホールを横切り、ドアのところに立って、敬礼した。人がやって来て、なぜだかすぐに、敷居のところから自分が嬉しい気持ちに充たされるような人はそう多くない。見たことのない制服を着て、ベレー帽をかぶったこの人はまさにそういう人物だった。彼はフランス軍ジロー将軍の副官だったと名乗った。北アフリカで戦って、ドイツ軍の捕虜になったという。市から一〇キロのところにあるフランス軍捕虜収容所の代表としてやって来た。ドイツ軍警備隊は逃走していた。フランス人たちは収容所評議会を選出し、残っていた食糧をすべて集計した。そしてそれをソヴィエト軍司令部に報告し、自分たちは今後どう行動すべきかを尋ねるために彼を派遣したのだ。

出かけていた守備隊長を待ちながら、私はフランス人を椅子に座らせ、窓敷居に置いてあった鹵獲品のドイツ軍パイロット用のチョコレート「コーラ」を彼にすすめた。

ここブロンベルグで、有名なフランスの将軍とともに北アフリカで戦った彼の副官と会うとは、驚くべきことだった。彼が身に着けているものはすべてまともだった。収容所で取り上げられることもなく、ぜんぶ揃っていた——剣帯付きの幅広の軍人用ベルトも、肩章も、ベレー帽の下のウェーブのかかった髪の房も。彼の屈託ない態度、口元から消えることのない微笑には、捕虜生活の痕跡がまったくない。しかし、フランス軍士官たちの捕虜生活は、ロシア人とポーランド人が経験したものとは似ても似つかないものだった。フランス人たちは家族と文通し、家や赤十字から小包を受け取っていた。彼らは捕虜生活を自前の演芸会で紛らせていた。ジロー将軍の副官は写真（ぜんぶ鋸歯状の縁取りの）を取り出し、そのうちの一枚を私に差し出した。それには彼が出演している舞台のシーンが写っていた。彼は自分の士官服のまま、心地よいソファの隅に座っている。彼の膝の上には、水玉模様のワンピースを着た、背が高くて胸の大きな、はしたない金髪女性が腰かけている。そして運動靴を履いた、ふくらはぎのしまった平べったい脚を膝のところまでむき出しにして、彼に抱きついている。

「女性」を演じているのもやはり捕虜のフランス軍士官で、収容所の女性給仕のワンピースを借り、かつらをかぶっているのである。このシーンは収容所で哄笑と拍手の中で演じられた。

写真が私を面白がらせたのを見て、フランス人は万年筆を取り出し、写真の裏に細かい字でしたためた――「En souvenir a l'armee Russe qui est venue nous delivrer du jong Hitlerien」（ヒトラーのくびきからわれわれを解放するために来たロシア軍を記念して）。「Un soldat Francais d' Afrique encaptive a l'armee victoreuse. Amicalement」（捕虜のフランス・アフリカ軍の一兵士から、勝利した軍へ。友情を込めて）。サインは読み取れない。日付は「一九四五年二月一日」である。

留守だった守備隊長の若い少佐が不機嫌な顔で現れた。白のクバンカ帽〔子羊皮の縁なし帽〕をかぶり、半外套を着ている。眉は剃って形を整えてある。元々は狙撃連隊長である。この外国人士官が何者であるかを私から聞くと、隊長は彼と目を見合わせ、情熱的に彼に近づいて、ぎゅっと肩を抱いた。もっとも、キスはしなかった。しかし私の記憶では、この場面は「エルベ川の邂逅」の独特の断片として脳裏に残っている。何しろ「捕虜のフランス軍兵士」が、私たちの長い道のりで出会った最初の連合国兵士だったからである。

彼はぱっと明るい顔になって、連隊長には柄でもない心配事やら、外交やらの守備隊本部の仕事を暫時ぜんぶ忘れて、興奮し、嬉しそうに叫んだ。「全員をここへ動かしたまえ！」。そして、大きな手振りで説明した。「みんな一緒に市内へ連れてきたまえ！」

一方、すでに郊外の至るところから収容所を離れた戦時捕虜たちが集まって、問い合わせもせず、そのための指示も受けないまま、縦隊を組んで、布の切れ端で作った自国の旗を掲げながら、今やブィドゴシュチェになったブロンベルグへ入ってきた。何という光景だったろう！　ポーランド人の全住民が、解放の日と同じように、家々から飛び出した。そして住民一人一人の胸には赤と白の布切れ――国旗があった。突然、市内には再び歓喜、涙、抱擁があふれた。ソヴィエトの兵士たちの周りに再び人波ができた。ポーランドの兵士たちは、フランス人兵士だと分かると、めいめいが二人ずつ手を引いて先導した。カーキ色の作業服を着た無帽の大男は、捕虜生活から解放されたアメリカ軍の飛行士だったが、大声で怒鳴り、幸せそうに笑い、身振り手振りをしながら、出会う人すべての袖をつかんでいた。すべての人が混ざり合った。市の大通りを自然発生的な、これまでなかったようなデモ隊が行進した。わが軍とポーランドの兵士たちがカーキ色の軍服の長身のイギリス兵、ビロードの軍帽とベレーをかぶったフランス兵、つばの広い緑色っぽい帽子のアイルランド兵、ポーランドの娘たちと抱き合っていた。

ふと私は興奮したヴィストロフの目に気づいた。彼は上気して、いつになくウシャンカ帽〔耳覆い付きの〕を後ろにずらしていた。「レールルヒェン！　これこそ第二戦線だよ！」。そしてさらに何かを叫んだが、その言葉は通りのお祭り騒ぎに呑み込まれてしまった。私たちはばらばらになった。私は彼の逆説を理解したような気がした。これは私たちが、ぐずぐずしている連合国軍を罵りながらルジェフ近郊であれほど待ち望んでいたあの第二戦線ではないにしても。ノルマンディで大陸に上陸し、私たちがそれを支援するためにこちらから向かっているあの第二戦線ではないにしても。しかし、アフリカでの戦闘に参加し、捕虜になったこれらの兵士たち、ファシスト・ドイツを爆撃した飛行士たち――彼らは第二戦線ではないのか？　彼らは今ここブロンベルグで、私たちと（ジロー将軍の副官が私に書いたように）「われわれを解放するために来たロシア軍」と合流したのだ。何ということだろう、私もこの解放軍の一員だったのだ。

みんなが歌った、それぞれが自分の言葉で、ばらばらに。歌声はどうにかそれなりに溶け合った。それは自由に対する実に騒々しく、雑然として、浮き浮きする賛歌だった。ああ、実に高揚した気分で、じつに幸せだった。私たちはこのように戦後の世界で、このような人間的友愛の中で暮らし始めるように思えた。収容所から解放されたイタリア兵たちが、舗道の家側のほうにへばりついていた。彼らは最近までドイツの同盟軍で、私たちと戦っていた。イタリアが戦争から脱落すると、ドイツ軍によって収容所へ追い込まれたのだった。そして今、彼らは動揺していた。自分たちは皆の目にどう見えるだろうか？　敵なのか、ドイツの捕虜なのか？　しかし、お祝い気分の伝染力はもう止められなかった。彼らもすでに加わり、行列の最後について、のろのろと密集して歩いていた。だが、ほかの人たちとは混ざらなかった。

デモが少し遠ざかったとき、通りで子供たちの金切り声が聞こえ始めた。ポーランドの子供たちのまるまる一世代は、ひそひそ声で話しながら成長したのだった。今、子供たちはようやく叫ぶことを覚えた。そして有頂天で喉が破れんばかりに声を張り上げ、大声で叫び立て、これまで知らなかった声の力を堪能していた。解放を喜ぶ子供たちの絶叫が市内を響きわたった。

大通りで雑多な顔の、雑多な言語の祝賀騒ぎが盛んに行なわれている間に、二つの出来事が起きていた。

第一は、ドイツ軍がブィドゴシュチェのブロンベルグに重大な反攻を準備していたことだ。これについてはまだ、それを知る職務にあった人たちしか知らなかった。私は知らなかった。

しかし、第二の出来事はすぐそばで、大通りにつながっているひっそりした横町で、私の目の前で起きていた。

この横町には、家財道具を荷馬車や手橇に積んだり、背中に背負ったりした人たちの列が延びていた。これはドイツ人農民たち[6]で、古い自分たちの集落からポーランド人に追い払われ、ごくわずかな身の回り品を持ってどこへという当てもなく西へ向かっていた。スケートを履いたポーランドの少年たちの群れが鋭い声を上げながら、その周囲を旋回していた。少年たちのがき大将が群れを離れて、スケートで前に滑っていき、避難民たちの行く手を完全にさえぎった。当時、わが国の農村女性たちがショールと称して身に着けていたような、ごわごわした重い肩掛けをオーバーの上に巻きつけた年配のドイツ人女性が、何かを少年に説明しようとした。だが、少年はそれを聞こうともせず、彼女の家財道具の包みを棒で強く叩いた。そして、「どうしてポーランド語を話さないんだ？　どうしてポーランド語が話せないんだ？」と、たけり狂って叫んだ。私は少年の肩をつかんだ。「何をしているの？　この人たちに手を出してはだめ」。彼は顔を上げた。憎しみと涙があった。私を見つめた。というよりも、私の半外套と帽子の赤い星を見て、脇のほうへ離れていった。しかし、少年は遠くから不安げに眼を向けていた。今日ドイツ人たちが、これまでにあったすべてのことの後で、支障なく地上を歩いていることが彼には耐えられないのだ。

　こうして、この友愛のお祭り騒ぎの陰では、残虐のくびきの下で積もり積もっていた怒り、暴力が裏返しになり、荒れ狂った。

　ひどく冷えた。細かい、ちくちくする雪が降っていた。これらの人たちはどこへ向かっていたのか、誰がいったい彼らを家の中に入れてくれるだろう、どこのどんな淋しい田舎道で凍えることになるのだろうか？　歴史の大道から離れたところで、世界的大変動、世界支配の極悪非道な計画から離れたところで、農民の労働しか知らなかった彼らが、悪魔の策動により罠に追い込まれ、結局、すべてに責任があるということになるのだ。その下で生まれた空も、何世紀にもわたって耕してきた土地も、この地にある何世紀も続いた家系のルーツも、かばってくれなかった。すべては放棄され、否認された。人々は血によって裁かれ、集められ、引き離されている。つまり、ドイツ人たちは疫病神だ、ということになる。しかし、これらの疫病神たちは、血でつながっている者たちと前線によって遮断されているのだ。今、どうすることができよう？　彼らをかくまう住み家はどこにあるのか？憎しみと復讐のためには、これはつまらぬ考えだ。誰が教え諭すだろう？

すべてがごっちゃになった。普遍的友愛の有頂天と、暗い、胸を痛ませる光景——追放されるドイツ人農民たち、それを追いかける少年たちの狂暴さ。

赤軍に対する防御用土塁を建設するためにここブロンベルグへ連行されてきた人たちは、敵のくびきの下で世界とのつながりを失っていたので、それを今ここで、本当に有頂天になって、心から興奮して、取り戻していた。しかし、誰かを切断し、追放していいのなら、これは断崖への道の始まりではないか？「世界の一方の端に触れると、もう一方の端まで響く」のだ。

守備隊の入口のところで、隊長がまともな雄馬に乗り、この都市に生じた重大な軍事状況に関して緊急命令を馬上から与えていた。

街道をこちらへ向かって何か縦隊のようなものが近づいてきた。守備隊長はもどかしそうに目を凝らし、彼の下で馬が足踏みした。

すでに青・赤・白のタオル——フランスの旗を見分けることができた。しかし、この人たちの歩き方は軍規に則った歩き方ではなく、街道の幅一杯に広がった、何か奇妙な、雑多な集団になって歩いていた。

フランス人たちは近くまで来ると停止し、彼ら兵士の列から、訳の分からない灰色の人たちが離れ始め、街道の片側に集まった。守備隊長は鞍の上に座っていて見通しがきいたので、最初に何かに気づき、呆気にとられた。

「なーるほど！」と、彼はむにゃむにゃ吐き出すように言うと、馬から跳び下り、顎をなで、眉をぴくりと上げて、自分についてくるように私に合図した。そして早足に街道へ出ていった。

フランス人たちは軍人式に私たちに敬礼した。守備隊長はそれには目もくれない様子で、彼らから離れた少し先へ行った。そこには互いに手を取り合った、奇妙な灰色の人たちが密集していた。遠くから見ると、集団全体が透明な、ほこりっぽい灰色の雲に似ていた。彼らが女性であることを見分けるのは困難だった。守備隊長は大声で話しかけた。

「こんにちは！」

私はドイツ語で通訳した。

「もう一度、こんにちは！」と、守備隊長は憤然として、不自然な丁重さで繰り返した。

雲がかすかに揺れた。そのとき一人の女性の背中に黄色の星がちらっと見えた。こうして私は初めて黄色の六芒の星を目にした。それはまだ遠くから守備隊長を驚かせたものだった。それまで私たちは、この星のことは話でしか知らなかった。

これは強制収容所から出てきたユダヤ人女性たちだった。ぼろ服を着て、肩に毛布を、あるいは袋用の布を掛けていて、星を見えないようにしている人もいたし、星をほどいて取り外すことのできた人もいた。しかし、まだ残っていた星だけでも、突き刺すような、人を耐え難いまでに茫然とさせるのに十分だった。

「この人たちに、自由だと言いたまえ。あんたたちは自由だ！」と、守備隊長は急いで、私の先回りをして言った。女性の群れの中から誰かが、低いしゃがれた声で、ポーランド語で尋ねた。自分たちは今度はどこへ入れられるのか。

「どこにも入れられない！　あんたたちは自由なんだ！」と、守備隊長は言って、征服した地上の王国を彼女たちにそっくりプレゼントした。「あそこに家があるのが見えるかな？　あれは空き家だ。ドイツ人たちが放棄して、逃げ出した。あそこに行って宿泊しなさい。そして残っているものはぜんぶ、残らずあんたたちのものだ。持っていきなさい！　この人たちは君の言ったことが分かったかな？」と、守備隊長は注意深く訊いた。私はうなずいた。

フランス人兵士たちはぼろぼろの外套を着て、疲労困憊していたが、私たちを探るように見つめながら、微笑んでいた。ジロー将軍の副官は彼らの中にいなかった。これはみな兵卒ばかりで、恐らく別の収容所から来たのだろう。彼らは女性たちに近づき、再び一つの集団に溶け合って、自分たちの包みや袋を女性たちに渡した。これらのささやかな、それでも荷物になるものをフランス人たちははるばる一〇キロも運び、ひどく衰弱していた女性たちの手を引いて来たのだった。今彼らは、女性たちと別れの言葉を交わしていた。

「ヴィヴ・ラ・フランス！」〔フランス万歳！〕と、私は感動して小声で言った。これが私のフランス語で言えるすべてだった。彼らは生き生きと、うれしげに反応した。

「聞いてくれたまえ！」と、少佐が叫んだ。「同志フランス人諸君！」

自分たちに向けられた言葉を理解しなかったが、彼らはこの叫びを聞くと、はつらつと再び自分たちで集合し、整列した。

「第一に、心から諸君を歓迎する」

「誰かドイツ語が分かる人はいませんか？」と、私が訊いた。「どうか、フランスの兵士たちに言ってください、少佐が皆さんを心から歓迎していると」

沈黙している。

「みんなのためにお詫びしなければなりません」と、誰かが列の中から立派なドイツ語で話し始めた。「しかし、われわれは敵の言葉を使わずに、ロシア人たちとの接触を希望しています」

「なんだって？」と、もどかしそうに守備隊長が訊いた。彼は焦っていた。

「彼らは敵の言葉を使いたくないそうです」

守備隊長はなるほど、といった感じで、ふんと言った。

「君はフランス語をしゃべれるかね？　だめ？　それじゃあ、一体どうなる？」と、彼は伝令が引いてきた馬を気遣わしそうに見た。「弱ったな」

「私が通訳できます」と、灰色の女性集団の中から一人が進み出た。彼女は肩に背負っていた袋を頭から下ろした。若い魅力的な顔とむきだしの金髪。

「それなら解決だ。同志フランス人諸君！　赤軍の名において私は、われわれが諸君を解放したことを兄弟のように喜んでいる……今、この娘さんが諸君に通訳してくれる」

ようやく事態は動き出し、二重通訳でうまくいった。

フランス人たちは嬉しそうに元気づいた。

一人の兵士が列から抜け出して、ビロードのベレー帽を脱ぎ、それを通訳の金髪の上にかぶせた。

守備隊長は二人を眺めながら、まごついた。

「諸君に関して指示がある。つまり、こういうことだ。これから市の中心部へ移動してくれたまえ。そこでフランス人の縦隊に合流してもらいたい。このフランス人たちがあんたたちと同じ収容所だったか、それともほかの収容所だったかは分からない。それでも同じ同胞たちだ。彼らと一緒にいてもらいたい。それはすべてを簡単にするためだ。一人も散らばったりしないように。このことを厳格に遂行すること。分かっていただけたかな？」

私は守備隊長の指示に耳を傾けながら、理解した。何かが起き、ほころびができたのだ、何かがひっくり返りつつあるのだと。ほんの数時間前にあった自由気ままはおしまいになったのだ。

守備隊長は軽々と馬に跳び乗ると、自分の連隊へ向けて駆け去った。

わが軍の兵士の誰か、もしかしたら守備隊長の伝令が、いい気になって叫んだ。「自由なフランス万歳！」。それを理解したフランス人たちが彼を取り囲み、応えた。「ヴィヴ・ラ・ルシ！」〔ロシア万歳！〕

フランス人たちは、女性たちを励ますように手を振って、自由な隊列で動き出した。

女性たちはぐずぐずしながら街道に残っていた。

空はまだ静かだった。

わが軍がブィドゴシュチェを解放し、敵を西へ追い払ってから四日目ほど、市内にわが軍のわずかな部隊しか残っていなかったとき、ドイツ軍が北から市への反攻を準備中だという連絡が入った。

ブロンベルグ＝ブィドゴシュチェの小さな守備隊が、包囲を死に物狂いで突破したドイツ軍部隊の打撃目標にされて、どれほどの緊張状態に陥ったか、想像がつく。

全市が毛を逆立てた。全員が一つになったあの雰囲気、燃えるような友愛、さまざまな民族の人たちの一致団結は、再び乱入した戦争によって崩壊した。増強された巡察隊が市内をくまなく回り、この都市をとらえた有頂天の間に浸透したかもしれないドイツの間諜を探した。

守備隊本部の玄関ホールに痩せた女性が駆け込んできた。難民のドイツ人だ。彼女は昨日、駅ではぐれた五歳の息子を探していた。

私はポーランド人の職員に頼んだ。彼はすぐに応じて、各地区の守備隊に電話し始めた。女性はべンチに座って、両手を握りしめていた。

電話のやり取りは何もよい結果をもたらさなかった。女性はそれ以外の結果を期待していなかったかのように立ち上がったが――彼女はほっそりしていて、とても若く、ほんの少女のように見えた――外へ出て行く足を緩めた。その様子から、彼女が敷居の外へ足を踏み出すのを恐れているのがよく分かった。再び独りぼっちになり、絶望を抱えてあてどもなく避難するのを。

「おやまあ、なんて寒いの！」と、彼女の口から思わず洩れた。自分の肩に食い込んでいるこの非人間的な戦争のくびきは、彼女にはどうすることもできなかった。

私は今もこの女性を胸が痛くなる思いで覚えている。彼女はどうなったのか？　男の子はどうなったのか？　見つかったのだろうか？

収容所から出てきた軍人たちと、防御用土塁工事のためにここへ強制連行されてきた民間人たちに、国別に集合することが命じられた。彼らは然るべく別々の建物に分けられた。フランス人たちがどこに割り当てられたかは、知らなかった。私の受けた命令は、監獄に出かけて、この空いている巨大な容れ物を割り当てられた連合国兵士のイギリス人たちとの関係を調整することだった――朝まであそこの屋根の下にいてもらえ、あとはわれわれが何とかするから、と。けれども、今は使われていないとはいえ、監獄に連合国兵士たちを入れるなんて、倫理的だろうか？　もっとも、戦争はこの種の配慮を持ち合わせていなかった。それに緊急時にはそんな気兼ねどころでなかった。

状況の気まずさ、不透明さのすべてが私の身に跳ね返った。

監獄の門は相変わらず開け放たれていた。建物の入口のところで歩哨がライフル銃を足に立てかけて立っていたが、私を通してくれた。

巨大な暗い内部。鉄格子のはまった上の窓からの光で照らされた広い階段室では、袋用生地の服を着たイタリア兵たちが、体の芯から凍え、肩を落とし、打ちひしがれて、床に陣取っていた。

「こんにちは。ご機嫌いかが？」と、私は少しとまどいながらドイツ語で言った。

黙っている。もしかしたら、理解できなかったのかもしれない。

誰かがうめくように息を吐いた。「ああ、マドンナ！」

イタリア人たちは彼を援護し、大きくため息をついて、そわそわし始めた。

彼らは困っていることを包み隠さなかった。そしてそのことを、南国人と子供たちにしかできないやり方で表現力豊かに、哀れっぽい身ぶりと目に込めた憂愁で伝えた。

背中を向けて座っていた誰かが、顔をこちらへ向けて力なく言った。「こんにちは《サルヴェ・》、お嬢さん《シニョリーナ》！」

「ロシアのお嬢さん《シニョリーナ・ルッサ》！」と、よく響く若い声が歌うように言った。

まるで切り取られたような狭い顔の年配者が見上げ、ショールを筋張った長い首から投げ捨てて、膝立ちして、ゆっくりと手を広げた——どう暮らしているか、自分自身で目にしているでしょうと言うように。そしてドイツ語の単語を選びながら、しゃがれ声で発音した。「戦争はクソだ！」

「クソだ！　クソだ！」と、他の者たちが唱和した。

「戦争はあばずれだ！　クソだ！」

彼らはドイツ語の命令のほかに罵詈の言葉しか知らず、先を争って叫び、賑やかに手振り身振りを交え、天に向かって訴えた。

「ああ《オー・》、天よ《チエロ・》、なぜ《ペルケ》なんだ！」

「戦争はフィニータ」と、私はドイツ語にラテン語を混ぜて言った。ローマ人ならラテン語が分かるはずだ。フィニータ！——これは彼ら、これらのイタリア人たちにとって「終わり」なのだ。

「終わった《エフィニータ》。もうたくさんだ《バスタ》！　聖なる神よ《サンタ・ディオ》……」

「つまり、bene《ベーネ》（グッド）よ」と私。

「本当にすばらしい《ケ・ベロ》！」と、狭い顔の年配者が繰り返した。しかし、太陽の輝くイタリアから不運な戦争へ入り込んでしまった彼らは、絶望的にひどい状態にあった。

「アデュー！」

「アディオ・シニョリーナー！」

イギリス人たちは監房に入っていた。私がノックすると、ドアが内から開き、思いやりのある抑制した物腰で中に通された。

監房の中は驚くほどいい匂いが漂っていた。石鹸、男性用オーデコロン、いい香りの慰問品の小包が監房の匂いを打ち負かしていた。監房の真ん中の大きなテーブルには、格子縞の長い肩掛けが敷かれていた。テーブルでは英国人たちがカードをしていたが、トランプを置いて立ち上がった。背が高く、長い外套を着て、きちんとした人たち。彼らはわが同盟国の兵士たちだった。

丁重に「中尉殿」と呼びながら、興味津々の目で私を見つめた。私が赤十字から来たと思ったのだ。

「いいえ、そうではありません。司令部からです」

「私たちにニュースを持ってきてくださったのですか？」

私は首を横に振った。いいえ、そうではありません。

「それではいったい何でしょう？」

実際のところ、何なのだろう？

明らかにぎくしゃくしている関係を、私はどの程度修復しなければいけないのだろうか？　何でもいいから修復しろ、と守備隊長は言った。けれども私には、思いがけず奇妙な運命に陥ったイギリス人たちを、自分が顔を出すことで元気づけることも、なだめることもできなかった。むしろ、逆だった。不満を表明する相手が来たのである。それは彼らの目に煮えたぎっていた。「なぜわれわれはここに入れられているのか？」

私は何を言うべきだったのか？　この都市が切迫した状態にあることや、そのために司令部が今後の送還のために全員を国籍別に分け、管理下に置かざるを得なくなったことについては、当然ながら、私は話してはいけなかった。それにそもそも、何語で話すのか？　ドイツ語で話すことは、フランス人たちとの場合もそうだったように、ここではタブーだった。イギリス人たちの言うことは多少私にも分かった。しかし、自分で辛うじて口にできる英語は、個々の単語しかなかった。私が大学で覚えた少しのことも、戦争中にドイツ語が記憶から追い出していた。

「一日はここ。明日は、ここではない」。何とか私は単語を掻き集めた。「戦争なんです」

ここにはダンケルク、クレタ島、そのほかでの悲惨を体験した人たちがいた。この人たちは四年から五年の捕虜生活を背負っていた。あるいは、この人たちのほうが忍耐強く、話をつけやすかっただろう。何しろたったの「一日」であり、「戦争」なのだから。しかし、戦争はすでにアルデンヌでも行なわれており、そこではイギリス軍部隊が戦闘していた。そしてそのことはこの監房の中に、ここのイギリス人たちの心に、自尊心と誇りを募らせていた。彼らはあきらめずに、しつこく訊いた。自分たちはどのようにして、いつ送還されるのか？　そして、そのための計画がソヴィエト軍司令部にはあるのか？

その答えは私にはなかった。ところがここで突然、私の遠い学生時代から古いイギリス兵士たちの愛唱歌がひょっこり助けに現れた。私たちはこの歌をよく歌ったものだった。私は言った。「はるか《イッツ・ア・》なティペラリー《ロング・ウェイ・トゥ・ティペラリー》……」[7]
それに対する反応は、どっと上がった好意的な笑いだった。何人かの声がその続きを引き取った
——

It's a long way to go.
It's a long way to Mary-Mary,
To my girl and to my home. 〔「はるかな道、はるかなメアリー、愛しいあの娘とわが家」というこの引用部分は恋人や故郷を懐しむ原詞の主旨を伝えているが、原詞には見当たらない〕

そして翌日、イギリス人たちは送還地点へ向かうときも、やはりこの小うるさい歌を歌って、自分たち自身を茶化していた。

その日の夕刻までに捕虜になったドイツ兵たちが連行されてきた。彼らは暗い倉庫へ入れられた。私はヴィストロフ少佐と一緒に入っていった。ドイツ人たちは沢山いて、雑魚寝しているか、座っていた。

「士官はいるか?」。士官はいなかった。「あるいは、何か重要なことをソヴィエト軍司令部に申告したい人はいるか?」

「申告したいことがあります」

ヴィストロフ少佐が懐中電灯の光を声に向けた。

ドイツ人たちはごそごそし始め、その方向を見た。

声——「自分は兵卒シュレンブルクです。シュレンブルク伯爵[8]の甥です」

ドイツ軍攻勢の試みは阻止され、未明までずっと捕虜が増え続けた。通常の尋問が行われた。シュ

レンブルク伯爵の甥は諜報報告のために何も重要な情報をもたらさなかったので、そのまま倉庫に留め置かれた。

敵の文書類がたまった。ドイツ軍司令部の報告書、命令、手紙、そして包囲されている自軍部隊へ向けられたビラである——

兵士諸君！　東部における現下の情勢、これは戦争の巨大な機動における一時的状態に過ぎない。敵のあのような未曾有の攻勢のあとで情勢の本質的変化を期待するのは、まだ早い。しかし、主導権は再びわれわれの手に移るだろう！

この戦争においてわれわれ一人一人が習得しなければならないのは、敵戦車隊の先鋒が何らかの地点に到達した場所では、透き間なくつながったボルシェヴィキの戦線は決して形成されておらず、これらの地点の背後地域からドイツ軍部隊は決して掃討されていないということである。そして西へ移動しつつあるわが軍の「被包囲遊軍部隊」、これらの強力戦闘集団は、わが最前線諸部隊と合流することに成功するだろう……。

ドイツ兵たちはこのビラで、包囲を脱してブロンベルグ方向を目指すように教えられた……さらに次のことに注意を促している——

総統は、分断された最前線部隊からドイツ側前線へ単独、または集団で脱出したすべての軍人を特別に顕彰するように指示された。総統は、これらすべての兵士が新たに叙勲されることを希望しておられる。並びに接近戦参加章を……。

まだ真夜中のうちから、近づいてくるエンジンの轟き、戦車のキャタピラーの音が遠くから聞こえた。これは、包囲から脱出を図るドイツ軍部隊の攻勢を阻止し、撃退するために、方面軍司令官の予備兵力が戦闘に投入されたのだった。そして今、戦車の数はますます増え、轟音を上げながら通りを走り、市内を横切って最前線へ向かっていた。

朝、私が居合わせた司令部に、すでに人民委員会議（ソヴナルコム、政府）に付設されていた送還委員会の代表が現れた。モスクワから飛行機で飛んできたのである。階級が中佐の代表は、若くはなく、病み上がりのようだった。背が高く、非常に痩せていて、くぼんだ胸と、そっけない態度、そして意外と力強い声を持っていた。全体の印象として、彼は病院を退院したばかりのように見えた。恐らくそうだったのだろうが、負傷後に後方のモスクワへ移されたのだ。

いつの間にか彼はすでに市内の状況を詳細に知っていた。今、彼がやらねばならないのは、私たちの司令部と解放された連合国兵士その他の人たちの送還計画を検討することだった。

彼は仕事に取りかかりながら、テーブルを憤然と拳骨で叩くようにして、自分の力強い声をとどろかせた。

「君たちは、承知しているのかね、昨日、ユダヤ人女性たちを家に入らせなかったポーランド人がいたのを!?」

私は身震いしたほどだった。これはその記念すべき時のわが国家の怒りの声だった。けれども、私たちが知っていたのは、いかにしてポーランド人たちが自国の迫害されるユダヤ人同胞を命がけでかくまったか、という別のことである。

認識標としての黄色い星は、ゲッベルスの発明である。彼はそのことに非常に満足して、ヒトラーが自分に賛成したと日記に書いた。

その昔、彼には長年にわたって半ユダヤ人の婚約者がいて、自分の愛する詩人ハイネの詩集を彼女にプレゼントしたことがあった。その昔、彼はユダヤ人教授に心酔し、その指導を受けて学位請求論文に合格した。しかし彼はヒトラーに賭け、その婚約者の痕跡は、教授の痕跡と同様、消えてしまった。ハイネの本は、ゲッベルスが宣伝相のポストで実施した最初の焚書で火に包まれた[9]。そして「水晶の夜」、ユダヤ人襲撃、ユダヤ教首座教会放火はみな、総統の思想にはっきり目に見える形で自己を同一化しようと急ぐ陰鬱な身ぶりなのだった。

そして、ブロンベルグ近郊のこの女囚たちの黄色い星。だが、私の身にも降りかかるはずだったその黄色い星は、私の運命とすれ違った。

ドイツ語からフランス語に通訳したあの金髪の娘は、兵士に軍帽を返すと、頭を袋用の布で包み、遠くで女囚たちみんなに溶け込んだ。しかし、近くで見れば、彼女たちはとてもさまざまで、まるでさまざまな人種のようだった。ウィーン出身のこの娘のようにオーストリアのユダヤ人女性たちは、ハンガリーのユダヤ人女性と外見は著しく異なっていたし、彼女たちは彼女たちで、ポーランドや沿バルト地方のユダヤ人女性と似ていなかった。これはまったく異なる人種グループのようだった。そして女囚たちはさまざまな言葉で、それぞれが自分の祖国の言葉で話していた。

さまざまな国のゲットーで裁縫の上手な女たちが選び出されて、ブロンベルグ近郊の強制収容所に集められた。彼女たちの命はドイツ軍の必要のために一時的に延ばされたのである。その中にはロシア出身者は誰もいなかった。

私は守備隊本部でヴィリノ〔ヴィリニュス〕出身の女性と少し話すことができた。三十歳ほどで、背が低く、暗い疲れ切った顔をして、心に何か極度の緊張を隠していた。裁縫師だった。

彼女は私に、これからどのようなことになろうと、故郷のヴィリノには戻らないと語った。彼女には忘れることができなかった。ドイツ人とファッショ化した学生たちがユダヤ人の住宅に押し入って、乱暴狼藉をはたらき、あざわらった。そしてユダヤ人たちが収容所に追い込まれたときには、素人楽団が彼らに付き添って陽気な演奏をしてからかった。

私は彼女と一緒に守備隊本部を出た。女たちはまだ街道に残っていた。これからどこへ行くか分からず、あるいは決心がつかずにいたのだ。ドイツ人がブロンベルグから逃げた後に、空室が沢山ある大きなアパートについて守備隊長が言ったことを、私は繰り返した。そして自分の運命に対する彼女たちの無関心さを感じた。すぐに立ち直るにはあまりにも長く、避けられない虐殺の恐怖の下に置かれていたのだ。

しかし、何かを決心する必要があった。そして彼女たちはゆっくりと歩き出した。冷たい二月の太陽が彼女たちを無慈悲に照らし、灰色のぼろ着の山の中に黄色い星を探し出そうとしていた。

私は呆然と立っていた。あるいは、捉えることができないものを捉えようとしていたのかもしれない。それは戦争の締まりのない枠の中にさえ納まらないものだった。そして枠の外を覗くことは私の仕事ではなかった。

解放された外国人兵士と強制労働に駆り出された労働者たちは少し元気づいて、列をつくって送還のための集合場所へ移動した。「はるかなティペラリー」。この道は今、まがりなりにも始まった。

市内に再び戦争が押し入ってきた。攻撃機が長い吠え声を上げながら空を切り裂いた。歌声は消え、足並みが乱れ、全員が空を見上げた。

倉庫のそばでドイツの軍服を着た軍人の一団が整列し、送還の集合場所へ向かおうとしていた。自由の息吹は彼らまでとらえたのだ。

「われわれはオーストリア人です！」と、彼らは申告した。

「皆さん、残念ながら、あなたたちは敵軍の兵士です」。私は仕方なくそう告げねばならなかった。オーストリア人たちは肩を落とし、一列になって倉庫へ戻っていった。

マリアンナが私を探し出して会いにきた。アルフレッドが送還のための集合場所へ連れていかれ、そこを離れることが禁じられていた。彼女の声からは、繊細さ、抑揚が消え、何か精彩がなく、頼りない話し方になっていた。アルフレッドにメモを渡してくれと頼んだ。彼女自身はそこへ入れなかった。歩哨は誰も通さなかった。

集合場所は騒々しかった。兵士たちは私の出現を大騒ぎして迎えた。そして私が広い中庭を歩いている間も、背後からわっと陽気に盛り上がる冗談が盛んに浴びせられた。あるいはそれは罪のないものだったかもしれないし、あるいはそうでないものもあったかもしれない。イタリア人たちは前夜よりも幾分ほがらかだった。彼らは私に何かを伝えようとしたが、もちろん私は理解できなかった。しかし、好意的なことのように見えた。

少なくなった雪に突き刺したベルギー国旗の付いたポールの傍らに、アルフレッドが立っていた。旗は同胞たちをここへ呼び集めるためのものだった。しかし、ブロンベルグから連行されたベルギー人たちはドイツ軍に護送されて、ここからすでに遠い地点を行進していた。彼はその縦隊から脱走してきたので、一人だった。

無帽で、黒の外套の前を大きく開いていた。打ち解けない顔だった。

今になると考えもつかないが、二人は何語で意思を通じていたのだろう。しかし、私はアルフレッドからマリアンナにメモを持ち帰った。彼女が監獄のそばで彼を待ちながら、行ったり来たりしていたときには、彼が来るという彼女の確信は今よりもはるかに大きかった。二人を画然と隔てた新しい状況は、彼女には理解できなかった。彼女の顔はがっかりして、頰がこけ、唇は固く閉じられていた。彼女は感覚が鈍ったようだった。生気なく垂れたまぶたの下から、緑色がかった出目が遠慮がちに希望に震えていた。私は何とか口実をつくってもう一度、本国送還者の集合場所に行くことができた。

ここの中庭では、さまざまな民族の兵士たちが冗談口をたたき、兵営生活のゲームに熱中していた。

中庭の奥の同じ場所でアルフレッドを見つけた。まるでベルギー国旗のポールの周囲を自分用に囲い込んだみたいに、一人ぽつんといた。

彼は黙ってメモを受け取り、走り読みすると、はだけた外套を押し広げ、背広の内ポケットにメモをしまった。まるで時間がないかのように急いで、緊張に震える手で、子供に書くようなとても大きなローマ字を懸命に書いた。書きつくしたページを手帳から破り取り、この小さな四角形の紙片を四つにたたんで、私に差し出した。そして、私がそれを軍服の胸ポケットに確実にしまうかどうか、無言で見守った。彼は大体において無言だったが、その顔は痛みと怒りと無力さに絶叫していた。しかし、本当に絶叫していたのだろうか？　今、私にはそう見える。その顔はこわばっていた。そのために私は、彼の顔を直視し、メガネ越しにまっすぐ向けた硬い視線を受けとめることが、よけい怖かった。

門の外では戦車が動き、歩兵隊が自動車で市内に移された。市への接近路では今にも戦闘が始まりそうな状況だった。郊外の防備が固められ、砲が運ばれた。戦争が再接近していた。市内では厳戒態勢がとられた。多分、すべてはそうだったろうし、それ以外はありえなかっただろう。戦争の雪崩も、勝利も、人々の運命をもみくちゃにした。だが、もしかしたら、自分の感情、ただ一人の愛する人よりも、都市を守るほうが容易だったかもしれない。

まだ物の輪郭がぼやけている冬の早朝。カトリック寺院の屋根が黒々と見える。市内を最後に通過する。車列は狭い、家々に挟まれた通りを縫って進んでいく。「ヴィドゴシュチェを出発。古くから人が住み続けている灰色の家々、狭い、気楽な通り。長いスカートをはいた三歳ほどの女の子が二人、帽子もかぶらず、門のそばで泣いている。高いカラクル帽の上に二色の布切れを付けた、盲目の老人が舗道を動いていく」(私のノートのメモ)。

職場に向かう青の制服を着た監獄官吏たちを追い越した。監獄は復旧していた。前方でどこかの民間人の男たちが舗道から残った雪を片づけていた。そのそばを通ったとき、私は彼らの外套の返し襟にチョークで鉤十字が書かれているのを目にした。私が後で、市当局の決定――ドイツ人に食料を与えるな――の写しと一緒に、このファシストのマークをノートに書き込んだのは、そういうわけだったのだ。私は目にしたものに心の準備をしていなかったので、衝撃を受けた。市当局の決定により、ヴィドゴシュチェ残留のドイツ人たちは通りの清掃に出なければならなかった。ほかに手頃な手段がなかったので、チョークで彼らの衣服に鉤十字が書き込まれたのである。私を捉えた耐え難い感情を伝えるのは難しい。すべてが破局的にひっくり返ったみたいだった。ひっくり返った世界《フェアケーアテヴェルト》。何か取り返しのつかないことが、勝利への道筋で戦争の深淵から浮かび上がってきたのだ。この敵は何と危険なことだろう。それは殺すことができても、それから免れるのは難しい……。

私はそれまでも、それ以後も鉤十字を書き込まれた人たちに会ったことがなかったし、二度と会わなかった。多分、ブィドゴシュチェでもこれが続いたのは一日だけだったのかもしれない。しかし、あの朝、彼らは確かにいた。暗く陰鬱な人影、チョークで書き込まれたあの認識標……これらの人々は法律の保護を奪われていた。そして道義的な掟の保護も。

私たちは市の外へ出た。背後にはわが軍の強固な防壁となった都市が残った。そして再び道の傍らには、礫になったキリスト像を取りつけた高く細い十字架が立っている。

道の両側の樹木は、幹の下のほうが石灰で白く塗ってある。

なぜかルジェフの地における戦場生活の一コマ一コマは、今も私の中で永遠に生きている——ごくごく破片的なもの、微細なもの、微風のようなものに至るまで、実感できる細部のまま。あそこでは、道は危険と未知に向かっていて、胸を騒がせた。ここの進撃の道では、何かが転移し、何かが漠然と何か複雑な結び目のようなものに結ばれつつあった。あそこでは、痛みがあった。しかし、一切の責めは敵にあった。ここでは、ぼんやりとした不安を感じはじめていた。私にはまだ分からなかったが、これは不器用な責任感が催促していたのである。それは私の肩に不似合な、私の地位に不似合な責任感だった。それが私をとらえようとしていた。でも、なぜ私なのか？　どう折り合いをつけるべきか？　責任を負うなどとは、私は何者なのか？

私たちはブィドゴシュチェを出発した。そこに留まったのはほんの数日間だった。なぜ、このようなしつこさでブロンベルグ＝ブィドゴシュチェに私は立ち戻るのか？　なぜこの都市はこれほどまでに鮮明に印象を残していて心を疼かせるのか、なぜこれほどまでに人々の顔や場面が浮かんでくるのか？

私はその後のことを何も知らない。アルフレッドとマリアンナは再び一緒になることができたのだろうか？　それとも勝利がもたらしたものによって、愛の同盟に非情な国境によって完全に引き離されたのだろうか？　もしも長年のあいだ再会を待っていたのだとしたら、二人を結びつけたあの気高い感情はその期間持ちこたえただろうか、それとも干からびて、ひびが入ったのだろうか？

あのユダヤ人の女性たちは不倶戴天の共通の敵から解放された都市で、住み家を手に入れることができただろうか？　それとも厳寒の中、街角で茫然自失して足踏みしながら運命に身を任せていたのだろうか、われわれがブロンベルグに入った日のハンガリー・ユダヤ人の女性たちのように？

「あんたたちは自由だ」――だが、戦場での自由とは一体何か？　ばかばかしい。不自由には住み家があった。だが、自由には住み家もない。

生まれ故郷から引きはがされたドイツ人農民たちはどこへ向かったのか？　ドイツが通過不能な戦線の背後にあって行き着けない間、どこで息継ぎしたのだろうか？

ドイツの攻撃について警告し、後に反ヒトラー陰謀への関与のかどで処刑されたモスクワ駐在大使シュレンブルク伯爵の甥は？　もしかしたら彼は実際にもう少し大きな同情を当てにできたのではないか、あるいはせめて興味の分だけでも？　だが、彼どころではなかった。そして彼は倉庫の薄暗がりの中に留まった。

そのまま留め置かれ、しかし、「食料を与えない」と決定されたドイツ人の市民たちはどうなったのか？　この決定は何を意味したのか？

あのとき荷台から跳び下り、人々の体の上のチョークのしるしを消すことができていたら。しかし、これは後日の夢の中でしか見られない行為だった。戦争はそのような分不相応の欲求を厳しく嫌ったし、知らなかった。そして当時の私にはそのための敏捷さもなかった。

押し合いへし合いの中で、顔の見え隠れの中で、出来事の錯綜の中で、刺すような痛みを呼び起こすのは、守備隊本部の敷居に現れた、あの痩せた、とても若い女性のドイツ人難民だ。彼女は五歳の息子と駅ではぐれてから一日たっていた。今も身震いせずには考えられない——彼女のことを、母親の恐怖と戦争の狂気の中で迷子になった子供の恐怖を。

すべてはそのとおりだった。出来事が実際に生じたあの流れを変えることはできない。しかし、この流れに従うこともしたくないのだ。心が乱れる。

分岐点で動きが止まった。方面軍は編成替えをして二つの方向に分かれた。私たちの司令部は部隊と一緒に西に向かった。私は自分の仲間から離されて、ポズナニを強襲する部隊に付けられた方面軍直属グループに配属された。ヴィストロフ少佐は運転席のステップに片足で立って、別れを告げた。「レールヒェン、生きて、また会おう」。そして陶然と、屈託なく言った。「わが戦車隊は突進している！　歩兵隊も歩きではなく、スチュードベイカーで進軍だ。こん畜生《ドンナー・ヴェッター》！」

私たちは二ヵ月半後に再会した。

ボズナニ

ポズナニ街道。雪のない平野で、死んだ裸足のドイツ軍兵士が凍って地面の中へめり込んでいる。倒れた馬たち。わが軍が攻勢の前に撒いたビラが白い落ち葉のように散らばっている。兵士のヘルメットが戦場にカラスの群れのように黒々と見える。捕虜たちが連行されてくる。高まる砲声。わが軍部隊が第二梯団、第三梯団……と前進する。旗はカバーを掛けて運んでいく。自動車、馬車、箱型馬車、歩行者、歩行者、歩行者……すべてが動き出し、ポーランドの道々を動いている。自動車の荷台で椅子に座った老人が震えている。糊のきいた大きな真っ白の日よけ帽をかぶった二人の尼僧が、一生懸命遅れずについていく。クレープの喪章をつけた女性が男の子の手を引いている。一部の場所にだけ雪の帯が残っている。寒い。道の両側には、幹に石灰を塗って白く目立たせた樹木。

グニェズノ市の電気修理人の家で、ブレスラウ市〔ヴロッワフ〕からひそかに届けられた手紙を見せられた。「ロシア軍は来ているのか？《チ・イドン・ロシヤニエ》さもないとわれわれはここで死んでしまう《ボ・ムイ・トゥ・ウミエラミ》」

赤軍はポーランド軍とともに進み、ポーランドの地をナチスの占領から解放していた。二月九日、私たちの軍新聞は次のような大見出しを掲げた。「ドイツよ、恐怖せよ、ロシアはベルリンへ行く」

ポーランドへナチス軍が侵入したのは一九三九年九月一日の未明だった。最初の「電撃戦」を実施して、ドイツはポーランドからその土地の大半を奪い、帝国に併合した。残ったのは小さな領土で、ドイツはこれを「総督領」と宣言した。「この領土に対する主権は大ドイツ帝国総統に帰属し、その名において総督が行使する」

約一年前、総督のフランクは声明した――

もし私が総統のもとに赴き、「総統閣下、ご報告します、私は再び十五万のポーランド人を絶滅しました」と言えば、総統はこうお答えになるだろう。「大変結構だ、もしそれが必要ならば」

総統は改めて強調された。ポーランド人にはドイツ人というただ一人の主人が存在しなければならない、二人の主人の併存はありえないし、あってはならない。ゆえにポーランドの知識人はすべて絶滅されねばならない。これは残酷に響くが、これが生活の掟だ、と。

総督領はポーランドにある備蓄基地であり、ポーランドにある大きな労働キャンプだ……もしポーランド人がより高度の発展段階に昇るならば、彼らはわれわれに必要な労働力でなくなってしまう。

ヒトラーは共犯者たちにこう教えた――

われわれは住民を根絶する義務を負っている。これはドイツ人住民を保護するというわれわれの使命に含まれている。われわれは住民殲滅の技術を発展させねばならないだろう。住民殲滅という言葉を私が何と心得ているかと尋ねるならば、答えよう、私が念頭に置いているのはあらゆる人種単位の絶滅であると。[10] まさにそのことを私は実現するつもりである。大ざっぱに言うならば、それが私の課題である。

私たちの部隊の経路には、そのころ世界に暴露されたトレブリンカ、マイダネク、オスヴェンチム、その他数百の死の収容所の地獄があった。

兵士たちはゲートを破壊し、有刺鉄線に電流を流していたケーブルを切断した。強制収容所のゲートの背後に開けたものは、人間の理性と相いれなかった。虐殺され、窒息死させられた数十万の人たち。そして生き残っていた者たちも飢えや、肉体的、精神的虐待で死ぬ運命にあった。

ポズナニの近くで、私たちは空き家に宿泊した。ナイトテーブルの上のニス塗の額縁の中では、男の子が有頂天の虚脱状態で両手をおなかの上で組んでいた。その父親、バルト系ドイツ人のパオロ・フォン・ハイデンライフは新約聖書とシラーの戯曲を読んでいた。大きな文机の中には書類の写しがあった。それは一九三九年十月、パオロ・フォン・ハイデンライフがドイツ人警官に付き添われてこの手入れの行き届いた邸宅に押し入り、所有者に提示したものだった。そして所有者が読んだのは次のようなものだった（私はこの書類を自分のノートに書き写した）。

ドイツ人市長の命令によって、ポーランド人建築家ボレスワフ・マトゥシェフスキ、旧ミツキェーヴィチ通り四番の邸宅所有者は直ちに家族とともに家を退去すべし、下着二組と合オーバーの携行が認められる、出発準備のために二十五分の時間が与えられる……ハイル、フューラー！

すでに以前から私たちが進んでいたのは、ファシストが帝国に併合し、強制的にドイツ化しようとしたポーランド国土の部分だった。

チュイコフ将軍の部隊がヴァルタ川、ネツェ川〔ポーランド語ではノテチ川〕を強行渡河し、ポズナニを包囲した。市郊外への接近路は強力な堡塁環で遮られていた。攻撃はそれらの堡塁にはね返された。堡塁ごとに包囲し、強襲で制圧しなければならなかった。

一九四三年十月四日、ここポズナニでヒムラーは次のように声明した――

ロシア人がどのように生き、チェコ人がどのように生きるかということは、私にはまったく関心がない。われわれの等級のよい血を受けた民族が持っているものについては、われわれはこれを自分のものにする。そしてもし必要ならば、子供たちも取り上げ、自ら養育するだろう。ほかの民族が幸福に暮らそうが、あるいは飢えて死のうが、私に関心があるのは、われわれの文化のための奴隷として彼らが必要であるという程度に限られる。これはそれ以外の意味で、私には関心がない。[11]

ポズナニはドイツ人に侵略されたポーランド最初の都市の一つである。ここには一九三九年に、ドイツ軍師団に続いて、数千のドイツ人企業家とナチスの党官僚たちが「ワルテガウ地方」開発のためにやって来た。ポーランド人たちは多少ともきちんとしたすべての住宅から追い出された。彼らにはもはや工場も、商店も、学校も、私物もなかった。彼らの通りの名前は替えられた。ポーランド語は禁止され、記念碑は倒され、カトリック寺院は冒瀆された。

堡塁の中には、ブレーメンから「フォッケ・ウルフ」の工場が移設された。ポーランド人たちはドイツへ苦役のために強制連行された。ユダヤ人住民は市の郊外で銃殺された。

こうしてここでは国家社会主義の精神が自己の勝利を祝った。

ポズナニの通りの一本一本、建物の一軒一軒、階段の吹き抜けをめぐって激闘を展開したのは、市街戦で鍛えられたスターリングラードの強襲部隊である。火砲も支援した。しかし戦闘の帰趨を決したのは、いずれの場合も突撃だった。それは時として白兵戦と化すこともあった。市の上空に炎の照り返しが映った。ドイツ軍は次々と街区を失いながら、中心部の建物を焼き、爆破した。今やドイツ軍に残っているのはわずかに長期籠城用の古いポズナニ城塞だけだった。それは市の上にそそり立ち、二平方キロぐらいの広い面積を占めていた。城塞の接近路には塹壕が掘られ、その背後に要塞堡塁と厚い城壁が続いていた。

私がポズナニに着いたその日、市内の大部分はすでにわが軍の手中にあった。戦闘は北東の郊外で続いていた。ドイツ軍は頑強に戦いながら、依然保持している城塞の支援を受けて後退した。城塞はまだ強力な敵軍を擁して、そびえたつ高みから市を脅かしていた。時折、市内で砲弾が爆発した。これは城塞から砲兵隊が撃っていたのである。しかし、街路へ出てきた大勢のポーランド人住民の荘重なデモンストレーションはもう止めようがなかった。これは占領中の犠牲者を追悼するデモだった。カトリック寺院の境内にある象徴的な共同墓に捧げるために、花輪が運ばれた。デモ参加者の列の中にいる制服を着た生徒たちの姿は、本当に感動的だった。成長した生徒たちにはこの制服はもうきつくなっていたが、忠誠のしるしとして大事にしまってあったのだ。古いポーランドを象徴する物すべての廃棄を要求するドイツ当局が厳禁したにもかかわらず。

ポズナニの家内手工業者――肉屋、仕立屋、パン屋、毛皮精製業者など――が自分たちの同業組合旗を持って赤軍歓迎のために出てきた。これらの旗は命を代償にする危険を冒してひそかに保存されていたものである。

人々の流れは駅から通りを伸びていた。この駅は五年以上前、ドイツがポズナニを領有して帝国に併合したときに、ベルリンから到着した人種主義のイデオローグ、ローゼンベルクが列車から降りてすぐに、「ポズナニは国家社会主義の演習場である」と、発したところである。ナチスの前提条件の演習場である、と。「ドイツ国家社会主義の演習場」が意味したのは、ポーランド人学校の閉鎖、ポーランド語とその出版物の禁止であり、ポーランドの音楽や歌の禁止（自宅ですらも）であった。あらゆる種類の侮辱の方法を動員して、ポーランド人たちを駆除しなければならなかった。例えば、市電の先頭車両に乗ることを禁止し、牽引車両にだけ乗るのを許すといったような。私はこれについての公示を先頭車両で見た。

私が思い起こしているその日、小さなアマチュア楽団が地下から姿を現した。そして通りに鳴り響いた民族のメロディーは感謝と大喜びを巻き起こした。解放の喜びと喪失の悲しみが溶け合ってひとつの高揚した感情を生み出した。

城塞から市内への砲撃は停止した。恐らく、撃っていた砲をわが軍が制圧することに成功したか、あるいは敵の砲弾の備蓄がなくなったようだ。わが軍は城塞強襲用に部隊を割いたあと、西へ向かった。何しろわが第一ベロルシア方面軍の部隊は、一月二十九日にすでにドイツ国境を越えていたのである。

しかし、城塞強襲の命令はすぐには出なかった。城塞は相当に攻めにくかった。強襲すれば、多大の犠牲者を出すことになっただろう。包囲された城塞に残っている部隊の状況そのものも絶望的で、降伏の時が不可避的に迫っていた。

最初の頃、ドイツ軍機が籠城部隊に活発に荷物を投下した。わが軍の戦闘機は現れなかった。ここでは、わが軍は高射砲隊を持っていなかった。敵機に向かって砲撃が行なわれたが、彼らはほとんど支障なく飛んできた。時には城塞の上空で飛行機からビラが撒かれた。ビラは城塞の中へ落ちる前にゆっくりと空中を旋回し、私たちのところにも飛んできた。[12]

一九四五年はわれわれに勝利と大団円をもたらすだろう。兵士たちはそのことを深く確信しており、これに対する彼らの信念は巌のように固い。雄々しい祖国は今年、われわれから前例のない偉業を期待している……。

我らの総統と祖国のための忠誠と不退転——これこそ一九四五年のわれわれの合言葉にならね

ばならない。

ハイル、フューラー！

ほかのビラも同じ趣旨だった。だが、ビラの一枚はあまりありきたりではなかった。

前線のドイツ兵士諸君へ！
「現代史」出版所からのお知らせ
最高総司令部は次の小冊子の一九四五年度分を刊行した――
『フランスに対する勝利』（定価四マルク八〇ペニヒ）
『一九三九年のイギリスとの対峙』（定価三マルク七五ペニヒ）
『ポーランドにおける勝利』（定価三マルク七五ペニヒ）
注文受付中！

実に押し付けがましいサービス。「注文受付中！」とは、つまり故国ではすべて安泰だというわけだ。そして、後ろへ、勝利に向かって！　というわけである。かつての戦闘の輝きで兵士たちの虚栄心をくすぐろうという、これらの幼稚なトリックが無造作に向けられたのは、絶望的な籠城をしている部隊だった。これは馬鹿げていた。まるで愚弄である。

初めの頃、飛行機からは郵便物も投下されたようだ。それは手紙をぎっしり詰め込んで封蠟した防水布製の袋が一個、わが方に落ちたことから分かった。それには秋の日付の手紙が入っていた。

これは推定できたことだが（そして後には確認されたことだが）、手紙の宛先の部隊は、長いあいだ「被包囲遊軍」でさすらい歩いた末に、包囲を脱してポズナニのドイツ軍集団に合流した。軍事郵便局はようやくこの部隊をここで発見し、幸便で郵便物を転送したのである。

敵の手紙は前線では常に重視された。それらの手紙には何か重要なこと、時には予想外に重要なことが含まれていることが珍しくなく、これをもとに諜報資料が作り上げられた。それに手紙には、気分、事実、雰囲気、出来事、希望、状況、不安、脅威、苦境、変化が含まれている。これは前線と銃後において、私たちの敵の世界を構成しているすべてであった。それらの調査は方面軍司令部のレベルで行われたが、私はポズナニで一時その機動グループに加わった。これらの手紙の概括作成が私に割り当てられた。

一番多かったのは、ドイツ西部諸州に住む身内からの手紙だった。つまり、この部隊の中核的人員は、よく見られたように、同郷関係を原則にしてドイツ西部で編成されていた。だが、後には損害を受けて、部隊は他の州出身の兵士によって補充された。ドイツ西部諸州はこの数ヵ月間、イギリス航空隊の容赦ない爆撃にさらされていた。耐え難い苦悩、絶望が銃後から前線兵士たちに襲いかかった。しかし、前線からの手紙も、彼らへの返信から読み取れるように、兵士たちの絶望を伝えていた。

身内同士は率直で、黙っていることで互いをいたわろうとしなかった。あるいは彼らはすでに苦悩を隠すことができないほどに追い詰められていた。しかし、もしかしたら、包み隠ししないそのような無慈悲さが、戦時下ドイツ国民の世界観の成分を構成していたのかもしれない。

その袋の手紙の一部は手元に残っている。抜粋を引用する。

ベルリンのオットー叔父さんから兵士ゲルハルト宛てに——

この期間には多くのことが起きた。七月二十日、われらが総統はすんでのところでこの世とおさらばするところだった。それに続いてルーマニアが、次いでフィンランドが逃げた。そしてブルガリアについてもやはり同じ形勢に見える。君たち哀れな前線兵士は、このために余計苦労をしている。しかし私は、それでもやはりわれわれが結局は、どんなことがあろうとも、これらのすべてを克服することを一瞬たりとも疑っていない。何しろドイツ兵士は世界最高だ。われわれが期待している反撃を加えた暁には、勝利はわれわれのものになると考えている。ベルリン近郊のわが家の離れには九名の女性兵士が分宿している。彼女たちはここではＳＯＳ——背嚢のない《ゾルダーテンオーネ》兵士《ザック》と呼ばれている。

擲弾兵レナトゥス・クイオニ宛てに妻が書いている——

親愛なレネ！　だって、あなたを電報で呼ぶわけにはいかないし。私はお産のためにベッドで寝ているの。まったく悪い時期に。あなたはとうとう頭が変になったのね、だってもうずっと前から休暇をもらっていないんだから。それもエルザス・ロタリンギア〔アルザス・ロレーヌ〕へ行くなんて、彼らがもうあんなに近くまで来ているのに。私自身はあなたにここにいてもらいたいわ、そんなところにいないで。もし全部がおしまいになったら、私は気が狂うかも。戦闘はもうドイツ領内で行われている。けれども彼らはまだ止めようとしない、「最後の一人まで！」って。昼も夜も空襲、空襲。すでに撃っているのが聞こえる。彼らの進撃は本当に速い。もう、オランダとルクセンブルグにいる。あと二、三日したら、私たちのところに来るわ。私たちのほうは何とかなるでしょうけど、あなたたちがいるのは前線よ！

シュピーラー少尉宛ての手紙――

君が生きていることを期待して手紙を出す。僕は長いこと病院に入っていた。だが、クリミアで受けた最後の傷がまだ癒えていない。自分の部隊をどこで探せばいいのか、分からない。われわれはクリミアから撤退したが、そこへまた戻る。ドイツ人の血を吸った土地はわれわれドイツ人のものだ。そして自分が戻れないなら、息子に遺言する――奪い取って断固この地をドイツのものにしろと。ドイツ人の墓が散らばっており、われわれの血で肥えたこの土地を。クリミアはわれわれのものだ！　われわれは去った。しかしわれわれは戻る！　もしわれわれでなければ、われわれの後に続く世代が戻る。自分の命を懸けて誓う！

少尉クルト・ロリナー　野戦郵便局３２９０６

ルートヴィヒ・ルフ兵長宛てにガールフレンドから――

長いこと手紙を出さなかったけれど、怒らないで。私たちの敬愛する総統の暗殺未遂事件の後、総統がじきに戦争をやめると思っていたわ。でも、すべてが正反対に進行している。トミーがしょっちゅう飛んでくるわ。ここでは空襲警報はほとんど毎晩。私たちの素晴らしいミュンヘン、そのミュンヘンに何ていうことをしてくれたのでしょう。

あなたのフリードル

陸軍曹長エルンスト・ディートシュケ宛てにハルベから姉が伝えている——

私たちのフォン・バルート公爵も七月二十日のクーデター[13]との関連で収監されています。親愛なパオル！　あなたのところが地獄だということは、私たちにも想像できます。恐ろしいことです。でも、私たちのところもそれに負けていません。あなたのところにはタバコが沢山あるでしょうが、ここでは本当に不足しています。そしてあなたから小包を受け取ることなど決してできません！　これが間もなく終わることをただ希望し、願うだけです。大事なのはあなたが健康でいてくれて、そんなに絶望しないこと。あの歌を思い出して。「すべては過ぎ、すべては終わる、冬の後に五月が来る」。来る日も来る日もクルトについての知らせを待っていますが、すべては無駄です。恐ろしいことです……あなたの姉より。

宛名人、差出人不明のある手紙——

ルートヴィヒ、ルートヴィヒ、あなたの学校時代の友だちデルプスも、ロシアで受けた傷がもとですでに亡くなりました。彼は軍曹でした。ヘルムート・ボットはイタリアで片手を失いました。彼の兄弟ヴィリーはもう以前から生死不明です。ベンズハイムでは多くの人が逮捕されました。何の罪かわかりませんが、これは七月二十日と関係しているのではないかしら。シュプランガーの奥さんも逮捕されました。知っているでしょう、あのとても太った人。あの人たちの家でも息子が戦死しました……ハーゲンス・ハインも戦死。これがこれからも続けば、最後には誰もいなくなるわ。困ったことです……。

兵長ハンス・シュトレスナー宛てにザール地方ホップに住む妻から――

私は今、教会から戻ってきたところです。今日の説教もまた、とても感銘深いものでした。基本テーマは、私たちは主の恩寵により生きていて、いかなる権利も私たちにはない、ということです。まったく素晴らしいわ！

実は昨日、新聞の『フェルキッシャー・ベオバハター』〔ナチ党機関紙〕で記事を読み、記事の最後に「勝利は実際に遠くない」という従軍記者の言葉を見たときには、自分も元気になりかかったほどだったのです。

上等兵ハインツ・グルーマン宛てにシェーンヴィゼーの父親から――

お前はロシア人を東プロイセンへ通したくないと書いている。だが、今われわれは空から飛行機で攻められている。彼らはケーニヒスベルクをほとんど完全におだぶつにしてしまった。ケーニヒスベルクの後ろにはほかの諸都市の列が続くに違いない。

少尉ヴィリー・ヴストホフ宛てにエルビンク・ダンツィヒ（東プロイセン）の友人から――

あともう少しだった。われわれは戦争にすでに勝っていたが、一九一四〜一八年の戦争はわれわれの負けだった。この戦争もわれわれはやはり勝つだろう。しかし、もしかしたら、われわれの子供たちは、われわれに約束された、そして今もなお約束されているよき時代から何か残骸を見つけることになるだろう。私は確信している。われわれはこれまでドイツが知らなかったような残酷な時代をこれから経験しなければならなくなる。事は生きるか死ぬかにかかわっている。

この時期、ブレヒトは書いた――

これがあの諸都市だ、われわれはここで自分たちの「ハイル」を
世界破壊者たちのためにがなり立てたのだ。
そしてわれわれの諸都市は今や、
われわれが破壊したすべての都市の一部に過ぎない。[14]

そして九月も、それ以降も、ヒトラーが約束した「奇跡の兵器」への期待が感じられる。この兵器は今にも投入され、戦争の流れをドイツに有利に変えるはずだった。

フリッツ・ノヴカ軍曹宛てにキュストリンからダムス兵長が書いている――

祖国ではすべてが東に顔を向けている。そして、ロシア軍の進撃を阻止するために、何か決定的な兵器が投入されないかと待っている。

少尉ヴィリー・ヴストホフ宛てに東プロイセンの友人から――

総統がボタンを押される日は遠くない。われわれに今必要なのは時間を稼ぐことだけだ。じきに新兵器が動き出す。

しかし、すでに皮肉な不信が現れている。

カール・シュタイン兵長宛てにミュンヘン・コーヘルから妻が書いている――

敵はますます近づいています。もうライン沿岸のそこここにいます。でも、新兵器が投入されれば、その時には事態は好転するでしょう。どういう兵器なのか、知っていますか？　これは乗員五十三名の戦車で、一人が操縦士、二人が射撃手。残りの五十人は戦車を押すのです!!　だって、ガソリンはもうないのですから。今はまったく、ぞっとするような一口話が広まっています。

父親が兵士に訊ねている――

ところで、お前は「国民突撃」についてどう思う？　あきれた話だ。そうだろう？　これがすなわち、新兵器だと言われている……。

母親が同じ兵士に書いている――

私はただ、これがどういう結末を迎えるのか見届けたいわ。恐怖の結末か、それとも結末なき恐怖か。いつも私たちの思いは、塹壕の中にいるあなたたちと共にあります。私たちの唯一の祈りは、主にあなたたちをお守りくださいとお願いすること。

手紙の袋を調べ、手紙を読み進むにつれて、包囲された城塞に閉じこもった敵という抽象的な集団が、これらの手紙の雑多な声に押されて個々のぼんやりした人物たちに分解し始めた。これらすべてのヴィリー、ヘルマン、ルートヴィヒ、カール、ハンスたちに……。

一方、その間にドイツ軍の前線はますます西に後退し、貨物輸送機が城塞の上に姿を見せることが次第に少なくなっていった。

総司令官ヒトラーのドイツ国防軍に対する命令が出された――

負傷者でなくて、もしくは最後まで戦ったとの証拠なしに捕虜になった兵士は処刑すべし、また、その家族は逮捕すべし。

手紙に関する私の仕事は終わりに近づいていた。九月の手紙は終わった。宛名人に届かなかった手紙は、前線から受け取った知らせの返信として書かれたもので、当時はまだ連絡が生きていた。しかし、ますます多くの西部地区が英米軍部隊に占領されていた。都市がいくつも消滅した。手紙の流れは細くなっていた。戦地からの返信はほぼ十月に途絶する。どうやら部隊は包囲されていたようだ。前線の身内からの知らせはなかった。けれども、親、婚約者、ガールフレンドたちはまだ希望を込めて書き、迷信を信じて書き、苦境を訴えるために書いていた。

フリッツ・カルパニク上等兵宛てにヒンデンブルク在住の母親から――

十月十五日。悲しみと苦しみで気の晴れることがありません。そしてあなたたちの生活も、これはあなたたちが歩まねばならない受難者の道です。私は独りのとき、胸の中で言っています。「神様、私の子供たちだけは返してください！」

全員が仕事に取り組まねばなりません。なぜなら、新聞によると、敵はドイツの国境を通過したからです……家の中はロシア人たちで一杯なのに、仕事は止まっていて、どうにもなりません。家に主人がいないところでは、神様もいらっしゃいません。それが今の私たちの家の状態です。お前は私ほど苛立つには及ばないと思います……。

十二月の日付がある手紙はなかった。しかし一通だけ、一月の手紙があった。これはいわば宛先なしに出された孤独な手紙で（「この手紙がお前に届くかどうかわからない」）、最後の厳しい必要から息子に出されたものだった。

ロタール・パウアー兵長に宛てて、父親のヤコプ・パウアーがローゼンハイムから（ミュンヘンから戻ったあとで）書いている。日付は一九四五年一月八日（夜）である――

今日、私は五時に起きて、六時にはすでにミュンヘンへ出発した。十四時にはもう着いたが、どうすることもできなかった……わが家の物置の破片の下から自転車を引っ張り出した……東駅からルートヴィヒ橋経由で取引所へ向かった。中心部へのこの道は瓦礫の中を通っていた……司令部発表では、宮殿劇場、王立劇場、マクシミリアネウム等々が破壊された。だが、これらの劇場はすでにひどく壊されていたので、事実上そこにはもう破壊するものが何もなかったのだ、残骸以外には。州経済局の建物が燃えていて、取引所は直撃弾を受けてぺしゃんこになっていた。市内の上手部分が燃えており、レギーナは真っ赤に燃えていた。コンチネンタルはすでに焼け落ち、ラインフェルアー・ホテルは倒壊。ビトツィヒの銀行ビルからは奇跡的に壁が一枚だけ残っていた。ローマ教皇使節館はなくなり、中央信用金庫も、「トルコ兵舎」も燃えていた……「中国の塔」は消滅し、その近くの建物は炎上中。鉄道はパージンクまで爆破された……とても不愉快で物悲しい。この残酷な試練が降りかかった人たちを見ると、とりわけそう感じる。多数の建物が炎に包まれているのを見た。街路の多くは自動車が通れない。街路は狭い細道でしか抜けられない。市内全地区と郊外では、非常に多くの空中散布地雷が投下され、どこでも破壊が甚大だ。私はそれ以上見たくなかった。どうしても行かなければならなかった場所で目にしたもので十分だった。

私は母さんにメレクへ移れと言っている。その場合、私は放浪者の生活、あるいはよくてもジプシーの生活を送ることになる。いずれにせよ、道路が通れるようになりしだい、私は自転車で出発する。私はすでにお前にこれらのことについてたくさん書き送った。けれどもわれわれには何も変えられない。もう十分だ。われわれに許されているのはただ一つ、黙っていることだ。でもまだ、好きなことを考えることができる。(この理由で、残念ながら、結末についてのお前の質問には答えられなかった)。しかし、もう一度言っておく。忍耐心と平静を保って、この恐怖全体から生きて脱出するように努めるのだ。親愛なロタール、もっとたくさん書き、言うべきだろうが、それはやめておき、歯をくいしばって我慢することにする。事情が許す限り、私は自分の仕事をしていくだろう。お前も自分に託されたことをしなさい。それが正解だろう。そうすれば、良心に何も恥じなくて済むから。もし私も不幸と苦しみに個人的に責任があるとすれば、そのことを心から残念に思う。たとえ自分に責任があるのは、みんなと同じように、あらゆることに対して立ち上がらず、あらゆることがあのように進行し、こうなるのを許したことだけに限られている場合でも。

これからの遠い道でのお前の幸運を祈る。もしかしたら、お前の時代は今世紀最初の数十年間ほど騒がしくないかもしれない。

父より。

ポズナニのポーランド人住民たちは並々ならぬ活力で自分たちの都市、法と名誉を復興しつつあった。まるで城塞を歯牙にもかけないかのように。もっとも、戦慄的な噂も流れていた。地下通路をつたって城塞からドイツ軍兵士が市内へ浸透し、民間人の衣服を入手するために出会った者を殺し、奪った服に着替え、危険な破壊活動を狙って市街に紛れ込んでいるというのだ。もっと簡単な風説もあった。同じ地下通路を使って、すでに変装したドイツ兵が市内に出没しており、ポーランド人たちがそれを捕まえて司令部に連行していると。あるいは、すべてそのとおりだったのだろう。しかし、私たちの司令部には彼らは連れてこられなかった。

しばらくの期間、私はブジンスキ一家のフラットに宿泊し、主婦のパニ〔マダム〕・ヴィクトリアと親しくなった。家長のステファン・ブジンスキは朝早くから、細身のズボンとつぎの当たった作業衣の上着を着て、鉄道機関庫へ出勤した。彼の妻パニ・ヴィクトリアは仕立屋が職業で、最近は顧客がついていた。それはわが軍の女子交通整理兵たちで、同じアパートの一階に寝泊まりしていた。この春、全ヨーロッパから注目を浴びるようになった彼女たちは、自分の制服を念入りに、体に合わせてしつらえる必要があった。朝から晩まで、娘たちはパニ・ヴィクトリアにしつこく注文を付けて、愛想がよく人づきあいのよい彼女を喜ばせていた。

この家の家事は主に娘のアルカが担当していた。美人で、動作がゆっくりしていたが、彼女は粗末な古びた椅子をぞんざいに動かしながら、突然、深い物思いに沈み、手に雑巾を持ったまま立ち尽くすのだった。その場にたまたま居合わせて彼女の素晴らしい青い目を覗き込んだりすると、鈍重な外見と目が発している秘められた情熱との不釣合に驚かされた。彼女の心の中には時節の到来を待つ熱い力がまどろんでいるように見えた。アルカはそれを何に向けるのだろう？

パニ・ヴィクトリアの息子は丸顔の天然パーマの少年で、母親のお気に入りだったが、毎日、仕切の向こう側に独り閉じこもって、バイオリンを弾いていた。彼は音楽の才能を認められ、戦前には音楽院の女教師からレッスンを受けていた。その代わりにパニ・ヴィクトリアは女教師の洗濯とフラットの掃除を引き受けていた。占領中、少年はドイツの警察の目から隠れないと、バイオリンを弾けなかった。一度、パニ・ヴィクトリアは私に話したことがあった――今度は息子が音楽学校に合格することを願っている、と。

パニ・ヴィクトリアはマネキン人形から少し離れ、疲れた、明るい色の目――かつては恐らくアルカと同じように青かっただろう――を近眼らしく細めながら、軍服のウエストと肩に付けられたタックを注意深く調べた。

この数年の「ドイツ時代」、子供たちはずっと勉強していなかった。私は驚いた。学校がなかったの？　私は後でこの会話をノートに書き込んだほどだ――

「ポーランド人のためのドイツ語学校はありましたよ。でも私は、子供たちにドイツ語を学んでほしいとはまったく思わなかった」

「ドイツ語以外にほかの科目もあったでしょう?」

「とんでもない! これらの学校でポーランド人が教えられたのはドイツ語だけ、それと算数を少しだけ。ドイツ人は言っていたわ。ポーランド人は労働者と作男《クネヒテ》にならねばならない、だから教育のある人間は自分たちには無用だって」

沈滞した、失われた年月が「ドイツ時代」なのだった。

自分でドイツ軍の命令を訳し、ポーランド人やロシア人の役割についてのヒトラーの考えを知っていたつもりだった。しかし、それらが現実に明らかになると、そのたびに私はあっけにとられた。

この町はずれの通りはとても静かで、まったく無傷だった。激戦、逃亡、破壊の跡は一つもない。逃亡するドイツ人たちを運ぶベルリン行きの最後の列車が出発したとき、市内ではすでに激しい戦闘が行なわれていた。私たちの機動グループが働いていた一階のコテージ内の四つのフラットは、みな空き家になっていた。それらの元持ち主のポーランド人たちは現れなかった。生きているのだろうか? しばらく待った末に、二階の一部屋が私に割り当てられた。私はパニ・ヴィクトリアに別れを告げた。戦争中初めて、そして本当のことを言えば、生まれて初めて、私は(一時のこととはいえ)独立の部屋が与えられた。それは小さな部屋で、ソファがあり、椅子の背にナチス親衛隊員の制服が掛けてあった。テーブルの上には吸い取り紙付きのファイルが開かれていて、灰皿に吸殻が残っていた。壁の額にはヒトラーの激励の言葉が掲げられていた。「丈夫な神経と鉄の頑強さはこの世界における成功の最良の保証人である」。イラスト入り雑誌が並んでいる本棚の上にはまだ、前足を何か「ハイル」の挙手のように上にあげている樹脂製の子犬が置いてあった。ヒトラーに挨拶している同様の子犬たちを描いたポスターが、建物の壁やショーウインドウで見かけられた。

私たちのところからほど近いところに、モスクワとの連絡業務を担当している飛行場があった。ここには方面軍司令官ジューコフ元帥の飛行機がいつでも飛び立てるように待機していた。時には、責任ある人たちがモスクワへ飛ぶ前に私たちのところに立ち寄ることがあった。もっとも、前線を訪れるモスクワからの使節たちも同様だった。

あるとき、スターリンに会見するユーゴスラヴィアの将軍[15]が、モスクワへ飛び立つ前に、ここで休憩するという連絡が、方面軍司令部から私たちに電話であった。

これは責任重大だという雰囲気になった。私に将軍の接待役が回ってきた。つまり、昼食と応対である。選ばれた理由は――何しろモスクワ育ち！　なのだから――そういうことに経験があるだろう、というのである。私たちのキッチンで忙しく立ち働いている、通りの隣に住むエヴァ小母さんの助けを借りれば、きちんとした昼食を用意するのは難しくなかった。それよりも難しいのは配膳と給仕だった。

初期五ヵ年計画時代には、四日働き、一日休む五日労働週[16]が行なわれていたので、全員に共通の休日がなかった。そういう時代に育った私たちモスクワの子供は、家族の祝いの食卓をほとんど知らなかった。一週間が再び全員共通の日曜日がある七日制に戻ってからも、父親たちは仕事から帰宅するのが大抵深夜過ぎで、仕事に打ち込んだ生活をしていた。日曜日に父親が家にいることは珍しかった。

それに戦争中は……どこでも食事できるように私が自分用のスプーンを長靴の脛《すね》のところに入れて携帯しなくなってから、多分ほんの一月ぐらいしかたっていなかった。

全体として、しかるべき配膳・給仕についての私の知識は乏しいどころではなかったのだ。おまけに私たちの「作業フラット」の食器戸棚にはさまざまな大きさと形のフォーク、ナイフ、いろいろな用途不明の小物が沢山あって、混乱させた。小柄で快活な、司令部伝令のジェーニャ・ガヴリーロフが固く糊のきいた毛布カバーを引きずって、私の後についてきて、それを使ってワイングラス、ミニグラス、その他私が食堂とキッチンで探し出してきたもの全部を念入りに磨いた。

どうにか食卓の準備が整った。上官たちはそれを見て、私のやりくりを認めてくれた。

ユーゴスラヴィアの将軍は年齢がはっきりしない大男で、色が褪せ、着古しただぶだぶの軍服を着ていたが、すこし白くなった黒髪をきちんと分けていた。彼は自分のために用意されたテーブルの上のご馳走に気づかないようだった。彼の態度には、本来のものなのか習慣からなのか、自己を正そうとする厳しさがあった。しかし、彼はその気がなかったのに、私を狼狽させることになった。それは彼が銀のナプキンリングからナプキンを抜きながら、手を止め、リングの上のドイツ語のモノグラムにじっと目を凝らした瞬間のことだった。それを前にして彼が何を思ったのかは、私には分からない。私は自分自身に対する腹立たしさにとらわれた。ドイツ人たちのナプキン、ドイツ人たちのナプキンリング、ドイツ人たちのモノグラム、これらの一切をどこかへ遠ざけてしまいたかった。将軍はひもじい思いをたっぷりしたドイツの強制収容所から出たばかりだったが、彼がここで飲み食いしたのは自分の意欲からというよりも、むしろ私たちへの敬意からのように見えた。そのうえ、会話が彼を食事から脱線させた。彼の明るい灰色の目の、ゆっくりした柔らかな視線、ある時は注意深く、ある時は輝きを失うその視線からは軍人的な弾性が失われていた。彼との共通語はドイツ語だった。彼の話したことを私が通訳している間、彼は黙って、テーブルに座っている全員を親しげに、かすかに頷きながら見回していた。一部のロシア語の単語は理解できたし、それに彼の言語と似通った単語も少なくなかった。

私たちの客人、ユーゴスラヴィアの将軍が長いこと入っていたのは、ドイツ軍の捕虜になった著名な軍人や政治家が監禁されていた特別収容所だった。ここにはブルム[17]、スターリンの息子のヤコフがいた。ユーゴスラヴィアの将軍はヤコフについて、収容所内の彼の行動についてきわめて好意的な意見を述べた。ドイツ人たちはヤコフを放っておかず、絶えず脅迫し、彼から何かを手に入れようとし、何かをするように説得しようとした。しかし、彼は立派に、毅然と行動した。その後、将軍は別の収容所へ移されたが、その収容所で将軍は、ドイツ人たちがヤコフ・ジュガシヴィリを始末し、彼はもう生きていないという知らせを耳にした。

スターリンは報告を受けると、ユーゴスラヴィアの将軍を自分のもとに連れてくるように命じた。収容所から解放された将軍、捕虜になったヤコフと彼の近い関係、そしてスターリンが彼と会いたがっており、今将軍が私たちに語ったことのすべてを、今日の夜にもスターリン本人が彼の口から直接聞くだろうということは、聴き手たちを興奮させずにはおかなかった。将軍と随行者たちがさらに飛行場へ向かうために自動車へ乗り込むとき、私たちは感激して彼に別れを告げた。

その後、将軍のことはまったく耳にしなかったし、彼の運命がどうなったかも私は知らない。スターリンは証人をそれほど重んじなかった。私には将軍への共感が残った。彼の視線、多くのことを経験し、多くのことを思索した人間の視線が記憶に刻まれた。あるいはそれは何かを棄てた人間の視線だったかもしれない。

ユーゴスラヴィアの将軍の出現は、私がその後自分で経験することになる、スターリンにつながる多くのエピソード、事情、出来事の始まりだった。
ジューコフ元帥のパイロットたちがお茶を飲んだり、時間つぶしをしたりするために私たちのところへよく立ち寄った。この若者たちはいずれ劣らぬ美男子ぞろいだった。彼らは貴重なモスクワのニュースをもたらした。私の実家の住所がモスクワのレニングラード街道（その後、レニングラード大通りと改称された）沿いだと知ると、家への言伝はないかと言ってくれた。

「そこを通るんだから」。飛行機は当時、レニングラード街道の、現在エアターミナルのある場所に着陸していた。

でも、言伝はなかった。私の家庭はすでに崩壊していた。父は母を置いて家を出ており、とても客を迎えられるような状態ではなかった。

「それじゃあ、エヴァ小母さんを連れていこう。モスクワ見物をさせて、明日戻ってくる」。彼らならやりかねなかった。怖いもの知らずの連中だった。

前線では「道中の間ずっと」冗談を言い合い、誰かを笑いものにした。それも実に辛らつに、陽気に、どぎつく。だが、今のこれは別の種類の会話――まるで戦争から離れたかのようなおしゃべりなのだ。そして実際、戦争なのか、戦争でないのか、あいまいな状況だった。時たま、わが軍は際限なく砲撃した。城塞は反応しなかった。ドイツ人たちは死に絶えたのか、息をひそめているのか、わが軍が突撃をかけたときに反撃しようと砲弾を大事にしているのか。静かだった。もう何日もドイツ軍機は飛んで来ず、籠城軍への荷物も投下されていなかった。

私と暗号解読手たちの部署はこのフラットの三番目の部屋――バラ色の寝室に設けられていた。バラ色の壁紙、持って行くために筒状に丸められた、しかし最後の瞬間に放棄されたダブルベッドのバラ色のカバー。今、そのベッドを暗号解読手が使っている。シャンデリアの代わりに、頭を下にして開いたバラ色の傘の柄が、いたずらっぽく天井にひっかけられている。窓が二つあるこの広々とした部屋で、私と暗号解読手はそれぞれ反対側の壁際に引き離されていた。何と言ったって彼は誰にも秘密の暗号コードを扱っているのだ。それに引き換え、私が扱うのは、辞書と、あのドイツ人の手紙の袋と新たに届く文書、それにタイプライターなのだった。暗号解読手は無口で、いつもウシャンカ帽をかぶり、口には手巻タバコをくわえていた。タバコの灰はじゅうたんの上に払い落とした。しかし彼は、私にはそれほど隠し立てしなかったので、時には私も「上層部」へ暗号電報が送られたのを知ることができた。それは、ドイツの銀行の建物から未搬出の金《きん》が発見されたことを報告するものだった。

フラットの三つの部屋はどれもそれぞれに俗悪だった。実際にそう思った。あるいは宿なしの私たちにとって不快で俗悪に見えたのは、ドイツ人の快適な暮らしぶりだったのかもしれない。部屋の角は見ないように努めた。そこにはバラ色のじゅうたんの上から寄せ集められた子供のおもちゃが散らばっていた。見ないようにしていても、つい見てしまう。心ならずも見入って、おもちゃから判断した――おもちゃの持ち主は一歳ちょっとだったに違いない。ここにあったはずのベビーベッドの類(もしかしたら折り畳み式の)はどこにも見当たらない。運び出したのだろう。子供につながる家具は何もない。その代わりに残っているのが、これらの雑多なおもちゃだ。空気で膨らませた動物の人形、積木、樹脂製の輪、ガラガラ……けれども、そのことがどうだと言うのではない。何しろそもそもの初めに、子供が生まれる前にその両親はこのフラットからポーランド人を追い出したのだ。階段室で隔てられた向かいの、今は司令部の他のスタッフが働き、寝泊まりしているフラットも、ドイツ人が来るまではポーランド人が住んでいた。

しかしその後、もっとさまざまな印象が私の脳裏に蓄積された。「一九四五年三月末」の日付で、ノートに再び書き込まれている。「ポズナニ、ここには不幸が考古学的地層で重なっている。最初は五年前のポーランド人の不幸、今はドイツ人の不幸が」

ずっしりとした鉄枠張りの箱が銀行から輸送され、二階の私の「清潔な部屋」に運び込まれた。ここにはSSの軍服も、壁の額縁に入った、丈夫な神経と鉄のような頑強さについてのヒトラーの有益な助言もなかった。あるのは机とソファ、それにハイル・ヒトラーの動作は強制されたもので無罪と認められた樹脂製の面白い子犬が残っていた。

ソファのマットレスを持ち上げ、その下に寝具をしまっておく物入れ部分を空にした。さまざまな金製品がそこに入れられ、その上に目録が置かれた。中身を隠すマットレスが下ろされた。鉄枠張りの箱は、人目を引くことのないように、部屋から運び出された。そして私たちはこれら一切の作業を大いに張り切って、わが国の国有財産が救われたという確信をもって行なった。これはドイツ軍に略奪され、持ち去られた財産なのだった。

歩哨が二十四時間交替で詰める警備ポストを設けるのは、いかにも損だった。兵士は不足していた。それに、ここのソファの中に隠すほうがより安全だと考えられたのだ。私は信用されていた。

というわけで、私はポズナニでは黄金の上で寝た。やがて、戦後になって大学を卒業したあと、当時のいわゆる「第五項」の関連で就職できず（身上調査書の第五項には民族名を記入しなければならなかったので、私は「ユダヤ人」と書いた）、何年も厳しい暮らしを強いられたとき、私は自分と運命の気まぐれを嘲笑しながら、このソファを時々思い出した。

その時は二、三日後に、多分三日目にモスクワから暗号の指令が届いた。私の下から金が掻き出され、目録を付けて、封蠟したいくつもの袋に入れ、暗号で指示された役所宛てに発送されたのだ。

「出発!」と、ラーティシェフ大佐が言った。

負傷したドイツ軍中将がフランクフルト・アム・オーデル地区で捕虜になった。

「エムカ」は全速力で急発進した。これが大佐のいつものやり方だった。

市を出ると、家が壊れていたり、まだ残っているのか定かでない集落があちこちに見えた。ポーランド人の男や女たちが、わずかに残った家財道具を積んだ手押し車や乳母車を押して歩いていた。剝げ落ちた壁や電柱(まだ無傷のものもあれば、一部しか残っていないものもある)に貼ってあるビラのそばを走り過ぎる。私にはこれらの色とイラストは馴染みのもので、ドイツ軍のいつもの脅し文句がすぐに読み取れる。「灯火は死につながる!」「灯火には死だ!」「しっ! 静かに! 敵が盗み聞きしている! 沈黙せよ、死がそばにいる!」。死、死、死である……だが、すべては一つに混じり合い、飛び去った。自動車は狂ったように疾走していた。私たちが死と背中合わせの危険に向かって、突進しているかのように。そして目的地に着いた。

ポーランドの兵士が急いで収容所の扉を開いた。ずっと遠くの奥まで、暗然となり、呆気にとられるほど真っ直ぐな仮小屋の列が続いていた。これを建てたのは、作業のためにここへ追い立てられてきたロシア人戦時捕虜たちで、自分たち自身の手で収容所に六重の有刺鉄線をめぐらした。そしてその有刺鉄線の中に残されたのである。

大佐はポーランドの警備本部の中に姿を消した。今、この収容所にいるのはドイツ人の戦時捕虜たちだった。

ひょろひょろした悲しげな木が一本。寒気で傷んでいるが、まだ落ちていない葉が少し残っていた。扉の内側にはドイツ時代のロシア語の警告がまだ取り外されずにあった。「ドイツ側警護なしで収容所周囲の鉄線の外へ出た場合は射殺」

最寄りの仮小屋の仕切られた部屋の鉄製ベッドに、将軍は首まで軍用毛布を掛けられて、顔を上にして横たわっていた。若い副官が付き添っていた。二人は鉄道のある区間で、線路監視人の番小屋にいるところを捕虜になった。将軍は部隊の急ぎの後退の際に重傷を負い、余儀なく残った。彼の野戦服は棒に磔にされて、壁の釘に掛けられていた。床几の上には髭剃り道具、櫛、石鹸などの洗面道具が置かれていた。

私たちの大佐は、背は低いが、どっしりした体格で、灰色のカラクル毛皮の高い円筒帽をかぶっていたので、その部屋のかなりの場所を占めた。副官は彼に椅子を出し、私のために床几を手早く片付け、洗面道具をぜんぶ背嚢にしまった。そして私が何者なのか理解しようとして、私を見つめた。赤十字の関係者なのか？　ドイツ軍の前線に女子はいなかった。

板の間仕切りの向こうでは仮小屋全体が低くざわめいていた——ドイツの士官たちである。ここには何か、あるいは相対的だったかもしれないが、平穏のようなものがあった。そして同じ平穏が将軍の白い顔にもあった。彼を見ていると、錯覚しかねなかった——われわれは互いに騎士道的に戦ったのだ、今後、将軍本人に関して騎士道的な扱い以外の処分が待っているなどと心配する根拠はないのだと。

「あなたはドイツの軍事情勢をどう評価されるか？」と、大佐が訊ねた。

「情勢は極めて重大である」。彼の頭は不動だったが、目の下のくぼみの縁がぴんと張ったように見えた。

「今後についてのあなたの予測は？」

「楽観的だとは言えない。しかし、戦争が続いている間は、まだあらゆることが可能だ」

私は通訳してメモを取った。けれども何かが私を落ち着かせなかった。

大佐はためらっていた。私が突然質問した。

「あなたはヴァジマ付近にいたように思いますが？」

大佐はたしなめるように私を見た。

「私は彼がヴァジマ付近に行ったかどうか訊きました。もう一つ質問がありますが、お許しいただけますか？」

「いいだろう、訊きたまえ」

「線路監視人はあなたがたを自分のところにかくまうのを警戒しませんでしたか？」

「彼はドイツ人だ。それに事情が事情だったから、恐怖心はこの場合出てこない」。将軍はほとんど教え諭すように言って、少し元気になった。毛布の下から白いシャツの袖に通した手を出して、髪を撫でつけた。「もっとも、これが彼に懲罰を招いたとは思っていないがね」

私はヴァジマ近郊の村々に貼り出された命令を思い出した。「ソヴィエト兵士または指揮官をかくまい、宿または食事を提供する……者は、絞首刑に処す」。彼は下着姿で、顎まで毛布をかぶって横たわっていた。今、根掘り葉掘り尋ねるのは適切ではなかった。彼がヴァジマ近郊にいたかどうか？あの命令は彼の署名だったのかどうか？それを知ってこれから先、どうするのか？私は黙った。

大佐は将軍に、ポズナニ城塞の守備隊がどういう状態にあるか知っているかと訊いた。将軍はそのことを知っていた。大佐は言った――それこそが彼の来訪の目的だった。将軍は守備隊に降伏するようにメッセージで呼びかけるべきだと。

負傷した将軍は身動きした。副官が身をかがめて手伝おうとしたが、将軍は彼を目顔で止めた。肩と頭をゆっくり動かして姿勢を変え、むくんだ白い顔を大佐に向けた。これは彼には大仕事だったので、髪の下から汗が筋になって流れ出した。

「あなたは私に捕虜としてこれを義務づけようと考えておられるのですか?」

「現下の状況のもとではこれはあなたの責務です。城塞内ではすでに人々が餓死しかかっています。あなたの同胞たちがですよ。結果がすでに決まっているときに、なぜ双方から余計な犠牲者を出さねばならんのです?」

「降伏を呼びかけることは」と彼は言った。「それは不可能だ。それは不可能だ」と繰り返し、少し沈黙した後に言った。「私の立場だったら、あなたはこれと違う行動をとりますか?」

今度は大佐が沈黙する番だった。立ち上がりながら大佐は、ソヴィエト司令部に対して将軍に何か要望がないかと尋ねた。要望はなかった。

「出発だ!」と大佐が言った。

夜、暗い通りを牛の群れが東へ追い立てられていた。ライトを消してゆっくり走ってきた対向車がヘッドライトを点けると、牛たちは脇によけようとするものの、目をくらまされて互いにぶつかり、押し合いへし合いして動かなくなってしまった。牛たちの白地に黒斑〔ホルスタイン種〕の集団の中に、異国へ連れてこられたわが国の赤牛たちのニンジン色が燃え上がった。自動車たちは警笛を鳴らし、ヘッドライトの光を帯状に伸ばして、右往左往している牛の群れの中に道を開けようとした。革鞭が空を切った。牛たちの大きな目の中で火が揺らいだ。

なぜか不安な気持ちになった。

人々は間もなく、城塞に立てこもった敵のことなどすっかり忘れはじめた。解放された都市ではそれどころではなかった。チュイコフ将軍の軍は城塞強襲のための部隊を残して、先へ進んだ。部隊はすでにブランデンブルクとポーメランの境界を越えて進撃していた。私はその頃、ポズナニに残っている方面軍配属グループでまだ働いていた。

私たちが知ったところによると、ポズナニから四〇キロのわが軍の後方の、戦争の本流から外れた場所に、イタリアの将軍たちの収容所があった。私たちはそこへ出かけた。

収容所のドイツ警備隊は、赤軍が来る前に逃亡した。そして一六〇名のイタリア人将軍たちは誰にも警備されないまま、収容所で生活し続けていた。彼らはごく最近まで私たちと戦っていた。イタリアの政変後、ドイツ軍司令部は彼らを後方の見せかけの会議に呼び集め、捕虜だと宣告した。彼らは新情勢に直面して、ブィドゴシュチェで赤軍に解放されたイタリア軍兵士たちと同じ茫然自失状態を経験していた。彼らは私たちにとって何者なのか。ドイツ人の囚われ人なのか、それとも最近までの私たちの敵なのか？

私たちは有刺鉄線の中へ乗り入れた。がらんとしている。数軒の仮小屋。二人の男が丸太を挽いている。私たちは近づいた。彼らは作業をやめ、こちらを見ながら待っていた。二人は年配で、疲れていた。二組の目が不機嫌そうに、何かを待ち構えて私たちを見ていた。

私たちはドイツ語であいさつした。そのうちの一人は浅黒い、深いしわが顔に刻みこまれた人物で、首に色鮮やかな絹のマフラーをしていたが、黙ってうなずいた。彼はイタリアの将軍の軍服を着ていた。

もう一人が会話に応じた。これは特務下士官のヴァルター・トライブルットで、ドイツ人通訳だった。収容所管理部の中で現地に留まったのは唯一、彼だけである。彼は無帽だった。白髪で、とがった鼻、受け口だった。

私たちの大佐はヴァルター・トライブルットの案内で仮小屋を回り、イタリア人たちに伝えた（トライブルットが通訳した）――あなたがたは自由である、前線の状況が許すようになればすぐに、祖国帰還のために支援が行なわれるだろう。

しばらくたって、気候が暖かくなり、収容所の食糧の備蓄がなくなり、イタリアの将軍たちが出発した後で、私はもう一度、特務下士官のヴァルター・トライブルットと話をすることになった。彼は夜、市内の辻公園で拘束された。そこのベンチで寝ていたのである。

イタリアの将軍たちと別れた後、彼は自分の身をどう処すべきか分からなかったので、ポズナニに向かった。そして自分が数年間住んだ家の近くへ行ったが、そこにはドイツ占領中に追い出されたポーランド人家族がすでに戻ってきていることを確認した。そこで誰の怒りも買わないようにして、辻公園のベンチで寝たのだった。非常に疲れていて、腹もへっていた。

私は彼に、なぜ収容所の管理部や警備隊と一緒に逃げなかったのかと訊いた。彼は肩をすくめ、何も答えなかった。その後で、自分の身の上話をした。

彼はレーヴェル（エストニアの現タリン）生まれで、そこに住んでいた。香水を製造する化学実験室を持っていて、父親の薬局をつうじて製品を売っていた。

肺の病気を患って、イタリア旅行に出かけ、コモ湖畔のドマゾである娘と知り合った。二人の交際はわずか五日間だけだった。しかもイタリア娘はドイツ語を一言も知らず、トライブルットが知っていたイタリア語の単語も五つぐらいしかなかった。レーヴェルに戻ると、彼はイタリア語の丸暗記に取りかかった。ドマゾに沢山の葉書を送り、そしてついにその美しいイタリア娘ネレイーダ・ベレッティに求婚した。二人の結婚式はコモ湖畔で行われた。トライブルットはイタリア人の花嫁をレーヴェルに連れ帰り、エストニア国籍にした。

「ドイツ文学では、ドイツ女性は貞節で、フランスとイタリアの女性は移り気で狡猾だということになっている。しかし、私の結婚生活はとても幸せだった」

だが、間もなく、ドイツ人たちの「引き揚げ」が始まり、彼はポズナニに来た。ここでは国家社会主義が新たな根拠地を得て古典的な形態をとった。例えば、ここでは彼の娘を登録するのを拒んだ。それは彼が娘にイタリア風のフィアメッタという名前を付けたからだった。

彼は沈黙した。その両眼は見開かれ、動かなかった。家族の消息は何も分からなかった。彼には自分の今後の運命はどうでもいいようだった。ナチズムと戦争の世界に疲れ果てていた。

ポズナニ城塞が陥落した。二月二十三日〔赤軍記念日。現在のロシアでは「祖国防衛者の日」〕未明のことである。あるいはこれは、勝利へ向かうわれわれの途上で少なからず見られた歴史の標識だったかもしれない。

ドイツ軍士官たちへの尋問をつうじて、集団軍司令官コンネルの最後の時間が私の眼前に浮かび上がった。彼は降伏の命令を出し、この命令を各部隊に伝達するように命じた。そして、その夜の残りの時間を城塞地下の円天井の大きなホールで安楽椅子に座って過ごした。大本営との無線連絡はまだ失われていなかったが、彼は連絡を急がなかった。

明るくなると、コンネルは地上へ上がり、降伏の条件に投降地点と定められた南門へ向かった。ここには彼の指揮下にあった兵士たちが夜のうちから群れ集まり、できるだけ出口へ近づこうと露骨に努めていた。これは彼が想像していたよりも恐ろしい光景だった。彼らの上にはもはやコンネルの厳格な意志は及んでいなかった。定刻に門が開くと、兵士たちは彼の眼前で、渇きと飢えに苦しむ人間の屑と化した。銃を投げ捨て、両手を後ろに組んで、コンネルに気づかず、彼を押しのけて、そのそばをどっと流れ出した。コンネルはつぶやいたかもしれない――ドイツ軍部隊最後の行進を自分はこのようなざまで観閲した、と。この行進は長く続いた。城塞には別々の軍に属する多くの敗退部隊が集結してコンネルの指揮下にあったからである。負傷者を運ぶ最後の担架があわただしく門外へ出た後、コンネルは急いで拳銃サックを開き、ピストルの銃口をこめかみに当て、引き金を引いた。

投降した部隊は城塞守備隊司令官マッテルン少将を先頭とする長い縦隊となって、ポズナニ市街に延びた。列の中には頭の上に載せた鉄製トランクが見えた。これは参謀将校たちがそれぞれの司令部の書類を運んでいるのだった。すでに縦隊の先頭は、ごく最近までロシアの戦時捕虜たちが監禁されていた収容所内の、有刺鉄線の中へ着いていたが、縦隊の最後尾はまだ長いこと市内をのろのろ動いていた。疲労困憊し、飢えた人たちが歩いていた……。

ポズナニは自由になった。

私は三枚の空色の招待券を今日にいたるまでぜんぶ保存している――祈禱とパレードと祝賀会の招待券である。

祈禱は三月七日の水曜日に市場広場で執り行われた。祭壇の前の広場にポーランド兵士たちが立錐の余地なく整列していた。祭壇の近くには看護婦たちの白いスカーフが見えた。広場の周囲のすべてのバルコニーからじゅうたんが垂らされた。広場へ向かって横町を善男善女が駆けてくる。広場は思いを一つに高揚させ、声を合わせた。栄光、感謝、信仰の荘重な歌が曇天の空に向かって高く舞い上がった。赤ん坊を抱いた女たちが合唱に加わろうと、バルコニーに出てきた。

そのあと、同じ広場でパレードが行われた。ポーランド第一軍総司令官のロラ＝ジミェルスキ将軍[18]

が演壇の前の舗装道路で行進部隊を迎えた。その隣には背が高く痩身の、彼の参謀長コルチッツ将軍[19]が立っていた。旗が揺れていた。牛の頭と交差した戦斧の描かれた濃赤色の旗を持っているのは、首にスカーフを巻いた赤い口髭の男性で、肉屋組合の旗手だった。ポーランド労働者党の旗は、青い眼鏡の老人が持っていた。その演壇のそばで、着古した灰色の外套を着た若者が、口にマイクロフォンを近づけながら、国歌演奏のときは脱帽して、ラジオ中継をしていた。

演壇は緑一色だった。大切に保存されていた市庁の旗が運ばれてきた。金襴の紅白のベルトを締めた女子伝令兵たちが旗の両側を進んだ。

ヘルメット姿の歩兵隊。ロシア式三角銃剣の上に二色の小旗を付けている。対戦車銃小隊が進む。機関銃小隊。第一列は女子である。タチャンカ〔機関銃を後ろ向きに装備した軽四輪馬車〕が現れた。そして今度は騎兵隊だ。たてがみに二色のテープが編み込んである。民間組織がそれぞれの旗を持って演壇に近づいた。

赤旗と白赤二色旗がはためいている。

「赤軍、万歳《ネフ・ジェ・アールミヤ・チェルヴォナ》！」

「ネフ・ジエ！」と、壇上から響きわたった。

子供と大人たちが電信柱や木をよじ登り、教会の塀の上に登った。

「英雄的ポズナニ、万歳《ネフ・ジエ・ボハテルスキ・ポズナニ》！」

群衆の上に帽子が舞い、兵士たちに向けて温室栽培の花の束が飛んだ。

最後に轟音を上げながら演壇のそばを通過したのは、六台の戦車だった。そして戦車の轟音が消えたとたん、驚きと喜びの叫びが群集の上を突き抜け、みんながそれに和した。「鶴だ！　鶴が渡ってきた！」

帽子を脱ぎ、頭を後ろにそらして、人々は空を見上げた。そこには晴れ渡った空の中、南から戻ってきた鶴たちが市の上空を飛んでいた。春なのだ！

一九四五年四月六日のノートから――

今日、雪に覆われたロシアの冬の光景やサモワールをニュース映画のスクリーンで目にして、かなりのホームシックにかかった。この季節、ここには雪はほとんどなかった。

ここでは春が近づいている。だが、昨年の葉がまだ落ちないで残っている木もところどころにある。長い秋が、冬をほとんど飛び越して、春へと変わっていく。

そういう生活は、秋から春への目覚めが鈍くて、散文的で、単調だ。

私たちの国では季節の変わり目が画然としていて、季節ごとに新しい生活を始められる。

戦争がまだ行なわれていたためか、私の心の中にはまだ試練への覚悟が残っていた。けれども私は戦争の真っただ中から脱落し、あたりを見回した。自分はまったく新しい生の充実を、精神の別の緊張を獲得できるのだろうか。

ポズナニは進撃中の軍からますます遠くなる後方地帯に取り残されていた。オーデル川が強行渡河された。ジューコフ元帥麾下の第一ベロルシア方面軍は戦闘を交えながら四〇〇キロを二週間で突破した。

市内は見る見るうちに変貌した。第一に、市内は春になった。これはいわば自然の通常の営みだった。しかし、多くの人は恐らく、西部における四五年の春本番を記憶している――自由なポーランド農民たちが初めて耕した畑の匂いを運んでくる柔らかな風とともに、やさしい緑とともに、平和、勤労への希望とともに。

市内の復興が始まった。生活はまだ厳しかったが、春の活気があった。すでに建物の外壁には左官やペンキ屋たちが吊り足場に乗ってぶら下がっていた。黒いシルクハットをかぶった完全装備の煙突掃除人が自転車で走り回っていた。始業時間に遅れないようにポズナニの学童たちが急ぎ足で歩いていた。飛び跳ねるランドセルを背負ったその誰もが、私に出会うと必ず言った。「こんにちは、中尉さん！」

パニ・ヴィクトリアが、自分のオーバーの裏地で私に緑のワンピースを縫ってくれた。胸には水玉模様の繻子の切れ地でヨークを付けて。軍服を着つづけた三年半ぶりに、たとえちょっとの間でも、軽くて袖の短いワンピースの婦人服を身にまとったことに、どれほどびっくりし、どれほどやさしい気持ちになったことだろう！　部屋に鍵をかけ、ひそかにそれを着るのは、本当に素敵だった。SS隊員の部屋には鏡がなかった。私は夜の暗くなった窓ガラスの中で自分をあれこれ想像しようと努めた。この時の自己陶酔ぶりは言葉では言い表せない。

私はこのワンピースを着て、後の五月にベルリンで写真におさまった——ビスマルク像のそばで、ローズヴェルト、スターリン、チャーチルの肖像写真が掲げてあるモニュメントのそばで、そして、いくつかの歴史的展示物を背景にして。

ある時、わが軍がバルト海沿岸地方からポーランドへ転進し、司令部がカルーシン（都市とも村とも定かでないその場所はそう呼ばれていた）に駐在していた一九四五年の新年近くのことだったが、ヴィストロフ少佐は私の顔を直視して宣告した。今後、君のために「創作日」を捻出するように努力しようと。というのは、戦争は終結に近づいていて、いずれ私は文学大学に復学するつもりだったが、まったくその資格を失っていた。私は隅に自分の机を引っ張っていき、不要なドイツ語の書類を広げて、さも翻訳しているふりをしながら、ブィストロフの共犯的保護のもとにそれを開始した。薄青色のポーランドの薄い学習帳に、『婿さんたち』という短編小説の題を書いた。以前から温めていた題だが、それは何かを自分の中に隠していて、そこをごそごそ掻き回していた。そして、この短編の中で起こるすべてのことは、以前から私の脳裏に見えていた。問題はただ、座って書く機会があるかどうかだけだった。

そして今、座っている。『婿さんたち』――私は本文にもう一度書いた――敵軍の包囲を逃れて、村々で後家さんのところに住みついた若い兵隊はそう呼ばれた」。その後をどうするか？

最初の文は気に入らなかった。何かの情報みたいだ。私はそれに線を引いて消した。「芸術的なもの」が欲しかった。最後に「牝牛が荷車を引いていた」と書いた。それをまた、「ぶちの牝牛が荷車を引いていた」に直した。これが一日の実績だった。

ブィストロフの健全な実利主義は、こういうことに見通しの明るさをまったく認めてくれなかった。彼は率直に、このような非生産性で戦時を浪費することは許されない、と言った。そして、私から「創作日」を取り上げた。彼は正しかった。このノートは、私の無力さの証拠として今も残っている。着想されたとおりに、ドイツ軍後方〔被占領地域〕での劇的な日常生活をテーマにしたこの短編『婿さんたち』をようやく書き上げることができたのは、戦後、復員してからのことだった。

移動しながらあれこれのことをメモするのは（それが許可された場合に！）実に簡単で、苦にならなかった。それに引き換え、意図的に書くのはまったく難しかった。

投降したドイツ人たちは梯隊に編成されて徐々に東へ送り出された。ポーランド兵の無慈悲な扱いを恐れて、ドイツ人たちは事あるごとに、ロシア兵に護送してもらいたいと要請した。

降伏した城塞の司令部文書の調査はすでに作戦的な意味を失っていた。さりとて歴史的な意味もまだ獲得しておらず、それはただ気持ちを憂うつにさせるだけだった。わが軍はベルリンから八〇キロのところに陣取っていたが、私たちは大したことが何も起きないポズナニで依然としてぶらぶらしていた。わが軍がドイツ領内を進撃している期間中、私たちはベルリン強襲までポズナニに留め置かれたことで、運命が私にどれほど慈悲深かったかということは知る由もなかった。しかし、これはいわば独り言である。

ポズナニではすでに戦争は退場して、愛や秘められた感情を取り戻す準備が次第に整っていた。それらの感情には生の危険も、輝きもあった。私はリガ以降、イワン・ブーニンの単行本、マリーナ・ツヴェターエワの詩が載った雑誌が手に入るところではどこでも集め、携行していた。それらには異なる表情、異なる悲しみ、情熱を持った生が脈動していた。

私を待ち構えていた打撃はひどいものだった。モスクワから飛んできた有名作家が私の留守中に事務所に立ち寄った。作家は大歓迎した大佐に、何か亡命者文学の本があれば読んでみたいと事のついでに尋ねた。それが遠来の著名人の唯一の願いだった。

その様子が目に浮かぶが、ラーティシェフ大佐は残念そうに両手を広げた。彼は持っていなかった。しかし、もともと気前のいい人間だったので、ほかの連中も自分と同じように気前がいいと考える傾向があった。キッチンで毛布カバーと格闘しながら、食器を拭いていたジェーニャ・ガヴリーロフを呼んだ。食事をする人とその後で洗う食器の数はいつも十分すぎるほどだった。ジェーニャはエヴァ小母さんに好印象を与えたくて、暇なときはいつも彼女の手伝いをしていた。しかし、エヴァ小母さんの隣の娘ゾーシャと過ごす夜の時間を別にすれば、彼は大体において暇だった。

大佐はガヴリーロフに二階の通訳の部屋へ行って、ロシア語の文学が何かないか見てこいと命令した。作家は待ちきれなくて、彼の後ろから階段を上った。「文学」は、かつてSS隊員がそのそばに座っていた大きく、幅のある窓かまちの上に載っていた。

私は自分のノートにそのことを書き込んだ。「三月二十八日、某が来訪、ブーニンとツヴェターエワを持ち去る」。悔しさと憤慨でそれ以上何も書き加えられなかった。数日後、再び書き込んである。「三月二十八日、某が来訪……」。まったく同じことを書いている。

今から思えば、このことにこんなにこだわることもなかっただろう。もしもその時、私にとっての戦争がポズナニで終わらないことを知っていたら。運命がもうすぐ私を戦争最後の事件の震央へ連れ込むことになると知っていたら……。

わが軍は、ドイツ人が難攻不落と考えていたオーデル川の防衛線を撃破し、この頃はすでにベルリン近傍の台地で戦っていた。どれほどポズナニからそこへ突進したいと思ったことか！

ようやく私たちに、全員原隊復帰の命令が出た。

この知らせを持って私は外へ飛び出し、私たちの建物を迂回して、門の中へ入った。夜が更けていた。中庭には自動車のシルエットが黒々と並んでいた。一台の自動車の下で懐中電灯の明るい光が点いたり、消えたりしていた。

私は運転手のセルゲイに声をかけた。

自動車の下から懐中電灯を握った手が突き出され、セルゲイが這い出してきた。作業衣にしているゲシュタポの空色の軍服を着ていた。

私たちがベルリンへ出発すること、朝六時までに自動車を準備する命令が出たことを彼に伝えた。

セルゲイは懐中電灯を消した。私たちは無言で闇の中に立っていた。

当時は誰もがベルリンへの突進を望んでいた！　もちろん、セルゲイも同じだ。しかし、私たちは二ヵ月以上もポズナニに駐在していた。戦争ではこれは一生にも相当する。そしてセルゲイは、ポズナニの娘とねんごろになって、カトリック教会で彼女とひそかに結婚式まで挙げていた。それ以来、彼の温厚で無口な顔に突然、何か間の抜けた、自堕落なものが見えるようになっていた。

彼はゲシュタポの軍服で手を拭き、ライターを点け（青ざめた、頬骨の出っ張った顔、寄せられた眉が見えた）、タバコを吸いながら言った。

「ああ！　どっちみち《フシストコ》、戦争なのさ《イエドノー》！」。これはその頃のポズナニの決まり文句だった。

夜明けに私たちは出発の準備をした。私は最後に、出発を前にして家のそばの小庭へ駆けていった。突然、私の目に、白い花をつけたリンゴの木と、むき出しになった湿った地面の一部（そこここに柔らかい若々しい草が生えていた）、そして足元の昨年の朽ち葉が飛びこんできた。春の空気はそれほどに突発的だった。

全身黒ずくめの煙突掃除人が伝統の黒のシルクハットをかぶり、軽い脚立と箒を背負って、通りを自転車で走っていった。

目にした安全の実感は、心の中の屈託とカオスのようなものに邪魔されて、別れの漠然とした悲しみを前にして引き下がった。

セルゲイは古い「エムカ」に別れの一瞥を投げた。ろくでもない、汚い迷彩色に塗り上げられ、ボディーと車輪のリムに入っている赤い縁は元のままだ。これを彼は絶えず塗り直した。弾丸が貫通し、でこぼこになったこの自動車で、彼は戦争の四年間を走破した。

セルゲイは舗装道路へ自分の新しい子供――戦利品の「フォード八気筒」〔一九三二年型フォード・モデルB〕を連れ

出した。彼はこれをポズナニ近郊の側溝から引き上げ、張り切って修理した。真新しい黒のペンキが灰色の割れ目を小さな隆起でふさいでいた。そしてボディーと車輪のリムにはあの同じ気障な帯が真っ赤に付けてあった。どんなもんだい！　とばかりに。

その後ろから、リガ出身のタクシー運転手ヴァーニャが道路に出てきた。彼はドイツ人によって労働のためにポズナニへ強制連行されてきたのである。短い、ぼろぼろになった、しゃれた裁ち方のセーム皮のジャケット姿で寒さに体をすくめていたが、この自動車を称賛の目で眺めまわした。

セルゲイはベルトを緩めると、アルコールの入った水筒を外し、それを彼に与えた。

セルゲイは通りの片側を、それから反対側を見た。歩道に人影が一つ見えた。これは格子縞の短いスカートをはいた足の太い娘で、スカーフをかぶっていた。彼女は緊張して私たちの出発準備を見守っていた。

車列はもう動き出していた。セルゲイは低い声で言った――

「家に帰れって、言ってるだろ《イッチ・シェ・ダ・ダムー》……」

彼女は背を向け、ゆっくりと歩き出したが、絶えず振り返った。セルゲイはしばらくぼんやりしていた。それからベルトの下の軍服のしわを伸ばすと、自動車のドアをバタンと閉めた。

タクシー運転手のヴァーニャが脇の下に水筒を挟んで、別の手でまばらな黄色の髪を撫でつけ、その手を私たちに振った。「フォード」は猛然と発進した。だが、すぐに動きを整え、スムーズに走り出した。私はセルゲイの後ろの席に座っていた。通りの両側には白い泡が沸き立っていた。リンゴの花だった。市内は目覚めていた。市の検問所のそばで女子交通整理兵が合図をし、遮断機が上がった。家からランドセルを背負った少年が出てきて、帽子を脱いであいさつした。「こんにちは！」

車はベルリン街道へ出た。セルゲイは窓ガラスを下げ、軍帽を脱いだ。

章末注

[1]「過ぎたことはなお前方にある」——Vergangenes steht noch bevor. Rainer Maria Rilke (Ich bin derselbe noch. 18.9.1901).

[2]八月一日、ドイツ軍占領下のワルシャワで、ポーランド国民軍の密使たちによって準備されたパルチザン部隊の蜂起が始まった。パルチザン部隊はロンドンのポーランド亡命政府の指導に従っていた。炎上するワルシャワでは住民たちはヴィスワ川対岸に進出していたソヴィエト連軍の支援を待ち望んでいたが、パルチザン側が降伏する十月二日までの二ヵ月間、ソヴィエト連軍が動くことはなかった。ドイツ軍は蜂起を残虐に鎮圧し、ワルシャワ市街を破壊した。

[3]T・D・ルイセンコ（一八九八～一九七六年）。農学アカデミー総裁。奇跡の品種を開発し、すべての作物の収穫率を高めることを約束して、遺伝性、変異性、種形成について俗耳に入りやすい学説を提唱。ルイセンコは学術論争を政治的破壊活動と見なすように呼びかけた。ルイセンコ学説に反対した遺伝学者たちは強制収容所や監獄に入れられ、学界から追放された。スターリン賞を三回（一九四一年、四三年、四九年）受けた。

[4]ロシアの女帝エカテリーナ二世（一八世紀後半）のこと〔カーチャはエカテリーナの愛称〕。

[5]スチュードベイカーUS6。一九四〇年からアメリカ軍で使用されていたトラック。アメリカのレンドリース（武器貸与法）によりソ連に供給された。

[6]ポーランド西部（シレジア、ポメラニア）、とりわけポーランド王国領となったチュートン騎士団の土地には常に多数のドイツ人住民が住んでいた。また、西ウクライナと西ベロルシア、リトアニアには定住ドイツ人の住む州や地域があった。戦後、これらの人々はポーランドその他から追放された。チェコからもズデーテン・ドイツ人たちが追放された。

[7]『はるかなティペラリー』。第一次世界大戦中、イギリス軍の兵士たちに愛唱されたユーモラスな望郷の歌

〔ティペラリーをキーワードにしてネットで検索すると、原曲を聴けるサイトがある〕。

［8］フリードリヒ・ヴェルナー・フォン・デア・シュレンブルク伯爵。モスクワ駐在のドイツ大使（一九三四～四一年）。ソヴィエト政府にドイツ軍の侵攻が迫っていることを警告。一九四四年七月二十日のヒトラー暗殺未遂事件にかかわり、処刑された。

［9］ユダヤ人のハインリヒ・ハイネは最も愛誦されるドイツ詩人の一人だった。ナチスでさえ、彼の詩による名曲『ローレライ』の演奏を禁止する決心がつかず、「作詞者不詳」の注を付けるだけに留めた。ゲッベルスの指導で学生たちが最初の「焚書」を行なったベルリンの広場に記念碑が建てられている。地面にガラス窓があり、地下に空の本棚が見える。傍らにハイネの次の言葉を刻んだ金属板がはめこまれている。「これは序章に過ぎなかった。本が燃やされるところでは、最後に人間も燃やされる」（劇詩『アルマンスール』、一八二一年）。

［10］ヘルマン・ラウシュニング（Hermann Rauschning）。ナチ党員で高い地位の官僚だったが、ナチス・ドイツを逃れて一九四〇年にアメリカで『破壊の声』（*The Voice of Destruction*）を発表した。その中にヒトラーのこの発言が引用されている。この本の一三七～一三八ページはニュルンベルク裁判でソヴィエト側の告発文書資料（第三七八号）として登場した。

［11］この綱領的発言（「ポズナニ演説」）はニュルンベルク裁判で文書資料PS—一九一九として引用された。

［12］手紙の抜粋はその時に私が訳し、自分の前線ノートに書き込んだ。（著者）

［13］ドイツ軍のクラウス・シェンク・フォン・シュタウフェンベルク（伯爵）その他の高級将校たちが、連合国と講和を結び、ドイツの国家的破局を避けるために、ドイツをナチス体制から救おうとして企てたヒトラー暗殺の未遂事件。七月二〇日以後、一一〇名が死刑判決を受け、体制の反対者合計一五〇名が殺された。事件との直接の関わりで六〇〇名が逮捕された。ナチスはこのクーデター事件を口実にさらに五〇〇〇名を逮捕し、強制収容所へ入れた。

［14］Bertold Brecht. Das sind die Städte, wo wir unser "Heil"/Den Weltzerstörter einst entgegenröhrten/Und unsere Städte sind auch nur Teil/Von all den Städten, welche wir zerstörten. (*Gedichte*, ed. Werner Hecht, Berlin-Frankfurt/Main, 1988, 258).

[15]その時は誰もこの将軍の名を教えてくれなかった。将軍の名が〔ミルーチン・〕ステファノヴィチだということを私が知ったのは、後年のことである。（著者）

[16]スターリン統治期の初め、ソ連の企業では労働生産性を高めるために、工場を不休で操業させる連続生産週が導入された〔勤労者の年間の労働時間数と休日数を維持したまま〕。一九二九年九月の人民委員会議〔政府〕決定は次のように述べている。「建設業と季節的性格の企業を除き、連続生産週に移行したすべての企業、並びに連続生産週に移行した機関では五日労働週（四日労働、一日休養）を導入する。……休養は特別の予定表により働き手に交互に与えられる。……五日労働週に移行した企業並びに機関では、次の日の作業は禁じられる——一月二十二日（一九〇五年一月九日〔血の日曜日〕の記念日とレーニン命日）、五月一～二日（インターナショナルの日）、十一月七～八日（十月革命記念日）。その他の革命記念日の祝賀は、労働者・職員を仕事から解放せずに行う……」

[17]レオン・ブルム（一八七二～一九五〇年）。フランスの政治家。一九三六年に成立した人民戦線内閣の首相。フランス崩壊後、ヴィシー政府に逮捕される。四三年、ドイツの強制収容所に収監。四五年にアメリカ軍により解放された。

[18]ミハウ・ロラ＝ジミェルスキ将軍（一八九〇～一九八九年）。ポーランドの軍人。大戦中に人民軍、ポーランド軍の総司令官。四五年五月に元帥になり、四九年までポーランド国防相を務めた。

[19]ウワジスワフ・コルチツ中将（一八九三～一九六八年）。ソ連のポーランド系軍人。一九四四年からポーランド第一軍、次いでポーランド軍の参謀長。戦後、五四年までポーランド人民軍参謀総長、国防第一次官を務めた。

第4章　一九四五年五月、ベルリン

最後の日々

「ドイツはヨーロッパの心臓部にある」（"Deutschland liegt im Herzen Europas"）。私たちの学校教科書にはこのように実に断定的に、だが同時に実に詩的に述べられていた。

ビルンバウムの先に検問所があった。大急ぎで作られた大きなアーチにはロシア語でこう書かれていた。「ここにドイツ国境があった」

この頃ベルリン街道を車で行った人たちはみな、ほかにもう一つ銘文を目にした。それは兵士たちの誰かがアーチのすぐそばの半壊の家にコールタールで書いたもので、大きな金釘流の文字で「着いたぞ、呪わしのドイツ！」とあった。

兵士はこの場所まで四年がかりでたどり着いた。

火災と廃虚――これは戦争が、その原点となった土地へ戻ってきたのだった。風が塀や木の上のシーツやタオルをはためかせている。降伏の白旗である。そして耕していない野原の遠くのほうに、のどかな風車小屋が蜃気楼のように現れる。

半ば破壊された小さな古い都市。戦争はここから移動していった。ここでは生活がひっそりと、ほとんど捉えられないように脈動していた。灰色の一軒家「屋根葺き職人」の前の十字路にある大きなポスターの中で、なめし皮の半外套姿の若者が「獣の巣穴に火を放て！」と叫んでいた。

歩道に乗り上げた車輪のない「オペル」の中では、袖に白い腕章をした男の子たちが這い回っている。多分、戦争ごっこだろう。ここには住民が多い。彼らは大きな包みを背負い、荷物を積んだ乳母車を押している。そして全員のこらず（大人も子供も）左手に白い腕章をしている。私はそういうことを想像していなかった。国中が降伏の白い腕章をするなどとは。そういうことを読んだ覚えもない。

市の外れの街道のそばで年配の男性が土地を耕していた。私たちは車を止め、家に入っていった。その家の夫人は恐らく私たちのような訪問者にもう慣れていたのだろう。コーヒーを温めましょう、と言ってくれた。

戦争の道のそばに納まったこの小さな家には、きわめて快適な、清潔さに輝いている台所があった。棚にはビール用ジョッキがきちんとした列で並んでいた。食器棚に陣取った茶目っ気たっぷりの陶器の小母さん人形は、スカートを四方に広げていた。この陽気な飾り物は三十二年前の婚礼のときに夫人にプレゼントされたものだった。二度の恐ろしい戦争が荒れ狂った。しかし、この陶器の小母さん人形は無事だった。そのエプロンには、「コーヒーとビール、それが私の大好物」という銘が入っていた。

私たちは家から出た。夫は耕した土地に花を植えていた。彼は毎年、販売用に花を植えているのだった。装甲輸送車がすぐそばを、キャタピラーの音をガチャガチャ立てながら通っていく……。

空にはドイツ軍の偵察機「ラーマ」が静止したように飛んでいた。分岐点ではすでにVAD（軍用自動車道路）局が、車でドイツ領内を移動する人たちのためにあずまやを設営し、厳しく警告していた――「左側通行をした運転者は免許証を没収する」。これはおかしくもあり、愉快でもあった。この警告から漂うのは不慣れな日常生活、別の世界、つまり戦争のない世界の合理的なルールの匂いだった。

われわれと対向する流れで道路を移動してくるのは、自由を獲得したさまざまな民族の人たちだった。フランス人、ロシア人、イギリス人、ポーランド人、イタリア人、ベルギー人、ユーゴスラヴィア人……軍人たち、強制収容所や監獄の囚人たち、ソ連やヨーロッパ全域から奴隷労働、飢えと死のためにドイツへ強制連行された人たちである。

時にはドイツの有蓋荷馬車で、あるいは手に入れた自転車で旅をする人たちもいたが、多くは徒歩で、集団をつくり、手製の自国旗を掲げて移動していた。軍服の人もいれば、民間人の服のようなものを着た人もいれば、縞柄の囚人服姿の人もいた。彼らの挨拶の叫び、温かさと笑いに輝く顔、感情の率直さ――これらの感動的な、胸を締めつけるような出会いは永遠に忘れられない。

街道に接する村に配置された騎兵連隊のそばを、司令官予備兵力の戦車連隊のそばを、「前へ、勝利は近い！」とある道路わきのポスターのそばを走行し、弾薬を満載した自動車の列を追い越しながら、私たちはキュストリンに入った。オーデル河畔のこの都市は無人で、廃墟と化していた。ドイツ人たちはこの都市を「ベルリンの門の鍵」と呼んでいた。

大きな広場は、かつてそれを囲んでいた建物たちの墓場だった。周囲の建物が陰鬱な石の塊となって覆いかぶさっていた。垂れ下がった梁がうめき声を上げ、ぶち抜かれた壁の穴から石のほこりがぱらぱら降っていた。広場の真ん中には、ブロンズの鳥を頂いた記念碑が奇跡的に残っていた。まったく、ここは実に淋しい場所だった。そして、ぶざまで、愚かしそうで、傲岸不遜なこの鳥も、恐ろしい石の荒野で天涯孤独なのだった。

再び街道を走る。そして再び野原と林が続き、地平線に風車小屋が見える。餌を与えられていない野生化した豚たちが畑をうろうろしている。

後退する敵によって橋が爆破され、道路が破壊され、壊れた機材が置き去りにされていた。しかし、貨物を積んだ自動車が走り、ドイツ奥地まで数百キロの困難な道のりを踏破していた。

前線運転手の苦労は言語に絶した。とんでもない悪路を通って貨物を運び、渡河の際には川に沈み、沼地では車輪をとられて動けなくなった。どれほどの爆弾、砲弾、地雷をよけたことだろう。それはみな、弾丸や爆弾の破片で穴だらけになった車でここまで到達し、最後の戦闘に参加するためだったのだ！

夕闇が降りてきて、敵機の攻撃から掩蔽した。すると、街道の交通は目に見えて強化された。戦車、自動車、自走砲、装甲兵員輸送車、水陸両用戦車、荷馬車隊である。歩兵隊は「スチュードベイカー」に乗り、あるいは隊列を組んで徒歩で進軍していく。砲身や戦車の砲塔、馬車に書かれた「ベルリン落とすぞ！」というフレーズがちらほら目に入った。

完全に暗くなった。交通はますます強化された。夜は短かったから、その間に動く必要があった。ヘッドライトを点けず、ゆっくりと進み、渋滞に巻き込まれた。高射砲の発射音がした。田舎道から街道へ向かって、砲、戦車、歩兵隊が集まってきた。

自動車は数台ずつ一列で進み、道路から下りてその両側の未踏の地を走った。そして誰もが先行者を追い抜こうとして、あたりは金属のがちゃがちゃぶつかり合う音、車輪の音、荒々しい警笛、馬たちに振るう鞭の音で騒然としていた。

ベルリンの夜

ベルリン中心部が燃えていた。炎の巨大な舌が何本も空に立ちのぼっていた。それらに照らし出された高層ビルは、実際には数キロの距離があるのに、すぐ近くに立っているように見えた。投光器の広い光束が空をよぎっていた。静まることのない砲撃の低い断続音がここまで伝わった。郊外のここにはまだ敵の対戦車阻止柵が残っていたが、わが軍の戦車はすでに中心部に向けて突進していた。

この夜、総統官邸の地下壕でヒトラーの結婚式が行われた。後に私がこのことを知ったときに思い出したのは、燃え尽きた建物が崩壊する光景、焼け跡の匂い、もはや何物も防ぐことのできない陰気な対戦車阻止柵、闇の中を中心部へ――ドイツ国会議事堂、総統官邸へと突進する戦車隊の引きも切らぬ轟音である。

私は郊外の通りで、転がった空の燃料缶に座っていた。そこは金文字の「フランツ・シュルツ高級ベーカリー」という看板の下の、釘づけにされたショーウインドウのそばだった。どこに私たちは駐屯すべきなのか、司令部で判明するのを待っていたのである。

最前線はこの夜、ベルリン中心部を通っていた。砲撃の閃光がひっきりなしに見えた。

私は四三年のスモレンスク近郊での渡河作戦を思い出した。この時は飢えた馬たちが砲を引っ張るのを拒否し、結局、疲労困憊した人間が敵の疾風射の下を自分たちで砲を押さざるを得なかった。そして命がけでその場面を撮った映画カメラマンのイワン・イワノヴィチ・ソコーリニコフのことも思い出した。ニュース映画の通常号のための材料のほか、ソコーリニコフに支給されたフィルムの一部はいわゆる「歴史的フィルムライブラリー」のためにも消費された。これは子孫のために戦争の悲劇的な顔を残すことになっていた。そして彼は、渡河作戦と、砲の重みに苦しみ、爆弾や射撃の下で戦死する兵士たちを撮影した。

記憶に残っている「一カット」がある。それはニュース映画にも、「歴史的フィルムライブラリー」にも入らなかった。その春のことだった。早春で、水っぽくなった雪の上にはまだ橇道が通っていた。しかし、その道が何とも大変な難路だった。そういう道の傍らに止まった荷橇に一人の輜重兵が座っていた。彼の馬が倒れたのだ。輜重兵は馬を橇から外した。馬に目を向けないようにして、梶棒を外し、雪を入れた飯盒をそれに吊るした。そして小さな焚火を起こした。馬は最後の最後まで守れというのが厳しい至上命令だった。けれども、哀れな馬を立ち上がらせるのは、今回はもう無理だった。

飯盒の中の黄色い水が沸騰しはじめた。だが、馬はまだ悲しげに、あきらめて目をしばたたかせている。輜重兵は陰気な顔で待っている……。

この人はベルリンまでたどり着いただろうか？　兵士の苦しみを引き受け、飢え、寒さ、負傷、恐怖にさいなまれた人たちの全員を、今ここに連れてきたかった。そして命を捧げた人たちを甦らせたかった。彼らの軍隊がどのような恐るべき力を持って敵の巣窟にやって来たかを、一目なりとも見せたかった。

包囲環の完成

ベルリンが完全に包囲されてからすでに三日目だった。激戦の中で、市内各地区の防衛線を次々と粉砕しながら、クズネツォフ大将の第三突撃軍、ベルザーリン大将の第五突撃軍、チュイコフ大将の第八親衛軍の諸部隊が中心部に、すなわち、ティアーガーテン、ウンター・デン・リンデン、政府官庁地区に迫っていた。ベルリン警備隊司令官に任じられたばかりのベルザーリン大将によって、すでに国家社会主義労働者党の解散とその活動禁止の命令が出されていた。

炎上し、崩れ落ちる建物の下の地下室には、ベルリンの住民たちがいた。水も足りず、食料の乏しい予備も尽きかかっていた。

地上では、射撃、砲弾の爆発が収まることを知らず、建物の破片が空中を飛び、焼け跡の焦げ臭いにおいと煙で呼吸困難になった。住民の状態は絶望的だった。

結末がこれほど歴然としているこういう状況下で、この無意味な戦いを一時間長引かせるだけで、これはもう犯罪だった。

これらの日々のドイツ側の計画は一体どういうものだったのか?

その後、すべてが終わってからようやく、この問いの答えを探し出すことができた。

五月二日、シュルトハイス・ビール醸造所で捕虜になった、ヒトラーの個人副官でSS少佐のオットー・ギュンシェは、参謀本部諜報総局で尋問され、この問いに書面で次のように答えた[1]――

砲弾がベルリン中心部で炸裂した四月二十二日の一六時三〇分、ヒトラーを長とする最高総司令部の会議が開催された。

総統は北西部方面における第九軍の進撃実施と南部方面におけるシュタイナー武装SS大将の軍集団の進撃を念頭に置き、総統に言わせれば弱い突破ロシア軍を撃退し、わが軍主力をベルリンに到達させ、これにより新たな戦線をつくる予定だった。この場合、戦線はおよそ次の線を通るはずになっていた。シュテッティン、フランクフルト・アン・デア・オーデルまでのオーデル川上流、さらに西部方面ではフュルシュテンヴァルデ、ツォッセン、トロエンブリーツェンを通過してエルベ川まで。

そのためには以下のことが前提条件にならねばならない。

1　オーデル下流における戦線の絶対的保持。

2　米軍がエルベ西岸に留まっていること。

3　オーデル河畔にある第九軍左翼の保持。

陸軍参謀総長クレープス将軍が、シュテッティン南方の前線でロシア軍大兵力が突破したことを報告した後では、今や総統には前述の戦線の構築が不可能だということが明白だったはずである。そして総統は、これに伴いメクレンブルクも数日後にはロシア軍に包囲されるだろうという意見を述べた。しかしながら、それにもかかわらず、第九、第一二軍およびシュタイナーの集団軍にベルリンへの進撃に移れとの命令が下された。

ギュンシェがこれを書いたのは降伏から六日目のことで、事件の跡はまだ生々しく、記憶も鮮明だった。

四五年四月二十六日、市と外部世界を結ぶ電話連絡の最後の回線が通じなくなった。通信は無線によってのみ維持された。しかしながら、絶え間ない砲撃の結果、アンテナが損傷を受けた。より正確に言えば、完全に機能しなくなった。前記三軍の前進もしくは進撃の進捗状況についての報告は限られた量でしか入らず、大抵は迂回してベルリンに届けられた。四五年四月二十八日、カイテル元帥は次のように報告した。

1　第九軍および第一二軍の進撃はロシア軍の強力な反撃のために阻止され、今後の進撃実施はむしろ不可能である。

2　シュタイナー武装SS大将の軍集団は現在に至るまで到着せず。

このあと、全員に明白になったのは、これによりベルリンの運命が決したということだった。

ベルリン市街ではドイツの兵士たちが戦死していた。これらの悲劇的な日々に彼らは要求された──第三帝国のために火の玉となって戦え、そうすれば勝利する！　しかし、帝国はすでに廃虚の中に横たわり、敗北が決まっていた。彼らには、どこからも現れるはずのない援軍が約束された。動揺、疑心を少しでも疑われた兵士たちは絞首され、銃殺された。だが彼ら、従軍経験のある兵士たちと訓練不足の国民突撃隊員たちは所詮、死ぬべき運命にあった。

しかし、包囲環に閉じ込められたドイツ部隊には依然としてゲッベルスの新聞『デア・パンツァーベーア』（「甲冑の熊」。熊はベルリンの紋章）と「チラシ」の梱包が送り届けられ、兵士たちを欺き、けしかけ、おだて、脅し続けていた。

例えば、四月二十七日付のゲッベルスの『ベルリン前線新聞《ベルリナー・フロントブラット》』の最近号の一つは、こう呼びかけていた──

ブラボー、ベルリン市民諸君！

ベルリンはドイツのものとして残る！　総統はこれを世界に声明された。そして諸君、ベルリン市民は総統の言葉が真実であり続けるために努力している。ブラボー、ベルリン市民諸君！

諸君の行動は模範的だ！　今後も同じように勇敢に、同じように頑強であれ、情け容赦は無用。

そうすればボルシェヴィキどもの強襲の波も諸君に当たって砕け散るだろう……耐え抜け、ベルリン市民諸君、援軍が前進している！

この「チラシ」が手に入ったのは四月二十九日のことで、私たちはすでにポツダム広場から遠くないところにいた。

政府官庁地区

私たちは、わが第三突撃軍の諸部隊がポツダム広場方面攻撃の拠点にしている地区へ出発するようにとの指示を受けた。

早朝、私たちはジープに乗って、戦車によって破壊され、踏みつぶされたバリケードを一つ、その後でまた一つと通過し、ごた混ぜになったレール、丸太、砲の間を進んだ。建物の破片、空き樽などで埋め戻した対戦車壕を越えた。建物が混んできた。数階分が吹き飛ばされて低くなった建物もあれば、倒れるのを忘れたような黒焦げの壁が一枚だけ残っている建物もある――二日前の戦闘の記念碑である。あちこちで戦車が瓦礫の中に自分の道をつくった。そのキャタピラーの跡をたどってこの戦車道に自動車が集まってきた。その数はどんどん増えた。

ベルリンの街路の交通整理は、スモレンスク、カリーニン、リャザン出身の娘たちが担当した。彼女たちは体にぴったり合った軍服を着ていた。きっと、ポズナニのヴィクトリア小母さんのところで仕立て直してもらったのだろう。自動車が停まった。その先は道がなかった。

向こうからフランス人の小集団が荷物を積み、フランス国旗を側板に立てた手押し車を押して、煉瓦のかけら、鉄くず、小石の堆積の中をうまく立ち回りながら歩いてきた。私たちは互いに手を挙げて挨拶した。

中心部へ近づくにつれて、空気が濃くなった。当時ベルリンにいた人は、焦げ臭さと石のほこりで鼻を突く、もやったこの空気、そして砂をかんだ時のじゃりじゃりした感触を覚えている。

私たちは崩壊した建物の壁の向こう側に出た。火事を消す者は誰もおらず、壁がくすぶっていた。そして壁面を這う樹木が焦げた手で壁を抱きかかえていた。

残ったドアには、「われわれの壁は崩れるが、心は決して崩れない」というポスターがかかっていた。だが、そのドアの先にはもう何もない。荒廃の闇のほかには。

地下室を回って、私たちはドイツ人家族に面会した。私たちへの質問はいつも同じだった。「この悪夢はもうすぐ終わりますか?」

「もし戦争に敗れるなら、ドイツ民族は消滅しなければならない」と、ヒトラーは声明した。しかし人々は、彼の意志に逆らって、消滅することを望まなかった。窓々から白いシーツ、枕掛けが吊された。

「白旗を掲げた家では男子全員を銃殺に処す」。ヒトラーの命令はそう言っていた。

市の見取図で位置を確認するのは非常に難しくなった。ロシア語の標識はすでに終わり、ドイツ語の標識は大部分が壁とともに消滅していた。そして私たちは通りで出会う住民に説明を求めた。彼らはどこかへ自分の家財道具を運んでいた。

通信兵たちが壁にぶち抜かれた穴の中でちらほら見えた。電線を引いていたのだ。荷馬車で干し草を運んでいた。口髭のある親衛輜重兵が干し草の茎をかんでいた。そして同じような草の茎が粉々になった舗装道路の上に少し振りまかれていた。自動小銃を持った兵士たちの一団が通り過ぎた。その中に頭に包帯をした兵士が一人いた。遅れないように、列から落伍しないように必死だった。

頭に何もかぶっていない年配の女性が通りを渡ろうとしていたが、遠目にもはっきりと見える白の腕章をしていた。

女性は幼い男の子と女の子の手を引いていた。髪をきちんとした二人の子供も、肘の上のほうに白の腕章が縫い付けられていた。私たちのそばを通るとき、女性は自分の言うことが通じるかどうか構わずに、「これは孤児たちです。私たちの家は爆撃されました。私はこの子たちを別の場所に連れていくのです。これは孤児たちです……私たちの家は爆撃されました……」と、大声で話し始めた。

門の通り口から黒い帽子をかぶった男性が出てきた。私たちを見ると、立ち止まり、羊皮紙に包んだ小さなものを差し出した。彼がそれを開けると、黄色の小箱があった。蓋も開けた。

「中尉さん、『ロリガン・コティ』です。タバコ一箱と換えて下さい」

しばらく立っていたが、包みを裾の長いオーバーのポケットに隠し、のろのろと歩き出した。

その先の通りはどれもほとんど無人だった。印象に残っているのは、ポスターをぐるりと周囲に貼り付けた広告塔、窓の穴から白い手のように外に出されているシフォンのカーテン、屋根に広告（パピエマシェの大きな短靴）を付け、建物にもたれかかったバスである。そして建物の壁に貼ってある、ロシア軍をベルリンに入れないというゲッベルスの断固たる約束。

今度はますます、一面廃虚の死んだ街区が続く。

さらに息苦しくなった。ほこりと煙が私たちの行く手を覆い隠す。ここでは一歩ごとに弾丸が待ち受けていた。すでに政府官庁地区で激戦が行なわれていた。またしても最後の一人まで首都を防衛せよとの命令が出ていた――「男たち、女たち、少年たちが激しく頑強に戦う国防軍と並んで立っている。国防軍はすでに何年もボルシェヴィキ軍と戦っており、それゆえに問題は交渉ではなく、生か死かであることを知っている」。

バリケード、壕、逆茂木、対戦車阻止柵、有刺鉄条網は戦車の前進を止めるはずだった。コンクリート製の施設と大きな建物は戦闘拠点に変えられ、それらの窓は銃眼になった。故障しているが、砲は使える戦車、そしてしばしば無傷の戦車が地面に埋め込まれ、強力な火点に姿を変えた。

『ベルリン前線新聞』は、最近二十四時間に「ソヴィエト」に反撃しなければならなかった主要打撃の方向を列挙していた――グルーネヴァルトとジーメンスシュタットの間、テンペルホーフ・ノイケルン地区、ヴェディング駅南方の街路。

第一ベロルシア方面軍軍事会議のアピールは「戦友諸君、突撃せよ！　完全かつ最終的勝利に向かって！」と、呼びかけていた。

巨大な不案内の都市。火事の煙がその輪郭を覆い隠し、廃虚の街区がそれに幻想的な風貌を与えていた。

六年ほど前、ここから犯罪的な、残酷さで例を見ないヨーロッパ侵略が始まった。戦争はここへ戻ってきた……。

シュプレー川

戦争が最も困難だった時期に兵士たちは幾たび口にしたことだろう。俺たちはこれからベルリンまで行く、そしてシュプレーというのが一体どんな川なのか見るのだ、と。

ついにそれが実現した。曲がりくねって、高い岸を持つシュプレー川は、市内のほかの川、運河、湖と同じく、進撃部隊の前進を手間取らせた。硝煙、煙、ほこりが、火事の反射で奇妙な感じに照らし出される厚い幕となって、川の上に立ち込めていた。そのシュプレーの対岸には政府官庁地区、「特別第九防衛地区」があり、激戦が行なわれていた。

方向表示板、戦車、砲に装てんする砲弾、砲身にはペンキで「ドイツ国会議事堂へ！」と書き込まれていた。これは当時ベルリンにいた全員の頭の中にあったことである。

四月二十九日、わが軍の部隊はケーニヒ広場に接近した。国会議事堂の灰色の建物は六本の円柱がある正面をこの広場に向けていた。

国会議事堂を占領し、その丸屋根に赤旗を打ち立てることは、ファシズムに対する勝利、ヒトラーに対する勝利を世界に知らせることを意味すると考えられていた。国会議事堂突撃はモスクワから来た記者たちと前線新聞の記者たち双方の関心を集めていた。国会議事堂突撃の名誉はクズネツォフ大将麾下のわが第三突撃軍に与えられた。

一九三三年、国会議事堂放火という悪辣きわまりない挑発のあとで、ヒトラーは年老いたヒンデンブルク大統領に強いて、すべての市民的自由を「一時的に」廃止させた。それらが回復されることはなかった。これはヒトラーが共産主義者と社会民主主義者に対して制裁を行ない、国会で多数を占めることを可能にした。建物内部の焼失した部分は復旧されなかった。議会はナチズム支配体制の下でその意味を失った。めったに開かれないその議事は別の場所で行われた。

新支配体制下で主要な建物になったのは、ヒトラーお気に入りの建築家シュペーア（後に軍需相）によって特別に造営された新総統官邸だった。それは国会議事堂から五〇〇メートルの距離にあった。

その時はまだ、ヒトラーが総統官邸地下の防空壕に自分の司令部とともに潜んでいるという確定的な諜報資料はなかった。諜報部が保有する情報は乏しく、支離滅裂、あやふやで、矛盾していた。捕虜になったドイツ兵士たちが私たちに話せることはほとんどなかった。これらの兵士のある者は、ヒトラーはバイエルンかどこかへ飛行機で去ったと考えていたし、ほかの兵士たちは概して、ヒトラーの所在の問題も含め、あらゆることに無関心だった。彼らは茫然としており、疲労困憊していた。

情報を得るための敵兵が捕虜にされた。「ヒトラーユーゲント」の制服を着た十五歳ほどの若者で、目が真っ赤になり、唇がひび割れていた。直前まで激しく射撃していたのに、今は座って、とまどいながら、好奇心さえ示してあたりを見回している。ごく普通の若者だ。戦場でのこれらの瞬間的な変身はすごい。

彼が話したところによれば、帝国青年指導者アクスマンの指揮する彼らの師団はヒトラーを守っている。彼はそのことを自分の指揮官たちから聞いた。指揮官たちは絶えずそのことを口にしており、ヴェンク[2]の軍が支援に来るまで持ちこたえねばならないと言っている。

私は一日中、ポツダム広場からそれほど遠くない家の地下で、捕虜たちの尋問の通訳をしなければならなかった。ここには仕立屋の家族、息子を連れた若い女性、スキーウェア姿の娘がいた。

戦闘のとどまることを知らない轟きがかすかに地下室まで聞こえてきた。時折、私たちは地震のような揺れを感じた。

年配の仕立屋はほとんど椅子から立ち上がらなかった。しばしば懐中時計を取り出し、長いことそれを見つめた。それはひっきりなしに、無意識に覗き込むのだった。彼の成人した息子は小児麻痺の後遺症のため体が不自由で、父親の足元に座り、その膝に頭をのせていた。姉娘のほうは眠っているか、そうでなければ不安そうに動き回っていた。夫は国民突撃隊員で、ベルリン市街にいたのだ。自失し、疲れ切ったこれらの人たちの中で、仕立屋の妻だけが絶えず何か仕事をしていた。戦争も死の恐怖も、母親としての義務を中断させることはできなかった。食事時になると、彼女は膝の上にナプキンを広げ、マーマレードを付けた小さなパン切れを並べた。

痩せこけた息子を連れた若い女性とスキーウエアの娘は「難民」、つまり、ほかの地下室からの外来者だった。彼女たちはなるべく場所をとらないように遠慮していた。子連れの女性のほうは時々、大声で自分のことを話そうと試みた。夫は消防士で、前線に召集された。二年間、夫の帰省休暇を待ち、家で夫にやってもらう仕事のリストをつくっていた。ドアの取っ手の交換、スライド錠の調整などなど。それなのに今はその家が焼けてしまった、と。息子は病的に顔をしかめた。どうやら、母親の話を何回も繰り返し聞かされるのにうんざりしているらしかった。スキーウェアの娘は粗末なブーツを履き、リュックを背負っていて、それを外す決心がつかないようだった。醜く、骨ばった彼女には、誰も名前や出身を訊ねようとしなかった。

尋問の呼び出しを待つ捕虜たちがここに座っていた。若くないドイツ軍少尉が私にそっと言った。「今日の昼ごろ、私はある民間人たちと一緒に座っていた」。彼はどこかの地下室で一緒になった人たちのことを言っていた。「あなたがたにそれが分かっているのかどうか?」

「どうにもならないでしょ」

「いや、これがちゃんとした人たちなら、私に文句はありません」

私たちに関心があるのは、ヒトラーはどこにいるのかという一事だけだった。しかし、少尉はこれに答えられなかった。だが、話したいらしく、椅子から立ち上がり、直立不動で遠くから話し始めた。

「われわれの第一の敵はイギリス、第二の敵はロシアだった。イギリスを殲滅するために、われわれはまずロシアを片づけねばならなかった……何ということだ！」と、彼は言うと、両手で顔を覆った。

投降したエルザスの炭鉱夫は険しい顔で、ドイツ軍と戦えるように武器を貸してほしいと頼んだ。「たとえ最後の時でも」と彼は言った。「すべてのために！」。そして袖をまくって、刺青を見せた。それは彼がエルザス出身者であることを証明する十字だった。

手に入れられる資料がどんなに少なくとも、それらを対比し、総統官邸周辺のドイツ側防衛の性格を仔細に調べると、やはりヒトラーはそこにいるらしいと推定できた。

四月二十九日の夕刻、自分の母親を探すために火線を越えてきた看護婦が捕まった。私たちとの会話の際、彼女は自分の外套のポケットから三角巾を取り出した。これは無意識の行為か、あるいは三角巾の白地にある赤十字の庇護を受けたいという願いからの行為だった。わが軍の負傷者にとってこのマークが助けになったことはなかった。戦争の全期間をつうじて、赤十字のマークが掲げられるや否や、ドイツ軍はこの目標を最も容赦なく爆撃したのである。

前夜、その看護婦はフォス通りから付近で唯一残った掩蔽物――総統官邸地下壕――まで負傷者たちに付き添った。そして軍人と勤務員たちからヒトラーがその地下壕にいると耳にした。

白旗

夜明け。戦闘の後の街路。戦死したドイツ兵士。砲弾で粉々になったショーウィンドウ、無人となった建物の暗い奥のどこかに通じている壁の穴。風ががらくたと石くずの木煉瓦舗道を掃いていく。建物のそばの歩道にわが軍の兵士たちがいる。ひざを折り曲げ、頭の下にドアの破片を置いて横向きに眠っている者、ゲートルを巻き直している者。

強襲のさらなる一日を前にして最後のゆっくりした時間……。至るところにバリケード、対戦車障害物、壕、逆茂木がある。迷路のような街路。がれきのカオス。燃え上がり、崩壊する建物と敵が窓から銃撃する建物。死がまだ勝利によって報いられなかった苦戦の時期に、われわれの兵士たちがどれほどの忘れえぬ勇気と自己犠牲をもって死に立ち向かったことか。しかし、勝利まであとわずかな時間となった時の戦死には特別の悲哀と悲痛がある。何しろベルリンに到達したのはすべてを経験した人たちだった。痛みと憎悪、敗北の苦しみと自己犠牲、包囲の窮地、捕虜の絶望、ヴォルガからシュプレーまでの勝ち戦での猛攻、精神的高揚のすべてを。そして今、彼らはベルリンの市街で敵弾に倒れたのだ。

昼夜を分かたず、激しさを増しながら戦闘が続いている。ベルリン守備隊、オーデル川、キュストリンから後退したSS連隊および部隊、エルベ川から引き揚げさせた部隊——市の包囲環が完成する前にベルリンになだれ込むことのできた全兵力が、ここ、政府官庁地区に集結していた。

四月三十日一一時三〇分、突撃部隊に命令が下された。全種類の兵器から撃て！　重砲、自走砲、戦車、機関銃、自動小銃が発砲している。ヴォルガから到着した砲が撃っている。すべてのために、みんなのために。それから砲撃が静まり、兵士たちが突撃に移った……。

この日、四月三十日夕刻、帝国国会議事堂の上に赤旗が掲げられた。だが、この建物内部の戦闘はまだ五月一日中も続いた。

帝国国会議事堂。遠くからも目立つ大きな丸屋根があるこの堂々たる建物は、歴史に勝利のシンボルとして残った。これは第九特別防衛地区の拠点だった。その陥落に伴って総統官邸も、もはやそれ以上の抵抗ができなかった。


一九四五年五月一日にかけての深夜のベルリン。それは黙示録の夜だった。炎上する建物が闇の中に沈む破壊された都市を荒々しく、奇妙な感じで照らし出している。石が崩れる轟音と一斉射撃、戦闘と火事の焦げ臭いにおいが息を詰まらせる。夜空の闇の中を投光器の光線があちこちと揺れ動いている。ドイツ軍機は一機たりともベルリン包囲環の空域に入らせてはならなかった。何物も何人も空からここへ来させてはならなかったし、ここから脱出させてはならなかった。


ドイツ軍部隊は首都の中心部、政府官庁地区に追い詰められていた。そこには彼らの悲劇的な時間、抵抗、絶望、自己犠牲があった。敵との間にある暗い通りを挟んで射撃音が激しい鞭打ちのように響いていた……。そして突然――これは私たちの隣接軍、チュイコフ将軍の第八親衛軍の持ち場で起こった――敵側から誰かが現れた。照明弾が彼を戦争のカオスの中から引っ張り出した。白旗を振っている。ベルリンでの最初の軍使だった。敵側によって状況の絶望性が認識された最初のしるしである。射撃は直ちに停止された。

軍使は石、装甲の破片に足を引っ掛け、ガラスと小石を踏みながら歩いてきた。そして彼が近づくにつれて、その背後で壮大な一時代が見る見る衰えながら遠ざかっていった。

このエピソードは、チュイコフの司令部の作戦部長I・A・トルコニューク中将の回想録[3]に描写されている。

射撃はすぐに停止された。ベルリンの街路で初めて双方からの撃ち合いが止まった。そして軍使(ザイフェルト中佐)は急いで角の灰色の建物の中にあるロシア軍火点まで達した。軍使についての知らせは電話線で順を追って伝えられ、チュイコフ司令官に届いた。軍使は文書を取り出した。それはロシア語とドイツ語の二ヵ国語で書かれ、ボルマンの署名があった——ザイフェルト中佐にロシア軍司令部と交渉を行う全権を付与すると。交渉の眼目は、陸軍参謀総長ハンス・クレープス将軍が行なわねばならぬ通知の特別の重要性にかんがみ、同将軍が前線境界線を渡る問題を調整することだった。

そして、わが軍と敵を隔てる通りを反対側に戻ったザイフェルトが約束したとおり、ほぼ一時間半後、真新しい廃虚の中からドイツ人たちが現れた。モスクワ時間午前三時、通りの向こう側、ドイツ軍側のベルリン時間では午前一時だった。

かなり明るかったので、戦う双方の兵士たちは、すでに始まりつつある新たな運命的一日の光のもとを、クレープス将軍と随行者たち——将軍のカバンを運ぶ伝令兵、士官(ドゥフヴィンク大佐)、白旗を持つ兵士——が進むのを緊張して見守った。

クレープスは師団司令部を経由してチュイコフの指揮所へ回された。モスクワ時間三時三〇分だった。前日の午後三時三〇分にヒトラーは自決していた。クレープスはボルマンからのこの知らせをもって到着し、チュイコフ将軍に向かい、彼がジューコフ元帥だと勘違いして、あなたに——非ドイツ人では最初に——このことをお知らせすると語った。

クレープスは「ソヴィエト国民指導者」宛てのゲッベルスの書簡を持参した。書簡のテキストはジューコフが自著に引用している。書簡には次のことが伝えられていた――本日、「総統はみずからこの世を去られた。総統はその正当な権利に基づき、遺書において全権力をデーニッツ、私、ボルマンに譲渡された。私はボルマンに、ソヴィエト国民指導者との連絡をつけるべく全権を付与した。この連絡は最大の損害を払った両大国間の和平交渉のために不可欠である[4]」。

書簡にはヒトラーの遺書に基づく政府の新閣僚名簿が添付されていた。崩壊した第三帝国のこのうたかたの政府ではゲッベルスが首相に、クレープスが軍事相になった。ボルマンには党務相という新ポストが用意された。帝国大統領兼総司令官にはデーニッツ海軍元帥が任命された。

クレープスはベルリン市内の停戦を要請することを委任されていた。これは政府が再統合し（デーニッツはフレンスブルクにいた）、ソヴィエト軍司令部と全権をもって交渉に着手できるようにするためだった。しかしこれは、包囲されたベルリンから脱出しようとする最後の試みであることが明白だった。

チュイコフ、ソコロフスキー[5]両将軍とクレープスの交渉内容は、今では分かっている。しかし、当時私たちはクレープスの来訪を噂でしか知らなかった。交渉はすぐに秘密交渉になった。

クレープスは滅亡寸前の帝国における最後の人事と抜擢の犠牲者の一人だった。陸軍参謀総長のポストに据えられたのは、ほんの一九四五年三月末もしくは四月になってからのことで、ヒトラーに罷免されたグデーリアンの後任としてだった。背筋をぴんと伸ばし、顔をきれいに剃り上げ、外套に締めたベルトに拳銃を帯びた彼は、職業的な身のこなしを保っていた。徒労に終わった交渉の終了後に撮影された写真に、彼はそういう姿で写っている。モスクワの大使館で長く駐在武官を務めたので、クレープスはロシア語が分かった。彼の耳に入ってくるのはチュイコフが幕僚たちとやり取りする厳しい反駁だった。「とどめを刺さねばならん！」。そしてジューコフ元帥への電話。「私ならもったいぶったりしません。無条件降伏、これでおしまい」

だが、最も厳しく、とどまることを知らなかったのは、交渉に出席した元近衛士官〔ロシア帝国時代の〕で今は大佐の肩章をつけている有名なソヴィエト作家フセヴォロド・ヴィシネフスキー[6]だった。戦争の終結を前にしてベルリンに来たのである。

ヴィシネフスキーは驚愕し、憤激して、「この悪党から拳銃を取り上げろ！」と叫んだ。軍使と捕虜を区別できない彼をなだめるのに手こずった。しかし彼は、クレープスがチュイコフに文書を手渡す際、数ページを自分の手元に残したのを見て、またしても憤慨し、それを力ずくで取り上げるように要求した。

社会主義ヒューマニストのこの作家を苦労して押しとどめたのは、これまでいやになるほど戦い、敵への厳しさでは粗野になっていたが、それでも職業的仁義と自尊心を失っていなかった軍人たちだった。

ドイツ側にとって交渉が失敗することは必至だった。チュイコフから報告を受けたジューコフ元帥は、われわれが発言できるのは全連合国の名においてのみだと強調して、義務違反に慎重な対応をした。

クレープスが手渡した文書が方面軍司令部指揮所のジューコフに届けられた。回答は明白だった――全連合国に対する無条件降伏あるのみである。しかしながら、最終決定権はスターリンにあった。だが、彼は自分の別荘で就寝中だった。当直の将軍がジューコフにそのことを告げた。そしてこれは交渉を遅らせ、ジューコフに懸念を呼び起こした。連合国にソヴィエト軍司令部の単独の対応を非難する口実を与えないだろうか？

ジューコフは決意した。「彼を起こしてくれたまえ。事は緊急を要し、朝まで待つわけにはいかない」

後年、私との会話でジューコフは自分の記憶を自慢し、「素晴らしい」記憶と呼んだ。しかし、そういう長所を持ち合わせない人たちの場合でさえ、彼らが耳にしたスターリンの言葉は永久に記憶に刻み込まれた。ジューコフが引用したスターリンの言葉の正確さは疑わなくてすむ。

ジューコフの電話で起こされたスターリンは、恐らく、寝ぼけて、自制力が弱まった状態で、いくぶん直情径行的にヒトラー自殺の報に反応した――

「ざまあ見ろ、ろくでなし――〔裏切った仲間のことを話すように言った。何しろ猜疑心の強いスターリンが信用したのは彼一人だけで、それがあれほど背信的に欺かれたのである――ルジェフスカヤ〕――生け捕りにできなかったのは残念だ。ヒトラーの死体はどこにある?」

「クレープス将軍の話では、ヒトラーの死体は焚火で焼かれたとのことです」

「ソコロフスキーに伝えてくれたまえ。クレープスとも、ほかのヒトラー主義者どもとも、無条件降伏以外、いかなる交渉もしてはならない。緊急のことがなければ、朝まで電話しないでくれ。パレード〔赤の広場のメーデー〕の前に少し休んでおきたい[7]」

こうしてスターリンは当時最も先鋭なテーマについてジューコフとの会話を打ち切った。

スターリンは人をすぐには信じなかった。しかしながら、ヒトラーに関する報告の信憑性を確定することを命じなかった。その後も指示は出なかった。

「焚火で焼かれた」のである。いずれにせよ、消えたのだ。これは生き延びて、隠れているヒトラーというテーマのために広い余地を残した。ヒトラーはもはや戦争のしるしではなく、世界をどのようにするかということのしるしとなった。

ジューコフは、恐らく戦争中はスターリンに評価されていたその率直さのゆえに、今後の政治的駆け引きへの参加にはまったく適していなかった。そして、もし彼が個人的にヒトラーの死を確認している場合には、危険でさえあった。

このためジューコフはすぐに外された。そして、彼もこれを感じていたと推定できる。スターリンは彼に、ヒトラーの探索が行なわれているかどうか、一度も訊かなかった。

ソヴィエトの新聞は五月二日から、ヒトラーが逃亡に成功したというタス通信報道を読者に吹き込み始めた。五月二日の『プラウダ』紙には次のように述べられていた。

昨晩、ドイツのラジオ放送はいわゆる「総統大本営」の発表を流した。これには五月一日午後にヒトラーが死んだと主張されている。発表にはさらに、ヒトラーが四月三十日に自己の後継者としてデーニッツ海軍元帥を任命したことが指摘されている……ドイツの放送の前記発表は、どうやら新たなファシスト的策略のようだ。ヒトラーの死亡説を流布することによってドイツ・ファシストどもが明らかに望んでいるのは、ヒトラーに舞台から退場し、非合法状態に移る機会を与えることである。

すなわち、ヒトラーは生きていて、どこかに隠れているのか？　ヒトラーが生きているかどうか、あるいは自決したかどうか、それにもまして発見されたかどうかの問題は、軍隊から高度な政治の領域へ移行した。したがってジューコフはもっと意図的に外された可能性があった。これは彼の専門分野ではなかった。新しい複雑な問題と関心事を抱えた新たな一日が、打倒されたヒトラーを昨日の方向に押しのけながら、本格的に動き出した。

ジューコフ元帥との会話で私が語ったのは、当時の私たちには、方面軍司令部が探索に関心を示していない感じがあったということである。ジューコフはそれに異議を唱えなかった。当時、なぜか彼は詳細のすべてを報告するように要求せず、黙殺していたのである。一体なぜだったのか？　これに対するスターリンの「無関心」のためばかりだったのだろうか？　理解できない。私には明快に答えられない。

スターリンに関して言えば、探索が行なわれ、死んだヒトラーが発見され、問題に幕が下ろされることに彼は関心を持っていなかった。このことはその後のすべてからはっきりと見てとれる。

交渉――それは今やソコロフスキー上級大将が主導していた――が終わった。停戦の要請は断固拒絶された。クレープスには、論ずることができるのは、三連合国によって定められているとおり、無条件降伏のみであると告げられた。

クレープスはそのための権限を与えられていなかった。クレープスとの交渉は、彼が鬱々たる報告を持って総統官邸に戻ることによって終わった。ゲッベルスのもとには、双方の側の無意味な流血を避けるために降伏すべきだという要求を持ったフォン・ドフヴィンク大佐が送られた。わが司令部も一時的にゲッベルスとの直通電話連絡を開設することに決定した。フォン・ドゥフヴィンク大佐の後について行くように命じられた通信兵は、ケーブルを道路中に伸ばしながら、行くべき場所まで無事に達し、ドイツ軍通信兵たちに手伝ってもらって彼らの線と接続し、自分の電話機をセットし、地面にあいた穴の底でわが軍の射撃から身を隠しながら、フリッツたちと友好的に一服吸っていることを味方に知らせた。

初めて直通電話線が敵同士の指揮所を結んだ。しかしこの正常な直通電話線は遊んでいた。ソヴィエト側の条件に対する回答をしなければならないドイツ側は、電話の通話に出ようとしなかった。決定を待って、わが方からの軍事行動は停止されていた。ようやく一八時になって、ゲッベルスから派遣されたSS中佐が前線境界線越しに、ソヴィエト側の条件受け入れを拒否する文書を届けた。

ゲッベルスとボルマンにとって降伏は個人的にいかなるチャンスも約束しなかった。ソヴィエト当局への投降は二人にとって死と同等でさえなかった。それは死よりも恐ろしいものだった。だが、ドイツ軍兵士と住民の命を救おうという配慮が二人を悩ませることはなかった。

一八時三〇分、赤軍はジューコフ元帥の命令により強襲を再開した。敵同士をつなぐ電話線は利用されることもなく、切断された。

私は一度ならず考えた。ドイツの通信兵たちと一緒にあちら側の穴の底に横たわっていたわが軍の兵士はどうなったのだろうか？　敵中で一人、赤軍の猛攻を受けたのだ。見込みのない状態に追い詰められたナチスの兵士たちが絶望と憎しみを彼に振り向けなかっただろうか？

一九八五年になってようやく、長い忘却の年月の後に、あの英雄的通信兵がよみがえった。私は新聞の記事を読んで、歓喜とともにそのことを知った。ライプチヒの国際短編ドキュメンタリー映画祭で、彼を取り上げたカザフスタンの作品が賞を受けた。彼は長年、ひっそりとアルマトイで暮らしていたのである。

五月一日の夜遅く、ハンブルクのラジオ局が次のような「大本営」発表を放送した。「われらが総統アドルフ・ヒトラーは本日午後、総統官邸のみずからの指揮所において最後の息を引き取るまでボルシェヴィズムと闘いつつ、ドイツのために戦死された」。この発表はワーグナーの音楽の伴奏で繰り返し放送された。

新たな状況が生まれたが、私たちの課題はこれまでどおりだった。死んだヒトラーを見つけることである。

総統地下壕

ヒトラーの司令部は総統官邸の地下壕に陣取っていた。地下壕内には五〇以上の部屋（主として窮屈な小部屋）があった。ここにはまた強力な通信センター、食糧の備蓄、キッチンもあった。地下壕は地下ガレージとつながっていた。地下壕には総統官邸の内庭、あるいはロビーから入ることができた。ロビーからはかなり広く、傾斜の緩い階段が下に通じていた。階段を下りると、すぐに長い廊下に出た。廊下には多数のドアが面していた。ヒトラーの避難所に到達するには比較的長く、込み入ったコースを行かねばならなかった。内庭からの入口は、ヒトラーの避難所——地下壕の住人たちの呼び名に従えば「総統地下壕」に直接通じていた。

二階式の総統地下壕は総統官邸地下壕よりもかなり深いところにあり、ここの鉄筋コンクリートの間仕切りは著しく厚かった（ヒトラーの護衛隊長ハンス・ラッテンフーバー[8]はその回想録『私が知っていたヒトラー』で、この地下壕をこう特徴づけている。「ヒトラーの新しい防空壕はドイツで建造されたすべての防空壕の中で最も強固なものだった。防空壕天井の鉄筋コンクリート仕切の厚さは八メートルに達した」）。

地下壕の入口付近にコンクリートミキサーが立っていた。ここではつい最近まで総統地下壕のコンクリート仕切の補強工事が行なわれていた。恐らく、砲弾が避難所を直撃した後のことだったろう。五月二日朝、強襲部隊は最後の阻止環を突破し、総統官邸に突入した。四散した護衛部隊の残兵とのロビーでの撃ち合い。地下へ下りる。地下壕の廊下や小部屋から手を上げた軍人と民間人が出てきはじめた。廊下の床には負傷者が横たわり、あるいは座っていた。うめき声が聞こえた。

この地下壕の中や総統官邸の各階では何度も何度も撃ち合いが始まった。瞬間的に位置を確かめ、地下壕からのすべての出口を探し出し、これを遮断し、状況を把握して、探索を開始する必要があった。

地下壕に住んでいた雑多な人たちの中から協力してくれる者を見つけ出すのは容易ではなかった。つまり、他の者たちよりも多くヒトラーの運命について知っており、地下壕の迷路の案内人になってくれそうな人間である。

最初の逃亡者に、あわただしく尋問が行なわれた。

総統官邸地下壕でがっしりした四十歳の男が発見された。総統官邸車庫の技手カール・シュナイダーである。

彼の証言によれば、四月二十八日か二十九日（彼はそれ以上正確に記憶していなかった）、ヒトラーの官房の当直電話交換手がシュナイダーに、彼のところにあるすべてのガソリンを総統地下壕へ送るようにとの命令を伝えた。シュナイダーは各二〇リットル入り八缶を送った。同じ日の後刻、彼は当直電話交換手から照明用トーチを送れという追加の命令を受けた。彼のところにはトーチが八本あったので、それを送った。

シュナイダー自身はヒトラーを見かけず、ヒトラーがベルリンにいるのかどうか知らなかった。しかし五月一日、彼は車庫長とヒトラーの専属運転手エーリッヒ・ケンプカからヒトラーが死んだと聞いた。ヒトラー自殺の噂は護衛隊員たちの間でも広まっていた。その際には、彼の遺体が焼かれたことも話されていた。

シュナイダーはこれらの噂と彼が受けた命令を考え合わせて、自分の送ったガソリンは総統の遺体を焼くのに必要だったのだと推定した。

だが、五月一日の夜、再び当直電話交換手から電話がかかってきて、手持ちのガソリン全部を総統地下壕へ送るように再び要求された。シュナイダーは各自動車のタンクからガソリンを汲み出し、さらに四缶を送った。

この電話は何を意味するのか？　今回は誰のためのガソリンなのか？

ヴィストロフ少佐、クリメンコ中佐、ハジン少佐は、カール・シュナイダー、コックのヴィルヘルム・ランゲを連れて庭園へ出た。

足元には砲弾で穴だらけになった地面、根こそぎになった樹木、焼け焦げた枝、火と煤で黒くなった芝生があり、至るところにガラスの破片、崩れた煉瓦が散らばっていた……どこにその場所が、そのための追加の情報がなくても、ここで焼かれたのだと確信をもって言える場所があるのか？

彼らは庭を見回しはじめた……総統地下壕の出口から三メートルのところにゲッベルスと夫人の半焼けの死体を発見した。ガソリンが再度必要になったのは、このためだったのだ。一九六五年二月九日付の私宛ての手紙でイワン・クリメンコ[9]は、シュナイダーを念頭に置いて、「彼らを最初に発見したのはドイツ人だった」と、書いている。もう少し遅れたら、総統官邸になだれ込んできた赤軍兵士の人波が足元も見ず、それと気づかずに死体を踏みつぶしたことだろう。

ベルリンの空はまだ燃え尽きていなかった。総統官邸から煙が出ていた。地下壕は暗く、換気装置が動いていなかった。むっとして、じめじめして、陰気だった。

当時、私は地下壕――総統官邸地下壕――で、普通のほや無しランプの光で大量の書類を調べる機会を持った。

ボルマンの紙挟みには、市街戦の現場から送られた、ベルリンのナチ党指導部による絶望的状況や弾薬不足、兵士たちの退廃に関する報告、さらに本人の手紙やヒトラーの個人的書類があった。

これらの書類の中で私がまず第一に捜したのは、最後の日々にここで起きたことに光を当ててくれるような、真相に迫る何らかの手がかりを与えてくれるような資料である。

ボルマンはオーバーザルツベルクの自分の副官に"geheim"(「秘密《ゲハイム》!」)の赤いスタンプを押した電報を次々と送っている。彼の指示の性格から、そこのベルヒテスガーデンにヒトラーの大本営を置く準備が行なわれていたことが明白である。つまり、ベルリンから脱出しようとしていたのだ。

別の紙挟みは、四月の最後の日々に無線で受信された敵の情報だった。連合国総司令部からのロイター通信の報道、各前線における戦闘行動についてのモスクワからの放送、世界の出来事についてのロンドン、ローマ、サンフランシスコ、ワシントン、チューリッヒからの電報など。

ヒトラー大本営では、これらの情報源は、前線の他区域と膝元のベルリン市内で四月最後の日々に起こっていることについて知識を得るために利用されていた。各部隊との連絡はこの時までに最終的に失われていた。

紙挟みにあったすべての書類は、タイプライターで大きな文字で打たれていた。それまで私はそのような変わった字体に出会ったことがなかった。まるで拡大鏡を見ているようだった。これは何のためなのか？

後に知ったところによると、これはヒトラーのために秘書のゲルトラウト・ユンゲ[10]がすべての書類を特別のタイプライターで打ち直していたのである。威信をおもんぱかってヒトラーは眼鏡をかけることを望まなかった。

ムッソリーニと愛人クララ・ペタッチの処刑についての外国放送の報道をタイプしたものがあった。ヒトラーは青鉛筆で「ムッソリーニ」と「逆さ吊りにされた」という単語に下線を引いていた。この発見は私には重要なものに見えた。ムッソリーニの運命についてのニュースが、死後に発見されることを避ける必要性へとヒトラーを動かしたのだ。当時、私はそう決め込んだが、後に自分の推理の確認を公文書館や、ラッテンフーバーの回想録、一九四五年十一月一日付のドイツ管理委員会（英国グループ）の結論の中に見つけた。[11]

私たちは文書の調査を続けた。文書に目を通してから、私はそれらに短評をつけ、文書はさらに方面軍司令部に転送された。ここへはまた、私たちの確認文書、調書、すべての書類も送られた。

ゲッベルスの日記

その頃の私たちの重要な発見物の一つが、ゲッベルスの日記である。これはゲッベルスが家族とともにいた地下壕の部屋で、文書が入った二個のスーツケースの一つから見つかった。

年代が異なる一〇冊の分厚いノート。はっきりした、かすかに左に傾いた、字間を詰めた文字でぎっしりと、力を入れて書き尽くされている。日記の初期のノートは、ナチスがまだ政権に就く前の一九三二年のもので、最後のノートは一九四一年七月八日で終わっていた。後に分かったところでは、この日付で完了したのは手書きの日記だった。翌日の一九四一年七月九日から、そしてほぼ最期まで彼は毎日、自分の日記を二人の速記者に口述していた。

私は読みにくいこの日記にじっくりと腰を据えて取り組む余裕がないのをきわめて残念に思った。何日もかかる、根気強い作業が必要だった。ところが私たちは時間的余裕がまったくなかった。当時の私たちには一刻を争う任務があった。ヒトラーに起きたことを確定し、彼を発見することである。そしてこれらの日記は、方面軍司令部へ送らねばならなかった。戦争終結とともに、この種の歴史的文書はあらゆる価値を喪失した。すでに述べたように、価値下落が訪れたのである。

その後の数年間、ゲッベルスのノートを思い出すと、他の大量の文書の中に紛れ込んでしまったのではないかと心配した。

しかし、やがてその時が訪れた。自分が参加して発見されたこのゲッベルスの日記の原本を注意深く読む機会が私に提供されたのである。それは公文書館に保存されていた、ゲッベルスのほかでもない最後の手書きノート、一九四一年五月、六月、七月初めの日記だった。この日記がきわめて貴重な歴史文書であることを悟って、私はそこからの沢山の抜粋を自著に引用した（もちろん、ロシア語に訳して）。こうして私はこの膨大な手書き日記の最初の紹介者となり、その所在地を世界に明かす巡り合わせとなった。日記の原本を外国での出版に提供することは、当然ながら、誰も考えなかった。したがってロシアで準備されたドイツ語版（『神話でも探偵小説でもないヒトラーの最期』）では、この章は事実上欠落していた。

しかしながら、一九四一年七月八日という終了の正確な日付が入ったこのノートの存在に言及するだけで十分だった。すでにドイツの歴史家たちは、その翌日、一九四一年七月九日から始まるタイプ打ちの（速記者に口述した）ゲッベルスの日記を持っていたからである。そして今度は、手書きの日記がモスクワの公文書館にあることを知った。彼らはそれを閲覧する機会を得ようと努力を始めた。一九六九年にドイツ側に手書き日記のマイクロフィルム版が引き渡された。そして一九八七年にこの日記の残っていたページの全部が出版された。[12]手書き日記の最後のノートは貴重な、きわめて興味深い歴史的証拠である。それはソ連への侵攻準備の事実と雰囲気を反映し、当時、ナチス・ドイツが実行した挑発の性格、「カムフラージュ」の方法を暴露している。

ゲッベルス日記が伝える第三帝国宣伝相の日常業務。一九四一年五月〜六月におけるそれは、対ソ侵攻準備と開戦である。準備が進行していた侵攻の最初の兆候は、五月二十四日の日記に現れる。ゲッベルスは自分の使者を、東部占領地域相のポストが予定されていたローゼンベルク[13]のもとに派遣した。準備中の作戦における行動を打ち合わせるためである。

Rは構成部分に分解されねばならない。
このような巨大な国家が東に存在することに我慢できない。

彼はドイツの真の意図をカムフラージュするために、積極的にデマ情報発信に、あたかもイギリスへの侵攻を準備しているかのような偽情報の流布に取り組んでいた。

われわれの撒いた侵攻の噂が効を奏している。イギリスでは上々の神経症状態が支配している。

五月二十九日

モスクワでは判じ物解きをやっている。スターリンはどうやら、少しトリックが分かりかかっているようだ。しかし、その他のことでは相変わらず魔法から覚めていない……比類なき夏！静かで、素晴らしい夜。だが、それを喜んではいられない。

五月三十一日

「バルバロッサ」作戦が展開している。最初の大きなカムフラージュを開始する。国家および軍の全装置が動員される。事態の真の進捗について知らされているのはほんの数人である。私は省全体を偽りの道に向けることを余儀なくされている。失敗した場合には自分の威信を失う危険を冒しながら……。

侵攻のテーマを少し進展させる。私は侵攻について（新しいモチーフの）歌の制作、英語放送の利用強化、イギリス担当宣伝中隊の指導強化等々を命じた。これらのために二週間を与えた……口をすべらせる者がいなければ、これは知っている者の範囲が狭いことを考えれば期待できるが、欺瞞は成功するだろう。

前進！

緊張の時が近づいている。われわれは、わが宣伝がたぐいなきことを証明するだろう。民生関係の各省は何一つ疑っていない。彼らは与えられた方向で活動している。すべてが明らかになった時にどうなるか、興味がある。

対R宣伝に関する指令――反社会主義は一切だめ、帝政復興は一切だめ。ロシア国家分割についておおっぴらに語ってはいけない（さもないと大ロシア的な気分の軍隊を怒らせる）……コルホーズは、収穫を救うために当面維持する。

ゲッベルスはヒトラーからロシアの領土的分割プログラムを受け取った。

六月七日

Rのアジア部分は検討の対象にしない。だがヨーロッパ部分はもらい受ける。最近スターリンは松岡[14]に言ったではないか、自分はアジア人だと。どうぞ、ご随意に！

ゲッベルスは新たな戦争の準備に没頭した。可能なところがありさえすれば、「ねじを締めた」。「不平屋たちがみんな見にいく」〈コメディアン・キャバレー〉での外国映画の上映を禁止した。「ベルリン・ユダヤ人に対する新たな措置」を準備した。ドイツ兵器の成功の褒めちぎりかたが足りない新聞雑誌を激しく攻撃し、「小市民的マスコミ」と決めつけた。ベルリンのすべての省庁における軍事機密保持の問題に干渉した。「ゲシュタポからさえ、うるさがられる必要がある」

彼は国民の中に平和願望を目覚めさせないように、ライ[15]が戦後の新たな社会プログラムを約束しようとするのを妨害した。それと同時に、彼は禁止されていたダンスを解禁した。

六月十日

これはわれわれの次の作戦をカムフラージュするために必要だ。国民はわれわれが今や「心ゆくまで勝ちに勝っていて」、休日とダンス以外に何も関心がないことを信じなければならない。

ゲッベルスは喫煙者の兵士を刺激せず、国民の間に「引火性物質」を増やさないようにするために、禁煙宣伝を弱めることを決めた。

六月十七日

戦争はそれでなくても自然の引火物を十分に内部に秘めている。このため、私はあまりにも激しい反教会宣伝を少し弱めることを命令した。この宣伝のためには戦争後に時間がたっぷりある。

ゲッベルスは自分の挑発の内幕を有頂天で公開している。

六月十一日

OKW[16]と共同で、かつ総統の同意のもとに、私は侵攻についての自分の論文を作成している。題は「例としてのクレタ島」である。かなりはっきりしているが、この論文は『フェルキッシャー・ベオバハター[17]』に掲載され、それから押収されるはずである。ロンドンは駐米大使館を経由して二十四時間後にこの事実を知る。これらのすべては東での行動のカムフラージュに寄与しなければならない。今やより強力な手段をとる必要がある……午後に論文を仕上げる。それは素晴らしい論文になるだろう。謀略の傑作だ。

論文は書かれ、総統の裁可を受け、「しかるべき手続きによって『フェルキッシャー・ベオバハター』に送られた。押収は深夜に起こる」。

トリックの意味はこうである――クレタ島占領作戦を検討しているこの論文は、この作戦の経験が目前に迫っているかのようなイギリス侵攻にとって教訓的だ、という直接的なほのめかしを含んでいた。そしてこの論文が掲載された新聞の号の押収は、ゲッベルスが真の意図についてうっかり口を滑らせたと信じ込ませるはずだった。

六月十四日

ロシア人たちはまだ何も予感していないようだ。いずれにせよ、彼らはわれわれの希望に完全におあつらえ向きに展開している。密に集結している兵力は、捕虜にするのに容易な獲物である。

さらに同じ日付の書き込みがある――

東プロイセンには部隊が詰め込まれているので、ロシア人たちが先制急襲をかければわれわれに大きな損害を与えられるはずである。だが、彼らはこれをしないだろう……。

私はベルリンに無鉄砲な噂を流すことを命じた。スターリンがベルリンを訪問するらしい、もう赤旗の準備が進められている等々、と。ライ博士が電話してきた。彼はまんまとこのペテンに引っかかった。彼にはそう信じ込ませておいた。これはみな、現時点で大義のために役立っている。

続いてさらに、こうある——

六月十五日

ラジオで傍受した報道から、われわれとしてもモスクワがロシア艦隊を戦闘態勢に入らせていると結論できる。したがって、向こうでも見かけほど呑気にしているわけではない。しかし、準備はきわめて素人的に行なわれている。彼らの行動を深刻に受け取る必要はない。

ゲッベルスは戦争をまた、ドイツのニュース映画の豊富な材料供給源としても見ていた。当然ながら、このような比較的平穏な時期のそれ（ニュース映画）は戦闘行動中ほど充実したものになり得ない。

ゲッベルスは自分のことも忘れなかった。自分が住んでいたベルリンのゲーリング通りで強力な防空壕の工事が開始された。これは「巨大な施設」になるだろうと、彼は満足そうに指摘している。ベルリン近郊のシュヴァーネンヴェルダーでは、すでに彼が所有している郊外の家の付属物として、ゲッベルス城の工事が完成に近づいていた。これはすべてが、建物自体も、妻がととのえた家具調度も、彼の言葉によれば「豪華な」ものだった。ここの快適な奥まった場所で、牧歌的な風景を背景にして、ゲッベルス博士は「全般的大混乱のために」もっと生産的に行動するつもりだった。一方で、この大混乱の中からよだれの出そうなものを手に入れることを忘れていなかった――「フランスの個人からゴヤの見事な絵を購入した」。

宣伝省には至るところから絵が運び込まれた。

「われわれはすでに驚くべきコレクションを集めた。しだいに省は美術館に変身した。宣伝省はそうあるべきだ。しかもここでは芸術を管理しているではないか」。そして芸術を世界的規模で管理するつもりだった。

ゲッベルスの委任により、ドイツ美術家たちの当時の指導者ベンノ・フォン・アーレント[18]の監督下で、ベルリン・モード・アカデミー設立計画が策定された。

ゲッベルスが部下をドイツ映画界の代表として同盟国イタリアに派遣したときの指示がある――

課題――できるだけ多くわれわれに有益なものを引き出すこと。形勢不利な場合はよい地雷を残しておくこと。イタリア映画をあまり発展させないこと。ドイツは指導的映画大国の地位を維持し、その優勢な地位をさらに強化しなければならない。

彼が完璧に習熟していた芸術はただ一種類だけ――脅迫、挑発、陰謀の芸術だった。

六月十六日。前夜は東での恐ろしい戦争を前にした最後の日曜日だった。

ゲッベルスは、通常どおり、日記に前日の出来事を記している。陰謀家たちの秘密のデートである。

昼食後、総統は私を総統官邸へ呼び出された。誰にも気づかれないように、裏口から入らねばならなかった。ヴィルヘルム通りは外国ジャーナリストたちの常時監視下にある。だから用心が肝心だ……総統は私に状況を詳細に説明された――ロシアへの攻撃は、わが軍の展開が終わりしだい直ちに始まる。これはほぼ一週間以内に起きるだろう。ギリシャ遠征は物資面でわれわれをひどく弱体化させた。したがってこの件は少し遅れている。天候が相当に不順で、ウクライナの収穫がまだ熟していないのは、結構なことだ。

こうしてわれわれは、この収穫のもっと大きな部分を手に入れることが期待できる。これは最大規模の集中攻撃となるだろう。恐らく、歴史上未曾有の最大の攻撃である。ナポレオンの例は繰り返されない。最初の朝に一万門の砲から爆撃が開始される。われわれが使用するのは、かつてマジノ線のために予定され、結局使われなかった新式の強力な大砲である。ロシア軍はまさに国境に集中している。これはわれわれが期待できる最良の情勢だ。もし彼らが国内奥地に分散していたら、大きな危険となっただろう。彼らが保有しているのは一八〇〜二〇〇個師団、あるいはもうすこし少ないかもしれない。だが、いずれにせよ、ほぼわが方と同じだ。しかし、人的構成と物資面の質に関しては、彼らはそもそもわれわれの比ではない。突破はさまざまな場所で実施される。さしたる苦労もなくロシア軍は後方へ撃退されるだろう。総統はこの作戦をほぼ四ヵ月で完了する予定でおられる。私はもっと短期間だと思う。ボルシェヴィズムはトランプの家のように崩れるだろう。われわれを待ち構えているのは前例のない勝利だ……。

われわれがロシアを攻撃しなければならないのは、人手を手に入れるためでもある。未征服のロシアはわれわれに常時一五〇個師団の維持を余儀なくさせている。それらの人的構成はわが軍需産業にとってきわめて必要なものだ。わが軍需産業は、兵器、潜水艦、飛行機の生産プログラムを遂行できるようにするために、もっと集中的に働かねばならない。そうすれば、アメリカもわれわれにまったく手が出せなくなる。一日三交替で作業するための材料、原料、機械がある。だが、人手が足りないのだ。ロシアに勝った時には、われわれは一部年齢の兵士を復員させ、その人手で建造し、武器を装備し、準備することができる。

その後でようやくイギリスへの攻撃を空から大規模に開始することができる。陸上からのイギリス侵攻はどのような状況になろうとまず無理だろう。したがって、確実に勝つための保証をほかにつくり出さねばならない。

今回われわれは、通常とはまったく別の道を行き、新しい方法をとっている。われわれはマスコミで論争することなく、完全な沈黙を守り、そしてある日、あっさりと打撃を加えるのだ。私は総統に、この日に国会を召集しないよう粘り強く説得した。さもないとわれわれのカモフラージュの全体系が壊れてしまう。総統は、ラジオで呼びかけを読み上げることにしましょうという私からの提案を受け入れられた……。

遠征の目的は明白だ――ボルシェヴィズムは倒れねばならない。そしてイギリスからも大陸における最後の剣が叩き落されるだろう……。

恐らくわれわれは、新旧両宗派のドイツ司教団に対して、この戦争を神から遣わされたものとして祝福するように呼びかけるだろう。ロシアには帝政は復興されない。だが、ボルシェヴィズムの埋め合わせとして真の社会主義が実現されるだろう。われわれがそれを目の当たりにすることで、古いナチ党員はみな、深い満足をもたらされるだろう。ロシアとの協力は、実を言えば、われわれの名誉についた汚点だった。今やわれわれは、生涯ずっと闘ってきた対象をも滅ぼすのである。私はこれを総統に申し上げた。そして総統は私に完全に賛成された。私はローゼンベルクのためにも口添えした。彼の人生の目的は、この作戦のおかげで、再び達成されようとしているのである。

総統は話された――正義であろうと不正義であろうと、われわれは勝たねばならない。これは唯一の道である。そしてこれは道徳的にも必要上からも正しい。われわれが勝てば、誰がわれわれに方法の責任を問うだろうか？　それでなくともわれわれには、勝たなければならないだけの負い目がある。さもないと、わが国民とわれわれは、かけがえのないものすべてを先頭にして地上から抹殺されるだろう。それが現実だ！

国民はどう考えているか、と総統は質問された。国民はわれわれがロシアと一緒に行動していると考えています、しかし、われわれが彼らにロシアとの戦争を呼びかければ、やはり勇敢に行動するでしょう。

……総統のご意見では、タス通信の否定は、恐怖の結果に過ぎない。スターリンは事態の展開におののいている。彼の偽りのゲームにはケリがつけられる。われわれはこの豊かな国の原料資源を利用する。われわれを封鎖によって滅ぼそうというイギリスの期待は、まさにこれによって最終的に外れた。そしてこの後でようやく潜水艦戦が始まる。

イタリアと日本がこれから受け取る通告では、われわれは七月初めにロシアに対して一定の最後通牒的要求を出す意向だということになっている。これについては至るところで話題になるだろう。そうなれば、またまたわれわれは数日間を稼ぐことになる。予定されている作戦の全体についてドゥーチェ〔ベニート・ムッソリーニ〕はまだ完全には知らされていない。アントネスク[19]はこれより少し多く知っている。ルーマニアとフィンランドはわれわれと行動を共にしている。それでは、前進！　ウクライナの豊かな畑が手招きしている。土曜日に総統のもとを訪れたわが司令官たちは、すべてを最高に準備した。わが宣伝装置は準備万端整えて、待っている……。

……私が今やらねばならないのは、すべてを最も入念に準備することだ。必要なのは、実際の情勢全体をぼかしておくために、何が何でもさらに噂を広めること――モスクワとの平和、スターリンがベルリンを訪問する、イギリス侵攻は間近に迫っている、等々。これが後しばらく持ちこたえることを期待しなければならない……。

……車で公園、裏門を通り過ぎた。人々が呑気そうに雨の中を歩いている。われわれの心配事を何も知らず、一日だけを生きている幸せな人たち。わが国民が健在であるために、われわれは働き、闘い、いかなるリスクも引き受けているのだ。彼ら全員のために。

……全員に、私の内密の総統訪問について口外しないように命じた。

そして、この最後の日曜日、ドイツ人たちは「呑気そうに雨の中を歩いていた」――実に無分別に自分の運命の管理を任せた者たちによって、数日後に引き込まれることになる破局のことなどつゆ知らずに。

最後の日々。

六月十七日

準備はすべて完了した。土曜から日曜にかけての深夜に開始されねばならない。三時三〇分。ロシア軍は依然として、密に集結した隊形で国境に貼りついている。そのちっぽけな輸送力をもってしては彼らが数日でこの状態を変えることはできない……。

……アメリカがわが国の領事館に対し、七月十日までに閉鎖して国外に退去するように要求した。ニューヨークのわが省の広報図書館も閉鎖される。これらはみな、ピンでちょっと刺されたようなもので、ナイフ傷ではない。われわれは常にこういうことに対処できる。

アメリカにおけるドイツ預金の凍結に関してゲッベルスは書いている――

彼（ローズヴェルト）ができるのは、われわれをむずむずさせることだけだ。

六月十八日

ロシアに関するカムフラージュは最高潮に達した。われわれは世界を噂で充満させた。そのため、自分でもよく分からないほどだ……新たなファンファーレを試聴した。それでもなお、ぴったりのものが見つからない。しかもすべてをカムフラージュしてやらねばならないのだ。

……噂は、われわれの日々の糧だ。

専門の「普及者」のほかに、ドイツ同盟諸国、中でもイタリアの報道機関が世界に噂を氾濫させていた。「彼らはあらゆることについて、知っていること、知らないことを言いふらしている。彼らの報道機関は恐ろしく不真面目だ」――と、ゲッベルスはヒトラーが彼との会話で述べた意見を引用している――「したがって彼らには秘密を、少なくとも発表が望ましくないような秘密を知らせてはいけない」。

深夜まで働いた。ロシア問題はますます誰にも伺い知れぬものになりつつある。われわれの噂の普及者の働きぶりは見事だ。このもつれのおかげで、ほぼリスと同じようなことが起きている。リスは自分の巣を実に巧みにカムフラージュして、しまいには自分でもそれが見つけられなくなってしまう。

この時期の日記はため息で終わっている。

劇的な時までの時間は実に遅々としている。

……あくびを噛み殺しながら週末を待っている。これは神経にこたえる。始まれば、いつものように、まさに肩から山を下ろしたように感じるだろう。

六月十九日

手始めに八〇万枚のチラシをわが兵士たちのために印刷する必要がある。私はこれをすべての警戒規則を守って行うように命令した。印刷所はゲシュタポによって封印される。そして労働者は一定の日まで印刷所から出ないことにする。

……ロシア問題は今や徐々に明白になりつつある。これは避けることができなかった。当のロシア国内では海軍記念日〔七月最終日曜日。一九三九年制定〕の準備が行なわれている。これは不首尾に終わるだろう。

六月二十日

総統のところでは、ロシアの一件は完全にはっきりしている。マシーンは徐々に動き始めている。すべてはきわめて順調に進んでいる。総統はわれわれの体制の優勢さを称賛された……われわれは国民を一つの世界観に保っている。そのために映画、ラジオ、出版物が奉仕している。総統はそれらを国民訓育のための最も有意義な手段と特徴づけられた。国家はそれらを決して手放してはならない。総統はまた、わがジャーナリズムのよき戦術も称賛された……。

六月二十一日

……昨日。劇的な時が近づいている。緊張の日。まだ、大量の細かい問題を解決する必要がある。仕事で頭が割れそうに痛い。

……ロシア問題は刻一刻ますます劇的になりつつある。

……ロンドンでは今、モスクワに関して正しく理解している。戦争を今日か、明日かと待っている。

……総統はわれわれのファンファーレに非常に満足しておられる。彼は『ホルスト・ヴェッセルの歌[20]』からさらに少し追加するように命じられた。

六月二十二日……この日、ドイツ軍は国境を越え、ソ連を攻撃した。

これまでの日記の書き方をまったく乱すことなく、ゲッベルスはいつものように、過ぎ去った一日のことを書いた。彼がこれを書いている時には、世界中がすでにロシア侵攻のニュースに衝撃を受け、東部戦線からは新たな情報が入ってきていたのに、彼は長いこと日記であれこれのことについておしゃべりをしている——新しいファンファーレの試聴について、新しい戦争映画に出演するために招かれた女優との会話について、イタリアの大臣パヴォリーニのための昼食会について、シュヴァーネンヴェルダーの自邸でイタリア人たちのために開いたレセプションについて。それからようやく本題に移っている。

三時三〇分、補充済み一六〇個師団の攻撃が開始された。前線は三〇〇〇キロに及ぶ。天候については多くの議論があった。世界史における最大の遠征である。攻撃の時間が近づくにつれて、総統は急速に上機嫌になられた。彼はいつもこうである。緊張がほぐれていくのだ。一切の疲労が彼からすぐに消えた。

……われわれの準備は完璧だ。彼（総統）はそれに昨年七月から取り組んでこられた。そしてついに決定的瞬間が訪れたのである。おおむね可能なことはすべてやってあった。今度は武運が決定する番である。

……三時三〇分。砲声が轟き始めた。

主よ、われらが武器を祝福せよ！

窓の外のヴィルヘルム広場は静かで、がらんとしていた。眠っているベルリン、眠っている帝国。私には三〇分の時間がある。しかし眠れない。私は落ち着かず、部屋の中を歩いた。歴史の息吹が聞こえる。新たな帝国誕生の偉大な、素晴らしい時間。痛みを克服しながら、帝国は光を目にする。

新しいファンファーレが聞こえた。力強く、いい音で、荘厳に。私はドイツの全放送局中継で総統のドイツ国民への呼びかけを読み上げた。私にとっても厳粛な瞬間だった。

……さらに若干の急ぎの仕事。それからシュヴァーネンヴェルダーへ向かった。素晴らしい太陽が空高く上った。

庭では小鳥たちがさえずっている。

私はベッドに倒れて、二時間眠った。

深い、健康な眠り。

ゲッベルスは戦争に突入した——「ドイツ兵士に不可能なことは何もない」ことと、総統の直観を当てにしながら（「総統の直観はまたしても正しかった」）。

ヒトラーのよく知られた直観、これは総統官邸地下壕内の彼の側近たちにとって、ベルリンがソヴィエト軍に包囲され、破局が避けがたく近づいていた運命の日々においても最後の論拠となったのである。

六月二十三日

ロシア軍は兵力を一八七〇年のフランス軍と同じように展開している。そして同じ破局をこうむるだろう。ロシア軍の防御は現在、ほどほどにしか行なわれていない。しかし、彼らの航空隊はすでにもう恐るべき損害を受けた……われわれはすぐに彼らを始末する。すぐに始末しなければならない。国民の間に少し重苦しい気分がある。国民は平和を求めている。確かにそれは屈辱的な平和ではない。しかし、すべての新たな戦場が意味しているのは、悲しみと心配である。

六月二十四日

国民に動揺がある。転換があまりにも突然すぎた。世論はこれにまず慣れねばならない。長くは続かないだろう——（彼は冷笑的に指摘している——ルジェフスカヤ）最初の実感できる勝利までだ。

翌日、彼は書いている――

今のところ私は大縮尺のロシア地図を抑えている。広大な空間はわが国民を怖がらせるだけだ。

ドイツでは食糧事情が非常に悪い、とゲッベルスはソ連侵攻前に書いている。さらに肉の配給量削減も予定されていた。イタリアは、「嘆かわしい状況」だった。

至るところで組織と系統が欠けている。配給制度もなければ、きちんとした食事もない。それでいながら征服欲は大きい。できることなら、われわれに戦争をさせ、結果は自分で刈り取りたいと思っている。ファシズムはまだその内部危機を克服していない。それは体と心を病んでいる。腐敗の浸食があまりにもひどすぎる。

戦争はすべての内部矛盾を抑え込む使命を持っている。

軍事的成功は、彼らの唯一の神である。

ゲッベルスは自分でも、また総統の支持も受けて、ＯＫＷに兵士たちのためのキリスト教出版物を禁止した。「兵士たちは今や、説教書を読むよりもっとよい知識を持っている」。「この柔弱で無定見の教義は、最悪の形で兵士たちに影響を及ぼしかねない」

しかし、ソ連に対する「十字軍遠征」の気分は、いずれにせよ外地用に極端に煽り立てられた。

「われわれにはこれはぴったりだ」。「十分に利用できる」

「それでは、前進！　ウクライナの豊かな畑が手招きしている」

しかし、そのくせに――「私はモスクワに対する勝利の結果としての経済的利益の問題には触れない。われわれの論争はもっぱら政治的次元でのみ行なわれている」。

六月二十五日

思うに、モスクワに対する戦争は心理的に、そして恐らく軍事的にわれわれにとって最大の成功となるだろう。

七月一日

……どこの国でも、わが軍隊の威力に対する感嘆ぶりは尋常ではない。

フィンランドは今や公式に参戦する。スウェーデンはドイツ軍一個師団を通過させた……スペインではモスクワ反対のデモがあった。イタリアはこれが彼ら自身に不利益をもたらさなければ、派遣軍団を送る意向である。ヨーロッパ反ボルシェヴィキ戦線の形成が続いている。

……トルコはますますはっきりとわが方に付きつつある。

……フィンランドではマンネルヘイム[21]のグループが作戦準備完了。

……日本は中国でフリーハンドを得なければならない。これは日本をわれわれの計算に含められるようにするためだ。

……モルダヴィアのユダヤ人たちがドイツ兵士を撃っている。しかし、アントネスクが粛清をしている。彼はこの戦争でおおむね素晴らしい行動をしている。

……ハンガリー軍がカルパート山脈を越えて前進中。タルノポリ〔テルノポリ〕が占領された。産油地帯がほぼ無傷でわれわれの手に入った。

「イギリスの友人たちはボルシェヴィキと紛争を起こした。敵の陣営の不和はますます深まっている。この時間をできる限り完全に利用しなければならない。恐らく、この不和を大いに先鋭化して、敵の戦線を動揺させるほどにできるだろう」（六月二十八日）——これは後で見るように、最後の最後までヒトラーをとらえていた構想である。

全員が勝利までの時期の判定に取り組んでいた。ヒトラーは四ヵ月という数字を挙げていたが、今では数週間後、さらには数日後の勝利による戦争終結を予言する声が至るところから響いていた。日記には今や、近い勝利の期待感が現れた。ゲッベルスの主たる関心事は、先走った予言によって勝利が少しみすぼらしくならないようにすることだった。

私は外務省がやっている愚かな、勝利の時期判定に断固反対する。もし四週間だと言い、実際は六週間かかった場合、結局のところ、われわれの大勝利はやはり敗北となるだろう。外務省はまた、軍事機密の保護が不十分だ。私はおしゃべりに介入するようにゲシュタポに命じた。

ゲッベルスは詩人たちに、至急、ロシア遠征の歌を作詞するように指示を出した。しかし、彼にとって不愉快で腹立たしいことに、歌詞はなかなか出来なかったが、ようやく出来たとき、彼はいつもの独りよがりで書いている。

ロシアについての歌が出来た。アナカー、ティスラー、コルベの合作で、今それを私が対照し、直している。これが済めば、歌は見違えるようになろう。素晴らしい歌になる。

彼が取り組んでいるニュース映画は「素晴らしい」（今や彼にはほかの形容詞がなかった）ものになった。

六月二十六日

その内容は戦争である。

六月三十日

東方からの素晴らしい撮影画像。息が止まりそうな映画モンタージュ。

七月四日

三〇分ごとに新たな知らせが入ってくる。激しい、興奮させられる時間。夜、ニュース映画が完成した。まっとうな作品だ。感動的な音楽、場面、ナレーション。今や私は完全に満足している。さらに三〇分、テラスでまどろんだ。

ベルリンのテンポは息を詰まらせるほどだ。まったく最近は自分のために時間を盗み出さねばならない。しかし、私が自分に望んでいたのはそういう生活だった。そしてそれは実に素晴らしい。
奇襲の成果にゲッベルスがどれほど興奮していようが、日記には予想外の新たな口調が現れる。最初のうち、それにはとまどいが響いていた。「ロシア軍は善戦している」――これを彼は六月二十四日に書き留めている（例のごとく、前日についての記事である）。彼はこの新たな状況について、楽観的に考察している――

ロシア軍はよく防戦している。後退しない。これは構わない。早晩、後退はこの後で起こるだろう。彼らは無数の戦車と飛行機を失っている。これはわれわれの勝利の前提である。

しかし、この口調はしだいに不安を帯びてくる。南部方面軍は――

必死に抵抗しており、よい司令部を持っている。状況は心配するほどのことではない。だが、われわれには十分すぎるほど仕事がある。

赤軍は弱いというドイツの信条にひびが入った。ゲッベルスの心理状態にもひびが入った。ギャンブラーの彼は、勝つたびに不遜になり、抵抗、失敗にぶつかるとふさぎ込み、落ち込んだ。しかし、東部での戦争は始まったばかりで（このノートは七月八日[22]で終わっている）、ナチス軍はまだ最初の敗北を知らなかった……それなのにやはり、失敗の幻影がこれらの記事にはありありと見えるのである――

敵の強化された必死の抵抗……「南」集団軍から、ドゥブノ付近で敵の突破の企てが撃退されたとの報告……ベロストク付近で必死の突破の企て……赤軍一個連隊が突破……。

六月二十七日

ロシア軍は戦車と飛行機に甚大な損害をこうむった。しかし彼らはまだ善戦している。そして日曜以降、すでに多くのことを学んだ。

七月一日

ロシア軍は必死に防戦している。ロシア軍戦車師団がわが軍の戦車陣地を突破。ロシア軍の抵抗は最初に想定されたよりも強い。わが方の人的、物的損害が著しい。

彼はこの「出来事」に理由を見つけようとする——

今のところまだスラヴ的頑張りが彼らに味方している。だがそれもある日、消滅するだろう！

彼は完全に矛盾する結論に次から次へとたどり着く——

七月二日

われわれは再び一日の間にロシア軍機二三五機をやっつけた。もしロシア軍が航空隊を失ったならば、彼らは滅んだ。どうか神様そうなりますように！

しかし、すぐにこう書いている。

全体として、非常に苦しく、激しい戦闘が起きている。「遠足」などということはあり得ない。赤の政権は国民を動員した。これにさらにロシア人たちの途方もない頑張りが加わった。わが軍の兵士たちはてこずっている。しかしこれまではすべてが計画どおりに進んでいる。状況は危機的ではないが、重大であり、あらゆる努力の適用を要求している。[23]

……アメリカはますます不遜になっている。ノックスが即時参戦を要求する向こう見ずなスピーチをしている。

七月五日

われわれの秘密送信機〔ロシア向け放送〕の仕事は、巧妙さと洗練の見本である。

しかし、ソヴィエトの宣伝は彼を極度に不安にした。これまでドイツ兵士たちは敵の宣伝の対象になることがなかったからである。「ボルシェヴィキはイギリス人とは違う。モスクワはより強力な放送局を持っている」（六月二十七日）。

そしてドイツ本国でもゲッベルスには心配事が多かった。外国放送の聴取を厳しく取り締まらねばならなかった。総統の支援を得て、ロシアの作家と作曲家すべての作品を禁止しなければならなかった。

ナチス指導者たちの関係も安穏ではなかった──

ローゼンベルクは自分で宣伝の店を開くつもりでいる……みんなが宣伝の仕事をやりたがっている。宣伝のことが分かっていなければいないほど、宣伝のことをやりたがる。

こうして彼とローゼンベルクの一時的同盟関係は終わった。例によって悪だくみ、激しい妬み、告げ口の雰囲気が定着した。

戦争は焦眉の問題を解決せず、期待された緊張緩和をもたらさなかった──

（バルカンでは）本物の飢餓が支配している。とりわけギリシャがひどい。イタリアでは大きな不満の声が上がっている。ムッソリーニの行動はあまり精力的ではない。ルーマニアではわれわれに対する共感が目立って低下した。どこに目を向けても、心配事だらけだ。

フランスとベルギーではほとんど飢餓が支配している。このため、現地の気分はそれに見合ったものになっている。

しかし、いかなる心配事も、いかなる戦争も、ドイツ国民のいかなる難儀も、彼個人が快適な生活を楽しみ、財産をふやす妨げにならなかった。ゲッベルスが今やしばしば滞在する落成したばかりのシュヴァーネンヴェルダーの城、これも彼がベルリンから出かけるランケの邸宅、その他の彼の郊外領地のほかに、戦時中に「新しいノルウェー風の小屋が建てられている。これはまったく牧歌的な場所に出来る」。「われわれの新しい丸太小屋を見にいった。これは非常に美しい。丸太小屋は森の中にあり、平時向きにつくられている。その時期はもちろん来る」

そのために必要なのは、ほんのちょっとしたことだ――ロシア人を征服すること。

われわれは迅速に行動しなければならない。そして東部戦線の作戦はあまり長引いてはいけない。これについては総統が配慮されるだろう。

ゲッベルスはこのノートの最後に猛々しくこう書いている――

七月八日

今やイギリスは、自己の処刑延期を利用するためにあらゆることを企てようとしている。だが、その延期はすぐに終わると思わなければなるまい。

……スモレンスクを猛爆中。ますますモスクワに近づいている。

……降伏！　それがスローガンだ。

降伏

一九四五年五月二日の夜だった。

戦争はベルリンへやって来た。降伏！――それはスローガンでなく、生々しい現実だった。しかしそれは、ゲッベルスとヒトラーが夢見たような降伏ではなかった。

五月二日の夜。ベルリン防衛軍が抵抗を中止してからすでに数時間が経過していた。三時に始まった武器の引き渡しが続いていた。市役所そばの広場は投げ出された自動小銃、ライフル銃、機関銃で埋まっていた。街路には砲身を地面に向けたドイツ軍の火砲が放棄されていた。小雨が降っていた。

赤旗が翻っているブランデンブルク門の凱旋アーチの下をヴォルガ、ドニエプル、ドナウ、ウィスワ、オーデルで撃破されたドイツ軍部隊がとぼとぼ歩いていた。兵士たちの多くの頭には、今は無用となったヘルメットがあった。疲労困憊し、欺かれた人たちが黒ずんだ顔をして、ある者は悲嘆にくれ、うなだれて、ある者は明らかにほっとした表情を浮かべて、しかし大抵は完全な落胆と無気力の状態で歩いていた。

火事はまだ消えていなかった。ベルリンは燃えていた。中年の輜重兵が馬に鞭を当て、煙を上げている炊事車がスキップしながら瓦礫の間を縫って動いていった。舗道に埋め込まれた一台のドイツ戦車の上では兵士たちが休息しており、砲塔や砲身の上に座り、歌を歌い、タバコを巻いていた。一服休みだった。ベルリンでは戦闘が終わっていた。

ジューコフ元帥麾下の諸部隊はドイツの首都を占領した。

これらの路上ではあらゆるものがごっちゃになっていた。束縛から解放された人たちの幸福、われわれの団結の喜び、驚くべき出会い。市内を離れ、投降するために歩いていくドイツ人の男たちの陰鬱な縦隊。そして彼らを見送る女たちの憂愁。

勝利と敗北、祝賀と報復、終わりと始まりの悲劇的融合。

ベルリンまでまだ遠かったブィドゴシュチェで、ブィストロフ少佐はあの思い出深い晩に打ち明けた——自分はゲッベルスを捕らえることを課題にしている。ほかでもない彼を捕まえるのだ、と。そして私を信頼して一度ならず同じことを話した。私は聞き流していた。たわごとの類だと。当時私たちはまだポーランドにいた。そしてどこで私たちが勝利を迎えることになるのか、ゲッベルスがどこにいることになるのか、見当がつかなかった。

勝利を私たちはベルリンで迎えた。ゲッベルスは総統官邸の庭園にいた。

ゲッベルスは死後自分の遺体を焼いて灰にするように命じた。ガソリンが足りなかった。自殺したゲッベルスと夫人にガソリンを注いだ後、実行者たちは最後まで仕事をやり遂げずに遁走した。マグダ・ゲッベルスのそばには焦げた服からとれた金の党章（番号が一桁の）と、ヒトラーの複写署名が入った金のシガレットケースが転がっていた。

五月二日、ベルリン防衛軍が抵抗を中止し、街路で武器の引き渡しが行われ、ドイツ兵たちが投降するために整列して歩いていたこの日、総統官邸ではまだあちこちで降参しないSS隊員たちとの撃ち合いの音が聞こえていたこの日、夕方近くになって、ほかでもないブィストロフ少佐が他の二名の士官とともにゲッベルスを発見した。

怪奇小説そっくりだった。この話の続きでも起きた多くのことと同じように。

ゲッベルスは戸板で総統官邸前のヴィルヘルム通りへ運び出された。これは何となく自然に、その日を締めくくる大詰めのシーンになった。ベルリンは陥落した。その大管区指導者、ベルリン防衛委員、宣伝相、ヒトラーの最側近が死んだ。半焼けのゲッベルスは見分けがついたので、勝利した軍人たちとベルリンの住民に、彼を見させようということになったのである。この日はヒトラーが見つからなかったので、焼け焦げたゲッベルスが第三帝国の崩壊を象徴した。

通りは煙に包まれ、戦闘の焦げ臭いにおいはまだ消えていなかった。火事はまだ燃え尽きず、おさまっていなかった。総統官邸の建物は砲弾でくぼみだらけになり、破片が飛び散り、割れたガラスがぎざぎざになっていたが、残っていた。正面入口の上の鉤十字を脚爪でつかんだ鷲も残っていた。ぐしゃぐしゃになった敵の自動車が総統官邸の壁に突っ込んでいたり、谷間のようになった通りの全体に散らばっていた。

市の住民でここまで入ってくる者はほとんどいなかった。士官や兵士たちがグループで集まってきた。ニュース映画を撮影していた。そして指揮官らしい人たちがニュース映画に収まろうとして、ゲッベルスを取り巻いた。

私は少し離れたところに立っていて、遠くからふとヴィストロフ少佐の姿を認めた。彼はその場所から動かなかった。黒くなり、痩せてとがった彼の顔はほとんど見分けられないほどだった。彼は体を乗り出し、死んだゲッベルスを茫然と見つめていた。

台の上の黒い死体、ぼろぼろになったナチスの制服、黒い、むき出しになった首に不思議なことに残っている黄色いネクタイの結び目、火で焦げた錆色のその端が風にそよいでいる。この光景の全体は、歴史のグロテスク画のように見えた。後にゲッベルスの日記で、ユダヤ人の特別の目印として黄色い星を導入するという自分のアイデアを総統が承認されたと、彼が得意満面で書き込んでいるのを読んだとき、私は思った。あの六芒の星の考案者の首にあった黄色の結び目は象徴的ではなかったか、と。

死の前にゲッベルスは自分の子供たちを殺した。殺人の輪は閉じられた。毒と火は、強制収容所でテスト済みの手段だった……。

調書[24]は次のように述べていた――

一九四五年五月二日、ベルリン市中心部、ドイツ総統官邸の地下防空壕の建物の入口ドアから数メートルのところで、クリメンコ中佐、ブィストロフおよびハジン両少佐によって、ベルリン住民のドイツ人、総統官邸料理人ヴィルヘルム・ランゲおよび総統官邸車庫技手カール・シュナイダーの立会いの下に、一七時〇〇分、男女の焼け焦げた死体が発見された。その際、男性の死体は背が低く、右足の足首は半ば曲がった（びっこ）状態で焼け焦げた金属製矯正具をつけており、ＮＳＤＡＰ党の焼け焦げた制服の残り、焼け焦げた金の党章……があった。[25]

二人の傍らで発見されたワルサー拳銃は、使用されていなかった。

戦争中、私たちはカリーニン州、スモレンスク州、ベロルシア、ポーランドの、荒廃し、焼かれた土地を何年も歩いた。

私たちはゲッベルスの宣伝が実際に機能しているのを目にした。ぞっとするような土地の荒廃、死の収容所、虐殺された人々を埋めた長い深溝、人間が人間にとって処刑者となる「新文明」を。

戦争の道は私たちを総統官邸に連れてきた。

長い年月を経た今、私は時々尋ねられる。これらの死人を見るのが恐ろしくはなかったか、と。あったのは別の戦慄だった。でも、恐ろしくはなかった。それは、戦争の四年間に私たちが多くの恐ろしいことを目にしたからだけではない。それよりもむしろ、これらの焼け焦げた死体が人間のそれではなく、悪魔のそれのように見えたからだった。

とはいうものの、死んだ六人の子供たちは恐ろしかった。自分の両親に殺された五人の女の子と一人の男の子。

苦扁桃の匂い

「これは誰の子供たちか?」と、ヴィストロフ少佐はフォス海軍中将に訊ねた。

少佐はフォスを地下壕へ連行してきたばかりだった。フォスには任務があった。デーニッツ海軍元帥に会い、ヒトラーが遺贈した権力を引き渡し、どんなことがあっても戦争を継続すべし、降伏などもってのほかとの命令を伝えることである。

フォスは総統官邸を守っていたモーンケ[26]の戦闘団の残兵と一緒に、フリードリヒ通り地区で包囲の突破を図った。しかし、捕虜になった。

ヴィストロフは降伏したベルリンの街路を通って、ヒトラー大本営の海軍代表だったフォス海軍中将を車で連行した。

向こうから肩を落とした捕虜たちの縦隊がとぼとぼ歩いてきた。フォスはずっと車の窓を見ていた。見るも恐ろしい、くすぶっている瓦礫。ロシア人のコックが熱いスープを配っている炊事車のそばのベルリン市民の群れ……崩されたバリケード。自動車はそれを踏み越えて、その先の細い道をゆるゆると進んだ。この小道は、破片、小石、ごみの散らかった街路の上につくられていた……。

「あなたはこの子たちを知っていたのか?」と、ヴィストロフが訊いた。

フォスはうなずき、許しを求めて疲れ果てた様子で椅子に腰を下ろした。

「昨日会ったばかりだ。これはハイジ[27]」。彼は一番幼い女の子を示した。

彼はここへ来る前にゲッベルスと夫人を確認していた。

一九四二年夏、ゲッベルスは記者団を引き連れてフォスが艦長をしていた巡洋艦「プリンツ・オイゲン」を訪れた。フォスはゲッベルスのおかげで昇進した。そしてこの二月のことだったが、大本営がベルリンに移転した際、ゲッベルスと夫人、そしてフォスはデーニッツ元帥の家に食事に招かれた。会話ではいろいろなことが話題になったが、ベルリン防衛の組織にも及んだ。「われわれはもっと強力な街路防御施設を建設し、国民突撃隊員の中から若者をより広範に防衛に参加させる必要性について話し合った。しかし、これらの問題はすべて表面的に、いわばついでに触れられたのだった」。そして快適な夕べは不安な考えの闖入によって乱されることがなかった。

事態の展開により地下壕に追い込まれたとき、二人はここで古い知人として出会った。そして昨日、フォスはモーンケの戦闘団とともにここを出る前にゲッベルスに別れを告げた際、彼の口から耳にした。「われわれは今や、すべてを失った」。ゲッベルス夫人が付け加えた。「私たちのきずなは子供たちです。この子たちと今はどこにも行きません」

ブィストロフ少佐とフォスは二人だけで、地下壕のこのじめじめした恐ろしい部屋にいた。毛布の下に子供たちが横たわっていた。

フォスは衝撃を受け、腑抜けになり、背をかがめて座っていた。二人は無言だった。それぞれ自分のことを考えていた。その日、ブィストロフ少佐がその後に起きたことを私に話してくれた。完全に意気消沈していたかに見えたフォスが突然立ち上がり、逃げ出したのだ。ブィストロフは彼を追って暗い地下壕の廊下を走った。フォスはもう少しで狭い通路に身を隠し、秘密の避難所に消えるところだった。しかし、彼を捕まえて、ブィストロフは理解した。それは絶望の激発で、遁走する目的も希望もなかったのだ。

地下壕の一室で子供たちを発見したのはレオニード・イリイン上級中尉で、五月三日のことだった。

子供たちは明るい色合いの生地の長いネグリジェやパジャマを着て、二段式ベッドに寝ていた。その姿で最後の床についたのである。子供たちの顔には青酸カリの作用による赤みがあった。それはまるで生きて、眠っているように見えた。

後に、私の作品を読んで、イリインが手紙をくれた。

私があの上級中尉のイリインです。忘れずに思い出していただき、本当にありがとう……その場にいたのは、私、部下の兵士のシャラブーロフ、パルキン、それにもう一人の兵士ですが、名前を知りません。民族はユダヤ人で、万一のために通訳として付けられたのです。当時はこちらからも撃ち、向こうからも撃ってきたのですが、幸い生き残りました。私はゲッベルスの執務室で、机の中から装塡された「ワルサー」六・三五ミリを予備の挿弾子とともに押収しました。そこにはさらに書類の入ったスーツケース二個、衣服二着、時計がありました。ゲッベルスの時計は私が所持しています。何の価値もないものとして私に与えられたのです。記念として保存しています。

五月三日はすでに少し時間ができたので、私は総統官邸と食糧倉庫を見て歩いていたのです。もちろん、これはもう忘れ去られた話です……私が書きたかったのは、大体これで全部です。

……毒殺された子供たちが横たわっていた部屋には、寝具以外、まったく何もありませんでした。私は通訳を介して尋ねました。なぜ子供たちを毒殺したのか、子供たちには罪がないのに。[28]

総統官邸の病院の医療スタッフの中に、この子供たちの殺害に関係した医師、ヘルムート・クンツが見つかった。彼はベルリンSSの衛生局で働いていたが、四月二十三日にそこが解散されると、総統官邸に派遣された。目をくぼませ、髭を剃っていない、SSの制服姿のクンツは、途切れ途切れに話し、ため息をつき、両手の指を組み合わせたり、離したりした。彼は恐らく、目撃者となったすべてのことに対して感受性や神経質な態度を失っていなかった、この地下壕で唯一の人物だったろう。彼は語った——

　四月二十七日の夕食前、夜八〜九時に、私は総統地下壕入口のそばの廊下でゲッベルス夫人に会った。彼女は私に、ある重要な件で頼みたいことがあると言った。そしてすぐに付け加えた。今やこういう状況なので、子供たちには死しかないことがはっきりしていると。私は承諾した。

五月一日、彼は電話で病院から総統地下壕へ呼び出された。

　地下壕へ着くと、執務室にはゲッベルス本人、夫人、それに宣伝省の次官ナウマンがいて、何かを話し合っていた。

　私は執務室のドアのところで約一〇分待った。ゲッベルスとナウマンが出ていってから、ゲッベルス夫人は執務室に私を招き入れて言った。決定はすでに行なわれた(子供たちの殺害のことである)。総統が死んで、夜八〜九時頃に部隊は包囲の突破を図ることになっている。このため、私たちは死ななければならない。ほかに解決法はない、と。

　会話の際、私はゲッベルス夫人に、子供たちを病院へ送り、赤十字の保護下に移すことを提案した。彼女はこれには同意せず、子供たちは死なせたほうがいいのだと言った。

約二〇分後、われわれが話し合っている時にゲッベルスが執務室へ戻ってきて、私に向かってこう言った。「ドクター、妻が子供たちを死なせるのを手伝ってくだされば、大変ありがたいのですが」

私はゲッベルスにも、夫人にしたのと同じように、子供たちを病院へ送り、赤十字の保護下に移すことを提案した。それに対して彼は答えた。「それをするのは不可能です。彼らはやはりゲッベルスの子供なのですから」

そのあと、ゲッベルスは出ていき、私は夫人と残った。夫人は一時間ほどトランプ占いをしていた。

約一時間後、ゲッベルスはベルリン大管区指導者代理[29]のシャッハと一緒に再び戻ってきた。彼らの会話から私が理解したところでは、シャッハはドイツ軍部隊とともに突破に向かわねばならなかったので、ゲッベルスに別れを告げた……。

シャッハが去ると、ゲッベルス夫人が言った。「今、味方が出ていくので、ロシア軍がいつ何時ここへやって来て、私たちの邪魔をするかしれません。だから、問題の解決を急がなければ」……ゲッベルスは自分の執務室へ戻った。私は夫人と一緒に彼らの住居（地下壕内の）に向かった。そこの玄関の間で、ゲッベルス夫人は戸棚からモルヒネを満たした注射器を取り出し、私に手渡した。それからわれわれは子供たちの寝室へ入った。子供たちはそのときベッドに横になっていたが、眠っていなかった。

ゲッベルス夫人が子供たちに宣言した。「みんな、驚かないで。これからドクターがみんなに予防注射をします。これは今、子供たちや兵隊さんたちがしている注射なの」。そう言うと、彼女は部屋を出た。私は部屋に一人残ってモルヒネの注射に取りかかった……そのあと部屋を出て玄関の間で、ゲッベルス夫人に、子供たちが寝入るには一〇分ほど待たねばならないと言った。そして同時に私は時計を見た。二〇時四〇分だった。

クンツがマグダ・ゲッベルスに、自分には寝入った子供たちに毒を与えるのを手伝うだけの気力はないと言ったので、彼女は、ヒトラーの侍医シュトゥンプフェッガーを見つけて自分のところへ寄こすように彼に頼んだ。

私がSを連れて、ゲッベルス夫人を残した子供寝室のそばの部屋に戻ったとき、彼女はそこにいなかった。Sはまっすぐ寝室に入った。私は隣の部屋に残って待っていた。四〜五分後、Sがゲッベルス夫人と一緒に出て来て、私には何も言わずにすぐに立ち去った。ゲッベルス夫人も私に何も話さず、ただ泣くばかりだった。私は彼女と一緒に地下壕の下階のゲッベルス執務室へ下りた。そこで見たのは、非常に神経質になって、執務室を歩き回っているゲッベルスだった。執務室に入ると、夫人は告げた。「子供たちのことはすべて済みました。今度は自分たちのことを考えなければ」。ゲッベルスが彼女に答えた。「急ごう、われわれには時間がほとんどないのだ」

モルヒネと注射器は、ゲッベルス夫人がクンツに話したところによると、夫人がシュトゥンプフェッガーから手に入れた。毒の入ったアンプルを彼女がどこから入手したのか、クンツは知らなかった。

それはヒトラーが彼女に手渡した可能性がある。後で知ったところでは、ヒトラーは四月末にこれらのアンプルを配っていた。

クンツは非常に落ち込んだ状態で病院に戻ってきた、と彼の後に尋問された病院長ハーゼが語った。クンツはハーゼの部屋に立ち寄り、ベッドに座り、両手で頭を抱えた。「ゲッベルスと家族は死んだのか?」というハーゼの問いに、彼は「そうです」と答えた。君一人だったのかという問いには、「シュトゥンプフェッガー博士が手伝った」とクンツは答えた。それ以上、彼から何も引き出せなかった。

ハーゼは、ゲッベルスと夫人の自殺の模様について知っていることを尋ねられて、次のように答えた。

ヒトラーの第一侍医、SS大佐シュトゥンプフェッガーとドクター・クンツの言葉から、私が知っているのは、ゲッベルスと同夫人が五月一日夜に、猛毒を服用して自殺したことだ。それがどういう毒か、私には分からない。

フォス海軍中将、クンツ医師、料理人のランゲ、車庫技手のシュナイダー、ゲッベルス護衛隊長のエッコルト、総統官邸の建物の技術管理者ツィム技師、その他多数がゲッベルスを確認した。彼は焼け焦げていたが、彼に会ったことがある者、あるいは遠くから彼を眺めたことがある者は、誰でも本人であることを識別することができた。彼はソ連の出版物の戯画によってさえ見分けることができた。彼は特徴的な外見をしていた。ひ弱な体つきには不釣り合いに大きく、両側から押しつぶされたような頭。斜めになった額、顎のほうに向かって急激に細くなる顔。右脚は左脚よりも短く、足首が内向きになっていた。右脚は焼けていなかったので、底を厚くした整形靴と矯正具が残っていた。

数日後、調書にはこう記されている――

焼け焦げた死体には重い致死的損傷、もしくは疾病の目に見える兆候は発見されなかった……法医学鑑定[30]による死体の調査の際に、苦扁桃の匂いが確認され、口の中にアンプルの破片が発見された。

化学分析のデータが得られてから、最終的な判断が出された――

内部器官および血液の化学的調査により、シアン化合物の存在が確定された。したがって、身元不詳男性の死はシアン化合物中毒によるものと結論する必要がある。

マグダ・ゲッベルスの死因についても同じ結論が下された。

宿泊

五月三日の夜遅く、私たちは宿泊場所を探してベルリンの町はずれにいた。暗い、人けのない通りを歩いていたとき、私は突然、ナイチンゲールの声を聞いた。

今、そのことを書きながら、その時ナイチンゲールがなぜそれほど私を驚かせたのか、説明に困る。ここ、ベルリンでは生きとし生けるものだけでなく、石までも戦争に巻き込まれ、戦争の掟に服していると思っていた。ところが突然、ナイチンゲールが一切を無視して、動ずることなく自らの務めを果たしていたのだった。

ここで起こったすべてのことの後で、静かになったベルリンの通りで、ナイチンゲールの口笛のような声が、生きた生活があることを知らせてくれ、驚かされた。

私たちはアパートのような建物に出くわし、暗い階段を昇り、ノックした。私たちはぎこちない思いをしながら、都市陥落の破局を経験したばかりの人たちのフラットに入った。

これはつつましいフラットだった。そこの住人はキルティングのガウンを着た年配の夫婦で、私たちの突然の来訪に不安を覚えながら、二部屋を私たちに提供してくれた。だが、どうやら夫婦は長いこと寝つけないようだった。二人のひそやかな足音が廊下から聞こえていた。私はソファに横になった。すると、戦争中忘れていたかぐわしいナフタリンと月桂樹の葉の香りが私を包んだ。

四年間も忘れていたのだ……戦争が始まったとき、私は文学部で学んでいた。

カーテンを引かないままになっていた窓に、バラ色の空の断片が見えた。鎮まりつつある火事の照り返しだった。絶え間ない戦闘の後の驚くべき静けさは天恵だったが、不慣れなために心臓が止まりそうだった。「われわれはベルリンにいる」という思いが、この数日の緊張を鋭く貫いていた。そして、それが眠りを追い払った。

かなり明るかった。反対側の壁から鹿の角が突き出していた。テーブルの上には新鮮な花が花瓶に挿してあった。

懐中電灯で照らして、私は壁の額を読んだ。「天よ、われわれを雨風と不実な友から守りたまえ」

壁には男の子の写真が沢山掛かっていた——木馬によじ登った写真、縞模様の水着の娘の伸ばした足の上に頭をのせて砂浜に寝そべっている写真。そして彼はもう軍人になって、体にぴったり合うように巧みに直された新しい軍服を着て、手には重い野戦用ヘルメットを持っている。集合写真では、彼は陽気な軍人たちと一緒にいる。この写真の中央には瓶がある。ヘルメットを銃剣の先にのせている者もいる。「健康を祝して《プローズイット》」と書き込んであった。

そして文机のガラスの下には、クルト・ブレーマーが東部戦線で行方不明になったという悲報が置かれていた。

水を探して私は台所へ行った。窓のそばにこの家の主婦が座っていた。彼女の膝の上にはソックスの入った小さな袋があった。彼女がソックスをかがり始めたのはまだヒトラー時代だったが、今は明け方の弱い光に満足しながら、いつものように自分の仕事を続けていたのである。

台所の棚にはビール用ジョッキがきちんと並べられ、この横隊の先頭ではおなじみの陶器の小母さんが金色の長靴を差し出して、そこからビールを注ごうと勧めていた。

私は主婦に、アパートの下の店は誰の店なのか（夜、私たちは階段を上ったときにこの店に気づいた）、以前から釘付けになっているのかと尋ねた。

主婦は、あれは夫婦で自営している油化製品の店で、二ヵ月前に閉めたのだと答えた。

「私たちはまじめに働いて、あの店を手に入れたの。ああ、手に入れるまでにどれだけ苦労をしたことでしょう。それが今……」と、彼女はそっとため息をついた。「商売はもう楽しくなくなったわ」

朝、フラットの主人は私に訊ねた。自分は今日、通りのかかりつけの歯医者のところまで行けるだろうか、あなたはどう思うか、と。私ははっきりと答えた。戦争は戦争だけれど、歯が痛いのならやむを得ないでしょう。彼は歯が痛いのではない、と答えた。今日歯医者に行くことを二週間前に約束してあるのだと。たとえ急用でなくとも、帝国首都の陥落でさえ、あらかじめ約束した訪問を妨げてはならないのだった。何があろうが、バランスや秩序を守ろうとする志向はそれほど堅固だった。

窓からは、知り合いの娘が交差点で交通整理をしているのが見えた。小旗を振りながら、彼女は自動車を通し、手のひらで素早く側頭部の髪を直した。そして戦利品の自転車を使用し始めた軍人たちからは自転車を取り上げた。住民の自転車没収禁止命令が方面軍司令官から出ていたのだ。

彼女のそばの歩道には、すでに自転車の山が出来ていた。

反対側の建物の玄関から、一人の兵士が小さな樽を引っ張り出してきた。短い柄の太い筆をその中に浸すと、低くしゃがんで、舗装道路上に広がっている大きな文字のゲッベルスの確言――"**Berlin bleibt deutsch**"（「ベルリンはドイツのものであり続ける」）を消し始めた。

ガソリン缶

五月四日、早朝。アレクサンダー広場の上にはバラ色に染まった霧が立ち昇っていた。寒かった。広場の中央に陣営の跡――粉砕されたベルリン守備隊の残滓があった。舗道の上では軍隊毛布にくるまった兵士たちが眠っていた。負傷者は担架の上で眠っている。何人かはもう目覚めて、頭からすっぽり毛布をかぶって座っていた。黒いジャケットと白いスカーフの看護婦たちが負傷者を見回っていた。

投降した兵士たちはパレード用の通り――ウンター・デン・リンデンでも眠っていた。通りの両側は廃虚だった。

大きく口を開けた建物の壁。石の屑が崩れ落ちている。

包みを積んだ手押し車が敷石の上をがらがらと動いていく。それを一生懸命押しているのは二人の女で、恐らくベルリン近郊から戻ってきたのだろう。手押し車の音は瓦礫と廃虚の虚脱状態の中へ、いつまでも響きわたっていた。

私たちは再び総統官邸を訪れた。

ヒトラーを最後に見たのは誰か？　そもそもこの地下壕で生けるヒトラーを目にしたのは誰か？　彼の運命について何が知られているのか？

前夜、総統地下壕にガソリン缶を送ったと私たちに話した、車庫技手のカール・フリードリヒ・ヴィルヘルム・シュナイダーの証言。「そもそも五月一日までヒトラーがベルリンにいたかどうか、私は知らない。私はここで彼を見かけなかった」。しかし五月一日、シュナイダーは総統官邸車庫でヒトラーの死について、彼の専属運転手エーリッヒ・ケンプカと、車庫長から聞いていた。「この知らせは口伝えに伝えられた。みんなが話していた。だが、誰も正確には知らなかった」

公式に総統官邸付属総統家庭経理部料理長ヴィルヘルム・ランゲと名乗った五十歳の男（職種は菓子職人）の証言。「私が最後にヒトラーを見たのは総統官邸庭園で、一九四五年四月の初めのことだった。彼はそこでブロンディという呼び名のドイツ・シェパードの愛犬と散歩をされていた」

「ヒトラーの運命について知っていることは？」

「確実なものは何もない。四月三十日の夜、ヒトラーの犬飼育係トルノウ軍曹がキッチンの私のところへ子犬たちの餌を取りにきた。彼は何か取り乱していて、私に言った。『総統は死んで、彼の遺体からは何も残っていない』。総統官邸の職員たちの間に、ヒトラーが服毒したか、あるいは拳銃自殺をし、彼の遺体は焼かれたという噂が流れた。実際にそうだったのかどうか、私は知らない」

総統官邸の建物の技術管理者ヴィルヘルム・ツィムの証言。「私が最後にヒトラーを見たのは四月二十九日一二時だった。私は故障した換気装置を直すために総統地下壕へ呼ばれた。作業中、開いていた執務室のドアからヒトラーを見かけた」

「ヒトラーの運命について知っていることは？」

「四月三十日六時、総統地下壕の作業から戻ってきた水道工事係ヴェルニクと電気修理係ギュンナーが、ヒトラーが亡くなったと聞いたと話した。二人はそれ以上の詳しいことを何も伝えなかった」ハンス・エーリッヒ・フォス海軍中将は、この地下壕でヒトラーが臨席して開かれた会議に参加した。ヒトラーの死についてはゲッベルスから聞いた。

五月四日朝までにわれわれが知っていたことは、これですべてである。

料理長ランゲが語ったように、「確実なものは何もない」。しかし、これらの情報もほかの矛盾した、センセーショナルな情報の中から掻き出さねばならなかったのだ。まったくもって、ありとあらゆることが話されていた！　ヒトラーはベルリン陥落三日前に女性飛行士ライチュ[31]とともに飛行機で飛び去ったのであり、彼の死は演出され、偽の発表が放送されたのだとか。ヒトラーは地下道を伝ってベルリンから脱出させられ、「難攻不落」の南チロル要塞に隠れているとか。

もっと控えめな、しかし本質的な情報を持っていた人たちも、疲労困憊し、押しつぶされそうだったので、日付や事実を取り違えるほどだった。彼らが話すことはほんの一昨日、あるいはその一日前に起きたことだったのに。

次から次へ、あちこちで、よりセンセーショナルな説が膨れ上がり、割れて、消えた。「影武者」の噂が現れた。

次々と現れる新説を排するには、時間が必要だった。

捜索はきわめて張りつめた速度で行なわれた。道をそれて、不確かな足跡を追い、誤った結論に達する危険性は大きかった。

時としてナンセンスなものも混ざる新説が捜索を妨げた。

一九四五年五月初め当時、非常に複雑な状況の中で必要だったのは、諜報関係者の努力を結集し、すべてを機動的に解明し、余計なすべての説を切り捨て、捜索の道筋を立てることである。この仕事を取り仕切ったのがワシリー・イワノヴィチ・ゴルブーシン大佐〔第三突撃軍防諜部長代理〕だった。

私たちは何度も何度も、一メートルずつ、総統官邸の荒廃した地下壕を点検した。ひっくり返ったテーブル、壊れたタイプライター、足元のガラスと紙。小部屋ともう少し大きな部屋、長い廊下と渡り廊下。コンクリートの壁が傷んでいて、廊下のところどころに水たまりがあった。ヒトラー生前に調子が悪かった換気装置は、今はまったく動いておらず、空気は湿り、重たく、息苦しかった。闇……至るところ、隅の方でかさこそする音、何かが動く気配が、あるいは絶望したヒトラーの士官の発砲で破れるかもしれない静寂があった。

割れたガラスを軋ませて歩く足音、大きなため息――これは総統官邸を強襲した兵士たちが、ドイツ政府最後の砦の闇の中を歩き回っているのだった。高価なリキュールの入った箱に出くわしながら。森の中にいるように互いに呼び合いながら。第三帝国最期の時の奇妙な舞台装置を懐中電灯で照らし出しながら。時々私たちの足音に対して、銃の遊底をかちりと引く音や、ロシア語なまりの「手を上げろ《ヘンデ・ホフ》！」の声が響いた。

状況は複雑で、錯綜していた。ベルリンの地上ではすでに戦争は終わっていた。この地下壕のカオスの中では、捜索が行われていた。疲れることを知らず、献身的に、絶大な責任を感じながら捜索した。四年間の戦争が肩にかかっていた。

まず、やらねばならなかったのは、初めのうち複雑だった地下壕の地形に慣れ、隠し部屋を見つけ、その点検をすることだった。ヒトラーを見つけねばならなかった。

すでに中庭では、肩章を引きちぎった灰青色の軍服姿のクレープス将軍が発見されていた。彼も服毒自殺だった。

だが、ヒトラーの最期については、依然として確実なことは何も突き止められていなかった。

総統の権力を引き渡されたゲッベルスからヒトラーの死について知った、フォス海軍中将の証言を出発点として認めるならば、そして、なぜガソリンが必要だったかということに関する車庫技手シュナイダーの意見に同意するならば、この鎖に足りない環は、火葬に参加した人物である。あるいは、火葬がどのように、どこで行なわれたかを見た人物、あるいは、せめてこれについて詳細を耳にした人物である。

総統官邸の庭園は――後で分かったように、このミステリーの現場だったが――めちゃくちゃになっていたので、ここのどこで焼かれたのかを正確に探し出すことは、ほとんど無理だった。

一方、その間も噂が乱れ飛んだ。誰かが誰かから聞いたところによると、ヒトラーは完全に火葬されて、遺骨はモーンケ戦闘団の突破に加わったヒトラーユーゲント全国指導者アクスマンが持ち去ったという。当時、彼の行方はわれわれには分からなかった。

もしヒトラーが完全に焼かれたのならば、料理人に話した犬飼育係トルノウの証言――「総統は亡くなった。彼の遺体からは何も残らなかった」――は、その証拠ではないだろうか？　もしそうだとしたら、もし遺骨が存在せず、あるいは今後それが見つからなければ、私たちは世界にヒトラーの最期についての反駁不能の証拠を示すことが決してできないだろう。ヒトラーの消滅は秘密のままとなり、それはあらゆる神話が繁茂する土壌となるだろう。彼の信奉者たちだけはそれを願っている可能性があった。

入手した情報の比較対照が行なわれた。事情を確認できる可能性のある人たちが捜索された。

ところが、ここへは次から次へと大勢の人たちが押しかけて来た――兵士と指揮官、参謀将校とモスクワから飛行機で来た人たち、そして特派員たち（とくに遠ざけておく必要があった）。彼らは総統官邸の各部屋を回り、地下壕に下り、ヒトラーの部屋を探した。そして、自分が歴史にかかわっている印としてあれこれのものを持ち去った。みんながここに来たがった。そして全員にその権利があった。しかし、まだ見学の時期ではなかった。

地下で、庭園で、地上の建物で、通りの隣接区域で捜索が続けられた。


五月四日の朝、私の前に静かな、家庭的な、完全な民間人が座っていた。総統官邸では誰も目に留めなかった小柄な釜焚きである。彼は調子の悪かった換気装置の修繕のため、総統地下壕に修理工として派遣された。

すでにそれまでに彼は話していた――廊下にいたときに、ヒトラーの部屋から灰色の毛布に包まれた総統とエヴァ・ブラウンが運び出されるのを見た、彼女は黒い服を着ていた、と。

彼は何も主張しなかった。ただ見たのである。もっと大きな、自信たっぷりの声の合唱の中では真実の声が聞き分けられなかったのだ。釜焚き本人が実に素朴で、謙虚だったので、これらの出来事のスケールと彼は結びつけにくかった。

フォス海軍中将のほうがはるかにその役割に適任だったろうが、彼は正確な証言を持っていなかった。

この釜焚きは、私がその口からヒトラーの婚礼について聞いた最初のドイツ人だった。当時、戦闘と火災でほとんど燃え尽きてしまったベルリンで、これは私にはたわごとのように見えた。謙虚で、見栄えのしないこの男の顔を、私はまじまじと見つめた。彼は三～四日前の奇妙な光景を記憶の中で思い起こしているのだった。果てしなく遠い何かのことを話題にするように。実際、今、起こっているのは一日の入れ替わりではなく、時代の入れ替わりだったのだ。

私はこの釜焚きの名前を覚えていない。彼は歴史の大判本から無名の栞として立ち現れ、必要なページを指し示した。しかし、疑い深く、そそっかしい私たちは、そのまま、読むべきページを読まないで済ませてしまったのである。

ベルリンSS衛生局の医師ヘルムート・クンツはひどく興奮し、経験したことを振り捨てることができなかった。彼が総統官邸に行ったのはほとんど偶然だったが、子供たちの死に自分が関与したことで精神的平衡を失った。初日に彼が話したことのすべては、この事実の周囲を堂々巡りしただけだった。しかし、五月四日、彼はため息をついたり、不安に駆られて立ち上がったりしながら、断片的に、日付を間違えながらも、最後の日々のさまざまな細部を思い出した。

ヒトラーとエヴァ・ブラウンの婚礼が行なわれたことの証拠として、彼はこういう話をした。彼のいる前でエヴァが総統官邸病院院長のハーゼ教授に語った。その日、ゲッベルスの子供たちがいつものように彼女に「タンテ・ブラウン」〔「ブラウン小母さん」〕と呼びかけたので、すぐに「タンテ・ヒトラー」よ、と直してあげた、と。

それからクンツが思い出したのは次のことだった。夜、総統地下壕の上にある娯楽場で、ハーゼ教授、ヒトラーの二人の女性秘書ユンゲとクリスティアンと一緒に座っていると、娯楽場に現れたエヴァ・ブラウンが四人を娯楽場の一室に招いて、コーヒーを持ってこさせた。エヴァは彼らに、総統が遺書を書いたこと、それがベルリンから発送されたことを語り、そして今、総統は遺書が宛先に届いたことの確認を待っている、それが済んで初めて死ねると話した。彼女は語った。「私たちはみんなに裏切られた。ゲーリングにも、ヒムラーにも」。そしてさらに言った。「死ぬのはそれほど難しくないでしょう。毒はもう犬でテストされたから」

クンツ医師は、娯楽場でこの会話が行なわれたのは四月三十日の夜だと確信していた。けれども、別の情報では、この時までにヒトラーはすでに生きていなかった。

要するに、私たちは一歩ごとに矛盾にぶつかった。しかし、クンツがほとんど偶然に語った一つの話だけは黙殺できなかった。彼が語ったところによると、ゲッベルス夫人は彼にヒトラーの自殺について話したが、ヒトラーがどのようにして自殺したかということに関しては明確なことを何も付け加えなかった。「彼の遺体は総統官邸庭園で火葬されたに違いないという噂が流れていた」と、クンツは言った。

「誰からあなたはそれを聞いたのか?」と、ゴルブーシン大佐が訊ねた。

「私はそれをラッテンフーバーSS中将から聞いた。彼はヒトラー大本営の安全に責任を負っていた。彼はこう言った。『総統はわれわれを置いて去られた。これから彼の遺体を上に運ばなければならない』と」。

五月四日、私たちには、ヒトラーの護衛隊長からクンツ医師を経由して届いたこれらの情報よりも権威のある証言はなかった。

総統官邸とその外で発見された文書

私は文書に埋もれた。

戦闘現場からの報告。総統官邸を守備していたモーンケ戦闘団の指揮所から出された命令。無線電報。

ゲッベルスの部屋の二個のスーツケースの中には、彼の日記のほかに、作者たちが彼に送ってきた脚本が何本かあった。大きな本は、彼の四十歳誕生日にちなんだ党の戦友たちからの記念の贈り物だった。そこにはゲッベルスの草稿『国家社会主義者の小入門書』を一ページずつ再現する写真複製版が納まっていた。

地下壕で作業するのは難しかった。しょっちゅう停電した。そこで私は総統官邸の広間の一つで文書を整理しながら何時間も過ごした。これはヒトラーのお出ましを待つための広間だったか、あるいは何かほかの用途の広間だったか、正確には知らない。総統官邸内部の配置は私にはなかなか分からなかった。ここではすべてがひっくり返っていた。ここでSS護衛隊との最後の戦闘が行なわれたのかもしれない。しかし、ここを通過した軍隊には、ナチズム本拠の部屋のインテリアを大事に扱わねばならぬ義理はなかったのだ。

この広間のテーブルは横倒しになり、装飾天井は壊れ、座部を切り裂かれた肘掛け椅子がひっくり返っていた。窓ガラスの破片は至るところにあった。灰色調の高級ビロードを一面に敷いた豪華な床が赤軍兵士たちの靴底で押しつぶされ、すり減っていたのを覚えている。諜報担当者たちは文書の入った袋をここへ運び込み、その床の上に投げ出した。

ゲッベルスの部屋ではスーツケースの中からさらに何冊か紙挟みが見つかった。マグダ・ゲッベルスの個人的書類である。

マグダは四月二十二日にヘルマン・ゲーリング通りから地下壕に引っ越すときに、いったい何を持ってきたのか？

ここにあったのは郊外のランケにある家の財産目録だった。さらに、対ソ戦開始までに建てたシュヴァーネンヴェルダー城の財産目録も。家具セット、ガラス張り戸棚（それぞれ銀器、食器セット、小像が収納されている）の完全な財産目録である。すべてが記載されていた――灰皿の一つひとつ、無数の部屋のソファのクッションの一つひとつ、ゲッベルス博士のハンカチの一枚一枚と下着ロッカーの中のその置き場所、各便所のトイレットペーパー用フックの一つひとつまで。それも部屋から部屋へ、母屋も、離れも。いくつもある寝室、書斎、子供たちと副官たちの寝室、ゲストルーム、広間、ホール、階段、廊下、テラス、使用人たちの部屋、映写室。ゲッベルスの衣装簞笥の目録。八七本のさまざまなワイン。

ここには、ゲッベルスが日記で有頂天になって書いている、あの城の調度品の値段を示す勘定書があった。そして一九三九年以後に、百貨店からマグダ・ゲッベルス宛てに届いたいろいろな勘定書も。子供たちの衣装簞笥の目録（一人ひとり別にして）。すべての服、コート、帽子、靴、スキーウエア、下着が記帳されている。新品と、そして長女から次女へ、次女から三女……へと順繰りに引き継がれたお下がり。今のところは予備として取ってある品も。[32]

そして、総統の署名のあるオリンピック功労者への表彰状。

ここにはまた、NSDAPの印鑑とベルリン管区の一指導者の署名のお墨付き入りで、マグダ・ゲッベルス宛てに送られた文書があった。これにはある超能力者の予言が述べられていた。この超能力者はすでに一九四二年四月に次のように予言していた――連合軍海兵隊が一九四二年六月初めにフランス沿岸部に上陸し、激戦が始まる。この戦闘は一九四四年八月に最高潮に達する。六月初めにドイツは新型航空兵器を使用し、この兵器はとりわけイギリスで恐るべき破壊を起こすことになる。これはイギリス国内に紛糾をもたらし、連合軍のその後の侵攻にブレーキをかける。

侵攻軍との激戦は一九四四年八月から十一月まで燃えさかり、十一月初めに連合軍は戦争をつうじて最大の敗北を喫する。

一九四五年四月にドイツは全打撃兵力を東部戦線へ転進させることができるようになる。そして十五ヵ月後にロシアはドイツに最終的に征服される。共産主義は根絶され、ユダヤ人はロシアから追放される。ロシアは小国に分裂する。

一九四六年夏、ドイツ潜水艦は新型強力兵器を装備し、これを使用することにより、一九四六年八月以内に英米艦隊の残存兵力は撃滅される――以上がこの予言だった。

紙挟みの一つには、マグダ・ゲッベルスの手で「囚われのハラルト」("Harald Gefangen")と書かれていた。これは最初の結婚で生まれた彼女の長男だった。[33] 四年前、ゲッベルスは日記に書いた。「マグダは、実現したも同然のハラルトの受勲にとても喜んでいる」(一九四一年六月十四日)。紙挟みには、捕虜になってからの彼にかかわるすべてのものが集められ、綴じ込んであった。一ページ目は捕虜になった状況である。これは下士官が自分の指揮官宛ての報告で述べている。報告はゲッベルスに転送された。ゲッベルスの義理の息子の姿が最後に見られたのは、アフリカのある集落地点における戦闘中のことだった。その後に、アメリカ軍の捕虜になったハラルトからの手紙が続く。元気でいる、と書いている。写真。花壇を背景にしたハラルトが写っている。そして、「ドイツの母の日」へのお祝い。

けれども、マグダの文書には、事件の雰囲気、状況を伝えても、ヒトラーに何が起きたかを直接示すものは含まれていなかった。

ボルマンの紙挟みには、重要な文書――総統官邸地下壕から自分の副官に送った無線電報が入っていた(ミュンヘンとオーバーザルツブルクへのボルマンの無線電報は公文書館一件文書第一五一号に集められている)――


四五・四・二十二。

フンメル宛。オーバーザルツブルク。

提案された南方海外への移動に同意する。

帝国指導者ボルマン。


これは何を意味していたのか？

ボルマンは見たところ、遠くドイツ国外に自分の隠れ家を準備していたようだ。まさに実情はそのようなものだったが、このことはボルマンの日記[34]には書かれていない。この日記も公文書館に残っていた。もしも当時、マルティン・ボルマンのこのメモ帳日記が私の前にあったならば、メモの中に次のことを読んだはずである――


四月二十九日、日曜日。

二日目は疾風射で始まる。四月二十八日から二十九日にかけての未明、外国報道機関がヒムラーの降伏提案を伝えた。アドルフ・ヒトラーとエヴァ・ブラウンの結婚式。総統が自分の政治的・個人的遺書を口述。

裏切り者ヨードル、ヒムラー、将軍たちはわれわれをボルシェヴィキに置き去りにしている！

再び疾風射！

敵の報道によると、アメリカ軍はミュンヘンに突入！

四五・四・三十。

アドルフ・ヒトラー
エヴァ・H。

そして二人の名前のそばにボルマンは、ひっくり返したルーン文字の十字――死の印を書いていた。

もしこれを当時読んでいたら、私たちは重要な裏付けを入手したことだろう。ヒトラーは四月三十日に死んだのだ。しかし、この日記は私たちの手元になかった。日記は隣接軍の諜報担当者たちによって街頭で発見され、私たちには届かなかった。もっとも、この日記が発見された奇妙な事情からして、予備的な調査段階では恐らく、これを鵜呑みにすることはできなかっただろう。偽造され、こっそり置かれた可能性もあった。しかし現在は、疑問の余地なく言える。これはボルマンの本物のメモ帳日記で、彼がモーンケ戦闘団に加わってソヴィエト軍の包囲環を突破しようとしたときに落としたものである（多分、致命傷を受けた瞬間に）[35]。

この日記は別次元の出来事を記録しているが、それでもやはり、最も愚かしいドイツ軍前線兵士の日記にひどく似ている。その前線兵士たちの日記も、互いにみなそっくりだった。

それらが互いに似ていて、ボルマンの日記とも似ているというのは、民主的で上下に差がないということでは決してなかった。それはヒトラーが当てにし、ナチズムが育んだ思考の恐るべき画一性の兆候だったのだ。

長い一日

総統官邸は国会議事堂からそれほど遠くなかった（五五〇メートル）が、私たちの軍〔第三突撃軍〕の隣接軍――官邸を占領した第五突撃軍との境界線地帯にあった。境界線を破ることは許されていなかった。しかし、戦闘は終わっていて、すべてが混沌としていた。そして機会あらば全員、国会議事堂へ行こうと、私たちの軍の担当区域内へ殺到した。「自分がそこに来た」ことを確認し、帝国国会議事堂を見物し、その壁に署名し、内部へ入るためである。一番にやって来たのは第五突撃軍のお隣さんたちだった。

私たちの軍の何人かの士官たちは察しのよさを発揮して、隣接区域の総統官邸に行くほうを選んだ。私も一緒に行った。国会議事堂の壁にサインしたのはそれよりも遅く、その三日後だった。

それでも少しの時間、私は文書から離れて、運転手のセルゲイや数人の兵士たちと市内を歩くことができた。ブランデンブルク門のそばに立った。この凱旋門の下を、ワルシャワ、ブリュッセル、パリから戻ったドイツ軍部隊が勝ち誇って通過したのだ……割れた煉瓦、焼けた鉄、炭化した倒木が一面に散らかった近くの広場の上には、まだ鎮火していない国会議事堂の灰色の建物の煙が漂っていた。その円屋根の残骸の上に、曇り空高く赤旗がひるがえっていた。

弾痕や瓦礫の山をよけながら、私たちは国会議事堂にたどり着いた。ぎざぎざに欠けた入口の階段を上った。煤で黒くなった円柱を見回し、壁に手をつき、お互いの顔を見つめた。階段で一人の兵士が座りながら眠っていた——後ろに反らせた頭を円柱にもたれさせ、顔を軍帽でおおって。口髭をはやした親衛軍兵士が巻き外套を肩に掛けて、物思いにふけりながらタバコを巻いていた。国会議事堂の下の階の大きな窓には木の板が透き間なく打ち付けられていたが、それらの板の上にはすでに縦横無尽に書き込みがあった。セルゲイはちびた鉛筆を取り出し、「かけがえのない友よ、君はどこにいるのだ？　われわれはベルリンに、ヒトラーのそばにいる」という誰かの達筆の書き込みの下に、震える字で「シベリア人たちよ、ごきげんよう！」と書き込んだ。私も彼に続いたが、興奮して言葉が出てこなかったので、モスクワ人たちへの自分の挨拶を書いた。

私たちは内部へ入った。そこにはわが軍の軍人たちがぶらついていた。使い古した紙挟みが放り出されていて、焦げ臭いにおいがした。国会議事堂の文書がタバコを巻く紙に使われていた。

それからさらに私たちは市内を歩いた。歩道はほとんど無人だった。路上の広告塔には、ベルリンとブランデンブルク州の民間人住民に対する第一ベロルシア方面軍司令部の呼びかけが貼り付けてあった。「……現在、ドイツにはいかなる政府ももはや存在しない……」。一部の場所では、住民のグループが煉瓦を一個ずつ手渡しで渡しながら、瓦礫を片づけていた。手に赤い腕章をした兵士たちが警備司令官の命令をあちこちに貼り出していた。ベルリンでの勝利を祝う木造のアーチが建築中だった。その中央には大きな赤い星が据えつけられ、両側に連合国の国旗が飾られていた。

瓦礫が片づけられた通路には自動車が入り込んできた。ドイツの首都に入る際に支給された白手袋をした交通整理兵の娘たちが、夢中で、疲れを知らずに台の上でくるくる回りながら、ベルリンの交差点を生き返らせていた。

彼女たちを見て興奮せずにはいられなかった。思えば、つい最近まで彼女たちはゲートルを脚に巻き、ライフル銃を担いで前線の道路で務めを果たしていたのだ。寒さに凍え、声をからしながら、そして口やかましく。彼女の命令に従わなかったらどうなるか。すぐにライフル銃で巻き外套を叩かれたものだ。

重い靴の裏金を舗道に打ち付けながら、歩兵隊が通り過ぎ、車の通行を停止させた。これは指揮官を先頭に、ケースに入れた旗を運んで軍旗授与式に向かう部隊だった。

貼り出された警備司令官の命令の前にベルリン住民が立ち止まり、食糧配給量を手帳に写していた。

私たちは車輪を上にしてひっくり返ったドイツのトラックをよけながら、シュプレー川の橋を渡った。トラックの車体には「すべての車輪は戦争のために働く」と書かれていた。橋の上に女性が一人座っていた。頭を後ろに反らし、曲がらない両脚を前に伸ばして、哄笑していた。私は彼女に声をかけた。彼女は放心した、澄んだ目で私を見つめ、愛想よくうなずき、私が何者かを正確に見分けた。そして喉の奥から絞り出すような、狂った声で叫んだ。「ぜんぶ壊れた！《アレス・カプット》」

すでに述べたように、一九四五年五月三日、きわめて詳細な「ドイツ大臣ヨーゼフ・ゲッベルス博士及びゲッベルス夫人及び子供六名の識別調書」が作成された。調書の作成と署名には、軍諜報部、軍団防諜部、政治部、医務部の関係者、死体を確認したドイツ人たちなど一〇名以上がかかわった。

ゲッベルスと家族の発見の事実はこのように広く、公然と発表された。これは当然のことのように見えた。その日は軍上層部の誰ひとりとしてそれ以外の方法を思いつかなかったのだ。特派員、報道カメラマン、ニュース映画カメラマンたちはすべてを撮影することができた。

勝利後の最初の日々、人々は自由の輝きを体験し、理性的に、正常に行動した。しかし、彼らは錯覚していた。すぐに、たしなめられた。スターリンは、この一件がそのような形で勝手に公開されたことに憤激した。明らかに誰かが大目玉をくらった。そして翌日から、ヒトラーの捜索は厳重な秘密に包まれ、特派員、報道カメラマンたちとの接触も厳禁された。すべての報告は司令部を素通りして、直接スターリンに上げられた。

『ベルリン、一九四五年五月』の初版で、私はふと気がついて読者に警告したことがあった——ペンで書くと、ヒトラー捜索は知らず知らずのうちに、実際にあったよりも整然とした性格を帯びてしまうと。事実を追っていく私の叙述の性格上、展開する場面に無意識のうちに、より理性的で、整然とした、常識的な性格を与えていたのだ。

当時、私はこの本のある章の題を「ミステリーなしに」と付けた。しかし、ミステリーは確かにあったのである――私たちソヴィエト側のミステリーが。元々のミステリーの原因は、ヒトラー最期の状況の周囲にドイツ側がめぐらした仕掛けだった。だが、私たちソヴィエト側のミステリーの原因は、誰にでも何でもかんでも格別に秘密にするというお決まりの秘密主義だった。

当時、私たちのヒトラー捜索を、その命令が上から出されていたかのように書いたのは、私の側のやむを得ない誇張だった。しかし、実情を書けば、読者には不自然に見えただろう。そういう命令が特別に出ていたわけではないのである。と同時に、私はそれほど真実から脱線していたわけではなかった。そのような任務、戦争の最後の任務はベルリンの空気そのものの中に感じられていた。そしてそれを感じ取った者たちが、下からイニシアチブを発揮したのだ。

当時、一九四五年五月初めのベルリンの複雑な状況の中で、あらかじめ何らかの確たる資料も持たずに、私たちの第三突撃軍でヒトラー捜索の仕事を指揮したのは、すでに述べたが、ワシリー・イワノヴィチ・ゴルブーシン大佐だった。必要なのは諜報部員たちの力を結集し、すべてをてきぱきと解明し、あらゆる余計な風説を阻止し、目的を達成することだった。

捜索は短期間で――信じられないような集中力と充実の三日間で行われた。電気が途絶え、何がどこにあるのか分からず、この地下壕の内部配置もまだよく呑み込めていなかった。ここで発見されたヒトラー、ボルマン、その他の公務と個人にかかわる書類を調べなければならなかった。

私たちにはツキがあった。とはいえ回り道も、時としてばかばかしいそれが待ち伏せしていた。その一つを紹介しておこう。

総統官邸庭園に干上がった池があった。以前、ここには観賞魚が泳いでいたが、ベルリン[36]包囲中は爆撃や砲撃で死んだ人たち、そしてヒトラーの命令により総統官邸庭園で銃殺された人たちの死体がここに積まれた。

五月三日、第一ベロルシア方面軍司令部の将軍たちの一団が総統官邸庭園を通った。将軍たちの誰かの目に、死者の一人がヒトラーに似ているように見えた。死体は直ちに池から引き上げられ、確認のためにドイツ人たちが呼ばれたが、全員が「総統ではない」と答えた。

しかし、元ベルリン駐在ソ連大使館員が到着するのを待つことになった。彼は戦前にヒトラーを何度も見たことがあり、ちょうどモスクワから飛行機でやって来ることになっていた。こうして、ちょび髭と七三に分けた前髪があり、繕った跡のあるソックスを履いたこの人物の死体は、何時間も最初は総統官邸の玄関ホールに、そのあとは講堂に置かれていた――到着した外交官が「ヒトラーではない」と確認するまで。報道カメラマンとニュース映画カメラマンたちはこの死体を撮影することができたので、その後「ヒトラー」という見栄っ張りな注記をつけて、公文書館やフィルムライブラリーに引き渡した。しかし、ヒトラーの本物の遺骸には報道関係者の誰も近づけなかったし、それが撮影されることもなかったのだ。

この「ヒトラー」が、後にドキュメンタリー映画の中に気楽に組み込まれたのは、驚くにあたらない。しかし、騒ぎ立てた外国報道機関の圧力で否認され、フィルムはお蔵入りになった。けれども、この身元不詳人物の死後の冒険は、これで終わらなかった。彼はその後続々と登場する「影武者」の元祖になった。だが実際にはヒトラーに影武者はいなかった。そして彼のスクリーン生活も終わりを告げなかった。不運なドキュメンタリー映画からさらに十三年後、ジャーナリストたちによって再び公文書館から引っ張り出されたあの映像が、ヒトラーの死体と称してテレビ放映されたのである。

はったりはすぐに暴露された。それには私の参加もあった。その日のうちに各国の新聞、テレビから私に電話がかかってきて、この出来事をどう受け取るべきかと質問した。フランスのあるテレビ局は夜の放送に間に合わせるために緊急インタビューまでした。このはったりを流したテレビ番組の制作者たちは、公文書館員が勘違いしたのだとテレビで声明して、撤退宣言をした。今回はそれで終わった。しかし、言っておくが、そのうち、また繰り返されるだろう。[37]

この今に至るまで関心を呼ぶテーマについてあらゆる憶測が生まれる可能性は、真実の言葉で遮断されなかったために、そもそもの最初から開かれていた。

真相

身元不詳の死体が玄関ホールや講堂に置かれたりしていた、五月の捜索の日々の総統官邸に話を戻そう。この時、私たちの軍に編入されていた第七九軍団がベルリンを離れ、指定された駐屯場所へ向かうことになった。それまで捜索に加わっていた軍団諜報部の兵士グループが、結局は指揮官のクリメンコ中佐を巻き込んで、ゲッベルスが発見された場所を覗きたいという好奇心から総統官邸庭園に入った（クリメンコが私への手紙で書いているところによる）。その場所とはすなわち、総統地下壕の非常口の近くだった。

そしてここで、偶然が働いた。

兵士イワン・チュラコーフが爆弾で出来た穴に目を向けた。穴はこのドアの左手三メートルほどのところにあった。その中の土は柔らかそうで、最近放り込まれたように見えた。兵士は穴に跳び下りた。彼の体重でへこんだ土の下から何かが見えた。少し掘って、目にしたのは、二つの黒い焼け焦げた男女の死体だった。穴の中から引き上げ、観察した。男性がヒトラーだとは見分けられなかったし、そもそも目で識別することは不可能だった。焼け焦げたゲッベルスとの類似点があったが、だからと言って、この発見物にもっと注意深く対処することには思い到らなかった。判断を狂わせた主要な原因は、ヒトラーの死体はすでに発見され、総統官邸にあるとクリメンコが耳にしていたことだった。繕った跡のあるソックスを履いたあのドイツ人の死体は、彼にとって悪い冗談になった。兵士たちは再び穴に土をかけ、立ち去った。

つまり、死んだヒトラーとエヴァ・ブラウンは五月四日に発見されたが、彼らだと識別されなかったということになる。

「これらの死体について私は誰にも報告しなかった」と、クリメンコは私が後に行なった質問に答えて、手紙の一つでそう書いている(一九六五年二月九日)。

このまますべてが、大失策で終わったかもしれなかった。

しかし、幸運なことに、情報はその日のうちに広まった。私たちにはすでに、兵士たちが誰を掘り出したかを理解するのに十分な資料があった。ゴルブーシン大佐は発見の参加者たちを引き戻すように要求した。

同じ手紙でクリメンコは書いている。自分の部署に戻った後、彼自身にも「自分たちが埋め戻した死体はヒトラーとエヴァ・ブラウンの死体ではないかという考えが浮かんだ」と。それどころか彼自身、総統官邸を離れる前に例の「ヒトラー」を見にいって、このドイツ人が総統と識別されなかったことを確認していた、と。

クリメンコは兵士たちを総統官邸に戻し、上官として自分の補佐役のデリャービン大尉を同行させた。発見者たちの名前は翌日に作成された調書に残っている。

ベルリン市。野戦軍。

調書

一九四五年、五月〝五〟日。
私こと親衛上級中尉パナーソフ、アレクセイ・アレクサンドロヴィチ、及び兵卒チュラコーフ、イワン・ドミトリエヴィチ、同オレイニク、エヴゲニー・ステパノヴィチ、同セロウーフ、イリヤ・エフレモヴィチは、ベルリン市、ヒトラーの総統官邸地区において、ゲッベルス夫妻の死体発見場所の近くの、ヒトラーの個人的防空壕のそばで、一体は男性、あと一体は女性の二体の死体を発見し、掘り出した。
死体はひどく焼け焦げていたので、何らかの補足的資料なしでは識別不能である。
死体は、ヒトラー防空壕のドアから三メートルの爆弾による穴の中にあり、土をかぶせて埋められていた。
親衛上級中尉（パナーソフ）
兵卒チュラコーフ
兵卒オレイニク[38]
兵卒セロウーフ

その後で穴の中の土が掘り返され、二匹の死んだ犬――シェパードと子犬が発見された。
さらにもう一通、調書が作成された――

……われわれは二匹の殺された犬を発見した。
犬の特徴は次のとおり――
1　黒っぽい灰色の毛のドイツ・シェパード（雌）、大型犬、首に小環からなる鎖の首輪をしている。死体に傷と出血は発見されなかった。

2　黒い毛の小型犬（雄）、首輪なし。外傷はない。口の上半部の骨が折れていて、その部分に出血がある。

犬の死骸は爆弾による穴の中に、互いに一・五メートルの間隔で置かれ、軽く土がかぶせられていた。

死骸に悪臭がなく、毛が抜けていないので、犬の殺害は五～六日前に行なわれたと推定できる根拠がある。

これらの犬が誰のものであったかの証拠となり得る物品、犬たちの死因を発見する目的で、われわれは犬の死骸の発掘場所で土を入念に掘り返し、観察した。土の中から次のものが発見された——

1　黒いガラス製の医薬品用試験管二本。

2　印刷された本からばらばらにされた焼け焦げたページと、手書き草稿がある紙の細かい破片。

3　長さ一八～二〇センチの小球の鎖がついた楕円形の金属製ロケット。ロケットの裏側には「私を永遠におそばに置いて」という彫刻された銘がある。

4　一〇〇マルク紙幣で六〇〇マルクのドイツ貨幣。

5　楕円形の金属製札31907

犬たちの死骸と発見・発掘場所で見つかった物品は写真撮影され、軍団防諜部「スメルシュ」に保管される。以上に関して本調書が作成された。

大尉デリャービン

親衛上級中尉パナーソフ
軍曹ツィーボチキン
兵卒アラブージン、キリーロフ、コルシャーク、グリャーエフ

犬たちは容易に識別された。シェパードは「ヒトラーの個人的な飼い犬」で、ほかの調書に書かれていたところでは「背が高く、長い耳を持っていた[39]」。

あたりは明るく、風が強かった。非常口から近くの庭園には兵士たちが輪になって立っていた。チュラコーフ、オレイニク、セロウーフ、上級中尉のパナーソフである。

風が芝生の上に散乱した焼けたトタンの破片、電線、折れた木の枝をもてあそんでいた。土の塊で汚れた灰色の毛布の上に、火で形を損なわれた黒い、恐ろしい死体が二つ横たわっていた。

私はそれらを目にした。

予言

五月五日から六日にかけての夜が明けると同時に、死体〔二体〕は総統官邸庭園から塀越しに運び出され、待機していた一トン半トラックがそれを運び去った。

よりによってそういう方法がとられたのだった。実は、第五突撃軍――その司令官ベルザーリン将軍はベルリン警備司令官だった――は支配施設の秩序回復に乗り出し、殺到する見物人たちを総統官邸の建物と地下壕から締め出した。入口には誰も通すなという命令を受けた歩哨たちが立つようにな

った。

私たちはますます仕事がやりにくくなった。何しろ、第五突撃軍諜報部にとって、自らの支配施設内で、わが第三突撃軍のよそ者たちにこのような決定的な手柄を挙げられたことは痛恨事だった。その拭いがたい、耐えがたい悔しさは今に至るまで関係者に残っているほどである。

しかし、私たちとしては、「戦利品」を他人に残しておく必要はなかったし、自分たちの手で最後までやり遂げていない仕事を放り出すわけにもいかなかった。

そこで、こういう手に出ることになったのである――ヒトラーとエヴァ・ブラウンの死体をひそかに運び出し、シーツにくるみ、歩哨たちを避けて塀越しに外へ運び出した。そこには自動車と二個の大きな箱が待っていた。

こうしてヒトラーの死後の旅路が始まった。

だが私たちは、出来事をすべて再現するために、ヒトラーの最期の日々のあらゆる細部に分け入っていた。そして、爆弾の穴の中に大急ぎでヒトラーとエヴァ・ブラウンが隠されたことについて、証拠と証言を入手していた。

当時、私たちは多くのことを確定し、事実を解明し、それらを比較対照し、出来事の雰囲気を実感することができた。二十年後、公文書館で第三帝国最後の日々の詳細を伝える資料をひもときながら、私は改めてこれらの出来事を見直し、出来事についてより完全に思い描くことができた。それに今も新しい資料、文書が私のもとに集まり続けている。そうなのだ、ヒトラーは何一つ隠しおおせなかった――自分の構想も、自分の崩壊も、自分の死も。

ボルマンの日記では、総統のもとでの会議、面会、ある者の解任と別の者の重要ポストへの任命、エヴァ・ブラウンのもとでの夕食、叙勲、自分の家庭のこと若干を記録するいつもの調子の中へ、周囲から進撃してくる軍隊の情報が、ほかのものすべてを蹴散らしながら入り込んでくる。一月にはそれらはまだ静かに響いている——「朝、ボルシェヴィキが攻勢に移った」、その前に書いてあるのは「妻と子供たちと一緒にライヘンハルに園芸家フォールマルクのキノコ栽培（シャンピニヨン）を見に行った」ことである。

翌日——

一月十四日、日曜日。ヘスケン叔母を訪問。

一月二十日、土曜日。正午。東部の情勢はますます切迫しつつある。

わが軍はヴァルテガウ州を放棄。敵の先頭戦車部隊はカトヴィツェ付近にある。

二月三日、土曜日。午前、ベルリンへの激しい空襲（爆撃の被害あり——新総統官邸、ヒトラーのフラットの玄関の間、食堂、冬庭園、党官房）。

オーデルの渡河点攻防戦。

爆撃で党官房正面が被害を受けた。

ドレスデン空襲、敵のワイマール攻勢、ベルリン空襲。

「党官房への二回目の命中（強力）」、「ロシア軍はケスリン〔コシャリン〕とシュラーヴェ〔スワヴノ〕付近にある」。これらはまだ世俗的・政治的生活の記録と入り混じっている。しかし、日ごとに興奮の度を高めながら、輪が狭まっていることを記録している——

三月四日、ポンメルン〔ポモージェ〕での縦深突破。コールベルク、シュラーヴェ、ドランブルク付近に戦車。西部で残す前進基地は一つだけ。

三月八日、イギリス軍がケルンに入った。ロシア軍がアルトダムに!!!

三月十四日、宣伝省への最初の大きな命中。

三月二十八日、マーブルク、ギーセンに戦車。


グデーリアンが罷免された。全国新聞指導者ディートリッヒ博士がヒトラーにより解任された。しかし、

三月三十日、午後、ベーヴェルンゲン付近に戦車。深夜、ヘルツフェルト付近に戦車。

四月一日、ヴィーナー・ノイシュタット付近にロシア軍戦車。

四月五日、ウィーン近郊にボルシェヴィキ。テューリンゲン州に英米軍。


そして、四月中旬には三日間、ボルマンの日記に同一のフレーズが爆発することになる――「オーデルで激戦!」、「オーデルで激戦!」、「オーデルで激戦!」。

しかし、二月には、オーデル河畔の強力な防御施設は難攻不落と見なされていた。第三帝国の全面的崩壊まであと二ヵ月少ししか残っていなかった。二月二十四日、ナチス党創立記念日を祝って、ヒトラーはこう声明した。「二十五年前、私は運動の来たるべき勝利を宣言した。今日、わが国民への

信頼に貫かれて、私はドイツ帝国の最終的勝利を予言する！」

すでに四週間前にドイツの軍事専門家たちは、すべてのチャンスは失われたとの結論に達していた。しかし、総統の予言は崩壊現象と闘うための特別野戦軍事法廷の設置に関するヒムラーの布告で補強された。必勝の信念の不十分さを疑われたドイツ人たちには、迅速な、容赦ない制裁が用意された。

だが、ヒトラー本人がこの時期に考えていたのは勝利ではなくて、奇跡を当てにした、現実的には連合国間の矛盾を当てにした救いのことだった。ゲッベルスは日記に、総統が彼に打ち明けた観点を引用している。

三月十五日

われわれの課題は今、いかなる状況のもとでも持ちこたえることでなければならない。敵陣営の危機はかなりの規模に達しているとはいえ、問題はやはり、われわれがまだ何とか防衛できる間のうちに爆発が起きるかどうかということにある。そしてこれこそ、われわれが粉砕される前に危機が敵陣営を爆破するように、戦争を成功裏に終結させるための前提である。

しかし、ソヴィエト軍はポンメルンを突破し、ヒトラーは自分の直観的な予見を顧慮しなかった参謀本部にすべての責任を押し付けた。

将官団の「蔓延する不服従」を取り締まるために、ヒトラーは急いで巡回野戦軍事法廷を設置し、これに義務づけた――すべての事案を直ちに調査し、判決を下し、有罪の将軍たちを銃殺すべし。

三月十一日、ヒトラーはゲッベルスの次の報告を満足げに聴取した。まだ総統に信頼感を抱いている数少ない将軍の一人、シェルナー大将が「急進的な方法」をとり、「部隊の士気を高めるために」少なからぬドイツ兵士を絞首刑に処したのだ。「これは、皆が考慮すべきよい教訓だ」と、ゲッベルスは日記に書き込み、総統の承認を喜んだ。おりしもヒトラーは、彼の設置した野戦軍事法廷がその最初の判決で、橋を破壊しなかった責任を問われた将軍に死刑を宣告し、即刻この将軍は銃殺されたとの報告を受けたのだった。

ゲッベルスは日記で叫んでいる――

　これは少なくとも一条の光だ……このような措置によってのみ、われわれは帝国を救うことができる。

三月二十七日夜、ヒトラーとゲッベルスは総統官邸庭園を散策した（ゲッベルスの言葉によると、「総統官邸庭園はひっそりしている。破片の山、山である。総統地下壕が強化されている」）。二人は、かつてレーム[40]にではなく、将軍たちに打撃を与えて彼らを一度に制裁できたのに、その好機を逸したいまいましさに浸った。もっともレームが「同性愛者で無政府主義者」でなかったならば、の話だったが。「そしてレームが非の打ちどころのない一級の人物だったならば、多分、六月三十日〔一九三四年〕にはＳＡ〔突撃隊〕の指導者数百人の代わりに数百人の将軍たちが銃殺されただろう」

国民突撃隊への二度目の召集が発表され、十六歳男子の国防軍への動員、ベルリンでは女子大隊の編成が行なわれた。「彼女たちを第二線に配置する必要がある。そうすれば男たちに第一線から退却しようという気はなくなるはずだ」と、ゲッベルスは日記（三月五日）でそう考えている。

脱走兵を捕まえるために、休暇中の者を乗せた列車が捜索された。三月七日には次の命令が布告された——捕虜になった兵士は、負傷していなければ、あるいは最後まで戦ったという証拠がなければ処刑され、その肉親は逮捕される。

英米空軍による毎日のベルリン集中攻撃（空軍総司令官ゲーリンクは、敵の飛行機は一機たりともドイツ国境を越えさせないと請け合っていた）。ヒトラーの計画ではロンドン、モスクワ、レニングラード……がその犠牲となるはずだった空戦は、まったく容赦なくドイツの空へ場所を移した。三月八日、ゲッベルスは日記に書き込んでいる——

われわれは昼も夜も爆撃されている。深刻な損失……敵機の大編隊に対してわれわれは言及するに足るものを何も対置することができない。帝国は空戦のために瓦礫の山と化した。

交通が攪乱し、電気の供給が止まり、ベルリンは火事に包まれた。郵便局は機能せず、石炭の配達がますます難しくなり、燃料の配給が削減された。

ドイツ国内の食糧配給量は破局的に引き下げられた。国民の飢餓は必至だった。三月半ば、軍需相のシュペーアは、ドイツ経済はあと四週間しか持たないから、戦争に負けたと考えた。

「外国人労務者の問題がわれわれに非常な困難を用意している」と、ベルリン防衛委員のゲッベルスは三月二十日の日記に書いている——

全体としてベルリンの産業が活動できる状態にある限りは、われわれはこれらの労務者を維持するように努めねばならない。のみならず、われわれは、たとえベルリンが包囲されたとしても、産業を、少なくとも軍需産業を維持することを望んでいる。しかし、他方、帝国首都は約十万の東方労務者（オストアルバイター）を抱えている。彼らがソヴィエトの手に落ちれば、三～四日後にはボルシェヴィキの戦闘的歩兵隊としてわれわれに立ち向かってくるだろう。恐らくわれわれは、少なくとも東方労務者を、必要な場合にはできる限り早急に隔離するように努めねばならない。

ヒトラーの約束では、この戦争の結果はドイツ国民に富と未曾有の領土獲得、世界支配をもたらすことになっていた。しかし、とてつもない犯罪によって得られたのは勝利ではなかった。すべては水の泡と消えた。敗北が近づいていた。ヒトラーと共犯者たちを地表から消し去るだろう。しかし、それはいつ起きるのか？　ヒトラーは憎悪をむき出しにした。ドイツ国民は私の希望を欺いたと。

三月十九日、彼は「焦土」命令を発した――ただし、今度はドイツの地を焦土にする命令である。すべての軍事、産業、交通施設、通信施設は、ドイツのすべての物的資源と同様、敵の手に渡らないように破却せよ。住民を避難させ（だが、どこへ？）、無人にし、敵が占領する諸都市を破壊すべし。そうすればドイツ国民が生存手段を失うことになるのに、そんなことなど、どうでもいいのである。この問題に対する自分の態度を、ヒトラーはシュペーア軍需相に与えた指示で次のように表現している。[41]「生活の原始的継続のために国民が必要とするものは、斟酌する必要がない。それどころか、これらのすべてをみずから破壊したほうがよい。なぜならドイツ国民は自己の弱さを証明したからだ……敗北の後に残っているのは半端者だけだ……」

一九四一年、モスクワ近郊での十二月退却の悪夢を経験した後、ヒトラーはゲッベルスにこう言った。「たとえ一瞬なりとも自分が弱気を見せれば、前線は地すべりと化し、ナポレオンのそれをまったく目立たなくするほどの破局が近づくだろう」

逆説的なことだったが、モスクワ近郊における退却の陰惨な情景は、総統に気力を奮い起こさせる作用を及ぼし、ヒトラーの幻想を育んだ。致命的脅威はドイツ人たちに民族感情の高揚を呼び起こし、ドイツ軍は第三帝国首都防衛のぎりぎりの瞬間に、敵がモスクワ防衛の際に実現したように戦局の転換をつくり出すだろう、と。

総統の思考と願望の方向がすぐに分かるゲッベルスは、すでにモスクワ防衛を「楽天的な例」と呼んでいる。

この時期の彼の日記には時折、おなじみの総統礼賛が響いている。幾らかこの修辞は、事態の流れを変えるヒトラーの能力への疑念が自分に起こらないようにするためにゲッベルスが必要とした、自己暗示の気味がある。

「総統が実に毅然として事に当たっておられるのに私は深く感銘した」。しかし、そのきわめて従順なゲッベルスが日記でヒトラーの批判をやらかしている。ある時は彼の命令に関連して──「われわれはベルリンで命令を出しているが、それらは事実上まったく下に届いていない。遂行可能かどうかについては言うまでもない」。ある時は、ヒトラーがこのような決定的瞬間にラジオで国民に呼びかける決心がつかないことに対して、「総統には今、私にはまったく理解できないマイクロホン恐怖症がある」。

次々と前言をひるがえして、バランスをとりながら、ヒトラーにお世辞を言ったり、彼の優柔不断を愚痴ったりして、ゲッベルスはページを埋めている。

彼は自分の日記を口述し──そのために正職員の速記者二人が大臣のもとに詰めていた──毎日、

三〇ページ、四〇ページ、五〇ページ、そしてもっと多くのページの……病理的なおしゃべりを記録させた。

その一方で――「ベルリン近郊でソヴィエト軍は局地的だが、きわめて強力な攻勢を開始した……」（三月二十三日）。国民の中の総統への信頼喪失、絶望。「情勢は耐え難いものである」。ユナイテッド・プレス通信社の報道から、ドイツの金準備のすべてと美術の至宝（古代エジプトの女王ネフェルチチの胸像を含む）がテューリンゲン州でアメリカ軍の手に落ちたことが分かった。「もしも私が総統だったならば、いま何をすべきか知っていただろう……強い手が欠けている……」。だが、どうすべきなのか？「私は金と傑作美術品をベルリンから搬出しないようにずっと主張してきた」。四月八日にはテューリンゲン州から首都へ移送する試みが企てられたが、成功しなかった。無鉄砲にもベルリン防衛委員のゲッベルスには、首都は最も適切で、安全な保管場所に見えたのだった。

「われわれが生きているのは、人間理性が完全に分別を失った狂気の時代である」（四月二日）。彼本人がその見本だった。ヒトラーに完全に従属させられ、総統信仰によって退化させられ、取り替えられたその理性は、とっくに分別を失っていた。

「時として疑問が生じる。これらの一切はどこへ行きつくことになっているのか？」。そしてゲッベルスは自答している――すべては総統の手にかかっている。「総統はこの状況を掌握されていると私は思う」（四月八日）

ゲッベルスの頭の中では、戦争の帰趨は結局、現実の事態よりもむしろ、総統が自らの意志によってすべてを克服できるかどうか、破局の一分前に機械仕掛けの神として現れるかどうかにかかっていた。

「総統のお考えでは……いずれにせよ今年は戦局に転機が起こる。敵の連合はいかなる状況のもとでも崩壊する。問題はただ、われわれが打倒される前にこの連合が崩壊するかどうかである……」。
だが、情勢はますます厳しくなる——

四月九日

現在の各前線の情勢は、かつてなく悪い。われわれは事実上ウィーンを失った。敵はケーニヒスベルクで縦深突破を実施した。英米軍はブラウンシュヴァイクとブレーメンからほど近いところにいる。要するに、地図を見れば、帝国は今日、狭い帯をなしていることが分かる……。

ヒトラーが事態の転換を待って籠もっていた総統地下壕で、ゲッベルスは彼にフリードリヒ大王伝の数ページを朗読し、自分の言葉で説明を加えた。ヒトラーは、自分がこのプロイセンの幸運な王と精神的に似ているという考えを自国民に吹き込むために少なからぬ努力を注ぎ込んでいた。地下壕の彼の執務室の壁にはフリードリヒ二世の肖像がかかっていた[42]。今や二人を近づけていたのは、王が耐えていた軍事的苦境だった。七年戦争で敗北しそうになったフリードリヒが自殺を決意する箇所で、伝記の著者は王に呼びかける。「待て、しばし。されば汝の苦難の日々は過ぎ去らん。汝の幸福の太陽はすでに雨雲の陰にあり。じきに汝を照らし出さん」。折しも届いた敵の訃報——ロシアのエリザヴェータ女帝の死の知らせが、王に屈辱的敗北からの救いをもたらしたのだった。

ヒトラーは深く感動し、占星術のホロスコープを見ることを望んだ。十二宮図はまさにこの時に備えて、すでに数日間ゲッベルスが取っておいたものだった。

すべての占星術師、磁石占い師、人智学者たちが逮捕され、彼らのいかさまにケリをつけたことについて、ゲッベルスが嘲笑的に書いている日記の箇所を改めて開いてみるのも一興である——「あきれたことに、超能力者の誰一人として、自分が逮捕されることを予見しなかった。この職業のけしからぬ兆候だ……」（一九四一年六月十三日）。すべてが一元化された。帝国内の一人の人間（総統）の予言だけを国民の中に広めねばならなかった。食い違い、曲解、重合、都合の悪い予言、さらには競合を避けるために、ほかのすべての預言者たちは残酷に弾圧された。
しかし、これが役に立ったのは、当時、大勝利間違いなしと考えられていたロシアとの戦争の直前だった。だが今は、救いを告げるものはすべて利用された。
これは一九四五年三月三十日のゲッベルスの日記である——

占星術的あるいは降神術的宣伝のための分厚い資料、そしてついでながら、いわゆる一九一八年十一月九日〔革命《ドイツ》〕のドイツ共和国のホロスコープ、それに総統のホロスコープが私に提出された。二つのホロスコープは驚くほど真実に合致している。私は総統がこのような手におえないものに携わることを禁止されたことを理解できる。それでもこれは興味深い。共和国のホロスコープは、総統のホロスコープと同じく、四月後半にわれわれの軍事情勢の好転を予言しているのだ……私にとってこのような占星術的予言は何の意味もない。だがそれでも私は、それらを匿名でカムフラージュされた宣伝に公然と利用するつもりだ。なぜならこのような決定的な時期には大多数の人は、あらゆる救いの錨にしがみつくからだ。たとえそれがどんなに弱い錨でも。

希望を持たせる予言は非常に貴重だったので、党の組織をつうじて帝国大臣ゲッベルスの夫人にも伝えられた。彼の「匿名でカムフラージュされた」宣伝が効果を上げたようだ。ホロスコープも説得力を持つようになった。わが軍の諜報部員たちはゲッベルスのベルリンのフラットで彼の息子ヘルムートのホロスコープを見つけ、私のところへ持ってきた。

最近までヒムラーがゲシュタポの「科学」部に鍵をかけて保管していた二つの最も主要なホロスコープ——ヒトラーが提出を求めた総統のホロスコープとドイツのホロスコープはその頃、地下壕に持ち込まれていた。宣伝相の助けを借りてヒトラーは、これらのホロスコープが一九四五年四月初めの惨敗の後に四月後半の軍事的成功を約束していることに満足した。

これから数日後の四月十二日の夜遅く、ローズヴェルトの死が明らかになった。これはドイツの運命における前兆ではないのか、歴史の一致ではないのか、転換点ではないのか⁉

「運命がこの地上から稀代の戦争犯罪人を片づけたこの瞬間に、この戦争でわが方に有利な転換が生じるだろう」——ヒトラーはこの興奮の叫びで諸部隊への自分の命令を締めくくった。命令には赤軍の新たな攻勢についてこう述べられていた。「われわれはこの打撃を予見していた。そして一月から強力な戦線を構築するために万全が期された。強力な砲兵が敵を迎える。わが歩兵の損失は無数の新たな部隊によって充実された。編合部隊、新たな編制部隊、国民突撃隊がわれわれの前線を固めている。今回、ボルシェヴィキはアジアの古い運命を経験している——ゲルマン帝国の首都を前にして多量の出血を余儀なくされ、多量の血を流すだろう」。四月十六日の日付があるこの命令はすでに、四月十五日の夕方までに各部隊司令部に届き始めた。そして即時、中隊まで伝達されねばならなかった。

第一に少数の裏切り者の士官と兵士に注意せよ。彼らは自分の哀れな命を救うためにロシアから俸給をもらって、恐らくドイツの軍服も脱がないでわれわれに立ち向かってこよう。よく知らない者が退却の命令を出したら、その者は即刻逮捕すべし。そして必要な場合には称号にかかわらず即刻無害化すべし。
ベルリンはドイツのものであり続ける、ウィーンは再びドイツのものになるだろう……。

一日置いて命令は『フェルキッシャー・ベオバハター』その他の新聞に掲載された。ゲッベルスは地下壕からラジオで演説した――

総統は、すでに今年中に運命が変わり、成功が再びわれわれに訪れるだろうと語られた……真の天才は常に予感しており、来たるべき変化を予言することができる。総統は、それが起きる時期を正確に知っておられる。運命はわれわれにこの人を派遣した、われわれが偉大な内外の試練の時期に奇跡の目撃者になれるように……。

すべてが終わったからには

四月十六日に赤軍の攻勢が始まった。ドイツ軍最高司令部はオーデル防御線を難攻不落と考えていた。ほかでもないこのオーデル河畔で赤軍の前進が止まると確信していた。
ほんの最近まで、ヒトラーは軍の再編に着手するつもりでいた。抑えがたい再編の意欲はゲッベルスにもあった。この四月の日々に彼が自分の省で取り組んでいたのは、新聞、ラジオ放送（「これはもっと弾力的にならねばならない」）の部局の再編、職員表の変更（影響力のある新聞指導者ディートリヒは、ゲッベルスの執拗な要求でとうとうヒトラーによって「休暇」に追い込まれていたが、そのポストがなくなれば復職できなくなるはずだった）、それにベルリンの芸術家と「スーパー知識人」たちに対する厳しい措置の作成である。

出世と権威への志向は相変わらずナチス上層部の中で君臨していた。それがライバルに関係する場合、その珍妙さは時としてゲッベルスでさえ気づいている。

帝国大臣のローゼンベルクはまだ東方省の解散に反対している。彼は今やグロテスクと受け取られるものだから、この省を東部占領地域省と呼ばないで、東方省と呼んでいる。彼はこの省にわれわれの東方政策のすべてを集中させることを望んでいる。同じ根拠をもってすれば私も西方省あるいは南方省を設置できるはずだ。これはナンセンスだ。しかし、ローゼンベルクは権威にかかわる観点を守っていて、自分の省がずっと以前につぶれたことを納得しようとしない。

オーデルの防御施設が突破されたことは、ヒトラー大本営をパニックに陥れた。ベルリンの官僚層は自動車でミュンヘンへ逃げ出した。ベルリンからミュンヘンへ通じる道路は自動車であふれ、この時期、ベルリン市民から「帝国難民道路」というニックネームを付けられた。だが、ベルリンの住民について配慮する者は誰一人としていなかった。

総統誕生日に使用されるという「新秘密兵器」の話がますます頑強に繰り返された。奇跡待望の集団的ヒステリーがすべての住民層をとらえた。シートで覆い、この秘密兵器を人目から隠した自動車を見たという人が出てきた。その破壊力をめぐって空想と憶測が花開いた。[43] 人々はラジオの発表を待った。

しかし、総統誕生日の四月二十日、ラジオは昼も夜も沈黙していた。砲弾の爆発音が聞こえ始めたというのに。これは私たちの第三突撃軍の長距離砲がベルリン砲撃を開始したのだった。そして翌日、砲弾は市内の街路で炸裂した。地下室に隠れた人たちは訳が分からなかった。なぜラジオは警報で危険を知らせてくれないのか。

赤軍がベルリン郊外に入ったとき、警報もなかったし、最高司令部の発表もなかった。ベルリン戦が始まった。


オーデルが突破された後、ヒトラーは大本営とともにベルヒテスガーデン（オーバーザルツベルク）の公邸に移る準備をした。飛行機の出発を準備するように命令が出された。ボルマンは日記に書いている――


四月二十日、金曜日。

総統誕生日、しかし残念ながら、お祝い気分ではない。先行隊の飛行機出立が命令された。


私がベルリン降伏の五月の日々にがらんとした地下壕で調べたボルマンの書類には――後にそれらは公文書館で再び私の前に現れた――副官のヒンメルに宛てた、ベルヒテスガーデンに建物を準備せよと指示する無線電報があった。四月二十一日のヒンメルの返電もあった。部局配置の彼の計画（一部はすでに実施済み）と、計画承認の要請である。

ベルヒテスガーデンにはすでに一部の部局、ヒトラーの保管文書の一部、秘書の一人、侍医のモレルが移っていた。ヒトラーはすでに以前から、モレルの作用の強い薬剤なしには済ませられなくなっており、彼と離れようとしなかった。

飛行機での出発準備がすべて整った。

だが、四月二十一日、ソヴィエト軍がベルリン郊外に進出し、砲兵がベルリン中心部を砲撃した日、ヒトラーは反攻の命令を発した。ヒトラーが状況を報告する将軍たちから耳にしたのは、シュタイナー武装ＳＳ大将が指揮しているこの反攻が挫折したこと、とてもベルリンは長くはもたないだろうから、総統は諸部隊に後退する機会を与えるために首都を離れるべきだということだった。まして、総司令官としてのヒトラーが敵に包囲されたベルリンに留まるのは意味がない、ここから軍隊を指揮するのは今後不可能だ、と。

激怒、ヒステリー、裏切りを罵る怒鳴り声、自殺してやるという脅し——これがヒトラーの反応だった。

彼は会議を中断し、ゲッベルスと電話をつなぐように命じた。

ＳＳから出向したヒトラーの副官オットー・ギュンシェは、「数分後、足を引きずりながらゲッベルスが入ってきた。彼はきわめて興奮していた」と、述べている。ゲッベルスは総統執務室に通された。二人は何かを話していた。ゲッベルスが出てくると、将軍たちとボルマンが彼を取り囲んだ。ゲッベルスは、総統は完全に疲れ果てておられる、あのような総統はこれまで見たことがないと語った。そして、「総統が電話で声をとぎらせながら、すべてが終わったからには妻と子供たちを連れて直ちに総統の地下壕に移るようにと話されたとき、どれほど驚いたことか」と、付け加えた。

ヨードルが連合軍に逮捕されたとき、後に尋問でこう語った——

四月二十二日、ゲッベルスは私に、軍事的方法でベルリンの陥落を防ぐことができるかと尋ねた。私は可能だ、しかしそれはわれわれがエルベから全軍を引き揚げ、これをベルリン防衛に投入する場合だけだと答えた。私はゲッベルスの勧めで総統に自分の考えを上申した。総統は同意し、カイテルと私に司令部とともにベルリンの外へ出て、自ら反攻を指揮するようにという指示を出された。

西部戦線を空にし、全兵力をベルリン防衛のために引き揚げる——これは今や総統の決定だった。ヴェンク将軍の第一二軍はベルリン支援のための突破を命令された。

四月二十二日昼、ボルマンとヒンメルの間で無線電報が頻繁に行き交った。最初は総統のベルヒテスガーデン到着の準備についてのあわただしい指示。そしてボルマンの紙挟みに残っていた無線電報によって終わったその日の結果は、次のようなものだった——


四五年四月二十二日。

オーバーザルツベルク、ヒンメル宛て。

本日の飛行機により、できる限り多くのミネラルウォーター、野菜、リンゴジュース、私の郵便物を送られたし。

大管区指導者ボルマン。


飛行機の出発は流れた。

英米軍はベルヒテスガーデンに近いミュンヘンに接近していた。敗れたベルリンから逃れる——取られた歩《ふ》として英米軍の手に落ちる——決心は、ヒトラーにつかなかった。

すでに四月二十一日にヒトラーはエルベから軍隊を引き揚げ、アメリカ軍にベルリンへの道を開いた。しかし、彼らはまだ遠かった。自分の破滅の時を引き延ばすために、ヒトラーは命令を出した。

運河の堰を爆破し、政府官庁街に向かっている赤軍強襲部隊が突入した地下鉄を水没させよ。ヒトラーは、激しく流れ込んだ水の中で自分の同胞たち——地下鉄内の避難所にいる負傷者、婦女子数千人が犠牲になることを知りながら、この恐ろしい命令を出したのだった。

ベルリンに留まろうとするヒトラーの意向は、将軍たちからもはや総統には軍隊指揮の能力なしと見なされた。

噂

デーニッツ海軍元帥、国防軍最高司令部総長カイテル元帥、作戦部長ヨードル上級大将、空軍参謀総長コラー大将の最高司令部は、ベルリンを離れた。彼らはそれぞれの参謀部を引き連れてより適切な避難所を求めて去ったのである。以後、彼らとの連絡はほとんどなかった。赤軍の各狙撃師団、戦車師団がベルリンを包囲した。激しい戦闘でドイツ軍の防御線を次々と踏みつぶしながら、各部隊は市の中心部へ突進した。すでにロシア側砲弾は総統官邸に届いていた。そして厚いコンクリートだけがヒトラーを直撃弾から救っていた。総統官邸の電波塔が崩壊した。地下ケーブルが損傷を受けた。ヒトラーの女性秘書ゲルトラウト・ユンゲはベルリン陥落から一ヵ月後にその日々についてこう語った。「ヒトラーは自分の居場所が赤軍に分かっていると確信しており、赤軍部隊が自分の地下壕に突入し始めるのを待っていた」

軍司令官たちから戦闘状況についての報告はもうここには届かなかった。オーバーザルツベルクとの無線連絡は不安定で、まったく途絶したり、短時間復旧したりした。ドイツ諸都市の運命とベルリン市内の情勢については、主として戦闘現場からの敵の特派員たちの無線連絡が情報源だった。[44]

さまざまな噂が次から次へ、ますます絶望的な噂が外から地下壕へ忍び込んできた。

一九四一年春、人類に対する陰謀を企てながら、ゲッベルスは悪魔的な歓喜とともに、世界に噂を氾濫させた――パニックと恐怖と絶望を植え付けるために、「全般的な大混乱のために」。「噂は、われわれの日々の糧だ」。当時、彼は日記にそう書いた。

しかし、震央は移動した。今やそれは総統官邸地区を通過していた。

ゲッベルスは今、『ベルリン前線新聞』で兵士たちと住民に訴えていた――噂を信ずるな！

噂は、敵が武器として、われわれの抵抗を麻痺させ、信頼を動揺させるために用いている。したがって、このような時期にあって取り上げていいのは事実だけである。

けれどもこの時期、ヒトラーの司令部自体が、ナチスの管区指導者たちからボルマンへ送られてくる報告の根拠になっている噂から、事実を抽出することを余儀なくされていた。これらの報告は、私が総統官邸で調べたボルマンの無線電報の紙挟みに入れられた。二十年後、私は公文書館で、降伏直前のベルリンの状況を反映するこれらの報告（一件文書第一五〇号）から、詳しい抜き書きを行なった。

ライニッケンドルフ・ヴェディング管区の報告――ボルジヒヴァルデの地元グループが数時間前、アメリカ政府が総辞職したという噂を捕捉。リッベントロップが交渉の目的でアメリカへ飛んだという。軍隊が西部から東部戦線強化のために引き揚げられているという。

さらなる噂――

ゲーリッヒ・ブルーバードからレーデルン伯アレーまでロシア軍は地下室にいる。自動車が三台——一台はロシア軍士官、一台は兵卒、三台目は未確認荷物を積む——が高射砲部隊兵営そばのハイリゲンゼーで立ち止まり、さらにフェルテン方面へ向かった。ロシア兵は住民と会話し、次のことを話したという——間もなく重砲が砲撃を開始するから、全員すぐに地下室に隠れねばならない。それから彼らは住民にタバコを与え、ドイツ人の娘たちに対して、安心して外を歩ける、誰も娘たちに手出ししないと語った。

これらの噂の点検は不可能。ハイリゲンゼーがロシア軍の手中にあるため。四五年四月二十二日。二〇時。

だが、事実は噂よりも絶望的だった。

警視総監ゲルムの報告。

四五年四月二十二日／一四時一五分。

……ケーペニックは現在、敵に完全に占領された。敵はシュプレーを越えてアドレスホフへ突進中。

あるいは失われた地区について同じことを自分流に伝えてきた報告——

ヴィルマース・ツェーレンドルフ管区。

E警察署の報告――

当署から職務上の必要によりシュトルーヴェスホフの養護施設へ電話。電話にロシア兵が出て来て、ウォッカを要求した。養護施設の職員が「ロシア軍がここにいる！」と、辛うじて叫んだ。四五年四月二十二日六時。

ソ連の戦車、火災、敵砲兵の疾風射、陥落した街路、死者と負傷者、武器の不足、砲火による援護の要請……。

ナチスの管区指導者たちの報告は、首都の路上で戦っている者たちの絶望と、住民たちの苦しみを伝えていた。

管区指導者ヘルツォークは、敵がシャインハウザー・アレーをシュタルガルダー通りまで進出し、この地区で抵抗する可能性がないことを報告して、訊ねている――

質問――住民のための食糧はどうなるのか？　人々はもう地下室から出られず、水がないので、何も煮ることができない。

同じ報告はベルリン防衛委員で首都NSDAP指導者のゲッベルスに届いていたはずである。しかし、これらの報告は完全に黙殺され、無視された。ゲッベルスの日記には、ドイツ国民大破局の日々に、これらすべての不幸の責任者たちが、国民の経験していることについて一瞬たりとも思いを馳せ、国民に対する責任を一滴たりとも感じたと結論できるような証拠、箇所、単語はまったく見当たらない。

「私と歴史」、「私の歴史的使命」、「私はわが国民に対する責任を自らに課した」と、ドイツ人は絶えずヒトラーから耳にしていた。「総統、それはドイツだ」――ナチスの宣伝はあらゆる手を尽くして国民を煙に巻き、ヒトラー崇拝をつくり出そうと、懸命に叫び続けてきた。「諸君に代わって総統が考える、諸君の仕事は命令を遂行することだけだ」と吹き込んだ。四月二十三日、私はまだポズナニにいて、ベルリンの放送で聞いた。総統は首都にあって、兵士により頑強に防御するように呼びかけていると。

同じ日、ドイツ各紙にヒトラーの短い呼びかけが掲載された。二月二十二日の署名がある総統の最後の声明である。

銘記せよ。
われわれの頑強さを弱める指示を宣伝する者はみな、あるいはこれに単に賛成する者もみな、裏切り者である！　そのような者は即刻、銃殺もしくは絞首に処せられる！
これは、大管区指導者、大臣のゲッベルス博士から、もしくはたとえ総統の名において出される命令の場合もまったく同様である。
アドルフ・ヒトラー

状況悪化につれて、ヒトラーの語彙には、制裁を呼びかけるこれらの憎悪に焼け焦げた単語しか残らなくなる――裏切り者！　銃殺する！　絞首する！

ドイツ軍勝利への空想と盲信が足りないと疑われたすべてのドイツ人を、疾風のような容赦ない制裁が待ち構えていた。

この日のゲッベルスの演説は、兵士、負傷者、すべての男子住民は直ちに首都防衛者の隊列に参集せよという呼びかけを含んでいた。この呼びかけに応えず、フリードリヒシュトラーセ駅近くのヨハニス通りのベルリン防衛軍集合地点に直ちに向かわない者すべてを、「卑劣漢」だと決めつけた。駅のそばのこの場所でも、人出の多いほかの場所と同じように、ナチ党員たちは全員の見せしめに制裁を実施した。

私自身も、ベルリンに入った直後、絞首されたドイツ兵士を遠くから目にする機会があった。

ライプシュタンダルテSS「アドルフ・ヒトラー」の司令官モーンケ少将も、「ベルリンの男たち」に「モーンケ義勇軍団」への参加を呼びかけ、彼らの熱狂的信念に、「烈しい意志」に、「しっかりした若者たち」の大胆不敵さに訴えた。そしてやはり集合地点を指示した。

呼びかけに次ぐ呼びかけ……脅し、制裁、罵倒、おべっか。集合地点……。

だが、災いの規模はたとえようもなく拡大した。首都は当局によって見殺しにされた。避難は組織されなかった。子供たちですら、水とパンがなくなったベルリンから疎開させられなかった。

この時期、ボルマン宛ての管区指導者たちの報告には、党内の勢力争いを反映するいつもの揉め事が含まれていた。

その一例がある。

管区指導者のコッホはロシア軍の急進撃を伝え、陥落した地区を列挙し、報告のこの部分を「イワンたちはフリードリヒスフェルトでは南のビレフェルトまで突入した」と締めくくった。それから別のテーマに移っている——

グラウゼン大佐の守備隊の敵対的な態度は、きわめて否定的な影響を及ぼしている。地元党グループの幹部をつうじて私が彼に伝達しているすべての通知を、彼は下らぬこと、あるいはナンセンスだと見なしている。

私が彼に、部隊が昨日の夜と今日の朝に撤収し、残った街路づたいに数百名の兵士が西へ向かったことを指摘すると、彼は私に、彼らは多分、そのためのしかるべき命令を受けていたのだと答えた。彼が請け合ったところでは、バウアー大尉が二時間にわたって書類をチェックし、命令に基づいて撤収することを毎回確認したという。

この会話のすぐ後で彼は嬉しそうに私に電話してきた。それは昨日夜、フリードリヒスハーゲンで国民突撃隊の中隊が敵に接触せずに家に帰ったことを皮肉たっぷりに伝えるためだった[45]。彼は、私がこの事実を上部に決して隠せないことに注意を向けたかったのだ。彼はすべてを嘲笑しようとしている。私が彼と行なう通話をいつも彼は「アウフヴィーダーゼーエン」で締めくくる（つまり、公式の「ハイル・ヒトラー」ではなく、普通の「さようなら」を使ったわけである――ルジェフスカヤ）。この挨拶のイントネーションが紛れもなくはっきりと物語っているのは、彼が今後、私の言うことを聞く必要がないのを喜んでいるということだ。彼の言葉の端々から党をないがしろにしようとする願望が見てとれる。

ベルリン。一九四五年四月二十二日。一三時一五分。

数千のドイツ人が意味もなく死ぬ運命にあった――兵士と国民突撃隊員たちは結果が決まっている市街戦で、住民たちは砲弾と爆弾により、あるいは崩壊した建物の下敷きになって。

ヒトラーは地下壕で側近たちと寄り添って座っていた。エヴァ・ブラウン、総統の菜食料理の女性コック、マンツィアーリ。生涯ずっとヒトラーの手口と野心を見習ってきたゲッベルス。そのゲッベルスが一九四一年六月十四日の日記で、ナチ党上層部にさえ憎まれている「舞台裏の人物」と書いたボルマン。「彼は知り合いのみんなに嫌悪感を呼び起こした」と、ラッテンフーバーは書いている。「これはきわめて残酷で、狡猾で、無情で、エゴイスティックな人間だった」。ボルマンは隅に座ってコニャックを飲み、「歴史のために」ヒトラーの発言を記録していた。

驚くべきことだが、それほどまでに彼らはみな、この期に及んでも、このままではなく、しかるべき形で歴史の中へ入って行くことを渇望していた。

この時期にヒトラーに会った者たち全員にはっきりと記憶された唯一のフレーズは、「どうなった？　何口径だ？」であった。爆発が起きると、そのたびに彼は執務室の戸口に現れて、この言葉を口にした。

戦闘現場から到着した将軍たちが地下壕に入ってきて目にするのは、テーブルに向かって地図を覗き込んでいるヒトラーだった。地図の上にはボタンが並べられていた。ボタンは彼が脳中に描くドイツ軍である。彼は地図に反撃の矢印を書き込んでいた。

敗北についての報告——ヒトラーの想像の中に存在する軍隊が壊滅したという報告は、報告者の生命と引き換えになりかねなかった。ヒトラーは事態の実相を見ず、それを知ることを望まなかった。彼は敗報が届くたびに逆上して、将軍たちの裏切りを責め、容赦なく彼らを銃殺刑に処した。

無事に済んだ場合でも、支援と指示を受けるためにここへたどり着いた指揮官が拝聴することになるのは、奇跡についての、ベルリンに向けて急行しているヴェンク軍についての保証だった。指揮官には勲章が授与され、地上へ——戦闘の中へと送り出された。

ヴァイトリンク将軍の指揮していた第五六装甲軍団が負けてキュストリンから退却したことを知る

と、ヒトラーは激怒してヴァイトリンクを銃殺するように命じた。将軍は呼び出しに応じて地下壕に出頭したが、ヒトラーは自分の前にいるのが誰か分からず、ヴァイトリンクに自分の防衛計画を説明し始めた。この空想的計画で重要な地位を割り当てられていたのは、ヴェンク軍とヴァイトリンク自身の軍団だったが、ヴェンク軍はソヴィエト軍に包囲されていてこれに参加することは不可能だった。また、ヴァイトリンク軍団には大損害を受けて戦闘能力のない部隊が数個しか残っていなかった。ヴァイトリンクは辞去し、処刑を待った。しかし、再び呼び出され、そして……暴君の気まぐれによりベルリン防衛軍司令官に任命された。これはヴァイトリンクの言葉によれば、その状況下では死に等しかった。

「銃殺にされたほうがよかった」。総統の執務室を出ながら、ヴァイトリンクは言った。状況がどうしようもないことは、彼にははっきり見えていた。

「矛盾し、興奮した総統の命令は、そうでなくても混乱していたドイツ軍司令部に正しい判断を最終的に失わせた」と、ラッテンフーバーは書いている。

ラッテンフーバーが語っているところによると、かつてヒトラーは野戦軍に突然姿を現すことで効果を上げることを愛した。彼の現地滞在はふつう短かった。司令部と話し、部隊に姿を見せると、すぐに帰路についた。一九四一年、ヒトラーがムッソリーニと一緒に東部戦線へ（ブレストとウマニへ）もっと長い旅をした時も、ラッテンフーバーはヒトラーに同行した。ブレストでヒトラーは破壊された要塞を意気揚々と歩き回った。

しかし、これは最初の反撃らしい反撃を受ける前のことだった。東部戦線における敗北と失敗の連鎖、スターリングラード近傍のドイツ軍壊滅にとりわけ強い影響を及ぼした彼の軍事・政治計画のとん挫は、ヒトラーの調子を狂わせた。彼は部隊訪問をしなくなった。

一九四四年七月二十日の東プロイセン大本営における暗殺未遂事件後は、「人々への恐怖と不信がヒトラーをとらえ、彼固有のヒステリー性が高進しはじめた」。

今や「彼は文字どおりの意味で廃虚だった――顔には凍りついた恐怖と茫然自失の仮面。躁病患者のきょろきょろ動く目。ほとんど聞こえない声、揺れる頭、もつれる足取り、震える手」。

裏切り

四月二十五日、包囲環はベルリンを囲んで閉じた。同じ日、エルベ河畔でソヴィエト軍とアメリカ軍が出会い、交歓した。

総統官邸の壁の外ではヒトラーに欺かれた人たちが死んでいった。だが、地下壕では、奇跡、ホロスコープ、総統の直感を当てにしながら、陰謀、煩悶、震撼の中で生きていた。そのための材料はたっぷりあった。

ベルリンを離れ、英米軍と単独講和締結の交渉に入ったゲーリングの裏切りの知らせ一つだけで、地下壕の住人たちは圧倒され、いま地上で起きていることのすべてが見えなくなった。四月二十五日、ゲーリングはヒトラーにメッセージを送った――ゲーリングを自己の後継者に任命した一九四一年七月二十日付の総統の布告に基づき、ベルリンで包囲下にあるヒトラーが通信手段を失い、何らかの企てをする状態にないことを考え、自分は、「国と国民の利益のために」行動すべく、全権力を継承する、と。

書簡は無条件の献身を保証することで終わっていた。

その場に居合わせたラッテンフーバーは回想している――

……（ヒトラーの）顔中が歪んだ。彼はひどく落胆した。そしてようやくのことで自制力を取り戻すと、文字どおり絶叫した。「ヘルマン・ゲーリングは私と祖国を裏切った……私の指示に反して彼はベルヒテスガーデンへ逃げ、敵と連絡をつけ、私に傲岸な最後通牒を突きつけた――九時三〇分までに彼に回答を電信しなければ、私の決定を肯定だと見なすと」

ヒトラーの非難にゲッベルスも続いた。「ゲーリングは心の中では常に裏切り者だった。何事もわきまえず、永遠に愚行を続け、ドイツを破滅させた」

ヒトラーはボルマンに裏切り者の逮捕を指示するように命じた。命令は無線でゲーリングの護衛隊長に伝達され、同隊長によって遂行された。

ヒトラーは、ミュンヘンとベルヒテスガーデンに残っていた自分の個人的保管文書を焼くように副官のシャウプに命じた。シャウプはガートウ飛行場から最終便の前の飛行機で離陸することができた。

ボルマンは日記に書き込んだ。「四月二十五日、水曜日。ゲーリングは党から除名された！　オーバーザルツベルクへの最初の集中攻撃。ベルリンは包囲された！」。帝国の「第二人者」にしてドイツの歴史始まって以来唯一の国家元帥ゲーリングが何を考えていたかは、知られていた。ヒトラー護衛隊長の職務とSD長官[46]の職務を兼務していたラッテンフーバーは、ヒトラーの戦友たちについての表裏を知っていた。「私には人生からこれ以上手に入れるべきものはない。私の家族は生活を保障されている」――ゲーリングが一九四四年秋に語ったこの言葉をラッテンフーバーは引用している。ゲーリングが最初はドイツ本国、イタリア、次いで占領諸国で直接的強奪のために権力を使って、いかに貪欲に自分の富を築いたかについてラッテンフーバーは書いている。

ゲーリングの指揮下で数百万人が占領地域からドイツへ奴隷労働のために強制連行された。「大ドイツの経済独裁者」ゲーリングはよく、戦争中の日々をカリンハルやベルヒテスガーデンの自分の宮殿で、略奪し、至るところから運んできた財宝に囲まれて過ごし、金の留め金の飾りがついたバラ色の絹のガウンを着て訪問者たちに会った。そしてその舞台装置が、ライオンの仔を抱いた彼の妻だった。

何があろうと、相変わらず彼は狩りに出かけていた。

これがどういう狩りだったかについては、一九四五年六月末、ゲーリングの狩りの城の猟師長が私に話してくれた。

列状に植えられた樹木が見通しのきく直線の並木道を何本もつくっている森林公園で、並木道の一本の端に鹿のための餌場が設けられていた。鹿は決まった時間にここに現れるように馴らされていた。ゲーリングはマニキュアをし、赤いジャケットに緑の長靴という出で立ちで狩りに来ると、オープンカーに乗り込み、並木道を進んだ。その端ではすでに馴らされた鹿が彼を待っていた。そして狩りの獲物として犠牲の鹿の角を持ち帰った。

最後までファシスト序列のライバルたちへの妬みにとらわれていたゲッベルスは、この総統後継者をとりわけ油断なく監視していた。最終的な敗戦の二ヵ月前、一九四五年二月二十八日の日記に書き込まれている――

いっぱい勲章をぶら下げた愚か者と香水を振りかけた見栄っ張りのだて者たちは、軍指導部に入ってはならない。彼らは自己改造をすべきだ。または彼らを引退させるべきだ。総統が規律をきちんとされない限り、私は安心できないし、息を抜くことができないだろう。総統はゲーリングの内面も外面も改造するか、あるいは彼をドアの外へ追い出さねばならない。たとえば、これは乱暴な風紀違反である――帝国第一の士官たる者が戦争の現在の状況下で銀白色の軍服（正装）を着用して動き回るなどとは。状況をわきまえない何たるたわけた行為！　総統が今一度ゲーリングを男にすることに成功されるように祈ろうではないか。

ゲッベルスは、総統をゲーリング更迭に傾かせようとむなしい努力を続ける。「またしてもゲーリングは今、二本の特別列車を仕立てて妻に会いにオーバーザルツベルクへ出発した」（三月二十二日）。だが、さらにひと月が過ぎ、そして今ゲーリングは燃え尽きた。

ゲーリングは逮捕されると、自分の請求を放棄した。ヒトラーが彼に送った無線電報には、すべての官等と地位を放棄すれば、命は助けてやると述べられていた。そしてベルリンの総統地下壕に、ゲーリングが「心臓疾患」のために引退を要請していることを知らせる無線電報が届いた。

四月二十七日、『ベルリン前線新聞』が住民と軍に報道した――

国家元帥ヘルマン・ゲーリングは、長期間にわたり慢性の心臓病を患っていたが、現在、急性の段階に入り、発病した。このため本人から、最大限の緊張が要求される現在、空軍指揮の重責及びこれと関連するすべての職責を免じてほしいとの要請があった。総統はこの要請をかなえられた。

総統は空軍の新総司令官にリッテル・フォン・グライム大将を任命し、同時に彼に元帥の称号を授与された。

総統は昨日、ベルリンのご本宅で新空軍総司令官を引見し、戦闘に空軍部隊と高射砲隊を導入する問題を同司令官と詳細に審議された。

グライム任命の辞令は無線電報で伝達可能だった。しかし、見世物とパレードに慣れていて、とりわけ自分の威信がかかわっている時には支障や制限をものともしなかったヒトラーは、状況の実態を無視し、ドイツ軍飛行士たちを犠牲にすることを知りながら、グライムに対して、包囲されたベルリンの総統地下壕に出頭するように命じた——彼に口頭で任命を告げるためだけに。

戦闘機四〇機の護衛を受けてレヒリンを飛び立ったグライムは、すでに飛行機の一機一機、飛行士の一人一人が勘定されていた状況下で、戦闘機を次々と失いながら、何とかガートウ飛行場に到達した。別の飛行機に乗り換えて飛行場を離陸したが、数分後、ブランデンブルク門の上空で砲弾が飛行機の底を破った。グライムは足に負傷した。同行していた専属飛行士ハンナ・ライチュが彼に代わって操縦桿を握り、機を東西幹線道路に着陸させた。

ライチュはヒトラーの地下壕で目にしたことについて、数ヵ月後、アメリカ軍当局に詳細な供述をした（一九四五年十月八日）[47]。彼女の供述は総統地下壕の最後の日々についての貴重な細部を含んでいる。この供述は多くの点でラッテンフーバーの回想と符合し、その正確さを裏づけている。

グライムとライチュが到着後すぐ、ヒトラーはゲーリングの電報を手に持って、彼の裏切りを二人に話した——「奴は私に最後通牒を突きつけた！」。「総統の目には涙が浮かんでいた。頭をうなだれ、顔は死んだように蒼白で、手は震えていた……これは『ブルータス、お前もか！』の典型的な場面だった。それは自分自身に対する非難と憐みに満ちていた」と、ハンナ・ライチュは語った。

それからヒトラーは負傷したグライムに向かって、空軍総司令官の職からゲーリングを罷免した、その後任に君を任命すると言明した。

しかし、総統の気まぐれでこの地下壕に来ることになり、負傷してしまったグライムには、たった今トップに据えられた空軍の残りの兵力を指揮する機会は失われていた。

ライチュは負傷したグライムの地下壕のベッドに付き添いながら、三日間、帝国指導者たちの行動を観察した。彼女はヒトラーが「手の汗でほとんど字がにじんだ道路地図を振りながら、たまたま耳を傾けてくれる者がいれば相手かまわず誰にでもヴェンクの作戦計画を立てながら」、地下壕を歩き回っている様子を描写している。

「彼の行動と身体的状態はますます下降した」

ライチュがいた部屋はゲッベルスの執務室に隣接していた。ゲッベルスはその執務室を神経質によろよろ歩きながら、ゲーリングを呪い、彼らの現在の災いのすべてを「この豚」のせいにし、多弁な長い独白をしていた。彼の執務室のドアが開いたままになっていたので、これらのすべてを観察し、聞くことを余儀なくされたライチュには、「いつものように彼は、まるで一言一句をむさぼるようにとらえ、書き留めている大勢の歴史家を前にして話すようにふるまっている」ように見えた。彼女が以前から持っていた「ゲッベルスはもったいぶっていて、浅薄で、弁舌が紋切型だという意見は、これらの実演で完全に裏付けられた」。

「そしてこれは、わが国を統治していた人たちなのか？」と、ライチュとグライムは絶望しながら自問した。

最初の夜にヒトラーはライチュを呼び出した。「われわれは全員、毒の入ったこういうアンプルを持っている」。彼はそう言って、危険が近づいた時のために、彼女にアンプルを二個（彼女用とグライム用）手渡した。そのさい彼は、「各人が、自分の身体を識別のために跡形もなく始末することに責任を負っている」と、付け加えた。

この総統地下壕にいたゲッベルスの子供たちには、あなたたちは「総統小父さん」と一緒にロマンチックな「洞窟」にいる、だから何も心配ない、爆弾やあらゆる災いから守られているのだと吹き込まれた。

ライチュが馴染みになったマグダ・ゲッベルスは、「おおむね自分を保っていた。時々さめざめと泣いた」、「しばしば神に、自分が生きていて、わが子たちを死なせることができるのを感謝した」。彼女はライチュに話した。「子供たちは第三帝国と総統に属しています。もしその両方がなくなれば、子供たちにはもう場所がありません。でも、あなたは私を助けなければいけないわ。私が何よりも恐れているのは、最後の瞬間に力が足りなくなることなの」

アメリカの取調官は、「ハンナ・ライチュの観察から確信をもって次の結論を下すことができる……ゲッベルス夫人は要するに夫の『高度に科学的な』演説の最も固い信念を持った聴き手の一人であり、ドイツ女性に対する国家社会主義者たちの影響が最も顕著に表れた例だった」と、書いた。

ヒトラーは地下壕住人たちの見ている前でマグダ・ゲッベルスに自分の金の徽章を手渡した。彼女がナチズムの教義による「真のドイツ女性を体現していること」の承認として。

四月二十七日にかけての深夜、総統官邸は激しい砲撃下にあった。「防空壕の真上の重砲弾の爆発と崩壊する建物の軋みはすべての人にきわめて強い神経の緊張を呼び起こし、あちこちでドア越しにすすり泣きが聞こえた」

二十七日に地下壕からボルマンの友人、ヘルマン・ヘーゲラインSS中将が消えた。彼はヒトラー大本営におけるヒムラーの代理人で、エヴァ・ブラウンの妹と結婚していた。ヒトラーはヘーゲラインを探し出して拘束するように命じた。彼はベルリンの自宅で私服に着替え、逃亡の準備をしているところを捕まった。彼は義理の姉に弁護を要請したが、どうにもならなかった。ヒトラーの命令により総統官邸庭園で、四月二十八日夜、ヒトラーの結婚式の数時間前に銃殺された。

四月二十八日にかけての深夜、総統官邸への砲撃はさらに激しさを増して続いた。ライチュは語っている。「命中精度は下にいる者たちにとって驚異的だった。どの砲弾も前の砲弾と同じ場所に当たるように思えた……いつ何時ロシア軍が入ってくるか分からなかった。そして総統によって二回目の自殺会議が召集された」。忠誠の誓い、自殺によって生を閉じるとの発言、請け合い。最後に、「いかなる痕跡も残らないようにすることは、SSに任されるという話になった」。

四月二十八日、地下壕内では、ヒムラーが最高全権を横取りし、ドイツは西側連合国に降伏する用意があるとスウェーデンを介して英米当局に申し入れたことが、外国の無線電報から分かった。[48]

ヒムラー、親衛隊全国指導者、帝国の守護者、「忠臣ハインリヒ」、「鉄のハインリヒ」が裏切ったのだ。ライチュは、「男も女も全員が激高し、恐怖し、絶望して泣き叫んだ。すべてが狂気の引きつけの中で混じり合った」と、語っている。

憎悪のヒステリーが、ヒトラーによって地下壕での避けられない死を運命づけられた者たちをとらえた。

ライチュの証言によると、ヒトラーは「狂人のように荒れ狂った。彼の顔は赤く、別人のようだった。それからもうろう状態に陥った」。

この後間もなくして、ソヴィエト軍がポツダム広場まで進出し、総統官邸強襲のための陣地を準備しているという知らせが地下壕に届いた。

ヒトラーは、負傷しているグライムとライチュにすぐにレヒリンに戻り、ロシア軍の陣地を叩くために残っている飛行機全機をベルリンへ発進させろと命令した。「航空隊の支援があれば、ヴェンクは接近できる」と、またしてもヴェンクを持ち出した。

グライムに与えられた第二の任務は、ヒムラーを見つけ出して逮捕せよだった。彼が生き残り、総統後継者になることを許すな。

復讐心にはまだ、ヒトラーを何とか揺り動かす力があった。

グライムとライチュがこの命令に展望のないことをどれほど説明しても、ヒトラーは自説を曲げなかった。ブランデンブルク門のそばのシェルターに最後の飛行機「アラド」（練習機）が隠されていた。それに乗り込んで二人は困難な帰路についたが、結局、ドイツ軍の完全な壊滅を目で確かめるだけに終わった。

それがどういう光景だったか、数ヵ月後にアメリカの取調官はハンナ・ライチュの言葉から書き留めている――

ブランデンブルク門から延びる広い通りが、離陸路になるはずだった。爆弾の穴のない舗装道路が四〇〇メートルあった。猛烈な砲火の下を発進した。そして機が屋根の高さまで上昇したときに、機は多数の投光器に捕捉され、砲弾が降ってきた。爆発で機は羽根のように揺れた。しかし、当たったのは数個の破片だけだった。ライチュは旋回して高度二〇〇〇フィートまで上昇した。そこから眼下のベルリンは火の海のように見えた。ベルリンの破壊の規模は壮大で幻想的だった。五〇分後、レヒリンに着いたが、着陸は再びロシア軍戦闘機の砲火の中で行われた。グライムは残っている全機をベルリン救援に発進させる命令を下した。

こうして第一の任務を遂行した後、グライムはヒムラーを見つけ出して逮捕するという第二の任務を実施しなければならなかった。

そのために彼は、ヒムラーの居場所を知ろうと、この時期デーニッツがいたプローエンへ飛んだ。しかし、デーニッツは情報を持ち合わせなかった。そこで二人はカイテルのもとに向かった。そして彼から知ったのは、ベルリンはもうヴェンクを当てにできないこと——ヴェンク軍はソヴィエト軍に包囲されていた——と、これについての報告をカイテルがヒトラーに送ったことだった。

間もなく彼らには、ヒトラーの死去と、ヒトラーが自分の後継者としてデーニッツを任命したことについて知らせが届いた。そこで三人は再びプローエンへ戻り、新しい政府首班によって会議が召集された。

総統から空軍総司令官に任命されたグライムは会議に出席した。ライチュがロビーに座っていると、そこへヒムラーが現れた。「彼はほとんど陽気な顔をしていた」。彼女は彼を呼び止め、国家反逆者と呼んだ。こういうやり取りが起きた——

「あなたは総統と国民を裏切った、一番苦しいときに！」

「ヒトラーは闘争を続けようとしたのだ！　彼はまだドイツの血を流すことを望んだのだ、もう血が残っていないというのに」

「……全国指導者殿、あなたは今になってドイツの血のことを口にされ始めた！　あなたはそのことをもっと前に考えるべきでした、あなた自身がその無益な流失と同一視される前に」

突然の空襲が会話を中断させた。

すべてはこの言葉のやり合いで済まされた。すでに新たな大統領が活動していた。最初のうちヒムラーは彼と折り合いをつけることを望み、自分の協力を提案した。

デーニッツのところの会議では、全員一致で、あと数日すれば抵抗が不可能になるということを認めた。けれどもグライムは、シレジアとチェコスロヴァキアで部隊を指揮していたシェルナー陸軍元帥〔四月初めに昇進〕のもとへ飛び、降伏の命令が来ても、住民が西へ去ることができるように持ちこたえろと訴えた。

五月九日の朝、グライムとライチュはアメリカ軍当局に投降した。二週間後、グライムはヒトラーからもらった毒をのんだ。

『プラウダ』紙の記事――

ロンドン、五月二十七日（タス通信）。ロンドン放送の報道によれば、ザルツブルクの病院でリッター・フォン・グライム将軍が自殺により死亡した。将軍はゲーリングの後任のドイツ空軍司令官だった。フォン・グライムは数日前、連合軍に逮捕されていた。彼は青酸カリをのんで自殺した。

ヒトラーに計画はあったか？

総統官邸の最後の日々を調べながら、この時期のヒトラーの中でこれほどはっきりと現れる崩壊と精神障害の特徴に目をとられて（無理もないことだが）、ヒトラーの行動計画に目を向けようとしない研究者が少なくない。ヒステリーと笑劇の場面のうず高い山がそれを覆い隠しているのだ。

ベルヒテスガーデン、あるいはシュレズヴィヒ・ホルシュタイン、あるいはゲッベルスが喧伝した南チロル要塞に立て籠もろうというけいれん的に生じた考えは、進撃してくる敵軍の圧力のもとに瓦解した。ヒトラーは山中の南チロル要塞へ移ることを勧めたチロル大管区指導者の提案に対して、ラッテンフーバーの証言によれば、「どうしようもないというように手を振って、『このようなあちこち駆けずり回ることにもはや意味があるとは思わない』と言った。四月下旬のベルリンの状況から、われわれに最後の日が訪れたことは疑念の余地がなかった。事態はわれわれの想定よりも速く展開していた」。連合国の同盟崩壊にかけたヒトラーの期待は外れた。

ガートウ飛行場にはまだヒトラーの最後の飛行機が待機していた。その飛行機が破壊されると、急いで総統官邸の近くで離陸路の整備が始められた。ヒトラーのための飛行大隊は、ソヴィエト側の砲火で焼き払われた。しかし、彼の専属飛行士は依然としてそば近くに詰めていた。

新空軍総司令官のグライムはまだ飛行機を発進させていた。しかし、そのうちの一機もベルリンまで到達できなかった。そして、グライムの正確な情報によると、ベルリンからもやはり一機も包囲環を突破できなかった。

実質上、移る場所はどこにもなかった。周囲から敵軍が攻め寄せていた。陥落したベルリンから逃げ出し、取られた歩として英米軍の手に落ちるのは、ヒトラーの考えでは救われないことだった。彼は別の計画を選んだ。それはこのベルリンから、イギリス、アメリカ軍と交渉に入ることだった。両国軍は、ヒトラーの意見では、ロシア軍がドイツの首都を占領しないことを願っているはずで、両国軍にとって妥協できる条件で折り合うはずだった。

しかしこの交渉は、ベルリンの戦況好転を材料にして初めて可能になる、とヒトラーは考えた。計画は非現実的で、実行不能だった。しかし、計画はヒトラーを支配した。だから、第三帝国最後の日々の歴史的情景を明らかにするうえで、それを避けて通るわけにはいかない。

ヒトラーは、たとえベルリンの状況が一時的に好転しても、ドイツ全体の破局的軍事状況のもとではほとんど何も変わらないということを理解しないわけにはいかなかった。しかしこれは、彼の計算では、交渉に不可欠の政治的前提だった。彼はこの交渉に最後の幻影的希望をかけていた。彼が躁病的に熱中してヴェンク軍のことを繰り返し話していたのは、そのためだ。疑いなく、彼にはベルリン防衛を指揮する能力がまったくなかった。だが、ここで問題にするのは、彼の計画のことだけである。

ヒトラーがゲーリングとヒムラーの裏切りに衝撃を受けたのは、彼らが連合国との交渉に入ったからではなく、これが自分抜きで行なわれたからだった。ベルリンで捕虜になった直後に本人が書いたラッテンフーバーの供述からそう読み取れる。

ゲーリングとヒムラーはヒトラーを裏切った。そして彼らはヒトラーを外して交渉に入ろうとして、彼が立っていた足元の土台をえぐりとったのだ。

公文書館資料を調べているうちに、私はボルマンとクレープスがサインしてヴェンク将軍に宛てた一通の手紙を発見した。四月二十九日付のこの手紙は、わが国の公文書館に埋もれていて、添付文書がなくなっていたが、ヒトラーの最後の考えを明らかにする重要文書だと思う。手紙は「一件文書第一二八号」の紙挟みに入っていた。ここにはあまり重要でないように見えた文書類が特別に調べられることもなく納められていた。すでに述べたように、保管文書は二十年間、十分に整理整頓されていなかった。そのおかげで私の仕事では幸運な発見が起きた。

そしてこの「ヒトラー地下壕及びベルリンのゲッベルスのフラットで発見された文書及び物品目録」という題がついた「重要性のない」紙挟み――「マグダ・ゲッベルスへのオリンピック徽章授与状」と「ヘルムート・ゲッベルスのためのホロスコープ」(大臣の一人息子にこのホロスコープはいったい何を予言したのか?)から、ヒトラーとフォスの軍服(ラッテンフーバーによる制帽二個と軍服二着の確認文書が添付されている)[49]までの長いリストの中から、私は目録に記載されていない、目録とは無関係のこの書類を発見した。

四五年五月二十二日深夜、ヨーゼフ・ブリヒツィ、一九二八年生まれ、ヒトラーユーゲント隊員、職種——電気工見習いが拘束された。

一九四五年二月、国民突撃隊に召集され、ベルリンで行動する対戦車部隊に勤務していた。本年四月二十九日にかけての深夜、ブリヒツィはヴィルヘム通りにある兵舎から呼び出され、兵士一名に付き添われて約十六歳の若者とともに総統官邸へ連れていかれた。

彼らは官邸でボルマンに引き合わされた。ボルマンは彼らに責任ある任務を委任すると語った——前線を通過し、第一二ドイツ軍司令官ヴェンク将軍に自分がこれから渡す包みを伝達すべし。

四月二十九日早朝、ブリヒツィはオートバイに乗って、帝国運動場地区で前線を駆け抜けた。銃撃されたが、無事にベルリン包囲環を突破し、西へ向かった。ヴェンク将軍はポツダム北西のフェルヒ村地区にいるはずだった。

ブリヒツィはポツダムに到着し、ドイツ軍の軍人たちと話したが、ヴェンク司令部の所在地についてはっきりした情報を何も得られなかったので、伯父のブリヒツィが住むシュパンダウに戻ることに決めた。伯父は彼に任務遂行をやめ、ソヴィエト軍警備隊に出頭し、文書を引き渡すように勧めた。彼は一九四五年五月七日にこれを行なった。

手紙の文は次のとおり——

親愛なるヴェンク将軍！

同封の報道から分かるように、SS全国指導者ヒムラーは、わが国民を無条件で金権政治家たちに引き渡すとの提案を英米軍に行なった。

転換をなしうるのは、総統ご自身のみ、総統のみである！

そのための予備条件は、ヴェンク軍とわれわれの連絡を速やかに確立することであり、そうすることにより総統に交渉実施のための内政的、外交的自由を提供することである。

敬具　参謀総長　クレープス
ハイル・ヒトラー　M・ボルマン

「自殺会議」

ヒトラーの最期の日々には、彼の全生涯の恥ずべきごまかしがくっきりと姿を現す。その生涯の情念となったのは人々に対する権力であり、真の目的は個人的賛美だった。そのための手段として彼に第一に奉仕したのがドイツ国民である。

息をしている限り、彼は殺した。総統官邸の中庭は刑場と化し、ここで銃殺が行なわれた。ヒトラーは脅した。しかし、裏切りは増えた。

ヒトラーの側近たちの証言によると、ベルリン防衛軍司令官ヴァイトリンクは、戦闘停止によってベルリンが全面的破壊を免れるように、ヒトラーに首都からの退去を要請した。ヒトラーは撃破され、踏みつぶされ、死んだも同然だった。しかし、死んではいたが、全員を自分に従わせた。全員を死なせよ。「連合軍がドイツで発見するのは廃虚とドブネズミと飢えと死だけだろう」と、彼は言明した。

ナチスの管区指導者たちがボルマンに対してどれほど戦々恐々としようが、ボルマンの紙挟みに保存されていた彼らの報告ににじみ出ているのは深まる絶望である。報告はますます短く、絶叫調になってゆく。敵の耐え難い砲撃、重大な損害、武器不足、ロシア軍の圧力への抵抗不能。そのことに思いを致す者は誰もいなかった。

地下壕ではすでに、ライチュの呼び方に従えば、「自殺会議」がつくられていた。だが、当時私たちの手に入った四月二十七日付のゲッベルスの『前線新聞』は、ベルリン市民たちに俗悪かつ勇壮に呼びかけ、嘘の支援を約束している。

諸君、ベルリン市民にブラボー！　ベルリンはドイツのものであり続けるだろう！……すでに至るところから軍がベルリンへ向かっている。これらの軍は首都を守り、ボルシェヴィキに決定的敗北を与え、最後の時にわが都市の運命を変える準備ができている。外部から届く報告は彼らの成功を物語っている。ここへ向かっている戦闘部隊は、ベルリンが彼らをどれほど待っているかを知っている。彼らは今後もわれわれの救済のために熱狂的に戦うだろう。ベルリン防衛の戦闘には総統ご自身が立っておられる。

ボルマンの日記を覗いてみよう。同じ日付、四月二十七日の項にはまったく別の性格の書き込みがある。これは、普通は情報と感嘆符からなるそれまでの書き込みと異なり、唯一情緒的な要素を含んでいる。

四月二十七日、金曜日。

ヒムラーとヨードルはわれわれへの師団投入を遅らせている。

われわれはわが総統とともに戦って、墓まで忠誠を尽くして死ぬだろう。

ほかの者たちは「高等な考え」に立って行動することを考えている。彼らは自分の総統を犠牲にしている。畜生、何たる悪党どもだ！　彼らは一切の名誉心を失った。

総統官邸は廃虚と化した。

世界は今や危機に瀕している。

連合国はわれわれに無条件降伏を要求している。これは祖国への裏切りを意味するだろう！

フェーゲラインは堕落した。彼は私服に着替えてベルリンを脱出しようとした。

ボルマンは墓まで付き従うと総統に請け合い、そのことを日記に書きながら、死ぬつもりはなかった。自分の副官フンメルに宛てた電報から分かるように、彼はドイツから遠く離れた隠れ家を確保していた。要するに、行動し、助かる準備をしていたのだ。それを遅らせていたのがヒトラーだった。

ヒムラーが英米当局に提案した部分和平についてのロイター通信社の報道が、外国のラジオ放送でより詳しく伝えられた。女性秘書ユンゲがタイプ打ちした（大きな字で！）このニュースがヒトラーに手渡された。

ヒトラーは「国王陛下の政府」の反応について、次の部分を読み上げた。

今一度強調しなければならないが、論ずることができるのは、三大国すべてに提案された無条件降伏のみである。そして三国の間には最も緊密な意見の一致が存在する。

この回答は、彼自身の計画に間接的に打撃を与えた。

四月二十九日、レヒリンまで到達して、ドイツに残っている飛行機全機をベルリンへ向けることをヒトラーから命令されたグライムが出発した後、ヴェンク軍が壊滅したという噂がついに総統官邸まで伝わった。

ラッテンフーバーは書いている——

まさにこれによってわれわれの救済の希望はすべて潰え去った……わが軍のベルリンへの突破は失敗だったのだ。劇的な状況は、これらすべての知らせをヒトラーが受け取ったのが、総統官邸の構内で炸裂するロシア軍重砲弾の伴奏付きだったことによっていっそう深まった。この日、ヒトラーを見るのが怖かった。

ＳＳから出向した総統の副官ギュンシェは自己の供述で書いた——

ロシア軍自動車化部隊がアンハルト駅地区とケーニヒ広場に進出後、総統は自殺の時機を心配し始めた。なぜならば、ロシア軍戦車がコンクリートで固めた地下壕の前に突然出現するまでに数時間しか残っていなかったからである。

四月二十九日にかけての深夜、ヒトラーは結婚式を行なった。

ヒトラーは十年以上にわたりエヴァ・ブラウンと関係があった。彼女は以前、ミュンヘンのホフマン写真館で働いていた。ホフマンは後に総統の写真の独占権を得て、大金持ちになった人物である。エヴァ・ブラウンは写真家のホフマンと一緒に、写真を撮られるのが極端に好きだったヒトラーの政権奪取前の遊説に同行していた。

ヒトラーは彼女をベルヒテスガーデンの自分の城に住まわせ、そこでは彼女が女主人だった。ベルリンでヒトラーは一人で暮らし、ナチスの宣伝は総統の禁欲主義を称賛した。

女性飛行士のライチュは、当時はヒトラーに非常に傾倒していたが、地下壕でエヴァ・ブラウンを観察して、このような「知的な素質の点では大したことのない」女性が総統と親密な関係にあることにショックを受けた。ライチュの言葉によれば、彼女は自分の身の回りのことで頭がいっぱいで、頑固に繰り返していた。地下壕を去った、「自決することのできない」、「恩知らずの豚ども」はみんな殺すべきだと。だが、ヒトラーの前では、無口でかいがいしく、「手を尽くして彼の快適さのために気を遣った」。

それまでエヴァ・ブラウンの存在については知られていなかった。妻でもなく、公認の愛人でもなく、常に陰の中に、遠くにいた彼女は、四月の半ばに突如、しきたりを無視して、決然とこれ見よがしに地下壕に現れた。思うにこれは、ヒトラーと厳しい日々を共にするためだけでなく、手の届かない、胸を締めつけるような宿願を実現し、総統の妻の座に就くためでもあった。

しかし、自殺についてヒトラーが決心するまでは、結婚のことは問題にならなかった。そして自殺する決定をヒトラーが最終的に下したその時になって初めて、急いで結婚手続きと披露宴が考え出されたのだ。恐らく、これは彼と一緒に死ぬことを承諾したエヴァ・ブラウンの条件だったろう。総統の妻になるという自分の目標に、エヴァ・ブラウンは命を代償にして到達したのである。

生まれはカトリックだが、自分が偉くなって神と並び立つのを邪魔されないように教会を弾圧したヒトラーが、婚外関係の「罪を隠す」ことに気を配ったとはまず言えないだろう。それよりもむしろ、念入りに隠してきたこの関係が一旦知られたからには、歴史の前にきちんとした姿を見せることが必要だったのだ。そのことは彼の「個人的遺書」の中に顔を出している。ヒトラーは説明から始めている――自分は結婚のような責任を引き受けることはできないと考えてきた。しかし今、死を前にして、自分と運命を分かち合ってくれる女性を妻とすることに決めた、と。これらの言葉の背後にあるのは、ともに死ぬ覚悟を決めてくれたエヴァ・ブラウンに報いるという気持ちである。それに二人ならそれほど怖くないではないか。そしてさらに、婚礼の興奮の中でなら、神秘主義者で神経病患者の彼にとって、青酸カリのアンプルを歯で噛みつぶすのはもっと容易だったろう。

ハンナ・ライチュが婚礼の話を聞いたとき、その数時間前に地下壕を去っていた彼女は、それが実現可能だったと信じなかった。彼女によれば、「最後の日々の地下壕の状況では、そのような儀式は滑稽なものになっただろう」。

しかし、それは行なわれた。ヒトラーはさらに一歩、「歴史的歩み」を印した。

ドイツ兵たちが総統官邸の壁の外では戦闘中だった。そばのポツダム広場では、地下鉄駅の地下で負傷者たちがへとへとになっていた。彼らには水も食べ物もなかった。

ヒトラーは自分の最後の予備軍、ヒトラーユーゲントの未成年者たちをピヘルスドルフの橋に投入した。

これらの未成年者たちは総統官邸防衛のために派遣されていた。これはこの時期において良心のかけらもない悪行である。宣伝がほめそやした「子供たちの友人」は、彼らを無意味な戦闘に放り込み、国民からその未来を奪った。しかし彼は、ドイツのためにいかなる未来も望んでいなかった。彼は言っていた――敗れた場合、ドイツ人は生きるに値しないと。

「若者たちは疲れて、これ以上戦闘に加わる力がない」。四月二十二日付のボルマン宛ての報告に書かれている。

同じ日、ほかの報告には、青年全国指導者アクスマンが自分の側近たちと総統官邸近くのヴィルヘルム通り六三―六四番館に移るつもりだと伝えられている。この建物の防衛強化のために、アクスマンは四〇〜五〇名のヒトラーユーゲント隊員を配備する意向で、この全国指導者は大管区指導者（ボルマン）に計画実施の同意を求めている。そして、その同意を得た。

四月二十六日、シャルロッテンブルク・シュパンダウ管区はソヴィエト軍の圧力で兵士たちが後退したことを報告しながら、次のように付け加えている。「ヒトラーユーゲント部隊は橋を保持するのが任務だった。しかし、これは彼らの力に余った」

四月二十七日、ゲッベルスは相変わらず同じ『ベルリン前線新聞』で若者たちにはっぱをかけていた――

> 昨日、全国指導者アクスマンは十字章金賞を授与された……昨夜、総統はご本宅でアクスマンに勲章を授与し、次のように語られた。「貴下の若者たちがいなければ、そもそも戦いを続けることがここベルリンだけでなく、ドイツ全土でも不可能になるだろう」

私たちは四月二十七日にこの発言を読んで、ヒトラーがベルリンにいる間接的証拠だと考えた。アクスマンはこれに答えた。「これはあなたの若者たちです、マイン・フューラー！」。欺かれた少年たちは、ドイツを防衛していると恐らく信じていただろう。そして、死んだ。だが、ここでは婚礼を行なっていた。というよりもむしろそれは葬式後の供養の席だった。死がテーブルに座り、花嫁は黒の衣装だった。

地下壕の壁は砲の直撃弾で揺れた。地下納骨所のようなこの場所はどうしようもなく気味悪かったラッテンフーバーはこの時間を手記で描写している――

それぞれが自分の用事、煩悶、血路模索にふけっていた。一部の者は絶望して、もう救済を求めていなかった。隅のほうにかたまり、誰の顔も見ようとしないで、避けられない最期を待っているか、あるいはビュッフェに行って、総統地下庫からのコニャックやワインで苦悩を紛らわせていた。

SS警備隊がゆっくりと総統官邸の周囲を動いていた。庭園内は焦げ臭いにおいと煙で息ができなかった。

ベルリンは燃えていた。建物は崩れ、砲弾が爆発した。すでに小銃の撃ち合いの音がここまで聞こえていた。地下壕の廊下では負傷者たちがうめき声を上げていたが、近くにはほかに掩蔽物がなかった。

そのような状況下で、四月二十九日にかけての深夜、結婚式が執り行われた。ヒトラー体制の制定した手続きは、今回は無視された。花嫁と花婿は決められた必要書類を提出しなかった。すなわち、双方がアーリア人種であること、結婚適格者であること、前科がないこと、政治的に健全であることを証明する書類、双方の素行に関する警察の証明書である。結婚証明書には次のように述べられている。両名は、二人が結婚する現在の軍事情勢と非常事態を考慮し、二人の口頭の申告をそのまま信用し、並びに本証明書の法的効力発効のために通常必要な期間に関して手心を加えてくれるように要請する、と。ゲッベルスに呼ばれた役人は、婚姻の手続きを済ませ、両名の要請はかなえられたと書き込んだ。そして二人に対し、高等人種に属し、遺伝病を患っていないことを署名で保証するように求めた。

それから内輪だけで、婚礼の宴が行なわれ、シャンペンが抜かれた。この宴には大臣夫人マグダ・ゲッベルスも座っていた。かつてヒトラーは彼女の婚礼で親代わりを務めた。ゲッベルス夫人の書類には、彼女と総統とのある会話の痕跡が残っていた。彼女が自分を裏切った夫のもとを去ろうしたとき（このナチスのモラルの使徒は、映画女優好きのために国民の間で「バーベルスベルクの牡牛」[50]というニックネームを付けられていた）、ヒトラーは執拗に彼女に家庭を維持するように頼み込んだ。彼女も党員としてやはりそれなりの使命を担っているのだと、ヒトラーは言った。

総統は国民の前では、国民への奉仕のために地上の幸せを軽蔑する禁欲者を演じていた。マグダ・ゲッベルスは彼女を裏切る夫とともに、模範的な子沢山の家庭を演じていた。

今や一つの偽善は次なる偽善に代わった。神秘主義と俗悪さの有毒ガスがこの婚礼から発していた。生きた人間ならその中で窒息死しただろう。

それからヒトラーは遺書の口述に取りかかった。朝四時、それは出来上がった。証人のゲッベルス、ボルマンと、ブルクドルフ、クレープス両将軍が副署した。

ヒトラーの副官オットー・ギュンシェは四五年五月十四日の尋問で次のように供述した――

一九四五年四月二十八日の深夜、総統は秘書のクリスティアンとユンゲに遺書を口述した。この遺言は三または四部タイプされた。これらの遺書を携えて、一九四五年四月二十九日朝、ヨハンマイヤー少佐が中央軍集団司令官シェルナー陸軍元帥、ツァンダー〔ナチ党幹部〕、デーニッツ海軍元帥、ケッセルリンク空軍元帥のもとに派遣された……。

対ソ攻撃の数日前、ヒトラーは戦争の勝利の展開を決め込みながら、ゲッベルスとの会話で「われわれが勝てば、誰がわれわれに方法の責任を問うだろうか?」と語り、ゲッベルスはそれを日記に書き込んだ(一九四一年六月十五日)。

しかし、敗北が訪れたのはベルリンだった。そしてヒトラーは答えを回避しながら、自己の「政治的遺書」で、自分は起きた戦争に責任がないと述べている。「私、もしくはドイツのほかの誰かが一九三九年に戦争を望んだというのは嘘である。戦争を望み、それを引き起こそうとしたのはもっぱら外国の政治家たち——ユダヤ人たち、またはユダヤ人の利益のために行動した連中だった」

いよいよ最期という時に、いつものジェスチャーで責任はユダヤ人たちに負わされた。しかし、『わが闘争』を数頁めくるだけで十分だ。これは全編、戦争の擁護と報復主義的情熱にあふれている本である。これを読めば、国家社会主義の理論の根本にあったのは戦争だということが納得できる。実践が無条件にそのことを裏付けた。それにヒトラーもその後で、国防軍最高司令部総長カイテル陸軍元帥への別れの手紙の中でこの自分の安っぽい前文をかなぐり捨てているのだ。ドイツを破滅に、その軍隊を壊滅に陥れたヒトラーは、遺書の最後のほうで主張している——目的は不変だ、ドイツ国民のために東方に土地を獲得することだ、と。彼は陸軍、海軍、空軍の司令官たちに、あらゆる手段で兵士たちに抵抗の精神と国家社会主義的信念を呼び起こし、決死の覚悟で踏みとどまるように要求している。

ヒトラーは遺書でゲーリングとヒムラーを党から除名し、大統領にデーニッツ海軍元帥を任命する。馬鹿馬鹿しさの絶頂は、ヒトラーが遺書で、自分で首相に任命したゲッベルスを首班とする政府を組織したことだ。そしてボルマンには党務相という職務が考え出された。新政府とその首班ゲッベルス（彼にベルリンを脱出するすべがないことは、ヒトラーに分かっていた）は、戦争を続行し、最後まで人種の掟を守って、世界のユダヤ人たちと闘うことが義務づけられた。

ヒトラーの出発点とまったく同じだった――選ばれた民族と生活圏の獲得、反ユダヤ主義と戦争。[51]

ゲッベルスは束の間の任命を引き受けた。それはエヴァ・ブラウンへの結婚と同じように、忠誠への感謝として与えられたものだった。ゲッベルスはようやく、すべてのライバルに打ち勝った。出世は成就した。

だが、コンクリートで固められた地下壕を揺さぶる砲弾の炸裂は、第三帝国の最後の時を告げていた。

四月二十九日夜、総統地下壕にやって来たベルリン防衛軍司令官ヴァイトリンク将軍は情勢を報告した。部隊は完全に疲弊し、住民の状態は絶望的だと。彼の考えでは、現在、唯一可能な決定は部隊がベルリンを棄て、包囲環から脱出することだった。ヴァイトリンクは突破作戦開始の許可を求めた。

ヒトラーはそのような決定を退けた。「この突破が何に役立つというのだ？　われわれは別の包囲に陥るだけだ。私に必要なのは、どこか郊外をさまよって、百姓家または別の場所で自分の最期を待つことなのか？　そういうことならもう、私はここに残って、死んだほうがいい。部隊はそのあとで突破させるがいい」[52]

しかし、猶予は許されなかった。この状況では一時間たりとも無駄にできなかった。

「仮に総統のために地下壕から自由への道が切り開かれたとしても、その時にはそれを利用する力が彼には残っていなかっただろう」と、ハンナ・ライチュがその時期のヒトラーについて語っている。しかし、惨敗し、身動きがとれなくなりながら、彼は自分の破滅を引き延ばした。そして自分が引き留めている者たちから救済の望みを刻一刻奪いつつあった。

地下壕内の雰囲気はかなり奇妙なものになった。昨日までは総統とともに死ぬ覚悟があることを忠義に請け合わねばならなかった。象徴的なポストの配給が行なわれた今は、敵に打ち破られ、占領されたドイツの先頭に立って負け戦を継続する覚悟があることを請け合わねばならなかった。習慣になった命令への服従と畏敬、そして逆らわない機械的行為がまだ一部の者の中で正常に機能し続けていた。

四月三十日にかけての深夜、総統官邸病院長のハーゼ教授がヒトラーのもとに連れてこられた。その場に居合わせたラッテンフーバーが語っている――

ヒトラーはハーゼに三個の小さなガラスのアンプルを見せた。それらはそれぞれ、ライフル銃の弾薬筒のケースに入れられていた……ヒトラーは、これらのアンプルには瞬時に作用する致死性の毒が入っている、自分はこれらのアンプルをシュトゥンプフェッガー博士から受け取ったと語った。ヒトラーは、どうしたらこの毒の作用をチェックできるかと尋ねた。ハーゼは、たとえば犬のような動物でチェックできると答えた。そこでヒトラーは、自分の愛犬ブロンディの世話をしているトルノウ軍曹を呼ぶように命じた。犬が連れてこられると、ハーゼはペンチでアンプルをつぶし、トルノウが開けた犬の口の中へ中身を注いだ。数秒後、犬は震えはじめ、一三秒後に絶命した。そのあとヒトラーは、犬が本当に死んだかどうか後で調べるようにトルノウに命じた。

われわれがヒトラーのところから出た後、私はハーゼに、アンプルに入っていたのは何の毒で、それは即死を保証するのかどうかと尋ねた。ハーゼは、アンプルには青酸カリが入っていて、その作用は瞬間的で致命的だと答えた。

私が生きているヒトラーを見たのは、これが最後だった。

総統死す

ヒトラーの秘書ゲルトラウト・ユンゲは――彼女はヒトラー宛に届く書類を大きな字体の特殊なタイプライターで打ち直し、ヒトラーの旅行に同行し、演説を速記するのが仕事だった――一ヵ月後にこう語った。

四月三十日、ヒトラーはゲッベルス、クレープス、ボルマンを集めた。しかし、彼らの間でどういう会話が行なわれたのか、自分は知らない。後になって侍従のリンゲによってヒトラーのところへ呼び出された。呼びにきたのはリンゲだったと思うが、はっきりは覚えていない。ヒトラーのところに入っていくと、先ほど名前を挙げた人たちがまだ全員いて、全員が立っていた。ヒトラーは私に別れを告げ、最期が来たと言った。それでおしまいだった。そのあと私は執務室を出て、上の階段ホールに上がった。それ以降、私はヒトラーに会わなかった。これは四月三十日の一五時一五分から一五時三〇分までの間だった。

四月三十日、報告が入った。かつては新聞記者たちに囲まれていた総統官邸正面玄関に通じるヴィルヘルム通り(四年前、ゲッベルスはこの通りを迂回して、総統との秘密の謀議のためにこっそり裏口から入ったのだった)の側、二〇〇メートルの地点にロシア軍が迫ったと。その時、救援に来たのは毒のアンプルである。ベルリン時間午後三時三〇分だった。運命的な時刻! 何しろヒトラーの命令でドイツがソヴィエト連邦に戦争を開始したのは、四一年六月二十二日午前三時三〇分のことだった。

死はやはり死である。護衛隊員たちはコンクリート地下壕の非常口から死体を運び出した。ヒトラーに命じられたとおり、それを焼却するためである。地下壕にいた医師は呼ばれなかった。これについてラッテンフーバーは書いている――

前夜ヒトラーは、私、リンゲ、ギュンシェを呼んだ。そしてほとんど聞こえない声で、自分とエヴァ・ブラウンの遺体は焼いてくれとわれわれに言った。「私は敵に自分の死体を蠟人形館に陳列されたくない」。しかし後で私が聞いたところでは、イタリアのパルチザンたちに捕まったムッソリーニと愛人クララ・ペタッチのミラノでの死のニュースをヒトラーが知ったのは、ほかでもない四月二十九日のことだった。恐らく、ムッソリーニの最期の状況(彼はパルチザンたちに銃殺されて、ミラノの広場で逆さ吊りにされた)が、遺体焼却の決定をヒトラーにとらせた。

ヒトラーの同じ言葉をギュンシェが繰り返している。「私の死後、私の遺体は焼却されねばならない。なぜなら私は自分の遺体が後で見世物にされるのを望まないからだ……」

この日、四月三十日に事態がどのように経過したかについて、生き残った証人のうちの三人――ヒトラーの副官オットー・ギュンシェ、ヒトラーの護衛隊長ハンス・ラッテンフーバー、侍従のハインツ・リンゲがそれぞれの供述の中で述べている。

ギュンシェの供述。一五時三〇分、彼はヒトラーの応接室のドアのそばに、運転手ケンプカ、総統随行SS隊長シェードレと一緒にいた。「しばらくの間、われわれは同じ場所に立っていた。突然、応接室のドアが少し開き、私は総統侍従長SS少佐リンゲの声を聞いた。彼は『総統が亡くなられた』と言った。私は銃声を耳にしなかったが、すぐに応接室を通って会議室へ向かい、そこにいた指導者たちに言葉どおりに『総統が亡くなられた』と伝えた」

ラッテンフーバーの供述。「その頃、総統官邸の敷地はすでにロシア軍の小銃弾を浴びていた。状況が非常に緊迫していたので、私は職務で数回、ヒトラーの応接室との間を行き来した。そして私は地下壕のしかるべき警備をみずから確保することが自分の義務だと考えた。というのは今にも総統官邸敷地内へロシア軍が突入しかねなかったからだ。おおよそ午後三～四時頃、応接室へ行くと、私は強い苦扁桃（青酸カリ）の匂いを感じた」

リンゲ[53]の供述。「私は床に毛布を広げ……それにヒトラーの遺体を包み、ボルマンと一緒に庭園へ運んだ」

ギュンシェの供述。会議室で最期を待っていた人たちに、総統が亡くなられたと伝えると、「彼らは立ち上がって、私と一緒に応接室へ出た。そこでわれわれは二体の遺体が運び出されるのを目にした。一体は毛布で包まれていた。もう一体も毛布で包まれていたが、完全ではなかった……一枚の毛布から総統の足がはみ出していた。私には、彼がいつも履いていたソックスと靴でそれと分かった。別の毛布からは足がはみ出していて、総統夫人の頭が見えた」。ギュンシェは運んでいる人たちを手伝い始めた。

ラッテンフーバーの供述。「私は呆然自失していたが、物音で我に返った。見ると、ヒトラーの個室からリンゲ、ギュンシェ、総統専属運転手ケンプカ、さらに二、三の親衛隊員が、ゲッベルス、ボルマンに付き添われて、灰色の毛布に包まれたヒトラーとエヴァ・ブラウンの遺体を運び出した。私は冷静さを取り戻し、彼らの後ろから、自分の人生の十二年間を捧げた人の葬送に向かった」

リンゲの供述。「私は遺体の足を持ち、ボルマンは頭を持った。エヴァ・ブラウンの遺体はほかの二人が運んだ。これも毛布で包まれていた」

ギュンシェの供述。「遺体は両方ともコンクリートの総統地下壕の非常口から庭園へ運び出された」

ラッテンフーバーの供述。「上にあがると、親衛隊員たちは遺体を地下壕入口から近い小さな穴の中に置いた。敷地内への疾風射のために、ヒトラーと夫人に最低限の敬意を表することもできなかった。二人の遺体を覆う国旗すら見つからなかった」

ギュンシェの供述。「二人には全国指導者ボルマンの用意したガソリンが注がれた」

リンゲの供述。「われわれは入口の近くに遺体を並べて置き、ガソリン缶を一つずつ手にして、ガソリンを遺体に振りかけた。この時、庭園はロシア軍の砲と迫撃砲の強力な砲火を受けていたので、われわれはマッチでガソリンに点火することができなかった。そこで私は地下壕の入口に隠れて、ポケットから紙を取り出して火をつけ、ボルマンに渡した。ボルマンは燃えている紙を遺体に投げ、ガソリンが燃え上がった」

ラッテンフーバーの供述。「大きな、気味の悪い焚火が燃え上がった」

リンゲの供述。「遺体は焼け焦げ、黒褐色になった。われわれは敬礼し、地下壕の中に戻った」

ボルマン、ゲッベルス、クレープスとブルクドルフの両将軍、青年全国指導者アクスマンは、砲撃から身を隠し、地下壕非常口の階段の上に固まって、これを見守っていた。

彼らはヒトラーの最後の命令を遂行しなかった。遺体が完全に燃え、灰になるのを待たなかった。総統官邸庭園は激しい砲撃を受け、そこにいるのは危険だった。

ギュンシェの供述。「ガソリンをかけられた遺体に点火した後、激しい火と煙のために地下壕のドアはすぐに閉められた。その場にいた全員は応接室へ向かった……総統の個室へ通じるドアが少し開いていた。そしてそこから強い苦扁桃の匂いがした……」

ヒトラーの死は、総統地下壕の緊張した雰囲気の中へ突然の神経の緩みをもたらした。ヒトラーの前では吸う勇気のなかったタバコが現れた。ワイン、逃げ支度など、陰気な活気が訪れた。

ラッテンフーバーの供述。「総統死す。このことはもう地下壕の住人たち全員が知っていた。私の驚いたことに、この出来事は全員に重苦しい印象を与えなかった。確かに、地下壕のどこか隅のところで銃声が響いた。これはすでに救済の一切の希望を失った者たちが自決したのである。しかし、大多数は逃げ支度に忙殺されていた」

ギュンシェの供述。ヒトラーとエヴァ・ブラウンの遺体が燃えている時、「私は会議室へ向かった。そこでは現下の状況と総統の命令が討議されていた。この命令によれば、彼の死後、小グループに分かれてベルリンから脱出しなければならなかった。私が耳にしたところでは、全国指導者ボルマンは生前の総統の考えを伝えるために、何が何でもデーニッツ海軍元帥のところまで突破することを望んでいた。これがどういう考えのことを言っていたのか、私は知らない。それから私は再びこの部屋を出て、少し休息するために隣の部屋へ行った」。ここで間もなくギュンシェは次のことを聞いた。「軍事行動停止を実現するために、クレープス将軍にロシア軍のジューコフ元帥と連絡することが委任された。これにより、ベルリン防衛軍の突破は延期される、と。私はそれから自室に戻り、そのあとSS少将モーンケの戦闘団の指揮下に入るために向かった」。この戦闘団は衛兵大隊と親衛隊本部職員で編成されていた。

答えを待って、ベルリンから脱出する可能性を待って、さらに数時間が経過した。

ボルマンの日記の四五年四月三十日の日付のところには、ヒトラーとエヴァ・ブラウンの死について書かれていた。

そして五月一日、明らかにクレープスが戻った後で書き込んだメモは、一フレーズだけだった。

「包囲突破の試み！」

日記はここで途切れている。

前日の一八時、ボルマンは無線電報でデーニッツ海軍元帥に、総統がデーニッツをゲーリングに代えて自分の後継者に任命したことを伝えた。

デーニッツはヒトラーの死を知らないまま、総統への忠誠披瀝で回答し、救援に向かうことを約束した。

五月一日午前七時四〇分、ボルマンはデーニッツに極秘無線電報を送った——遺言は発効した。しかしその公表は、デーニッツのもとにボルマン本人が到着するまで延期しなければならない、と。

この日、さらに後の一五時、ボルマンはゲッベルスと連名で、総統の死去と、総統が行なった指導的ポストの人事について知らせる最後の無線電報を送った。

ラッテンフーバーが書いている。「ビュッフェでは盛大に栓が抜かれた。そして親衛隊員たちがロシア軍銃砲撃の中の決死の脱走を前にしてアルコールで景気づけをしていた」

残ったのは、ほかの者たちよりも制裁の心配が少ない人たちだった。残りは全員が逃げようとしていた。

フォスによれば、「総統官邸地区の防衛を担当していたSS少将モーンケは、それ以上の抵抗が無益だと見て、ベルリン防衛軍司令官の命令で自分の戦闘団の残兵約五〇〇名を集めた。戦闘で包囲を脱出するために、生き残った官吏たちも彼に合流した。これらの者全員が集められたのは、総統官邸のそばにある第三掩蔽壕付近だった……その中に私もいた[54]」。

クレープスが持ち帰った拒否回答と、彼が伝えたソコロフスキーとチュイコフの言葉——連合国が決めているとおり、話ができるのは降伏についてのみである——は、ゲッベルスにとって最終的な破局となった。彼はフォス海軍中将に、自分は足が悪く、子供たちがいるので脱出を試みるわけにはいかない、自分の運命は決まったと語った。

しかし、これを書きながら私が今思うのは、ゲッベルスは和平についての幻想にほとんどとらわれていなかっただろうということだ。イギリス国王がヒムラーの陰謀にきっぱりと答えたばかりだった。立身出世の熱狂的追求者の彼がクレープスを派遣したのは、歴史に自分の地位を——デーニッツへの使者が遺書を伝達するのに失敗した場合には帝国における第二人者、首相としての地位を刻むためだった。

ジェスチャーと偽善なしでは済まなかった。ゲッベルスは自分の遺書にこう書いた。首都を離れ、総統の任命された政府に参加せよとのご命令に背くのは、ベルリンでこの苦難の日々に総統とともにありたい、ただそのことのためだけであると。

しかし、ヒトラーが生きている間は、ヒトラー本人がゲッベルスをそばから離さなかった。ヒトラーは四月二十二日にベルリンに留まることを決心すると、周囲に献身的な者たちを置こうとして、ゲッベルスの絶対的服従を知っていたので、夫人、子供たちと一緒に地下壕に引っ越してくるように命じた。

マグダ・ゲッベルスはクンツ博士とハンナ・ライチュに、自分が今ヒトラーにベルリンを離れるように懇願していることを語っていた。ヒトラーが早くこれに同意していたら、彼らは子供たちと一緒にここから脱出できただろう。彼女がそれを考えなかったということはまずあるまい。彼女が夫に、装甲兵員輸送車で子供たちを連れ出してほしいと頼んだという証言がある。しかし、これはもう不可能だった。

敗北が近づいた場合には、ゲッベルスは以前から子供たちを殺すことを考えていて、そのことを従順な妻に言い聞かせていた。まだ一九四三年八月に彼は自分の意向を忠実な部下フォン・オーヴェンに打ち明けた。フォン・オーヴェンが書いているところによれば、その時「彼の考えが向けられていたのは、一つの目標——歴史の前での効果だった[55]」。

出世主義は、ゲッベルスの性格の根幹だった。最後の最後まで彼は倦むことなく奔走した——ライバルたちの足をすくい、総統の前や日記の中では彼らの都合の悪いところだけを取り上げ、自分のことは何事でも称賛しながら。それはこの化け物のような日記（へたくそな自己風刺として読める）が基本的文書として残り、歴史がこれに基づいて、虚栄に身を焦がした熱狂者たちに点数を表示するのを見込んでのことだった。

最初の結婚で生まれた長男ハラルト（この時期、アメリカ軍の捕虜になっていた）に宛てた別れの手紙で、マグダ・ゲッベルスは「総統地下壕」から次のように書いた[56]——

……総統と国家社会主義のあとに訪れる世界は、その中で生きるのに値しません。ですから私は子供たちもここへ連れてきました。私たちのあとに訪れる生活のために彼らを残すのは心残りです。私自身が彼らに救済を与えるならば、慈悲深い神は私を理解してくださるでしょう。そしてさらに、ここで死ぬことが決まっている子供たちの地下壕内での我慢強い生活ぶりを描写した後で、伝えている――

昨夜、総統がご自分の金の徽章を外して、私に付けてくださいました。私は誇らしく、幸せです。

ゲッベルスも義理の息子への別れの手紙で、彼の母親に授与された総統の金の徽章について書いている……。

二通の手紙とも四月二十八日に、包囲下のベルリンからハンナ・ライチュによって持ち出された。ゲッベルスがこの手紙を出すのが一日遅かったならば、その時はヒトラーがもう新政府の名簿の入った遺書に署名していたから、ハラルトに自分の「得意絶頂」についても知らせることができたはずだ。

ここ、地下壕ではすべてが――真の絶望と見せかけ、狂信、偽善と死がごっちゃになっていた。ゲッベルスは総統の忠犬と呼ばれていた。ヒトラーは愛犬（シェパード）のブロンディで毒のアンプルの作用を試した。そしてゲッベルスと家族を、すでに何かを企てるのが手遅れになったぎりぎりまで自分のそばに引き留めた。総統の戦友たちの新たな裏切りのたびに、ゲッベルスは帝国の「第二人者」になるという宿願の目標に向かって階段を一段ずつ上がった。そして、すでに赤軍が国会議事堂に入っていた翌日の結婚式の後で、ついにヒトラーはゲッベルスに崩壊した帝国の首相のポストを手渡した。偽善は続いた。ゲッベルスが最高ポストを受け入れたのは、一日置いてヒトラーの後を追うためだった。

ヒトラーの犬飼育係トルノウ軍曹が再び（これが最後になったが）コックのランゲのところに仔犬たちの餌を取りにきた。前夜、ヒトラーの死についてコックに知らせた彼は、今度はもう一つの知らせを持ってきた。

コックは私たちに話した——

彼は五月一日の夜八〜九時に総統官邸のキッチンへ来た。そしてゲッベルス夫妻が総統地下壕のそばの庭園で自殺したと私に伝えた。軍曹はそれ以上の詳細を私に伝えなかった……五月一日夜、トルノウ軍曹は総統官邸敷地を離れ、赤軍部隊の包囲環を突破しようとした。彼がそれに成功したかどうかは、私には分からない。

地下壕から逃げ出した者たちはヴィルヘルム広場へ、そこから地下鉄の線路伝いにフリードリヒ通りまでたどり着いた。ここからはモーンケ戦闘団の後について突破する必要があった。しかし、強烈な砲撃のために集団的突破は無理だった。そこでグループに分散して前進した。

ギュンシェの供述。「私は総統女性秘書のフラウ・クリスティアン、フラウ・ユンゲ、総統の食事療法助手フロイライン・マンツィアーリ、ボルマンの女性秘書フロイライン・クリューゲルと一緒に、モーンケ戦闘団に加わって北へ突破するはずだった。二二時〇〇分、突破が始まった。われわれのグループは損害なくヴェディング駅地区まで到達した。ここで敵の抵抗に出会った。再編成後、四五年五月二日正午までにわれわれは駅のそばのシュルトハイス・ビール醸造所まで到達した。そこにいた兵士たちの間には、ベルリンが降伏したという噂が流れていた。そして彼らには士気阻喪が目立っていた。

われわれの中にいた女性四名はこの後、モーンケSS少将によって放免され、彼女たちはすぐにビール醸造所を離れた。彼女たちがどこへ行ったたか、私は知らない。シュルトハイス・ビール醸造所で私は捕虜になった」

ボルマン、ラッテンフーバー、シュトゥンプフェッガー医師、ヒトラーの運転手ケンプカがいたグループは、戦車の援護を受けて前進した。しかし、窓から投げられた手榴弾が、ボルマンとシュトゥンプフェッガーが歩いていた左側から戦車に当たった。そして爆発は二人を包んだ。ラッテンフーバーは、「私は負傷し……ロシア軍の捕虜になった」と書いている。

ヒトラーの死の噂は総統地下壕からそれとつながる総統官邸の地下壕へ流れた。しかし、死の状況は秘密にされていた。

総統の偉大さの神話を維持しようとして、彼の継承者デーニッツ海軍元帥は、ヒトラーはベルリン防衛者の先頭に立って戦闘中に倒れたと声明した。

ヴァイトリンク将軍はヒトラーの自殺を知って、このような退陣は麾下の軍隊が戦闘中の指導者には許せないことだと考えた。五月二日にかけての深夜、彼は軍使を送った。五月二日早朝、ヴァイトリンクは前線を越えた。彼はベルリン防衛軍に次の命令を下した――

四月三十日、総統が自決された。すなわち、われわれ、総統への忠誠を誓った者たちを独りにして逝かれた。総統の命令により、われわれドイツ軍は戦備が枯渇したにもかかわらず、かつ、一般情勢にもかかわらず、なおベルリンのために奮闘しなければならなかった。情勢はこれ以上の抵抗を無意味にしている。よって命令する——直ちに抵抗を停止すべし[57]。

五月二日、ベルリンは降伏した。

暴君が死ぬと、最初に訪れるのは混乱だ。そんなことがあり得るだろうか、彼の体が、死ぬような分子で出来ていたなどとは本当だろうか？

それに次いで、彼の死の状況に少しでも不明瞭なことがあると、その周囲に伝説がはびこり始める。ヒトラーの場合、そのための広い余地が生まれる可能性があった。

しかし、デーニッツ海軍元帥がもくろんだようにはいかなかった。デーニッツはヒトラーから最高権力のすべてを遺贈され、特別声明で明らかな嘘を発表したのだった。ヒトラーはドイツ帝国首都防衛軍の先頭に立って戦闘中に倒れた、と（五月一日にラジオ放送で）。

そして死の状況は、センセーショナルな本『私はアドルフ・ヒトラーを火葬した』の中で、彼の運転手ケンプカが描写したようなものでもなかった。この本では、いわば銃声と花瓶の真っ赤なバラを結びつけるようなきれい事になっていた[58]。

そしてまたそれは、イギリスの歴史家ヒュー・トレヴァー＝ローパーが自分の研究書で要約したようなものでもなかった。彼はこう書いた——「いずれにせよ、ヒトラーは自分の最後の目的を達成した。四一〇年にローマを破壊し、味方によってイタリアのブゼント川の底にひそかに葬られたアラリック一世のように、現代の人類破壊者は永遠に人目から隠された[59]」。

私たちが依然として総統官邸最後の日々の詳細を調べている間に、地上では私たちと無関係に何か生活のようなものが進行していた。

　私たちは一時、ベルリン郊外に宿泊していた。ここには司令部のいくつかの部署が置かれていた。私たちが使うように指示された建物のそばに、がらくたと食品を積んだ荷車が前に赤・白・緑のイタリア国旗を立てて止まっていた。荷車につながれた牝牛が辛抱強く主人たちを待っていた。

　私たちは音楽が聞こえてくるフラットへ上がった。すべてのドアが開け放たれていた。大きな部屋にイタリア人たちがぼろぼろの汚い服を着て座り、膝に大きなボール箱を抱えながら、うっとりと音楽を聴いていた。髪の毛の突っ立った若いイタリア人音楽家が夢中で鍵盤を叩いていた。彼の前のピアノには、ほかの全員が持っているのと同じ箱から引き出された素晴らしい人形が座っていた。ここへ来るまでの途中で、イタリア人たちはおもちゃの卸倉庫のそばを通りかかり、それぞれが人形を一つずつ持ってきたのだった。

　彼らは私たちを認めると、騒々しくその場所から立ち上がった。ドイツ語の問いかけに彼らは頑固に首を振った。敵の言葉で話したくないのだった。身振り手振りと叫び声の奔流が私たちに襲いかかった。彼らは胸に手を置いて、何かを叫んでいた。音楽家がピアノから人形をひったくると、それを私に差し出した。すると全員がはしゃぎだし、音楽家の背中を平手で叩き始めた。

　彼らは歌いながら、人形の入った大きなボール箱を運んで出ていった。下では荷物を積んだ荷車と牝牛が彼らを待っていた。この牝牛は新しい主人たちをイタリアまでの長い道中、養わねばならなかった。

「ヒトラー壊れた《ヒトラー・カプット》！」と、彼らは別れの挨拶にそう言った。

　確かにこれは、疑いなくその通りだった。

再びガラスのアンプル

すでに連合国占領軍の新聞は大見出しで、「ロシア軍、ヒトラーの死体発見」と報じていた。しかし、わが軍では何か馬鹿げたことが起きていた。突然、「ヒトラーを探せ」と言い出したのだ。何かインチキが、彼が発見されていることの偽装工作が、捜索のイミテーションが始まった。スターリン、ローズヴェルト、チャーチルが署名した宣言には、連合国はファシズムの首魁たちを地の果てまで追いかけてでも見つけ出し、諸国民の法廷に彼らを引き出す義務を負うと述べられていた。

そして第一の首魁は、ここベルリンの連合国管理理事会のそばにいた。差し出せばよかったのだ。双方の側から死の証人を集め、確認を行なえばよかったのだ。共同声明を出して、問題をおしまいにすればよかったのだ。

しかし、五月八日、ブーフでヒトラーの法医学鑑定が行なわれていたその時、再びモスクワの新聞にはヒトラーがアルゼンチンに上陸したとか、フランコのところに潜んでいるとかいう報道が現れた。足跡を消していたのだ。だが、時間がたてば、真実を掘り起こそうとしても、手遅れになる――証人は散り散りになり、あるいは死に、そして生き残っている人たちの証言も長い年月を経ているので説得力を持たなくなる。

私たちは、今でなくても、いつの日か、はっきりしない将来にはこの沈黙が破られるだろうと考えた。こういうことは起きてはいけないのだ。つまり、その時にも議論の余地が残っていないような事実が必要なのだ。

この頃までに軍幹部たちの一部は、「上から」来る気流を感知し、すでに保身の本能から私たちの仕事熱心をうさん臭そうに見ていて、距離をとっていた（あるいは、それと似たようなことがジューコフにも起きていたかもしれない)。

捜索と調査の第一段階には少なからぬ人たちが参加した。今や、秘密性が高まったので、ほとんど全員が外された。そして第二段階では、つまり、死体識別の実施時には、ゴルブーシン大佐のグループは通訳の私も含めて三人にまで減らされた。

ヒトラーについての真実を確定しようとした人々は、大きな責任感をもって目的に向かっていた。彼らからすれば、これについてはどんな曖昧さも有害だった。それはナチズムの復活にしか役立たない伝説を生むだろう。

ヒトラーは生きているかという問いに正確に答えることは、将来のドイツにとっても重要だった。ゴルブーシン大佐はこの複雑な状況の中で、議論の余地ない証拠を入手することを決心した。

私たちはベルリン北東の郊外ブーフに駐屯していた。

それが小さな家だったのか、納屋だったのか、のちに改めてブーフを訪ねるまで私は確信をもって言えなかった。そう、それは小さな家だった。その地下にゲッベルスと妻、子供たちの遺骸が運び込まれた。

同じブーフに、ゴルブーシン大佐の指示でヒトラーとエヴァ・ブラウンの遺骸も運ばれた。

この通りはつつましい小住宅からなっていた。頭上には広い空があり、子供たちが自転車で遊んでいた。大人たちはそれぞれの困難な心配事を抱えて、ここに今何があるのかを知らずに、そして興味を抱くこともなく、通り過ぎていた。

私は確信していた。あと一両日もすれば、私たちがヒトラーの死体を発見したことを全世界が知るだろう。

何年も後に私がこれらのすべてについて詳細に証言することになると当時知っていたならば、恐らく、気乗りしない気持ちを抑えて、黒い恐ろしい遺骸（私はそれらをすでに総統官邸庭園で目にしていた）の入った、これらの雑に作られた箱にもっと近づいておくべきだったろう。だが、私は近づかなかった。

ここブーフでは、ヒトラーが政権に就くと、彼の命令によって、評判のよい古い診療所で初めて人々がその「人種的適性」について検診を受けさせられた。一九三六年にはここで、ベルリンの大地区パンコウの全住民を対象とする「遺伝学的・生物学的適格」カルテが制定された。一人の人間の運命、キャリア、結婚の権利、地上に生きる権利――一切は、このカルテに書かれていることにかかっていた。

そして今、ほかでもないここへヒトラーが法医学鑑定のために運ばれることになったのである。当時、第四九六一外科移動野戦病院があった診療所の煉瓦造りの棟の中で、軍医委員会が作業に着手した。この軍医委員会はゲッベルスとその家族の死体発見に伴って、すでに五月三日に第一ベロルシア方面軍軍事会議委員テレーギン中将によって任命されていたものである。

今回は、そのことをテレーギンに知らせる必要がなかったので、カッコウの卵のようにさらに二名がこの委員会に追加された。委員会には著名な法医学の専門家と病理解剖学者たち――赤軍病理解剖医総監クラエフスキー中佐、医師マランツ、ボグスラフスキー、グリケーヴィチが入っていた。委員会の長は第一ベロルシア方面軍主任法医学専門家、軍医中佐ファウスト・ヨシフォヴィチ・シカラフスキーだった。

まことに意味深いことだった。アドルフ・ヒトラーはファウスト博士[60]の指揮下で解剖されたのだ！

実際の解剖を担当したのは女医の軍医少佐アンナ・ヤコヴレヴナ・マランツで、彼女は第一ベロルシア方面軍主任病理解剖医代行だった。

この五月八日、ベルリン・ブーフでの法医学鑑定にヒトラーはどのような姿で立ち現れたのか。これについては鑑定書に述べられている。[61]

長さ一六三センチ、幅五五センチ、高さ五三センチの木箱で運ばれてきたのは男子の焼け焦げた死体の残存物である。死体の上から端の焼け焦げた、メリヤスのシャツに似た二五×八センチの寸法の黄色がかったメリヤス生地断片が発見された。

死体が焼け焦げていたため、年齢の判断は困難だが、推定年齢は約五十〜六十歳、身長一六五センチ（組織が炭化しているため、測定は正確ではない）……死体は相当程度炭化しており、焦げた肉の匂いがする……火で著しく変化した体には重大な致命的損傷、もしくは疾病のはっきりした兆候は認められなかった……口中に、肉薄のアンプルの側壁及び底の一部を構成するガラスの破片が発見された。

詳細な調査のあと、委員会は次の結論に達した――

死は青酸化合物中毒によるものである。

死体の口中で発見されたアンプルの破片を入れた試験管を、鑑定書に添付する。

死を引き起こした可能性のあるその他の兆候は、何も立証されなかった。

西側の研究者、ジャーナリスト、回顧録筆者たちはしばしば、ヒトラーは銃で自殺したと主張している。ある者は無知やヒトラーの死について出回った不正確な資料のために、ある者は彼の最期の状況を何とか美しくしたいという欲求から、そう主張しているのだ。ドイツ軍の伝統では、司令官が自殺するなら、火器を用いなければならなかった。しかし、特徴的なことだが、「根っからの軍人」であるクレープスも、より確実な手段として服毒を選んだ。[62]

私たちは、ヒトラーがまさにどのような方法で自殺したのかということに重きを置かなかったし、ドイツ軍の伝統を調べなかったし、それがどういうものか知らなかった。私たちにはそういうことはどうでもよかった。しかしその時、ファウスト・シカラフスキー博士と彼の権威ある同僚たちは、入念な医学的調査を行ない、ヒトラーが服毒したことを究明した。

ドアの外側に立っていたギュンシェは銃声を耳にしなかった。その代わり、ドアが少し開いた時に、強い苦扁桃の匂いを感じた。しかし、一部の者、たとえばヒトラーの女性秘書ゲルトラウト・ユンゲは銃声を聞いた。彼女はこう語った。

> 私がヒトラーの執務室から出て、地下壕の階段ホールに上がったとき、二発の銃声を聞いた。銃声はヒトラーの執務室で起きたと思う。

何がどうあろうと、人々はヒトラーが銃で自殺したと決め込んだ。その直後に護衛隊員メンガースハウゼンに会ったヒトラーの伝令将校バウアーも、彼にそのことを語った。ヒトラーのほかの側近たちもそう話していた。

実際にヒトラーの部屋で銃声が響いたのか、それともドアの外で最期を待っていた者たちにそういう気がしただけだったのか？　そしてもし銃声がしたのなら、誰が撃ったのか？

ヒトラー護衛隊長ラッテンフーバーの供述はこれに光を当てる——

おおよそ午後三～四時頃、応接室へ行くと、強い苦扁桃の匂いがした。副隊長のヘーゲルが興奮して、総統がたった今自決されたと話した。

この時、リンゲが私に近づいてきて、ヒトラー死去の知らせを確認した。そのさい彼は、自分の生涯で最も重大な総統の命令を遂行しなければならなかったと語った。

私は驚いてリンゲの顔を見つめた。彼が説明したところでは、ヒトラーは死の前に彼に言った——一〇分間部屋から出て、それから再び入室し、そこでさらに一〇分間待ってから、命令を遂行するようにと。そのときリンゲは急いでヒトラーの部屋に入っていき、ワルサー拳銃を手にして戻ってきて、それを私の前のテーブルに置いた。特別の外装からそれがヒトラーの私用拳銃だということが分かった。今や私には、ヒトラーの命令が何だったのか理解できた。

ヒトラーは、長年にわたって毎日受けていた多数の注射との関連で、恐らく毒の作用を疑っていた。そのためにリンゲに、服毒した後に自分を撃つように命令したのだ……われわれの会話に居合わせた青年全国指導者アクスマンがヒトラーの拳銃を取って、時機が来るまで自分がこれを隠しておくと言った。

ラッテンフーバーは、ヒトラーにリンゲへのこの命令を出させたもう一つの事情を知らなかったようだ。実は、毒を二匹目の犬で試したとき、毒をのまされたその仔犬はなかなか死にきれなかったので、射殺されたのだった。このことは爆弾穴の中で見つかった殺害された犬たちの解剖で突き止められた。もっとも、最初はそのことに気づかず、犬たちの発見調書に記載されなかった。

医師たちはこういう結論に達した。「犬の殺害方法は最初に恐らく小量の青酸化合物を服用させ、中毒し、苦悶しているところを射殺したと考えられる」

毒をのまされた犬たちを観察していたヒトラーには、毒の作用について危惧が強まる可能性があった。

「リンゲはヒトラーを撃った」と、ラッテンフーバーは自分の供述書にこう書いた。

私の想像では、リンゲが死んだ総統を撃つとき、手が震えた可能性がある。そして弾丸は彼に命中しなかった。

つまり、それでもヒトラーの部屋の中で銃声が響いたとすれば、それはリンゲによって行われたのか？　だが、発砲の痕跡は失われてしまった。

エヴァ・ブラウンの解剖調書には胸部の負傷が指摘されていた。そして私は初版で、弾丸は死んだエヴァに命中したという推定を述べた。しかし、本の出版後、私はシカラフスキーから手紙をもらった[63]。それは、エヴァ・ブラウンの傷が弾丸によるものではないことに私の目を向けさせた。調書には、「血胸、肺及び心膜の損傷、六個の小さな金属破片を伴う、胸郭の破片による負傷の痕跡」と記録されていた。

シカラフスキーは書いていた。「いつ、どのようにしてこの負傷が起きたのか、確信をもって言うことは私にはできない。しかし、死体が総統地下壕から運び出されたときに、迫撃砲弾、砲弾の破片によって負傷が生じたことは大いにあり得る」

長い年月を経て、ロシア連邦国立公文書館が膨大な量の文書の秘密扱いを解除すると、次のような証言が明るみに出た。私が描写した出来事から一年後の一九四六年五月に、内務省によってベルリンの総統地下壕へ特別調査団（コード名は何と「神話」！）が派遣された。目的はヒトラー「失踪」説を立証する資料を集めるためである。この発案の出所はスターリンではなかった。それは内務省と防諜局の役所間の競合から生まれたものだった。ヒトラーの副官、侍従、奉仕職員など、わが国の捕虜になっていた証人たちもベルリンへ連れていかれた。ヒトラーは生きているという自白を得ようとして、いくら彼らを責めようが、答えは一つだった。「彼は死んだ。われわれには彼を生き返らせることはできない」

自分たちの目的に反して、特別調査団はヒトラー自殺の証拠をさらに一つ発見した。一九四五年五月に焼け焦げた遺骸が見つかった、あの爆弾の爆発で出来た同じ穴の中から、何回も繰り返し発掘されたあとなのに、今度は欠け落ちた頭骨の破片二個が出てきた。そのうちの一個には貫通銃創があった(一九四五年五月八日付の解剖調書には頭骨の一部の欠落が指摘されている)。これは当然、ヒトラーは銃で自殺したと見なす根拠を与えた。しかし、ヒトラーが服毒自殺をしたことを究明した最初の鑑定資料を否定することができないので、彼は同時に服毒し、自分を撃つことができたとする説が出版物に現れた。これらの二つの行為を同時に実行するのは、専門家の多くにとって信じがたいことである。ヒトラーの護衛隊長ラッテンフーバーの供述で語られた説――ヒトラーは毒の効果が足りないことを恐れて、侍従に自分が服毒した後で自分を撃つように命じ、侍従が命令を遂行した――は、私には説得力があるように思えた。そしてあるいは、「貫通銃創」がリンゲの発射によるあの「銃で自殺した跡」なのかもしれない。しかし、私はこの論争に加わるつもりはない。ヒトラーの遺骸が発見された当時も、二〇〇七年五月の今も、このような論争は私にはまったく重要性がない。大事なのは、ヒトラーが死んだということだけである。

後に、ファウスト・シカラフスキーは手紙の中で今も消えない悔しさを私に語った――委員会はヒトラーの死体の写真撮影を厳禁されたのである。その一方で、委員会は解剖台に固定されたゲッベルスと一緒に、全員で写真に納まっているのだ。調査の過程では写真撮影は十分に行なわれた。だが、ここでは厳禁だった。しかし、シカラフスキーはそのような禁止を余儀なくさせた事情に通じていなかった。

そしてここでまた、偶然のいたずらが起きた。

解剖の際に判明したのだが、ヒトラーの遺骸には驚いたことに顎骨と歯がそのまま残っていた。鑑定書では二枚の大きな規格外の紙に、綿密な特徴記述で歯の記録がとられた。医師たちは顎骨を分離した。今や私たちに必要なのは、何としてでもヒトラーの口腔科医たちを探し出すことだった。

暗赤色の小箱

五月八日、ベルリン・ブーフで——まさにその日はカールスホルストでドイツ降伏文書が調印されることになっていたが、私はまだそのことを知らなかった——ゴルブーシン大佐は私を呼び、小箱を差し出して言った。この中にヒトラーの歯が入っている、君はこの小箱の保全に全責任を負う、と。

これはどこかで調達した、暗赤色の中古の小箱で、内部には柔らかい詰め物がしてあり、繻子で縫い付けてあった。こういう小箱は香水用、あるいは安物の宝飾品用に作られている。

今、この中に納まっているのは、ヒトラーの死の絶対的な証拠である。何しろ完全に同じ歯を持った二人の人間は世界中に存在しないのだ。法医学鑑定書には、この基本的な解剖学的発見物は身元識別の決定的論拠であると書かれていた。それにこの証拠は、長年にわたって保存が可能だった。

この小箱が私に渡されたのは、不燃箱が第二梯団のところに残っていて、確実に収納しておく場所がどこにもなかったからである。そして、ヒトラーに関係する一切のことは極秘扱いで、前述したようにそれまでに三名に縮小されていたゴルブーシン・グループの外に漏れてはいけないという理由で、ほかでもない私に白羽の矢が立ったのだった。

勝利が近づいたことで持ち切りのこの日、ずっと小箱を持ち歩き、どこかにうっかり置き忘れるかもしれないと考えてひやっとするのは、本当に大変だった。小箱は私を憂鬱にし、苦しめた。

私が陥った状態は奇妙で、非現実的だった。今、戦争の文脈を離れてこれを見れば、とりわけそうである。何しろ戦争それ自体が異常なのだ。そして戦場で起きたこと、経験したことのすべては、平時の概念の言葉には翻訳不能であり、その通常の心理的尺度とは比較にならない。

私にはこの時までにすでに、第三帝国崩壊の歴史的付属品の価値下落が生じていた。私たちは荷を背負い過ぎていた。その首魁たちの死とそれに付随したすべてが、すでに何かありふれたことのように思えた。

それは私だけではなかった。後に私がゲッベルスの日記を翻訳するために方面軍司令部に呼ばれたときに会った電話交換手のラーヤは、エヴァ・ブラウンの白いイブニング・ドレスを私の前で試着して見せた。これは彼女に恋しているクラショフ上級中尉が総統官邸地下壕から持ってきたものだった。ドレスは長く、ほとんど床に届いた。胸には深いデコルテが入っていて、ラーヤには気に入らなかった。だが、歴史的記念品としてのドレスは彼女の関心を引かなかった。「フラウ・エヴァ・ブラウン用」と上書きされた箱に入っていた短靴はぴったりで、こちらは彼女の気に入った。


五月八日のその日、真夜中近くになって、私は二階建て住宅の階下のあてがわれた部屋で寝ようとしていた。突然、私の名前が呼ばれるのを聞いて、急いで急な木の階段を二階に上がった。私を呼んだ声はそこから聞こえたのだった。

部屋のドアは開け放たれていた。ヴィストロフ少佐とピチコー少佐が首をぴんと伸ばして、ラジオのそばに立っていた。

奇妙なことだった。私たちはこれに準備が出来ていたはずだった。しかし、アナウンサーの「ドイツ軍降伏文書の調印」という声が響いたとき、私たちは棒立ちになり、茫然となった。

1　われわれ、下名の者たちは、ドイツ軍最高司令部の名において行動し、赤軍最高総司令部及び同時に連合国派遣軍最高総司令部に対して、わが陸、海、空の全軍、並びに現時点でドイツの指揮下にある全兵力の無条件降伏に同意する。

2　ドイツ軍最高司令部は、ドイツの陸、海、空軍、並びに現時点でドイツの指揮下にある全兵力のすべての司令官に対して、一九四五年五月八日中部欧州標準時二三時〇一分に軍事行動を停止し、その時点で所在する場所に留まり、武装を完全に解くように命令する……。

レヴィタン〔戦時中から重要発表を担当したソ連の有名な男性アナウンサー〕の声が聞こえた。「大祖国戦争の勝利の終結を記念して……」。私たちは何かを叫び、手を振り回した。

黙ったままワインを注いだ。私は小箱を床に置いた。三人で黙ってグラスを合わせ、モスクワから届く祝砲の轟音を聴きながら、興奮し、取り乱し、押し黙っていた。

私は急な木の階段を一階へ下りた。突然、私は確かに何かに突き動かされ、手すりにつかまった。この瞬間に私を揺さぶった感情は決して忘れられない。

こんなことが本当に私に起きているのだろうか？　本当にこれは私なのだろうか、ドイツ降伏の時に、ヒトラーの死の反駁の余地ない証拠を詰めた小箱を持って、ここに立っているのは？

私がここを再び訪れるまでに、多くの歳月が流れた。

私は胸を高鳴らせながら通りを歩き、あの急な階段のある家を探した。あの家で私は戦争が終わった知らせを小箱を抱えながら聞き、あの家で当時の私の生活はドイツ史と奇妙な交差をしたのだった……。

勝利とは何か？　それは彫刻にすることができる――そしてこれは、凱旋門の上で四頭立て二輪馬車を御す勝利の女神ヴィクトリアになるだろう。それは建築作品で記念することもできる――アテネのプロピュライア、ベルリンのブランデンブルク門……。

だが、それは単に人間にとっては何なのか？　辛酸をなめ尽くした私の祖国の人間にとって？　勝利を追求してベルリンに来た人間にとって？　この状態は、どのように理解すればいいのか？　それは、ちょうどブランコに乗って、振幅が一番高いところに達し、よく揺れ動いている最中の、有頂天の歓声のようなものである――やっと終わった、生きている、たとえようもない喜びに心臓が止まりそうになる。これで生まれ故郷の町の通りを歩き、空や周囲を眺められるし、ほかのこともできるわ、戦争が終わったのだ、もう戦争はないのだ。するとすぐにもう、これまで経験したことの悲哀がこみ上げ、手に入れた未来を前にして途方に暮れるのである。

勝利の高揚した気分、その中の一番高いところを占めているのは、ことによったら、この悲哀である――それをどのようにして抑えたらいいのか？　勝利を、それまでの全行程の偉大な、容赦ない、自己犠牲的な努力とどのようにして関連づけたらいいのか？

五月九日の朝、ベルリン・ブーフの町ではすべてが沸き立っていた。待ちに待ったこの勝利の日は何か特別のこと、何かたとえようもない祝典とお祭り騒ぎで祝われなければならなかった。それを期待して一部の兵士たちはすでに踊り、歌っていた。町の通りでは軍人たちが抱擁を交わしていた。女性軍人たちは急いで軍服を洗濯していた。

法医学鑑定書には、「身元識別のために利用できる基本的な解剖学的発見物は、多数のブリッジ、歯、歯冠、詰め物のある顎骨である」と述べられていた。

しかしながら、私たちが今直面している課題――破壊されたベルリンのカオスの中でヒトラーの口腔科医たちを見つけ出す――は、黙殺させたくないという大胆な抵抗の熱気の中でのみ、それに勝利の波に乗ってのみ、遂行可能に見えた。五月九日、私たちは戦争でない最初の日の朝、探索に出かけた。

牽引車が砲をどこかへ引っ張っていた。砲身には、私たちが出会うトラックの車体にあるのと同じように、「ベルリン落とすぞ！」の文字がまだ輝いていた。

赤軍兵士たちは、大砲も自動車も、すべてあるべき場所にあった。すべては前と同じままだった。それと同時に、すべてが突然、別のものになった。

大砲はもう射撃する必要がなかったし、兵士たちは攻撃に向かう必要がなかった。待ちに待った平和が地上に訪れ、ヴォルガ河畔での遠い戦闘だけでなく、ベルリンへ突進したときの何物にも比べがたい精神高揚の日々のつい最近の戦闘までもが、今日は歴史になりつつあった。

前夜は温かく、まったく夏のようだったが、今、空は曇っていた。灰色がかった日で、太陽が出なかった。しかし、ベルリン郊外では庭の花が咲き、ライラックが香っていた。タンポポの黄色い花がそこここに咲いている道端の草の中に、ドイツ人が二人、若者と娘が座っていた。二人の若い、生き返った顔には、戦争は終わった、悪夢と死は終わった、地上で生きることは信じられぬほどの幸せだと書いてあるようだった。

私たちは生き残った郊外から破壊されたベルリンへ再び乗り入れた。煙が出ている場所もそこここに見られた。市内の空気にはまだ戦闘の焦げ臭いにおいが充満していた。壁の穴にすすけた赤い布が見えた。これは手製の旗で、兵士たちがベルリンへの接近路で用意し、ドイツの首都に立てるために懐に入れて持ち歩いていた赤旗の一本だった。

戦車のキャタピラーに蹂躪されたバリケードはまだ片づけられていない。まだ熱気が残る廃虚が燻っている。至るところに瓦礫の山がある。市内は東部地域からの難民があふれていた。ベルリン強襲の前に、逃げられる人たちはみなここから逃げ出した。誰のところへ行きつけたのだろう？

しかし、誰かが私たちに魔法を使った。ほかに言いようがない。この憔悴した敗残の三百万都市で、私たちがヒトラーの口腔科医ブラシュケ教授の女性助手を見つけるなどということが、どうして起こり得たのか。

これだけで一つの筋立て《プロット》になる。そして恐らく、プロットとさえ言えないだろう。プロットというのはある程度は論理の法則に従って立てられる。だが、ここではすべてが論理に反していた。これは真実を確認する道筋での謎めいた幸運の連鎖だった。

五月九日のその日、運転手のセルゲイがハンドルを握る鹵獲品の「フォード八気筒」は何時間もベルリン市街を走り回った。

私が持っている写真に彼が写っている――シベリア人のセルゲイ、無口な武骨者で、ポズナニ近郊で側溝から引っ張り出されたこの車にもたれかかっている。

彼が自分で黒くペンキを塗ったこのフォード八気筒（瘤《こぶ》と透き間だらけだった）は、崩壊した建物で埋まった市街の悪路をよろよろ走り、ひんぱんにブレーキをかけながら、荒々しく発進し、車の通交のために片づけられた幹線道路へ出ると疾走した。

開いていた病院のそばに停まった。ヒトラーを治療していた医師たちの中から院長が名前を挙げることができたのは、世界的に有名な耳鼻咽喉科医のカール・フォン・アイケンだけだった。彼はシャリテ大学付属病院の院長をしている。

らなかった。ヒトラーを治療していた医師たちの中から院長が名前を挙げることができたのは、世界

「彼はベルリンにいるのですか?」この院長は答えられなかった。

街燈の電柱に付いていた街路標識は、電柱と一緒に倒れてしまい、市の地図で現在地を確かめるのは不可能だった。

この日、何回となく私たちは、あれこれの通りへの行き方を通行人に説明してもらった。ベルリンの少年たちは私たちに道を教えるために喜んで車に乗り込んだが、自分たちがどのような歴史的冒険の無名の参加者になっているのか夢にも知らなかった。

ようやく私たちはシャリテ大学病院の建物がある場所へたどり着いた。これらの建物は空からカムフラージュするために色の帯で奇妙な迷彩が施されていた。私たちは耳鼻咽喉科病院の敷地に乗り入れた。今、ここには主として民間人用の病院があった。病院は地下壕に入っており、低い丸天井の下で電球が弱々しく瞬いていた。灰色の服、額に赤十字が付いた白の三角巾という姿の看護婦たちが、憔悴した顔で、厳しい眼で黙々と職務を果たしていた。負傷者たちが担架で運ばれていた。

この陰気な、狭い地下壕にいた負傷者が民間人たちだったことから、昨日終わった戦争の残酷さがここではとりわけ痛切に感じられた。

ここにアイケン教授がいた。長身で、老齢で、痩せた人物だった。恐ろしい状況の中で働きなが

ら、危険で悲劇的な日々も自分の場所を離れず、降伏を前にして人からどれほど勧められようが、ベルリンから逃げ出さなかった。スタッフ全員が彼にならって、持ち場に留まった。彼は私たちを、まだ人気のない地上の自分の病院の中へ案内した。病院の正面にもペンキで迷彩が施されていた。私たちはここの彼の執務室で、腰を落ち着けて話をした。

確かに、彼は一九三五年にヒトラーののどの病気を治療することになった。一九四四年七月のヒトラー暗殺未遂事件のあと、アイケンは再び彼の治療に当たった。爆弾の爆発でヒトラーは鼓膜に損傷を受け、聴力がかなり失われたためだ。聴力はしだいに回復し始め、手術をしなくて済んだ。

ヒトラーの侍医たちの中からアイケンが名前を挙げたのはモレル教授だった。私たちが知っていたところでは、モレルはヒトラーによってベルヒテスガーデンに派遣されていた。総統自身もそこへ移るつもりでいたのだ。しかし、事態の進展でそれを断念することを余儀なくされた。アイケンの話によると、総統官邸の歯科医は、同時にヒトラーの侍医でもあった。しかし、アイケンは彼の名前を知らなかった。私たちに必要なのは、まさにこの医師だった。

その時のたった一回で、私はカール・フォン・アイケンのことを、通常の初対面の場合よりもはるかに多く知った。それは私たちが会った状況が普通のものでなかったからだ。まるで私たち二人の間で内面的な対話まで行なわれたみたいだった。

「あなたは耳鼻咽喉科病院の院長ですよね?」

「そのとおりです」

なぜ去らなかったのですか、逃げて、助かろうとしなかったのですか? 皆がそう誘い、主張したのに。私たちと出会うのが怖くなかったのですか？　もちろん、医師、院長としての責務はあったでしょうが。しかし、その風貌には、眼鏡越しに私に向けられた視線には、さらにそれ以上のものがあった。だが、それは何なのですか？　いや、謎は何もありませんよ。もちろん、私は伝統にしがみついているのですよ、ドイツ人だから。何かきれいごとを言えるかもしれないが、それではわれわれの会話はつまらなくなる。そう、私はヒトラーを治療した。のどです。職業病でした。トロツキーも治療しましたよ。彼は一九二三年にやって来て、ベルリン郊外に落ち着きました[64]。

だが、私たち二人の内面の、ひそかな会話が話していたのはどういう伝統だったのだろうか？　それは伝統の揺るぎなさについてだった。ナチズムの呪わしくも異質の、選択の余地ない、スパルタ式に叩き込まれた伝統についてではなかった。これは真のドイツ文化全体に裏づけられた、個人の倫理的選択なのであった。

彼が病院を引き受けたのは一九二二年のことで、私たちが会ったときからさらに六年間、一九五〇年まで院長を務めた。引退してからさらに十年生き、八十七歳で亡くなった。あの五月の当時、彼は七十二歳だったということになる。「彼は非常に有名だった」と、病院の職員たちは彼を偲んだ。

アイケンが使いを出した歯科から学生がやって来た。彼はヒトラーの歯科医、ブラシュケ教授の名を知っていた。そして博士のところへ案内すると申し出た。

黒の合オーバーを着て、無帽で、波打つような黒い髪、柔和な丸顔のこの学生は、愛想がよく、人づきあいがよかった。彼は私たちと一緒に車に乗り、道を教えた。彼はブルガリア人で、ベルリンに留学していたことが分かった。ブルガリア情勢に伴って、彼は帰国を許されなかった[65]。

少し片づけられた中心部の通りを、勝利を祝して赤い小旗で飾ったソヴィエトの自動車が走っていた。ドイツ人たちは自転車に乗っていた。沢山の自転車が大きな荷台を付けて走っていた。荷台には子供が座っているか、身の回り品が積んであった。ベルリンで戦争が終わってからもう一週間が過ぎていた。最初の数日間、ドイツ人たちが味わった安堵感は、すべての人に忍び寄ってきた切実な心配事に席を譲った。市内の通行人も目立って増え、歩道を子供連れで包みを持って歩いていた。荷物を積んだ乳母車や手押し車を押している人たちもいた。

私たちはベルリンの目抜き通りの一本、クルファステンダムに乗り入れた。この通りも、ほかの通りとまったく同じように惨たんたる状態だった。しかし、ブラシュケ教授の個人診療室が入っている建物、二一三号館の棟は、まるで歴史の必要のために特別扱いされたように、無事だった。そうでなければ、私たちは必要な証人を見つけられただろうか？

私たちは入口のところで一人の人物に出くわした。彼の黒の背広のボタン穴には赤いリボンが差し込んであった。ロシア軍への親愛、挨拶、連帯のしるしである。これは珍しかった。その頃、ベルリンを支配していたのは降伏の白色だった。彼はブルック博士だと名乗った。

彼は私たちがブラシュケ教授を探していることを知って、ブラシュケはいないと答えた。ブラシュケはヒトラーの副官と一緒にベルリンからベルヒテスガーデンへ飛行機で去っていた。

私たちは彼のあとから二階に上がった。ブルック博士は私たちを、窓が多い、広々としたブラシュケの歯科診療室へと導いた。

ブルックがここでは部外者であることが分かったので、ゴルブーシン大佐はブラシュケのスタッフを誰か知らないかと尋ねた。

「知っていますとも！」と、ブルック博士は叫んだ。「ケートヒェンのことでしょ？　ケーテ・ホイザーマン？　彼女はすぐ近くの自宅のフラットにいます」

学生が彼女を呼びにいってくると申し出た。

「パリザー通り、三九―四〇番館、一号フラット」と、ブルックは学生に言った。

彼は私たちを柔らかい安楽椅子に座らせた。それはごく最近まで、ブラシュケ教授の患者であるナチスの首魁たちが座っていた椅子だった。教授は一九三二年からずっとヒトラーの歯科の主治医だった。

ブルックも安楽椅子の一つに座った。私たちがブルックから知ったところによると、彼も歯科医で、以前は地方に住んで働いていた。ブラシュケ教授の助手のケーテ・ホイザーマンは彼の見習いで、後に助手になった。それはナチスが政権を取る前だった。その後、彼女とその姉妹はブルックが身を隠すのを助けてくれた。というのは、彼はユダヤ人で、他人の名前で生きなければならなかったからだ。

すらりとした、背の高い、魅力的な女性が青のフレアーコートを着て、入ってきた。

「ケートヒェン」と、ブルックは彼女を愛称で呼んだ。「これはロシアの人たちだ。君に何か用があるそうだ」

しかし、彼女は最後まで聞き終わらずに、わっと泣き出した。彼女はすでにロシア軍兵士たちとの出会いでひどい目に遭っていたのだ。

「ケートヒェン！」と、ブルック博士は困惑して両手を打ち合わせた。「だってこれはわれわれの友人たちなんだよ」

ブルックは彼女よりもかなり背が低かった。しかし、ケーテの手を子供の手を取るように取って、彼女の青のコートの袖を撫でた。

この二人はナチス体制の両極端だった。ケーテはヒトラーに奉仕するスタッフに属し、特権的な立場にいた。ブルックは法の保護を奪われ、迫害され、彼女の家族に支援を見出していた。そのために彼女は厳罰を受ける危険を冒していたのだった。

ケーテは周りを見回して、少し離れて座っている私を見つけ、意を決して近づいてきて、並んで座った。私たちはこだわりなく話をした。

ケーテ・ホイザーマンは三十五歳だった。彼女が私に話したところによると、婚約者は教師で、今は下士官としてノルウェーのどこかにいた。彼からは長いこと便りがなかった。ブラシュケ教授は彼女に自分と一緒にベルヒテスガーデンに疎開するように誘ったが、彼女は断った。ブラシュケのもとで彼女は一九三七年から働いていた。ヒトラーを最後に見たのは四月の半ばで、総統官邸でのことだった。その時、タバコをもらった。マグダ・ゲッベルスの許可を得て、彼女は総統官邸をいったんは出たが、配給を受け取るために通い続け、それをブルック博士に分け与えた。

五月二日、彼女はパリザー通りで知らない人たちから、ヒトラーは亡くなって、焼かれたと聞いた。

後に彼女はヒトラーやゲッベルス家について興味深い話を二、三してくれた。マグダ・ゲッベルスは結婚生活では幸せではなく、夫の背信に不満を漏らしていた。マグダは夫と本当に別れたかったのに、総統がドイツの模範的家庭の存続に固執したと思い出話をした。ケーテはむしろマグダに好感を持っていた。より正確にはマグダに同情していた。

ゴルブーシン大佐は、ヒトラーのカルテがここにあるかどうか、彼女に訊いてくれと言った。

ケーテはあると答え、すぐにカルテの入った箱を取り出してきた。私たちは興奮しながらカルテを探す彼女の指の動きを追った。ヒムラー、ライ、新聞局長ディートリヒ、ゲッベルス、その夫人、子供たち全員のカルテが目の前を通り過ぎていった……。

ブラシュケ教授の診療室は静まりかえっていて、私たちがここへ来た事情を知らないブルック博士の溜め息が聞こえるほどだった。彼はただ、一切が無事に終わることだけを願っていた。すでに少し事情を察していた学生のほうは、私たちの緊張した期待に感染して、首をかしげたまま身動きせずに立っていた。

やっとヒトラーのカルテが見つかった。これはすでに相当な成果だった。しかし、レントゲン写真はなかった。

ケーテが、レントゲン写真はもしかしたらブラシュケのもう一つの診療室――総統官邸内の診療室にあるかもしれないと口にした。

私たちはブルック博士と学生に別れを告げ、ケーテ・ホイザーマンと一緒に再び総統官邸へ急いだ。

それ以後、私はブルガリア人の学生について何も知らなかった。しかし、ほぼ二十年後、当時は二十年と決まっていた刑事責任の時効問題が論議されたこともあって、またぞろ至るところでヒトラーの生死についての関心がうごめき出したとき、私は『シュテルン』誌でこの学生の写真を目にした。あれ以来、もちろん彼は変わっていたが、波打つような髪と顔の柔和な特徴はそのままだった。私は彼がキールに住むミハイル・アルナウドフであることを知った。そして世界中にセンセーションを巻き起こした彼のインタビューを読んだ。その中で彼は自分なりにこの私たちの探索について正しく述べていた。だが、その先に自分がヒトラーの識別に参加したと付け加えていた。[66]

当時、彼は私たちをアイケンの病院からブラシュケの診療室に案内し、重要な手伝いをしてくれた。しかし、ヒトラーの識別では彼は何の役にも立たないことが分かっていた。そこで私たちは彼にお礼を言って、彼とは永久に別れたのである。

学生は私たちと一緒にいるあいだに、なぜヒトラーの歯科医と彼の歯の病歴を探し出すことが私たちにそれほど必要なのか、容易に理解できたはずだ。そして青年の巻き込まれたこのような思いもかけぬ、ぞくぞくするような冒険が佳境に入ろうというその時に、幕が下り、登場人物たちは彼の目の前から消えたのだった……。

総統官邸への道すがらケーテ・ホイザーマンが語った話によると、彼女はブラシュケと一緒に総統官邸へ出かけた。患者はエヴァ・ブラウンだった。ベルリンでは、ヒトラーの愛人の存在は最後の最後まで念入りに隠されていた。総統はタバコを吸わず、酒を飲まず、地上の喜びは何一つ知らない、ただ国民に奉仕するだけだといつも発表されていた。これは宣伝のかなめ石だった。

私たちは自動車を停め、混乱したままの無人のヴィルヘルム通りを黙って歩いた。

丸い広告塔には、ソヴィエトのベルリン警備軍司令官ベルザーリン将軍の命令が貼り出されていた。

再び訪れた総統官邸は砲弾や銃弾で出来たあざだらけだった。煤で黒ずみ、あちこちの壁に穴が開いた、長い、横に広がった官邸には、バルコニーが一つしかなかった。これは「単一のドイツの意志」の建築的表現で、この意志はナチスの祝日にはヒトラーに体現されて、このバルコニー上に姿を見せた。

総統官邸の玄関の上にナチスの表象の浮彫があった。脚で鉤十字を抱え、両翼を一杯に広げた鷲である。数日後、この青銅の浮彫は取り外されて、モスクワの軍博物館へ運ばれた。今もこの博物館でそれを見ることができる。

歩哨はライフル銃を足に立てかけていた。しかし、私たちの行く手を阻んだ。ベルリン警備軍司令官の特別の通行証がなければ誰も通してはならないと命令されていたのだ。

ゴルブーシンはピストルを引き抜いて、歩哨を押しのけた。兵士は呆気にとられた。彼には撃つ権利があった。しかし、私たちには中へ入る必要があった。

私たちは重いオークのドアを開いた。右は講堂で、ドアが叩き落され、床にシャンデリアが落下していた。左は地下壕へ続く緩やかなスロープだった。ここにヒトラーは四月二十一日までいた。わが軍の砲兵隊がベルリン中心部への斉射を行なった日である。そのあと彼は総統地下壕へ移った。

私たちは円天井の玄関ホールを通って、下に降りた。踊り場が二つある緩い階段。私たち三人に懐中電灯が一つしかなかった。それも光が弱かった。暗く、ひっそりして、薄気味悪かった……ゲッベルスが放送したラジオスタジオでは、ヘルメットを横にずらした赤軍兵士が一人眠っていた。

この「ファラオの霊廟」の中で道を知っているのはケーテ・ホイザーマンだけだった。彼女は私たちを小さな部屋に案内した。ここは最近まで彼女のボス、ブラシュケ教授がベルリンを離れるまでいた場所である。

懐中電灯が闇の中からぼんやりと歯科治療用の椅子、リクライニング式のソファ、小卓を浮かび上がらせた。何かが床に散らばっていた。拾い上げて、懐中電灯で照らした。写真だった。ケーテは、それが総統の死んだシェパードで、副官と散歩中の写真だと見分けた。

じめじめして、カビの匂いがした。

私たちはカルテの入った箱、机の引き出し、小戸棚の中を探した。

私たちはケーテに手伝ってもらって、ヒトラーの歯のレントゲン写真と治療記録を見つけた。私たちはついていた。最高に運が良かった。数日前に地下壕を通り過ぎた暴風はこの小部屋をそれていたのだった。ケーテの話では、ヒトラーのために調製されたという金冠が見つかった。何年もたってから彼女が書いた回想録から明らかになったところでは、ここでケーテは嘘をついた——金冠は女性秘書の一人のために用意されたものだったのだ。彼女が私たちの役に立ちたいと思った気持ちはよく分かる。幸い、その後の調査で金冠が問題になることはなかった。

突然、廊下の奥から歌声が響いた——「ヴォルガに絶壁がある！」〔同名のロシア民謡〕。声の主は一人だった。これは羽目を外した兵士が高価なワインを飲んでいるのだった。これらのワインは、この兵士がここから追い出した将軍たちが絶望を紛らわすために飲んでいたものである。兵士は恐らく部隊に戻らないことが発見されなかったのだろう。一人で飲みだしてもう七日目だった。ここで眠り、目を覚ましてはまた飲んだ。わが軍の兵器を讃え、そして総統官邸までたどり着けなかった者たちを鎮魂するために。

私たちは非常に貴重な発見物を携えて、外に向かった。しかし、第一の発見物は——奇跡は——ケーテ・ホイザーマン本人だった。

人けのない地下壕で、ワインに、勝利と悲哀に酔った荒々しい歌声が響きわたった。「絶壁は苔に覆われている！」

私たちが車に乗ってすぐ、エンジンの調子が悪くなった。運転手のセルゲイがボンネットを上げた。車から出ると、そこはブランデンブルク門のそばだった。

私の目には、この門の六本の円柱の間を通って、たいまつを持ったナチ党員の隊列が「カイザーホフ」ホテルへ向かう光景が浮かんだ。ここは政権を取る前のヒトラーがベルリンへ来ると、定宿にしたホテルである。ホテルのバルコニーでは、戦友たちの厚い背中の後ろからひ弱なゲッベルスが顔を出そうと頑張っていた。ヒトラーは群衆の上に片手を差し出した。いずれ起こる火事、破壊、焚書のたいまつがぼんやり見えた。ナチスが点火したこのたいまつの火は、やがて彼ら自身をなめつくした。退却時に都市や集落に放火する役目を負っていたドイツ軍兵士たちが、「たいまつ持ち」と呼ばれたのも無理はない。

私たちが再び少し進んだとき、突然、大砲の轟音がここ数日間定着していた静寂を破った。最初の瞬間、私はぞっとした。どうしたの？　また戦争が始まったの？

私はすぐに理解できなかった――これは祝砲だったのだ！

曳光弾が恐ろしい廃虚の上を、まだ消え去らない煙と戦闘のほこりの上を、陰鬱な国会議事堂の上を、春の草の上を、上空に向かって飛んだ。そして煤けた空に色の付いた灯りがぱっとともった。重砲と手動式機関銃が祝砲を撃った。自動小銃からも発射された。弾の破片が穴の開いた舗道に当たって音を立てた。轟音は拡大し、辺りの物すべてが戦闘中のように振動した……。

私たちはケーテ・ホイザーマンを連れてブーフに戻った。ドイツ人たちの家の窓には明かりが見えなかった。敗者たちは寝入っていた。一日中お祝いをやっていた勝者たちは静かになっていた。その日、私はそのまま勝利の酒を飲まずに終わった。寝るために宿舎に帰った。

識別

探偵小説の愛好家は失望するだろう。待ち伏せもなければ、物陰からの銃撃も、壊された金庫もない。真実よりも伝説を好む人たちをがっかりさせることになるが、付け加えておこう。特別に養成された影武者もいなかった、と。

一人の「影武者」については、すでに述べた。しかし、報道映画カメラマンたちが撮影することに成功した、あの「繕ったソックスを履いた男性」は、最近の伝奇小説的な解釈が推定しているような、われわれの関心をそらし、ヒトラーの逃亡を助けるためにこっそり置かれた影武者ではなかった。単にこれは、砲弾の破片で死んだ、あるいは最後の日々にヒトラーの命令で銃殺された多くの地下壕住人の一人だった。彼が総統に似ているとされたのはむしろ、全体的混乱状態の結果だった。

ほかにも「影武者」が生まれたが、それにはこういう事情があった。ベルリン警備軍司令官ベルザーリン大将は、ヒトラーの死体を見つけた者を「ソヴィエト連邦英雄」称号に推挙すると約束した。すると六体の「ヒトラー」が警備軍司令部に運ばれてきた。「影武者」の風聞が広まったのはそれからである。


私たちの任務の最も重要な段階では、幸運がついて回った。いつものように、偶然のものも少なくなかった。重要な事情もあれば、取るに足りない事情もあった。しかし、それほど重要でない事情が時として決定的な事情になることがあった。

ケーテ・ホイザーマンはベルヒテスガーデンに飛行機で行くことができたはずだ。ヒトラーは自分もそこへ移るつもりで、自分のスタッフを送り込んでいた。現にブラシュケ教授も彼女に一緒に行こうと誘ったのだ。しかし、ケーテ・ホイザーマンは断った。彼女は長いこと婚約者（下士官で、ノルウェーにいた）から手紙を受け取っていなかった。ベルリンを離れたら、彼が自分を探し出せないのではないかと危惧したのである。

また、彼女が私に話したところによれば、爆弾や火災を避けるためにベルリン近郊の別荘地帯に自分の衣類が埋めてあった。それを棄てるのが惜しかった。そのことも彼女をここに留めたのである。

こうして、歴史的には重要でない事情が、歴史に重要きわまりない寄与をすることになった。ケーテ・ホイザーマンはあの時期にベルリンに残り、消息不明になることもなく、姿を消すこともなかった。彼女はヒトラーの歯のすべての特徴を知り、記憶している唯一の人間だった。そして身元識別のために決定的な役割を演じた。ケーテ・ホイザーマンの助けで、私たちはヒトラーの死の反駁の余地ない最重要証拠を入手し、それを子孫に残すことができたのである。

ケーテ・ホイザーマンはまず、ヒトラーの歯を記憶に基づいて描写した。これはベルリン・ブーフで、翌五月十日朝のことである。彼女と話したのはゴルブーシン大佐、ブィストロフ少佐。私が通訳し、メモを取った。私は彼女に、歯を門歯、犬歯などの専門用語でなく、単に番号で呼ぶように頼んだ。専門用語の場合、私にはドイツ語とロシア語の専門の呼び名を結びつけられない心配があった。このため、このメモは次のような調子になった——

ヒトラーの上顎骨は、開窓歯冠（ケーテがそう言った）を施された左第一歯、左第二歯の歯根、右第一歯の歯根、金冠を施された右第三歯に架工された金ブリッジ……。

ケーテ・ホイザーマンは、「一九四四年秋、私はヒトラーの上顎左第六歯の抜歯に参加した。そのために私はブラシュケ教授とラステンブルク市地区のヒトラー大本営へ出向いた。この歯を抜くためにブラシュケ教授は上顎左第四歯と第五歯の間の金ブリッジをドリルで切断した。その際、私はヒトラーの口の中に鏡を保持し、全処置を観察した」と、述べた。

これは五月八日付の法医学鑑定書と対照可能だった。そこにはこう書かれていた。「左上顎のブリッジは小さな支台歯（4）の背後で垂直に切断されている」。また、鑑定書で少なからぬ場所を占めている歯の綿密な描写とも、私たちが総統官邸地下壕のブラシュケ教授の小部屋で発見したレントゲン写真とも対照可能だった。

そして肝心なのは、歯そのものと対照できたことだ。ケーテはそれらを見て、これはヒトラーの歯だと認めた。

彼女は後年、『ディー・ヴェルト』誌でこのことを回想している。[67] この記事は、ほかの外国からの資料と同じく、偶然に手に入った。私の著書の訳者レオン・ネベンツァルがモスクワへ来たときに、この雑誌の切り抜きを見せてくれたのである。

彼女は書いている――これはベルリン近郊の家の中だった。大佐、少佐、女性通訳がいた――「よく見てくれたまえと大佐が命じた。そしてこれが一体何か、知っているなら、何なのかをわれわれに言いなさい」。

彼女は小箱から取り出された顎骨を熟視し、見分けようとしたときのことを記述している。

私はブリッジを手に取った。私は無条件の特徴を探した。すぐにそれを見つけ、息もつかずに一気に言い放った。「これはアドルフ・ヒトラーの歯です」。私は感謝の言葉を浴びせられた。

その後で専門家たちがケーテと話した。そして調書には、「四五年五月十一日に行なわれた」方面軍法医学主任専門家シカラフスキー軍医中佐との会話で、市民ケーテ・ホイザーマンは「ヒトラーの歯の状態を詳細に叙述した。彼女の叙述は、われわれが解剖した身元不詳男性の口腔の解剖学的データと一致している」と、述べられている。また、彼女は記憶でヒトラーの歯型図を描き、すべての歯の特徴を指摘した。

本の初版を読んで、シカラフスキーは自分の名前を出してくれて感謝したいという手紙をくれ、その後長く私と文通するようになった。文通は彼が亡くなるまで続いた。彼は自分が保存していたこの歯型図の写真複製を送ってくれたが、それには次のような説明がついていた。「私とホイザーマンとの間でスチール製ピンの付いた義歯について論争が起きた。最初の歯の鑑定の際、私は上の左第二門歯と右第二門歯に二本のピンが存在することを突き止めていた。ホイザーマンはさらにもう一本ピンがあると主張した。われわれの事前の話し合いの後で、ケーテ・ホイザーマンにヒトラーの歯を見せ、共同で調べた。下の右犬歯に三本目のピンが発見された」

ホイザーマンが正しかったこの論争は、彼女がヒトラーの歯に関するすべてについてどれほど正確に知っているかということを改めて強調するものだった。

「ブラシュケの歯科技工士エヒトマンが、これをぜんぶ確認できます」と、彼女は最初の尋問で話していた。

私とブィストロフ少佐はエヒトマンの住居へ出かけた。私のノートには、見るからに疲れて憔悴したエヒトマンの妻についてのメモが残っている（私には彼女が甲状腺の病気にかかっているように見えた）。やはり弱々しく、病気のような夫に、彼女は何か無我夢中でへばりついていた。

歯科技工士のフリッツ・エヒトマンは背が低く、黒髪の、青い顔をした男で、年齢は三十を少し過ぎていた。彼は一九三八年からブラシュケ教授のクルファステンダムにある個人診療室で働いており、ヒトラーのために補綴物を製作していた。彼も最初に、記憶に基づいてヒトラーの歯の描写を行ない、それからブーフで歯を調べる機会を持った。

彼には歯が誰のものか分かった。

これはまさしくヒトラーの死との出会いだった。

しかし、エヒトマンは妻と娘と一緒にベルリンに留まって大変な思いをしたあとだったので、何にもショックを受けないようになっていたのかもしれない。ヒトラーの歯を彼は冷静に調べた。だが、エヴァ・ブラウンの歯を見ると、興奮した。

五月十一日に私は彼の言葉から書き留めた――


このブリッジの構造は私自身による発明です……ほかの誰にもこのようなブリッジを製作したことがないし、このような歯の固定構造に出会ったことがありません。これは一九四四年の秋でした。私の最初のブリッジをブラウンははねつけた。彼女が口を開けると、金が見えたからです。私はこの欠陥を取り除いて、二つ目のブリッジを製作しました。私は独創的な方法を用いたのです……。[68]

何年もたってから、私は西ドイツの『シュテルン』誌一九六四年十二月号で、フリッツ・エヒトマンが二本の指を上げている写真を見た。これは彼がベルヒテスガーデンの法廷で供述の前に宣誓している時の写真である。ここで彼は、一九四五年五月十一日にヒトラーの顎骨を実際に識別した、したがって彼の死について証言できると述べたのであった。

ミッシングリンク

ベルリンでのその時期、残念ながら私たちはギュンシェとラッテンフーバーのようなヒトラーの死の二大重要証人の供述を知らなかった。二人とも隣接軍の部署で捕虜になった。ばらばらの捜索行動を調整するような本部も、中心もなかった。二人のこれらの供述は後になって公文書館で私たちの文書と一緒になったのである。私がそれを読んだのはほぼ二十年後だった。だが、そもそもの最初から必要だったのは、ヒトラーの死、焼却と埋葬の証人なのだ。

調査が終わりに近づいていたとき、クリメンコ中佐の諜報部員たちがヒトラー護衛隊の親衛隊員ハリー・メンガースハウゼンを捕まえた。長身で肩幅の広いこの男は、私服に着替えていた。メンガースハウゼンは、死体を隠し、土と砂利をかけた場所を知っていると申告し、爆弾の穴を教えた。すでに死体がそこから掘り出されたことを彼は知らなかった。

クリメンコは当初、ヒトラーとエヴァ・ブラウンの死体にあまり関心を示さず、それどころかわざと軽視している振りをしたのだった。「率直に言って、私はこれをそれほど特別なこととは考えなかった。それに、これらの死体にかかずらうよりも重要な任務があった。大の潔癖家なので、なおさらだった。だから私はこれらの死体を極力避けた」と、クリメンコは私への手紙で書いている（同じ理由で、総統官邸敷地の爆弾の穴から死体を掘り出すのにデリャービンを送り、自分では行かなかった）。だが、今回はてきぱきと事を運んだ。

クリメンコ中佐は、士官と兵士のグループと一緒にメンガースハウゼンを連れて、総統官邸へ出かけた。

調書が作成された――

一九四五年五月十三日、ベルリン市

われわれ、下名の者は……確認者ハリー・メンゲスハウゼン[69]の参加のもとに同日、総統アドルフ・ヒトラー及びその妻の死体埋葬場所を見分した。

……確認者メンゲスハウゼンが示した場所の見分により、彼の供述の正しさが確定された……その上、確認者メンゲスハウゼンの供述は次の事実からも真実である。すなわち、彼が教えた爆弾の穴から一九四五年五月四日に男女の焼け焦げた死体と二匹の毒殺された犬が掘り出された。他の確認者により、これらの犬はヒトラーとその妻、かつての個人秘書イーファ〔原文のまま〕・ブラウンに属していたものと識別された。

ヒトラーとその妻の死体発見場所の見取図とメンゲスハウゼンが示した場所の写真を調書に添付する。

以上について本調書をベルリン市、総統官邸において作成した。

調書にはクリメンコ中佐、カーティシェフ上級中尉、親衛少佐ガベローク、報道カメラマンのカラシニコフ少尉、兵卒のオレイニク、チュラコーフ、ナヴァシ、ミャルキンが署名した。

イワン・クリメンコは私の本が出版されると知って、この調書、正確にはそのコピーを郵送してくれた。手紙には次のことも書いてあった――

メンガースハウゼンの供述調書を持って、報告のために軍の防諜部へ行ったとき、そこであなたをお見かけしました。

これによって軍団防諜部の仕事は終わり、残りの一切は軍と方面軍が行ないました。

ブィストロフ少佐がメンガースハウゼンを尋問し、私が通訳した。私たちは中庭の丸太の上に座っていた。

メンガースハウゼンが語った――


四月三十日、私は総統官邸を警備して、キッチンと「緑の食堂」がある廊下をパトロールしていました。そのほか、庭園も監視していました。「緑の食堂」から八〇メートルのところに総統地下壕があったからです。

廊下をパトロールしながらキッチンに近づくと、キッチンへ歩いていく知り合いに――総統伝令将校バウアーに会いました。彼は私に、ヒトラーが自分の地下壕で銃で自殺したと話しました。私が、総統夫人はどこだと訊くと、バウアーは彼女も地下壕で倒れて死んでいると答えました。しかし彼は、彼女が服毒したのか、銃で自殺したのか知りませんでした。

私がバウアーと話したのはほんの数分でした。彼はキッチンへ急いでいました。このキッチンではヒトラーの随員たちの食事をつくっていた。間もなく彼は地下壕へ戻っていきました。

私はヒトラーと夫人の死についてのバウアーの話を信じず、自分の部署でパトロールを続けました。

バウアーと会ってからまだ一時間もしない頃、テラスに出て（テラスは地下壕から六〇〜八〇メートルの距離にあった）、私が突然見たのは、地下壕非常口から個人副官のギュンシェ親衛隊少佐と侍従のリンゲ親衛隊少佐がヒトラーの遺体を運び出すところでした。彼らは遺体を非常口から二メートルのところに置きました。数分後、死んだエヴァ・ブラウンが運び出され、同じ場所に置かれました。遺体から少し離れたところにガソリンの二〇キログラム缶が二本立っていた。ギュンシェとリンゲが遺体にガソリンを注ぎ、点火しはじめました。

ブィストロフ少佐は、護衛隊の中で誰かほかにヒトラーとブラウンの死体を焼くのを見た者はいないか、と尋ねた。

メンガースハウゼンはそのことを正確に知らなかった。「護衛隊の歩哨全員の中で、この時間にヒトラー地下壕の一番近くにいたのは私だけでした」。彼はかがんで、地面に木片で庭園の見取図を描き始めた。

こうしてミッシングリンクが——とりわけ任務の初期段階、ヒトラーの捜索できわめて重要だったはずの火葬の参加者もしくは目撃者が発見されたのである。私たちはメンガースハウゼンを連れて宿舎に帰り、彼が伝えたことをすべて記録した。メンガースハウゼンの部署から見えたのはギュンシェとリンゲだけだった。だが地下壕の掩蔽部には、砲弾を避けてゲッベルス、ボルマン、その他がいて、遺体に点火されるのを見守っていた。

近くで戦闘が行なわれていた。総統官邸は強力な砲撃にさらされていた。砲弾のうなり、爆発の轟音、吹き上げる土の柱、四散する窓ガラスの割れる音や軋り。吹き付ける風が遺体の服を揺らしていた。火が上がって、消えた。ガソリンが燃え尽きたのだ……再びガソリンが注がれ、火がつけられた。

メンガースハウゼン本人はそれからどうしたか？

彼は単独行動をとった——新たな命令を待たずに逃げ出した。「その日、四月三十日に私は私服に着替え、地下室に隠れました」。彼は明らかに他人のものと思われる窮屈なコートを着ていて、短い袖から頑丈な手が突き出ていた。

ブィストロフ少佐は総統官邸庭園の写真を彼に差し出した。私が通訳した。「この写真に何が見えるか、言ってください」

「この写真には総統地下壕の非常口が写っています。私はこの場所をよく知っているので、ヒトラー夫妻の遺体がどこで焼かれたか、また、埋葬された場所を示すことができます」

ヒトラーとブラウンの遺体が焼かれた場所は一つの＋で、彼らが埋葬された場所は二つの＋で、総統地下壕の非常口は三つの＋で印がつけられた。

私はメンガースハウゼンが印をつけたこの写真と後に公文書館で再会した。後になって私が方面軍司令部で聞かされたところによると、ここに連れてこられたメンガースハウゼンは自分の書面による供述で、総統が焼かれるのを見ていただけではなく、自分でもこれに参加したと語った。一体それがどういうことだったのか、当時の私には分からなかったし、公文書館資料でもそれについて彼が書いたものは見つからなかった。

しかし、彼の隊長ラッテンフーバーの供述に次のくだりがある——

ヒトラーとエヴァ・ブラウンの死体はうまく焼けなかった。そこで私は下に降りて燃料を持ってくるように命令した。上にあがると、遺体にはすでに少し土がかけられていた。そして歩哨のメンガースハウゼンが私に、耐え難い臭気のために部署に立っていられないと申告した。彼はほかの親衛隊員たちと一緒に、ギュンシェの指示で、ヒトラーの毒殺された犬たちが横たわっている穴の中へ遺体を下ろした。

そしてさらに、総統の死が知れ渡るや否や、あたふたと逃走の準備に取り掛かった地下壕の住人たちの行動を描写しながら、ラッテンフーバーはもう一度メンガースハウゼンに言及している——

私は親衛隊員メンガースハウゼンの勘定高さに驚いた。彼はヒトラーの執務室に入っていき、椅子にかけてあったヒトラーの軍服から金の徽章を外した。「アメリカではこのお宝に高値がつく」ことを当て込んで。

メンガースハウゼンの供述は、ヒトラーの生涯最後の時間と彼の死の性格を実証的に復元するために、私たちに不足していたそのミッシングリンクになった。

これにより結果をまとめることが可能だった。方面軍司令部へ、そこからさらに上層部へヒトラーの死体が無条件に識別されたことについて報告が上がった。

この調査にかかわった人たちは、大きな個人的責任感をもって、反駁の余地ない証拠の入手をめざした。ヒトラーの死についてのあらゆる曖昧さは有害だと理解していたからだ。曖昧さは、跡形なく消えて神話となり、それによって総統信奉者たちを騒がせ、彼らを活性化しようと意図したヒトラーの思う壺になるだけだったろう。何しろナチズムは第一にヒトラーに人格化されていたのだ。そして、ナチズムに対する勝利のためにすべてを捧げたわが国民は、戦争に終止符が打たれたことを知る権利があった。

反駁の余地ない証拠が手に入れられた今、すべての根も葉もない噂が吹き払われ、真実が勝利することを私は信じた。

私は身内に簡単な手紙を書き（それは今も彼らに保存されている）、私たちは重大な任務に参加した、数日中にモスクワへ出発する、だからもうすぐ会えると伝えた。

私は信じて疑わなかった――すべての資料と主だった証人たちと一緒に私たちはモスクワへ送られるだろう。そしてケーテ・ホイザーマンは歴史への功績に対して勲章を授与され、厚遇されるだろう。しかし、何も動きがなかった。すべてはこれまでどおりだった。この先、どうするのだろう？

死体か伝説か？

私たちはベルリンに近い小都市フィノウに引っ越した。そしてゴルブーシン大佐は、第三突撃軍防諜部長ミロシニチェンコ大佐から、これらのことにかかずらうのはもう十分だから、こういう死人たちは放っておけと言われた。ゴルブーシン大佐は連合国軍代表団の一員としてデーニッツの降伏受領のためにフレンスブルクへ出発し、私たちの「戦利品」の保全に注意するようブィストロフに頼んでいった。それらはひそかに同じフィノウに送られ、箱に入れて地中に埋めてあった。

だが数日後の五月十八日、第一ベロルシア方面軍防諜局長ヴァジス中将、ミロシニチェンコ、その他、方面軍と軍の防諜部の幹部たちに付き添われてモスクワの大本営の将軍が到着した。私たちへの話では、これはスターリンの依頼によるもので、ヒトラーの死に関するすべてのことを点検し、報告を持ち帰るのが将軍の任務だった。ミロシニチェンコはもう少しでしくじるところだった。彼は考えに入れていなかった――スターリンがヒトラーの死の公表を望まず、この秘密に誰も近づけさせたくないと考えているからと言って、それは決して、すべてをそのまま（代理人をつうじて徹底的に納得することをせずに）、スターリンが信用するということではなかったのだ。スターリンはこの秘密を占有することを望んでいた。

戦場の一日は三日に相当すると言われる。しかし、あの四五年五月の日々は戦争でなくても実に充実していて、矢のように過ぎていった。前線の勘定をしのぐほどだった。

何か非常に重大なことが起きていた。すでにケーテ・ホイザーマンと歯科技工士のフリッツ・エヒトマンがあらかじめ連れてこられていた。私たちが以前に尋問したヒトラー護衛隊の親衛隊員ハリー・メンガースハウゼンも登場した。新たな調査が始まった。「再」と銘打たれた識別、尋問が開始された。

ケーテ・ホイザーマンとフリッツ・エヒトマンは、これらの尋問では「拘束者」と呼ばれていた。今回はすべての尋問調書作成に先立って、通訳の私には刑法のしかるべき条項による責任について警告が行なわれた。戦争の全期間中、どんな責任レベルの通訳をした場合でも、そのようなことはなかった。これは初めてだった。これは部分的には、この尋問に特別の責任が伴うしるしだった。しかし、それに劣らず、戦後の新しい時代のしるしだった。戦争中はもっと信頼があり、形式ばったことは少なかった。しかし、ベルリンでの勝利からもう十七日目なのだった。

将軍はすべてを調べ、質問をし、注意深く聴いた。将軍は調書に署名しなかった。しかし、休憩時間にはヴェー・チェー通信[70]で調書のテキストを一語一語、大本営へ送信した。調書には集まった幹部たちが署名した。こうして、私が見ている前で、歴史が歪曲されていった。これらの文書を読めば、ミロシニチェンコが調査の中心人物であり、歴史に残る人物だと考えるだろう。そのようなすり替えが進行していた。すべての調書でゴルブーシンの不在が強調されている。これらの文書を研究する人には、大佐がフレンスブルクの連合国管理委員会へ行っていたことは分からない。

この責任重大な調査の二日目の終わりに、クライマックスがあった。

目に浮かべてほしい――小さな町、夕方の柔らかい光。そして町はずれへ向から奇妙な行列。町はずれの疎林には、地元住民の目を心配しなくていいように外出禁止時間になってから、ブーフから運ばれた遺骸の入った箱〔複数〕が埋葬され、ひそかに二十四時間哨所が設けられていた。ヴィストロフ少佐が先頭に立ち、道案内をした。彼の後ろを将軍が進んだ。いわば、最高査閲官である。その後に数名の軍人。次いで、ヒトラーの歯の関係者――ケーテ・ホイザーマンと歯科技工士フリッツ・エヒトマン、総統護衛隊の親衛隊員ハリー・メンガースハウゼン、その他。

ほとんど会話をせず、私たちはゆっくりと進んだ。先に控えていることの重苦しさを、死が常にまとっている神秘性に近づく重苦しさを感じながら。

ようやく林に入った。箱はもう土の中から掘り出されていた。

再び調書が作成された。その場にいた全員が、ソヴィエト人もドイツ人も、将軍を除いて調書に署名した。その使者の面前で作成された調書は、スターリン用だった。

調査資料とヒトラーの死の反駁の余地ない証拠（顎骨）は、私の目の前で方面軍司令部へ送るために荷づくりされた。そして恐らくそこからモスクワへ送られた――間もなく帰った将軍と一緒に。

記録文書から判断すると、将軍がフィノウから帰った後しばらくして、最高首脳部には「ヒトラーの死体発見について」の極秘情報が続々入ってきた。公文書館には、一九四五年五月二十三日にヴァジスからベリヤとアバクーモフ防諜総局長〔スメルシュ長官〕に送られた「ヴェー・チェーによる記録」が眠っていた。そこにはヒトラーとエヴァ・ブラウンの死体発見の状況、クンツとシュナイダーの供述（前者はゲッベルスからヒトラーの自殺を聞いたことを、後者は要求されたガソリンのことを述べた）、ギュンシェとリンゲの尋問（自殺と死体焼却の事実を裏付ける）、フリッツ・エヒトマンとケーテ・ホイザーマンによるヒトラーの歯の識別について述べられていた。

そしてスターリンとモロトフに宛てた同じことについてのベリヤの報告[71]。作業はどんどん進んでいる。だが、スターリンはどのように行動するつもりなのか？　公表するのか？

次いで、フレンスブルクから戻ったばかりのゴルブーシン大佐が、スターリンへの報告のためにモスクワへ呼び出された。大佐は連合国管理委員会のメンバーとしてデーニッツの降伏を受領したが、これは尋問が行われた時期と一致していた。

モスクワから帰ってきた大佐は、私とヴィストロフに話した。彼は言われたとおりに、スターリンからの電話を待ってホテルの部屋から一歩も出なかった。しかし、電話は結局かかってこなかった。その代わり、彼はアバクーモフ防諜総局長に呼び出された。アバクーモフは言った。「同志スターリンは本件の全経緯とヒトラー発見に関する資料に目を通された。そして彼からのご質問はない。彼は本件をご自身の監督下から外された。その際、同志スターリンはこう言われた。『だが、これは公表しない。資本主義の包囲は残っている』と」

ゴルブーシンは私とヴィストロフに付け加えた――今君たちに話したことは、忘れろ。

一九四五年五月二十五日にロイター通信が配信したロナルド・ベルフォードの記事には、「ヒトラー――死体か伝説か？」という題が付けられていた。まさにそのような疑問に私たちも直面していた。

「これらの遺骸の調査は、ベルリンの瓦礫の中で一週間行なわれた、張りつめた捜索のクライマックスである」と、記事は書いていた。

しかし、クライマックスは来ないままに終わった。来たのは黙殺だった。

暴君とは常に秘密である。ここに彼の力がある。そして彼から出るものは何であろうと、すべては国民に洞察できない秘密の意味にくるまれている。一般に、彼の実用的な動機はもっとはっきりしていて、それらはもっと容易に計算できた。しかし、なぜスターリンはこのような重要な歴史的事実を隠したのか？——実用的な動機だけでは済ませられない。多くの点でその答えは、誰にも分からぬ彼の本性に、一筋縄ではいかない彼のヒトラー解釈に、あれこれの似たような状況が自分と重なることに、戦争の日夜ずっと対立してきた憎むべき魅力的な敵を失って彼が味わったかもしれぬ精神的虚脱に、そのほかスターリンの心理的コンプレックスを構成するさらに多くのことに隠れている。これらの深淵には私は立ち入らない。

外部の敵は、内部の敵も同様だが、スターリンが生み出した体制の必須の要因である。緊張緩和は彼には邪魔だった。ヒトラーがまだ生きていれば、どこかにひそかに隠れていれば、そのための根拠はそれだけ少なくなる。ヒトラーが生きていて、ナチズムにまだケリがついていなければ、世界に緊張が維持される。スターリンは会談で控えている戦後処理に関する連合国との討論に関連して、これが戦術的に重要だと考えた。そしてポツダムで、ヒトラーについて何か知っているかと尋ねられて、彼は答えをはぐらかした。歴史に属する、つまり人民に属する事実を乱暴にあしらうことで、スターリンは真実を隠匿した。

歴史は、その動機がいかなるものであれ、あれこれの出来事が歴史から勝手にくり抜かれるのに我慢できない。歴史は偉大な演出家である。その演出を手直しするのは、台無しにするだけだ。

スターリンは自分の秘密から何か利得のようなものを引き出しただろうか、彼は賢明だったろうか？　そうとは、まず言えまい。しかし、政治的、倫理的な損失は巨大である。

戦争末期とその後のしばらくの間、世界における赤軍の評価はきわめて高かった。もしポツダムでスターリンが、ヒトラーについて訊かれたときに、彼を発見した証拠を提出する用意があると言明したならば、どういうことになっただろう！　スターリンの完全な勝利である！　赤軍の完勝である。そして会談での作業はこれによって、死人に生気を吹き込むよりも彼にとってはるかに生産的なものになっただろう。しかし、今これを書きながら思うのだが、スターリンは自分と連合国との間で高まりつつある緊張に敏感だったのではないだろうか？　そして彼らと共同で成し遂げたことの真実を彼が隠匿したのは、忍び寄る冷戦に向けたスターリンの最初のジェスチャーだったようだ。

そしてゲームから外れたジューコフには、スターリンはこういう問いを向けた。「一体ヒトラーはどこにいるのかね？」

五ヵ月後、私が除隊してドイツを離れたとき（その時は、これっきりだと思った）、西側連合国は一定の結論を出そうとして、作業を続けていた。十月末〜十一月に（この時には私はもうモスクワに戻っていた）彼らは調査をまとめようとして、ソヴィエト側に協力を求めた。十月三十一日、善意のしるしとしてシドネフ少将にアメリカ軍諜報部からハンナ・ライチュの尋問調書が送られてきた。それに次いで、十一月一日にイギリス軍のフォード准将が、コンラッド准将（アメリカ）、シドネフ少将（ソ連）、ピュール大佐（フランス）に回状を送り、諜報委員会の次の会議でヒトラーの死亡説を審議することを提案した。[72]

回状のテキストの第一項は、こうなっていた。

　ヒトラーの死の唯一の決定的証拠になるべきなのは、死体の発見と明確な識別である。

だが、まさにこの決定的証拠が黙殺され、西側連合国からも自国からも隠されていた。さらにフォード准将は続けている。

この証拠がない場合には、唯一の肯定的証拠は、彼の意図を知っていたか、あるいは彼の運命の目撃者となった明確な証人たちの詳細な供述にある。

すでに見たように、そのような証人に不足はなかった。西側連合国が確保した証人たちの供述と、わが方から洩れた情報を分析して、イギリスのこの諜報担当者は総括している。

さまざまな目撃者たちの話を捏造された歴史であると推定するのは不可能だ。彼らはみな、どうしたら自分自身が助かるかということに必死だったから……複雑な作り話を暗記しようという気分にはとてもなれなかっただろうし、詳細かつ執拗な反対尋問を受けて五ヵ月間互いに隔離されながら、彼らがそれを守っていたとは到底考えられない。

しかしながら、ヒトラーの最後の日々と死についての証拠は「まだ完全でない」。そこでフォード准将は四ヵ国諜報委員会の同僚たちに以下の者の所在について尋ね、尋問のために彼らを提供してほしいと要請している——ギュンシェとラッテンフーバー（「五月七日付のロシアのコミュニケによれば」捕虜になっている）、トラウドル・ユンゲ（われわれの調書では彼女の名はゲルトラウトになっている)、専属飛行士のハンス・バウアー。彼は重傷を負い、未確認情報によれば、またしてもロシア側の病院に入っている。

そして同僚たちへのこの回状の最後に、一番肝心なことが書いてあった——

ロシア側からこういう噂が流れた——死体は発見され、それは歯によってヒトラーの死体と確認された。もしくは確認されたと考えられている、と。調査の信頼性を判定するために、彼らが調査結果を知らせることはないだろう。

調査結果は届かなかった。

情報を完全に秘匿することには成功しなかった、ということになる。もしかしたら、そういう努力をしなかったのかもしれない。大事なのは、曖昧さを維持することだった。確実な情報は何もないと。

「跡形もなく消えたヒトラー」——これは彼についての伝説、神話の土壌である。それこそヒトラーの思う壺だった。彼の形象の周囲にはある種のロマンチックなオーラが生じた。だが、私たちの知っている真実は単純で退屈である。しかし、それが真実だった。

ヒトラーの望みは、謎として残り、神話になり、権力と暴力についての誰かのたわごとの中で新たな不死鳥としてよみがえることだった。

戦争の終わり

当時、一九四五年五月の私には、大長編叙事詩は終わったように見えた。帰還は間近だった。しかし、帰還は決してすぐではなかったのである。一九四五年十月十日になってようやく、出征からぴったり四年ぶりに私は家に戻った。

この戦後の数ヵ月間、私はまたしても総統官邸の文書と対面することになった。最初は方面軍司令部でゲッベルスの日記の翻訳を頼まれた。しかし、事はそれほど順調に運ばなかった。古い日記には緊急の必要性はなかったし、終わったばかりの戦争の文書の歴史的価値は、すでに何度も述べたように、どんどん下がっていた。そして私は自軍の司令部があったシュテンダールへ放免された。

ドイツの都市シュテンダールは、私にとって四年間の戦争の最後の駐留地点になった。多分そのために、特別に記憶に残った。

私たちがここに入ったのは、ドイツ地図にすでに境界線が引かれ、ベルリンの西にあったシュテンダールがソ連管理地域に移ったときだった。まだ朝にはアメリカ軍がいたのに、正午には私たちが入った。

この都市は無事に残っていて、市内の生活は脈動していた。私たちはブドウのつるが絡みついた戸建ての小住宅が並ぶ静かな通りに住みついた。住宅が面した庭では中年の主婦たちが動き回っていた。昔風の束髪とスカートの長い裾が、ここから東の同世代の女性たちと似通っていた。

辻公園ではドイツの子供たちが遊んでいたが、私たちを驚かせることばかりだった。彼らは泣いたり、騒いだりしなかった。戦争ごっこをしているときでさえ。同じ辻公園のベンチには何日も続けて全身黒ずくめの老婆たちが座っていた。恐らく、以前から喪のために彼女たちはここに集まっていたのだろう——何しろ第一次世界大戦の時には、すでに彼女たちはそれほど若くなかったのだから。

時折老婆たちは、黒いメリヤスの手袋をした指をわれがちに動かしながら、何かについておしゃべりを始めた。

時々黒い霊柩車が現れた。二頭の馬がゆっくりと、軽々と、利発そうにそれを引いていた。私たちが馬で思いつくことといえば、砲を引いているとか、連絡兵を鞍に乗せて疾走しているとか、戦闘で倒れたこととか、食用にしてしまったことである。その他の用途から馬たちがいなくなって久しい。

だが、葬儀用のブランケットをまとい、背峰の上にふかふかした総《ふさ》を付けて、シルクハットの黒衣の御者をガラス張りのニス塗霊柩車の前部に乗せた、つやつやした、腹をすかせていない二頭の黒い馬たちは、死の威厳と神秘の守護者であった。その死とは「自前の」と名付けられる死だった。これは、戦死でない、負傷による死でも捕虜の苦しみによる死でもない、「自前の死」を死んだ人なのだった。ずっと以前にあって、戦争中はそれがあることを私たちが忘れていた死を死んだ人なのだった……。

夕方になると、いつも同じ時刻に捕虜のドイツ兵士たちの縦隊が戻ってきた。縦隊は黒いアーチを通って私たちの通りに入ってきた。アーチは私たちの通りと、市場になっている広場へ下る別の通りを区切っていた。

兵士たちは一日中、どこかの作業場に消え、夕方の同じ時刻に戻ってくるのだった。

彼らの最初の横列がアーチの下に差しかかる前から、兵士たちが来るのが音で分かった。疲れ、汗にまみれ、腹をすかせていたが、彼らは歌を歌いながら行進した。そして彼らの歌声は、私たちの通りに入る前から聞こえた。彼らは整然と、上手な男声合唱で何か自分たちドイツの歌を歌いながら、きちんとした縦隊で通り過ぎた。

開け放たれた窓のそばに主婦たちの姿が見えた。彼女たちは家事を終えて、窓かまちの上に出した刺繡したソファ・クッションにもたれて、休息していた。下の入口のそばでは、老人たちが持ちだした床几に座って、長い、弱々しい影を歩道に投げかけていた。進んでくる兵士たちの歌を聞きつけて、彼らは歌に合わせてゆっくりと体をゆすった。そしてこの時までには薄くなっていた彼らの影もかすかに揺れた。

しかし、全体としてすべてがとても静かで、神経質ではなかった。まるで、今、整然と通りに入ってくる者たちと、通りに住んでいる者たちの間には結び付きがないかのようだった。

私は捕虜たちが現れるたびに、どきっとした。そして後に、歌うことを禁止されると、彼らは黙ったまま、底に鉄を打ち込んだ長靴の音を響かせながら整然と私たちの通りを通過し、どこか、歩哨たちが警備している場所へ向かっていった。私は釘づけになって彼らを見ていた。彼らは戦争の生き続けている部分だった。そして敗北のつけを払わせられていた。

無事に残った都市の外れに廃虚があった。もっとも、私たちがここシュテンダールに入ったときには、これらの廃虚はもう何もドラマチックなものを感じさせなかった。ドイツで戦争が終わって二ヵ月が過ぎていた。そしてこれはもう完全に風化した廃虚だった。

実は戦争の火口は、停止の合図の後、瞬間的に消える性質を持っている。そのちっぽけな熾《おき》はまだ燃え、くすぶり、急に燃え上がったりする。だが火口はすでに消えていて、もう戦争の炎が冷たくなった廃虚を赤く染めることはない。

恐らく、今やそれは市内財産調査の帳簿の一つの段落、必須項目であるに過ぎなかっただろう。これらの廃虚は過去に対するこの都市の納付金であり、その新たな基準点だった。

前線で私は、捕虜になったばかりの、精神状態が骨の髄までナチズムで凝り固まったドイツ軍兵士たちと話をする機会があった。しかし、それはまれだった。はるかに多くの場合、彼らは普通の人間だった。

そして、彼らがほんの半時間ほど前まで属していた怪物的な一枚岩に似つかわしくないという事実は、時として不可解で、頭を痛ませた。

私はシュテンダールで、近所の住民たちの多くに好感が持てた。それにそのような状況下では、「ナチ」を自称する人間は大体見つからなかった。

それは戦争のない、よその、ほとんど訳の分からない世界での奇妙な日々だった。この世界に私は同化する必要はなかった——ここに住むわけではないのだから。

シュテンダールから出発する少し前、夕方、市内をぶらついていて、市立公園に出くわした。草ぼうぼうの小道に遠くから二人連れが見えた。その姿が隠れると、再び人けがなくなった。小川があり、小さな橋が架けてあった。水草に邪魔されて動かない水の上に、細長い柳の葉が集まって積み重なっていた。苔の生えた石にも柳の葉が貼りついていた。

岸には長い茎を揺らしている草が生えていた。草から雀のひと群れが飛び立った。橋の向こう側にわたって下を見ると、そこは水草が少なく、水がどこかへ向かって動いていた。私は何かはっとする思いにとらわれて、どうしようもなく、その水を見つめた。私はこの瞬間まで、水や草から——戦争でないものすべてから——戦争によって隔てられていたのだ。

八月だった。戦争のない四カ月目。シュテンダールの私たちの軍の司令部は、窓が並木道に面した住宅群に入っていた。通りに置かれた遮断器が私たちを民間人の住民たちから仕切っていた。

その元鉄道官吏はしっかりした小股で並木道を突っ切り、並木道と私たちの通りを分離している低木の茂みの中へしゃにむに分け入った。家を接収された彼は、家族とともに引っ越したどこかの落ち着き先から現れた。擦り切れた服を着て、山高帽をかぶり、痩せこけて、緊張したこの人物は、何かの口実を見つけては私たちが占領している自分の家へ入ってきた——自分の出現によって家の中の混乱とカオスを鎮められると期待して。カーペットは畳んで、袋に入れて、口を縫い合わせて部屋の隅に立てかけてあった。しかし、蒸し暑いたそがれ時にはカーペットから湧いた蛾が飛び回った。薄い磁器のコーヒーカップが入っていたガラス張り食器戸棚は、中の仕切棚のところに透き間が出来ていた。私たちはそのカップを歯磨き用に使っていた。そしてカップは浴室の洗面台の端で見つかった。その気がなくても、そこからならカップを不注意で簡単にタイルの床に払い落としかねなかった。家に付属した小さな果樹園は哀れっぽい、みじめな出来だった。要するに家主の心配は絶えることがなかったのだ。

どこか近くの橋の上や市場の広場のそばでは、夜遅く一人で歩いている通行人に兵士が歩み寄って、「時計を外せ!」と強要する事件が起きていた。そういう略奪行為は、今では処罰されていた。

少年みたいな狭い背中をした、インド人のような浅黒い女性が、黒い前髪をおかっぱにして、裾がひらひらする短いスカートをはいて現れた。つい最近までゲシュタポのタイピストをしていたこの女は、軽々と大胆不敵に塀を乗り越えた。そして「私たちの」通りをしなやかに、つばの広い暗赤色の帽子のゴムひもを片手に掛けて、挑発的な足取りで、つやつやした素足をきらめかせながら歩いた。帽子はまだ流行していた。彼女がしなやかに動いていたのは、どうやら誰かの気を引こうとして、生意気に手さげ袋のリンゴを一個渡そうという魂胆だった。ハンサムな長身兵士の素振りから判断すると、この攻勢は破竹の勢いというほどではなかった。彼は切実な通訳不足のためにリトアニアの師団からこの司令部へ派遣されてきていた。この大胆な若者は意外にもこのゲシュタポのあばずれ女が好みだった。

木の塀の向こう側では、若い、きちんとした夫がタイピストを待っていた。彼女は同じようにして塀を乗り越え、素早く戻った。そして二人は不安に満ちた、私たちには分からない生活へと帰って行った。

飢えた難民たちが市役所前の広場で終日、地面に座っていた。日なたでげんなりしたわが軍の兵士たちが、長い糸に通した真珠を迷子の犬たちに結わえつけた。この真珠は以前、行軍中に爆弾で破壊された宝飾店から持ち出してきたものだった。この奇妙な軽い首輪を付けて、犬たちがまるで気が狂ったように走り回るのを見て、兵士たちは気勢の上がらない気晴らしをしていた。糸が切れ、真珠が舗道にばらばらに飛び散ると、犬たちは兵士のところに戻ってきて、何か食べ物を投げてくれるのを辛抱強く待った。それから真珠を通していた糸の屑を毛に引っかけたままうろついた。


ほとんどつきあいのない一トン半トラックの運転手（多分、一度か二度だけ彼の車に乗ったことがある）が、通りで私に「中尉さん、ちょっと待って！」と呼びかけた。そして、暇な時に読んでほしいと言って手紙を渡した。彼は手紙で私に結婚を申し込み、ソチ〔南の黒海沿岸保養地〕に家があるので私を幸せにできると約束していた。彼はこの家を姉と半分ずつ所有していた。手紙は私が承諾の返事をすることを少しも疑っていなかった。しかし、その返事がもらえなくても彼は意気阻喪しなかったし、傷つくこともなかった。そして私たちはその後も出会うことがあると立ち止まって、今度はもう友人としておしゃべりした。手紙の内容には触れないものの、ちょっとした縁を感じながら、そしてお互いについてほかの人たちが知っている以上のことを知っていることを意識しながら。

彼は前線運転手の兵卒のよれよれの軍服を着ていたが、平和の日々は彼の自信を高めていた。すぐにまた観光地帯でハンドルを握れるのだ。それに、祖国ではどこへ行っても混乱しているというのに、人気の黒海沿岸に家を半分持っている身分なのだ。

われわれ男たちがどれだけ生き残っていて、あんたたち女がどれだけいると思っているのだ、国では男たちを待っている――恐らく彼は今や比べ物にならない自分の優位を自覚しながら、胸の中で私にこう言っただろう。女たち全部に男が行き渡るわけではないよ。呪われた戦争があんたたちの幸せを奪ったんだ。

そして、もしかしたら彼は心から、彼の目からすれば不運な私の境遇に同情して、結婚を申し込んでくれたのかもしれなかった。

ある時、カメラを持った軍曹が現れて、叫んだ。「さあ、シャッターを押してくれ!」

私たちと彼が写った写真には、戦争中に流行った別れのありきたりの言葉が書き込んである。「本物ではないけれど、私の姿形はいつも君といる」


風采の上がらない年配の中尉は――彼は私たちに毎月の金銭給与を渡すことだけを仕事にしていた――つい最近まで遠慮がちで、おどおどしていた。恐らく、野戦軍司令部での経理係という自分の地位の軽さとさらには珍妙さを意識していたに違いない。だが、今や彼はしゃきっとしていた。コンプレックスは消えた。路上のある出来事が幸いしたのだった。街道を向こうから疾走してきた「スチュードベイカー」が、歩いていた彼の前で急停止した。当時は道路でよくあったことだが、運転席から巨漢の黒人運転手が挨拶に飛び出してきた。そしてひ弱な彼を両手でつかむと、熱烈に胸に抱きしめ、赤軍への称賛を表現した。そして有頂天のあまり、彼をカバンもろとも空中にほうり上げた。恐怖に耐えて生き残った(道路のコンクリート上に落下しなくて済んだ)この遠慮がちな経理係は、ここで突然、自分が英雄的な戦争に参加していたことをはっきりと実感したのである。

私たちはナフタリンが匂う擦り切れた古いカーペットを床に敷いた。畳んで丸め、袋に入れて口を縫ってあった、あのカーペットを広げたのである。多分私たちは、この家の住人たちが以前住んでいたように暮らし、彼らの快適なドイツ式生活を少し味わってみたかったのだ。

あるいは私たちは急いだのかもしれない。一体いつになったらこんなふうに快適で気楽になれるのだろうか、と。

古いフラシ天の安楽椅子、フロアスタンドの灰色の色あせた絹、磁器の入った食器戸棚。すべては元通りだった。そして蒸し暑い夜には、床のカーペットのすぐ上を蛾がせわしなく飛び回っていた。家の妻側の外壁は這い上がるブドウの赤紫色の葉で覆われていた。外玄関には毎夜、古い鍛造の外灯がともった。これはよい暮らしと言えるのか？　でも、何かが足りない。居心地のよさがなかった。それはどうしてもだめだ。主なき家には暮らしはない。ここにあるのはただ、宿泊だけである。しかし私たちには、前線の避難所、半地下小屋での宿泊のほうがはるかに居心地がよく、気楽で、広々として、安全だった。この家の主の奥さんは家に付属したちっぽけな果樹園の世話に来て、そこではいつも入れ替わりに次々と果物が熟していた。外玄関では雑種の赤毛の牡犬トルッディがまどろんでいた。主は犬に何か食べ物を袋に入れて持ってきた。犬はそれをひと呑みすると、静かに鼻を鳴らしながら彼の手をなめ、小さな尻尾をぷるんぷるん振りながら主の後を追って、低木のうっそうとした茂みのところまで見送った。この茂みは並木道に沿って延びていて、私たちの通りとの分離帯になっていた。つい最近までなら誰も――主も犬も――低木の中を突っ切ろうとしなかっただろう。

その中に見えなくなる前に、主はトルッディに戻るように厳命した。ここでは犬たちは珍しいほどしつけがよかった。トルッディはしぶしぶと、尻尾を下げて家のほうに戻った。主は頭の山高帽を押さえながら、低木の中に姿を消した。すると犬は、辺りを見回して、神経質そうによたよた歩いて、私たち勝者のキッチンへ向かった。

ヴィストロフ少佐がドイツで大きな感銘を受けたのは、道路だった。とりわけここでは道路を走っていて、都市が気づかないうちに農村へと移り、建物が煉瓦造りの農村が同じように都市へと移り変わってゆくさまに感心した。「この地でこそ、社会主義を建設すべきだったんだ」と、彼は私に打ち明けた。「わが国ではなく、ここで始めるべきだ」。シュテンダールに来る前に駐留したラテノウで私たちが住んだのは、眼鏡ケース工場の所有者の陰気な一戸建ての家だった。なぜか、ほかでもないこの家をヴィストロフはいたく気に入った。二階に通じる内階段、広間のシャンデリア。いかなる状況のもとでも自分には決してこのような代物は持てないだろう、と心底打ちひしがれたように語った。このような悲しみは私には無縁だった。もっとも、私は彼よりもかなり若かった。そして私は、日曜はいつもテラスの寝椅子で休息している、この家の堂々たる主人に印象を受けた。

ヴィストロフは変わった。彼はクラーヴォチカのことも少しずつ忘れていった。それは許せた――何しろ二人が付き合ったのはたった一回だけ、私たちの軍の送別会のパーティーだったのだから。その後にどれほど沢山の出来事、どのような変転が続いていたことだろう。

ラテノウでヴィストロフはちょっとした抒情的な冒険をした。地元の理容師で可愛らしいドイツ女性との実に気楽な、興味津々のロマンスである。それは重荷にならず、責任がなかったが、危険の香りがした。職務をしたたかにしくじる可能性があったからである。恐らくこの恋のエピソードは、彼には楽しいものとして残った。後になって、思い出の中で自分がどう見えるかということは、かなり重要だ。そしてヴィストロフは自分のことをきちんとして、いんぎんで、勝者の厚かましさのない、小さな花束を手にした人間として記憶にとどめた。ドイツ女性と親しくすることを禁じた厳重な指示を破り、人目に隠れて、夜、窓から忍び込み、奴隷的服従と恐怖に打ち勝ち、自由の一切れを勝手にむしり取りながら。彼は自分をほとんどヨーロッパ人と感じていた。

しかし、これも過ぎたことだった。ヴィストロフは再び変わった。恐らく、彼ほど内面が移ろいやすい者はいなかった。今後どう生きるか、何を自分に選ぶかという心配事で、てんてこ舞いしはじめていた——以前の生物学者の仕事に戻るか、それとも軍隊に残るか。古い道への復帰には、彼を不安にしている、他人には分からない事情が立ちはだかっていた。彼の話し方はいつものように明快ではなく、言い残しがあった。そして頼りになる慧眼の助言者、戦前に死んだ義母がいなくなったことを嘆いた。彼はどうやら同僚の誰かに仕出かした戦前の過ちを苦にしているらしかった。今、すべてが浄められたように見える戦後の雰囲気の中で、学界が自分を暖かく迎え入れてくれるかどうか……そのことが彼を不安にしていた。

最初、彼は軍隊に残ることを瀬踏みした。目ざとい彼は、私に訊ねた。「今、どういうタイプの指揮官が評価されているか、君には分かっているだろう？」

そして自分から言った。上に行くのは、どんなことに関しても、たとえそれが大したことでなくても、部下に対して一徹さと厳格さを発揮する者だ、と。彼は自分自身が変わり、部下に対して今やまったく不適切な態度を改める必要があることを理解していた。これまでは兵卒に任務を与えながら、「ちゃんと分かったのか、兵隊さん？」とよく訊き返していた。寛大だったし、大目に見たし、人の立場をそんたくし、人のしくじりをかばうこともあった。

彼は自分を壊し始め、演技をして、成功した士官の紋切型に合わせようとした。親しみのもてる保護者的な、しばしば愛情がこもっていた「兵隊さん」というそれまでの呼びかけは消えて、今や彼は厳しく、頑固で、目を背けたくなるほど粗暴になった。

しかし、間もなく、やはり軍隊は自分の場所ではない、ここでは自分はよそ者で、多くを得られないと見極めると、彼は軍務に残るという考えを棄てた。そして元の人間に戻ったように見えた。けれども、もう元通りではなかった。自分自身に対する操作で、跡形を残さずに済むものは一つもない。残ったのは一つだけ――生物学に戻ることだった。そして彼は持ち前のひたむきさで行動を開始した。再び彼には、いつも自分に課題を掲げ、その実現をめざさないような生活など考えられなかった。

もし難民たちが市役所のそばの地面に座っているなら。もし十二時から一時までの決まりの食事時間にドイツ人たちが自分の商店、小店、事務所を閉め、外で出会って互いに「こんにちは！《マールツァイト》」と挨拶を交わしているなら。もし地元劇場の再開に合わせて市長夫人のドレスを裁縫店で縫っているなら。もし毛がくしゃくしゃで、野犬になりそうな、主人と外国人たちのキッチンとの間で当惑しているトルッディが突然立ち上がり、首輪にぶら下げたナチス最高級の勲章（柏葉付き騎士鉄十字章と「冬季東方戦役参戦」章）をじゃらじゃら鳴らしながら主人に向かって突進していき、そしてその主人が緑の垣根を突っ切りながら、懸命に山高帽を頭に戻し、トルッディのろくでもないアクセサリーを無視して、いつもの厳しさでその挨拶に応え、奥さんを後ろに従えて落ち着きはらってこの家に向かってくるなら。

もしこれらのことがぜんぶ起きているなら、つまり、戦争は最終的に終わったということなのだ。

夜、近くの家の開け放たれた窓からヴェルチンスキー（革命後、パリ、アメリカ、上海などで活躍したロシアの有名な流行歌手（詩人・作曲家）。一九四三年にソ連に帰った）が聞こえた——鹵獲品のレコードである。これはRとのひそかなデートの、静かな口笛に代わる合図になっていた。

まだヴェルチンスキーは歌い終わっていなかったが、鹵獲品の一六ミリ映写機の準備が出来ていた。

「始めるよ」

フィルム・リールが回り始め、壁に吊るされた白いクッションカバーのスクリーンの上を小さな鼠が走り始めた。倉庫の中の鉤にぶら下がっているソーセージを取ろうというのだ。

「面白い？」

「うん」

でも少しも面白くなかった。字幕を通訳しながら、目は心の奥から立ち上った悲しみに曇っていた。何かが私たちから去りつつあった。消えていきつつあった。陳腐なドイツの猫が、陳腐なドイツのソーセージを味見した、かなり陳腐なドイツの鼠にお仕置きをした……。

だが、一体これは何が私たちに起きているのか？　私たちはどこにいるのか？　私たちは勝利の辺境へ連れていかれるところだ。私たちは今、狭軌鉄道の二本の列車だった。一本の列車がもう一本の列車に道を譲ったまま、何日間も向かう先を知らず、汽笛で呼び交わすこともせず、汽笛を耳にすることもない——そういう状態にいるのだ。

勝利はどのように賛美すべきなのか？　それがもたらした、私たちのまだ触れていない生活を賛美すべきなのか？　勝利とともによみがえった、沸き立つような生活感覚は、消えつつあった。魅力のない生活。戦争中は生活に対してそういう請求はなかった。しかし、戦争中は誰一人、日常的な人はいなかった。一人も。日常性はほとんど間を置かずにすぐ後から、打ち負かされた異郷の地に占領の倦怠感とともに訪れた。

しかし今、素晴らしい生活感覚など可能だろうか、あるいはそれは倒れた者たちによって持ち去られたのだろうか？　そして、もしかしたら、勝利というのは短い祝日と、長きにわたる不安な責任感なのかもしれない。

私たちがシュテンダールに駐留していた当時、戦争と大変動に必ずいる道連れ——「永遠の詐欺師」がナチス収容所の闇の中から地上に放り出された。彼は抜け目のない、機敏な紳士の姿でシュテンダールに現れた。狭いつばの帽子をかぶり、灰色の耐火粘土に両眼の点、鼻の十字、唇の罫を刻み込んだような顔をしていた。

政治犯だったと自称して、彼は直ちに自分の仕事の回復に取りかかった。「シュヴァルツァー・アドラー」（黒鷲）ホテルに落ち着くと、その正当な女性所有者を窮地に追い詰めた。彼がこの手入れの行き届いた施設に目をつけたのは、消息不明のここの主人が市内で目立ったナチ党員だったからである。今、この詐欺師は（ハンスとかいう名前だった。苗字は忘れた）、ひそかに、罰されることなく収奪を実行していた。見捨てられた女性所有者は小柄で丸々した女性だったが、今は自分のレストランの薄暗い隅で従業員の振りをして一日を無為に過ごしていた。だが実際は自宅軟禁されているのだった。従業員たちは入れ替えられ、彼女を油断なく監視していた。ハンスの収容所仲間だった料理長は、せむしの力持ちで、陽気ながら、ずるそうな赤ら顔の男だったが、規準量や厳しく制限された配給量をまったく無視して、当時としては考えられないどんな料理でも作ることができた。

シュテンダールでは劇場が再開され、さらさらした灰色の髪をした可愛い女優が、まだナチズム以前にあった何かについて歌っていた。スクリーンからは『わが夢の娘』のマリカ・レックがチンチラのコートを着て、素晴らしい生活の誘惑で傷を刺激していた。元囚人ハンスは女性たちを雇ってチームを編成し、ポツダム近郊へマッシュルーム取りに派遣した。ドイツ人の若い男女が抱き合って歩いていた――まるでこの地にソヴィエト軍が全然いないかのように。昔ながらの定刻になると、ドイツ人たちは商店や事務所を閉めて、食事に散らばった。誰か知人に会えば、「マールツァイト！」と挨拶した。道路補修の作業員たちは地面にシャベルを突き立て、溝の中に立ったまま、家から持参した包みを広げ、固くなった白パンを食べていた。

通訳の出番はひっきりなしにあった。しかし今では、仕事はほとんど重要性がなかった。何か仮想のような奇妙な生活。ヴィストロフにもこれ以上ここでやる仕事がなかった。ドイツ人の修理工場で彼は鹵獲品の自動車を修理した。それに乗って国に帰る準備をしていた。彼にはすぐに出立を許可する青信号が出るだろう。そして私たちの間にはすでに一線が敷かれていた。それは終点に近づいた長距離列車の中と同じだった。旅行のための携行食はすべて平らげられ、身の上話はぜんぶ互いに聞かせ合った。スーツケースを通路に引き出し、マフラーをもう首に巻いた。道中で生まれた一時の友好は消えていく。みんながばらばらになり、心はそれぞれこれからの心配事に、出会いの興奮に向けられている。

ところが列車は停止させられ、駅へ入るための青信号を待っている。そしてこの遅延は重苦しい。すでに生まれていたよそよそしさと心の空洞が身に沁みる。みんなはもう永遠に一人ぼっちなのだ。

しかし、あの「黒鷲」ホテルから、怪しげな囚人仲間の赤ら顔の力持ち、せむし男が並木道を通って、大皿にのせた子豚の丸焼きを運んできた。主人である「永遠の詐欺師」がみずから付き添って大皿を支えていた。トマトを口にくわえ、ニンジンと野菜の小枝を背中に挿した子豚は、送別会のテーブルの最前部に置かれた。ブィストロフ少佐が帰国するのだった。

その後、モスクワでブィストロフは一、二度私を訪ねてきた。新しい職場への赴任命令を受けたのだ。オムスクから引っ越してくることに関連したいろいろな苦労を私に話した。私は彼にクラーヴォチカからの会いたいという伝言を伝えた。デートは彼の希望で私の家で行われることになった。

その夜のことは忘れないだろう。クラーヴォチカはビーズを沢山縫い付けた黒い絹のローブデコルテを着て、私の寒いフラットで体が冷えるのを我慢強く耐えていた。彼の恋心とプロポーズにひどくびっくりしたときの感覚はまだ続いていた。彼女は待っていた。もうすぐ彼が来れば、すべてがうまく行くのだ。

彼は来なかった。

私にはこう思われる――ブィドゴシュチェであの遠い戦争中の日に、ストーブのそばのロウソクの明かりの下で、ゲッベルスを捕まえてやるという自分の計画を私に打ち明けながら、彼は融解しはじめた。そして残りの道中全部をかけて融解してしまい、幽霊になり、最後には消えてしまったのだ――クラーヴォチカのビーズのきらめきに痕跡を残し、彼女の心に深い、悲しい当惑を残して……。

しかし、私たちはまだシュテンダールにいた。兵員は段階的に引き揚げていた。ブィストロフはもういなかった。彼は自動車を運転して故国へ向かった。司令部伝令のジェーニャ・ガヴリーロフは私に愛想よかったが、辛そうだった。私はポズナニで、彼とゾーシャの最初は取るに足りないように見えたロマンスと、彼が涙を流した、慰めようのない別れの目撃者になった。過ぎ去った幸せの感覚は辛い別離の中で強まり、彼の心は絶望であふれた。彼は今、ほとんど寝ぼけた状態で、以前の機転がなくなった。勝利は恋人との再会を約束しなかった。戦争が続いていた間は、一度か二度、ゴルブーシン大佐の太っ腹な許可をもらい、通りがかりの車に便乗してポズナニにとんぼ返りで行くことができた。日ごとに規則が厳しくなっている今、そのような機会はまず考えられなかったし、外国人女性との結婚は禁じられていた。彼は生きる意欲を失っていた。涙のせいで腫れた赤いまぶたが、いやいやながら光沢のない眼を開けた。つい最近まではよく動く、何も見逃さない目だったのに。

前線でそういうことがあったろうか——村から出発するとき、好きになった娘との別れに兵士が泣くということが？　まず、なかったろう。戦争では男たちは戦争に生きている。勝利したときこそ、恋をするときなのだ。それなのにガヴリーロフは泣いているのだった。

「それで君自身はどうなの？　話し合っていただろう」

「何のこと？」

「ぼくのおばあちゃんはよく言っていたよ——勝利《ポベーダ》は災厄《ベダー》だって。われわれもそれにやられたんだ」

「それって言い習わしなの？」

「おばあちゃんが言っていたのは別のことだよ。われわれはこれからも自分たちの勝利を敬うさ」

「そうよ」

「毎年、五月九日に祝砲が撃たれたら、どこにいても、お互いのことを考えることにしよう。永遠にそうするよ。五月九日の最初のグラスは、常に君のために乾杯することにする」

「私はあなたのためにそうするわ」

「君にはこれから容易ならぬ道が待っている。君がそれを乗り越えることはぼくに分かっている。それだけの体験をしたんだ。それが消えるわけがない。君を信じているよ。君が書き始めるのは分かっている。創作する必要はない。すべてをあったままに書くんだ」

私たちがまだバルト地方にいる頃、ドミノ牌《ぱい》（「ダブルの2」）を一個拾った。私はそれを二つに割り、半分を彼に渡し、半分を自分に取っておいた。これらの半分の牌は冗談としては、誰にも知られていない、私たちの秘密の同盟のいわば誓いの品だったが、もっと正確な、真面目な意味では、前線で切実に必要なお守りなのだった。半年後、Rがモスクワに向かったときも、数年後、通りがかりに姿を見せたときも、彼は牌のかけらを過去の記憶に対する忠誠のしるしとして「提示」した。私のお守りをポケットにしまった彼を、祖国がどのような偉大な仕事に派遣したのか、私は知らない。彼は出世した。そしてこのつまらない牌のかけらは恐らく彼にとって、自分が自由な人間として、純粋で、無我夢中で、勇敢だった頃の思い出なのだろう。私のほうの牌の半分は勲章と一緒の手箱にしまってある。


ようやく一トン半トラックが私をシュテンダールから方面軍司令部へ運んでいった。除隊に関して出頭するようにとの命令がここから届いたのである。

ベルリンを通過した。アメリカ軍のパトロール隊――カーキ色の服を着た兵士たちが若いドイツ人女性を抱えてよたよた歩いていた。

自動車はさらにまだ四〇キロ、有名なヒトラーのアウトバーンを走った。運転手、例の私の「お婿さん候補」が悲しそうでもなく私の顔をちらちら見た。左手でハンドルを握り、黒人運転手がくれたアメリカ製タバコの箱を私に差し出した。

「吸いなさいよ、中尉さん！」

でも私はタバコを吸わなかった。

彼は私をポッダムの方面軍司令部まで送り届けた。トラックの側板を下ろすと、重い大きなラジオをホテルに運び込んだ。帰国する私への部隊からの贈り物だった。

「お宅ではもう、ご馳走の支度を始めているよ！　ウォッカの算段もしてね！」と、彼は穏やかに叫んだ。自分もじきに受けることになる歓迎に胸をふくらませながら。「平和な生活でのお幸せを」。彼はそう言って私の手を強く握った。

この最後の握手とともにすべてのつながりが断ち切られた。自分のものではなく、常に戦争の真っただ中でみんなと一緒にいた四年間。そして突然……脱落。私はまったくの一人になった。これは忘れていた、あるいは恐らく未経験の、衝撃的なことだった。そのこと自体が本当に奇妙だった。これはポッダムの日々の困惑の中で、私は一人ぼんやりと、黄色や赤紫の斑点のさび病にほとんどかかっていない果樹園に沿ってぶらついた。これらの果樹園は戸建ての家々を隠していたが、そこでは秘められた、ひっそりした、そして勤勉な生活が営まれていた。出会う通行人はほとんどいない。暖かい秋だった。湖の数々。その上には霧がかかっている。そして靄が別れの悪寒のように疼く痛みを包み込み、溶かしていく。これから何が待っているのか？　どうなるのか？

私には専門職種が何もなかった。書くという、なぜだか自分に課していた不退転の義務しかなかった。これは義務と言えるだろうか？　むしろそれは不安に満ちた破滅への道だった。これまでにあったこと、これから起きることのすべてと一対一で向かい合っていく今後の生活にとって、それでは非常に不足しているか、あまりにも多すぎるかのどちらかだった――自分の秘密を抱えながら、日常的な、普通の生活の意味にあまり確信を持てずに向かい合っていくには。

まだ五月には、私たちは平和な将来についてバラ色の希望にあふれていた。勝利の直前と勝利後の短期間には誰もが考えた――われわれを待っているのは一新された生活の世界で、そこでは自由がずっと多くなり、不信が以前よりもずっと減るだろうと。戦争であれほど献身的にその真価を発揮した国民は、自分たちの支配者の信頼を当てにしていいように見えた。何しろ「人民の敵」の子供たちも、そして監獄から釈放された場合には当の「人民の敵」たちも、聖職者も、元富農たちも、犯罪者たちも、みなが祖国のために立ち上がり、死んでいったのだ。

呼び起こされたこれらの希望の雰囲気の中で、最初のうちは気違いじみた知らせが届いた。ブィストロフが私にそれを話してくれた――戦争の大きな傷口を早く癒すために、ネップ〔国内戦後の疲弊した経済を救うために一九二一年に導入された市場原理的政策〕のような自由な経済活動が一部許可されるとか、外国への休暇旅行が許可されるようになるとかいうものだった。要するに、予想される新機軸が私たちの心を高鳴らせ、掻き乱していたのである。

どういういきさつだったか、はっきり記憶していないが、ブィストロフと一緒にどこかへ出かけ、車が道にはまり込んで動けなくなったことがあった。私たちは道端のひっくり返った空の缶に座って、通りがかりの車を待っていたが、やがて話題は将来のことに及んだ。私も除隊について上申書を提出済みだった。そしてブィストロフは、私に短編小説を書かせるために設けてくれた以前の「創作日」が不首尾に終わったことを忘れて、信頼と期待を込めて託した。「われわれ三人はこのヒトラー捜索のすべての段階に参加した。三人の中でこれについて書けるのは君だけだ。これは君の責務だ」

彼は世界に知られていない調書の写しを保存することについて気を配った。これらのコピーを私にも供給してくれた。自分の個人的なコレクションに貴重な写真を加え、私にも分けてくれた。

戦争のない五ヵ月が過ぎた。モスクワからはほとんど何も聞こえてこなかった。そして将来は、以前の、戦前の輪郭で描かれ始めた。戦争たけなわの時期には、戦前の生活は実に魅力的で、鮮烈で、多彩に思えたが、今やそれは色あせてしまった。私よりも年上で、前から働いていた人たちの中には、戦場での生活のほうがよかったと言う人もいた。第一にそれは士官たちだったが、前線でより多くの辛酸をなめた兵卒たちの間にもそういう気分があった。

戦場はもっと自由があり、窮屈ではなく、こんなに不快な思いをさせる疑心暗鬼や遠回しの危険に毒されていなかった。そして生命を賭けねばならない目的は、正しかった。それは修辞的、抽象的なものではなかった。それは明白で、疑う余地がなく、実感できた。そのために生命を賭けながら、人は自分を人として、男として感じた。そういうことは平時にはなかったのだ。

私はポツダムで電話交換手のラーヤと秋の果樹園に座って別れを惜しんだ。静かな夕方の時間だった。家の主人のドイツ人は、リンゴの木に立てかけた脚立に上がって、手袋をした手で慎重に実をもいでいた。すべては、深い平穏が地上に訪れたように見えた。しかし、心の中にそれはなかった。

除隊に関する書類の手続きは終わっていた。しかし、それでもやはり帰国が可能には見えなかった。除隊者たちは輸送列車を包囲し、力ずくで場所を争い、屋根まで埋め尽くした。少し空くまでに数ヵ月はかかるだろうと言われていた。

全員を荒々しい衝動が襲った——故国《ダモイ》へ！　引き延ばされる一日一日が地獄だった。列車に潜り込み、しがみつき、屋根によじ登った者たちの雄叫び、高笑い、歌声、豪放磊落。「われわれは戦争から還った！」——車両の外にプラカードが掛かっていた。迎えてくれ！「われわれは勝利した！」「われわれはベルリンから還ってきた！」

人々が戦争に郷愁を感じるようになるのは、後のことで、国に帰り、散らばり、落ち着き、平和と暮らし始めてからのことである。そして伝染するあくびのように士官たちの苦笑が現れるのも、そうである。「軽く戦争の夢でも見たくなったね」。実際にあったあの極限状況の戦争の夢も続きで見たかもしれない。

私も出発をじりじりして待ちながら参ってしまった。やれることは何もなかった。頼みの綱は誰かが気のよい特別の支援をしてくれることだけだった。今のところ将校宿泊所に滞在していた。これは広い廊下と広々とした部屋がある堂々たる建物だった。ここには最近まで養老院があった。その住人たち、老婆たちはいまどこに住んでいるのか?

私にあてがわれた部屋には、最近までここに住んでいた老婆の痕跡が残っていた。ガラス製カバーの下に象牙製の小さな教会堂、その中に収められたキリストの磔像、螺鈿《らでん》または木のビーズの数珠の付いた十字架が置かれていた。間もなくこれらの礼拝用具の間の目立つ場所に、白いホーローの水切りボウルが置かれた。それは私と相部屋になったターニャという娘の持ち物だった。私は帰国を待っていたが、彼女はドイツへ着いたばかりだった。戦争中ずっと軍隊に勤務し、終戦を本国で迎えたのである。

彼女の仲睦まじい、来客好きの大家族は、スターリングラードでほぼ全滅した。焼け跡に生き残ったのは母親一人だけで、喪失と孤独の苦悩の中に取り残された。

ターニャは女らしい柔和な娘で、生活への前向きの気持ちと建設的な志向に満ちあふれていた。ドイツへの赴任命令を受けると、彼女は母親をここへ呼び寄せ、子供を産みたいと考えた。それには、つまり、しっかりした人と結婚することだった。ここですぐにそういう人と出会うことに疑いを持っていなかった。彼女が買ってきた、あるいはどこかで拾ってきた水切りボウルは、生活建設の出発点なのだった。そして水切りボウルについての知らせを、早速郵便でスターリングラードの母親に書き送った。それはすべての人と物を失った母親を元気づけるはずだった。母親が失った物の中には荒廃した国では再現できない台所道具も含まれていた。そして家族のことをいろいろ心配しながら過ごしてきた彼女のこれまでの人生は、たいてい台所道具に囲まれていたのだ。

水切りボウルのほか、ターニャには今のところ何もなかった。しかし、出発点はすでに決まった。生活の穏やかさ、温かさ、素朴な人間らしい欲求、魅力的な女らしい容姿、これらのすべてによって彼女はとても好印象を与えた。

彼女は勤務場所が決まるのを待ち、私は祖国への出発を待っていて、二人とも暇だった。私たちはポツダム郊外の温かい湖の靄の中を散歩した。何と静かで、美しかったことだろう。ドイツの果樹園は休息の季節を迎えようとしていた。もうすぐ、暖房のない家に住むドイツ人たちにどんなに大変な冬が襲いかかろうとしていたか、その時の散歩では私たちに分からなかった。


当時ポツダムで私は、そのほんの二ヵ月ほど前に連合国の会談が開かれたツェツィーリエンホフ宮殿について何も知らなかった。衛戍教会についていても同様だった。ここへは政権に就いたヒトラーが燕尾服を着てすぐにやって来た。それはカメラマンたちを前にフリードリヒ大王の墓の前でポーズをとり、ドイツ国民に自分が大王と精神的に似通っているかのような印象を与えるためだった。この大王の宮殿――戦争中に被害を受けたサンスーシー宮殿も知らなかった。もし知っていたとしても、私には何の興味も引き起こさなかっただろう。私が強く望んでいたのはただ一つ、帰国することだけだった。

その穏やかな、気持ちをなごませる秋、私とターニャは湖岸、公園、戸建ての小住宅の生け垣に沿った通りをぶらついた。心の中に生の喜びが生まれてきた。これは前線で一瞬味わった鋭い生の肉体的な感覚ではない、静かで、心を穏やかにし、生き返らせてくれるような別の感覚である。

私たちは司令部の所在地からあまり遠くへ行かなかったが、そんなある時、ある人が私を探しにきた。すぐに飛行場へ行きたまえ。誰が気にかけてくれたのか、誰がこの親切な人だったのか、私は思い出せない。もしかしたら、私がお荷物になっていた司令部警備隊長だったかもしれない。残念ながら正確に覚えていない。ジューコフ元帥の輸送機に私を便乗させるのはそれほど簡単なことではなかった。飛行機は飛び立つことになっていたが、天候は飛行日和ではなかった。飛行場は気象状況のために閉鎖されていたので、モスクワは着陸許可を出していなかった。

輸送機のオーバーロードを避けるために、私は命じられたとおりにラジオを残したが、惜しくなかった。部隊が送別会で私にくれた公式の「高価な贈り物」である。

車が急いで私と見送りのターニャを飛行場まで連れていった。陰気な曇った日だった。革のコートを着たがっしりした不機嫌そうな男たち（ジューコフの飛行士）が数名、飛行機のそばに立っていた。ポズナニではジューコフの飛行士たちが一度ならず私たちのところにお茶を飲みに立ち寄った。だが、それは輸送機ではなく、別の飛行士たちだった。私はこの飛行士たちを知らなかった。その一人が強そうな指で、私が革ベルトで肩に掛けていた革ケース入りのヴェルチンスキーのレコード全集を指した。それは放送センター解体後の非公式の贈り物だった。

「飛行機はそれでなくても積み過ぎなんだ」。ほかの飛行士たちも彼を支持した。私はおとなしくケースの革ベルトを外して、それをターニャの肩に掛けた。ただし、大事なレコードを一枚だけ抜いた。

彼らは実際にオーバーロードを心配したのか、それとも、飛行機に女を乗せるのは縁起が悪い、おまけに悪天候だ、この乗客は大事な戦利品と別れるのが嫌で、乗るのをあきらめるだろうと考えたのかもしれない。

要するに、押し付けられた乗客を厄介払いしようと試みたのだ。そしてそれは正しかった。彼らは後で私のために散々迷惑した。しかし、その時の私はそういうことを何も考えなかった。頭の中は空っぽだった──ただただ、一緒に連れて行ってもらいたかった！

しぶしぶ飛行機に私のボール紙製トランク、リュックサック、イタリア人たちがあの五月の日に私にくれた人形の入った箱が積み込まれた。

私はターニャに別れを告げた。その挨拶には、ここで起きたこと、そしてここでこれから起きることすべてへの別れの言葉も含めたつもりだった。ようやくドイツと永遠に別れる（その時はそう思った）その瞬間、別れを告げるべき相手はほかにいなかった。さようなら。

私は生まれて初めて飛行機に乗った。プロペラの轟音とともに飛行機は私の気づかないうちに地面を離れていた。そしてすぐに私は名状しがたい光景に気を取られ、目を吸いつけられた。眼下にベルリンがあった。地上から見てもその破壊の程度はひどかったが、この巨大な果てしない都市は空から見ると、まったくぞっとする姿で死んでいた。灰黒色の大きな塊になった街区──口を開けた小箱のような建物。われわれの連合国の空軍はまるで建物すべてを計画的にしらみつぶしに破壊したかのようだった──すべての建物に一個ずつ爆弾を命中させるように申し合わせて。

しかし、たった今、すぐ真下にあったベルリンは視界から消え、飛行機は高度を上げた。すると、「足元から」遠ざかっていた地上が突然、私に突進してきた。

これが何だったのか、どう伝えればいいのか、私には分からない。多分、これは地球の引力が不慣れな乗客を襲ったのだ。戦争中、味わったことのないような絶望がとめどなく私をとらえた。もう飛べない、飛びたくない！　私を地上に投げ落として！

「ダグラス」輸送機には金属製のシートが二つあって、ベンチのように飛行機の側壁にぴったり固定され、向かい合っていた。私以外の四人の乗客は飛行士だった。彼らは革コートを脱ぎ、トランクを垂直に立て、トランプの勝負に夢中になった。

飛行機の中はがらんとして、貨物は何もなかった。何もない床を人形の入った軽いボール箱があちらこちらと動き回っていた。私はそれどころではなかった。勲章をぶら下げ、剣帯付きの指揮官ベルトを締めてはいたが、まったく情けない状態だった。飛行士たちは私を気遣って、鉄のベンチに気前よく自分たちのコートを敷き、横になれば楽になると請け合って、寝かせてくれた。

実際、彼らの静かで暖かい背中の後ろで横になっていられれば、もっと楽になっただろう。だが、飛行機はひどく揺れ、急降下したり、突然、空の地獄のどこかへ放り込まれたりした。何しろ飛行には適しない天候で、モスクワの飛行場は閉鎖されていた。しかし、何かのためにジューコフ元帥から緊急にモスクワへ派遣された飛行士たちの指図は、あらゆる禁止と気象情報を突破した。こうして私はその遠い昔の日に、ジューコフ元帥と彼の飛行命令にいわば個人的に関わりを持つことになった。この命令のおかげで、私をついでに連れていけ、ということになったのだ。その時は二十年後の同じような秋に、さらに元帥本人との直接の会見が私を待っていることなど思っても見なかった。

私たちはそれでも悪天候をついて、当時飛行場があったレニングラード街道のそばに着陸した。私はよろけながら祖国の土を踏み、懐かしい通りに足を踏み出した。だが、私は帰還したのだろうか？今日に至っても、語っておくべき戦争体験のすべてを語り尽くしていないのだ。歴史との関わりは、たとえそれが単に個人的なものでも、終わりがない。まったく歴史には実に多くのさまざまな側面がある。そしてそれらは歳月を隔てると、よりはっきりした姿で立ち現れ、現象の本質がより鋭く見えることがある……。

ケーテ・ホイザーマン

それはまだ一九四五年の五月下旬のことだった。私はフィノウから方面軍司令部へ呼び出された。私たちの発見したゲッベルスの日記を翻訳するためである。その部屋の私がいる前で、ヒトラーの歯をモスクワへ送るために特別の構造の小箱を作っていた。この歯は、スターリンから派遣された将軍がどうやら持ち帰ったようだ。将軍は、発見されたヒトラーの死体の身元識別に関するわれわれの調査結果の信憑性を確認にきたのだった。

ゲッベルスの日記は一九四一年七月八日で終わっていた。作業は筆跡の判読が難しいために、遅々として進まなかった。司令部では、日記が差し当たって興味を呼び起こすものではないと判定した。私の作業は中止になり、自分の軍へ戻ることになった。しかし、私はここのどこかにまだケーテ・ホイザーマンがいることを知っていたので、彼女に会いたくなった。探し出すのに苦労は要らなかった。同じ階段ホールに面した部屋にいたのである。ここには歩哨が詰めていたが、その歩哨がドアを指差してくれた。ケーテは私を見て喜んだ。一緒の部屋にヒトラーの歯科技工士フリッツ・エヒトマンもいた。彼女よりはるかに憔悴した感じで、ひどくやせこけていて、体調不良だった。ケーテは心配して彼の世話をしていた。そして私に、彼の体にいい食事を頼んでもらえないだろうかとそっと尋ねた。もちろん、私は彼の体調のことを伝え、彼のために頼んであげた。しかし、それが役に立ったかどうかは、わからない。戦争のあいだ中、その種の体調不良に配慮が示されるということはそもそもなかったのだ。

ケーテは私がいたので元気づいた。力強く感じたようだ。軽く足を伸ばして、靴の先で窓枠をつついた。窓が開き、新鮮な空気が入ってきた。それまで、もしかしたら、窓を開けてはいけないと言われていたのだろうか？　私とケーテは部屋から出て、庭に下りた。歩哨は何も言わなかった。

私は彼女のすべてが気に入っていた。ハイヒールを履いた軽やかな歩きぶり、声、今のような不安な状況の中でも保ち続けている女性的な強さ。ケーテは好感を与えた。長年にわたって、彼女は自分がかつて仕えた歯科医で恩師であるユダヤ人のブルック博士を、飢え死にさせないように支援していた。博士は他人の身分証明書を使って非合法状態で暮らしていた。そしてケーテは総統官邸から支給される配給切符を博士に届けた。ユダヤ人への援助は一般に非常に危険だった。だが、ヒトラーの身辺でブラシュケ教授とともにあったケーテ・ホイザーマンにとっては、致命的に危険だった。しかし、彼女はそのことについて一度も私に話さなかった。私たち二人が楽しく嬉々としておしゃべりしたのは、平和な時間の訪れとともにその必要性がはっきり感じられるようになった、女性の心配事のあれこれだった。

「家に戻ったら、あなたを私の美容師のところへ連れてってあげる」と、ケーテは申し出た。

彼女は家に戻らなかった。そしてその時の方面軍司令部での出会い以後、私はケーテのことを何も知らなかった――二十年間も。

それは一九六四年九月のことだった。秘密の公文書館で緊張した作業をしている日々のことである。

保存文書との再会は私にとって衝撃だった。思いがけなく下りた利用許可。私はすでにそれを受けるのをあきらめていた。長い間、それは望みのないことに見えた。回答はいつも同じだった――これらの資料は非公開で、例外は認められないと。しかし、戦勝二〇周年記念日を前にして再び高まった国民感情のうねりの波頭で奇跡が起きたのだ。そして秘密の公文書館のドアが私に開かれ、私は三週間ここで作業した。

歳月の深みから姿を現した記録文書は、高い芸術的印象を帯びていることが珍しくない。だが、目の前にあるのは調書、記録なのだ。それらは軍事通訳の自分の署名がしてあるか、あるいは戦時中の粗末な紙に自分が書いたものであり、時間の「錆」をつけて黄ばんでいた……そして私が初めて見た文書。それらはみな一つに合わさって、当時の出来事の重要な、雄弁な、そして本物の一部なのだ。

またまた私の前に、一件書類、紙挟み、手紙の束、日記が置かれた。ゲッベルスの日記の最後のノートもある。私の関係した調書、証明書も。これらの資料には四五年以来、誰も手を付けていなかった。それを調べる巡り合わせになったのは、私の運命だった。『ベルリン、一九四五年五月』のために公文書館にこもった日々の私の作業能率は、普段のそれを大きく上回っていた。

記録文書全般について少し言っておけば、それらは実にさまざまである――迫力を感じさせるもの、遠慮がちなもの、先入観にとらわれているもの、あるいは素朴で無邪気なものなど、何でもある。しかし、それらはみずからの「裸」の言葉によって芸術的インパクトを帯びていることがよくある。記録文書は私の体験をよみがえらせ、過去へ橋を架け、私の記憶を強めてくれた。

その朝、公文書館の担当者ウラジーミル・イワノヴィチが私の机の上に置いたのは、紙挟みの新しい山だった。一番上にあった詰まらなさそうな紙挟みを引き寄せて、開いてみた。入っていたのは添付書類のたぐいで、方面軍司令部の事務方がモスクワの諜報総局へ卓上ランプ、卓上計算機、書類綴じ込み器を送った書類で、ドイツ語の説明書が付いていて、私の翻訳があった。不要な紙挟みを閉じて、脇へ置こうとした。その時、機械的に次の一枚がめくれた。私の体に電流が走った。諜報総局へヒトラーの軍服二着と軍帽を発送した書類だった。そしてその隣に、まるで二個の物品のように、K・ホイザーマン、F・エヒトマンと書かれていたのだ。

私は打ちひしがれ、ぽかんと座っていた。私に一番必要なのは、いったい何なのか？　証明し、明るみに出し、説得するために私はうろうろ動き回っている。だが、掘り返したとたん、非人間的な、つかまえて放さない強い力が突然現れるのだ。これがその典型である。当時としてはそれを明るみに出せなかった。だからこの力と二人きりで取り残されたのである。

私は公文書館での作業時間を本当に大事にしていた。何しろ、ここでの私の時間はあらかじめ制限されているのだ。仕事はもう終わりですか、と突然言われるだろう。しかし、私は何もしないで座り続けた。私の熱中は胸の中に広がった物悲しさの下でしぼんだ。勇気があったからではなく、やはり極秘のこの紙挟みの中に自分の名前が残っていることに耐えられなくなって、私は許されない一線を踏み越えた——自分の姓のところにぼかしを入れて読みにくくしたのである。

外国のマスコミは、近づいた終戦二〇周年に関連して、どうあるべきかということを盛んに論議していた。当時の法律では時効が過ぎれば（それは二十年だった）、犯罪人の刑事責任を問えなかった。ヒトラーはやはり生きているのか？　ヒトラーが自首したら、時効はどうなるのか？　その時、ブルガリア人ミハイル・アルナウドフのセンセーショナルな「告白」が現れた。彼は私たちをヒトラーの歯の主治医だったブラシュケ教授の個人診療室へ連れていってくれた人物である。彼はジャーナリストたちに自分がヒトラーの歯を識別したと語ったが、詳細については支離滅裂だった。けれどもアルナウドフはもう化けの皮をはがされていた。マスコミでは「偽の証言者」というおどろおどろしい説明が彼の写真の下に付いていた。だが当時、彼はわれわれに大きな協力をしてくれたのだった。ここで一九六四年の『シュテルン』誌にフリッツ・エヒトマンの写真が掲載された。その写真は、彼がベルヒテスガーデンの法廷で、ヒトラーの歯の識別をしたことを宣誓し、それによってヒトラーの死を確認したときに撮影されたものだった。

ホイザーマンの名前が散見するようになった。私に『ディー・ヴェルト』紙の切抜きが送られてきた。その中で彼女は一九四五年五月十日にブーフで行われた彼女に対する私たちの最初の尋問を回想していた。この時、彼女はヒトラーの歯をはっきりと識別した。そして感謝の言葉に包まれたことを語っていた。

要するに、彼らは二人とも生きていたのだ。しかし、彼らにはいったい何があったのか？ もしかしたら、二人はひそかに専門家として徴用されたのだろうか？ あるいはわが軍の高官の誰かが、ヒトラーのそれに劣らない入れ歯を持ちたいという気になったのかもしれない。よくは分からないが。

しかし、さらに数年後、ケーテ・ホイザーマンの回想の数ページが偶然に私の手に入った。これは公表されなかったものである。タイプ原稿で、ところどころ彼女の手でテキストに書き込みがあった。コピーの写真の撮り方が悪く、判読できない箇所もあった。けれども、事情を知るにはそのテキストで十分だった。私はモスクワで彼女にどんなにひどい、途方もない運命が用意されていたかを知った。ほかの誰にもまして歴史に最重要の貢献をしたケーテは、ルビャンカ刑務所に、後にはレフォルトヴォ刑務所に危険な犯罪者として収容されていた——独房に六年間も！

彼女はレフォルトヴォで孤独に耐えられず、誰かと一緒にしてくれと要求して、文字どおり騒動を起こした。そして同じ房に一人の女性が入れられた——それはヒトラーの従姉妹だったが、ヒトラーとは会ったこともなかった。二人は折り合いがよくなかったので、ケーテは再び一人になった。

一九五一年八月、私にやっと判決が下された。私はヒトラーの歯の治療に自発的に参加したことにより、ブルジョア国家〔ドイツ〕が戦争を引き伸ばすのを助けたことになった。私はヒトラー治療の際に水の入った瓶ででもヒトラーを殺せたはずで、それによって世界に寄与できたはずだとされた。

これは何なのだ？　狂気か、野蛮か？　それとも、これは証人の陰険な排除なのか？　それとも、それがすべて一緒になっていたのか？

　判決は、六年半の独房拘留を算入して厳重待遇の収容所送り十年だった。私はこの判決に署名し、同じ境遇のほかの女友達たちと強制収容所へ出発し、モスクワの監獄から抜け出せるのを喜んだ。一九五一年十二月、ドイツ人の女性三人、男性数名とともに、私は家畜用貨車に乗せられてシベリアへ送られた。

スターリン、ジューコフ、ヒトラーのような歴史の絶大な関心を集めた巨石の間で、人生がひっそりと、人目を引くことなく押しつぶされた。

タイシェットの収容所では、作業ノルマを完遂する力がなかったので、ケーテは罰として給食の量を減らされた。彼女宛てに届く小包はなかった。肉親は彼女について何も知らなかったからである。彼女は生涯の友となった一人の女囚がいなかったら、飢えで死んだことだろう。ケーテが言っているところでは、彼女はカルパチア・ユダヤ人で、ドイツ語が話せた。この女性はノルマをこなし、さらには少し稼ぐことができたので、食べ物屋が収容所にやってきたときには金を使うことができた。そしてケーテに食べ物を分け与えた。

この女性はケーテよりも先に釈放されたので、ケーテの親族の住所を暗記していき、ケーテのことを連絡した。ケーテは小包を受け取るようになった。

ケーテ・ホイザーマンは一〇年の刑を務めた。収容所の刑期終了は、アデナウアーのソ連訪問と重なった。アデナウアーはフルシチョフとドイツ人捕虜のドイツ送還について合意した。

刑期終了、移送、ブィコーヴォ〔モスクワ近郊の空港〕到着。悪夢のような体験すべての後で彼女が入れられたのは、設備の整った庭付きの家で、ドイツ語図書の蔵書があった。このモスクワ近くの家ではパウルス元帥〔スターリングラード戦で降伏したドイツ第六軍司令官〕が刑に服した、とケーテは考えている。出発に際しては考えられないような愛想よさが示された。バスによるモスクワの名所見物が仕立てられた――クレムリン、大学、そして何よりも「芸術的にデザインされた駅がある」地下鉄。ケーテがとりわけ気に入ったのはマヤコフスキー駅だった。これはみな、列車がドイツへ出発する前に行なわれた。

> そのあと私たちは、白いシーツが敷かれ、電灯にはシルクの傘がかかっている寝台車で、ベルリンへと旅をした。

しかし、婚約者か夫だった男性はノルウェーから復員したあと、彼女が生きているのかどうかも分からないまま、五年間待った末、結婚して幼い子供たちの父親になっていた。帰国したとき、ケーテは四十五歳になっていた……。

この手記でケーテは、デュッセルドルフで元気に暮らしていると書いていた。しばらくは専門の仕事で働いていたが、その後は増額年金で暮らしており、何不自由なかった。友人のカルパチア・ユダヤ人の女性は、毎年、デュッセルドルフの彼女の家に遊びにくる。
せめてもの慰めだが、ケーテは釈放後、四十年間、自由な人間として生きた。彼女が健在のことを、記念日を前にして私たち――ヒトラーの死の証人を撮影しにやってきた映画監督たちから知った。

映画『ベルリンの壁』の作者であるオーストリアの映画監督が、突然、撮影を止め、何かを思案するように尋ねた。「あなたとケーテ・ホイザーマンが会うというのはどうでしょう?」

私は不意をつかれて、「なぜ? 彼女に何を話せるっていうの?」と食って掛かった。この話はなくなった。だが、彼女の運命には私も深く絡んでいたということになる。

もしも私たちがケーテを見つけ出さなかったら、スターリンのもくろみは十中八九成功し、ヒトラーは思いどおりに神話になっていただろう。ケーテがいなかったら、この神話を覆すことはまず無理だったろう。それは私も知っている。しかし、考えもつかない、何という代償と引き換えに、結果としてはそのことを知らずに、私たちは目標を目指したのだろう。そのことを想像もせず、何という運命をケーテに背負わせたのだろう。心の痛みが私を離れることは決してない。

彼女の死の少し前、私はケーテとスクリーン上で再会した――私たちは別々に撮影されてドイツの映画に登場した。それぞれがあのベルリンの五月の日々に演じた役柄で。

二〇〇〇年にロシア連邦公文書館は、秘密扱いを解除されたばかりの記録文書を『第三帝国の断末魔。報復』という題で展示した。これは私個人にとって重要な出来事になった。その日まで私の知らなかったものも含めて多くの興味深い重要文書があった。

主催者が私に展覧会の目録をプレゼントしてくれたが、それには次のような言葉が書き込まれていた。「エレーナ・モイセーエヴナ・ルジェフスカヤへ。あなたがいなければ、この展覧会もその他の多くこともまったく不可能だったでしょう」

もちろん、うれしい。しかし主催者側には、彼らが発見した一つの記録のゆえに、言葉に言い表せないほどの感謝の意を私から表したいと思う。ここにその記録がある。それはほかの多くのものと一緒に目録に載せられている。

一九五一年十一月。

F・エヒトマン、K・ホイザーマン、H・メンガースハウゼン、H・ラッテンフーバー、H・フォスは、ソ連内務省特別会議の決定により「ヒトラーの死の証人たち」として裁かれた。[73]

この記録はヒトラーの死に関する物語に終止符を打っている。

ここにはヒトラーの死が明記され、確認されている。そして、その証人として苦しんだ人たちの名前がある。世界の法制度はこのような非道な裁判を知らない。しかし、スターリンに都合のいい秘密をより確実に保つことが必要だった。そして、そのためにこの裁判が行なわれたのだった。

章末注

[1]オットー・ギュンシェの供述（一件文書第一三〇号）。「ヒトラーの副官、SS少佐オットー・ギュンシェの一九四五年五月十四日の自筆供述書」は私が公文書館で見つけ、一九六五年に『ベルリン、一九四五年五月』で

初めて紹介した（著者）。

[2]ヴァルター・ヴェンク将軍の第一二軍は最後の無意味な戦闘の後、四月二十七日にベルリンに突入を図ったが、この頃は赤軍の反撃を逃れて西へ退却を開始していた。

[3]I・A・トルコニューク中将『ベルリンのエピローグ』（ノヴォシビルスク、一九七〇年発行）、五八ページ。

[4]G・K・ジューコフ『回想と思索』（全二巻）、モスクワ、オルマ・プレス社、二〇〇二年、第二巻、三二三ページ〔一九六九年の初版は『ジューコフ元帥回想録：革命・大戦・平和』（清川勇吉、相場正三久、大沢正共訳、朝日新聞社、一九七〇年）として日本で刊行された〕。

[5]チュイコフの指揮所には第一ベロルシア方面軍司令官代理のワシーリー・ソコロフスキー上級大将がいた。

[6]フセヴォロド・ヴィタリエヴィチ・ヴィシネフスキー（一九〇〇～五一年）。有名な社会主義リアリズム派の作家、劇作家。

[7]ジューコフ、第二巻、三二三ページ。

[8]ハンス〔ヨハンとも呼ばれる〕・ラッテンフーバー（一八九七～一九五七年）。親衛隊中将兼警察中将。ヒトラーの護衛隊長として、最後まで総統とともに地下壕に残った。脱出の際に負傷し、捕虜になった。一九五五年にソ連から釈放され、東ドイツ当局に身柄を引き渡されたが、最終的に西ドイツに戻り、裁判所でヒトラーの死の真相について供述した。公文書館にはハンス・ラッテンフーバー名のタイプ打ちの公用ロシア語訳のテキストが二つある。（1）「ヒトラーの死についての真相」と題した供述書（一件文書第一三二号）――「私、元親衛隊中将、ドイツ警察中将ハンス・ラッテンフーバーは、ヒトラーの死の証人として、ヒトラーの最後の日々と彼の死の状況について話すことを自己の義務と見なす……言明しておく必要があると考えるが、ヒトラーの死とドイツ帝国崩壊の後では、私はもはや宣誓に縛られておらず、かつてのヒトラーとその側近たちへの忠誠とはかかわりなく、私が知っている事実についてここで話すつもりである」。（2）「私が知っていたヒトラー」（一件文書第一三一号）と題したもっと詳細な回想。

[9]その五月の日々、私は何度もクリメンコ中佐を見かけたが、知り合いになったのは戦後しばらくしてからで、モスクワでのことである。私とクリメンコは、当時の出来事について長く文通することになった（著者）。

[10]ゲルトラウト・ユンゲは六月五日に拘束された。彼女の尋問調書は一件文書第一二六号（第二巻）の中に残っていた。（著者）

[11]一件文書第一三二号。ヒトラーについてのさまざまな情報源の報道。

[12]前出（*Die Tagebücher von Joseph Goebbels. Sämtliche Fragmente.* Hersg. von Elke Fröhlich im Auftrag des Instituts für Zeitgeschichte und in Verbündung mit dem Bundesarchiv. K. G. Saur Verlag. München 1987.）

[13]アルフレート・ローゼンベルク（一八九三～一九四六年）。ナチズムの理論家、一九四一年七月から四五年四月まで東部占領地域相。

[14]松岡洋右（一八八〇～一九四六年）。一九四一年にモスクワを訪問した日本の外相（一九四〇～四一年）。スターリンは彼を見送りに駅まで行き（スターリンが外国賓客を駅まで見送りに行ったのはこれ一回だけである）、別れしなに彼にキスして言った――「われわれもアジア人です」。

[15]ロベルト・ライ（一八九〇～一九四五年）。ナチスの全国指導者、NSDPA組織局長兼ドイツ労働戦線指導者。

[16]OKW《オーカーヴェー》――ドイツ国防軍最高司令部（Oberkommando der Wehrmacht）の略称。

[17]『フェルキッシャー・ベオバハター』（«Völkischer Beobachter»）。ナチ党の中央機関紙。

[18]ベンノ・フォン・アーレント（一八九八～一九五六年）。美術家、文化・芸術領域でナチスの多数のプロジェクトを実施。

[19]イオン・アントネスク（一八八二～一九四六年）。一九四〇～四四年のルーマニアの独裁者。一九四一年から対ソ戦に参加。軍事法廷の判決により人類に対する犯罪のかどで銃殺された。

[20]ホルスト・ヴェッセル・リート（Horst Wessel Lied）。作者の名をとって『ホルスト・ヴェッセルの歌』と呼ばれたナチスの党歌。公式名はDie Fahne hoch（『旗を高く掲げよ』）。

[21]カール・グスタフ・マンネルヘイム（一八六七～一九五一年）。一九四〇～四二年のフィンランド軍総司令官、一九四四～四六年のフィンランド大統領。二度、自国の独立を救った。ソ連が一九三九年にフィンランドを

攻撃した際に持ちこたえ、一九四〇年三月一二日に講和条約に調印した。第二次世界大戦ではドイツ側に立ってソ連を攻撃したが、一九四四年九月にソ連と単独で休戦条約を結んだ。

[22]一九四一年七月八日のこの日、ヒトラーはゲッベルスに自分の決意を確認した――「モスクワとレニングラードは徹底的に破壊する。これらの都市の住民を完全に厄介払いし、冬のあいだ彼らを養わないようにするためだ」。

[23]フランク・ノックス（一八七四～一九四四年）。アメリカ海軍長官。

[24]「ドイツ宣伝相ヨーゼフ・ゲッベルス、同妻及び夫妻の六人の子供の死体の識別調書」は、ほかの死体識別調書と同じく、「一件文書第一二五号」の紙挟みの中にあった。この調書には、識別の直接の参加者であるヴィストロフ、ハジン両少佐、クリメンコ中佐のほかに、防諜部の全幹部と次の「提示された死体の識別者たち」が署名していた――「ドイツ軍捕虜海軍中将フォス、総統官邸料理人ランゲ、総統官邸車庫技手シュナイダー」。（著者）

[25]法医学鑑定調書（一件文書第一二五号、調書第五号）には次のように確認されている――「首には鉤十字の丸い金属製徽章の付いた黄色の絹のネクタイが締められていた」。（著者）

[26]ヴィルヘルム・モーンケ。親衛隊少将、総統官邸防衛戦闘団司令官。

[27]ハイジ。ゲッベルスの子供たちは全員、ヒトラーのHで始まる名前を持っていた。（著者）

[28]私の個人的保存文書の中の手紙。（著者）

[29]大管区指導者（**Gauleiter**）。ナチス党の最大地方組織である大管区の指導者。ゲッベルスは一九二六年から四五年までベルリン大管区指導者だった。

[30]ベルリン・ブーフ市、死体安置所 **HPPG-496** における一九四五年五月七日及び八日付の死体の法医学鑑定調書（一件文書第一二六号、第二巻）、調書第五号「身元不詳男子の焼け焦げた死体（ゲッベルスの死体と推定される）の法医学鑑定」。すべての調書には委員会のメンバーが署名した。すなわち、第一ロシア方面軍主任法医学専門家の軍医中佐シカラフスキー、赤軍病理解剖医総監の軍医中佐クラエフスキー、第一ベロルシア方面軍主任

病理解剖医代行マランツ、第三突撃軍の軍法医学鑑定医ボグスラフスキー、第三突撃軍の軍法医学鑑定医の軍医少佐グリケーヴィチである。(著者)

[31]ハンナ・ライチュ(一九一二〜七九年)。鉄十字章を授与されたテストパイロット。

[32]これらの目録(子供たちの衣装)に私は後に公文書館で再会した。邸宅の目録はなかった……。(著者)

[33]ハラルト・クアント。グエンター・クアントとの最初の結婚で一九二三年に生まれた。

[34]ボルマンの日記帳、というよりも手帳は当時、ベルリンの路上で拾われ、私は目にしなかった。公文書館の一件文書第一二六号(第二巻)の中にあったタイプ打ちのその公用ロシア語訳には次のような上書きがあった——「一九四五年六月七日、第五突撃軍防諜部からヴァジス宛て(第一ベロルシア方面軍防諜局長=著者注)に発送」。(著者)

[35]ボルマンはモーンケと一緒に脱出に向かったが、一九七二年まで見つからなかった。ボルマンとその隣にいた医師のシュトゥンプフェッガーが砲弾を浴びたというラッテンフーバーの証言は、鵜呑みにされなかった。ボルマンの死体を脇へ運び、埋葬したという人物の証言もあった。ほぼ、この人物が示した場所で、この手帳が発見された。

一九七二年に、ボルマンが埋葬されたと推定される場所で発掘が行なわれ、ボルマンのデータと身長と体格が一致する男性の死体が発見された。その口の中にはアンプルの破片が残っていた。これは服毒自殺を選択した総統地下壕の住人たちの場合と同様だった。ヒトラーとエヴァ・ブラウンを歯型で識別した歯科技工士フリッツ・エヒトマンが今回も決定的な証人になった。こうして、同じ場所で発見された日記帳が本物であることが確証された。(著者)

[36]その中にはエヴァ・ブラウンの妹の夫フェーゲラインもいた。彼はひそかに総統官邸を離れ、ベルリンからの逃走を図った。総統の命令で逮捕され、総統官邸へ連行され、ヒトラーの結婚式の夜に銃殺された。

[37]二〇〇六年十二月三日にまたしても著者は、ロシアのテレビ会社REN-TVの、ヒトラーの死体識別と「アルゼンチンのヒトラー」(今回はアルゼンチンの作家アベル・バスチがこの主題を利用している)についてのお

なじみの神話の検討をテーマにした番組への参加を強く要請された。（著者）
［38］一件文書第一二六号「識別調書」、第二巻。著者は一九六四年九月の公文書館での作業を、全部で五冊になった分厚い調査ノートの第一冊目にこれらの調書をコピーすることから始めた。（著者）
［39］前項と同じ紙挟み（一二六号、第二巻）の中にある一九四五年五月七日付法医学鑑定調書「シェパード犬死骸の法医学鑑定調書」。（著者）
［40］エルンスト・レーム（一八八七〜一九三四年）。ナチス突撃隊SAの指導者。一九三四年六月三十日の「長いナイフの夜」にレームとその側近たちは親衛隊員たちによって逮捕され、殺された。
［41］Albert Speer. *Erinnerungen*. Berlin, 1969
［42］肖像画については総統官邸の住人たちの尋問の際に話が出ていた。しかし、照明がなかったため、私が見分けることができたのは額縁だけで、肖像画がすでにそこにないことは知らなかった。何年もたってから私が知ったところでは、ヒトラーは自殺の少し前、この絵を外し、専属飛行士のバウアーに与えた。つまり、私が出会ったのは空の額縁だった。（著者）
［43］ニュルンベルク裁判で軍需相のシュペーアは、原子力部門でドイツが大幅に遅れていたことを確認した――「原子を分裂させるには、われわれにはあと一〜二年必要だっただろう」。（著者）
［44］「ヒトラーは、苦い皮肉をにじませて述べた――『私の作戦地図を見たまえ。ここに記されていることのすべては自分の最高司令部の情報ではなく、外国放送局の報道に基づくものだ。われわれには誰も何も伝えてこない。私は好きなだけ命令できる。だが、私の命令はもはや一つとして遂行されない』」（ラッテンフーバー、「ヒトラーの死の真相」）。（著者）
［45］国民突撃隊はナチス党幹部の管轄下にあった。
［46］SD（Siecherheitsdienst）――ナチスの親衛隊保安部。
［47］ハンナ・ライチュの供述は公文書館（一件文書第一三二号）にタイプ打ちの公用ロシア語訳（恐らく英語からの翻訳）で保存されていた。この供述はアメリカ軍諜報機関からわが方に渡されたもので、次のような添付説

明書（やはり公用ロシア語訳で）が付いていた——

「ドイツ軍政府（アメリカ合衆国）

課報部長局

Apo 742

一九四五年十月〝三十一〟日

親愛な将軍、貴下がヒトラーの死の問題に大きな関心を私と共有しておられることを存じ上げているので、最近入手された資料を送付します。これは地下壕内のヒトラーの最後の日々を詳細に描写しています。供述に含まれる情報は描写をしているだけですが、それでもこの供述は、ヒトラーが疑いなく死んでいることの信憑性にさらなる重みを加えるものです。

敬具　T・ブライアン・コンラッド

アメリカ合衆国准将

課報部長」（著者）

[48]ドイツ語で伝えられたロイターの報道——

四五年四月二十九日　ロンドン（ロイター）　ヒムラーの和平提案が土曜日、ダウニング街一〇番のチャーチルの官邸から発表された。

外国の放送（大抵はロイター通信の報道）を傍受してタイプした情報の紙挟みを、私は総統官邸で見た。これらの書類は総統の目のために特別の大きな活字でタイプされていた。公文書館ではそれらは「一件文書第一五四号」の紙挟みに保存されていた。（著者）

[49]「こげ茶色のひさし、金モール、金の柏葉で囲まれた黒・白・赤の記章、こげ茶色のビロードの枠と金の縁取り。ドイツでこのような帽子をかぶっていたのはヒトラーだけだった……。

軍服についても同じことが言える。

暗赤色の一着の軍服は右肩にベルト用の穴があり、肩章はなく、左の胸ポケットにはNSDAPの党章、ヒトラーが一九一四〜一八年の戦争中に授与された第一級鉄十字章と負傷表彰徽章を装着するための小さなボタン穴が二つある。肩章を着けず、右肩からベルトを掛けて歩き、前記の徽章と勲章を着用していたのは、彼だけだった」(著者)

[50]バーベルスベルクには映画撮影所があった。

[51]ヒトラーの個人的遺書と政治的遺書の両方を、ソ連側、連合国側はそれぞれ手に入れ、西側では間もなく公表された。しかし、ソ連では公表されなかった。私がそれらを公用ロシア語訳で目にしたのは、公文書館でのことだった。(著者)

[52]ラッテンフーバーはもっと詳細な供述書『私が知っていたヒトラー』でそのように語っている。ギュンシェは確認している——「この提案を総統はとりわけきっぱりと拒否された」。(著者)

[53]一九四五年十一月二十二日および十二月十七〜十八日付の戦時捕虜ハインツ・リンゲ尋問調書からの抜き書き。リンゲは一九一三年生まれ、ブレーメン市出身、実業学校と建設中等専門学校を修了。一九三二年九月からNSDAP党員、親衛隊少佐、一九四五年五月二日から捕虜(タイプ打ち公用翻訳の写し)。

この写しは私の個人的保存文書の「クラシーリシチクの紙挟み」という上書きのある紙挟みの中に保存されている。これは同時に「オーシポフの紙挟み」である。何年も後に、この紙挟みを私に渡してくれたのは、ノーヴォスチ通信社出版所で私の本『神話でも探偵小説でもないヒトラーの最期』の編集者だったセミョン・クラシーリシチクである。出版所のタイピストで民警大佐N・F・オーシポフの娘さんが、父の死後、父が保存していた重要文書の紙挟みをクラシーリシチクに託した。紙挟みの最初には、一九四六年五月八日付のオーシポフ大佐宛ての、ヒトラー失踪の状況調査に参加するためにベルリンへ出張すべしとの命令書が綴じ込まれている。(著者)

[54]私たちとの最初の尋問の際よりも詳細なこれらの供述をフォスが行なったのは、五月六日の二度目の尋問の際である。

[55]Wilfred von Oven. *Mit Goebbels bis zu Ende*. Durer, Buenos Aires, 1950.

[56]マグダの最初の結婚で生まれた息子ハラルト・クアントへのゲッベルス夫妻の手紙は、ハンナ・ライチュによって持ち出された。後年、ハラルトが自動車事故で亡くなった後、その未亡人がこれらの手紙を公表した。

[57]この歴史的命令は、ベルリン強襲に参加した司令官たちの回想録に引用されている。私の引用はジューコフ元帥の本『回想と思索』第二巻三二五ページによる。(著者)

[58] Erich Kempka. *Ich habe Adolph Hitler verbrannt.*〔『私はアドルフ・ヒトラーを火葬した』〕

[59]わが国の研究が外国の研究から(したがって外国の研究がわが国にある資料から)どれほど隔離されていたかということは、私がトレヴァー＝ローパーの研究を知ったのが……秘密の公文書館で、公用ロシア語訳によってであったという一事を見ても分かる。これは単行本『ヒトラーの最後の日々』(マクミラン社)の要約で、前文によると本は「四月初めに出版される」とあった。本の要約は、一九四七年三月十七日付のアメリカの週刊誌『ライフ』に掲載され、一九五〇年四月十八日に翻訳された記事によって作成された。(著者)

[60]F・I・シカラフスキーの死後、彼に代わって未亡人が私の文通相手になった。彼女から知ったところによると、シカラフスキーにファウストという意味深い名を付けたのはポーランドのカトリックの司祭だという。(著者)

[61]一件文書第一二六号、第二巻。一九四五年五月八日付の死体法医学鑑定調書。(著者)

[62]不首尾に終わった休戦交渉の後、クレープスは総統官邸に戻って、自殺した。五月三日の日付がある報告書「最高総司令官ソヴィエト連邦元帥I・スターリン同志宛て」(ジューコフ元帥が私に訊ねた、まさにその報告書)には、ゲッベルスとその家族の死体発見とともに、総統官邸敷地内で将軍の制服を着た死体が発見され、フォス海軍中将によって「クレープス中将」と確認されたことが言及されている。その軍服の裏地の左横ポケットのそばに「クリープス」というネームが縫い付けられていた。死体の表面的な見分の際に顎と後頭部に出血が発見され、自殺のための発砲が死因とされた。しかし、クレープスの死体は、ゲッベルス一家、ヒトラーとエヴァ・ブラウンの死体とともに法医学鑑定医たちに引き渡された。そして解剖の結果、内部器官から強い苦扁桃の匂いが発見され、内臓の法化学鑑定は青酸化合物の存在を確認した(口の中にガラス破片はなかったが)。一見

して弾丸の傷とされた傷は表面的なものであることが判明した。「それらが生じたのは十中八九、故人の悶絶する体が倒れ、何らかの突き出た物体にぶつかった際である」

[63]ファウスト・シカラフスキーの手紙は私の個人的文書庫に保管してある。それらは死体の法医学鑑定、歯型によるヒトラーの識別、さらに医学委員会が作業した極秘条件についての非常に重要な細部を明らかにしている。本書でのシカラフスキーの言葉の引用は、自分の文書庫にある手紙による。(著者)

[64]教授に不快な思いをさせないために、トロツキーの名前を私は会話の調書に入れなかった――ヒトラーのような患者がいれば、それだけで十分な罪科になっただろう。後年、私はこの調書に自分たちの署名のほかにミロシニチェンコの署名があるのを見て驚いた。彼はこの調査に参加しなかっただけでなく、ゴルブーシンに捜索の中止を直接命じたのだ。恐らく、そのような形で(ヒトラーの識別とは無関係なように見せかけて、ミロシニチェンコに調書に署名させることとで)ゴルブーシンは自分の上司にしっぺ返しをしたのだろう。(著者)

[65]第二次世界大戦中、ブルガリアはドイツと同盟し、自国領内にドイツ軍を駐留させた。しかし、ドイツ側に加わって戦争に参加することはなかった。一九四四年九月五日、ソ連はブルガリア国境に達し、ブルガリアに宣戦したが、十月二十八日にはすでにブルガリアはソ連と和平条約に調印し、以後はソ連の側に立って戦争に参加した。

[66]私が見たのは、一九六四年十二月号から写真撮影した記事である。(著者)

[67]レオン・ネベンツァル(**Leon Nebenzal**)――私の短編集『外套にくるまった春』から『軍事通訳の手記』をドイツ語に訳した――がモスクワへ来たときに、この切り抜きを私に持ってきてくれた。(著者)

[68]公文書館に保管されていた「補足的尋問調書」によって引用。この調書は次の言葉で始まっている――「あなたは、五月十一日の尋問で行なった自分の供述を確認しますか?」(著者)

[69]この尋問の調書は公文書館に保管されていた(一件文書第一二六号、第二巻)。これには通訳の私の姓も入っている。メンガースハウゼンの姓は最初のうち誤記された。これには私も責任がある。彼は自分の姓を申告する際に、姓の中の〈r〉の音をはっきり発音しなかった。(著者)

［70］ヴェー・チェー通信。傍聴から保護された政府用通信。
［71］「識別調書」（一件書類第一二六号、第二巻）。（著者）
［72］この文書は公用ロシア語訳で、公文書館のハンナ・ライチュと同じ紙挟み（一件文書第一三二号）の中に収められている。（著者）
［73］『第三帝国の断末魔。報復』〔目録〕（モスクワ、ピナコテカ出版社、二〇〇〇年）二四ページ。

第5章 ジューコフ元帥との会話

一九六五年十一月、モスクワ

九年後の一九七四年六月二十日の朝、新聞を開くと、突然、黒枠のジューコフ元帥の肖像が目に入った。

押し殺した、ひっそりした、陰にこもった鐘の音が告別式を知らせていた。

女友達のリャーリャ・ガネーリと一緒に出かけた。彼女も前線の軍事通訳だった。一九四二年夏、南部におけるわが軍の悲惨な後退の時期、山岳部での危機一髪という時に、彼女の入手した情報が一個師団を破局から救った。

カリャーエフスカヤ通り〔現在はドルゴルーコフスカヤ通り。モスクワ中心部〕の彼女の住まいから名もない静かな横町をたどり、草の伸びた昔のモスクワ風の中庭をいくつも通り抜けていった。これらの中庭は生えている草と同じようにとても懐かしい感じで、素朴だった。そういう中庭の一つに居場所を見つけて活動している小さな教会まであったりして、残っているのが不自然なくらいのこれらの中庭は、無味乾燥な新しい建物に圧迫されながらも、まだまだ意外なほど生き生きしていた。一緒にお茶を飲んだり、おしゃべりしたり、まどろんだり、一人で読書したり、生活のあらゆる自然なことをするのに絶好の場所のように思えた。

それぞれが独自の顔を持つ中庭を次々と通り過ぎながら、中を見回し、初めて目の前に開かれる光景に魅了された——ずっとモスクワに住んできたのに。そして物悲しい気持ちで後にしながら、はっと気がつくと、それらは跡形もなく消えてしまって、そこはもう今風の新しい建物なのだった。

そのように敏感に、締めつけられるような思いでこれらの中庭に見入り、執着するのは、まったく別の世界へ去った人との告別式に向かっている途中で、寄る辺のない荒涼とした気持ち、この世のものならぬ憂愁に心を冷やしていたせいかもしれない。

私たちはようやく、コンミューン広場〔現スヴォーロフ広場〕のソヴィエト軍中央会館〔現ロシア軍文化センター〕からもう遠くないどこかの敷地の出入口から通りへ出た。しかし、どの通りも民警に遮断されていて、先に進めなかった。新聞には「……一〇時から一八時まで告別式場が開かれる」と、あった。だが、式場の開かれ方は、バスで「勤労者の代表」たちを近くまで輸送し、降ろし、縦隊に整列させるという具合だった。縦隊は、自分たちの身元確実なメンバーの列に個人的参列者を割り込ませないようにという指図を受けて進んだ。しかし、個人の参列者は隙あらば潜り込もうとしていた。縦隊に三列になれという命令が下った。私たちは入れてもらえず、肘で押しのけられた。割り込みはだめだよ。この縦隊はトゥーシノの隊だった（何とも遠くから運んできたものだ）。あんたたちはどこの隊？　どこの隊でもないわ。けれども私たちをすぐには入れてくれない。そこで縦隊に沿って一番先頭のところまで出た。

「あんたたち、どこから出てきたの？」と、トゥーシノ隊の先頭たちが追い払おうとする。

「第一ベロルシアからよ」と、私は答える。

第一ベロルシア方面軍は誉れ高い司令官ゲオルギー・ジューコフの指揮下でベルリンを強襲し、占領したのだ。だが、私の答えの定式は、この若い世代の地区活動家たちにはもう通用しなかった。

私は若い警官に、いわばジューコフ配下で戦った私たちを通してくれと頼んだ。何にもならなかった。そこで、脇から縦隊に割り込もうとすると、すぐに民警の遮断線が私たちを切り離した――自主性、個人的なもの、自由意思によるもの、自然発生的なもの、心の声に従ったものを一切排し、上の意志にだけ、公式のことにだけ、命令にだけ従わせるために。

ここへ来る途中のあの中庭で得た、静かな、穏やかな、もの悲しいものがしおれ、消えていく。抗議の思いがたぎってきた。

どうして私たちは偉大な司令官たちとこのようにしていつも告別するのだろう！　パーヴェル一世は、死去したスヴォーロフ将軍〔アルプス越えで有名な常勝無敗の将軍。一八〇〇年五月に死去〕に敬意を表さず、将軍を無視することによって告別の際の民衆の感情の高まりを消そうと考えた。しかし、成功しなかった。嘆き悲しむ群衆がスヴォーロフを見送った。

政府は今回、疎んじていたジューコフ元帥に対する表敬の程度も、棺のそばを通る組織された縦隊のメンバーも、これまで以上にしっかりと管理した。そして訃報が葬儀の日程と一緒に発表された同じ日のうちの「一〇時から一八時まで」に収まるようにとりはからった。みんなが朝から新聞を開いて発表を目にし、我に返り、職場から早退の許可をもらえたわけではなかった。告別式をこのような形にするために、そのことを細かく手配した人たちがいたのだ。感情の高まりを冷やすために。高まりは大きかったのか？　私には分からない。

それでも、私とリャーリャのようなどっと押し寄せた「組織されていない」者たちの圧力が、決まっていた方式を乗り越え、「身元確実な」列が私たちと混じり合った。胸に略綬を着けた参戦軍人たち、自発的な若者たち、もっと年上の人たち。「私たちの」列を迂回してどこかの延々と続く縦隊が先へ通される。何千もの人たちが我慢強く立っていた。心配しているのはただ、所定の時間内にお別れできるだろうかということだった。これらの人たち、これらの顔の映像が残っていないのが残念だ。誰も撮影していなかった。

太陽が照りつけていた。ゆっくりと一歩、そしてまた一歩と進み、新聞掲示スタンドのそばを通過する。そこには、ジューコフの死を伝える今日の各新聞の意図的に押し殺したトーンを突然打ち破って、『コムソモリスカヤ・プラウダ』紙の大胆な見出しが躍っていた――「スヴォーロフ、クトゥーゾフ〔対ナポレオン戦争の総司令官〕、ジューコフ！」紙面の写真にはジューコフと末娘のマーシャが写っている。長いお下げ、開けっぴろげの、とてもいい顔。

ボジェドムカの結核病院そばの木陰で足踏み状態になった。柵の鋳鉄製の小枝の間から奥に悲しげなドストエフスキー像〔作家はここで生まれた〕が見える。私の隣の若い男性は、家族連れで旅をしていて、モスクワは通過地点だった。妻と赤ん坊を駅に残して、ここへ駆けつけてきた。そして三〇分過ぎるたびに、彼の顔はますます悲しげになった。列車の時刻までに棺に行き着ける望みがなくなりそうだったのだ。

三時間少しかかって、私たちはほぼ一キロ進み、ようやくコンミューン広場へ出た。軍博物館が近い。一度、博物館に来たことがある。ジューコフ夫妻がここを訪れた直後のことだった。「戦勝」の展示ホールにも、ほかの展示ホールにもジューコフ元帥の写真すらなかった。忘れるのだ――彼、司令官ジューコフ、戦勝のシンボルはいなかった……と言わんばかりに。長年、国家と社会のすべての活動から遠ざけられ、彼は官有別荘の高い木の塀の中で孤立して暮らしていた。

私たちは目標のすぐそばにいた。しかし、縦隊は方向を曲げられて、ゆっくりとエカテリーナ並木道の周囲を回らされた――私たちの道を遠くするために。

私たちは並木道を回って、歩道に踏み出した。棺が安置されたソヴィエト軍中央会館のすぐ近くにやっと出たのである。会館に接している軍の新しいホテルの開け放たれたドアから威勢よく、精力的に、メンチカツや切り分けたパンの山をのせたトレイ、水の瓶の箱、ゆでたばかりのソーセージのボウルが運び出されていた。疲れ果てていた人たちは水を飲み、空腹を満たすために突進した——供養のもてなしの席で、そして戦場で見られるあの生身の猛烈さをむき出しにして。みんなが竜巻のように殺到した。まるで誰かの演出で、この瞬間にふさわしい気分が乱暴に撮影されているような感じだった。硬貨がちゃりんちゃりん音を立て、空になった紙コップが足元に転がった。売り場のそばで遅れた人たちが頬張った口のまま列に追いついた。あわてて両手でメンチカツを押さえながら。

そしてその時、雷鳴がとどろいた。雷はごろごろ空を転がり、ずし――んとどこかで落ちた。大雨が降り出した。それも考えられないような勢いで。神殿のそばの異教徒たちの市場を一瞬にして包み込む豪雨のような。

夏らしく雑多な服装をした群衆の上に色物の傘が開いた。私とリャーリャは傘を持ってこなかったので、空から身を守るすべがなかった。二人は意を決して列の脇を前へ走り出し、列を追い越した。もう頭のてっぺんからから足のつま先までずぶぬれで、とても無事に済みそうな感じではなかった。誰も私たちを停めなかった。一〇〇メートルほど走った。そして誰にも停められずに私たちは濡れそぼった群衆に割り込み、彼らと一緒にソヴィエト軍中央会館の敷居をまたいだ。

公式の葬儀の香りである針葉が匂った。無数の花輪が壁に立てかけられ、シャンデリアは黒のクレープで覆われていた。階段の手すりには黒と赤の幕が掛けられ、段のところまで垂れ下がっていた。

少し階段を上がったが、二番目の踊り場から先のところで長いこと待った。水が頭や貼りついた衣類から流れ落ち、靴はぴちゃぴちゃ音を立てた。窓からは、土砂降りの中で数千の人たちが列のまま、散らばらずに立っているのが見えた。傘、新聞、脱いだ背広を頭上にかざしていた。しかし、大多数の人は雨を防ぐものを何も持っていなかった。じっと待っている。その姿を目に留め、記憶に留める人は誰もいないだろう。報道カメラマンはいなかった。

叩きつける雨。アスファルトの上で水が沸き立ち、泡立っている。雷鳴がとどろく。

突如押し入ってきた自然現象の力はそれだけで、この葬儀の神秘性を物語っていた。


私たちは「赤旗の間」に入った。

棺は花に埋もれていた。頭の背後には巻き込んだ赤旗が三本立てられ、三枚の黒い布が旗竿に結ばれていた。ジューコフの足のそばから赤い布が床まで垂直に下ろされ、数え切れぬくらいの勲章で埋まっていた。棺から少し離れたところに、娘たち、親族、親戚のための椅子が並んでいた。しかし、棺のそばに愛妻の姿はなかった。彼女は長い苦しい病の末に先立っていた。ジューコフが妻より長生きしたのは半年だけだった。

この棺は遠目にもとても寂しそうだった。

私たちはゆっくりと棺の前へ進んでいく。立ち止まることは許されない。息を継ぐことも、突き上げる興奮に身を任せることも許されない。

高い壇上の棺の中には、特徴的に唇を結んだ持ち前の表情のジューコフ元帥がいた。彼をこの世のすべてから隔てているのは、下ろされたまぶただけだった。病気でも、老衰でもなかった。死は生前の写真でおなじみの、あの威圧的な顔を戻していた。私の隣を歩いていた年配の男性は泣きながら、つぶやいていた。「ああ、本当に気の毒だ！　大人物だった！　本当に気の毒だ！」

会場から出て、私とリャーリャは階段ホールで立ち止まった。すぐに立ち去る気にならなかった。

私たちのそばをいろいろな人たちが階段を下りていった。ジューコフと一緒に戦争を生き抜いた人たちも、戦後に生まれた人たちも。みんな興奮した顔をしていた。

着古した濡れた軍服を着た元飛行士（中佐）の老人が杖を突き、義足の音を立てながら階段を下りていったが、人目もはばからず嗚咽していた。そして私とリャーリャは全身ずぶ濡れだった。だが、前線にいたときと同じように、風邪を引きそうな気配はなかった。

窓の外では雷鳴が遠ざかり、静かになりながら、低い音で聞こえていた。

一九四四年にカルパチア山脈でドイツ軍の将軍が第四ウクライナ方面軍の捕虜になり、リャーリャが質問した。「ドイツの司令部は第四ウクライナ方面軍の行動をどう評価していますか？」

「われわれは第四ウクライナ方面軍〔司令官イワン・ペトロフ上級大将〕を心配していない。われわれが心配しているのはジューコフが何もしないことだ」と、ドイツの将軍は答えた。

不安を与えていたのは、ジューコフが敵に手の内を見せずに、いったい何を考えているのか、ということだった。

私とリャーリャはジューコフ元帥と告別するために四時間以上、通りとソヴィエト軍中央会館で何千もの人たちと一緒に過ごした。生前の元帥と私の会見も同じ時間続いた。そしてこの告別の日は、私にとってこの会見の無言の続きとなり、ジューコフの思い出に浸らせた。

同じ日の深夜までにジューコフの遺体は火葬された。私はそのことをラジオで聞いた。この慌ただしさに何か堪えがたいものを私は感じた。それは以前から苦しめられていて、今は死者となった人から、しかし死が突然昔の風貌を取り戻させた人から、自分たちを守ろうとする慌ただしさ、その人を遺骨、遺灰、無にしようとする慌ただしさだった。

翌日、葬列はモスクワ中心部へ向かった。労働組合会館〔ソヴィエト時代、レーニンから始まって共産党・政府幹部の告別式はここの「円柱の間」で行われるのが慣例だった〕のそばで、骨壺は砲車に移された。軍の護衛隊に付き添われて葬列は赤の広場へ進んだ。

かつてこの広場に凱旋の白馬のひづめの音が響いた。

「ついに、待ちに待った、忘れられない日がやって来た！[1]」


私は最高総司令官から別荘へ呼び出された。

彼は、馬に乗るのを忘れていないかと尋ねた。私は答えた。

「いいえ、忘れておりません……」

「それでよし。君は戦勝パレードを閲兵しなければならない。パレードの指揮はロコソフスキー〔ソ連邦元帥〕が取る」と、スターリンは言った。

私は答えた。

「そのような名誉を与えてくださってありがとうございます。しかし、パレードはあなたが閲兵されるほうがよくありませんか？　あなたは最高総司令官で、権利と義務から言ってあなたがパレードを閲兵されるべきです」

スターリンは言った。

「私はもうパレードを閲兵するには年寄りだ。君が閲兵したまえ。君のほうがかなり若い[2]」（ジューコフは数えで四十九歳だった――ルジェフスカヤ）

「一〇時三分前、私はスパスキー門のそばで馬上にあった[3]」。まだ広場から見えていなかったので、彼は軍帽から雨のしずくを払い落とした。

ロコソフスキーが命令した。「パレード、気を付けー！」。そしてスパスカヤ塔の時計が一〇時を打ち終わると、ジューコフ元帥は白馬にまたがって赤の広場へ乗り出していった。

次いでレーニン廟の壇上でスターリンと並んで立った。そして一枚の写真がこの歴史的瞬間の二人を一緒に記録した。撮影は報道カメラマンのE・ハルデイ[4]である。一九七三年に自分の作品展でハルデイはこの写真のところへ私を連れていって、ジューコフを訪ねて、この写真を手渡したと語った。その時ジューコフは、自分がレーニン廟の壇上でスターリンと並んでいるこの写真を手にしながら、こんな思い出話をした――軍帽のひさしから水を振り落とそうと思った。しかし、スターリンを見て、それをすることができなかった。スターリンは辛抱強く、じっと雨の中に立っていた、と。

国家指導者にして最高総司令官の濡れた軍帽の下に何が隠されていたのか？ ジューコフ本人はそのような詮索と無縁だった。そして純朴のゆえに知らなかった――自分に関しては事情は異なっており、不安を持って詮索されていたのである。スターリンは白馬の凱旋将軍をとくと眺めた。「私はパレードを閲兵するには年寄りだ」。（それに若い頃も乗馬の名人ではなかった。）ジューコフは拍手する広場の歓喜のどよめきの中へ、意気上がる強大国の聖歌『栄光あれ！』の中へさっそうと馬に乗って現れた。そして、戦い、生き残った軍隊の全精鋭――勇敢な元帥たち、将軍たち、少佐たち、兵卒たち――が真新しい正装で、彼の前で静まり返った全員が彼の前で、ジューコフの前で静まり返ったのだ。どうしてここで嫉妬せずに、心配せずにいられるだろう――彼は何かを考えていないのだろうか、あのエネルギー、栄光、意志力、組織者としての天分、あの軍隊をもってすれば？

こうしてジューコフは勝利の偉大な瞬間に雨に打たれ、幸運の太陽は二度と雲間から顔をのぞかせることがなかった。

彼は戦後の二十九年を生きた。そのうち、自分の能力、人間的スケールを全開して働いたのは五年ほどだった。そして回想録の出版によって自分のことをあれほど広く賑やかに思い出させたときですら、生前の彼にその重みと功績にふさわしい場所が公式に復活されることはなかった。今、彼の軽い遺骨は、ブレジネフ、スースロフ、グレチコ……のもう気後れしない肩にかつがれて、赤の広場を進んでいた。

ジューコフはクレムリンの城壁に葬られる名誉を望んでいなかった。望んでいたのは地下に眠ることだった。しかし、彼の個人的意志はどうしたのか？　この儀式には政治的な合目的性があった〔5〕。感謝する祖国は永遠の眠りのために彼にわずかな土地も与えなかった。与えたのはクレムリンの城壁の透き間だった。最後に彼はわずかな遺骨となって赤の広場に姿を現した。その舗道にはかつて白馬のひづめの下から火花が飛び散った。白馬はジューコフ元帥を乗せてその運命の最高の瞬間へと運んでいた。

「流謫の身」のジューコフが八年ぶりに、戦勝二〇周年を祝う一九六五年五月九日の記念会議の幹部会席に姿を現すと、会場は嵐のような拍手で彼を歓迎した。夜、彼は私たちの文学者会館での宴に出席した。彼を迫害した張本人フルシチョフは失脚していた。ジューコフの不遇に終わりが来たように見えた。

しかし、彼に対する五月のあの会場の歓迎ぶりは非常に熱烈だった。これがどうやら「上層部」に気に入らなかったらしい。ジューコフから終身的栄誉を遠ざけることで、当局は軽率な行為を二度と繰り返さなかった。一九六五年十一月七日の革命記念日の式典に（ジューコフは招待を待っていた）、彼は招かれなかった。つまり、すべてはこれまでどおりだということになる。これは再度の打撃だった。彼はそれに備えていなかった。侮辱され、傷ついた。これまで負担に耐えられた心臓が、今度はひどくこたえた。梗塞が起きた。

私とジューコフの会見が行われたのはこの梗塞の六日前だった。恐らく私は元帥に近しくない人たちの中で、まだ健康で快活だった彼に会った最後の人間だろう。そのとき彼は近年の生活で最良の時にあった――その執筆作業で戦争を再体験しながら、回想録を書き終えようとしていた。個人生活では幸せだった。私の受けた印象では、国家的活動に復帰することを希望していた。

一九六五年十一月一日〜二日

二十一年後にこの会見についての記録的短編の発表を準備したとき、私に残っていたのは二冊のノートを書き写し、あと少し書き加えることだけだった。

しかし、一九八六年〔すでに八五年三月にゴルバチョフが共産党書記長になっていたが、ペレストロイカとグラスノスチなどの改革に踏み出すのは八六年〕がすぐそこまで迫っていたのに、陣地を放棄するつもりのない検閲がこの短編の掲載を断固禁止した。当時『ズナーミャ』誌の編集長になったグリゴリー・バクラノフがその回想記[6]で、この短編を検閲から取り戻して掲載するのにどれほど苦労しなければならなかったかということを書いている。検閲官たちを激怒させたのは、私が引用したジューコフのスターリンについての辛らつな言葉だった。彼らは叫んだ。「見たまえ、彼女がスターリンをどんなふうに描いているか！」

ある日の朝九時、母が私に電話に出るように呼んだ。そして普段は耳がよいとは決して言えない母が不意に付け加えた。「何か軍人さんの声のようよ」

「エレーナ・モイセーエヴナですか？　ジューコフです」。張りのある声。しかし、軍人的なわざとらしさはなかった。

肩書が付いていなくて、無数の無名の同姓人と間違いかねない、このただの「ジューコフ」は、好感を持たせた。

「初めまして、ゲオルギー・コンスタンチノヴィチ」と、そう言って、彼の名前と父称を間違えなかったかと不安になった。何しろ、これまで一度も直接話しかける機会がなかったのだから。

「お目にかかりたい」と、ジューコフ。「明日の一六時はどうですか？」

私ははっきり聞き取れなかった。

「四時に」と、彼は軍人でない話し相手に合わせて繰り返した。

「大丈夫です」

彼は私の住所をメモしはじめた。私は説明しようと試みた——鉄柵のある建物です。

「見つけますよ！」と、彼はさえぎった。「自分の手帳に書き込んでください。明日、一六時と」

私が明日、ジューコフに会いに行くと知って、ヴィクトル・ネクラーソフ[7]は矢も楯もたまらなくなった。「連れていってよ！　君の秘書としてでも。私はすべてに興味がある。ジューコフが君と何を話すかということも。あるいは私がどのようにして車から降ろされるかも」

夜、私はノーヴォスチ通信社〔現在のRIAノーヴォスチ通信社の前身〕の編集者A・D・ミルキナに電話した。彼女はジューコフの依頼で事前に私と連絡を取っていた。私が一人でなく、ヴィクトル・ネクラーソフを同行すると聞いて、彼女はうろたえた。

「それはできません！　ネクラーソフには敬服しているけれども、それはできません！　分かってください、これはとても深刻なことなのです。ジューコフにはトラウマがあって、誰とも会わないのです。彼にとって新しい人は一人一人が衝撃なのです。分かってくださいよ……これはあなたにしか言いません。彼はあらゆる秘密を知っている人間として監視されているのです。彼はもう年で、六十九歳です。強情な人なのですよ」

翌日（これは十一月二日だった）、約束の時間の二〇分ほど前に電話が鳴った。快い女性の声が言った。「ゲオルギー・コンスタンチノヴィチの依頼でお電話しました。一五分後に車がお宅に伺います。車の番号は34－27です」

私が下に降りていくと、ラジエータの下に黄色いヘッドランプを付けた、見かけない種類の大型の黒い乗用車が鉄柵の外の歩道脇に停まっていた。運転手がドアを開け、顔を出した。

「うちの者たちがあなたを探しにいきました」

すぐに、運転手が「うちの者たち」と呼んだ人たちが近づいてきた。小さな女の子と柔和な丸顔の年配の女性だった。女性はとても控えめな服装で、黒の合オーバーを着て、色物のウールのスカーフで頭を包んでいた。

私たちは挨拶を交わして握手した。女性はクラヴジア・エヴゲーニエヴナと名乗り、それから女の子を紹介した。「これはゲオルギー・コンスタンチノヴィチの娘のマーシャです」

古い黒の「ＺＩＳ《ジス》」（「同じ型の車にスターリンも乗っていた」と、運転手が帰り道に話した）が動き出した。のろのろと数キロ走ったが、老朽化した車体の内部でひっかくような音やうなり声、何か叩くような音が時々した。そして私はレニングラード大通りに沿って外郭環状道路に向かっているだけでなく、過去に向かって時間をさかのぼっているようにも感じた。

私の隣に座っている運転手は背が低く、擦り切れた青のオーバーを着て、薄いテープを巻いた灰黄色のフェルト帽をかぶっていた。帽子の大きなつばは曲げられていなくて、その端はところどころほつれて垂れ下がっていた。軍隊にいたことを物語っているのは、士官用の生地で縫われた私服のズボンだけだった。穴の開いた黒の短靴がペダルを踏んでいた。彼は寡黙で――この職業の人たちに付き物の自信満々も血の気の多さもなく――集中していて、どこか感動的なところがあった。職人の親方か、あるいは単に失業中の人に似ていた。ほとんどそのとおりだった。以前は国防相を乗せていたのが、今では夫人を別荘から職場へ、そして娘を学校と「音楽」へ乗せて行くだけだった。

女の子は明るい顔で、灰色の目をしていて、マーシャ〔マリアの愛称〕という名がぴったりだった。生え変わった前歯が見えた。大きな歯で、まるで成長を見越して大きめにもらったような感じだった。マーシャはクトゥーゾフ大通りの英語強化特別学校の二年で学んでいた。別荘から車で二五分かかった。

「でもやはり空気が」と、女性が別荘での生活を弁護した。

マーシャに対する彼女の態度に何か距離があったので、最初のうち私は養育係だと考えた。だが実際はジューコフの義理の母だった。しかし彼女にとってマーシャは「ゲオルギー・コンスタンチノヴィチの娘」ということがまずあって、その後でようやく孫にもなるのだった。

ジューコフ元帥の謙虚で好感のもてる（まったく見栄えのしない）周囲の人たちは、何か恐ろしいことに出会うのではないかと心配していた私に快い驚きを与えた。

私はこの肩の凝らない人たちと一緒に訪問先に近づいていた。

私は前線でジューコフを見たことがなかった。しかし彼の名前は、ましてジューコフがわれわれの前線に姿を現すということは、どのような危機的状況下でも信頼性と堅忍不抜を、そして会戦では勝利を約束したのである。ある時、ドイツ軍の郵便物が捕獲された。私は発送されなかった兵士たちの手紙が入った袋を調べた。どの手紙にも絶望と親族への慌ただしい別れの言葉がつづられていた。彼らの戦闘区域にジューコフが出てきたのだった。

戦争中は何物をもってしても司令官ジューコフの英雄的形象を陰らせることができなかった。とはいえ、すでに戦争中から、とりわけ戦争の終結後に、私は彼の粗暴さ、厳しさ、怒り（しばしば正当な理由のない）の爆発についていろいろ噂を聞いていた。彼は人を大事にしなかったと。このため、私には少し彼に対して先入観がなかったわけではない。「モスクワ上空で最初のドイツ軍機を撃墜したソ連邦英雄の飛行士ガラーイが私に話したことがある。「もしロコソフスキーがいなかったら、われわれは別の指揮スタイルがあり得るということを知らなかっただろう。しかし、だからと言って、ジューコフが最大の司令官だということを取り消すことにならない。われわれはほかの誰よりも彼のおかげをこうむっている」

私たちは外郭環状線道路から舗装された田舎道に曲がり、その行き止まりにある、高い塀をめぐらした緑の木の門にぶつかった。運転手が車から出て門を開けにいった。奇妙なことに、門には番人も護衛も誰もいなかった。遠くないところでジューコフが革コートを着て、堂々たる円柱のある二階建ての家の正面に沿ってぶらついていた。彼は私を迎えに歩いてきた。挨拶を交わしながら、彼は言った。

「当時はお会いする機会がなかった」。第一ベロルシア方面軍とベルリンのことを言ったのである。

しかし、ジューコフが指揮する方面軍に入っていた一軍の司令部通訳の私から、元帥までの間には、あまりにも距離があり過ぎた。

彼は玄関ホールで私がオーバーを脱ぐのを手伝い、自分も軽い革コートを脱いだ。それから私たちは広々とした広間に入った。まだ昼の光が十分にあったのに、広間は大きなクリスタルのシャンデリアの明るすぎるくらいの光で盛大に照らされていた。

「どこへ座ろうか?」

ジューコフ元帥が私服だったことは、私たちの会見が私的な性格のものだということを告げていた。しかし、それが行なわれた広間では、公式性から完全に脱却するのは訪問者にとって容易ではなかった。建築家の構想では、ここは正広間、公式の広間で、庭にぴったり接した美しい、広々した窓を備えていた。ここではすべてが壮大だった。入口に端面を向け、広間の中心に沿って奥まで続いているテーブル。窓の反対側の壁の広いニッチにはめ込まれ、前に突き出たサイドボード。じゅうたんの広さ。

ここにあるすべてのものは、われわれが戦勝者だったあの遠い日々に属していた。その後の時代の流行はここには浸透しなかった。

ジューコフは素朴で、自然で、注意深かった。とはいえ、私にはわだかまりとぎこちなさがあった。私たちのイメージではジューコフ元帥は軍服と一体になっていたので、彼が私服だということが少し引っかかったが、慣れなければならなかった。しかし、時間がたつにつれて、打ち解けた、くつろいだ調子が生まれてきた。ジューコフ本人のこと、この家の雰囲気、生活の流れから無理やり切り離されていること、孤独、元気のよい小さな愛娘を前にした時のお手上げぶりなど——私はこの会見の間に吸い取った多くのことを、家に帰ってから深夜までノートに書き込んだ。しかし、眼目は、二人の間で行なわれた容易でない会話のことだった。

八歳の娘マーシャがその場にいた最初のしばらくの間、話はくつろいだ、世間話的なものだった。マーシャを食事に行かせた後、ジューコフは私の本を読んだと語った。彼が本と言ったのは、印刷用に組版された私の原稿のことで、それをジューコフに提供したのはノーヴォスチ通信社出版所である。この出版所は私とその原稿の国外出版権に関する契約を結んでいた。単行本『ベルリン、一九四五年五月』はそれまでにイタリアで翻訳刊行され、ドイツ語、フィンランド語、ポーランド語への翻訳が進んでいた。しかし、ロシアでは単行本としてまだ出ていなかった。雑誌に掲載されただけで、ジューコフはそれを知らなかった[9]。

ジューコフはベルリン作戦に関する自分の執筆中の回想録に触れ、軍隊での勤務、私が調べ物をした公文書館についていろいろと私に質問した。そしてようやく、彼の気になっていることについて語り始めた。

ノートのメモを利用して、ジューコフの言葉をここに逐語的に引用しておく——

私はヒトラーが発見されたことを知らなかった。だが、そのことをあなたの本で読んで、信じた。もっとも、慣例に反して、ここには公文書館の明記がない。しかし、あなたを、あなたの作家としての良心を信ずる。私は回想録を書いている（彼は繰り返した）。そしてちょうど今、その中でベルリンまで達したところだ。それで今、このことについてどう書くべきかを決めなければならない（彼は急がず、一本調子に、考え込みながら話した）。私はこのことを知らなかった。私がこのことについて、知らなかったとそのまま書けば、ヒトラーは結局発見されなかったと受け取られるだろう。だが、政治的にこれは正しくないだろう。これではナチストたちを助けることなる。

少し沈黙してから、彼は語った。「私がこれを知らなかったということがどうして起こり得たのだろうか？」

私たちは小さな丸テーブルに座っていた。最高総司令官スターリンの代理、名だたる戦闘の英雄、誉れ高い司令官、ドイツの降伏を受領し、モスクワの赤の広場でわが軍の凱旋パレードを閲兵したその人が、一介の女性通訳に訊ねていた――なぜ自分は、いかなる状況のもとでも知らないはずがなかったことを知らなかったのかと。

私はこの質問を予想していなかった。一体どこの国でこのような奇跡と目くらましがあり得よう！ しかし、ヒトラー発見にかかわる一切が極秘に付され、スターリンの命令で司令部を迂回して直接彼に報告されていたことを知っていた。これでは、ジューコフ元帥さえも迂回して、ということになる。

私は言った。「それについてはスターリンに訊ねるべきでした」

これは辛らつに響いたかもしれない。そして私は例の短編の中では自分の返答をそのまま繰り返したくなかった。そこで少し別の書き方をした。「なぜそうなったのか、これを説明できるのはスターリンだけでしょう」

ジューコフはすぐにきっぱりと退けた。「どのような状況のもとでも私はこれを知っていなければならなかった。なぜなら私はスターリンの代理だったのだから」

これに対して明確に、説得的に答えることは、もちろん私にはできなかった。スターリンはこのような重要な歴史的事実を手に入れて、恐らくそれをどう処理するか決めかねて、とりあえずこれを秘密にした。ここでは多分、すでに書いたように、二人の関係の複雑さ、不安定さが影響したのだろう。二人の関係でジューコフが目立ったのは、戦争の間は評価された持ち前の率直さにおいてであった。

スターリンは歴史に対して、国民と世界に対して責任を感じていなかった。そしてあることが存在できるのは、それが実用的見地から彼に都合がよかった場合で、そうでなければ、そのことはいわばまったく存在しなかったのと同じになった。スターリンはそのような本質的な、ヒトラーが発見され、問題はケリがついたという事実を手放すつもりはなかった。そして問題にケリをつけることを彼が望まなかったとしたら!?

「もしこれがNKVD《エヌカーヴェーデー》(内務人民委員部)の線で行われたのなら、ベリヤはスターリンとのこの話の時にいたはずだ。彼は黙っていた」と、ジューコフは言った。私にはジューコフは思い込んでいるように見えた――ベリヤが黙っていたということは、つまり、知らなかったのだと。

そして私はこの時には思い出さなかったが、私が奇跡的に三週間利用を許された秘密の公文書館には、ベリヤが知っていたことを証明する文書があった。数日後、自分の書き抜きを見直しながら、私は再びそれに出くわした。これはヴェー・チェー通信で伝えられた、四五年五月二十三日付のベリヤに宛てた詳細な報告だった。

「セローフ[10]もベルリンにいた。彼は今も、グラノフスキー通りの私の住居と同じ建物〔対独戦の元帥や将軍たちが住んでいたマンション〕に住んでいる。私は彼に尋ねたが、知らなかった」

四五年五月当時、ベリヤの次官だったセローフ将軍もすぐにではないにせよ、少し後で知った。このことは文書が物語っている。だが、ジューコフには秘密にされ続けた。

「私があなたにお願いしたかったのは」と、ジューコフ元帥はやはり同じようにゆっくりした、しかしそれほど考え込まない口調で言った。「この点で少し協力していただくことです」。そして、力を込めて、重々しく言った。「何しろ、私がどのように書くかに、あなたの本の運命がかかっているからです」

彼は安楽椅子で足を組んでそっくり返った。そしてここで突然、古い肖像写真で国中に知られている重々しい、威圧感を与えるあごが現れた。

「もし私が自分はそのことを知らないと書けば、あなたは信用されなくなる」

彼はこのことを、私がここで伝えられるよりももっと厳しく言った。なぜなら肝心なことは言葉の中にだけあるのではなく、言葉がどのように発されたかという点にもあるからだ。これではお願いではなく(そういう単語が口にされたものの)、強制であり、申し出ではなく、無理押しだった。それも性急に、脅しをかけていっぺんに言うことを聞かせようとする……ぎこちない沈黙が生まれた。しばらく待ってから、ジューコフが訊ねた。

「あなたは文書の抜き書きを持っているんでしょう? 残っているんでしょう?」

「私が利用した程度には」と、私はそっけなく言って、押し黙った。私の中で先入観が息を吹き返した。

「それ以上は残っていない?」

「ゲッベルスの日記からのものは少々」

「写真は?」

「私は持っていません。イタリア語版の私の本には入っていますが」

発表済みの写真は彼には興味がなかった。

結局、実際に彼が私に依頼したのは、ごく慎ましいものだった。本来なら彼は私の全面的協力も受けられただろう。しかし、この口調のために私の中で何かが停止してしまった。出来上がっていた信頼感は壊れて、会話はぎくしゃくしたものになった。私は自分の本への心配から彼に協力するのは嫌だった。その頃までには私の本はすでに翻訳され、その中で発表された事実は議論の余地ないものと認められていた。しかし、私はただ、次のことを話すだけに留めた――身元確認の主要な証人たち（ヒトラーの歯科技工士フリッツ・エヒトマンと歯科主治医の助手ケーテ・ホイザーマン）が、歯によってヒトラーの死を確認したと公に語っていること、すなわち、まさに私が書いているように、二人はそのことによって、ヒトラーがわれわれに発見されたことを確認した、と。これらの供述、法廷で宣誓するエヒトマンの写真、二人の回想――これらすべての資料は西側で公表されていた。[11]

「西側の連中が書くのはどうでもいい」と、ジューコフはぼそっと言った。

しかしそれに続いて、自分はあなたの本を読んで完全に信じた、と繰り返した。そして、ヒトラーが発見されたことを彼は疑っていなかった。

ジューコフはタバコを吸わず、私も吸わなかった。そして私たちの会話の緊張はマーシャがいなければ、ほぐれるきっかけがなかったろう。彼女は庭からオーバーも脱がずに、むく犬を抱えて駆け込んできた。椅子を引っ張ってきて、私たちのテーブルのそばに座り、むく犬を膝の上にのせて抱きしめた。

「やめなさい」と、ジューコフが言った。

彼女は彼の命令を無視した。私たちは会話を続けた。ジューコフは再びマーシャにやめるように命令した。

「分かるだろう、汚いのが」

父親は娘に犬を床に置くように繰り返した。けれどもマーシャはまったく平然としていて、言うことを聞こうとしなかった。

だが、味方も敵もみんながその前で戦々恐々とし、将軍から兵士までありとあらゆる者が無条件にその命令に服従し、厳しさと鋼鉄の意志の後光が差していた彼は、八歳のやんちゃ娘に服従を要求するのに無力だった。数百万の軍勢を服従させるよりも、まさしくこちらのほうが難しかったのである。[12]

娘が生まれて間もなく彼の活動は突然に中断され、生き生きとした時間の唯一の流れになったのは成長する幼子だった。妻は活気あふれる市内へ出勤し、彼はここに残っていた。想像できるが、そしてこれは誇張にならないと思うが、彼は孤独の中でこの遅く生まれた娘を育て、彼女の生命の芽の息吹を感じ取っていたのだ。娘は、自分ではそうと知らず、彼を助けていた。彼女は彼の現在のミニ駐留軍で主要人物だった。

マーシャはさらにしばらくのあいだ座って、同じように小犬と遊んでいたが、やがて出ていった。

「私のこの文書――スターリン宛のものは、持っていませんか?」と、彼は尋ねた。

会話の冒頭で私は話していた――公文書館にゲッベルスとその家族の死体発見の報告を含む文書があって、それはジューコフ元帥と方面軍軍事会議員テレーギン将軍の署名のもとにスターリンに送られたものだった、と。

「これは持っています」

それまでに彼が依頼で見せた口調に気を悪くしていたので、私は簡潔に、しぶしぶ答えた。これを書いている今では、私は自分が鈍感で、当時事情を十分に把握していなかったことを理解している。それは容易でない、正常でない事情だった。ジューコフ元帥が回想録執筆に必要な文書を私に求めたのは、その一部に自分の署名がありながら、それを持っていなかったからだ。こういうことは人のそれほど敏感でない自尊心でさえ傷つけかねなかった。しかしジューコフはあっさりと、自然にふるまった。私が調べにいった公文書館についていろいろ尋ねた。私は彼に言うのを忘れたようだ——私の本に公文書館の明記がないのは、文書の秘密扱いが解除されていないからだと。そして公文書館の名称も当時私には知らされていないままだった。

ジューコフは推定した——これはソ連閣僚会議の公文書館ではないか、ほかにクレムリンの公文書館もあるが。彼はクレムリンの公文書館について何かもっと昔の印象に基づいて話した。

「そこにあるのは重大な、本質的な一件書類だ。そして一部の一件書類は興味深い……好奇心をそそるものだ」と、微笑しながら付け加えた。その微笑は彼の顔を実に生き生きとさせ、若返らせた。

彼は再び私について、軍での勤務についていろいろと質問した。

「私は総統官邸に行った。庭園に。官邸を占領した日だった。二度目は五月四日に行った。地下へは私は通してもらえなかった」と、率直に言った。この率直さはほかの回想録作者たちにはない彼の長所である。「地下はまったく安全とは言えなかった」

確かに、地下壕内ではたえず単発の銃声が響いていた。

「私は庭園で見たよ、この丸い、何と言ったかな……」

「総統地下壕ですか」

「それだ」

「あなたには恐らくその時、地下壕出口のそばでゲッベルス夫妻が発見されたと報告があったはずです。あなたが署名されたスターリンへの本件の報告から私はそう判断します」

ゲッベルスについて自分に報告があったことを、彼は記憶していた。

「五月二日か一日だと思うが、私は何両かの戦車が包囲環からどこそこ方面へ脱出したと報告を受けた。私は追跡を命じた。私はヒトラーがこれらの戦車で逃げたかもしれないと考えた[13]」

さらに彼は、数日後、ヒトラーの顎骨発見について報告を受けたことを記憶していた。それは実際にあったことが歪められて伝えられたものだ、と私は言った。個別に顎骨が発見されたわけではなかった。これは法医学鑑定がヒトラーの解剖時に、身元識別の基本的特徴になるのは、歯の付いた、残っている顎骨であると判定したのだった。そして識別はこの方向で進行した。

「私たちはいずれにしろ、当時、公式の発表を首を長くして待っていました。中にはソ連邦英雄称号への推薦さえ期待している人もいました。ベルリン警備軍司令官のベルザーリン将軍がヒトラーを見つけた者にはそうすると約束していましたから」

「ソ連邦英雄は無理だっただろう」と、ジューコフはぼそりと言った。

これは正しい。銃火のもとで捜索が行われたわけではなかったし、誰も自分を犠牲にしたわけではなかった。あったのはツキだった。そして何よりも、調査時に徹底的な証拠を入手しようとした少数の人たちのきわめて大きな幸運と熱意があった。そして困難が生じたけれども、私たちはそれを手に入れるのに成功した。しかし、ヒトラー発見はスターリンの命令によってうかがい知れぬ秘密に変えられてしまった。私がこの秘密を公にすることができたのは、何年も後のことで、自著の『外套にくるまった春[14]』の中だった。

だが、当時の一九四五年五月に連合国占領軍の新聞は大見出しで、「ロシア軍、ヒトラーの死体を発見」、「燃えるベルリンの瓦礫中の捜索、成功で終わると」報じていた。このことはロイター通信も伝えた。しかし、わが国の新聞が確認しなかったので、彼らは沈黙してしまった。あるいは、自分たちの情報源によって誤解させられたと考えたのかもしれない。そのような成功を発表しない者がどこにいる！　というわけだ。

当時、方面軍司令部はヒトラー捜索にそれほど強い関心を示していないという感じがあった、と私は語った。ジューコフは反駁しなかった。彼は、自分に報告されたのは「顎骨発見」についてだったと言って、そのことを間接的に確認した。なぜなのか、そのことは彼に、すべてについて完全に報告するように要求する気を起こさせなかった。

五月一日未明、包囲下のベルリンで軍使のドイツ国防軍陸軍参謀総長クレープス将軍が休戦の要請と、ヒトラー自殺についてのゲッベルスの書面による通知を携えて現れ、そのことがジューコフ元帥に報告されたとき、彼はスターリンに電話した。自著で彼はその時の会話を伝えている――

私は入手したヒトラー自殺の通知を報告した……彼の指示を求めた。

スターリンは答えた――

「ざまあ見ろ、ろくでなし。生け捕りにできなくて残念だ。ヒトラーの死体はどこにある？」

「クレープス将軍の話では、ヒトラーの死体は焚火で焼かれたとのことです」

「ソコロフスキーに伝えてくれたまえ――最高総司令官は言った――クレープスとも、ほかのヒトラー主義者どもとも、無条件降伏以外、いかなる交渉もしてはならない。緊急のことがなければ、朝まで電話しないでくれ。パレードの前に少し休んでおきたい[15]」

ヒトラー自殺の状況の調査、その証拠の入手についての指示は出なかった。その後もそのような指示はなかった。

そしてすべてが済み、識別の主要な参加者（ドイツ人）たちと「物証」がモスクワへ送られた後になって、最高総司令官はジューコフに訊ねた――「一体ヒトラーはどこにいるのかね？」。ジューコフは答えられなかった。もしもこの問いが彼に対してもっと前に出されていたら、当然、ジューコフ元帥は麾下のすべての機関に資料を要求し、状況を把握していただろう。だが、質問が続かなかったので、ジューコフは、最高司令官はヒトラー自殺についての彼の最初の通報で満足し、これで一件落着なのだと勘違いした可能性がある。当時、わが国の新聞には、ヒトラーが女装してアルゼンチンに上陸したとか、フランコのところに潜んでいるとかいうタス通信の報道が現れ始めていた。ヒトラーが生きているかどうか、自殺したかどうか、ましてや発見されたかどうかの問題は、軍から最高レベルの政治の分野へ移っていた。そしてジューコフは意図的に、これは彼の権限ではない、と疎外された可能性がある。おまけに五月には、ジューコフ元帥はまったく新しい状況下で彼の肩にのしかかった膨大な量の緊急問題に忙殺されていたのだから、なおさらである。それらの問題の多くは不慣れなものだった。仕事全体の壮大な立て直しが進行していた。ソヴィエト占領軍の総司令官であるだけでなく、ソヴィエト軍政部の総司令官でもあった。彼は外交、軍事、政治から経済まですべての分野を統括しなければならなかった。要するに、新しい複雑な問題と心配事を抱えた新しい生活が、倒されたヒトラーを過去に押しやりながら、本格的に始まりつつあった。実施中の調査の情報は直接スターリンに上げられた。それがまさにどのように起きたかについて、私は説明することができた。

しかしスターリンは、七月になって彼に訊ねたのだ――「一体ヒトラーはどこにいるのかね？」と。調査はとっくに終わっていた。スターリンがヒトラーについての真実を自分から隠したかもしれないという、そういう突拍子もない考えをジューコフは遠ざけようとしていた。彼にはスターリンも知らなかったと考えるほうがましだったろう。彼はその信念を私との会話で固めたかったのだ。ここにこそ、彼の主要な質問があった。しかし、私の説明は彼が耳にしたかったことと乖離していた。それでも彼は、私を完全に信じると改めて言わなければならないと考えた。そして、ヒトラーは発見されていた、そのことは疑いがないと言った。だが、状況の展開はさらにもう一つの事情を深刻にした――彼は自分が今、複雑な立場に陥ったことを私に悟らせた。戦勝後のベルリンで、ジューコフはソヴィエトと外国の特派員たちを前にした記者会見の質問に答えて、ヒトラーについては何も分かっていないと言ったのである。今、二十年を経て、ヒトラーは当時発見されていたと確認すれば、自分をまったく奇妙な立場に置くことになる！　だが、スターリンが当時自分を欺き、ヒトラーの発見を隠していたと世界に認めることもまた、彼には堪えがたかった。

ヒトラーについて訊ねることで、スターリンは傲慢にふるまって見せたのではないか？　ジューコフでなくて誰が、ベルリンを占領した自分の軍隊内で達成されたことを知っていなければならなかったというのか――死んだヒトラーが発見され、識別されたことを。それなら、自分の名だたる「スターリンの司令官」を、彼が答えられない質問でからかってどこが悪い？　スターリンはもはやジューコフに依存していなかった――戦争は終わったのだ。そしてスターリンは彼をモスクワから遠ざける準備をしていた。

私はその時そう考えた。だが今、これを書きながら思った――もしかしたら、スターリンは「仕事で」訊ねたのかもしれない。これはポツダム会談の直前で、スターリンにはこの会談で戦後世界秩序における自国の立場を守ることが控えていた。もしかしたら、彼は自分の質問によって、ヒトラー発見の事実に自分がかぶせた秘密性の厳しい蓋が傷んでいないか、軍隊内に情報漏えいがないかどうか、確認しようと思ったのかもしれない。

ジューコフが知らなかったことは、スターリンを満足させたはずである。彼にはヒトラーを蘇生させることが必要だった。生けるヒトラーは緊張と危険の保証人のままだった。それがなければソヴィエトの政策は国内でも世界でも機能することができなかった。今なら私は、なぜスターリンがそういう行動をとったのか、もっとはっきりと説明できる。だが、その時はこれらの難問に深入りせず、二つの推測を述べた。

ジューコフは一つを受け入れず、退けたが、「もう一つには反駁せず、それに一定の意味を認めた」と私は書いた。そしてここで奇妙なことがある。私はこの話に関連して、読者、ジャーナリスト、歴史家から多くの質問を受けた。だが、誰も一度も訊ねたことがない——ジューコフはいったい何に「一定の意味」を認めたのかと。

私は第二の推測をこう述べた。「もしかしたら、スターリンは世界を緊張の中に置こうと望んだのかもしれない。当時新聞に出た、ヒトラーが女装してアルゼンチンに上陸したというタス通信の記事をご記憶でしょう。その後で、フランコのところに潜んでいるという記事が載りました。そして当時これは胸算用、触診のようなものでした——フランコを叩かないのか？　という」

ジューコフは「反駁しなかった」。これに「彼は一定の意味を認めた」。同意しながら、黙っていた。

会話の範囲はもっと広く、一つのテーマにだけ絞られていたのではない。本質的なことについて、いつも頭にこびりついていることについて話したいというジューコフの欲求が感じられた。会話の内容、ジューコフが初めて会った私に示した信頼度は驚くべきものだった。恐らく、ジューコフはいずれ私がこの対話について書くことを頭に入れていた。この対話を思い起こすと、まさにそうだと思う。

彼は鋭く、独自にスターリンを特徴づけた（それが二十一年後に検閲官を激怒させた）。しかし、先入観はなかった。ちなみに、彼にはフルシチョフによるスターリンの戯画化が不快だった。たとえば、スターリンは作戦を地球儀で指導したといったような。

ジューコフは言った――戦争初期には、スターリンは実際、知識がなかった。国内戦の経験しかなかった。「しかし、スターリングラードの後、彼は少し覚えた」

スターリンには個人的な魅力があったか、と私は訊ねた。ジューコフは語った――

「いや（と、頭を横に振った――ルジェフスカヤ）。むしろ、逆だった。彼は恐ろしかった。彼がどんな目をしていて、どんな視線を持っていたか、分かるかな――まったく刺すような視線だ……時には上機嫌のこともあった。しかし、これはまれだった。国際問題あるいは軍事で成功したときだ。そういう時、彼は歌を歌うことまであった、時々だが。ユーモアも持ち合わせていた。しかし、これはまれにしか見られなかった。彼のところに行く者は恐れおののいていた。実際、彼から呼び出されると、恐れおののいて行ったものだ。

しかし、彼がいなかったら、戦争中は苦しかっただろう……彼は意志の強い人間だ（ジューコフが語ったことをそのまま引用する――ルジェフスカヤ）。何しろ情勢は絶望的だった。それがどんなものだったか、あなたには想像もつかないだろう。何もまったくなかったのだ、鋼鉄も、火薬も。それがどこからか出てきた。どこからか、すぐに出てきた。奇跡みたいに」。これに関連して、ジューコフはスターリンの厳しい、威嚇的な、毅然とした要求の例を挙げた（戦車生産の課題について話した）。このことはジューコフに感銘を与えたように感じられた。

しかし、ここでジューコフは、スターリンが最も有能な司令官たちを殺したことについて話し始めた。「われわれは、頭《あたま》のない軍隊で戦争に突入した。誰もいなかった。もちろん、このことでは彼を許すことができない」。律動的な口調を乱して、彼が力強く話したのは、フルシチョフが見せた文書を読んだことについてだった。

「私はそれを五七年に読んだ。フルシチョフが見せてくれた。これはエジョフが提出した銃殺される者の名簿で、スターリンが署名していた。彼と一緒にモロトフ、ヴォロシーロフ、カガノーヴィチが署名していた。裁判なしだった、呼び出しもせず、話もしなかった。ウボレーヴィチ、ヤキール……[16]。ヤキールは後に手紙を書いた（ジューコフはまたしても口調を乱して、力を込めた――ルジェフスカヤ）。この手紙はとても読めない。彼は革命に献身していた……読めなかった。心が張り裂けそうだった……」

ジューコフの言葉には、彼が知り、自分の目で見、読んだときの衝撃が響いていた。

「確かに、ヒトラーはスターリンを欺いた」と、彼は言った。ドイツ側がトゥハチェフスキー元帥のドイツとの協力を「暴く」文書を捏造し、流したことを言ったのである。「だが、どうしてスターリンは彼を呼びもせず、話しもせずにいられたのか！　どうして言い分を聞かないでいられたのか。これに関しては彼を許すことができない」

「軍事思想の巨人、わがロシアの軍人巨星団の一等星」と、ジューコフは自著でトゥハチェフスキーをそう呼んだ[17]。

無法状態とそれが国に与えた悲劇的な後遺症について私は再び語った。ジューコフは同意した。彼が第二〇回ソ連共産党大会に深い衝撃を受けたことが感じられた[18]。

何年も後に私は、ジューコフの前線運転手アレクサンドル・ニコラエヴィチ・ブーチン[19]と知り合った。彼は私の家に来た。

こんな話をした――ジューコフの梗塞の後、ブーチンは病院に彼を見舞った。「どうしてこんなことになったのです、ゲオルギー・コンスタンチノヴィチ？　何からこんなことに……？」と、嘆いて言った。ジューコフは簡潔に答えた。「何から？　一九三七年、一九四七年、一九五七年だ」
一九三七年には彼についての密告があった。頭上に暗雲が垂れ込めた。逮捕、消滅の間際まで行った。

　戦争中、ジューコフはスターリンの忠実な兵士で、誰よりも強情で、頼りになり、有能だった。戦後、スターリンにはおべっか使いが必要だった。ジューコフはこの役には不向きだった。そういうタイプではなかった。こうして下降が始まった。

　しかし、ジューコフは戦時中の記憶から、スターリンが自分に真実を隠し、欺いたという考えにどうしても馴染むことができなかった。シェイクスピア劇的スケールの状況である。「私はスターリンと非常に親しかった」

　だがスターリンは彼に対してどうだったのか？　恐らく、電話でジューコフに「われわれがモスクワを保持することに君は自信があるかね？[20]」と訊ね、運命を決する答えを受話器で待ったときには、きわめて親しかった。そして、戦争の最も絶望的な、最も決定的な時点で激戦の真っただ中へひっきりなしにジューコフを投げ込みながら、電話のそばで寝ずに彼の報告を待っていたときには、そうだった。

「私は彼と誰よりも非常に親しかった——私たちが言い争った一九四六年末までは……」。その一九四六年に彼は地上軍総司令官のポストから降ろされ、大元帥〔スターリン〕の栄光を曇らせないために、オデッサ軍管区司令官に左遷された。

　一九四七年にはこの冷遇がさらに進んだ。ジューコフはソ連共産党中央委員の地位を奪われ、間もなくオデッサ軍管区から内陸の、やはり二線級のウラル軍管区の司令官に異動された。

　ベリヤとアバクーモフはたえずジューコフの執務室をひっくり返し、金庫を開けた。過ぎ去った戦争の作戦地図、その他この種類のものを見つけ出した。これらはみな用済みで古くなり、引き渡しが予定されていたものだった。しかし、ジューコフには古くなっていなかったのだ。

この時期、彼とともに働いた将軍たち（第一ベロルシア方面軍軍事会議員のテレーギンをはじめとして）、スタッフ、彼に仕えた人たちが逮捕されていた。「ジューコフの反ソヴィエト陰謀」がでっち上げられていた。運転手のブーチンも逮捕された。「私を救ったのはスターリンだ。ベリヤとアバクーモフは私を始末しようとした」と、ジューコフは繰り返した。そして私には、彼が持ち前の率直さで、ベリヤとアバクーモフの行動はスターリンと打ち合わされたものでは決してなかった、と心から思っているように見えた。

彼は私との会話で、戦後のスターリンの体調がすぐれなかったことに触れた。スターリンは病気ではなかったのかと、私は訊ねた。

「恐らく戦争後はそうだった。スターリンは戦争で衝撃を受けていた。彼自身が四七年に私にこう話した（四七年とジューコフが言ったのは、言い間違いではないだろうか。その前に彼は四六年にスターリンと言い争いをしたと語っている――ルジェフスカヤ）。『私は一番不幸な人間だ。自分の影にまでおびえている』。戦争で彼は衝撃を受けていた。ベリヤが彼を苦しめ、脅かしていた。どこかのスパイが彼を暗殺する任務を帯びて国境を越えたと言って」

「ベリヤがスターリンを守り、救うということを誇示するためですか？」と、私は訊いた。「自分の立場を固めるために？」

ジューコフは、それが狙いだったと確認した。

「彼はそうするのに他人をつうじて行動した。自分自身ではなく。大抵はマレンコフ[21]をつうじて」

ある時、ジューコフはスターリンと同じ車に乗った。

「車のガラスはこんなだった（彼は指で車のガラスの厚みを示した――ほぼ一〇センチあった――ルジェフスカヤ）。前の席にスターリンの護衛隊長が座っていた。スターリンは私に後部座席に座るように指示した。私は驚いた。つまり、こういう乗り方だった――前に護衛隊長のヴラーシク、その背後にスターリン、スターリンの背後に私。後で私はヴラーシクに訊ねた。なぜ彼は私をあそこへ座らせたんだろう？『彼はいつもそうなんだ。前から撃たれたら、私に当たるように。後ろから撃たれたら、あなたに当たるようにね』」

スターリンの死後、一九五三年にジューコフ元帥は国防次官に、次いで国防相に任命された。ソ連共産党中央委員会の幹部会員になった。彼は再び完全に実力に見合ったポストで働き始めた。

しかし、一九五七年、ジューコフがユーゴスラヴィアを公式訪問中に、彼の背後で、彼がメンバーだった党中央委員会幹部会で、ジューコフ元帥を今度は最終的にお払い箱にする決定が行なわれた。彼はすべてのポストを奪われ、国家、党、社会の活動から完全に締め出された。ジューコフ元帥の肖像写真ははがされ、大祖国戦争〔対独戦〕史から彼の名前と写真が削除された。

ジューコフにとって流謫の歳月が始まった。彼は本の仕事に没頭した。時代は「雪解け」と呼ばれていたが、探索が続いているのを彼は知っていたのだろうか？

一九六三年の日付がある文書から――

極秘。ソ連閣僚会議付属国家保安委員会、一九六三年五月二十七日、№一四四七-s、モスクワ市。N・S・フルシチョフ同志へ。

元国防相G・K・ジューコフの心境について最近得た若干の情報をご報告します。

『大祖国戦争史』刊行に関する対話……でジューコフはこう語りました――「これは美化され

た歴史だ。この点では、やはり歪められた歴史叙述だが、それでもドイツの将軍たちのほうが誠実だ。彼らのほうがより正直に書いている。だが、この『大祖国戦争史』[22]はまったく不正直だ[23]。

これは実際にあった歴史ではなく、書かれた歴史だ……これは現代の風潮に応えている……誰をほめたたえなければならないか、誰を黙殺しなければならないか、といった……だが、一番肝心なことは黙殺されている……いつ、これが日の目を見るか分からないが、私はすべてをあったがままに書いている。私はもう約千ページ書いた……」。

われわれの持っている資料では、ジューコフは家族と一緒に秋、南部の国防省のサナトリウムの一つに出かける意向です。その間にわれわれは彼が書いた回想録の部分を知るために措置をとります。

KGB議長V・セミチャストヌイ[24]

再びジューコフは、今、ベルリン作戦について書いていると語った。

「私はそこであなたを引用します。『ヒトラーの最期……』」――彼は言葉に詰まり、微笑して、本の題を思い出そうとした。それはノーヴォスチ通信社が外国での出版用に私の本に付けたややこしい題名だった――「『神話でも探偵小説でもないヒトラーの最期』をね」

私は時計を見た。「長居をしてしまいました。お疲れになったでしょう」

しかし、まだ帰そうとしなかった。話し足りないことが見て取れた。

私たちはさらに座って、話をした。あの文書をもらえるだろうか、と彼は訊ねた。彼が署名したスターリン宛の、ゲッベルの死体発見の報告（もちろん、写し）である。

私は約束した。

辞去するために立ち上がってから、私は言った。あなたが私の本に関心を持ってくださって嬉しい、できることがあれば喜んで協力します、でもそれは、私の本の運命がそのことにかかっているからではありません、資料の中にほかにお役に立つものがあるかどうか調べてみます、と。さらに私はこのことも言わなければならなかった――あの、まだ落ち着かない、騒然とした日々にあなたが署名した文書には誤記も混じっている、そのことに注意していただきたいのです。ジューコフは快諾した。

「こうして私たちはお会いできたわけだ」。そして、会見の最初に彼が言ったことを繰り返した――「これはそれでも、さらに何か……」。

彼が会見の最初と最後に二度繰り返したこのフレーズ〔実際に会うこと――それは読んだ本をつうじて知り合う以上の「さらに何か」だという〕は、会話全体をつうじて唯一のあいまいな、完結されない意見だった。そしてそれだけに含蓄のある、どこか別の次元にある意見だった。

自動車に向かった。

ジューコフの最後の握手。車が動き出した。

私がジューコフに会った一九六五年十一月、彼は長年取り組んできた著作の完成に近づき、まだ健康で、力にあふれていた。そして、彼を包囲する編集者、検閲官、党中央委員会の小委員会、公然の、あるいはひそかな、草稿の監視者たちによってまだ苦しめられておらず、本の審査時に耐え忍ぶことになる一切のことをまだ予見していなかった。

彼は『回想と思索』〔邦訳題名『ジューコフ元帥回想録：革命・大戦・平和』〕を一九六五年に完成した。出版をめざす道の出だしでこの本は停止させられた。

私の親しい知人ゾーヤ・ミコーシャ[25]がいる前で――彼女は出版所でジューコフの本の写真を担当していて、用があるときは病院に彼を訪ねていた――ジューコフは編集者に言った。

「私にとってこの本は、人生の問題だ」

それならば当時の国防相グレチコ元帥に頼んでみてはどうかという助言を、激怒して退けた。ノーヴォスチ通信社の出版所から、ソ連よりも先にイタリアで出版された私の本を、病院のジューコフに渡したいと言われた。ジューコフになぜイタリア語版の本なのか、理解できなかった。この本には久しぶりにジューコフの写真があるというのが私への説明だった。それまで元帥の顔写真の掲載は禁止されていた。出版所はイタリア語版用に写真の組み合わせを準備し、それらはみなソヴィエトの検閲を通過していた――彼の写真を含め、掲載が公認されたのである。これは彼にとって重要である。

そういう訳だったのだ。

当時これは、ソヴィエトの検閲が国外での掲載を許可した公職追放後八年ぶりのジューコフ元帥の写真だったが、国内での掲載禁止はまだ続いていた。

私の本、『ベルリン、一九四五年五月』はベルリン強襲について、ヒトラーの捜索と発見について書いていた。私はそれに献辞をしたためた。「尊敬するゲオルギー・コンスタンチノヴィチ！　あなたのお名前と全面的に結びついている出来事についてのこの本をお受け取りください」

一九六六年、六七年、六八年は情け容赦なく過ぎていき、すでに一九六九年の初めだった。ジューコフは疲労困憊させられ、病は重かった。

「私にとってこの本は、人生の問題だ」

今もこの言葉の悲劇性に暗然とする。本はようやく出版されたが、削除され、書き込み、補足を無理強いされ、力点を変えさせられて、……[26]。

『回想と思索』はジューコフの死から十五年たってようやく、一九八九年から、初めて著者の草稿どおりに刊行されるようになった。本文には以前に削除された部分が復元され、その部分はイタリック体で区別されている。私にとってこの版の出現は思いがけないことだったし、深く個人的な事件だった。

この中でジューコフは一九四五年六月の記者会見に言及している（彼はこの記者会見について私に憂わしげに話した）。そして、当時なぜヒトラーについて何も分かっていないと答えたかをいわば説明するかのように、書いている――自分は勝利の後、ヒトラーが「姿をくらまさなかった」わけがないと考えた。そういう意見をあの記者会見で述べた。少し後になって（大体二十年後に――ルジェフスカヤ）「ヒトラーの自殺を証明する追加の情報が入り始めた」。そしてこの行の次に、彼の生前に削除され、今や復元されたイタリック体の箇所がある――「調査がどのように行なわれたかについては、エレーナ・ルジェフスカヤによって著書『神話でも探偵小説でもないヒトラーの最期』（ノーヴォスチ通信社出版所、モスクワ、一九六五年）に完璧に描写されている。ルジェフスカヤが書いたことに、私が付け加えられるものは何もない[27]」。

興奮させられるものがあった。私の本に言及し、それを自分の回想録の中で支持しようとした彼の決心は、鷹揚だった。この決心は、ジューコフをとまどわせたことのすべてを取り除くものではなかった。自分を犠牲にして、彼は真実だと思ったことを支持した。しかし、検閲官たちはその箇所を削除した。そして今、二十年少したってようやくそれは日の目を見たのだった。

ジューコフ、ヒトラー、スターリン。ベルリン、一九四五年五月――この地点で彼らは結びついた。そして将来のスターリン研究者はこの地点を迂回せずに、スターリンがわれわれに残した謎を解こうと試みるだろう。

なぜスターリンは死んだヒトラーの発見の事実を隠し、それを「世紀の秘密」に変えてしまったのか？ なぜ、それをジューコフから隠したのか？

そしてなぜジューコフは、ヒトラー捜索にしかるべき関心を発揮しなかったのか？私はあの歴史的出来事の参加者、証人として知っていること、記憶していることを話し、その答えを探求しながら、**黙殺がどのようにして始まり、実施されたか**を跡付けようとしている。

運命の命ずるままに、私はヒトラーに最後の構想を実現させないようにすることにかかわった。消滅し、神話となり、それによってより一層強く自分の同志たちの心を当時も、その後の時代にも掻き回そうというのがヒトラーの狙いだった。

私は時間とともに初めて、スターリン死後でさえ突破不能に思えた障害を克服し、この「世紀の秘密」を公表することができた。死せるヒトラーが私たちによって発見されたことを、世界から隠そうと望んだスターリンのはっきりしない、暗い構想が根付かないようにすることができた。

だが、この道は長かった。

章末注

[1] G・K・ジューコフ『回想と思索』（全二巻）、モスクワ、オルマ・プレス社、二〇〇二年、第二巻三五四ペ

ージ（一九六九年の初版の邦訳は『ジューコフ元帥回想録：革命・大戦・平和』（清川勇吉、相場正三久、大沢正共訳、朝日新聞社、一九七〇年））

［2］ジューコフ、第二巻、三五三ページ。

［3］ジューコフ、第二巻、三五四ページ。

［4］エヴゲニー・ハルディ（一九一六～九七年）。写真家、従軍報道カメラマン、有名な写真『国会議事堂上の旗』を撮影。私は彼から贈られた戦争最後の日々のベルリンの写真を持っている。それにはこう上書きされている。「エレーナ・ルジェフスカヤに――これもやはりベルリン、一九四五年五月です」。（著者）

［5］後年、ジューコフの従兄弟ミハイル・ミハイロヴィチ・ピリーヒンが私に確認した。彼は、ジューコフが自分を土中に埋葬する約束をブレジネフから得た電話の会話のときに同席していた。（著者）

［6］G・バクラノフ『二度贈られた人生』（モスクワ、ヴァグリウス社、一九九九年）。

［7］ヴィクトル・ネクラーソフ（一九一一～八七年）。二〇世紀最大のロシア作家の一人。彼の中編『スターリングラードの塹壕で』（一九四六）は名高い。彼は私の夫I・クラモフと、そして彼自身のある時の発言によれば「それと込みで私とも」親しかった。七〇年代にKGBの迫害を受け、ネクラーソフはやむなくパリへ亡命した。サント・ジュヌヴィエーヴ・デ・ボワの墓地に葬られている。（著者）

［8］マルク・L・ガラーイ（一九一四～九八年）。テストパイロット、戦争参加者、作家、ソ連邦英雄。小惑星の一つに彼の名が付けられている。

［9］雑誌『ズナーミャ』一九六五年五号。（著者）

［10］I・A・セローフ（一九〇五～九〇年）。大将。大戦中はNKVDおよびKGB人民委員L・P・ベリヤの第一次官。一九五三年にフルシチョフを支持し、ベリヤの逮捕に参加。一九六五年にペンコフスキーのスパイ事件に関連して、警戒心喪失のかどで降格され、四五年五月二十九日に授与されたソ連邦英雄の称号を剝奪された。

［11］一九六四年十二月、ドイツの雑誌『シュテルン』にフリッツ・エヒトマンの写真が掲載された。それは彼がヒトラーの歯型を識別したこと、それによってヒトラーが死んだことを証言する供述を前にして、ベルヒテスガーデンの法廷で宣誓する場面の写真だった。ケーテ・ホイザーマンの記事は、一九六一年の『ディー・ヴェル

ト』紙の切り抜きを見せられた。（著者）

[12]M・A・ミリシティン将軍（モスクワ防衛戦の時にジューコフの司令部で諜報部次長をしていた）が、どれほどジューコフがみんなに恐怖心を引き起こしたかということを話してくれた。司令部はペルフーシコヴォ〔モスクワの西約四〇キロの村〕にあり、ジューコフは何重もの警備線に囲まれた個別の家を使っていた。毎晩、報告のためにこの家に近づくとき、ミリシティンは「合言葉を言え！」という歩哨の誰何にもう少しで答えられないことがよくあった（合言葉は一日のうちに何度も変えられた）。間違って答えれば、撃たれるのである。そういうわけで、時にはこの家に入るのが死ぬよりも大変だった、と。（著者）

[13]ジューコフは自著でこれについて次のように書いている。「五月二日の黎明、ベルリンの北西一五キロの地点で戦車の一団が発見され、わが軍の戦車兵たちによってたちまち殲滅された。戦車の一部は焼け、一部は破壊された。死んだ乗員たちの中にはヒトラー主義者の頭目たちは誰も発見されなかった」（第二巻、三二五ページ）。

[14]エレーナ・ルジェフスカヤ『外套にくるまった春』（モスクワ、「ソヴィエト作家」出版所、一九六一年）。

[15]ジューコフ、第二巻、三二四ページ。

[16]一九三七年五月、赤軍の最高指揮官のグループがでっち上げの「労農赤軍内における軍・ファシスト陰謀」の容疑で逮捕された〔いわゆるトゥハチェフスキー事件〕。二週間で彼らは「自供」させられ、一九三七年六月一二日未明に銃殺された（一九五七年に名誉回復）。処刑された元帥と司令官の中にはM・N・トゥハチェフスキー（一八九三〜一九三七年）、I・E・ヤキール（一八九六〜一九三七年）、I・P・ウボレーヴィチ（一八九六〜一九三七年）がいた。

[17]ジューコフ、第一巻、一一五ページ。

[18]ソ連共産党第二〇回大会（一九五六年二月）でN・S・フルシチョフはスターリン個人崇拝と大量弾圧を暴露する秘密報告を行なった。それに続いて「雪解け」――国内統治体制の一時的自由化が始まった。

[19]A・N・ブーチンは一九九四年に『ジューコフ元帥との一七万キロ』（モスクワ、「マラダヤ・グヴァルジア」社）を出版した。私は元帥を偲ぶ記念行事で彼と会った。（著者）

[20]ジューコフ、第二巻、二九ページ。
[21]ゲオルギー・マレンコフ(一九〇二~八八年)。一九四八年から五三年までソ連共産党中央委員会書記局員・政治局員、ソ連副首相を務めた。粛清と弾圧の組織でスターリンの右腕として働き、四〇年代末から五〇年代初めにかけてのレニングラードの党指導部粛清(「レニングラード事件」)に個人的責任を負っている。
[22]『大祖国戦争史』(P・ポスペーロフ監修、全六巻、ソ連国防省出版所、一九六〇年)。
[23]その二年後の一九六五年に、同じことを私はジューコフ元帥から聞いた。(著者)
[24]ペレストロイカ期に秘密を解除されたこの文書は、その後、新聞に掲載された(『モスコフスキエ・ノーヴォスチ』、二〇〇〇年五月四日)。
[25]ゾーヤ・マトヴェーエヴナ・ミコーシャは長年、ノーヴォスチ通信社出版所で写真編集者をしていたが、それだけでなく私と彼女はアパートの近所同士として知り合いだった。私はそのアパート(レニングラード大通り、一四番館)に七歳の時からずっと住んでいた。(著者)
[26]一九六九年の初版では一〇〇ページ以上が削られていた。一九八九年に出た第一〇版で原稿に基づいて省略部分が復活された(ジューコフ、第一巻、八ページ)。
[27]ジューコフ、第二巻、三二八ページ。

第6章 孫娘リューバとの会話

彼女が理解できなかったことについて

二〇〇六年二月、モスクワ

リューバは言ったわね、ベルリン陥落の日々に、ヒトラーの最後の大本営があった総統官邸地下壕に入って私が何を感じたか、理解したいって。

ヒトラー総統官邸までに長い前線の道をたどっていなければ、私はそれを幸運だったと感じたでしょう。けれどもベルリンの強襲、打倒されたベルリン――これはみな、戦争全体の文脈、私たちが体験したすべてのものの文脈から切り離して受け止めることはできない。私はこの道を軍とともにモスクワ近郊から踏破し、その記憶を大切にしています。私は一九四二年二月にルジェフ近郊で初めて前線に出た。そして私にとってルジェフは、運命の都市になった。私はここで初めて戦争に出会った。台無しにされ、焼き払われた土地、災厄と自己犠牲、残酷さと憐憫。単純明快に勇敢な兵士たち。戦火のもとでたとえようもなく重い荷物である子供たちを抱えた最前線地帯の村の女たち。戦争の転機がまだまったく見えなかった時期に人々が見せた驚くべき寛大さと献身的行為。これらはみな心を痛みで満たし、私の中に永久に残った。戦争最後の日々に歴史的に重要な出来事に参加する巡り合せになったことで、前線のほかのすべての印象が薄れるのではないかと思ったこともある。しかし、最も深く心に刻まれて残ったのはあのルジェフの地での苦難の日々でした。

ルジェフ――それは果てしない戦争地図の上の特別の一点です。町は十七ヵ月間占領されただけではない。この期間ずっと、ルジェフ近郊ではモスクワへの接近路をめぐって切れ目なく激戦が続いていた。ドイツ軍はその命令の中でルジェフを「モスクワへの決定的再跳躍のためのトランポリン」と呼んだ。ルジェフ突出部（ドイツ軍の命令には「モスクワへ突きつけられた短剣」と表現されていた）は、首都にとって現実の脅威だった。ドイツ軍にとって状況が厳しくなると、ヒトラーの命令にはこう述べられた――ルジェフを渡すことは、すなわちロシア軍にベルリンへの道を開くことだ、と。

占領、暴力、飢え、銃砲撃、爆撃でずたずたにされたルジェフ、両軍がその攻防に死力を尽くした都市は、戦火の最もひどい中心地の一つだった。ルジェフの悲劇は、私たちが一九四三年にこの町に入ったときに、強烈きわまりない生々しさで立ち現れた……。

――いつだったか、あなたは「戦争の心」の変化について話したわ……。

「心」という言葉を口にすると、すぐに何かとらえがたいものを感じる……。私が話したかったのは、戦争のあれこれの段階で姿を現した、戦争の深い、精神的な顔のことなの。

鉄道と街道の結節点、戦争と人間の運命の結節点にあったルジェフは、この顔を表情豊かに刻んでいました。

戦争がまだ勝利で報いられなかった悲劇的な時期には、軍と全国民の間に自己犠牲の精神が特別に高まっていました。

一九四三年に戦争に転機が起き、わが軍は戦闘を重ねながら西へ前進した。私たちには、敗北の間に戦争が呑み込んでいたすべてのもの――捕虜になったわが軍の兵士たちや、占領されていた土地が戻ってきた。この出会いに私たちは明らかに準備が出来ていませんでした。

後退する時には、軍隊は住民を無防備で敵のくびきの下に残したのです。私たちは自らの非を認めるべきだったでしょう。しかし、土地を解放し、戻ってきた解放者たちは、住民に対して自分の罪の意識を抱くことなく、裁判官としてやって来た。占領下で二年も三年も暮らした人たちは、何とかして糊口をしのぎ、子供たちを飢え死にから救わねばならなかった。つまり何とか働き、あるいはドイツ軍の自動小銃の銃口のもとで強制的な奉仕を、たとえば道路の雪かきをしなければならなかったのです。ところが、そういうことはやってはいけなかったことのようになった。そしていずれにせよ、まるで住民のみんなが何かに罪があり、何かの「烙印」を押され、怪しまれるような状態になった。

われわれの軍事理論は捕虜という概念を考慮していなかった。どれほど絶望的な状況で捕虜になった場合でも、百万の悲劇的な大軍が包囲されて最後の一兵まで戦った場合でさえ、捕虜は公式には裏切り者と見なされました。

戦争には英雄だけでなく、受難者もいた。それは捕虜になった味方の軍人たちだった。住民たちは彼らに同情した。人々はドイツ兵が捕虜たちをどれほど残酷に扱うかを、捕虜になった者たちがどのように死んでいくかを目の当たりにした。捕虜たちが後方に送られて行くのを見ると、女たちは子供からパンやジャガイモを取り上げ、命の危険を冒して（ドイツ兵は彼女たちに発砲した）道に出て、捕虜たちに食べ物を手渡そうとしました。

捕虜の身から解放されたわが軍の兵士と指揮官たちは、乱暴な不信に遭い、罵倒の屈辱を受けた後、有刺鉄線の中へ追いやられた。これはドイツの捕虜の時よりも苦しかった、なぜならあそこでは敵に苦しめられていたからだ、と私は多くの人から聞きました。いわゆる避難民〔西側への〕の中の、祖国に対して何も罪を犯していない多くの人たちが、帰国し、弾圧に遭うのを危ぶんだのには、こういうことが影響しなかったでしょうか。

捕虜、被占領の苦しみを味わった人たちへの疑いの目、非人間的な態度は、これらの犠牲者を痛めつけただけではありません。それは自然な民衆の正義感、同情の気持ちをもみくちゃにし、歪ませました。圧力は非常に大きかったので、人々に備わっていた道徳的な気持ちが押しとどめられ、時としてこういうことが自明のことのように受け取られるまでになった――私はそこにいなかったからシロだが、あんたはいたから、シミがついている、と。人々は「きれいな者」と「汚れている者」に分けられ始めました。

このことについて、私は以前から書き、話してきた。でも最近、新聞で次のことを読みました。ジューコフは国防相になった一九五四年に、特別委員会を設置し、その長になり、新たな規則を策定しました。それは、元戦時捕虜に対する差別の撤廃、広範な叙勲、捕虜になったことがあるかどうかを問う身上調書項目の削除がその内容だった。フルシチョフをトップとする党指導部はこの規則を採用しませんでした。そして、終戦五〇周年記念日まで、苦しんだ人たちへの烙印は犯罪的に維持されていたのです……。

――長い年月が過ぎたというのに、戦争についてすべてが語り尽くされたわけではないのね……。

そのとおりよ。戦争についての真実を伝えるのは難しい。それができる者は、幸いなるかな、よ。何十年が過ぎたことか。そして今、私たちも、私たちの子孫も、いわば同時に生きている現代がある。けれどもめいめいの人生はもろく、限りがある。しかし、いまだかつてこれほど自覚的に、直接的に、熱情的に一つの世代層全体が告げたことはなかった――「われわれは去っていく……」と。これは戦った人たちです。そして避けられぬものを目前にして、彼らのめいめいが、自分は偉大な叙事詩の一粒子だとより鋭敏に感じている。経験したことを語ろうとする者は、今でなければ、いつ機会があるのだといいうことを自覚している。そして身を切るような不安にさいなまれている――間に合うだろうか、語り尽くさなかったことを抱えたまま消えないだろうか。しかし、戦争についての真実を伝えるのは難しい……。

――でも、どうしてなの？

私が言っているのは、芸術作品の真実は容易には得られないということ。真実を書こうというよき意図だけでは、それは得られない。時代や出来事の性格の芸術的真実、時代や出来事の芸術的形象は、単なる事実が伝えるよりも奥行きがあって、意味が深く、「詳細」です。真実――それは魂と才能の労作です。時には真実はぱっと閃かねばならない――それは神の恩寵だから。というわけで、それを理解し、手に入れ、芸術的に表現することに成功する者は幸いなるかな。芸術的真実は季節に合わせることも、実用に合わせることもできない。そして芸術的真実はその成分全体によって作用を及ぼす――気高さと痛み、才能、知力、勇気によって、生活の楽しみと悲しみの詩情によって。そしてそれ自身の思い違いによってさえも。その時、真実は私たち読者を感動させ、浄化し、高めてくれる。そして作家自身の才能も伸ばしてくれる――真実は創造的に感化するのです。これで一生涯、青い鳥を追いかけるようになる……。

――今、あなたとジューコフの会話を読み直してみて、彼の「私はあなたの作家としての良心を信ずる」という言葉にぶつかって、はっとした。目撃者の証言、公文書館資料の研究者ではなくて、作家としての良心を信じたのだ、と。これはあなたが言っていることに似ている。事実の良心的、直接的叙述よりも深いところにある真実まで、芸術的真実まで突破しなければならないということと。

むしろ、彼の頭にあったのは書く者の道徳的責任ということよ。

――ジューコフは公職追放の期間中に、すでにさまざまな種類の作家たちにさんざん苦しんできたのに、どこから突然、作家という職業への信頼が出てきたのかしら？　いや、これはそうではなくて、彼はあなたの個人的な才能のことを言ったのよ。ジューコフが真実をとらえる才能というあなたの秘密を最初に見抜いたのよ。

それは才能とは違う。むしろ、その重荷を見たのでしょう。

――なぜならあなたはそれを責任として背負っているから。でも、あの『ベルリン、一九四五年五月』はヒトラーの死と識別についての記録的な叙述だけではない。もしかしたら誰もとらえなかったような特徴や細部によって、あなたはあの日々の風貌を再現しているんじゃないの？　あなたの助けを得て現代の歴史家たちは当時の再構築をしている。

また、あなたのルジェフ、中編と短編の連作は、国民戦争のまたとない風貌を再現している！　すべてがここで、今、私たちの眼前で起きているように見える。私が生まれる遠い昔のことだけれど。

これは何か別の記憶ね。思い出ではなく、体験したものが常に私の中に存在している、といったような。それは、何十年も後の今でも、時々本当に強い力でよみがえってくる……戦前の歳月、戦争中、戦後に起きたことのすべては、人生の靄の中で混ざり合っていない。道標として残っている。それらの道標は距離と充実度で同じではない。精神、意味、中味、それに対するはなむけの言葉でも異なっている。それらは互いに連絡したり、離れたり、くっついたりしている。それらは相互交流、論争、共同の現実認識の状態にある。人生がこれほど短いのが残念。遠くから、深くから見れば、人生はもう少し見分けがつくようになるのに。

悲哀は貴重な感情です。それは心を透明にする。悲哀は時としてまったく取るに足りない出来事を記憶に定着させる。悲哀には他人に遠慮しない独自の選択がある。恐らく、誰の場合でもそうなのでしょう。

——でも、悲哀は責任がある者たちへの憎しみにならないのでは？

なりますとも！　ならなくてどうするの！　スウェーデンのテレビが私に質問したわ。「あなたは自分の中のドイツ人に対する憎しみの感情をどのようにして克服したのか、彼らの軍隊があなたの祖国でやったすべてのことを直接知っていながら？」

——それで答えたの……？

私の答えは典型的なものになるはずがなかったわ。軍事通訳は、戦争の雪崩の中で独特の立ち位置を占めています。私は前線の向こう側の敵軍で何が起きているかを知り、彼らの意図の前兆、その準備を見抜き、鹵獲品の命令書類、手紙、日記を調べなければならなかっただけではありません。戦闘中に捕虜になったばかりの、あるいは情報収集用の捕虜の場合には、わが軍の斥候が敵の前哨ポストから拉致してきたばかりのドイツ兵と直接接しなければならなかった。そういうドイツ兵は自分の破局と向かい合い、耐え難い瞬間を味わっていた。ショックで棒立ちになり、意気消沈しているか、あるいは不屈のまま、当惑を抑えようとしていた――これは常にむき出しの不幸だった。

捕虜になった敵。彼と接することは私にとって容易でない試練でした。まれな例外を除いて、今自分の前にいる人間がファシストだと実感するのは難しかった。たった今まで属していた不気味な共通性から引き離された彼は、われわれにとってこの「ファシスト」という言葉に結晶した現象のイメージに合わなかった。しかし、彼が発する言葉は誰にも分からなかった。そして言葉の壁が彼の別のイメージを遮っていた。彼はやはり敵なのでした。

捕虜のドイツ兵と、彼を捕まえたわが軍の間で、私はいわば結合組織のようなものだった。彼は視線で私にしがみついていた。怖がっているのが分かった。死、残忍な暴力、荒廃をもたらす武装した敵に対して抱いていた憎しみが引いた。ナチスの戦争の狂気の犠牲者であるこの捕虜への痛いほどの憐みがとって代わったの。

――同情の才能ね。それがなければ、真実性の才能もないはずだわ。

この感情を同情と呼ぶべきかどうか、私には分からない。自分では関与と呼んでいたわ。

——あなたにとって非常に重要な言葉だと思う。関与というのはどういうことなのか、説明して。

私はロンドンのテレビ局のシリーズ作品『第二次世界大戦』[1]に参加して、数本のフィルムを見、それらについて書きました。

たとえば、ナチス軍のオランダ占領についてのフィルムがあった。画面に男性の顔がクローズアップされた。まだ若者の頃にレジスタンスに参加した人だった。彼はアムステルダムからユダヤ人たちが国外追放されると知って、駅へ行った。「もう貨物列車が待っていた。彼らが護送されてきた。自動小銃を手にし、犬を連れたドイツ兵たちが彼らを包囲した。一人で私に何ができただろう、武器もなしに!? だが、私はこれを見たのだ!（彼は力を込めて言った——ルジェフスカヤ）私は、見た」。そして彼にならって言えば、見た以上——関与したのです。罪と責任の感情を味わい、彼は地下運動の積極的な参加者になりました。

それで私は？ 神よ、私の見なかったことがあるでしょうか。もしかしたら、書かなければならないのに、痛みは和らぎ、消えていくかもしれない。でも、いったい何と一緒にこの世に留まろうというのでしょう？

章末注

[1] The World on War. Themes-Television, 1973

第7章　孫娘リューバとの会話
忘れてはいけないことについて
二〇〇六年三月、モスクワ

長い年月が過ぎた今では、戦争が突然われわれに降りかかってきたときに、なぜ私は前線に行こうと決心したのか、自分自身でもはっきりとした答えを見つけるのに苦労する。私は熱狂的な人間ではなかったし、新聞を読まなかった。ヒロイズム志向はなかったし、この点に関して幻想をまったく持っていなかった。しかし、多分、私の中に何かが以前から形成されていたのでしょう。もちろん、スペイン内戦〔一九三六〜三九年〕は一つの道標だった。私たちの生活では初めて（そして戦前ではこれが最後のこととなったけれども）、われわれとファシズムに対抗する用意のある西側知識人とをしっかり団結させ、連帯させた。そして青春を過ごした環境も、こうした心構えを私の中に育んでいた。でも、事実上、そのための準備が私には出来ていなかった。私はスポーツウーマンでなかったし、軍事教練をさぼって射撃も学んでいなかった。私の大学の地下には射撃場のようなものがあって、何人かの女子学生はそこに通っていた。これは時代の風潮だった。落下傘で降下し、落下傘降下者のバッジをもらうことを夢見たりする人たちもいた。私はゴーリキー公園〔モスクワの遊園地〕の降下塔ですら試してみる気にならなかった。戦争の実践的側面は、それはそれで独立した別物で、心構えは心構えで別に存在し、こちらのほうが主だというふうに意識していた。戦争で自分が役に立つかどうかということは、考えたことがなかった。共同の運命を分かち合うことは、間もなく前線行きを志願することになる多くの人たちにとって、この時代の共通の呼び声だったと思う。

――でも最初は軍需工場で働いていたのでしょう?

第二時計工場で働いていたの。この工場はすぐに動員計画により小銃弾の薬莢の製造に転換した。私は旋盤で鋳塊からバイトで鋳《い》ばりを取った。私の労働手帳には第三級旋盤工と記入されている。でも、労働手帳にはそれ以上何も付け加えられなかった。戦後、私は仕事に就けなかった。いずれにせよ、正規の職には。いわゆる第五項[1]のせいで。

――あなたが書いているように、戦争初期、兵役義務がなく、おまけにしかるべき職業技能のない娘が前線に出るのは難しかった。しかし、結局、あなたは軍事通訳の資格を取得して、出征した。男子にさえ辛いそういう状況の中で、女子のあなたがどういう目に遭ったのか、私には想像もつかない。「戦争は女の顔をしていない[*1]」と言われている。そうなの?

戦争は女の顔をしていない。そのとおりよ。しかし、男の顔もしていない。戦争は戦争の顔をしている。

そもそも戦争と普通の人間生活が仲良くやっていけるかしら? 戦争の中で、戦争が至上命令の状況下で、戦争が要求する肉体的、心理的持久力を発揮せざるを得ない人間の行動は、異常で想像を絶する。何しろ前線では、原則として、病気にならなかったし、慢性の病気でさえ後退し、目立たなくなることが珍しくなかった。自分の経験でも言える。私が冬に軽い風邪を最後に引いたのは、スターヴロポリでのことで、寒いズックの長靴、夏の略帽、暖房の悪い建物といった環境の中だった。けれども、その後の三年半少しの間（ずっと前線にいた）、何の病気にも一度もかからなかった。身を置いたのは、一見、病気にならずにはいられないような状況と条件だったのに。しかし、そう見えたのもまた平時の尺度からだった。

もちろん、男性と生まれつき違う女性には、前線の条件はとりわけ辛かった。これは余計なことを言わなくても理解できる。それに加えて女性は男性から懇願の対象になる可能性があった。同志的関係のほうが多かったけれども。

ドイツ軍には前線に女性がいなかった。タイピストも看護師も、コックも洗濯婦も、一人もいなかった。ただ、非常に遠く離れた飛行場に女性通信士がいる場合があった。

ルジェフ近郊で私が勤務しはじめた軍を指揮していたのは、レリュシェンコ将軍だった。陰では「兵隊将軍」とあだ名されていて、いつも最前線に出ており、片足をジープに、片足を地面に置いているような人だったが、彼は軍内に女性がいるのに我慢できず、なぜだか彼女たちを「ボラ」と呼んでいた。そして、女を囲っているという密告があった師団長に「ボラ釣りをしているのか⁉」と、食ってかかった。凄みの利いたこの叱咤をみんなが恐れた。戦争のあの困難な時期にレリュシェンコ軍の気風は厳格さで際立っていた。しかし、このことは、一般に前線で見せることをよしとされていない感情が、さらにもっと心の奥に隠されることを意味した。そして、いつ死が訪れるかもしれない戦場では、感情はとげとげしくなり、それを取り除くことは司令官でさえ不可能だった。

戦後、私たちの軍の戦友会が開かれたとき、軍検事だったコズィリョーノクが私に話した――われわれの軍では女子隊員が犯した犯罪は一件もなかったと。彼女たちは頼りになり、男子よりも頼もしかった。ドイツ軍が村の外れまで来ているのに、女性電話交換手は命令が出るまで持ち場を離れなかった。男子については検事の意見はそれほど芳しくなかった。「もし男子が妊娠で前線を離れることができたとしたら（検事は忍び笑いをした）、その種の脱走で持ち切りだったろう」。それでも一人の娘が脱走で裁かれた。恋人が転属になった部隊へ脱走したのだった。

彼女の恋の季節は、戦争とぶつかった。そして恐らく、戦時の法律によって無慈悲に裁かれたことだろう。すべてが痛ましい。

戦場では、男は戦争だけによって生きることができる。女は大部分を感情によって生き続けている。前線における女性の存在――意識していなくても常にそれは、彼女の感情を蹂躙する戦争との葛藤だったわ。


――戦争への女性の視線はあるのかしら？　それが発見するのは何？


戦争への女性の視線がどういう新しいものを発見するか、その判断は差し控えましょう。自分でも戦争について書いているから。第三者から見たほうが、多分、よく分かるでしょう。

女性の戦争への態度ということになれば、現代ではこれは全員一致している。女性はどんな形でも戦争を受け入れないし、死と暴力をもたらす戦争に反対です。大祖国戦争について言えば、この戦争への純粋に女性的な視線はわが国の文学にまだ現れていない。

当時の若い娘たちに、何が待ち構えているかも考えず無思慮に前線を志願して出征した娘たちに訊ねてみればいいわ。大変な経験をし、死の瀬戸際にまで行きながら、なぜあなたたちは、負傷して病院で治療を受けたあと、銃後に残ることができたのに、銃後から急いで前線へ戻ったのか？　なぜ今も、前線で過ごした年月を否定しようとする女性が少ないのか？　あれは自分の最良の時代だったという言葉なら、すぐに聞ける。なぜなのか？　彼女たちの言葉であの戦争、大祖国戦争への女性の視線が出来上がっている。

――前線では自分の民族籍について思い知らされることはなかった？

前線に到着した最初の夜に知ったのは、私たちの軍は袋の鼠になっているということだったの。定期的な報告により、袋の口は広がったり、狭まったりした。今にも完全包囲されそうだった。隣の第三九軍は、私が前線に来るまでに包囲されていた。捕虜になる危機が迫って、ここで多分、第五項のことを思い出した。私には頼れる仲間がまだいなかった。私は一緒に脱出することになる人たちにとってまだよそ者だった。落ち着かなかった。しばらくして個人用の武器（トカレフ拳銃）が支給されると、私は自分がしっかりしたように感じた。

――あなたは通訳養成所で射撃を教わらなかった……。

そう。養成所長のビアジ将軍は、君たちには前線で射撃を教えてくれるから、と約束した。しかし、私には誰も教えてくれなかった。私には装塡済みのピストルが渡されて、押す場所を示されただけだった。私は戦うつもりがなかった。しかし、少なくとも自分の始末は付けられたでしょう。

――周囲の人たちとの関係で、ユダヤ人だということは何か影響があったの？

私にはそれはまったく影響しなかった。親しくなるための敷居は別だった。わが軍には通訳が必要だったのに、その通訳は女性だった。私は男たちの中で一人きりだった。彼らも私と一緒では気まずかった。女性のいるところでは卑猥な罵り言葉を使えなかった。それがないと、彼らは話ができないの。私が入った軍は、国境のすぐそばから退却してきた軍で、人々の結束が固かった。そこへモスクワ育ちの女子学生が出現したので、彼らは大変な忍耐を強いられた。私はよそ者だった。

私は背嚢の中に聖書を持っていた。これは女友達のヴィーカのところで生まれて初めて目にしたものだった（彼女の母親は「党文献出版所」で働いていた。そしてヴィーカの反宗教参考書の中に聖書が加わった。なぜかそれはセブンスデー・アドベンチスト教会版の聖書だった）。養成所修了後、参謀本部で派遣命令を受けるためにモスクワに出たとき、私はヴィーカ・マリトの家に一晩泊まった。私の関心を目にして、ヴィーカは無神論者的献辞をしたためてこの本をくれた――「元気でね、レンカ。ヴィクーハから」。というわけで、前線で私は座って聖書を読むことがあった。もちろん、やはり少しまごつきながら。私たちのところに一時、国境警備隊の少佐が出張で来ていたことがあった。魅力的な、明るい顔をしていた。誰かが私を指して、「聖書を読んでいる」と彼に教えた。「それがどうした。あれは立派な文学作品だ」と、少佐は言った。そして、緊張を解いてくれた。

前線で私は、規則正しくではなく断片的だったけれども、手記を付けていた。これも最初は白い眼で見られた。何しろ日記、手記を付けるのは禁止されていたのだ。私はきっと誰かが興味を持ち、ノートを覗くだろうと思った。そこでノートに、「同志ボリーソフ大尉、あなたは他人のメモを読んで恥ずかしくないのですか？」と、書いておいた。ある日、ノートを開くと、私の質問の下に大文字で単語が一つ書いてあるのが目に入った――「どうして？」。私の保存してあるノートにこの書き込みはそのまま残っている。それ以後、私は悩まされなくなり、みんなが慣れてくれ、それに通訳として評価してくれた。私はこの職務でここに来たのだ。時間がたつうちに、私への態度も友好的になった。

——あなたはいつだったか、通訳の仕事では女性であることが、ある程度メリットにさえなった、と話していた。

ある程度はそのとおりだと思ったわ。ある捕虜が私に話したところによると、彼のような状況で女性に会うことは、吉兆で慈悲のしるしだと。捕虜たちはいろいろな頼みごとをした。一人の捕虜は妻と生まれてくる子供がいると話し、赤十字をつうじて（われわれが赤十字と関係がないのを知らずに）自分が生きていて、捕虜になっていることを彼女に知らせてほしいと頼んだ。私と捕虜が二人だけになると（そういうことが大部分だった）、それは尋問というよりもむしろ会話になった。そして、それで成功することもあった。時々、私を警護する必要があることを思い出して、兵士を付けてくれた。ある時、こんなことが起きた。半地下小屋に下りてきた上司が寝ている番兵のいびきを聞きつけた。そして一言も発さずに近づいて、私の前のテーブルに転がっていたむき出しの厚刃ナイフをさっとひったくった。

——何でまた厚刃ナイフが？

鉛筆を削るためだったのよ。

――尋問官の役割をするのは難しかった？

ある意味では、女性たちを銃撃して撃ち落とされた飛行士が私の助けになったわね。私は彼に、なぜ撃ったのか、飛行機は非常に低く、ほとんど頭上を飛んでいたのだから、それが畑で働いている女たちだと分かったはずだ、と訊ねた。

――そして彼は、「それが自分の楽しみだから」と答えたのね。

それが彼に満足を与えていたの。私は身震いしたほどだった。私は初めてファシストを、敵を見たわ。

最初の捕虜たちは憐みを、何か痛みの感覚を呼び起こした。私の父ほどの年配のドイツ兵がロシア語の単語「ドゥイニャ」〔メロン〕を思い出そうと頑張った。彼は納屋で凍え、毛布をくれと頼んだ。大学卒の学歴を持っていたあのハンサムなハンス・ティール。当惑と憂愁を感じた。この感情を再現し、人工的に再構築することはまず不可能だわ。一番正確に写しているのはノートのメモね。それは後に私の本『最短接近路』に入れられた。

軍の通訳養成所では、射撃や軍事的なもの一切を迂回して、変わった、常ならぬやり方で、いわば反対側から戦争の中へ引きずり込まれ、そのまま敵と接触した――敵のドイツ語、軍人手帳《ゾルトブッフ》、操典、命令、手紙（ドイツ兵たちはどれほど手紙でわれわれをうんざりさせたことか！）、凝ったゴシック体、なかなか覚えられない軍事用語と。そして言葉を丸暗記するための子供の数え歌や、うんざりする会話（「オットー、君はどこへ行って来たの？」「やあ、カール、僕は湖でボートに乗って素晴らしい散策をしてきたよ」）と、ハイネ（「愛しい人よ、あなたはまだ何がお望み？」）。そして尋問のリハーサル。交互に私たちは捕虜のドイツ人になったり、尋問するわが軍の指揮官になった。

速成ではあったけれど、ドイツ語を詰め込まれて、いよいよ前線に向かう日が迫ると、私はどこか胸の中が、本物の捕虜に会ったら、彼への無慈悲と暴力の目撃者になるのではないかという恐れで、ぎゅっと締めつけられるのを感じた。

前線での最初の朝、私は二回の猛爆撃の合間に百姓家から出て、負傷したドイツ兵の捕虜を乗せた橇が通りを引かれて行くのを目にした。私はその橇に釘づけにされたようについて行った。橇は間もなく停まった。御者がすでに橇から出て、何かを思案していた。私は意を決して、「彼を銃殺するために運んでいるんですか？」と、大声で訊ねた。てっきりそうだと思いながら。顎髭を生やした年配の兵士が不機嫌そうに私を肩越しに見て、意地悪く吐き捨てた。「俺たちは捕虜を銃殺なんかしないよ」。そして百姓家の裏へ用を足しに行った。

私はまだ興奮しながら、橇に横たわっている負傷したドイツ兵に、どこの出身かと訊ねた。耳にしたのは、話す気のない、「ああ！　何がまだ必要だってんだ！」という投げやりな言葉だった。そして私は、この中年兵士に教えられ、その不機嫌な軽蔑の視線を感謝の念で思い出しながら元の道を引き返した。

私は当時、ノートに書き込んだ。「戦争に勝つのは寛大さを発揮する者だ」。私たちがその勝利者になることを望みながら。

しかしながら今のところは運のいい強い敵は、この寛大という概念をとうに排除していた。あるのは力と無慈悲という概念だけだった。世界はますますはっきりと、勝者と敗者に二分されていった。どういう寛大さがそこにあるというの。ますます沸騰し、固まっていったのは、勝ち誇る力と無慈悲に対しては、力と軍備充実と無慈悲によって対抗すべきだという立場でした。

——あなたが入った軍は、国境から退却してきて、敵への憎しみがみなぎっていた。でも、あなたも多くの重苦しいもの、非人間的なものを目にした。そして間もなくあなたの経験も軍のこの憎しみに追いついた。


ルジェフのドイツ軍収容所はとんでもないものでした。生存者と死者が並んで横たわっていた。ドイツ軍は凍ったジャガイモを運んできて、ばらまいた。半死半生の捕虜たちは這ってそれを拾った。さらに彼らは鞭で打たれた。収容所の真ん中には疲れを知らずに働く絞首台があった。

西へ前進する途中、われわれは死体の棄てられた壕をいくつも越えていった。大きな、有名な収容所のほかに地域的な収容所がどれほどあったことか。これらの収容所では、死体は壕に投げ込まれ、土砂が掛けられた。わが軍が攻勢に移ると、痕跡を消すために死体を掘り出して、焼却し始めた。しかし、多くの場合、間に合わなかった。

焼き払われた村々。ドイツ軍の部隊には特別の放火係——「たいまつ持ち」がいた。退却時の「焦土」に関するヒトラーの命令。土地に対する、人民に対する制裁——これがすなわちナチズムの正体だった。われわれは村に入ったが、それは村とは言えなかった。村がなかった。燃えかすとくすぶっている木片。窪地や、何とか作り上げた半地下小屋から憔悴した老人、女たち、辛うじて生きている幼児が姿を現す。

そう、これは憎しみの経験でした。

しかし、長い年月を経た今、当時を振り返って私は言えます。人間的な感情は私の中で全滅しなかったと。辛かった。でも、子供時代に育まれ、学生時代に強固になったインターナショナリズム〔国際主義、民族際主義〕（私はこの言葉を使うのを避けない）は私の中に残った。私たちが学んだ哲学・文学・歴史大学（ＩＦＬＩ《イフリー》）には民族による差別はなかったし、あり得なかった。長年たってから、同級生たちの誰かを思い出しても、彼が何民族だったか、頭に浮かばないこともあった。国民的な友好、一体感があった。これを歪め、破壊するのは許されないことでした。私たちはこの伝統をこれからも絶やしてはいけないわ。

——あなたは戦前から時代の精神を感じていた。そして同級生のミーシャ・モロチコは、ファシストたちとの将来の戦争が世代の使命になると予言していた。ドイツとの条約〔一九三九年九月の独ソ不可侵条約〕はあなたにどんな影響を与えたの？

条約締結後の最初のうち、私たちは不安になり、不愉快になり、屈辱感さえ感じた。ＩＦＬＩの学生たちの間では、ドイツ人のことを「われわれの呪われた友人たち」としか呼ばなくなった。その年、通りで会った兄の同級生だった女性は、外務人民委員部で通訳として働いていたが、ユダヤ人の通訳は今や国外に派遣されなくなり、人民委員部から解雇され始めていると打ち明けた。わが国とドイツの友好関係がずいぶん進んだものだと私は思った。でも、なぜわれわれが譲歩して、ファシズムを喜ばせているのか、と腹立たしかった。

ある記者が今から数年前、いつからスターリンの反ユダヤ主義と、ソ連のその他の諸民族の迫害、弾圧政策が始まったと思うかと訊ねたとき、私が突然思い出したのはあの昔の路上での立ち話だった——「あの条約が締結されたときからだわ。始まるや否や……」。

大学の壁から名称にフランス語が添えられていた表札が取り外され、ドイツ語を付記した表札が打ち付けられた。大学内で共通の感情が爆発したときのことを覚えている。それはこうだった。

この条約を文化的行事、芸術文化財の交換で記念するとして、古いドイツ映画が選び出された。映画はIFLIにも届けられた。噂ではこの映画はとても面白くて、最近までわが国では禁止されていたものだった。一五番教室は超満員だった。白いスクリーンが壁の上に広げられた。映画はサイレントで、伴奏ピアノ弾きが必要だったので、学生のレフ・ベズィメンスキー〔後に作家、ジャーナリスト、歴史家。戦時中はやはり軍事通訳として活躍〕を見つけて、舞台の上に引っ張り上げた。最初のうち、彼は映像の流れに当たり障りのないピアノ伴奏を付けていた。しかし、突然、彼は勢いづいた。そしてジークフリートが馬に乗るシーンになると、『おーい、若い衆よ、馬に鞍を置け！』〔ウクライナ民謡。開戦後の一九四二年に歌詞と曲が補作されて軍歌になった〕の調子のよい曲がグランドピアノから轟き始めた。ブリュンヒルデがライン河畔の高い岸の上に現れると、『カチューシャ』が伴奏曲になった〔ロシア語の歌詞の第一節に「カチューシャが高い岸の上に出てきた」という箇所がある。この歌は一九三八年十一月に初演されて国民的愛唱歌になった〕。どういうことになったか！　教室は爆笑に包まれ、私たちの感情にはけ口を与えた……。

ある時（これはフランス降伏後のことだった）、サーカスの休憩時間に、観客の中に丸々と太った、堂々とした、得意げなドイツ人たちを六〜八人見かけた。盛んに、大声で会話をしていた。私は彼らに敵意を感じたのを覚えている。

なにせ私はドイツ語が好きで、愛着を持っていた。私は一年間、素晴らしい女の先生に習った。彼女はかつてストルイピン[2]の子供たちの家庭教師をしていた。彼女から私は「ドイツ語の才能がある」と言われた。これは忘れられなかった。不幸なことに、彼女はその年の春に亡くなった。しかし私は勉強をやめず、中学校と掛け持ちで外国語大学の通信学部に入学した。カール・リープクネヒト〔ドイツの政治家で共産主義者。一九一九年にローザ・ルクセンブルグらとともに殺された〕の未亡人が主宰するサークルにも通ったわ。

それよりももっと以前、学校に入る前には祖父がハイネを読んでくれたわ。

——あなたは祖父とドイツ語の先生のことを、三〇年代を扱った中編『句読点』で書いたわね。今日、あなたと話しながら、あなたが書いたことのすべてに、あなたの記憶にますます深く入り込めたような気がする。昔の人たちについて知ることがあったわ。そして時代の精神についても。この戦争が運命づけられていた若いあなたたちにとって、条約調印後は衝突の脅威が遠ざかったのではなかったの？

もしかしたら、脅威は少し、時間的に先延ばしにされたかもしれないわ。でも、私たちは戦争が避けられないことを理解していた。それはもう歴然としていた。すでに『我が闘争』でヒトラーは書いていた——自分に関心があるのは一九一四年の国境回復ではなく、東での領土獲得である。ロシアは消滅しなければならず、ドイツ人をそこに定住させる。ロシアの住民の運命は、これらの領土を耕作する奴隷がどれだけ必要になるかということで決定される、と。そしてロシアを征服した後はヒトラーの構想にとって障害はなかったでしょう。全ヨーロッパがドイツの支配下に陥ったはずです。

——なぜ戦争は私たちにとってあんなに悲劇的に始まったの？

戦争初期について話すなら、一九三七〜三八年に、スターリンのテロルに戻らないわけにはいかないわ。赤軍がどれほどの破壊をこうむったか、想像もつかない。五名の元帥のうち、三名が殺された。軍司令官、師団長、さらには連隊長までほとんど全員がやられた。モスクワで裁判が始まったとき、ラジオ中継をずっと聴いていたヒトラーとゲッベルスは、スターリンがユダヤ人たちを制裁していると決め込んだ。ただ、なぜリトビノフ[3]がまだ健在なのか、驚いた。

ゲッベルスは一九三七年二月三日に、「ロシアでは危機と果てしない逮捕。今やスターリンは赤軍に取りかかった」と、書いている。さらに六月十五日には、「ロシアにおける殺人は全世界を騒がせた。ボルシェヴィズムの極めて深刻な危機が言われている。ヴォロシーロフは軍に命令を発した——二番煎じで、彼らはトロツキストだと非難している。いったい誰がそんなことを信じるだろう？　ロシアは辛抱強い」と、書いている。そしてとうとうゲッベルスは（あのゲッベルスが！）結論する、そして何回も繰り返すことになる——「スターリンは精神病だ」（七月十日）、彼は軍隊を破壊している、と。

もちろん、ゲッベルスは悲しまなかった。「スターリンがみずから自分の将軍たちを銃殺しているなら、われわれはそれをしなくて済む」（これは一九四〇年三月十五日の日記で、すでに戦争に狙いを付けている）。

戦争の少し前、記録映画の一部が上映された——トゥハチェフスキーが指揮した最後の演習でした。この時、初めて空挺戦車隊が紹介されたけれど、これは印象的な光景だった。駐在武官たち、その他の外国の専門家がこの映画を見た。その中にはグデーリアンもいた。トゥハチェフスキーの逮捕後、新戦術を導入しようとした彼の理論は、内部攪乱行為だとしてわが国では禁止された。戦車軍団は編成を解かれ、戦車は狙撃〔歩兵〕編合部隊ごとに分散させられた。戦争の過程で機械化軍団と戦車軍団、戦車軍を再建しなければならなかった。

ドイツ国防軍の将軍たちは熱心に新戦術の開発に取り組んでいて、トゥハチェフスキーの演習で示された戦術の開発も重視した。

スターリンはドイツの欧州侵略拡大を助けることになったけれども、ブーメランになって返ってきた。ヒトラーは、全軍事力をもって西欧諸国を攻撃するために、ソ連の中立を利用した。しかし、この中立が長期に続くことをそれほど頼りにせず、ヒトラーはあらかじめ、不可侵条約締結からわずか三ヵ月後の一九三九年十一月二十三日、「われわれは、西側で手が空いた後で初めて、ロシアに対して行動を起こすことができる」と、将軍たちに言明した。そして、彼は西側での目標達成に向かって突進したが、ロシアのことは片時もその脳裏を離れることがなかった。

一九四〇年五月十日、ヒトラーはフランスに対して行動を起こした。ドイツ軍の一三六個師団にフランス、イギリス、ベルギーの一三五個師団が対抗した。ドイツ軍に匹敵する数量の戦車を持ち、強力な防御施設（マジノ線、ベルギーの要塞）を擁していたのに、ドイツ軍は急降下爆撃機、会戦への集中的な戦車導入（まったく新しい性格の攻撃）、部隊空中降下によって敵を仰天させ、圧倒した。

六週間でフランスは降伏した。

包囲されたイギリス軍は、ドイツの機甲軍、とりわけグデーリアンの戦車の猛攻に辛くも耐えてダンケルクを維持していたが、海岸から海峡を越えてイギリスに撤退し、全滅を免れた。

イギリスの誇り高く、悲劇的な不撓不屈の時期だった。しかし、私たちはそのことについて何を知っていただろう？　壊滅した同盟諸国を失ったイギリスについて、ヒトラー主義との戦争でのその英雄的孤立について、申し訳ないほど少しか、まったく何も知らなかった。

ゲッベルスは、ヒトラー同様、イギリスの不撓不屈の程度、こうむった敗北に対する彼らの怒りを理解していなかった。次の段階として予定されたのがシーライオン（「アシカ」）作戦だった。しかし、総統は自分の戦友たちにとってすら意外な決定をした。イギリス本土への侵攻作戦は中止され、東への急進撃、ソヴィエト・イギリス・ロシアへの攻撃が直近の軍事目標になった。

――なぜヒトラーは、イギリスとの戦争を終えずに、わが国を攻めようと決めたのかしら？

わが国が始めたフィンランド戦争〔一九三九～四〇年〕は、スターリンによってずたずたにされたソヴィエト軍の弱さを白日の下にさらした。これらの出来事が極めて直接的につながっていたという意見を、私はジューコフ元帥から聞いた。

私は今ではこういうことさえ考えている――もしかしたら、戦争はなかったかもしれない、歴史は別の道をたどっただろう、と。ヒトラーは六月二十二日の後、すでに、この行動に踏み出す決心をするのは容易ではなかったとゲッベルスに話している。そしてもしかしたら、彼が語っているように、諜報がもたらした情報は正確ではなかったのかもしれない。そうでなければヒトラーが敢えて行動に出るようなことはまったくなかっただろう。もしもソヴィエト軍がスターリンによって壊滅状態にされず、フィンランド出兵であのような姿をさらさなかったならば。

スターリンは軍を危険にさらした。実質上、われわれは敗北を喫した。一九四一年の全期間――それは敗北だった。戦争の初期、一九四一年の間に三百万人以上が捕虜になった。これはドイツ側資料の分だけです。収容所まで連れて行かれた者たちは名簿に入った。でも、行き着かなかった捕虜はどれだけいたのでしょう？　寒さ、飢え、虐待で死に、銃殺された味方の捕虜たちは？

膨大な犠牲者。そして崇高な自己犠牲。これには何か非常に自然な、人の心を強く引きつけるものがあった。

私は戦場での民衆の生活にとても心を打たれた。自分と住民や兵士たちとのあらゆる接触に。この生活の成り立ちそのものが人の心を癒す力を持っていた。三〇年代末の混乱の後で、これは私の背筋を伸ばしてくれた。

そしてわれわれは文字どおり全世界にとって解放者だった。私たちがポーランドに入り、さらにその先に進むと、収容所からわれわれを迎えに出てきたのは、他国から虐殺のために集められて生き残った最後のユダヤ人たち、フランス、イギリスの捕虜たち、あらゆる国から強制連行された労働者たちだった(その中にはあのベルギー人もいた)。私は自分が単に大祖国戦争の参加者であるだけでなく、第二次世界大戦の参加者でもあることを悟った。


長年たってから、イギリスの映画監督マーティン・スミスがモスクワで私を探し出し、戦争についてのドキュメンタリー・シリーズのために長時間のインタビューをした。それはシリーズの最終編で、私はヒトラーの死体発見と識別について話した。

半年後、ロンドンに行く機会があった。私たちが空港に着陸したのはちょうど、アン王女と馬術仲間との結婚式が執り行われている最中だった〔一九七四年十一月十四日〕。ホテルのロビーでチェックインの手続きをしている間に、新婚カップルとその随行者たちはテレビカメラから宮殿内に姿を消した。部屋の鍵を受け取りながら私が目をそらしていたその瞬間、テレビの画面にまったく別のものが映し出された。それは私を引き寄せ、金縛りにした――モノクロの戦争記録映画だった。ダンケルク、悲劇的な場面……。

これはマーティン・スミスの連作の一本だった。夏に同時に七ヵ国で初放映が行なわれ、イギリスでは週に一回、火曜日に放送されていた。一週間後、次回の二本が放送された時にはロンドンの通りは人影がまばらになった。

海上での戦闘……戦争の実写記録映画……これらのすべてについて私は辛うじて聞き知っていた。しかし、実際に見るには……。

私たちの旅行の受け入れ先が、私の頼みでテムズ・テレビジョンに連絡し、私たちはすぐにスタジオに招待された。グループ全員（ジャーナリストたち）で出かけた。身軽で生き生きした、ビロードの背広を着た美人であるマーティン・スミスの助手（彼女の説明によると、スミスは「奥さんのお産に付き添って」いた）が、彼のメッセージを代読した。「ようこそ……」。私の名前が響いた。全員が舞台の上に招かれた。ワインの注がれたグラスを持って、私たちはスタジオでの会見を祝い、写真に納まった。

私が参加したフィルムはまだ完成していなかった。私たちには「オランダ編」が上映された。フィルムの大部分はモノクロの実写で構成されていた。三人だけが大写しで順番に登場した。彼らは戦時中にはまだなかったカラーフィルムで撮影されていたので、現在の人たちだった。そのうちの最初の人物は、ドイツ軍が侵攻したとき、アムステルダム市役所の幹部だった。彼は占領軍の市長に呼び出された――市役所にいるユダヤ人は誰か？ 彼は答えた「この市役所にはユダヤ人はいません」。モノクロの過去を、というより自分自身の内部を緊張して見つめながら、彼は語った。「まさにそのことによって、私は最初の背信行為を行なったのです。私は人の差別を許容してしまったのです」

次に画面に登場したのはユダヤ人の素朴な女性で、表情に富んだ大きな顔をしていた。彼女が二人の子供（乳児と三歳児）と病気の兄弟と一緒にゲットーに連行されたとき、彼らの後ろにいたドイツ人の兵士は泣いていた。「それっきり、その泣き虫のドイツ軍兵士に会うことはありませんでした」。とてつもなくむごいことをあまりにも多く目にしたのだから、このことは黙っていることもできたはずだ。ゲットーでは彼女の乳飲み子と兄弟が死んだ。だが、はっきりと見て取れた——彼女にはその兵士について話すことがどれほど大事かということが。たった一人でも、そういう兵士がそこにいたのだ、と。

実写フィルムの画面は私たちを当時のアムステルダム市内に導いた。何かが本質的に変わり、切迫していた。そのきっかけになったのはユダヤ人の国外追放だった。

そして三人目の最後の大写しは、ごく普通の男性だった。とくにこれと言って特徴がなく、がっしりしていて、ほとんど丸顔で、いがぐり頭だった。「私は駅へ行ったが、もう貨物列車が待っていた。彼らが護送されてきた。自動小銃を手にし、犬を連れたドイツ兵たちが彼らを包囲した。一人で私に何ができただろう、武器もなしに!? だが、私はこれを見たのだ!——彼は拳を握りしめ、激しく力を込めて言った——私は、見た」

最初の会話で彼のことにすでに触れたと思う。これは私にとって非常に意味深いことだった——彼は見たにしても、見えなかったかもしれない。だが、彼には見えた。そして彼にならって言えば、関与したことになり、罪を負い、責任を負っているということになる。そして当時十八歳の若者は地下運動の積極的な参加者になった。

このフィルムには出てこなかったし、恐らく記録フィルムライブラリーにもないだろうが、オランダの港湾労働者たちは同胞ユダヤ人たちの国外追放に抗議して、全面ストライキを打った。このフィルムには、ユダヤ人たちが駆り集められた広場に戦後建立された港湾労働者の記念碑が出てこなかった。国を揺るがしたこのストライキの、銃殺された指導者たちの記念碑も出てこなかった。オランダのレジスタンス運動はこのストライキから出発したのだ。監督が目を向けたのは事実だけではなかった。むしろ、その視線はあの歴史的状況下の人間の中の個人的なものに、大事に、胸の奥深くにしまってあるものに向けられていた。ライトが点くと、ホールに座っていた実にさまざまな人たちの目は一様に赤かった。あの三人は誠実に、懺悔のように自分の魂と向き合って、画面から話していた。自分たちが属しているあの時代に対して、その中に残した自分の個人的痕跡に対してどのように責任を負っているかを。

——自分が属している時代に対する個人的な責任。これをあなたは関与と呼んでいるのね。そしてあなたは、長年、西側の自分の同時代人たち、ナチズムとの闘争の同志たちから切り離されていたのが、その人たちとそのとき初めてロンドンで、テレビスタジオのスクリーンで衝撃的に対面したわけね。これって、もう一つの「エルベ川の邂逅」ね、涙が出るほど感動的な。

フィルムを見た後、私たちはテレビスタジオを辞去した。舞台の上でワインのグラスを手にしていたときの私たちの写真がめいめいに手渡された。スタジオの外のショーウインドウの鮮やかな「当スタジオの来訪者……」という文字の下には、馬鹿でかく引き伸ばされた同じ写真がもうセットされていた。こうして私たち自身も、名乗りを上げて、この都市の生活に入り込んだわけね。これはもう、ディケンズで学んだ、霧に沈む、四角張った、山高帽の都市ではなかった。ここは人種が絵のように混ざり合った多様な都市だった。ビジネス都市でもあり、ヒッピーとミニスカートの祖国でもあった。私たちは賑やかなショッピング街のオックスフォード・ストリートに宿泊していた。流行のカラフルなジプシー・スカートが、礼儀正しい服装や、はたまた若者の着た裾長のコート、あるいは若い胸の上に羽織られたワイシャツと入り混じる、濃密な雑然とした流れ。そこには、頭ごと押し込まれて丸い広告塔のようになって歩く哀れなサンドイッチマンが現れたり、バグパイプを演奏するキルトを身に着けた先祖代々のプロの乞食がいたり、あるいは突然バスからばらばらと跳び下り、街角でチリのピノチェトの横暴をパントマイムで演じて、抗議を呼びかける学生たちがいたりした。するとと今度は、まったく季節外れのガーゼの服を着て、鼻にリングをつけ、頭の一部を剃ったきゃしゃなクリシュナ神信仰者たちの一団が列をつくって、耳に快い聖歌を通りに響かせ、ブリキの楽器の音に合わせて軽く飛び跳ねながら進んできた。

この都市生活の表現力豊かな劇場に目を奪われながらも、私は別のモノクロのドキュメンタリー・フィルムのロンドンもしっかり見た。それはドイツ軍の爆撃を受け、ヒトラー軍侵攻の脅威下にあり、全市にバリケードが構築され、戦って、死ぬ覚悟を決めたロンドンだった。

夜の地下鉄。戦争初期のモスクワと同じように、六年間も線路の上で眠る子供たちと心配そうな大人たちの姿があった。そして、絶えず奏でられていたアコーディオン。朝になると、夜間の空襲で破壊された事務所のそばでは、あちこちの舗道に小卓と床几が持ち出され、「われわれはここにいる」、「われわれは生きている」と書かれた横断幕の下で女性事務員がタイプライターを叩いていた。

王室一家が建物の破片でふさがれた通りを、昨夜の空襲で被害を受けたマダム・タッソーの蠟人形館へ向かう。そして再び空襲警報が響く――「灰色狼なんか怖くない、怖くない!」。これは戦前にわが国でも上映された人気アニメの三匹の陽気な子豚が歌っていた歌だ。

バリケードの上によじ登ったチャーチルの演説。大きな体をバリケードの頂上に突き出しながら、彼は言う。「もしも百年後に、どの時期が最も素晴らしかったとわれわれに訊ねるならば……」。だが、画面に映し出されるのはダンケルクだ。敗北。逃げてきた兵士たちに取り囲まれるイギリスの艦艇。積み過ぎて、傾きながら、岸を離れる。間に合わなかった兵士は岸から海に飛び込んでその後を追う。猛烈に泳いでいる……放棄された海岸に残っているのは死者だけだ……艦艇はどんどん岸から離れていく。

テレビのそばに座っているイギリス人がチャーチルの先回りをして、彼のフレーズを声に出して完成する――「そのとき、われわれは言うだろう、この時期だと」。彼の演説の有名な言葉である。「……われわれは言うだろう、この時期だと。最も素晴らしい時期だったと」と、チャーチルは断言した。

だが、艦艇はますますイギリス本土に向かって遠ざかっていく。泳ぎ着くのは無理だ……放棄された海岸には風が吹きまくっている。動かない突起は、砂に埋まってゆく戦死者たちの遺体だ。海中では兵士たちが溺れている。

そう、これはイギリスの英雄的な、素晴らしくも悲劇的な時期だった。尊厳と不屈の精神を備えたあのイギリスを、ナチス・ドイツに一対一で対抗していたあのイギリスを、私は初めて見て感動した。当時、大陸ヨーロッパのほぼすべては占領されていたか、あるいはドイツと同盟して戦争に引き込まれていた。そして四一年六月がなくとも、ドイツ軍侵攻の脅威が現実に迫っていた。

私は映画カメラの目を通してではあったけれども、われわれの兵士たちが攻め入った土地よりももっと先をのぞきこんだ。

そして、いわば知識として承知はしていても、具体的なイメージではなかなかつかめなかったことをはっきりと把握して、胸が高鳴った――わが軍は世界を救ったのだ。われわれの大祖国戦争は、第二次世界大戦における主要な出来事であり、それは自己犠牲的なレジスタンスを行なっていた西欧諸国と、この偉大な島国に救いをもたらしたのだ、と。

そしてつまりは、このロンドンに救いをもたらしたのです。ロンドンをそのあらゆる問題、生き生きした現代的な世界、その運命、文化とともに救ったのです。

これらのことすべてが心に残り、今も私の中でそのまま生き続けている。そしてこれは、関与の感情なのです。

――「遠くのどよめき」の章にはこの関与の感情、解放者の幸福感がはっきりしていた。しかし、「一九四五年五月、ベルリン」の章では、勝利の祝砲の後、有頂天に続いて勝利の悲哀が出てくる。これは何なの？　どこから出てくるの？

悲哀は勝利といつも一緒なの。勝利は死んだ者たちへの、経験したことへの痛みをむき出しにする。痛切な責任感が生じる。そして今では遠く隔たった平和な生活へ戻る必要も出てくる。悲哀は意識を透明にしてくれる。

しかし、暗い気持ちにさせられ、心を踏みにじられることもあった。

私はポズナニにいたとき、わが軍がドイツを進軍し、ベルリン強襲が近づいているのに自分がここに引っかかっているのを嘆いていた。でも、運命は私に慈悲深かったの。

まだポズナニにいたとき、私の前で、隣の師団から、対処をどうすべきかという相談の電話がかかってきた。二人の兵士がドイツ人女性を強姦したのだった。ラーティシェフ大佐は瞬時にきっぱり返答した。銃殺隊により銃殺すべし。これはわが国の平時の法規にかなっていた。輪姦には死刑。それしか考えられなかった。一義的にそうだった。許されないことは阻止しなければならない。しかし、大佐はポズナニに足止めされていたために、現実から遅れていた。ドイツ領内の進軍途上では、それはすでに放任されていた。

百万の軍隊が戦争でずたずたにされた自分たちの土地から、憎むべき敵の土地へ到達したのです

（「着いたぞ、呪わしのドイツ！」）。恐らく、行き過ぎなしにはすまなかったでしょう。処罰されないことは、そういう状況の中で挑発と化してしまった。

――これは止めることができたと、あなたは考えるの？　それとも、憎しみ、報復のそのような盲目的衝動はどうしようもないの？

私はこれらの出来事を扱ったフィルムに出演して、話した。確かに、ドイツの女性たちはドイツの男たちがやったことのためにひどい目に遭った。しかし、個別的な事件の発生が、取り締まられなかったために、集団的な乱暴狼藉に転化してしまった。いざ止めようと乗り出したときには、これは停止された。司令部にはそのようなことを許さない力があった。

私がポズナニにいた期間にこれがどのような性格を持ったか、私はドイツ人女性たち自身から知った。強姦は私にとって最悪の犯罪です。それは女性から将来だけでなく、過去も奪ってしまう。愛と親密さの思い出が耐えがたいものになりかねない。起こったことは、愛のジェノサイドだった。

これは私にとって心の傷となった。私は苦難の中で戦うわが軍を愛した。そして決してこの感情を棄てないでしょう。軍はあれほどの犠牲を払い、ヨーロッパを解放した。これは軍の自己侮辱だった。

――しかし、それでも目くるめくような勝利感はあった……

あったわ。勝利は偉業だった。けれどもラジオで聞いた、スターリンが勝利の祝杯の際に発した言葉は、いやな後味をいつまでも残した。彼が国民に挙げた祝杯は、勇気、自己犠牲、英雄的行為に対するものではなく、戦争中に発揮された忍耐だけに対するものだった。そしてそのような不審な賞賛に加えて、スターリンはロシア民族だけに乾杯したのです——ロシア民族を他の民族から切り離し、彼らの上に置きながら。指導者の一語一語は金の重みがあった。乾杯の言葉はそのまま、こう受け取られた——ロシア民族に栄光あれ！　わが国のような国にあっては、その余波は避けられなかった。民族籍を考えることなく、単一の祖国を防衛するために戦場で見られた、貴重な一体感と結束感が揺らいだ。みんなが同胞であるという概念と気分に代わって、ロシア人は「長兄」であり、ほかのすべての民族、共和国は弟であるという押しつけが行なわれた。これは全員にとって、そしてロシア人自身にとってもよくなかった。その当時から蓄積されたものが、今日では公然とした、時には敵対的な分離主義志向の中に現れ、ロシアに脅威になっているのです。

——あなたが書いているところによると、状況はすでにドイツで、戦後の数ヵ月間のうちに変わった。しかし、それでもまだ何かが、何らかの自由の期待が漂っていた。この期待が最終的に崩れたのは、国に戻ったときなの？

私は動員解除で一九四五年十月にモスクワに戻った。この新しくて古い生活（つながりが失われていた）に改めて入るのがどれほど困難だったかについては、わりと最近に『家のかまど』という中編で書いた。ここでは一つだけ言っておきたいの。当時の私は、生者と死者たちへの、戦争で体験したことへの人間的な労りの言葉をとても聞きたかったし、それを切実に必要としていた。しかし、新聞とラジオが再び繰り返しているのは、スターリンが課した銑鉄と粗鋼の生産量の数字、新五ヵ年計画とそれを実現するためのネジとしての人間のことばかりだった。

すでに翌年の戦勝記念日、五月九日はスターリンによって祝日ではなく、平日の作業日に変えられていた（この日が大きな祝日として戻ってきたのは、ようやく戦勝二〇周年からで、スターリンの死からかなりたってていた）。

市内交通機関の無料乗車、その他のちょっとした特典など、戦争の受勲者たちに対して多少なりとも特別に示されていた配慮のしるしでさえ、すべて取り上げられた。参戦者には、国を救うための悲劇的な戦いで自分の果たしたことが過小評価されたように見えた。勝利は国家のものとして残ったが、国民のものではなかった。

そして肝心なことに、ヒトラーはどこにいるのか？ 何しろドイツ・ナチズムは彼に人格化されていたのだから。ヒトラーがもたらした苦難の後で、プロパガンダが流しているように、どこかで彼が生きていて、安穏に暮らしているとしたら、これは一体どういう勝利なのか？ これは国民の中に無気力を生んだ。

疑いなく、ヒトラーの発見は、本質的な歴史的事実であり、わが国民と歴史の財産です。スターリンは、戦争の初めに国を敗北の淵に立たせ、ヒトラーについての真実を隠匿し、彼の死を秘密にすることによって、勝利をしぼりとったのです。

――あなたは「一九四五年五月、ベルリン」の章で触れているが、ブィストロフ少佐はヒトラーの死が公表されることを強く望んでいて、あなたにそのことを書くように勧めた。彼はこの秘密をもっとほかの誰かに教えようとしなかったの？

私とヴィストロフがブーフから出発する前に、改めてケーテ・ホイザーマンを尋問したとき、ヴィストロフはプラウダの特派員マルティン・イワノヴィチ・メルジャノフ[4]を尋問に立ち合わせた。彼と作家のボリス・ゴルバートフ[5]は、それまでベルリンから総統官邸強襲についてのルポルタージュを送っていた。メルジャノフはそばに座っていた。ヴィストロフは私に通訳しないようにと言った。しかしメルジャノフはもちろん、尋問の内容を理解していた。後に、すでにモスクワでのことだけれど、メルジャノフは私を自宅に招き、やはり客として来ていたクリメンコに私を紹介した。メルジャノフは党中央委員会へ出した自分の手紙について話した。それは、私たちの尋問に同席した時に理解したことに基づいて書いたヒトラー識別についての記事を、プラウダに掲載する許可を求めた手紙だった。中央委員会のプロパガンダ担当書記G・アレクサンドロフがメルジャノフに語った。「政治局で穴があくほど読んだよ」。しかし、スターリンがメモを書きつけた――「それじゃあ、彼は英雄になるのか?」ヒトラーのことを言ったのよ。最後まで彼はベルリンにいたから。

長年の後、マルティン・イワノヴィチ(私たちは親交を続けていた)が私に電話してきた。「レーノチカ、助けてくれ。自分のベルリン取材帳を調べているんだが、こんなメモがある――『ボリス[6]に話すこと! ヒトラーの歯がカガンのところにある』。このカガンて、いったい誰なんだ」。

――そうね、カガンというのはいったい誰なの? すぐには見当もつかないけど。

リューバ、カガンというのは私よ。私の本名よ。そして私は当時のすべての調書に、当然ながら本名で署名した。私が作品を発表し始めたとき、最も懐かしい記憶はルジェフだった。私の初期の短編はルジェフをテーマにしていた。ルジェフのことが大祖国戦争史で黙殺されていて、ルジェフが口を閉ざしたままだったので、私はペンネームを「ルジェフスカヤ」にした。その名はもう四十年間使われていて、本当の姓のようになっている。

私が書いた初期の短編は、ルジェフの地での戦争についてだった。ノートの走り書き、会話の断片、移動中の断想が大なり小なり短編のための材料になり、あるいはそのきっかけになった。ノートの書き込みのトーンも、なぜか独自に意味を持っていたことが分かった。私は今も時々ノートをのぞきこむと、そこでは何かがぶつかり、少し顔をのぞかせる。ノートに書き留められた兵士の乱暴な単語ですら、胸が痛むほど感動させる。

文学大学のセミナーの指導教官が認めてくれ、発表を勧めてくれた。短編連作『ルジェフ近郊で』が出来上がり、私はそれをある雑誌に持ちこんだ。しかし、「ぱっとしない短編だね。君の作品にあるのは戦争の日常生活で、大体においてそれは描く価値がない。人々は戦争に飽き飽きしているんだ」と、原稿は返された。それっきり私にとって戦争のテーマは長い間中断した。自分の中にあるこのテーマの地層が深いのかどうか、私には分からなかった。書けたことだけを書いたように思えた。

――あなたは歴史に対する責務という重荷を背負い、作家という天職をすでに意識してモスクワに戻った。今の概念で言えば、二十五歳だったのだから、まったく若かった。あなたはさらに文学大学を卒業し、自分のテーマを見つけだし、結局は生活の、収入を得るための容易ならざる問題に取り組まねばならなかった。

リューバ、私は『ベルリン、一九四五年五月』を最初に発表するまでに過ぎたあの二十年間の有為転変にここで深入りするつもりはないわ。私はこの本でヒトラーの死と発見についての真実を余さず伝え、目撃者としての自分の話を記録文書で裏づけることができた。そちらの話は、私が書くことになるもう一冊の本に入る。私はそれについて当時の生き生きした細部を余さずに、『家のかまど』の続きとして回想で書きたいと思っている。この道は長く、容易ではなかった。

そう、私には課題があった。それは、死んだヒトラーが私たちによって発見されたという「世紀の秘密」を公表することだった。事の成り行きで、あの歴史的出来事の参加者のうち、すべての段階でこれに参加した者は私以外に誰もいなかった。通訳を外すわけにはいかなかったから。そして、今回もまた、参加者のうちでペンを取り、書こうとする者はだれもいなかった。動員解除で文学大学へ戻ることになっていたため、彼らは私が書くことに期待をかけた。私自身もこれを秘密のままにしておくことを考えなかったし、自分が黙っていることに苦しめられた。しかし、これらの事実は国家機密の部類に入れられ、その漏洩には七年から十五年の禁固刑が決まっていた。これは重すぎた。親しい友人たちとだけ考えを話し合いながら、歴史がどう歪曲されるかを黙ってみていなければならなかった。

一九四八年にはまたしても逮捕が始まり、これは私の親しい人たちにも及んだ。自分が無防備だという思いは、無権利の状態、「第五項」のせいで就職できないという境遇によってさらに増幅された。野戦軍での四年間の勤務、勲章といった功績はまったく考慮されなかった。でも、もっと恐ろしいことが近づいていたの。

リューバ、あの実物教材、備品番号44１７の骸骨のことを覚えている？　ロシア赤十字社の夜間講習会と一緒にマーラヤ・ブロンナヤ通りをさまよい、ある時は食料品店に、ある時はユダヤ劇場の舞台の上に現れたあの骸骨を？　私たち受講生の隣では、舞台の上のテーブルに向かって二人の年配の女性が大声で話しながら、そろばんをはじいていた。劇場はシーズン開幕の準備中だった。

――戦争の初期、一九四一年夏よね？

そう。でも、私にはこの舞台の思い出はまったく別のこととも結びついている――ミホエルス[7]との別れです。

一九四八年一月のあの暗いじめじめした夜、私は夫のイサーク・クラモフ〔文学研究家、一九一九〜七九〕と一緒に、「交通事故」を信じていない、押し黙った、打ちひしがれた群衆の中で、棺が運ばれてくるのを待っていた。棺は来なかった。

私は幼いころ、トヴェルスコイ並木道の、マーラヤ・ブロンナヤ通りに面した建物に住んでいた。ユダヤ劇場の色彩豊かな公演ポスターが貼り出されていたこのモスクワの一角は、並木道のそばで私たちの建物の敷地に接していた。その恐ろしい夜、ここは何か不吉な、人を寄せつけないもので永久に包まれてしまった。退却するドイツ軍が放棄した住民地点では、ミホエルスの演じるリヤ王の悲劇的な顔が私の記憶に残った。焼き増しされたその写真は塀の上にぺたんと貼られ、あるいは電線に貼り付けられていた――殺すべきユダヤ人の原器として。その彼に今になって非業の最期が追いついたのだった。

翌日、棺はユダヤ劇場の舞台の上に安置された。私たちは舞台のそばを通り過ぎる人々の流れに加わってミホエルスと告別した。彼らは喪失と、逃れようのない災厄の不気味なしるしに打ちのめされていた。

――そのような時期にあなたはどう生活し、書いていたの？

絶えずびくびくして生きることはあり得ない。そういうことはない。人とのつながりが、愛も、友情も、強まった。私たちには親密な、素晴らしい人たちがいた。暮らしは苦しかったが、私たちの家には非常に創造的な雰囲気があった。

私は先延ばししたら、あのベルリンの出来事について何かを忘れ、書き漏らすのではないかと恐れていた。そしてモスクワに帰った直後から、当時のノートのメモを一部利用して書き始めた。スターリン死後の一九五四年に、戦争をテーマにした散文を掲載していた雑誌『ズナーミャ』に原稿を持ち込んだ。テーマがテーマだけに、原稿は掲載許可を得るために外務省に送られた。原稿は次のような結論を下されて編集部に戻ってきた——「そちらの判断に任せる」。つまり、どんな禁止もかけられなかったのよ。編集長のヴァジム・コジェーヴニコフは判断に非常に慎重だった。彼は原稿を推す編集部員たちに言った。「こんなことについて、これまでどこにも書かれていない。どうしてわれわれが最初に載せなければならないんだ？　それに大体、彼女は何者なんだい？」私は素性の知れぬ人間だった。

原稿はそれでも『ズナーミャ』（一九五五年、第二号）に載った。この原稿にはヒトラー、ゲッベルスの自殺、焼け焦げたゲッベルスと両親に殺された六人の子供の発見について、すべての細部が残っていた。また、総統地下壕で発見された文書や、主要な発見物——ゲッベルスの日記についての証言も残っていた。ヒトラーの死体の搬出と焼却、その総統官邸庭園の爆弾穴への埋葬についても語られていた。要するに、ヒトラーがこの爆弾穴から発見され、身元確認が行なわれたことを除いて、すべてが書かれていた。

——つまり、事実なのか、推量なのか、はっきりと決まっていない状態に置かれたわけね？ この禁止をあなたはどのようにして迂回するのに成功したの？

これは一九六一年に、単行本『外套にくるまった春』の中で起きた。それもかなり複雑な道を通って。戦後、私は平和な生活の印象に心を引かれた。私は自分の経歴から遠い、戦争のない（とはいっても、戦争の跡を随所に残している）生活について中編を書いていた。「ソヴィエト作家」出版所が二つの中編を収めた私の本を出すことになった。すでにかなりの額の印税を支払ってくれていた。しかし、それが突然、駄目になった。もちろん、私は落ち込んだ。でも、初めてのことでも、最後のことでもなかったけれど、喪失は私にとって、それが致命的でなければ、獲得に変わった。出版所はこうむった損害を忘れていなかった。二年後、本の構成を一新するように私に提案した。夫のクラモフと詩人のボリス・スルツキーがルジェフ関係の短編を追加したらどうかと助言してくれた。こうして一九六一年に、『外套にくるまった春』が出た。その中には十五年間眠っていた戦争についての短編が収められていた。これらの短編は好評で、そのことが私に再び戦争についての散文に戻ることを助けてくれた。そのほか、この本には、私たちが死んだヒトラーを発見したいきさつについてのドキュメンタリーな短編が完全な形で入った。私は雑誌掲載時に削られた、ヒトラーの発見と身元確認に関係している箇所のすべてを復活した。幸い、検閲は補足部分に注意を向けなかった。これは基本的にはすでに発表済みの文章だったからよ。こうして初めて、ヒトラーが私たちによって発見されたことが語られた。もっとも、イワン・クリメンコが送ってくれた唯一の調書を除いて、私には公文書資料による裏付けがなかった。

私が秘密の公文書館で調べる機会を得ようとしたときに、この発表は非常に役に立った。作家同盟が私を支援してくれた。私はこれらの出来事の参加者であり、すでにそれについて発表しており、もっと掘り下げた正確な仕事のために公文書資料を必要としている作家だということを訴えて、出版所、党中央委員会に掛け合った。長い間、これは絶望的なように見えた。答えはいつも同じだった——これらの資料の閲覧は閉鎖されており、例外は規定がない、と。しかし、戦勝二〇周年記念日を前にして再び高まった国民感情のうねりの中で、奇跡が起こった。そして私は秘密の公文書館の閲覧許可を受け取った。これは一九六四年九月のことだった。二十日間、私はこの公文書館で作業した。

当時、この公文書館の名称は私には不明だった。ジューコフとの会話で、これは閣僚会議の公文書館だろうと彼は推定した。それは当たっていた。公文書資料が公刊され始めた今、秘密性は弱まった。私はその当時この公文書館がどういう名称だったか、知っている。

これらの文書との出会いは私にとって衝撃的だった。それらは、黙ったまま秘密を隠して、朽ち果てる定めにあった。しかし今や私にはあらゆる障害物を乗り越えて、それらを陽の当たるところへ引っ張り出す仕事が待っていた。

私たちが関係した調書、文書、報告書。そして私が総統官邸で調べたドイツ側の命令、報告、手紙、日記、ファイル。初めて手にする多くの資料。私は仕事に没頭した。多くの注目すべき発見があった。たとえば、捕虜になったヒトラーの護衛隊長ラッテンフーバー中将の供述書。これはモスクワの参謀本部での尋問の際に書かれたものだった。ギュンシェの供述書。あるいはヒトラーの最後の日論見、連合国陣営の分裂を彼が当てにしていたことを明らかにする文書。

そして私が知っている文書のどれもまた貴重だった——ヒトラー発見についての調書、私たちが行なった彼の識別に関する資料その他。西側の新聞では当時（一部はわれわれにも伝わってきた）、世界はヒトラーの運命に関して無知のままである、などと書いていた。「でも私は知っている。私が話することができる」と、私は身震いを感じた。これらのすべてが私の手中にあった。
二十日間、私は公文書館で働いた。四ヵ月の間に自分とは思えないスピードで『ベルリン、一九四五年五月』を書き上げた。私は『ズナーミャ』誌の一九六五年五月記念号に掲載しなければならないことを理解していた。そのためには三月に原稿を渡す必要があった。『ベルリンの数ページ』という題で『ズナーミャ』に掲載されたのに続いて、単行本『ベルリン、一九四五年五月』が刊行された。本に収録されたわれわれの側とドイツ側のすべての文書、調書、報告、日記、手紙は、こうして初めて公表されたのです。

――本への反響はどうだった？

この本は、今も生き、私の運命に参加し、思いがけない贈り物をもたらすこともある。この本は私にジューコフとの会見をもたらし、国内外にセンセーショナルな関心を呼び起こした。私は世紀の秘密を開いた。わが国では『ベルリン、一九四五年五月』は一二版を重ね（最近は昨年）、総部数一五〇万部を上回っている。二〇を超す国で翻訳、出版され、ポーランド、フィンランド、スイス、ユーゴスラヴィア、ハンガリーでは日刊紙が連載した。イタリアでは『テンポ』誌が私のポートレートを表紙にして四号にわたって連載した。
歴史家たちの関心も現れた。最初にレフ・ベズィメンスキーが私の語った歴史の参加者たちと連絡を取り、会って話を聴き、このテーマに取り組んだ。そして一九六八年に『ある伝説の歴史』という本を出版した。

――あなたの本の出版のときに、検閲は公文書資料に何か言いがかりをつけなかった？

主にゲッベルスのものが問題にされた。ゲッベルスは日記でソヴィエト国民についてひどいことを言っているし、ドニエプル川の強行渡河の日付を間違えている――彼に言わせれば、それは戦争の二日目だということになる。しかし、私たちの歴史では、私たちはもっと長く持ちこたえた。全体として、対ソ攻撃開始後の最初の数日間、ゲッベルスは日記で少し「落ち込んで」いる。言うまでもないけれど、ソヴィエト国民の不屈さと社会主義経済の長所に気づいていたからよ。

――ゲッベルスの日記は、あなたが繰り返し取り上げるテーマの一つね。『ゲッベルス――日記を背景にした肖像』を書くことで、あなたは九〇年代半ばになってようやくゲッベルスを卒業した。

まだ地下壕で慌ただしく、ヒトラーはどうなったのか、どこにいるのかという主要課題のヒントになりそうな文書を熱に浮かされたように探していた当時から、これは私たちの、もしかしたら最も重要な発見物かもしれないと考えないわけにはいかなかった。しかし、たとえ一、二時間にせよ日記を読むための時間はまったくなかった。それに、この日記がヒトラー捜索というその時の主要課題にとって緊急性がないことを理解していた。何しろ日記が記述しているのは戦前と戦争開始直後の数週間だけだった。私たちに何よりも必要なのは、今だった。そしてその後、方面軍司令部では日記を翻訳するという考えをすぐに棄てた。終わった時代の歴史文書の価値下落が起きた。

私は日記が失われたのではないかとさえ心配していた。しかし、公文書館での日記の最後のノートとの出会いから、日記がわが国のどこかの公文書館に保存されていることを確信した。私は自分の本でこのノートからの詳細な抜き書きを引用した。それらは対ソ攻撃準備の雰囲気を伝えていた。すでに書いたように、この最後のノートからの断片を私が発表したことは、ドイツの歴史家たちに日記の在りかを示唆することになった。その結果、八〇年代末にミュンヘン現代史研究所はゲッベルスの手書きの日記四巻を刊行した。この刊行物のページの半分以上を占めているのは、私たちがかつて総統地下壕のゲッベルスの執務室で発見したノートです。

研究所はセミナーを行なうために私を招待し、これらの分厚い四巻をプレゼントしてくれた。私は中編小説を書いている最中で、日記の研究に深入りするつもりはなかった。これはみな昔の話で、そろそろこれと別れるときだ、たとえ自分が体験したこと、個人的な関与、語りつくしていないことによってこれと結びついているにせよ――そのように感じた。

しかし世界の、とりわけわが国の状況は、再びこれに向かい合うことを促し、強いることになった。私が驚いたのは、日記の中でゲッベルスが実に赤裸々な姿を現していることね。彼自身がやったよりも鮮やかに、ナチズムによって檜舞台に押し出された政治家のタイプについて物語ることはまず不可能でしょう――躁病患者、自慢屋、出世主義者、犯罪者について、ドイツ国民がみずからを戦争の狂気へと追い込みながら、その意志に身を任せた、あれらのみすぼらしい個性の一つについて物語ることは。

日記は、ヒトラー主義について書く著者たちが時折それをくるんでいる神秘的な霧を吹き払う。そして、刑事犯罪的な政治陰謀をさらけ出す。ドイツではありえないと思われたことが到来し、ばかばかしい人物たちが権力を掌握する。

日記は、ゲッベルスの個性の変化を跡付けることを可能にしている。暴力崇拝、総統崇拝と結びついたナチズムの起原、その宿命的な誘惑と全的な破滅性をよりはっきりと思い浮かべることができる。

ゲッベルスの肖像を描くという困難で多大の労力を要した仕事で（リューバにも翻訳で助けてもらった）、私を導いたのは、読者にロシアで起きている破滅的現象の危険性を理解してもらう必要があるという意識でした。わが国では当局の放任のもとに、民族主義勢力が増大している。これは自己崩壊の危険をはらんでいる。

——実を言うと、あなたと一緒にゲッベルスの日記に取り組んでいたとき、私は日記の今日性、あなたの熱のこもった訴えの切実性を意識していなかった。それは間違いだった。すべては過去のものになっていて、繰り返されることはあり得ないと思っていた。

ゲッベルスとヒトラー発見——それはあなたが歴史に対する義務感から何回も立ち戻った記録的なテーマだった。あなた自身は戦争の初期、すなわち献身的な民衆の戦争だった時期により強くひかれている。それはあなたにとって第二の故郷となったルジェフだった。それについてあなたは中編『二月は曲がった道』、『掻き回された暑さ』、断片のモンタージュ形式が驚くほど現代的な『最短接近路』（短編集）を書いた。あなたはいつだったか、「実質的には私はまだ戦争から戻っていない」とつぶやいた。体験したことはあなたを一度も放免しなかった。女子学生エレーナ・カガンとして前線へ向かい、作家ルジェフスカヤとして戻った。ルジェフはあなたの軍人としての、そして作家としての運命だった。ここには偶然でない一致が見られる。あなたとの会話でルジェフを「戦争の良心」と呼んだ人もいた。これはあなたの痛みの気持ちにとても近い。

すでに話したように、私は一九四六年にルジェフについての短編から始めた。それから平和な生活について書き、自分自身の経験から遠ざかって芸術的フィクションへ転向した。しかし、経験したことは私を放してくれなかった。自分を疎外した材料で書いた作品は、一九六一年に雑誌（『ノーヴイ・ミール』）に渡した中編が最後になった。

それ以来、私は自伝的な散文というわけではないけれど、経験したことをモチーフにして書いた。最初からそれを自分の課題にしたわけではなかったが、経験したことを、自分の経歴にとらわれずに散文に表現していくと、自分の人生が外からの持ち込みや借り物を押しのけるほどに充実している（多分、誰もがそうだろう）ことが分かった。

しかし戦争は歳月を隔てると、ますます奥行きが深くなり、姿がはっきりしてくる。そして私は長年、私たちが一応、戦争ものと呼んでいるテーマにこだわってきた。一応というのは、私が書いているのが戦闘ではなくて、戦争の世界、戦場の生活だからよ。

戦争について書くのは、ほかのものと比べて難しくもあるし、易しくもある。難しいというのは、戦場では服装をはじめとして多くのものが単調だから。易しいというのは、筋《プロット》が自分で動いていくから。戦争そのものが筋だから。

――でも、あなたは戦前の生活についての『句読点』や、戦争からの帰還についての散文を書いているし、今また、中編『家のかまど』の続きを書くと約束している。それに連作『記憶の小道をたどって』では自分の家族、自分の先祖たちの運命に深く首を突っ込んだ。これが人生の魅力、自己価値なのね。そしてどんなプロットも必要としていない。

そう、ここ数年試みているのは自分のこと、深く心に刻まれていて疼きをもたらすこと、魅了し、あるいは苦しめることについて書くことかしら。プロットや登場人物の性格について考えずに、いずれにせよ、あれこれのテーマを追うことを考えずにのびのびと書くことね。そしてこれは何よりも自伝に近くなる。でも、これは事実ではない。仮に事実だとしても、事実と関係があるのは、それが心、記憶、感情の糧になっているということだけ。もしかしたら、そもそもプロットというのは、先入観かもしれない。そうでなければ、トリックかも。人生そのものがそのすべての重なりの中で、プロットなの。そして言葉が、散文の自動推進力の役目を果たすのです。

私たちの何十年にもわたる希有の物語の全編に、自分が存在したことを運命に感謝するわ。そして、幸運な機会を利用し、自分の人生を転々としながら、何かを終わりまで見、考え抜き、愛し抜き、拒否したことを。それでいて私には、自分が過去に移らず、現在の日常性の中に留まっているように見える。何しろそれ自体が、引き延ばされた私たちの過去なのだから。その過去を考えないとしたら、それはまったく非現実的だわ。

章末注

[1]身分証明書の第五項には民族籍が記載されていた。

[2]ピョートル・アルカジエヴィチ・ストルイピン（一八六二～一九一一年）。帝政ロシアの政治家、改革家。一九〇六年から首相。

[3]マクシム・マクシモヴィチ・リトヴィノフ（一八七六～一九五一年）。一九一七年十月革命の参加者、ソヴィ

エトの外交官。一九三〇年から外務人民委員。ユダヤ人。一九三九年にドイツとの条約を準備する際にモロトフと交替させられた。一九四一年に復帰するが、外務人民委員のポストではなく、次官としてだった〔一九四六年まで。一九四一～四三年には駐米大使を兼任〕。

［4］マルティン・イワノヴィチ・メルジャノフ。ジャーナリスト、従軍記者、スポーツ評論家。

［5］ボリス・レオンチエヴィチ・ゴルバートフ（一九〇八～五四年）。作家、ジャーナリスト、映画脚本家。

［6］ゴルバートフのこと。

［7］ソロモン・ミハイロヴィチ・ミホエルス（一八九〇～一九四八年）。ユダヤ劇場の創立者、ユダヤ人反ファシスト委員会の指導者。保安省（MGB）の職員たちに事故死を装われて殺害された。彼らは殺害した後に自動車で死体を轢いた。

訳者補注

＊1　スヴェトラーナ・アレクシエーヴィチ『戦争は女の顔をしていない』（三浦みどり訳、群像社、二〇〇八年）

訳者あとがき

本書の著者エレーナ・ルジェフスカヤは、独ソ戦（一九四一〜四五年）に従軍し、四五年五月、陥落直後のベルリンで、ヒトラーの黒焦げの遺骸を解剖して取り出した顎骨（歯）を一時預けられて、肌身離さず持ち歩いていたという体験の持ち主である。これは本書の中心を占める第四章「一九四五年五月、ベルリン」に出てくるエピソードだが、当時二十代半ばの著者は、ドイツの首都を制圧したジューコフ元帥麾下第一ベロルシア方面軍に属する第三突撃軍の防諜部通訳としてヒトラーの捜索と死亡確認に参加し、その過程でヒトラーの顎骨の保管を命じられることになったのである。

もともと著者は作家志望だったこともあり、従軍中ずっと手記を書き続けていた。けれども、著者が本書で行なっているのは、その手記の単なる再録ではない。著者が目指しているのは、手記に基づいて自己の体験、見聞を作家として再構成し、自分が生きた稀有の時代の真実を作品として再現することである。したがって、「回想」と銘打たれてはいても、本書は単なる回想ではない。むしろ、これまで著者が書いてきたことの集大成と言うべき本のようだ。

その意味で、構成的にも、内容的にも特徴的なのが前出の第四章「一九四五年五月、ベルリン」だ。実はこれは一九六五年に雑誌に発表され、その後、単行本（『ベルリン、一九四五年五月』）になっていたものだというから、本来は独立した作品だったわけである。著者はこの作品の再版ごとに手を入れ続け、本書収録のものがその最新版だという。この作品を書くために、著者は一九六四年九月にようやく秘密公文書館の利用を特別に許されて、四五年五月当時の文書資料を閲覧できた。これらの資料にはベルリンで著者が発見や作成に直接関係したものも含まれていた。ドイツ側関係者の供述に基づくヒトラー最期の状況や、著者も参加した死体識別の詳細ないきさつは、戦後二〇年を経て、彼女のこの作品によってソ連で初めて(!)紹介されたのである。

実は戦後、ソ連当局はヒトラーの死亡確認(死体発見)の事実を公式に発表することをしなかった。陥落直後のベルリンでヒトラーの死を確認するための証人探しに加わった著者は、五月八日のベルリン・ブーフでの法医学鑑定、五月九〜十一日の歯科助手ケーテ・ホイザーマンらによるヒトラーの歯型の識別が終わった後、自分たちの手柄でもあるその事実が間もなく大々的に発表されることを信じて疑わなかった。しかし、何も発表が行なわれなかった。著者は落胆し当惑する。ヒトラーの死の公表はナチス・ドイツの敗北に終止符を打ち、ソ連の権威をさらに高め、ヒトラーの死の周囲に神話の雑草がはびこるのを防げるはずだ、と。だが、事はそれほど簡単ではなかった。著者はスターリンが政治的思惑から故意にヒトラーの死の事実を秘匿したのではないかと考えている。

著者が一九六四年に特別に閲覧を許された秘密公文書館の資料はソ連崩壊後の、それも二〇〇〇年になってようやく最終的に解禁された。これらの資料の一部はモスクワの出版社から刊行され、日本でも二〇〇一年に翻訳・出版されている(『KGB㊙調書ヒトラー最期の真実』[20世紀の人物シリーズ編集委員会編=佐々洋子、貝澤哉、鴻英良訳、光文社])。同書を見ても、ヒトラー最期の状況と死亡を確認するためのドイツ側関係者の尋問は、ルジェフスカヤが立ち会った尋問以降も、ソ連側の別の部署で別の担当者たちにより執拗に繰り返されたことがうかがえる。さらに証人たちはモスクワへ連行されて取調べを受けた。そして、何と翌年にもう一度、モスクワから特別のチームがベルリンへ派遣されて再調査を実施しているのである(「神話」というコード名で)。

これはどういうことなのか。スターリンはヒトラーの死を故意に秘匿したのか、それとも簡単には信じなかったということなのか。いずれにせよ、ソ連側にはヒトラーの死の確認作業を西側連合国と合同で実施しようという気はなかった。当然、ヒトラーの行方に強い関心を持っていたイギリス、アメリカ両国は、自軍に投降してきたドイツ側関係者の供述からヒトラーの自殺を確実視していたようだが、物証がなかった。その決定的物証を、本書の著者は一時保管していたということになる。

しかし、この物証について疑いの目を向ける人たちがいないわけではない。今でもドイツやアメリカなどでは、ソ連側の識別した黒焦げ死体が本当にヒトラー本人だったかどうかということについて議論がある。連合国による合同の鑑定でヒトラーの死が確認されていれば、こういう議論が繰り返されることはなかっただろう。なお、その後、ソ連側の発見したヒトラーの遺骸はエヴァ・ブラウン、ゲッベルス夫妻と六人の子供の遺骸とともに、これを管理するソヴィエト軍部隊の駐屯地に埋められたが、部隊が移転するたびに掘り返されて運ばれ、新たな駐屯地のそばに埋め直された。最終的にはブレジネフ時代の一九七〇年になってアンドロポフKGB議長の命令により、ほかの遺骸と一緒にマグデブルク市近郊の荒れ地で完全に焼却され、遺灰はまとめて近くの川に棄てられた。これはマグデブルクのソ連軍駐屯地を当時の東ドイツ側に返還することに伴う措置だったという（前出の『KGB㊙調書ヒトラー最期の真実』参照）。

著者のエレーナ・ルジェフスカヤ（本名カガン）は一九一九年生まれ。ユダヤ人である。生まれはベラルーシでモスクワ育ちというから、家族は十月革命後、地方からモスクワへ移り住んだ多くのユダヤ人家族の一つだったのだろう。本書を読むと、著者はソヴィエト時代の理想主義的な理念で育った人だという印象を強く受ける。著者の考えが少しナイーブで、「公式的」だという印象を与える箇所があるとしたら、そのせいである。

著者が学んだモスクワの「哲学・文学・歴史大学」は、大学改革に伴いモスクワ大学の歴史・哲学部を分離して（母体にして）一九三一年に創立され、四一年十二月に再びモスクワ大学に統合されるまで一〇年間存続した、いわば伝説の大学である。錚々たる教授陣を擁し、卒業生に多くの詩人、作家、学者、ジャーナリストを輩出したことで知られる。詩人のアレクサンドル・トヴァルドフスキー、作家のコンスタンチン・シーモノフ（大学院に在籍）もここで学んだ。著者は復員後、作家を養成するゴーリキー記念文学大学を卒業するが、戦後の反ユダヤ主義的風潮の中で就職できなかった。そういう中で従軍経験を題材にして小説を書き始める。

だが、ルジェフスカヤが書いたのは「戦争もの」ではあっても、ソヴィエト軍兵士の戦いぶりを劇的に、感動的に描くというようなものではなかったから、当時の雑誌には受け入れられなかった。前線にはいても、直接戦闘に加わることがなかった彼女の周囲にあったのは、もちろん戦死者や負傷者、捕虜、住民の悲惨な状況はあっただろうが、それも含めて、戦場の兵士や住民たちが暮らす（暮らさざるを得なかった）「日常生活」だったと言えるだろう。しかし、それも戦争だった。そこにも戦争の真実はあった。自分はその真実を求めて、つまり、作家として作品にそれを描き出すために、自分の歩んだ過去の道を、（後ろ向きではなく）前に向かってずっと歩いてきた、と彼女は本書で言っている。戦争の四年間は、著者にとってそれほどに重い経験だった。

とりわけ、ルジェフ近郊での経験は強烈だったようだ。著者がこの町の名をペンネームにしたのには、この地域での長い苦しい戦闘が戦後、正当に評価されなかったことへの義憤もあった。モスクワ防衛戦（四一年九月三十日〜四二年四月二十日）でドイツ軍がモスクワ付近から撃退され、戦争の大転機になったのは事実だが、モスクワの西の接近路（ルジェフ、ヴャジマ方面）での戦闘はその後も四三年三月三十一日まで続き、ソヴィエト軍はこの地域を完全に解放するために膨大な損害をこうむった（戦死者八〇〜九〇万、負傷者一五〇万という説まである）。住民の苦しみについては言うまでもない。彼らの住む土地は、ドイツ軍に占領されているときには、ソヴィエト軍の空襲や砲撃も受けたのである。

本書には、半世紀以上が過ぎても、なお著者の脳裏を去らぬもの、それどころか記憶の中でますます鮮明さと深みを増していく戦中から戦後にかけての「日常生活」の断片が、そしてその中で著者が出会った人たちの面影が綴られている。著者のいう時代の真実が伝わるかどうかは読者の判断に委ねるとしても、本書が、あの時代の知られざる一面を日本の読者にも伝えてくれることだけは確かである。

最後に、白水社編集部の藤波健さんにお礼を申し上げたい。訳稿の校閲で大変ご苦労をおかけした。

二〇一一年四月

松本幸重

訳者略歴
一九三九年生
東京外国語大学ロシア語科卒
旧ソ連大使館広報部勤務を経て、現在、翻訳業（ロシア語と英語）
主要訳書
G・ヤブリンスキー『ロシアCIS経済の真実』（東洋経済新報社）
D・ホロウェイ『スターリンと原爆』［共訳］（大月書店）
S・S・モンテフィオーリ『スターリン　青春と革命の時代』（白水社）

ヒトラーの最期
ソ連軍女性通訳の回想

二〇一一年五月二五日　印刷
二〇一一年六月一五日　発行

著者　エレーナ・ルジェフスカヤ
訳者　©松《まつ》本《もと》幸《ゆき》重《しげ》
装幀者　日下充典
発行者　及川直志
印刷所　株式会社理想社
発行所　株式会社白水社

東京都千代田区神田小川町三の二四
電話　営業部〇三（三二九一）七八一一
　　　編集部〇三（三二九一）七八二一
振替　〇〇一九〇-五-三三二二八
郵便番号　一〇一-〇〇五二
http://www.hakusuisha.co.jp
乱丁・落丁本は、送料小社負担にてお取り替えいたします。

松岳社　株式会社　青木製本所

ISBN978-4-560-08134-1

Printed in Japan

■アントニー・ビーヴァー　川上 洸訳
ベルリン陥落 1945

第二次大戦の最終局面、空前絶後の総力戦となったベルリン攻防。綿密な調査と臨場感あふれる描写で世界的大ベストセラーを記録した、戦史ノンフィクション決定版！　解説＝石田勇治

■A・ビーヴァー序文　H・M・エンツェンスベルガー後記　山本浩司訳
ベルリン終戦日記
——ある女性の記録

陥落前後、不詳の女性が周囲の惨状を赤裸々につづった稀有な記録。生と死、空襲と飢餓、略奪と陵辱、身を護るため赤軍の「愛人」となった女性に安穏は訪れるのか？　胸を打つ一級資料！

■A・ビーヴァー、L・ヴィノグラードヴァ編　川上 洸訳
赤軍記者グロースマン
——独ソ戦取材ノート1941－45

「二十世紀ロシア文学の最高峰」ヴァシーリイ・グロースマン。スタリングラート攻防からクールスク会戦、トレブリーンカ収容所、ベルリン攻略まで、《戦争の非情な真実》を記す。佐藤優氏推薦！

■サイモン・セバーグ・モンテフィオーリ　染谷 徹訳
スターリン　赤い皇帝と廷臣たち（上・下）

「人間スターリン」を最新史料から描いた画期的な伝記。独裁の確立から独ソ戦、その最期まで、親族、女性、同志、敵の群像を通して、その実像に迫る労作。亀山郁夫氏推薦！　英国文学賞受賞作品。

■サイモン・セバーグ・モンテフィオーリ　松本幸重訳
スターリン　青春と革命の時代

命知らずの革命家、大胆不敵な犯罪者、神学校の悪童詩人、派手な女性関係……誕生から十月革命まで、「若きスターリン」の実像に迫る画期的な伝記。亀山郁夫氏推薦！　コスタ伝記賞受賞作品。

■オーランドー・ファイジズ　染谷 徹訳
囁《ささや》きと密告
——スターリン時代の家族の歴史（上・下）

スターリンのテロルを生き延びた、数百家族の手紙、日記、文書、写真とインタビューにより、封印された「肉声」が甦る。胸を打つ「オーラル・ヒストリー」の決定版。沼野恭子氏推薦！